www.ingramcontent.com/pod-product-compliance
Lightning Source LLC
LaVergne TN
LVHW010640051026
849532LV00001B/132
9789358724424

لے سانس بھی آہستہ

ناول کا تجزیہ

مرتبہ:

دانش الہ آبادی

Le Saans bhi Ahista - Novel ka tajzia

by: Danish Allahabadi

Edition: May '2024

Publisher :

Taemeer Publications LLC (Michigan, USA / Hyderabad, India)

ISBN 978-93-5872-442-4

کتاب	:	**لے سانس بھی آہستہ : ناول کا تجزیہ**
مرتب	:	**دانش الہ آبادی**
پروف ریڈنگ / تدوین	:	اعجاز عبید
صنف	:	تحقیق و تنقید
ناشر	:	تعمیر پبلی کیشنز (حیدرآباد، انڈیا)
سالِ اشاعت	:	۲۰۲۴ء
صفحات	:	۴۴۸
سرورق ڈیزائن	:	تعمیر ویب ڈیزائن

فہرست

اداریہ

"لے سانس بھی آہستہ۔۔۔" پر 'سبق اردو' کی خصوصی پیش کش

دانش الہ آبادی

یہ سب کچھ اچانک ہوا۔ پہلے اس بارے میں کچھ بھی نہیں سوچا تھا۔ ناول کے چند صفحات سے گزرنے کے بعد ہی، میں دل ہی دل میں یہ فیصلہ کر چکا تھا کہ سبق اردو کا ایک خصوصی شمارہ 'لے سانس بھی آہستہ -' کے نام وقف کر دوں گا۔ پہلے اعلان فیس بک پر کیا۔ پھر سبق اردو میں - کھٹے میٹھے فون آنے کا سلسلہ دراز ہوا۔ رد عمل اچھے اور برے دونوں تھے۔ ایسے لوگ بھی تھے جو ادب میں ذوقی کی ذات کے ہی مخالف نظر آئے۔ کچھ لوگوں نے ناراضگی ظاہر کی کہ ذوقی کو لکھنے کہاں آتا ہے۔ میں نے بہت انکساری سے پوچھا۔ میرے بھائی، مجھے صرف اتنا بتا دیجئے کہ آپ نے کیا ذوقی کے ادب کا مطالعہ کیا ہے؟ میرے نزدیک یہ ڈوب مرنے کی بات تھی کہ بغیر مطالعہ کے، ذوقی کے ادب کو برا بھلا کہنے والوں کی ایک قطار ہے اور ان میں کسی نے بھی ذوقی کو پڑھنے یا سمجھنے کی کوشش نہیں کی۔ مجھے یہ کہنے میں کوئی جھجھک نہیں کہ ذوقی نے اپنے مطالعے، مشاہدے اور تکنیک سے اردو ادب کے وقار میں اضافہ کیا ہے- اور بقول پروفیسر گوپی چند نارنگ، ذوقی آج کے عہد میں جس قدر اپ ڈیٹ ہیں، دور تک اس کی مثال نہیں ملتی۔

میں نے سبق اردو کے شمارہ نمبر 29 میں خصوصی شمارہ کا اعلان کرتے ہوئے تحریر کیا

تھا۔

"میں نے مشرف عالم ذوقی کا ناول 'لے سانس بھی آہستہ' پڑھا ہے اور فیس بک پر اس کا گوشہ شائع کرنے کے لیے مضامین کی درخواست کی ہے۔ ملک اور بیرون ملک سے اس ناول کے اعتراف میں تحریریں دستیاب ہوئیں تو مجھے حیرت اور خوشی ہوئی۔

'لے سانس بھی آہستہ' ایک ایسا فن پارہ ہے جہاں زندگی کے حقائق اور تجربات کے ساتھ انسانی آفاقی مسائل کا افق بھی روشن ہے۔ زرعی اور صنعتی دور سے آگے نکل چکی تہذیبی، تمدنی اور تاریخی روایت یہاں صرف ایک المیہ پر ختم نہیں ہوتی بلکہ جادوئی حقیقت نگاری کا سہارا لے کر ناول نگار تاریکی میں بھی قندیل روشن کرنے کا ہنر جانتا ہے۔

مشرف عالم ذوقی کی کہانیاں میں نے اردو سے پہلے ہندی کے رسالے 'ہنس' اور 'کادمبنی' میں پڑھیں۔ ذوقی کی تخلیقات کی ایک خوبی یہ بھی ہے کہ ان کے اردو کے سارے افسانوں کے مجموعے اور ناول ہندی میں بھی شائع ہو چکے ہیں اور انہیں ہندی کے بڑے اشاعتی اداروں نے شائع کیا ہے۔

ایسے لوگوں کے فن پر وقت صرف کرنا چاہئے جو اس کے صحیح معنی میں حقدار ہیں۔

ادب اب سیاسی بازیگر کے چنگل میں نہیں آنے والا۔"

میں نے کچھ غلط نہیں لکھا تھا۔ میں نے ذوقی کو سب سے پہلے ہندی کہانیوں کے حوالہ سے جانا۔ سبق اردو جاری کیا تو میں نے ادب کے ساتھ ان سے کہانی کی فرمائش کی۔ مجھے اس بات کا احساس تھا کہ مجھے اس کام کے لیے ڈانٹ بھی پڑ سکتی ہے۔ لیکن ادب میں پسند ناپسند کا معاملہ ذاتی ہوا کرتا ہے۔ اس لیے نہ صرف میں نے ذوقی کی کہانی شائع کی بلکہ اس پر اپنی طرف سے ایک مختصر سا نوٹ بھی شائع کیا۔ یہ ادب کے لیے میرے پر امن احتجاج کی پہلی منزل تھی۔ اسی درمیان ذوقی کے ادب کو لے کر کچھ ایسے نوٹس پڑھنے کو

ملے، جس سے ذوقی پر خصوصی شمارہ نکالنے کی منزل مجھے آسان نظر آنے لگی۔

"مشرف عالم ذوقی کے 'در دشتِ جنوں' جیسے افسانے میں نے عصر حاضر میں بہت کم (بلکہ شاید کبھی نہیں) پڑھے ہیں۔ انٹرنیٹ کے پروردہ معاشقے، ملاقاتیں، سنجوگ اور ہلاکتیں مغربی دنیا میں اب ایک روزمرہ کا فیشن بن چکی ہیں۔ تاہم برصغیر کے کمپیوٹر کلچر میں لاہور کی 22سالہ دوشیزہ مہک کا سانیال کے ویب سائٹ میں چور دروازے سے داخل ہو جانا انتہائی رومانوی ہونے کے باوجود Surrealistic محسوس ہوتا ہے۔ کہانی کو اتنے گنجلک چوراہے تک لاکر اس کی رہنمائی شاید دستاوسکی بھی نہیں کر پاتا۔ بہر حال مجھ ناچیز کی رائے میں یہ ایک غیر معمولی تخلیق ہے!"

اطہر رضوی۔ (کنیڈا)

یہ خیال رہے کہ یہاں ذوقی کا موازنہ مشہور روسی ادیب دستاوسکی سے کیا گیا ہے۔ اور اطہر رضوی نے ذوقی کے قلم کو دستاوسکی سے بھی آگے کا قلم مانا ہے۔ اسی طرح آفاق عالم صدیقی کی رائے بھی دیکھئے۔ آفاق عالم صدیقی مشہور و معروف نقاد ہیں۔ سنجیدگی اور بیباکی سے اپنی بات کو رکھنا وہ خوب جانتے ہیں۔

"مشرف عالم ذوقی اپنے انداز کے سب سے توانا اور منفرد افسانہ نگار ہیں۔ تہذیب کی ہر نئی کروٹ اور تیز رفتار زندگی سے پیدا ہونے والے ہر مسئلہ پر عموماً ذوقی کی نظر سب سے پہلے پڑتی ہے۔ وہ آج کی زندگی کے ایسے سفاک افسانہ نگار ہیں جو تمام معنویت کو جھیلنے کے لیے ہمہ وقت تیار رہتے ہیں۔ وہ سنگین سے سنگین ترین مسائل اور پیچیدہ سے پیچیدہ ترین صورت حال پر اتنی خوبصورتی سے افسانے کا محل کھڑا کر دیتے ہیں کہ حیرت ہوتی ہے۔ میں نے اپنے کسی تفصیلی خط میں لکھا تھا کہ مشرف عالم ذوقی کی افسانہ نگاری ہو کہ ناول نگاری ہر دو کا معاملہ ان کے تمام ہم عصر اور پیش رووں سے مختلف ہے۔ ان کا

کہانی کہنے کا ڈھنگ اور طریقہ بھی سب سے الگ ہے۔ انہیں اپنے ہم عصروں میں وہی انفرادیت حاصل ہے، جو کبھی قرۃ العین حیدر کو حاصل تھی۔ یا جو انتظار حسین کو حاصل ہے۔

کسی نے کہا تھا کہ منٹو، ابن صفی، اور یوسفی جو کچھ اور جس طرح لکھ سکتے ہیں ضرور وہی لکھ سکتے ہیں دوسرا کوئی نہیں لکھ سکتا، یہی بات قرۃ العین حیدر، انتظار حسین اور ذوقی کے بارے میں بھی کہی جا سکتی ہے۔"

آفاق عالم صدیقی (شیموگہ)

ایک طرف ایسے لوگ ہیں جو فکر اور اسٹائل کے لیے ذوقی کی تعریف کرتے ہیں اور دوسری طرف ذوقی سے بدگمان لوگوں کی ایک بڑی دنیا آباد ہے۔ ادب میں سیاست کے لیے کوئی جگہ نہیں۔ صحت مند مکالموں کے دروازے ادب میں ہمیشہ کھلے رہے ہیں۔ حقیقت یہ ہے کہ ذوقی کا ادبی قد کسی بھی طرح کی سیاست سے بلند ہے۔ ان کی تحریریں بولتی ہیں اور ان کی تحریروں سے مسلسل اردو زبان و ادب میں اضافہ ہو رہا ہے۔ اس لیے ایسے لوگ، جنھوں نے ذوقی کا مطالعہ کیا ہی نہیں، میں انہیں اس خصوصی شمارہ کے بہانے سے ذوقی کی تحریروں کو سنجیدگی سے پڑھنے کی دعوت دیتا ہوں۔ ادب کے بدلے ہوئے منظر نامے میں ذوقی اپنی فکر، اپنے منجھے ہوئے اسلوب، اپنی طرز تحریر کے لیے ہمیشہ یاد رکھے جائیں گے۔

یہ خصوصی شمارہ ایک بڑے فنکار کو ہماری طرف سے ایک چھوٹا سا نذرانہ ہے۔

***

لے سانس بھی آہستہ کہ نازک ہے بہت کام
آفاق کی اس کار گہِ شیشہ گری کا

- میر تقی میر

نیا تجربہ

-پروفیسر گوپی چند نارنگ

کوئی ناول نظریے کی بنیاد پر نہیں لکھا جا سکتا اور کسی مقامی یا مغربی لیک کی روشنی میں بھی نہیں لکھا جا سکتا۔ ناول فقط اندر کی آگ سے لکھا جاتا ہے۔ مبارک باد کے مستحق ہیں وہ لوگ جنہوں نے گذشتہ برسوں میں اس دور کو جھیلا ہے اور اپنی تخلیقات کے ذریعہ ایسے اقدامات کیے ہیں جن سے ناول اپنے ٹریک پر آگیا ہے۔ قرۃ العین حیدر، انتظار حسین، انور سجاد، بلراج منیرا، سرندر پرکاش کی تخلیقات ناقابل فراموش ہیں۔ نئی کہانی وہ ہے جس میں کہانی پن کا احساس ہو۔ بیانیہ کی بحالی ہو گئی ہے۔ شاعری کا عنصر فکشن میں بے معنی ہے۔ مشرف عالم ذوقی کے "لے سانس بھی آہستہ" کی دنیا ادب کی دنیا میں وسیع اور آزادانہ دنیا ہے۔ ادب میں کسی ایک مقام پر ٹھہرا نہیں جا سکتا۔ ہمارے ادب میں اردو فکشن نے انگڑائی لی ہے۔ کبیر، تکارام، بابا فرید نے جو کچھ بہت پہلے سوچا اس سوچ تک مغرب والے اب تک نہیں پہنچ پائے۔ فکشن میں موضوع کی پابندی نہیں ہونی چاہئے۔ Socio-political crisis پر تخلیق کار کیوں نہ لکھے۔ اجنبیت، بیگانیت ایسی Ideology نہیں جو کتابوں میں لکھی جائے۔ فنکاری کی بھی Ideology ہوتی ہے۔ وہ انسانیت سے محبت کرتا ہے۔ "لے سانس بھی آہستہ" Ideological ناول ہے۔ تہ داری (density) اور تنوع اردو فکشن میں حیران کن ہے۔ Feminism اور علاقائیت

وغیرہ نیا تجربہ ہے۔ انٹرنیٹ google وغیرہ کا سب سے زیادہ اثر ذوقی کے بیانیہ میں دیکھا جا سکتا ہے۔

(ساہتیہ اکادمی سہ روزہ سے می نار میں کی گئی تقریر کا ایک مختصر اقتباس)

***

"لے سانس بھی آہستہ" کی بیانیہ تکنیک پر ایک نوٹ

-ڈاکٹر ستیہ پال آنند

"نسل در نسل داستان" ہمارے لوک ادب کا ورثہ ہے، لیکن ناول کی صنف اردو میں مغرب سے وارد ہوئی اس لیے اس صنف کے ہولڈال میں بندھے بندھائے دیگر ذیلی اقسام (ڈائری نماناول، مختلف زمان و مکان پر محیط ناول، تاریخی واقعات پر مبنی ناول، ایک مخصوص کردار کو لے کر تحریر کردہ ناول، ایک سیاسی تحریک کو لے کر لکھا گیاناول یا ایک ہی دن کے واقعات پر مبنی ناول وغیرہ) بھی یورپ کی دین ہیں۔ کرشن چندر کا "جب کھیت جاگے" تلنگانہ کی کمیونسٹ تحریک کی کہانی سناتا ہے، راقم الحروف کا ہندی ناول "چوک گھنٹہ گھر (جسے حکومت پنجاب نے 1957ء میں ضبط کر لیا تھا) ایک ہی دن یعنی چوبیس گھنٹوں کی کہانی سناتا ہے۔

ناول کی جس ذیلی صنف کو انگریزی میں Generational novel صنف کہا گیا ہے وہ بھی ہمارے ہاں انگریزی سے ہی وارد ہوئی۔ انیسویں صدی میں ناول نگاروں کے ہاں وافر مقدار میں وقت تھا اور چونکہ یہ ممکن نہیں تھا کہ دو ہزار صفحات پر مشتمل کوئی ناول ایک ہی جلد میں پیش کیا جائے، انہیں قسط در قسط پیش کیا جاتا تھا۔ جان گالزوردی (1867-1939) کا ناول Foresyte Saga تین حصص (سولہ سو صفحات) پر مشتمل ہے اور اس میں ایک eponymous خاندان (یعنی ایسا خاندان جس کی اصل، تاریخی

حیثیت نہ بھی ہو تو بھی ایک سماجی چلن social trend کی نمائندگی کرے) کی کہانی تین جلدوں اور ڈیڑھ صدی پر محیط ہے۔ روس میں، فرانس میں اور اٹلی میں اس قسم کے بیسیوں ناول ہیں۔

اردو میں قرۃ العین حیدر کے ناول "آگ کا دریا" کے علاوہ اس قماش کا کوئی دیگر قابل ذکر ناول میری نظر سے نہیں گذرا، لیکن حالیہ برسوں میں شمس الرحمن فاروقی کے 'کئی چاند تھے سر آسماں" نے اس کمی کو پورا کیا ہے۔ مجھے یہ کہنے میں کوئی عار نہیں ہے کہ انتظار حسین اس قطار میں بہت پیچھے کھڑے ہیں۔ اب زیر تبصرہ مشرف عالم ذوقی کا ناول "لے سانس بھی آہستہ" منظر عام پر آیا ہے۔ یہ ناول اس مخلوط تکنیک کا سہارا لیتا ہے، جس میں generational اور contemporary مل جل کر ناول کے واقعاتی تسلسل کو آگے بڑھاتے ہیں۔ بر سبیل تذکرہ یہ بھی لکھتا چلوں کہ انگریزی میں Bronte sisters نے اس تکنیک میں ایک تیسری جہت، یعنی ایک ہی مرکزی کردار (مثلاً Emma) کے امتزاج سے لافانی ناول تخلیق کیے۔

مشرف عالم ذوقی کا ناول "لے سانس بھی آہستہ" ناول کی جنریشنل ذیلی صنف سے ہوتے ہوئے بھی کلیتاً اس صنف سے مشابہ نہیں ہے۔ یعنی لگ بھگ ایک صدی پر محیط ہونے کے باوجود یہ ناول تہذیبوں کے تصادم، انحطاط، شکست و ریخت اور ریختہ ٹکڑوں سے عجیب الخلقت اشکال میں بدلتی ہوئی ایک نئی تہذیب کی کہانی ہے۔ ایں چیزے دیگر است کہ یہ تہذیب اب بھی پارینہ جاگیر دارانہ نظام کی کمزور بنیادوں پر استوار ہوئی ہے اور اس کا خارجی چہرہ، یعنی مارکیٹ اکانومی کی کئی منزلہ اونچی عمارت، صرف بڑے شہروں قصّہ ہے، دیہات کا نہیں۔

جو جہت اس ناول کو اردو کے دیگر جنریشنل ناولوں سے اگر ممتاز نہیں تو منفرد ضرور

بناتی ہے، وہ یہ ہے کہ

اسے پڑھتے ہوئے بھول بھلیاں میں بھٹکنا نہیں پڑتا۔ (اگر انگریزی میں کہوں، تو) It is eminently readable اور اس کی بنیادی وجہ یہ ہے کہ شعوری رو کے ابہام در ابہام narrative سے دامن بچاتے ہوئے ذوقی نے، شروع سے آخر تک بیانیہ کی اس تکنیک پر تکیہ کیا ہے جسے unambiguous straight narrative pattern کہا جاتا ہے۔ ناول کا واحد متکلم، وقتاً فوقتاً خود کو ظاہر و موجود زمان اور مکان سے آزاد کر کے آگے پیچھے گھومتا ضرور ہے لیکن ایسا کرتے ہوئے یہ نستعلیق بیانیہ اسے گمراہ نہیں ہونے دیتا اور وہ "رفتہ" سے "موجود" کی طرف لوٹ کر "آیندہ" کو آتے ہوئے دیکھ سکتا ہے۔ قرۃالعین حیدر کی اس تکنیک کی طرح جو اس نے جیمز جوائس اور ورجینیا وُلف سے مستعار لی تھی، ذوقی مضبوط زمین کے ایک حاضر و موجود لمحے میں مضبوطی سے پاؤں جما کر زمان میں آگے پیچھے نہیں دوڑتا، یا پھر مکان (حویلی، گاؤں، قصبہ، شہر، ملک، ہندوستان، پاکستان) میں ایک جگہ رک کر دائیں بائیں طواف نہیں کرتا۔ زمان کی سطح پر وہ ماضی میں مراجعت کرتے ہوئے بھی قدم قدم پر "حال" کی نشانیاں چھوڑتا چلا جاتا ہے، اور مکان کی سطح پر بھی اسی تکنیک کا سہارا لیتا ہے، اس لیے اس ناول کا قاری بھٹکتا نہیں ہے۔

میں ناول کے پلاٹ یا کرداروں کے بارے میں بات نہیں کروں گا کہ اس مختصر مضمون میں یہ میری لچھمن ریکھا کے اُس پار ہے، جہاں سے باہر میں قدم نہیں رکھ سکتا۔

تقسیم وطن پر بیسیوں ناول اور اس سے دس گنا تعداد میں افسانے لکھے گئے ہیں۔ اس کے مضر اثرات بنگلہ دیش کے معرض وجود میں آنے پر کھل کر سامنے آئے تھے اور اب پڑوسی ملک کے دگرگوں حالات کو دیکھتے ہوئے اسی ملک کے قلم کار اس پر آزادی سے

اظہار خیال کرنے لگے ہیں۔ چونکہ تقسیم کا دن یعنی پندرہ اگست 1947ء ایک ایسا catalytic agent بن کر آیا کہ ایک دم توڑتی ہوئی تہذیب کی سانسیں یکایک اکھڑنے لگیں جبکہ ابھی دوسری تہذیب کا جنم بھی نہیں ہوا تھا۔ ذوقی کا مطمح نظر کیا ہے؟ اس کا جواب کوئی نہیں ہے، کیونکہ ایک ناول نگار جب ایک کردار کی زبان سے کچھ کہلواتا ہے تو یہ ضروری نہیں ہے کہ یہ واحد متکلم ناول نگار کا عندیہ پیش کر رہا ہو۔ خود ایک ناول نگار ہونے کی وجہ سے میں تو اتنا سمجھتا ہوں کہ کسی بھی ناول کا کینوس اتنا وسیع ہوتا ہے اور اس میں کرداروں کے تانے بانے آپس میں اس قدر مربوط ہوتے ہیں کہ ایک سے زیادہ واحد متکلم بھی ناول نگار کے mouth piece ہو سکتے ہیں۔ ذوقی نے کمال ہوشیاری سے یہ طے کیا ہو گا کہ یہ ناول First Person Pronoun نہ صرف ایک تماشائی لڑکا ہو جو ابھی جوانی کی پہلی کچی بلوغت بھی پار نہ کر چکا ہو، بلکہ اپنی بڑھتی ہوئی عمر کے ساتھ بدلتے ہوئے آس پاس کی بدلی ہوئی دنیا کو بھی اپنی تجزیاتی بصارت سے دیکھے۔ ایک اور پہلو جس میں ناول نگار بہت کامیاب رہا ہے وہ اس کے کرداروں کی اشرافیہ بیخ و بنیاد ہی نہیں، بلکہ ان کی اقدار ہیں جن پر وہ مضبوطی سے قائم ہیں۔ یہ کردار کٹھ پتلیوں کی طرح نہیں ہیں، آزاد جیتے جاگتے انسان ہیں جن کو ناول کے خالق نے اپنے فلسفے کی جلباب نہیں پہنائی۔

البتہ واحد متکلم "میَں" کا ذہنی ساختیہ اس بدلتے ہوئے ماحول سے جو تاثر قبول کرتا ہے اسے کمال چابکدستی سے ناول نگار پیش کرتا ہے۔ جب جادو ٹونے کا مظہر، یعنی اسلام کی تباہ ہوتی ہوئی روایت کا نمائندہ، مولوی محفوظ حویلی میں دبے ہوئے خزانے کو جادو کے زور سے کھود نکالنے پر، امّاں کے انحراف کے باوجود ابّا کو راضی کر لیتا ہے، تو ہمیں بیانیے میں بارہ برس کی عمر کے واحد متکلم کے یہ الفاظ ملتے ہیں۔

محرابیں مجھے ڈس رہی تھیں۔۔۔ درخت اور اس کی شاخیں ڈراونی لگ رہی تھیں۔

بے رونق دیواروں میں خوفناک آنکھیں نظر آ رہی تھیں۔ چھت کی سفیدی جھڑ گئی تھی۔۔۔وہاں الگ الگ بھیانک چہرے بنے ہوئے نظر آ رہے تھے۔ عرصہ بعد میں نے اپنی نوٹ بک نکالی۔۔۔اس پر لکھا۔ میری چاروں طرف بھوت ہیں

آنگن میں۔۔۔ صحن میں۔۔۔ چھت پر

پیڑوں سے لٹکتے بھوت۔۔۔

دیواروں سے جھانکتے بھوت۔۔۔

میں گم ہونے لگا ہوں۔۔۔

یا پھر۔۔۔

میں بھوت بننے لگا ہوں۔

لڑکپن کی پہلی کچی بلوغت میں اس ذہنی کیفیت کو جن بصری امیجز سے اجاگر کیا گیا ہے، وہ ایک غیر معمولی تاثر دیتا ہے۔ (لفظ "بھوت" ہی چار بار اس میں وارد ہوا ہے)

اس مختصر نوٹ کا مقصد پورے ناول کا تجزیہ قطعی نہیں تھا، صرف اس تکنیک کو زیر بحث لانا تھا جس کا استعمال بقدر احسن وخوبی ناول نگار نے کیا ہے۔

***

سانسوں کے زیر و بم کا فنی اظہار

-ڈاکٹر منظر اعجاز

مشرف عالم ذوقی نے مشرق و مغرب کی شعریات کے مطالعے اور اکتسابات سے واقعات و واردات اور مسائل حیات و کائنات کے تجزیے کی بصیرت ہی حاصل نہیں کی ہے، ان کے فنی اظہار کا شعور بھی حاصل کیا ہے۔ اس کا احساس نہ صرف ان کے اکثر افسانوں بلکہ ناولوں سے بھی ہوتا ہے اور جہاں تک ناولوں کا تعلق ہے، ان میں "لے سانس بھی آہستہ" اپنے موضوعات و مسائل، معنوی جہات اور صوری تشکیل کے لحاظ سے بھی ایک منفرد اور ممتاز فنی کارنامہ ہے۔ اس سے مشرف کے امتیاز کے نقوش مزید گہرے اور روشن ہوئے ہیں۔

مشرف کا کینوس بہت پھیلا ہوا ہے۔ ان کے موضوعات متنوع اور مسائل نہایت ہی پیچیدہ اور بے شمار ہیں۔ بلکہ ایک انبار ہے مسائل کا جسے مشرف نے فلسفہ بنا دیا ہے- ان معنوں میں کہ فلسفے مسائل کی آگہی دیتے ہیں، ان کا حل نہیں دیتے مگر باضابطہ غور و فکر کا ایک سلسلہ قائم کر دیتے ہیں۔ گویا ان کے مقدمات فلسفیانہ ہوتے ہیں لیکن ان کی پیش کش فنکارانہ ہوتی ہے۔ تکنیک اکثر چونکانے والی ہوتی ہے- اس ناول میں خصوصیت کے ساتھ یہ امتیاز نظر آتا ہے۔ تمہید کے طور پر ہرمن ھیسے کے ڈیمیان سے ماخوذ اقتباس پیش کیا گیا ہے جس کا یہ آخری جملہ کلیدی اہمیت کا حامل ہے:۔

"ارتقاکے راستے میں اخلاقیات کا کوئی دخل نہیں۔"

اور پھر مختصر سے یہ تین جملے:۔

"کبھی کبھی قدرت کے آگے /

ہم بیحد کمزور ہو جاتے ہیں /

اور سپر ڈال دیتے ہیں"

ان عبارتوں سے یہ اشارے ملتے ہیں کہ یہ انسانی مقدرات کی ستم ظریفی کی داستان یا قدرت کے جبر کی کہانی ہے جس میں تہذیب انسانی کے ارتقا کی راہیں اخلاقیات کی دھجیوں سے اٹی پڑی ہیں۔

اردو میں بھی بہت سارے افسانے اور ناول لکھے گئے ہیں سنسنی خیز اور رونگٹے کھڑے کر دینے والے مگر "لے سانس بھی آہستہ" اپنی کیفیت و کمیت کے اعتبار سے ممتاز، منفرد اور جداگانہ حیثیت کا حامل ہے۔ اس کی سنسنی خیزی میں برف زار کی طوفانی ہوا کا وہ جھونکا ہے جس سے رگ احساس شل اور روح منجمد سی ہوتی ہوئی محسوس ہوتی ہے۔ مشرف عالم ذوقی نے اپنے فکری سروکار اور فنی طریق کار سے اس ناول کو مذاہب، فلسفے اور حکمتوں کی ناکامیوں کا نوحہ بنا دیا ہے۔ یہ ناول بنیادی طور پر جدیدیت کی فکری روایت اور فلسفیانہ اساس سے ہمکنار ہے جس کا نتیجہ حزن و ملال سے پُر اور یاس انگیز ہے۔

اس ناول کا قصہ فلیش بیک کی تکنیک میں بیان کیا گیا ہے۔ قصے کے راوی عبدالرحمن کاردار ہیں جن کا آبائی تعلق بلند شہر سے ہے۔ رؤسائے بلند شہر میں کاردار خاندان کے علاوہ نور محمد کا بھی ایک خاندان ہے۔ ان دونوں خاندانوں کے تار حریر دو رنگ (سفید و سیاہ دھاگوں) سے اس قصے کا بنیادی پلاٹ بنا گیا ہے اس میں حیرت و حسرت

کی جھلک نمایاں ہے۔ حالانکہ بظاہر قصہ نور محمد ہی کے خاندان سے متعلق ہے۔

عبدالرحمن کاردار، مایوسی و محرومی اور تنہائی و ناپرسانی کا زمانہ بلند شہر سے دور ایک پہاڑی سلسلے پر گزار رہے ہیں جہاں تھوڑے تھوڑے دنوں کے لیے ان کی سترہ سالہ پوتی سارا کاردار، جو ان کے تنہا بیٹے ڈاکٹر شان الرحمن کاردار کی تنہا اولاد ہے، آجاتی ہے۔ ملازم اور ملازمہ ہیں۔ یہیں پروفیسر نیلے بھی اپنے آبائی علاقہ سے دور اپنی بیوی کے ساتھ وقت گزار رہے ہیں۔ ان کے بال بچے بھی اس عمر میں ان سے، ان کی آنکھوں سے دور ہیں۔ پروفیسر نیلے یہاں عبدالرحمن کاردار کے پڑوسی بھی ہیں اور دوست بھی- دونوں اکثر پہاڑی سلسلے پر ایک ساتھ گھومتے پھرتے ہیں حالات سابقہ و حاضرہ پر تبصرے کرتے ہیں خود اپنے حال و احوال ایک دوسرے کے ساتھ شیئر کرتے ہیں۔ ایسے ہی کسی موقع پر عبدالرحمن کاردار کو یاد آتا ہے جب نادرہ ان کی حویلی میں آئی تھی۔ سفیان ماموں کی بیٹی نادرہ۔ نادرہ کے سحر آنگیں حسن سے حویلی طسلم ہوش ربا بن گئی تھی جو پہلے آسیب زدہ سمجھی جاتی تھی۔ اپنے ان دنوں کے احساسات و جذبات کا اظہار عبدالرحمن کاردار اس طرح کرتے ہیں:۔

"لمحے ٹھہر گئے تھے۔ یہ آسیبی حویلی اچانک طلسم ہوش ربا میں تبدیل ہوگئی- ایک ایسی ساحرہ جس کی آنکھوں کی پر اسرار چمک نے اس وقت مجھے کسی بے جان بت میں تبدیل کر دیا تھا۔"

لیکن یہ سحر کار حسن عبدالرحمن کاردار کے اندر ایسا انقلاب پیدا نہ کرسکا کہ وہ سفیان ماموں سے اپنے لیے نادرہ کا رشتہ مانگ لیتے۔ نادرہ کی شادی نور محمد سے ہوگئی اور اس طرح ایک زن بے زبان کی کی چاہتوں کا خون ہو گیا۔ یعنی روایتی اخلاقیات کی پابندی اور پاسداری نے معاشرتی نظام میں ایک طرح کی بیماری پیدا کر دی۔ پھر اس بیمار نظام میں

پیدا ہونے والے بہت سے بیمار بچوں کی طرح نادرہ نے بھی ذہنی طور پر معذور ایک بچی نگار کو جنم دیا۔ اصل کہانی اسی کے ساتھ جنم لیتی ہے۔ اب تک کی دنیا کی سب سے بھیانک کہانی - یاسب سے بدترین کہانی۔ دو چہروں کے تعاون سے لکھی جانے والی کہانی۔ پہلا چہرہ ایک مرد کا تھا۔ ایک بے حد معصوم سا مرد اور دوسرا چہرہ ایک چھوٹی سی معصوم بچی کا تھا۔ بے حد معصوم سی چھوٹی سی بچی کا۔۔۔ بے حد معصوم سا مرد کوئی اور نہیں، نور محمد ہے اور ایک چھوٹی سی معصوم سی بچی، بے حد معصوم سی بچی، نور محمد کی بیٹی اور نادرہ کی بیٹی نگار ہے۔ یہ دونوں کردار ایسی بدنصیبی کے شکار ہو جاتے ہیں جن کے تصور سے روح کانپ اٹھتی ہے۔

اس ناول میں تجسس اور تحیر کے بے شمار عناصر قدم قدم پر دامن نگاہ کو تھام لیتے ہیں اور اس جہان سے سرسری گزرنے نہیں دیتے۔ ہر جا جہان دیگر کی نیرنگیاں دکھائی دیتی ہیں جن کا تعلق واقعات و واردات ہی سے نہیں بلکہ فکر و فن کی تخلیقی قوت سے بھی ہے۔

ہمارے تجربے میں معذور زندگی کا ایسا واقعاتی تناظر بھی ہے جس کے لیے MERCY DEATH کا نہ صرف فارمولا تیار کیا گیا بلکہ اس کے نفاذ کے لیے عدالتِ عالیہ سے گزارش بھی کی گئی لیکن عدالت نے اس کی منظوری نہیں دی، عدالت کا یہ بھی ایک تاریخ ساز فیصلہ تھا۔

اب ایسی زندگی جو موت سے بھی بدتر ہو اور اسے مرنے کی اجازت بھی نہ دی جائے تو گویا یہ بھی بے رحمی ہی کی ایک مثال ہے۔ عذاب الٰہی کا یہ نزول کسی ایک فرد پر نہیں بلکہ معاشرے کے متعدد افراد پر ہے اور دوسرے لفظوں میں آج کا انسانی معاشرہ ایسے عذاب میں مبتلا ہے۔ لیکن اس ناول میں نور محمد جس عذاب میں مبتلا ہے اس کی

نوعیت سارے جہان سے مختلف ہے، اس کی کیفیت سارے زمانے سے جدا ہے۔

باپ بیٹی کے مقدس رشتے کی پامالی کے متعدد واقعات تاریخ کا بھی جزو اور ادب کا بھی حصہ بنے ہیں۔ لیکن یہاں نگار اور نور محمد کے رشتے کی پامالی کی نوعیت ایسی ہے جو تاریخ اور تخیل کی ہمکاری سے ایسی حیثیت اختیار کر گئی ہے جو فن کو شاہکار کے مرتبے تک پہنچا دیتی ہے، لیکن کہانی کے آغاز سے تکمیل تک عبدالرحمن کاردار ناقابل فراموش کردار کی حیثیت اختیار کر لیتے ہیں کیونکہ ذہنی طور پر معذور نگار کی معذوری کا اصل سبب عبدالرحمن کاردار سے تعلق سے نادرہ کی نفسیاتی اور جنسی گھٹن بھی ہو سکتی ہے۔ نگار پیدا ہوتی ہے تو اس بیماری کے ساتھ کہ اس پر رونے کے دورے پڑتے ہیں اور جب یہ دورہ پڑتا ہے تو لگتا ہے روتے روتے اس کا دم گھٹ جائے گی، وہ مر جائے گا۔ نگار کو جنم دینے کے بعد نادرہ بھی صحت مند نہیں رہتی۔ اس کی بیماری کے دوران عبدالرحمن کاردار جب ملنے آتے ہیں تو وہ اپنے دل کا حال سنا ڈالتی ہے۔ محسوس ہوتا ہے کہ زخم محبت اور درد جدائی سے ابھی بھی اس کا سینہ چھلنی بنا ہوا ہے۔ اور بالآخر نادرہ اپنے پس ماندگان میں نور محمد کے علاوہ سات سال کی نگار کو چھوڑ کر مر جاتی ہے۔ نگار جسے بڑھتی ہوئی عمر کے ساتھ رونے کے علاوہ حوائج ضروریہ، یہاں تک کہ اپنے کپڑے لتے اور اپنے جسم تک کا کوئی خیال نہیں رہتا۔ آیا کے طور پر بانو کچھ دنوں تک خدمات انجام دیتی ہے لیکن وہ بھی بالآخر اوب جاتی ہے اور نتیجے کے طور پر اس کی نگہداشت کی تمام تر ذمہ داریاں نور محمد کو بحیثیت باپ نہیں، بطور ماں قبول کرنی پڑتی ہیں۔ وہ نادرہ سے اس کا وعدہ کر چکا ہے اور ہنوز پابند عہد ہے۔ کیونکہ نگار اس کی محبت، نادرہ کی تنہا نشانی ہے۔

اس قصے کا المیہ یہ بھی ہے کہ نور محمد کی چاہت نادرہ اور نادرہ کی چاہت عبدالرحمن کاردار ہیں۔ پس منظر سے ابھرنے والے واقعے کی المناکی یہ ہے کہ نور محمد کی والدہ اور

نادرہ کی والدہ بھی بے وقت موت کی آغوش میں پناہ لے لیتی ہیں۔ ماں کے کھو جانے کا غم نور محمد اور نادرہ دونوں کو ہے۔ یہ وہ غم مشترک ہے جو دونوں کو ایک دوسرے سے قریب کر دیتا ہے۔ دونوں ایک دوسرے کے ہمدرد و غم گسار بن جاتے ہیں۔ نادرہ کے اس رویے سے عبدالرحمن کاردار اس غلط فہمی میں مبتلا ہوتے ہیں کہ نادرہ نور کو چاہتی ہے۔ چنانچہ اپنی چاہتوں کو قربان کر کے اس کوشش میں مصرف ہو جاتے ہیں کہ نادرہ نور سے بیاہ دی جائے۔ سفیان ماموں نادرہ کی موت کے بعد خود اس کوشش میں ہیں کہ اپنی دوسری شادی کر لیں لیکن اس کے پہلے وہ نادرہ کی ذمہ داریوں سے سبکدوش ہو جانا چاہتے ہیں۔ نادرہ اپنے باپ کے اس رویے سے بددلی کا شکار ہو جاتی ہے۔ نادرہ کو عبدالرحمن کاردار کی سرد مہری بھی کھلتی ہے۔ لیکن روایتی اخلاقیات کے تقاضے کے تحت اس کی زبان پر مہر ہی لگی رہتی ہے حالانکہ جب وہ بستر علالت بلکہ بستر موت پر ہوتی ہے اور عبدالرحمن کاردار اس سے ملنے جاتے ہیں تو اس کی زبان پر حرف شکایت ہی نہیں آتے بلکہ زبان ہی برہنہ گفتار ہو جاتی ہے۔ ہجر کا غم دونوں کو ستاتا ہے۔ لیکن نادرہ اس غم سے نڈھال ہو کر بالآخر دم توڑ دیتی ہے۔ نور محمد نادرہ کے غم کو نادرہ کی نشانی نگار کے معذور وجود اور اس کی شب و روز کی خدمت سے ہلکا کرنا چاہتا ہے۔ لیکن نصیب کی بات کہ یہ غم شب و روز بھاری ہی ہوتا رہتا ہے۔ یہاں تک کہ ناقابل برداشت ہو جاتا ہے۔ لیکن زندگی بہرحال زندگی ہے جو زہر بھی بن جائے تو پینا ہی پڑتا ہے۔ لیکن المیہ یہ ہے کہ یہ زندگی نور محمد کی ہے۔ یہ جینا نور محمد کا ہے۔ زندگی کا زہر بھی اسی کو پینا پڑتا ہے۔ لیکن اس ناول کی یاس انگیز فضا اور گھٹن بھرے ماحول میں کبھی آہستہ کبھی تیز تیز سانس لیتا ہوا کردار نور محمد زندگی کے زہر کو گھونٹ گھونٹ اور گھٹ گھٹ کر پیتے پیتے بالآخر بے تکلفی کے ساتھ پینے لگتا ہے، گویا زندگی کی ولولہ انگیزیاں لوٹ آتی ہیں۔ عبدالرحمن کاردار شدت کے ساتھ

اس بات کو محسوس کرتے ہیں کہ نور محمد کا روپ بہروپ میں ڈھل چکا ہوتا ہے۔ لیکن یہ ہوتا تب ہے جب نور محمد نگار کے ساتھ شہر سے ہجرت کرتا ہے اور ایک گاؤں میں جا کر بس جاتا ہے ایک پرانی تہذیب نیا قالب اختیار کرتی ہے۔ بطور ناول نگار یا فنکار مشرف عالم ذوقی کے فکری و فنی زاویے سے قطع نظر ایک قاری کے ذہن میں یہ سوال ضرور ابھرتا ہے کہ کیا ناول نگار شہر کی آلودگی پر گاؤں کی آب و ہوا کو ترجیح دینا چاہتا ہے۔ کیا گاؤں کی آب وہوا آج بھی ایسی راحت بخش اور جانفزا ہے؟

میں تو قدرے ضخیم اس ناول کے مطالعے کے دوران اکثر یہ محسوس کرتا رہا ہوں کہ ناول کے توضیحی بیانیہ کے مقابلے میں یہاں ہمارا واسطہ افسانویت سے پڑتا ہے۔ اور افسانوی خصوصیات میں تجسس اور تحیر کے عناصر و عوامل کے علاوہ کسی کڑی کا کسی خوبصورت موڑ پر گم ہو جانا بھی شامل ہے۔ اور گم شدہ کڑیوں کی تلاش جس متجسسانہ تشنگی میں مبتلا کرتی ہے، اس کا تعلق یقیناً فن کاری کے محاسن سے ہے۔

نادرہ، نگار کو سات سال کی عمر میں چھوڑ کر مر جاتی ہے نور محمد دس سال تک شہر ہی میں نگار کو جھیلتا ہے۔ اس دوران نور محمد کی نفسیاتی الجھنیں، طرز عمل، اور اسلوب بیان پر مشرف عالم ذوقی نے جو بحیثیت ناول نگار توجہ صرف کی ہے۔ فنی شعور کی پختگی اور فنکاری کا جو مظاہرہ کیا ہے۔ ناقدری ہو گی اگر اسے نظر انداز کر دیا جائے۔

عبد الرحمن کا ردار بحیثیت راوی ایک موقع پر نور محمد کے بیان اور اپنے مشورے کو دہراتے ہیں:

"نور محمد بتا رہا تھا- 'مجھے رات اور رات کے احساس سے ڈر لگتا ہے بھیّا- جب وہ جسم کے کپڑے پھینک کر بیہوشی کے عالم میں اپنا جسم میرے جسم پر ڈال دیتی ہے۔۔۔ میں اسے مشکل سے الگ کرتا ہوں۔ بالکنی میں آ جاتا ہوں۔ ساری رات ٹہلتا رہتا ہوں۔۔۔

آپ بتا سکتے ہیں بھیّا۔۔۔ یہ کیا ہے۔ یہ کیسا امتحان ہے؟ اور یہ امتحان مجھ سے ہی کیوں لیا جا رہا ہے۔۔۔'

'اب یہ سب سوچنا بند کرو نور محمد۔ جتنا سوچو گے، اتنا ہی ذہن پریشان ہو گا۔ بس یہ سوچو کہ اللہ نے ایک معذور بچی کی ذمہ داری تمہارے سپرد کی ہے اور تم یہ ذمہ داری نبھا رہے ہو۔۔۔؟

اس نے سر جھکالیا۔ "

نادرہ کا جب انتقال ہوا تھا، نگار سات سال کی تھی۔ اور ذہنی طور پر معذور تھی۔ اس پیچیدہ صورت حال اور عمومی معاشرتی اخلاقیات کا تقاضہ تو یہ تھا کہ نور محمد شادی کر لیتا۔ اپنے لیے نہیں تو کم از کم نگار ہی کے لیے۔ یہی مشورہ خود ایک ہمدرد اور غمگسار ہونے کی حیثیت سے عبدالرحمن کا کردار کا بھی تھا۔ لیکن نادرہ کی محبت میں پاگل پن کی حد تک گرفتار نور محمد کسی بھی صورت میں شادی کی بات سننا تک گوارہ نہیں کرتا تھا۔ غالباً اسے اندیشہ تھا کہ اس کے شادی کر لینے سے نگار کو تکلیف ہو گی۔

یہ وہ واقعی صورت حال ہے جو دوسرے معاشرتی افراد کو بھی مختلف قسم کے اندیشے میں مبتلا کر سکتی ہے۔ اسی صورت حال سے گزرتے ہوئے خود عبدالرحمن کا کردار بھی کئی سوالوں میں الجھتے ہیں:۔

"لیکن ایک سوال جو بار بار مجھے پریشان کر رہا تھا کہ کیا اسے کبھی کسی بھی طرح کی جنسی طلب پریشان نہیں کرتی؟

اور اس سے بھی بڑا ایک سوال تھا۔ کیا اس عمر میں جنسی خواہش کا خیال بھی لانا کوئی گناہ ہے؟

کیا کوئی جوان آدمی اپنی جنسی خواہشات کا قتل کر کے زندگی گزار سکتا ہے؟

نادرہ کا جب انتقال ہوا تب اس کی عمر ہی کیا تھی۔۔۔ نگار صرف سات سال کی تھی- اور اس عمر میں تو جنسی طلب اپنے شباب پر ہوتی ہے- مجھے نور محمد سے ہمدردی تھی- اپنی جنسی طلب کو سلا کر بیٹی کے لیے پوری زندگی وقف کر دینا کوئی کھیل نہیں۔ لیکن نور محمد نے یہ کر دکھایا تھا- "

مشرف عالم ذوقی کے فنی شعور کی پختگی اور فنکاری کا مظاہرہ غیر روایتی انداز واسلوب میں ہوا ہے۔ انہوں نے تہذیب و اخلاق کو نئے معنوی تناظر میں دیکھنے اور دکھانے کی کوشش کی ہے تو جنسیات کو مرکزیت عطا کر دی ہے اور اسے عصر حاضر کے آفاق گیر مسئلے کے طور پر پیش کیا ہے۔ لیکن جنسی مسائل کو وہ، خواہ وہ انفرادی ہوں یا اجتماعی، تسلسل کے ساتھ بیان نہیں کرتے۔ اس سلسلے میں اکثر تخلیقی رکاوٹ (Creative interruption) پیدا کر دیتے ہیں۔ اس رکاوٹ کے دوران دوسرے سنجیدہ اور پیچیدہ مسائل قاری کے پیش نظر ہوتے ہیں جن کا بیشتر تعلق ناعاقبت اندیش سیاست اور گھناؤنی صارفیت سے ہوتا ہے ان کے پیدا کردہ محرکات وعوامل سے ہوتا ہے۔ یہاں غور طلب امر یہ بھی ہے کہ عبدالرحمن کاردار یا پرفیسر نیلے اپنے وجود سے کوہ و بیابان میں زندگی کی رمق گھولنے پر کیوں مجبور ہیں جب کہ بہ اعتبار عمر ان کی زندگیاں موت کی سرحدوں کو چھو رہی ہیں۔ دراصل ان کی اولاد اور اولاد کی اولاد بھی قابل لحاظ فاصلے پر اپنی اپنی زندگی اور اس سے گوناگون مسائل میں الجھی ہوئی ہے۔ اس اولڈ ایج میں ان کی حویلیوں میں ان کا پرسان حال کوئی نہیں۔ اور ان کا تہذیبی تعلق اس اقداری نظام سے بھی نہیں جس میں اس عمر کے لوگ اللہ اللہ اور رام نام کے جاپ میں باقی ماندہ عمر تمام کر دیا کرتے تھے۔

یہ ایک تاریخ سچائی ہے کہ تہذیبیں رنگ بدلتی رہتی ہیں اور ان ہی رنگوں سے ارتقا

کا رنگ پھوٹتا ہے۔ ان رنگوں کے چھینٹے کار دار پر بھی پڑے ہیں اور پروفیسر نیلے پر بھی۔ انہیں ان رنگوں کا احساس ہے لیکن وہ اس سے وحشت زدہ نہیں جیسا کہ عبدالرحمن کار دار کے درج ذیل بیان سے واضح ہے:۔

"ایک بار پھر پہاڑ روشن تھے - یا پہاڑ جاگ گئے تھے - آج ہم Family Incest کے موضوع پر گفتگو کر رہے تھے - مرغزاروں کی ہری بھری گھاس نے دھند کا لباس پہن رکھا تھا - پروفیسر نیلے کے پاؤں میں کچھ تکلیف تھی۔ اس لیے آج وہ لاٹھی کے سہارے ٹہل رہے تھے - میں نے اُنہیں باہر نکلنے سے منع بھی کیا - لیکن انہوں نے مسکراتے ہوئے جواب دیا - اس عمر میں آرام کرنے سے ہڈیاں کمزور ہو جاتی ہیں۔ ہم دیر تک جنسی اشتعال انگیزی اور شہوت انگیزی کے موضوع پر گفتگو کرتے رہے۔ بہر حال وہ ان باتوں سے ذرا بھی فکر مند نہیں تھے - "

یہاں پر سوال پیدا ہوتا ہے کہ یہ بوڑھے اس عمر میں کس قسم کی گفتگو کرنا پسند کرتے ہیں؟ پھر یہ بھی کہ پروفیسر نیلے پر اس قسم کی گفتگو کا رد عمل کیا ہوتا ہے؟ واقعاتی تسلسل میں نہ جانے ایسے کتنے ہی مقامات آتے ہیں جہاں قاری کے ذہن میں اس طرح کے سوالات ابھرتے رہتے ہیں۔ قاری متجسسانہ تشنگی کے مرحلے سے گزرتا رہتا ہے اور اکثر اس کی آنکھیں تحیرات کے عالم سے دوچار ہوتی ہیں۔ معرض التوا میں پڑے ہوئے واقعات و واردات تازہ دم ہو کر گرد سفر جھاڑتے ہوئے پیش نگاہ ہوتے ہیں۔ یہ مسافران واقعات و واردات کبھی سست رو اور کبھی تیز رفتار ہوتے ہیں۔ لیکن جب حلقہ نظر میں آتے ہیں تو ناظر کو ادھر سے ادھر نہیں ہونے دیتے۔ جذب و کشش کا یہ عالم فنی سلیقہ شعاری اور ہنر مندی سے ہی پیدا ہوتا ہے۔

نور محمد اور نگار کے سلسلے کا واقعہ جس کی کڑی ٹوٹ گئی تھی، آگے بڑھ کر اگلی کڑی

سے مل جاتا ہے۔ اور ایک درمیانی کڑی بھی اپنی اگلی پچھلی کڑیوں سے مل جاتی ہے۔ اس درمیانی کڑی کا تعلق انوار سے ہے جو نور محمد کا رشتہ دار ہے۔ لیکن بے روزگار ہے۔ نور محمد اس کا ہمدرد، معاون اور مددگار بن جاتا ہے۔ اور اپنے اسی گھر میں اوپر والے کمرے میں اس کے رہنے سہنے کا انتظام کرتا ہے اور تاکید کر دیتا ہے کہ وہ ہرگز نیچے کا کبھی رخ نہ کرے۔ لیکن جس اندیشہ کے تحت یہ تاکید کی جاتی ہے۔ ہونی کے طور پر وہی حادثہ پیش آتا ہے۔ اس سلسلے میں نور محمد نے عبدالرحمن کاردار کو جو کچھ بتایا ہے۔ کاردار بار دگر اسے بیان کر رہے ہیں:۔

"وہ خلا میں دیکھ رہا تھا۔۔ اس کی آنکھیں گہری فکر میں ڈوب گئی تھیں۔ 'اس دن۔۔۔ جیسا میں نے آپ کو بتایا۔۔ انوار کے بارے میں۔۔۔'

وہ کہتے کہتے رک گیا تھا- 'اور جب دوسرے دن شام چھ بجے۔۔۔ میں نے تالہ کھولا اور میری بیٹی اپنے کمرے کے باہر برہنہ پڑی تھی- اور یقیناً یہ میرا شک نہیں تھا کہ اس نے کچھ تو بدسلوکی کی کوشش کی تھی- ممکن ہے وہ کسی بہانے نیچے آیا ہو- اور ممکن ہے اس نے میری بیٹی کو دیکھا ہو- اور ممکن ہے اس وقت بھی اسے کپڑوں کا کوئی ہوش نہ ہو- جیسا کہ عام طور پر وہ اپنے لباس سے بے ہوش ہی رہتی ہے۔۔۔"

قیاسات اور خدشات پر مبنی یہ بیان قدرے طویل ہو جاتا ہے جہاں دست درازی کے شبہے پر یقین کا رنگ چڑھتا چلا جاتا ہے لیکن ایک نیم برہنہ حقیقت کے بیان میں باپ کی زبان برہنہ گفتار نہیں ہوتی:

"'میری غلطی یہ تھی کہ میں نے ایک نوجوان، ایک گرم خون پر بھروسہ کیا تھا، جو مجھے نہیں کرنا چاہئے تھا۔ خاص کر ایسے وقت میں جب پوری کوٹھی میں سوائے میری بیٹی کے کوئی نہیں تھا، مجھے اس پر بھروسہ کرنے کا حق ہی نہیں تھا۔ مگر- میں نے بھروسہ کیا

اور ممکن ہے اس نے دست درازی کی کوشش کی ہو- دست درازی۔۔۔"

مشرف عالم ذوقی کا یہ فنکارانہ اسلوب اس لیے بھی قابل لحاظ ہے کہ ایک باپ اپنی ایک معذور بیٹی اور اپنے ایک رشتہ دار نووارد انوار کے تعلق سے شبہات کا شکار ہے جس میں یقین کا رنگ گھلا ملا ہوا ہے لیکن ایک باپ کی مجبوری ہے کہ وہ یقین کے رنگ کو شبہات کے پردے میں ہی ڈھکا چھپا رہنے دینا چاہتا ہے۔ لیکن وہ اپنے ایک مخلص، ہمدرد اور غمگسار کے آگے اپنے تجربات، اپنے مشاہدات اور اپنے قیاسات کو بے کم وکاست اشارے کنائے میں بیان کر دینا چاہتا ہو۔ نور محمد ایک لمحے کے لیے رک کر پھر قیاسات پر مبنی اپنے بیان کے سلسلے کو آگے بڑھاتا ہے:

"اور اپنے سامنے ایک انجان آدمی کو پاکر اس پر پھر سے دورہ پڑ گیا ہو- یا ممکن ہے اس کے باوجود۔۔۔ آپ سمجھ رہے ہیں نا بھیا- ایک باپ کی لاچاری اور مجبوری کو سمجھئے۔۔۔ میں شاید اس سے زیادہ واضح الفاظ میں آپ کو نہ سمجھا پاؤں - مگر کچھ ہوا تھا- شاید اس کی چیخ سننے کے بعد بھی ممکن ہے۔۔۔ اس نے بیٹی کے ہاتھوں کو چھوا ہو- یا پھر۔۔۔ یہ بھی ممکن ہے کہ وہ بھاگ کھڑا ہوا ہو- لیکن اتنا طے ہے کہ۔۔۔"

عبدالرحمن کا ردار کے بیان کے مطابق:

"وہ (نور محمد) ایک بار پھر خلا میں دیکھ رہا تھا- 'اس نے کچھ اور نہیں کیا ہو گا- اس لیے کہ اس کے ڈرنے، خوفزدہ ہونے کے امکانات زیادہ مضبوط ہیں ۔۔۔ مگر اس رات۔۔۔ اس پوری رات۔۔۔ اور اس کے جانے کے بعد کی یہ تین راتیں- وہ رکا۔۔۔ یہ سب بتانا آسان نہیں ہے۔ اور اس کے لیے پتھر کا کلیجہ چاہئے- "

عبدالرحمن نہ جانے کس نفسیات کے شکار ہیں کہ کرید کرید کر نور محمد سے سب کچھ اگلوالینا چاہتے ہیں اور نور محمد بالآخر اقرار کر لیتا ہے کہ نگار کے اندر سیکس جاگ گیا تھا۔ ۱۸

سال کی بچی میں جسے کوئی شعور نہیں تھا، اچانک انوار کی آمد یا موجودگی نے اس کے اندر سیکس کو جگا دیا تھا۔

روتی، بلکتی اور سسکیوں میں ڈوبی ہوئی نور محمد کی آواز ابھرتی ہے اور واضح طور پر اس کے یہ الفاظ سنائی دیتے ہیں:۔

"وقت اور حالات مجھ سے جو کہانی لکھوا رہے ہیں، میں اس کے لیے قطعی تیار نہیں تھا بھیّا- لیکن اب۔۔۔ مجھے بس نگار کی زندگی چاہیئے- جب نادرہ کا انتقال ہوا تھا۔ آپ کو یاد ہے، میں نے آپ سے کیا کہا تھا۔۔۔ وہ جو بھی کہے گی کروں گا۔۔۔ اس کی ہر بات مانوں گا- مگر اسے مرنے نہیں دوں گا۔۔۔ یاد ہے؟'

'ہاں۔۔۔'

اس رات پہلی بار۔۔۔

نور محمد نے نگاہیں پھیر لی تھیں -'رات کے تین بجے کا وقت ہو گا- وہ دوا کھا کر سو گئی تھی- مجھے بھی نیند آ گئی تھی- اچانک تین بجے کے آس پاس میری نیند کھل گئی۔۔۔ مجھے جسم میں چیونٹیاں سی رینگتی ہوئی محسوس ہو رہی تھیں۔۔۔ اچانک مجھے احساس ہوا۔۔۔ میں نیچے کچھ بھی نہیں پہنے ہوں۔۔۔ کسی نے پائجامے کا ازار بند کھول لیا ہے۔۔۔ میرا پائجامہ اتر چکا ہے۔۔۔ اور اچانک میں نے دیکھا۔۔۔

'کیا-؟' میں زور سے چلایا۔۔۔ 'کیا دیکھا نور محمد۔۔۔'

'یہ نگار تھی۔۔۔ جو میرے پاؤں کے پاس جھکی ہوئی تھی۔۔۔ اور میرے ننگے جسم کو غور سے دیکھ رہی تھی۔۔۔ اور فقط ان تین دنوں میں۔۔۔'

وہ مجھ سے کہیں زیادہ زور سے چیخا- 'اس کے اندر سیکس کے مطالبے جاگ گئے ہیں۔"

اس دھماکہ خیز انکشاف سے عبدالرحمن کاردار کے اندر بھی کوئی دھماکہ ہوا تھا اور شدت جذبات سے مغلوب ہو کر چیختے ہوئے انہوں نے اپنے دونوں کان بند کر لیے تھے۔

مشرف عالم ذوقی نے اس سنسنی خیز سچوئیشن کو بھی فنکارانہ مہارت کے ساتھ پیش کرنے کی کامیاب کوشش کی ہے۔ کاردار کا سارا جسم پسینے سے تر بتر تھا اور سارہ انہیں جگا رہی تھی گویا انہوں نے کوئی بھیانک سا خواب دیکھا تھا۔ سارہ نے بھی یہی سمجھا تھا لیکن اس نے اپنے دادا کو مشکوک نظروں سے دیکھا تھا۔ اسے محسوس ہوا تھا جیسے اس سے کوئی بات چھپائی جا رہی ہے۔ اس نے اپنے اس خیال کا اظہار بھی براہ راست کر دیا تھا۔ لیکن سارا ہی کیا، اس ناول کا کوئی بھی قاری عبدالرحمن کاردار کے اس جملے پر کہ:

"سارا بیٹی۔۔۔ زندگی کبھی کبھی ڈراؤنے خواب سے بھی زیادہ ڈراؤنی لگتی ہے۔"

ٹھٹھک کر رک جائے گا اور زندگی کے اسرار و رموز پر غور و فکر کرنے لگے گا۔ اس طور سمجھنا مشکل نہیں کہ مشرف کے سادہ بیانیہ میں بھی پرکاری کے ایسے ایسے عناصر و عوامل کی کثرت ہوتی ہے جن سے زندگی تمام تر سادگی کے باوجود پیچیدگی اختیار کر لیتی ہے۔ اپنی طرحداری کے باوجود اس قدم مبہم اور تہہ دار ہو جاتی ہے کہ فلسفیانہ موشگافیوں کا جواز پیدا کر دیتی ہے۔

واقعات و واردات کی نوعیت اور کیفیات سے جو متنوع صورتیں پیدا ہوتی ہیں وہ بیان کے اسلوب کو بھی زیر و زبر کرتی رہتی ہیں۔ کہیں تاریخی صداقت اور کہیں صحافیانہ واقعیت اسلوب میں شفافیت اور قطعیت بھی پیدا کر دیتی ہے۔ اور جہاں تک مضامین و موضوعات یا واقعات و واردات کا تعلق ہے تو وہ سیاسی ہوں یا اخلاقی، تہذیبی ہوں یا مذہبی، جنسی ہوں یا نفسیاتی، ملکی ہوں یا غیر ملکی، انفرادی ہوں یا اجتماعی ان کی سنسنی خیزی

نمایاں وصف کی صورت اختیار کر لیتی ہے۔

تہذیب، ترقی اور عصری صورت حال کے تناظر میں بچوں کی تربیت سے متعلق اپنے خیالات کا اظہار کرتے ہوئے واشگاف اور قطعی انداز واسلوب میں پروفیسر نیلے اپنا اعتراض درج کراتے ہیں:

"مہذب دنیا میں ایسی کسی بھی تقسیم پر میں اعتراض درج کرتا ہوں جہاں بہانہ کوئی بھی ہو، مگر عورتوں کو مردوں سے کم تر سمجھا جاتا ہو۔"

عبدالرحمن کاردار اسی تسلسل میں اپنا بیان جاری رکھتے ہوئے فرماتے ہیں:

"وہ میری طرف مڑے۔۔۔'ہاں، تم اس دنیا کے بارے میں جاننا چاہتے تھے، جہاں باپ اور بیٹی۔۔۔؟ اور جیسا کہ تم نے بتایا۔۔۔؟ تم ابھی بھی کانپ رہے ہو۔ حقیقت یہ ہے کہ ہماری آج کی دنیا میں ایسے واقعات ہوتے رہتے ہیں۔ آسٹریلیا کے شہر Amstetten میں ایک شخص نے اپنی سگی بیٹی الزابتھ کے ساتھ 22 سال تک جنسی تعلقات بنائے۔۔۔ خود ہندستان میں اس قسم کے کتنے واقعات ہوئے ہیں اور ہو رہے ہیں اور یہ مت بھولو کہ تمہاری اس کہانی میں ابھی صرف اس مانگ نے جنم لیا ہے- اور ایک باپ ڈر گیا ہے- ایک معذور بیٹی، جس نے 18 سال تک ہوش و حواس سے الگ کی دنیا میں پناہ لی، اب اس کے اندر ایک مانگ پیدا ہو رہی ہے- مگر بھیانک۔۔۔"

اس موقع پر پروفیسر نیلے مسکراتے بھی ہیں لیکن ان کی مسکراہٹ معنی خیز ہوتی ہے۔ بین السطور میں محسوس کیا جا سکتا ہے نگار کی مانگ، بھیانک مانگ یا طلب کے سلسلے میں عبدالرحمن کاردار نے نور محمد کا بیان جس انداز میں دہرایا ہے، اسے پروفیسر نیلے جس زاویہ نظر سے دیکھ رہے ہیں وہی حقیقت ہو اور نور محمد نے جو کچھ سنایا ہے اس کی حقیقت افسانے سے زیادہ نہ ہو، کیوں کہ پروفیسر نیلے واضح لفظوں میں کہتے ہیں کہ- "ابھی اس

کہانی سے باہر نکلو۔" یہی نہیں، وہ عبد الرحمن کا ردار کو کچھ دکھانا چاہتے ہیں۔ کچھ بتانا چاہتے ہیں۔ یہاں تک کہ وہ کسی ایسی دنیا کا انکشاف کرنا چاہتے ہیں جس کا ہماری تہذیب نے کبھی تصور تک نہیں کیا ہو گا۔ پہلے ہزارے کی پہلی دہائی کے مکمل ہونے تک ایسی دنیا پیدا ہو چکی ہے جسے شاید بچوں اور بچوں کے بچوں نے تو دیکھی ہو لیکن کا ردار اور ان کی عمر کے لوگوں نے نہیں دیکھی۔ اگر وہ اس دنیا کو دیکھیں تو صرف لرز سکتے ہیں مگر زمانے کے اس بھیانک سچ کے ساتھ قدم سے قدم ملا کر نہیں چل سکتے۔ پروفیسر نیلے کہتے بھی ہیں:

"ممکن ہے، ہمارے تمہارے بچوں نے اس سچ کو ہزار بار دیکھا ہو- پھر بھی ان کے اندر کوئی تبدیلی نہیں آئی ہو۔ کسی بھی طرح کوئی لہر، کوئی بغاوت پیدا نہیں ہوئی ہو۔ وہ ایک لمحے کے لیے بھی سنسکرتی، تہذیب اور اخلاق کو ہونٹوں پر نہ لائے ہوں، اور دیکھ کر بھی اس واقعہ سے ایسے گزر گئے ہوں، جیسے جنک فوڈ کھا رہے ہوں - برگر، پیپسی، یا پزا۔۔۔"

پروفیسر نیلے صرف اپنے بیان پر اکتفا نہیں کرتے۔ وہ اسکرین پر کاردار کو جو کچھ دکھاتے ہیں وہ واقعی حیرت انگیز انکشاف کی حیثیت رکھتا ہے لیکن INTERNET سے منسلک پروفیسر نیلے جیسے لوگوں کے لیے حیرت کی کوئی بات نہیں۔ یہاں Google ہے۔۔۔ Facebook ہے۔ Picasa, Smugmug, Webshots, vimeu, Youtube, Zoom اور Padora ہے۔ Google کے اسکرین پر Family incest لکھ کر پروفیسر نیلے ہزاروں خانے روشن کرتے ہیں اور اس روشنی میں جو کچھ نظر آتا ہے، وہ آج کی مہذب، ترقی یافتہ اور روشن خیال دنیا کا کڑوا سچ ہے:

"باپ بیٹی میں سیکس- ماں بیٹے میں سیکس- خاندان کے ساتھ گروپ سیکس۔۔۔ بھائی بہن میں سیکس۔۔۔ سوتیلی بہن کے ساتھ۔۔۔ ماں اور بیٹی کے ساتھ باپ کا دونوں کو

Seduce کرنا۔۔۔

پروفیسر نیلے کے ہاتھ سانپ بن گئے تھے - "

مشرف عالم ذوقی نے یہ کہانیاں گھڑی نہیں ہیں۔ بلکہ اپنی فنکارانہ ہنر مندی سے کٹنگ (Cutting) پیسٹنگ اور ڈبنگ کا کام کیا ہے۔ تہذیب، ترقی اور روشن خیالی کے دعوے کو آئینہ دکھایا ہے۔ مواد صحافتی، مسالہ اخباری ہے لیکن اسے ادب کے قالب میں ڈھالنا فنکاری ہے اور یہاں مشرف عالم ذوقی کی یہی کارگزاری نظر آتی ہے اس صورت حال کی سنسنی خیزی شدید سے شدید تر ہو جاتی ہے جب پروفیسر نیلے عبدالرحمن کاردار کو احساس دلاتے ہیں کہ معاملہ سیکس سے رشتوں تک آگیا ہے۔ یہاں ہزاروں فلمیں ہیں جہاں رشتوں کے مقدس دھاگے ٹوٹ ٹوٹ کر بکھر گئے ہیں۔ پروفیسر نیلے کہتے ہیں:

"اب یہ دیکھو- یہاں میں لکھتا ہوں India, incest family یا پاکستان کا نام لکھو- اور یہ دیکھو- وہ دکھا رہے ہیں۔۔۔ یہاں کوئی یوروپین نہیں ہے۔ امریکہ، برطانیہ یا آسٹریلیا کے جوڑے نہیں ہیں۔ تمہارے لوگ ہیں کاردار- پاکستان کے، ہندستان کے۔ اپنے سگے جو جنسی اشتعال انگیزی میں گم ہیں۔ تم کہہ سکتے ہو، ممکن ہے، یہ سگے نہ ہوں۔ محض فلمیں بنادی گئی ہوں۔ لیکن یہاں سگے رشتوں کا نام کیوں درج ہے کاردار؟ کیونکہ بازار سے مارے، گلوبلائزیشن سے بور ہو جانے والے اب دوسروں کے سیکس کا ڈرامہ دیکھ کر بور ہو چکے ہیں اور نتیجہ۔۔۔ وہ سیکس کو آپسی رشتوں میں تلاش کر رہے ہیں۔"

اس صورت حال میں باپ بیٹی، نور محمد اور نگار کے جنسی تعلقات کی سنسنی خیزی اپنی شدت تاثیر اگر کھو نہیں دیتی تو کم سے کم ضرور ہو جاتی ہے۔ اس کے باوجود نور محمد کے اس انکشاف سے کہ اس نے نگار کی مانگ مان لی ہے، اس کی طلب پوری کر دی ہے، یہاں تک کہ اب وہ حاملہ ہے- عبدالرحمن کاردار چیخ پڑتے ہیں۔ لیکن وہ یہ قیاس کرنے

سے باز نہیں رہتے کہ نور محمد اس کا ابارشن کرادے گا۔ البتہ وہ نور محمد کو اس کا مشورہ نہیں دیتے۔ جب کہ وہ نور محمد کے ہمدرد و غمگسار اور راز دار و اصلاح کار بھی ہیں۔ وہ نور محمد کو یہ مشورہ ضرور دیتے ہیں کہ وہ شہر کی اپنی کوٹھی فروخت کر دے اور کہیں دور جا بسے جہاں اجنبیت ہی اجنبیت ہو، کوئی شناسانہ ہو۔ اور نور محمد یہی کرتا ہے۔ وہ ولاس پور نام کے ایک گاؤں میں جابستا ہے۔ ترک وطن کے بعد اس کی صورت وسیرت اور ہیئت کذائی میں بھی نمایاں تبدیلی آتی ہے۔ وہ گاؤں میں ملاجی کی حیثیت سے اپنی شناخت بنالیتا ہے۔ نگار کے بارے میں گاؤں والوں میں یہ تاثر قائم ہو جاتا ہے کہ ملاجی نے کسی بیمار غریب لڑکی کو آسرا دے رکھا ہے۔ بہر حال گاؤں کے ماحول سے نور محمد مطابقت پیدا کر لیتا ہے اور ملاجی کے نام سے مشہور ہو جاتا ہے - اسی اثنا میں مذہب کے دروازے اس پر کھل جاتے ہیں۔ ایسے ہی حالات میں خود نور محمد کے بیان کے مطابق:

"اکثر رات گئے نگار کی طلب بڑھ جاتی۔ میں غصے میں دھکّا دیتا تو وہ پاگلوں کی طرح مجھ پر جھپٹ پڑتی۔ میں روتا- ہاتھ جوڑتا- تو وہ جنون کی حالت میں کپڑے پھینک کر مجھے وہ سب کرنے پر مجبور کرتی، جسے احساس گناہ اور احساسِ جرم کے ساتھ میں نے صرف اس کی زندگی کے لیے قبول کر لیا تھا- "

نور محمد اس بیان کے دوران اپنی مجبوری اور کسمپرسی پر روتا بھی ہے۔ اور اس سلسلے کو آگے بڑھاتے ہوئے کہتا ہے:

"ہر رشتے کی اپنی اہمیت- مگر یہاں۔ رات گئے جیسے سانپ کے پھنکارنے کی آواز ہوتی تھی اور نگار کی خطرناک طلب- اور ایسے میں - شاید اس لمحے میرے لیے یہ بھول جانا ہوتا تھا کہ یہ جسم نگار کا ہے- میں آنکھیں بند کر لیتا۔ اور نادرہ کو محسوس کرتا- اور نادرہ کے احساس کے ساتھ ہی میرے جسم میں انگارے جمع ہو جانا شروع ہو جاتے- اور

یقیناً سرد ہوتے ہوئے، سانپ سے خرگوش بنتے ہی وہی احساسِ گناہ مجھ پر حاوی ہو جاتا-"

عبدالرحمن کاردار کے اس سفر اور نور محمد کے تفصیلی ملاقات اور گفتگو کے دوران ذہن کا نگار کی طرف منتقل ہونا فطری ہے- عبدالرحمن کاردار کے ذہن میں بار بار یہ بات آتی ہے لیکن نور محمد کی ظاہری حالت اور ذہنی کیفیت کے علاوہ اس کی گفتگو کی رو میں نگار کا خیال محو بھی ہو جاتا ہے۔ اس کے ساتھ جینی کے سلسلے میں ذہن متجسس ہوتا رہتا ہے۔ سارہ کی عمر کی یہ لڑکی کون ہے؟ گاؤں کے الہڑ حسن کا پیکر۔۔۔ یہاں تجسس متجسسانہ تشنگی میں تبدیل ہوتا ہوا محسوس ہوتا ہے۔ لیکن بالآخر یہ تشنگی بھی دور ہو جاتی ہے۔ یہاں تک کہ منظر نامے پر ابھرنے والا کردار چندو میاں اور کاردار کے ذہن پر چھائے ہوئے اسرار بھی کھل جاتے ہیں۔ اس لفافے کا رمز بھی آشکار ہو جاتا ہے جو پہاڑی سلسلے پر کاردار کے نام سارہ کو موصول ہوا تھا۔ اس نے ددو کو جب یہ لفافہ دیا تھا تو ایک بے نیازی کی سی کیفیت محسوس کی تھی۔ بند لفافے کو کھولا نہیں گیا تو اسے حیرت بھی تھی۔ سارہ نے محسوس کیا تھا کہ لفافہ موصول ہونے کے بعد اس کے ددو کی آنکھوں میں تفکر اور تردد کے آثار نمایاں ہو گئے تھے۔

نور محمد سے عبدالرحمن کاردار کی اس ملاقات میں اس لفافے کا راز بھی منکشف ہو جاتا ہے جسے دیکھتے ہی غالباً کاردار نے مضمون کو سمجھ لیا تھا اور بالآخر دیر یا سویر نور محمد سے ملنے کے لیے ولاس پور کے سفر پر نکل پڑے تھے۔ بہرحال اس موقع پر عبدالرحمن کاردار نور محمد کے ہر حرف، ہر لفظ، ہر جملے اور ہر عبارت پر اپنی خصوصی توجہ مرکوز رکھنے کے علاوہ نور محمد اور جینی کے ہر طرز عمل، گفتار اور سست و رفتار پر بھی گہری نظر رکھتے ہیں۔ اس موقع پر عبدالرحمن کاردار نے پہلے پہل چندو میاں کو بھی دیکھا تھا- چنانچہ وہ چندو میاں کے وجود سے بھی صرف نظر نہیں کرتے۔ وہ اس ملاقات کے دوران تمام تر

حالات سے باخبر ہو جانا چاہتے ہیں۔ نور محمد بھی حسب سابق تمام ناگفتہ اور سابقہ و موجودہ واقعات و حوادثات اور صورتحال سے انہیں آگاہ کر دینا چاہتا ہے کیوں کہ وہ اپنی علالت کی وجہ سے اپنی زندگی سے مایوس اور جینی کے مستقبل کے سلسلے میں فکر مند ہے۔ وہ عبدالرحمن کاردار سے اپنے خدشات کو بیان کرتا ہے۔ کاردار اسے دہراتے ہیں:

"'چندو میاں، جینی کو بیٹی کی طرح مانتے ہیں۔ مگر ہیں تو پرائے- یہاں کوئی اپنا نہیں - اور میں۔۔۔ قبر میں پاؤں پھیلائے۔۔۔ اس نے مجھے اشارے سے روک دیا تھا۔۔۔ میں جانتا ہوں میرے پاس بہت کم عمر بچی ہے۔ مرنے کا غم نہیں ہے مجھے مگر جینی کی فکر کھائے جا رہی ہے۔ جینی کا کیا ہوگا میرے بعد۔۔۔؟'

اس نے پلٹ کر میری طرف دیکھا- 'گاؤں کی ہوا راس آگئی ہے- لیکن ہے تو اکیلی- میں اس بے رحم زندگی کی جنگ میں اسے اکیلا نہیں چھوڑنا چاہتا-' اُس نے اچانک جھک کر میرے ہاتھوں کو تھام لیا تھا-

'بھیّا- بس اسی لیے آپ کو خط لکھا- کون ہے آپ کے سوا میرا- اور میں۔۔۔؟ کس امید پر بلند شہر کے رشتہ داروں سے ملنے جاتا- انہیں کیا بتاتا- جینی کو بھی کچھ نہیں معلوم۔۔۔ آپ سمجھ رہے ہیں نا بھیّا- '

میرے اندر نگاڑوں کی گونج شروع ہو گئی تھی۔۔۔

ڈرم۔۔۔ ڈرم۔۔۔

'تو جینی۔۔۔؟' میری سانس ٹوٹ رہی تھیں- 'تمہاری بیٹی ہے۔۔۔؟ نگار کی۔۔۔؟

'

'ہاں۔۔۔' اُس پر کھانسی کا دورہ پڑا تھا- 'بے رحم حقیقت- لیکن اسے تسلیم کرنا ہی ہے بھائی- میری بیٹی- لیکن قدرت کا ظلم کہ اس کی ماں بھی میری بیٹی تھی۔۔۔' وہ رو رہا

تھا۔۔۔ قدرت کا انتقام۔۔۔ اور یہی تو جاننا ہے مجھے کہ اس انتقام کے لیے خدا نے میرا انتخاب ہی کیوں کیا۔۔۔ کھوں۔۔۔ کھوں۔۔۔"

یہ اس ناول کے بنیادی قصے یا مرکزی موضوع کا کلائمکس ہے جو دوسرے ذیلی مسائل اور واقعات و واردات کے مابین اپنی نمایاں شناخت قائم کرنے میں کامیاب ہے۔ بے رحم حقیقتوں کے بے شمار الجھاوے ہیں جنہیں اپنی فنکاری یا فنکارانہ ہنر مندی سے مشرف نے زیب داستان کے طور پر بنیادی قصے میں پیوند کاری کی ہے، یا ان کی ہمکاری سے اصل قصے کو موثر بنا دیا ہے۔ اس قدر موثر کہ ایسی بے رحم اور سفاک حقیقتوں سے آنکھیں چار کرنے کا حوصلہ پیدا ہو سکتا ہے یہی خصوصیت حالات کے جبر یا قدرت کے ستم کے احساس سے پیدا ہونے والے یاس انگیز یا قنوطی سیلان کو ایک رجائی نقطہ نظر بھی عطا کر دیتی ہے۔

یہاں اچانک میرا ذہن ایک نکتے کی طرف متوجہ ہو گیا ہے جو میرے خیال میں نہایت اہم ہے۔ اور وہ یہ کہ مشرف نے انتساب کے صفحے کو ڈاکٹر محمد حسن کے نام معنون کیا ہے: "کہ اس صفحہ پر۔۔۔ بس ان کا۔۔۔ حق ہے۔۔۔

اور میر تقی میر کا درج ذیل شعر نقل کیا ہے جس سے اس ناول کا سرنامہ ماخوذ ہے:

لے سانس بھی آہستہ کہ نازک ہے بہت کام
آفاق کی اس کارگہ شیشہ گری کا

میرا قیاس ہے کہ فکری یا فنی، کسی نہ کسی سطح پر ڈاکٹر محمد حسن کی شخصیت، یا ان کی کوئی فکری جہت مشرف کے اس ناول کی تخلیق میں اصل محرک بنی ہے۔ نہیں کہہ سکتا، میرا یہ قیاس کہاں تک درست ہے۔ لیکن یہ طے ہے کہ قیاس کی بھی کوئی نہ کوئی منطقی صورت ضرور ہوتی ہے۔ جواز کے طور پر میں ڈاکٹر محمد حسن کا ایک اقتباس نقل کر رہا

ہوں:

"۔۔۔ فن نے زندگی کی حقیقتوں پر صدیوں تک رنگین نقاب ڈالے ہیں۔ لوہے کی زنجیروں میں نقلی کاغذی پھول گوندھے ہیں۔ خاص طور پر شاعر و ادیب نے لٹریچر، انسان اور حقیقت کے درمیان دھندلی دیوار بنا کر کھڑی کر دی ہے۔ میں اس طلسم کو توڑنا چاہتا ہوں۔ انسان کا اصل روپ خدائی نہیں حیوانی ہے۔ اور اسے حیوان کے روپ میں زندگی کو دیکھنا اور گزارنا سیکھنا چاہیے۔ پوری کٹھورتا، تلخی اور بے باک سچائی کے ساتھ اور اگر وہ اس زہرناکی کو برداشت نہیں کر سکتا تو میں اسے موت کے حوالے کرتا ہوں جو ناتوانوں کا آخری سہارا ہے۔ (زلفیں زنجیریں۔ ص ۱۳)

مشرف عالم ذوقی کے ناول "لے سانس بھی آہستہ' میں نور محمد ایک ایسا ہی کردار ہے جو پوری کٹھورتا، تلخی اور بے باک سچائی کے ساتھ زندگی کی زہرناکی کو برداشت کرتا دکھائی دیتا ہے۔ اس کی بین مثال اس کی بیٹی نگار کے ساتھ اس کا جنسی تعلق (Sexual Relation) ہے جو تقریباً دو دہائی کی عمر گزار کر اور اپنے باپ کے نطفے سے ایک بیٹی جینی کو جنم دے کر اس جہان فانی سے کوچ کر جاتی ہے- نگار میں جس طرح سترہ سال کی عمر کے بعد جنسی بھوک پیدا ہو گئی تھی، اسی طرح جینی کو جنم دینے کے بعد اس کے معذور ذہن میں قدرے صحت کی رمق پیدا ہوتی ہے- کسی حد تک اس کے شعور کا ارتقا ہوتا ہے۔ وہ اپنی نومولود بچی جینی کو دودھ پلاتی دیکھی جاتی ہے۔ یہی نہیں اس دوران وہ نور محمد کو نفرت اور حقارت کی نظر سے بھی دیکھنے لگتی ہے، جس کا اظہار اس کی بعض حرکتوں سے ہوتا ہے اور نور محمد اس کی اس کیفیت کو محسوس کیے بغیر نہیں رہ پاتا۔

جینی اب سارہ کی عمر کی ہو چکی ہے- اس نے سترہ سال پورے کر لیے ہیں۔ اس کے حسن، جوانی اور الہڑپن، نور محمد کی عمر سے تقریباً پانچ سال کم لیکن مضبوط کاٹھی کے

ملازم چندو میاں اور خود اپنی علالت اور گرتی ہوئی صحت کی وجہ سے نور محمد جینی کے مستقبل سے ہراساں دکھائی دیتا ہے۔ لیکن کاردار جیسے مونس وغمگسار کی حوصلہ افزائی اور مختصر سے علاج سے وہ نہ صرف روبہ صحت نظر آنے لگتا ہے بلکہ مریٹھا (پگڑی) باندھ کر لہلہاتی ہوئی فصلوں کے درمیان خود بھی سرسبز وشاداب نظر آتا ہے۔ اب وہ کل جیسا بجو کا نہیں لگ رہا۔ ناول کے اختتامیہ حصے میں یہ بڑا ہی معنی خیز اور فنکارانہ لمس (Touch) کے طور پر نظر آتا ہے- چلتے چلتے کاردار کا یہ فقرہ یا مشرف کا مکالمہ کہ۔۔۔" بڈھے۔۔۔ ابھی مجھ سے زیادہ زندہ رہو گے تم۔۔۔" اس معنی خیز تاثر کو اور بھی گہرا کر دیتا ہے۔ یہاں تک کہ ناول کے اختتام پر مولانا رومی کا درج ذیل مصرع اس معنی خیز تاثر کو آفاقیت کے رنگ و آہنگ میں ڈھال دیتا ہے:

ہر نفس نو می شود دنیا وما

ہر آن ایک نئی دنیا تعمیر ہو رہی ہے۔

***

"لے سانس بھی آہستہ" ایک جائزہ

-پروفیسر علی احمد فاطمی

اس میں شک نہیں کہ مشرف عالم ذوقی ہمارے عہد کے ایک ممتاز شہرت یافتہ فکشن نگار ہیں۔ ان کے بارے میں یہ بھی شہرت ہے کہ وہ زود نویس ہیں اور کثرت نویس بھی (اور شاید زود رنج بھی)۔ وہ ایک سچے و جذباتی انسان ہیں۔ معاملات زندگی کو اسی انداز میں لیتے ہیں تو معاملات ادب کو بھی۔ کبھی جلدی ناراض ہو کر برہنہ گفتار ہو جاتے ہیں تو کبھی ایکدم خاموش۔ کبھی مذاکروں میں گرما گرم بحث کرتے ہیں تو کبھی بولنا تو کیا آنا جانا بند کر دیتے ہیں، لیکن وہ سب ان کی اسی جذباتیت کا حصہ ہے۔ کیا یہ سب نامناسب عمل ہے؟ لمحاتی طور پر ممکن ہے کہ یہ سب غلط ہو لیکن میرا خیال ہے کہ زود حسی بے حسی کے مقابلے بہر حال بہتر ہے۔ مجرمانہ قسم کی خاموشی کے مقابلے برہنہ گفتاری بہر حال گوارا ہے کہ حق گوئی اور جرأت مندی ہمیشہ پسند کی گئی ہے اور آج جب کہ یہ انسانی و اخلاقی خصائص عنقا ہیں۔ ایسے میں ان اوصاف کی جتنی قدر کی جائے کم ہے۔ لیکن یہ بھی ہے کہ حق گوئی اور جرأت مندی کے بھی اپنے ادب و آداب ہوا کرتے ہیں۔ مصلحتاً خاموش رہنا اگر اخلاقی جرم ہے تو بلا وجہ شور مچاتے رہنا کوئی دانش مندی نہیں۔ زندگی کے تلخ و شیریں تجربات اور نرم گرم مشاہدات نے ذوقی کو بہت کچھ سکھایا بھی ہے۔ ہم سبھی زندگی سے سیکھتے ہیں اور اس نتیجہ پر پہنچتے ہیں کہ "ہر سخن موقع و ہر نکتہ مقامے

دارد "لیکن یہ بات تو انیسؔ نے بہت بعد میں کہی۔ میرؔ تو سلیقہ مندی کی بات اس سے بھی پہلے کہہ گئے

لے سانس بھی آہستہ کہ نازک ہے بہت کام
آفاق کی اس کارگہ شیشہ گری کا

ذوقی نے اپنے تازہ ترین ناول کا عنوان یہیں سے لیا۔ "لے سانس بھی آہستہ۔۔۔۔" دیکھنا یہ ہے کہ عنوان اور پیغام، بیان اور کلام، آغاز اور اختتام کے مابین فکر و خیال، جمال و جلال کے معاملات کیا ہیں اور کیسے ہیں۔

ناول کی ابتدا موسم سرد سے ہوتی ہے، جہاں ایک بزرگ اپنے آپ کو ٹھنڈک سے بچانے کی کوشش میں مصروف ہیں۔ سردی کا موسم، شام کا منظر، تنہائی کا احساس اور پھر ایسے میں یادوں کے سلسلے۔ پھر ایک عام سے مرد کا چہرہ ابھرتا ہے۔ دوسرا چہرہ ایک معصوم بچّی کا ہے۔ لیکن یہ عام سے چہرے اس شدید سردی میں بھی اس بزرگ کردار کو آگ میں جھلسا دیتے ہیں۔ کیوں؟ جواب کے طور پر یہ تحریریں:

"دو چہرے۔ اور قدرت نے ان دونوں چہروں کے تعاون سے ایک ایسی کہانی لکھی تھی جو شاید اب تک کی دنیا کی سب سے بھیانک کہانی تھی۔ یا سب سے بدترین کہانی۔"

اور پھر اس بدترین کہانی کا آغاز ہوتا ہے۔ معصوم بچّی سارہ ہے بزرگ کردار کی پوتی، جس کی عمر سترہ سال ہے-، جو اپنے دادا کو ایک بند لفافہ لا کر دیتی ہے اور دادا اسے کھول کر پڑھتے نہیں یا پڑھنے کی ہمت نہیں کر پاتے اور یادوں کی دھند میں کھو جاتے ہیں۔
ایک یاد کے بعد دوسری یاد:

"سارہ، برسوں پہلے کہیں کسی خطّے میں ایک عجیب سی کہانی شروع ہوئی تھی جس نے شاید لفظوں کے معنی ہی بدل ڈالے۔"

اور یہ جملہ بھی۔ "اسی زندگی کی کہانی۔ رشتوں کی کہانی۔ "لیکن مصنف کا یہ بھی کہنا کہ " کبھی زندگی کی عام سی کہانی بھی بھوت پریت یا مافوق الفطری کہانیوں سے زیادہ پر اسرار اور بھیانک بن جاتی ہیں۔ ایسا لگتا ہے جیسے قدرت نے کوئی بے رحم مذاق کیا ہو۔ "

بس یہ بے رحم مذاق ہی ناول کا مرکزی خیال ہے اور کردار بھی۔ باقی تو تانے بانے ہیں اور پلاٹ کا چکر ویوہ جو واقعات اور کردار کو بالترتیب باندھے رکھنے کے لئے ضروری ہوا کرتے ہیں تا کہ ناول کا مرکزی اور مجموعی تاثر قائم ہو سکے۔

ناول کی ابتدا میں یاد در یاد اور خود کلامی کے احساسات سے بھی پر اسرار فضا بنتی ہے جو شاید ضروری تھی لیکن جلد ہی آئندہ سطروں میں یہ مکالمے آتے ہیں:

"زندگی کے اس لمبے سفر میں کیا کچھ نہیں دیکھا۔ اپنوں کو مرتے ہوئے۔ چین کے حملے سے پاکستان کی جنگ۔ دہشت پسند کارروائیوں سے لے کر 9/11 اور 26/11 کے دل ہلا دینے والے واقعات۔ سنامی سے لے کر گجرات بیکری کے حادثے تک۔ واقعات اور حادثات کی ایک نہ ختم ہونے والی تفصیل۔ ایک سے بڑھ کر ایک خوفناک کہانیاں۔ بھیانک داستانیں۔ لیکن کیا کوئی داستان یا کہانی اس سے زیادہ بھیانک ہو سکتی ہے۔"

اس کے بعد اور معنی خیز جملہ۔ "لو منکی بن جاؤ ددّو۔ "منکی بننے یعنی بندر بن جانے کا بلیغ جملہ اپنے آپ میں گہری معنویت اور بلاغت رکھتا ہے کہ انسان جس نے ہزاروں برس میں تہذیب انسانیت کا سفر طے کیا ہے آج پھر وہ جانور بن چکا ہے۔

ٹھنڈ بہت ہے موسم سے زیادہ احساسات کی۔ خاص طور پر بزرگ کردار کے لئے جس کی سادہ و شفّاف آنکھوں نے ظلم و ستم، قتل و خون کے کیسے کیسے کربناک مناظر دیکھے یا جبراً دیکھنے پڑے اور یہ جبر احساس کے جبر میں ڈھل گئے۔ اپنی ہی آواز کا نرغہ اور یہ معنی خیز جملہ:

"انڈا ٹوٹ چکا ہے۔ پرانی دنیا کے خاتمے سے ایک نئی تہذیب اپنا سر نکالنے والی ہے۔ مرغی کے چھوٹے چھوٹے بچوں کی طرح۔"

اور یادوں کے اس اذیت ناک بھنور سے ایک کردار ابھرتا ہے نور محمد کا۔ سوال کے ساتھ۔ کون تھا نور محمد؟ اور کیا رشتہ تھا۔ کون اور کیا کے درمیان سوالات اور خیالات، کچھ زیادہ ہی جن سے کہانی پھیلتی ہے۔ فلسفہ بھی زیادہ آتا ہے اور مسئلہ بھی، جو ضروری تو ہے لیکن کبھی کبھی واقعات کے بہاؤ میں رکاوٹ سی محسوس ہونے لگتی ہے، لیکن یہ محض ایک قاری کا عام سا تاثر ہے۔ کبھی کبھی منزل مقصود تک پہنچنے کے لئے تخلیق کار کو اپنے اعتبار سے خاکہ تیار کرنا پڑتا ہے۔ آدمی ابتدا سے ہی انسان بننے کے عمل سے گزرتا ہے لیکن جب ابتدا میں ہی اسے بتا دیا جائے کہ انسان اصلاً ایک سماجی جانور ہے لیکن یہ خوبصورت جملہ:

"وقفے وقفے سے وہ جانور اس کے اندر سے باہر نکلنے کی کوشش کرتا ہے، مگر ہر بار سماجیات کے ریشمی غلاف میں وہ اس جانور کو چھپا لیتا ہے۔"

اور یہ سچ ہے کہ یہ ریشمی غلاف ہماری تہذیب ہے۔ تعلیم ہے۔ تمدن ہے۔ لیکن مصنف کا ایک سوال بھی ہے تمام قارئین کا بھی بن جاتا ہے:

"مگر کیا سچ مچ وہ اس جانور کو اپنے اندر چھپانے میں کامیاب ہے؟"

اور جواب بھی۔

"اخلاقیات اور سماجیات کی ہر کہانی اس جانور سے ہو کر گزرتی ہے۔"

اور پھر مذہب، تہذیب، اخلاقیات وغیرہ سے متعلق بیحد بامعنی و با مقصد جملے ابھرتے ہیں لیکن وہ کسی کردار کے مکالمے کم مصنف کے اپنے زیادہ ہیں۔ جبکہ اچھے ناول میں مصنف غائب رہتا ہے اور کردار حاضر۔ اس کمی کا احساس پورے ناول میں رہتا تو ہے،

لیکن مسائل اس قدر سنگین اور معاملات اس قدر مہین کہ قاری جو براہ راست ان واقعات سے متاثر ہے اور بہت قریب سے تھکی آنکھوں سے ان حادثات کو دیکھ رہا ہے بلکہ برداشت کر رہا ہے، وہ اس نزاکت و شدت کو محسوس کرتے ہوئے اس کی سنجیدگی میں گم ہو جاتا ہے، نیز مصنف کی جذباتیت خود قاری کی اپنی سی ہو جاتی ہے۔ یہ ایک عام ناول کی کمزوری ہو سکتی ہے لیکن اس ناول میں تو وہ ایک جذباتی ہم آہنگی کا وصف بن کر ابھرتی ہے کہ اگر مرکز میں انسان ہے اور انسانی مسئلہ تو قاری کی انسانیت اسے اپنی گرفت میں تو لے گی ہی۔ یہ انسانی رشتوں کی پاسداری ہے اور مجبوری بھی اور ناول نگار کی فنکاری بھی کہ وہ ایک کردار کی کہانی سنائے اور ہزاروں، لاکھوں انسانوں کی اپنی کہانی محسوس ہو۔

دو کردار اور سامنے آتے ہیں۔ ابو بابا اور ان کی بیوی حلیمہ۔ ابو ملازم ہیں اور کم بولتے ہیں لیکن باغبانی کے فرائض بہ حسن و خوبی انجام دیتے ہیں۔ باغبانی کا اشارہ بھی عمدہ ہے۔ چائے کی چسکی میں اکثر بند لفافے کھلتے ہیں کاغذ کے ہوں یا ذہن کے۔ یہیں سے ناول بھی کھلتا ہے اور سارہ کا کردار بھی۔ صبح کے فرحت بخش مناظر، سیر سپاٹا، دن کا آغاز اور کہانی کا بھی آغاز۔ خط کا مطالعہ نور محمد کا بھی طلوع ہے، جسے بزرگ کردار غروب کر دینا چاہتا ہے لیکن وہ تو بار بار یہ کہتا ہے۔ "اس کہانی کی شروعات آپ نے کی تھی انجام بھی آپ لکھیں گے۔" زندگی کی کہانی، بدلتے ہوئے وقت کی کہانی جو کرداروں کی سوچ بدل دیتے ہیں۔ تہذیب بھی بدل دیتے ہیں اور آتا ہے جنریشن گیپ۔ درمیان میں آتے ہیں بہت سارے گیم اور سوالات اور انسانی رویّہ و فلسفہ، یہاں تک کہ جانوروں کا بھی۔ یہ سب چیزیں اتنی مقدار میں ہیں کہ کبھی کبھی ناول سماجیات کی کتاب میں بدلتا ہوا دکھائی دیتا ہے۔

دوسرے باب میں پروفیسر نیلے کا کردار آتا ہے، جو بزرگ کردار کا دوست

ہے اور کسی حد تک پڑوسی بھی۔ پہاڑی علاقہ، خوبصورت مناظر، خوبصورت احساس اور اتنے ہی خوبصورت مکالمے۔ ان مقامات پر آنے کے بعد پروفیسر بھولنا چاہتے ہیں کہ وہ انسان بھی ہیں یا انسانی تہذیب سے کوئی رشتہ بھی ہے۔ بس قدرت اور اس کے حسین نظارے اور یہ احساس۔

"ابھی بھی ایسی وادیاں انسانوں کے بے رحم ہاتھوں سے بچی ہوئی ہیں۔"

اور یہ سوال بھی۔

"کیا تمھارا جدید سائنس ایک چھوٹا سا سبز پتّہ بنا سکتا ہے؟"

بدلے ہوئے باب میں ناول ماضی میں چلا جاتا ہے اور آزادی و غلامی کے کگار پر پہنچتا ہے۔ ساتھ ہی تقسیم بھی اور یہ مسئلہ بھی۔

"صدیوں کی غلامی کے بعد آزادی کا یہ احساس خوشگوار تو تھا، لیکن یہ نئی نئی آزادی ہزاروں مسائل لے کر آئی تھی۔ شروع شروع میں دادا ابّا کے لئے یہ سمجھنا مشکل تھا کہ کون سا شہر ہندوستان کا ہے اور کون سا پاکستان کا۔"

اس سے زیادہ معاملہ احساس کا۔ دو گز زمین کا اور پھر حقّہ کی کش کا۔ جو کبھی بے خودی کا موثر ذریعہ تھا اور فیوڈل نظام کا آلۂ کار بھی۔

صنعتی انقلاب نے اس نظام کو رخصت تو کر دیا لیکن اس کی جگہ (کم از کم ہندوستان میں) ایک نفرت بھری تہذیب نے لے لی۔ بقول مصنف۔ "ایک نفرت بھری تہذیب نئی عبارت لکھنے کی تیاری کر رہی تھی۔" اور اسی تہذیب کے سائے میں کئی نسلیں جوان ہوئیں۔ تصادم متضاد تو ہونا ہی تھا۔ تہذیب کا تضاد تو فطری لیکن سیاست کا تضاد فکری کہ اس کے پس پردہ غلامی اور زمینداری۔ آزادی و جمہوریت کے مابین فطری و فکری تصادمات و تضادات کام کرتے ہیں اور درمیان میں ایسے جملے:

"آخر وقت کو بدلنے کا حق حاصل کیوں نہیں ؟ کیوں غلامی پسند ہے آپ کو۔ نیا سورج ہے نیا سویرا ہے۔"

اور یہ جملہ بھی:

"جو قوم آپ کے ہاتھ سے ایک گلاس پانی نہیں پی سکتی وہ آپ کو آپ کا حق کہاں دے سکتی ہے۔"

اور پھر ماضی قریب کا کرب۔ تقسیم کا جبر اور بہت سارے سوالات جو آج بھی جواب کی تلاش میں بھٹک رہے ہیں اور جواب سر بہ گریباں و گریزاں۔ روپوش اور نئی نسل، نئی معاشی تہذیب و نئی صارفیت میں مدہوش غلام گردش۔ گردشِ ماہ و سال میں ڈوب کر دکان و بازار میں بدل گئے۔

اگلے باب میں نظر محمد کی آمد ہوتی ہے۔ گاندھی مخالف لیکن تقسیم کے بھی مخالف۔ جواز میں یہ جملہ۔ "ارے سب ڈھونگ پاکستان بنوانا تھا سو بنوا دیا کہ آدھے ادھر کٹو، آدھے ادھر مٹو۔ بس کٹتے مرتے رہو۔" کی ہی داستانِ ستم ہے یہ ناول کہ کٹنے مرنے کے بھی انیک روپ ہوا کرتے ہیں جو اس ناول میں پھیلے ہوئے ہیں، لیکن گاندھی کے متعلق بیباکانہ جملے آج کی تحریر ہے۔ جبکہ بہت کچھ سچائیاں سامنے آچکی ہیں۔ شاید یہی کچھ نیا سا ہے، ورنہ تقسیم پر تو بہت کچھ لکھا جا چکا ہے، لیکن اس کا ہینگ اوور (Hang Over) آج بھی باقی ہے۔ نظر محمد کا کردار ایک عام سا روایتی اور وہمی، جو اس عہد کی مسلم عہد کی نمائندگی کرتا ہے، لیکن کاردار قدرے مختلف اور معتدل۔ یہ ضروری بھی تھا کہ گفتگو تکرار و آزار کی کیفیتیں اسی طرح پیدا ہو سکتی تھیں۔ یہ ایک فطری عمل ہے اور اس عہد کی حقیقت بھی اور ناول کی ضرورت بھی کہ تکرار و تصادم سے ہی جدلیاتی کیفیت پیدا ہوتی ہے اور رزمیہ عناصر پیدا ہوتے ہیں جو ناول کی ساخت کے لئے ضروری ہوا

کرتے ہیں۔ اسی لئے رالف فاکس نے ہی نہیں لارنس، فاسٹر اور دوسروں نے بھی ناول کو زندگی کا رزمیہ کہا ہے اور ہندی میں مہاکاویہ۔ بہر حال تھوڑے بہت فرق کے ساتھ یہ بات کہی جا سکتی ہے کہ ایک عمدہ ناول اپنی وسعت میں تہہ داری، جہتِ تکراری اور نفسیاتی اضطراری کی کیفیات بہر حال رکھتا ہے۔ یہی کیفیت معنویت عطا کرتی ہے، وسعت اور عظمت بھی۔ باقی تو سب تانے بانے ہیں جنھیں کھینچنا بھی ضروری ہے اور کسنا بھی کہ ناول اگر کسی ہوئی چارپائی کی طرح تنا ہوا نہیں ہے تو پھر تمام رشتے، تاگے ڈھیلے پڑ جاتے ہیں کردار و مکالمے تک۔

نظر محمد کا کردار اور اس کے فکر و عمل سے آپ خواہ کتنا ہی اختلاف کریں لیکن ہے وہ دلچسپ کردار کہ اس کے ذریعہ اگر ایک طرف توہمات کا ڈھیر ہے تو دوسری طرف جدیدیت سے بیر بھی۔ اختلافِ نظر تو رشتوں کے ٹوٹنے کا عمل ان سب کے درمیان جوان ہوتا ہوا ایک نوجوان۔ ماضی کا بوجھ اور مستقبل کا سامان اور اپنے ایک الگ راستے کی پہچان۔

"شاید میں نے اپنی شناخت کے لئے ایک نیا پر خطر راستہ چنا تھا۔ لیکن یہ وہ راستہ تھا، جس راستہ پر بلند حویلی کی پشتوں میں بھی کوئی نہیں چلا تھا۔ جاگیردارانہ نظام کو گہن لگ چکا تھا اور میرے وجود میں چپکے چپکے ایک فنکار جاگنے لگا تھا۔"

جاگیردارانہ نظام کا اور تخلیق کا ابال دونوں میں فطری ربط کہ تخلیق اختلاف و انحراف سے ہی جنم لیتی ہے کہ سنجیدہ حالات ایکدم سے نوجوان کو جوان اور جوان کو سنجیدہ بنا دیتے ہیں۔ تبھی تو کسی نے کہا۔ "تم بڑے ہو گئے ہو۔" اور اسی بڑپن نے یہ احساس دلایا۔ "میں پرچھائیوں کے حصار سے باہر نکل آیا تھا۔"

باب بدلتا ہے تو منظر بھی بدلتا ہے۔ پودوں کو پانی دیتا ہوا پروفیسر نیلے بہ الفاظ دیگر

نئی نسل کی آبیاری کرتا ہوا دانشور اور پھر دانشورانہ باتیں۔ تہذیب سے متعلق۔ نئی نسل کی بطور خاص جہاں عجلت ہے اور فراری بھی اور آخر میں تشدد بھی اور یہ نتیجہ بھی۔ "ایک تہذیب ۴۷ء سے پہلے کی تھی۔ ایک غلام تہذیب اور ۴۷ء کی صبح نمودار ہوتے ہوئے ہم ایک نئی تہذیب کی دوسری سرنگ میں داخل ہوگئے۔" پروفیسر نیلے، گاندھی، انگریز اور بندر۔ معنی خیز ترتیب اور پھر تقسیم جیسے بندروں کا رقص، گھر گھر وہی بحث۔ "فساد دنگے اور گاندھی جی اور نہرو سے لے کر قائد اعظم جناح اور پاکستان کے قصے۔" "سب کے اعصاب پر یہی سب کچھ۔ کچھ تو حقیقت کچھ فرصت۔ ان کے پاس کوئی اور کام بھی نہ تھا۔ سب اپنی اپنی بچی کھچی جاگیر اور زمینوں کی کمائی کھا رہے تھے۔ لیکن کب تک۔ وقت کے ساتھ عقل نہ چلے تو بڑے بڑے نواب اور جاگیر دار پارچون کی دکان کھولنے پر مجبور۔ یہ بدلتا ہوا معاشرہ، جو بدلے گا ہی، نئی سوچ آئے گی ہی۔ تبدیلی و ترقی کے اسی ماحول میں جوان ہوتا ہوا ناول کا مرکزی کردار۔ جان اور مال۔ پرانا اور نیا۔ تہذیب کے دو پاٹ اور ان دونوں کے درمیان کا کردار حساس اور سنجیدہ قدرے محفوظ اور پریشان۔ اسی لئے شاعری بھی ہے اور یہ جملے بھی۔ "جن کے پاس کوئی خواب نہ تھے صرف ماضی کی کہانیاں تھیں۔" اور اب "سچ بدل گیا تھا، لوگ بدل گئے تھے، بڑے چھوٹے ہوتے جا رہے تھے اور چھوٹے بڑے۔ جیسے ایک تہذیب سے نکل کر دوسری تہذیب کی طرف۔" یہ ایک فطری عمل ہے، لیکن اس عمل در عمل کا ردّ عمل بھی ہوتا ہے۔ فکر کا تعلق تہذیب سے اور تہذیب کا تعلق جدلیاتی مادّیت سے اور جدلیات کا دار و مدار اقتصادی معاشی صورت حال سے۔ جو اس کو سمجھ لے وقت اور دونوں اس کی مٹھی میں اور نہ سمجھ سکے تو بقول مصنف "جن کی اوقات اس نظام میں محض چوسی ہوئی ہڈی سے زیادہ نہیں۔" "اگر آپ صرف ماضی کا قصیدہ پڑھیں گے اور مستقبل کا آمد نامہ نہیں تو

پھر جلد ہی قصیدہ مرثیہ میں تبدیل ہو جائے گا اور حال کی فطرت یہ ہے کہ وہ ماضی کو پیچھے ڈھکیلتے ہوئے مستقبل میں قوم کے لئے بیتاب و بیقرار رہتا ہے۔ یہ روشنیِ ذہن اور چشم بینا کا معاملہ ہے، لیکن صدفی صد اجداد و جائداد پر منحصر رہنے والوں کی آنکھیں اکثر بند رہتی ہیں۔ پھر واقعہ، سانحہ میں نہ تبدیل ہو یہ ممکن ہی نہیں کہ بے چین زندگی اور مضطرب لمحوں کی فطرت جداگانہ ہوا کرتی ہے۔

مولوی محفوظ کی آمد ہوتی ہے۔ مولوی جو تجربہ کار ہے اور ہوشیار بھی لیکن خود کو کم دوسروں کو زیادہ توہّمات میں اسیر رکھتا ہے اور کہہ بھی دیتا ہے۔ "میری مانئے تو خود کو تقدیر کے سپرد کر دیجئے۔" ایک اور آسیب داخل ہوتا ہے۔ پوری کرتب بازی کے ساتھ۔ ایسے میں ماں کا غصہ اور نوجوان کا وسوسہ اور ان دونوں کے درمیان ایک مخصوص کشمکش جو زوال پذیر صورت حال سے جنم لیتی ہے، جسے مصنف نے بڑے سلیقے سے پیش کیا ہے کہ یہی کشمکش اور تذبذب ہی رزمیہ ہے اور Irony of Society بھی کہ جس کے بغیر ناول منزل تکمیل و تفکیر تک نہیں پہنچ پاتا۔ مولوی کی زبان اور مصنف کے قلم سے نکلے یہ جملے اس رزمیہ عناصر کی تخلیق کرتے ہیں:

"زندگی ہے تو حیرانیاں ہیں۔ آنکھیں قدم قدم پر حیرانیاں دیکھتی ہیں۔ قدرت کی گلکاری دیکھئے۔ نیلے آسمان کو، تاروں کی بارات کو، اس حسین کائنات کو۔"

اس کے بعد مولویانہ انداز، انسان کو کمزور کر دینے والے جملے، عقل پر حملے اور پھر نئی نئی کہانیوں کا جنم کہ ناول کو وسیع سے وسیع تر بھی ہونا ہے۔ کمزور حالات میں خدشات بھری ایسی کہانیاں زیادہ جنم لیتی ہیں لیکن نئی نسل اور نیا ذہن اتنی آسانی سے قبول نہیں کرتا۔ اسی لئے نوجوان کردار کہتا ہے۔ "دراصل میں اس تہذیب کو سمجھ ہی نہیں پا رہا تھا۔" پروفیسر نیلے اور مولوی محفوظ کے درمیان کی تہذیب، درمیان میں بندر اور اس

کے کرشمے۔

اس درمیان ایک اور ملازم علی بخش کی آمد ہوتی ہے۔ تجربہ کار مخلص لیکن مخبر بھی۔ پاکستان میں ممانی کا انتقال، تقسیم پر ملال اور ماموں زاد بہن نادرہ کا خیال۔ مولوی محفوظ احساسِ زوال میں غرق افراد کو کسی غیبی مدد کی آس دلواتا ہے۔ لٹا ماضی، پٹا حال انسان کو کس قدر بے حال بنا دیتا ہے کہ وہ چشمِ زدن میں موہومیت کا شکار ہو جاتا ہے۔ پوری حویلی بلکہ پورا دور غیبی خزانے کی لالچ میں اندھا ہو جاتا ہے، لیکن درمیان میں فرقہ وارانہ فسادات ایک دوسرے قسم کا اندھاپن گھیر لیتا ہے، جبکہ ایسے جملے بھی قلم اور ذہن سے نکلتے چلتے ہیں۔ "سمجھداری دنیا کی ہر سیاست پر بھاری ہے"۔ "کوئی بھی سمجھدار آدمی دنگا یا فساد نہیں چاہتا"۔ لیکن فساد تو پھر بھی ہوتے ہیں۔ ایسے میں ایک معصوم ذہن سوالوں کے گھیرے میں آجاتا ہے۔ سوال جو فطری ہیں اور بالغ ہوتے ہوئے ذہن میں فکری بھی۔ فساد اور مولوی محفوظ ایک ہی صف میں کھڑے ہو گئے اور نوجوانوں کا ذہن "ایک نئی اخلاقیات آہستہ آہستہ میرے وجود میں اتر رہی تھی۔" خزانے کا پر اسرار موضوع تکرار اور پیکار کے آگے مندمل ہو گیا۔ دوسرے زخم جاگنے لگے۔ آسمان پر چاند روشن تو تھا لیکن دل اداس تھے۔ حد یہ کہ علی بخش بھی حیرت میں تھے کہ کیسا دور آگیا ہے کہ سب کے دلوں میں نفرت بھری ہوئی ہے اور وہ مجسم خلوص و محبت کا پیکر تھے اور ان سب کے پیچھے تقسیم کا حادثہ۔ زمین کا ہی نہیں دلوں کا بٹوارا۔ نفرت کا اجارہ اور اماں کا یہ جملہ:

"کرا دیا بٹوارا۔ بنا دیا پاکستان۔ دلوں کو جدا کر دیا کم بختوں نے۔"

اور اس کے بعد مصنف کا یہ تخلیقی جملہ:

"ہماری ہر جیت ہار کے پیچھے یہ قدرت ہے۔

آسمان پر بدلیاں چھائی تھیں۔ چاند کے چھپنے نکلنے کا کھیل شروع ہو گیا تھا۔"

قدرت کا کھیل اور اس کھیل کے ساتھ چاند ستاروں کی گردش اور روشنی و تاریکی کی آمد و رفت۔ ٹھنڈی ہوا کا بہنا۔ کھلی چھت پر آنا۔ ایک نئی فضا کی تلاش۔ ان سب کو مصنف نے بڑے فنکارانہ نیز مفکرانہ انداز میں پیش کیا ہے کہ کردار کا ذہنی ماحول اور موسم و فضا کی کیفیت ہم آہنگ ہو جاتی ہے اور اس نوع کا معنی خیز تخلیقی عمل، تخلیق کی معنویت اور تخلیقیت میں خوشگوار اضافے کرتا ہے، جس میں ذوقی خاصے کامیاب ہوئے ہیں۔ اس سے زیادہ کامیابی انھیں اس تصادم کی پیش کش میں ملتی ہے، جو ستاروں کی گردش سے پیدا ہوتی ہے، حالانکہ یہ گردش انسان کی اپنی روش اور خلش سے پیدا ہوتی ہے۔ جہاں خیالات تو ٹکراتے ہی ہیں، تہذیبیں بھی ٹکرانے لگتی ہیں۔ ایک خاندان کے ہی افراد میں تکرار ہونے لگتی ہے۔ چاروں طرف دھواں ہو تو کتابوں کے سنہرے الفاظ بھی دھندلے ہو جاتے ہیں۔ ہندوستان میں اگر ہندو مسلم جھگڑ رہے ہیں تو دو الگ الگ مذہب کے ہیں لیکن پاکستان میں مسلمان مسلمان کو کیوں مار رہے ہیں۔ یہ بات صرف علی بخش جیسے ملازم کی ہی سمجھ سے باہر نہ تھی بلکہ ذی علم بھی حیرت میں۔ شاید اسی لئے دنیا میں حیرانیاں زیادہ ہیں، جو اکثر پریشانیوں کی کوکھ سے جنم لیتی ہیں۔ اس پوری کشمکش میں ایک قوم نے کئی دہائیاں گزار دیں، بلکہ نہ جانے کیا کیا گزار دئے۔ اس کی نفسیات بدل گئی، اوقات بدل گئی، دن رات بدل گئے، سیاہ بادل چھاگئے کہ ایک معمولی سی دستک بھی ہو تو پوری قوم کے کان کھڑے ہو جاتے ہیں۔ کہانیاں اور کردار اور جڑتے ہیں۔ پاکستان والے ماموں آجاتے ہیں۔ ساتھ میں نادرہ بھی کہ وہاں کون ہے جو غم میں شریک ہو اور یہاں غم ہی غم ہے، لیکن یہ کیا کم ہے کہ غم گساری بھی ہے اور تھوڑی سی ملنساری بھی، جسے ابھی خون کے دھبےّ پوری طرح مٹا نہیں سکے ہیں۔ اسی لئے پاکستانی مہمانوں کا بھرپور

استقبال ہوتا ہے۔ نادرہ کا کچھ زیادہ ہی۔ جذبۂ عشق کی ایک ہلکی سی لہر ناول میں دوڑ جاتی ہے، لیکن اس لہر پر حاوی ہے احساس کی وہ لہر جس نے زمینداروں، جاگیرداروں کو دیکھتے دیکھتے کمزور ولاچار کر دیا اور یہ احساس جاری کر دیا:

"نئے نظام میں ہماری بولتی بند ہوگئی۔ اب کیا کریں۔ محنت نہیں کر سکتے پھر بھی بچی کھچی جاگیریں ہی تو چاٹیں گے۔ آخر کب تک؟"

اسی لئے خزانہ کی تلاش تھی۔ غیبی مدد کی۔ آسمانی طاقت کی۔ لیکن زمین کے مقدمے تو زمین پر ہی طے ہوتے ہیں، یہیں بحث ہوتی ہے اور یہیں فیصلے ہوتے ہیں۔ ان فیصلوں کو وقت بھی لکھتا ہے اور ذوقی جیسے حقیقت پسند اور زمین پسند فنکار ناول لکھنے پر مجبور ہوتے ہیں۔ ناول جو فکشن کی بنیاد پر کھڑا ہوتا ہے لیکن حقائق کے آگے وہ بھی سر جھکا دیتا ہے۔ حالانکہ ذوقی نے رومان اور تخیل کی چاشنی دے کر حقیقت کو رومانی لبادہ میں پیش کرنے کی کامیاب کوشش کی ہے لیکن اب اس کا کیا کیجئے کہ حقیقت وصداقت کی اپنی جمالیات ہوا کرتی ہے۔ سنجیدہ اور گہری جمالیات کہ ستیم اور سندرم کا فلسفۂ جمال ہماری تاریخ و تہذیب کا اٹوٹ حصہ رہا ہے۔ ذوقی اس سے بھی واقف ہیں اسی لئے وہ حقیقت پسند ہیں۔ کہیں کہیں کچھ زیادہ ہی۔ لیکن زندگی سفّاک ہو اور حالات بے رحم۔ چاروں طرف بے ہنگم شور وغل ہو تو ناول نگار بانسری کیسے بجائے۔ یہ سب باتیں تو ذوقی کے حق میں جاتی ہیں لیکن سوال یہ ہے کہ کیا یہ سب ناول کی شعریات کے بھی حق میں ہیں؟ یہ ایک سنجیدہ سوال ہے، جس پر بہر حال غور کرنا ہوگا۔ ناول زندگی کا رزمیہ ہے، لیکن کیا مرثیہ بھی؟ ناول زندگی کے حقائق پیش کرتا ہے لیکن کیا مصور و فوٹو گرافر کی طرح۔ یا پھر اس کا اپنا اور کچھ سپنا بھی ہے۔ زندگی اور ادب، خواب اور حقیقت کے درمیان ایک لچکتی ہوئی پھولوں کی شاخ کی طرح ہیں کہ دو پھول سوکھ کر گرتے ہیں تو چار نئے پھول کھلتے بھی

ہیں۔ اصل طاقت تو نشو و نما کی ہے۔ لیکن قوتِ نمو کا دارومدار بھی آب و گِل پر ہے، لیکن جب دونوں مسموم ہو جائیں تو پھول بے مہک اور زندگی بے چمک ہو کر رہ جاتی ہے۔ ذمہ دار فنکار اسی بے وقعتی اور بے حرمتی کو پیش کرتا ہے اور پیش کرنا بھی چاہئے لیکن زندگی کا احترام بھی واجب ہے اور آدمیت کا اعتراف بھی کہ وہ زندگی کی کتاب لکھ رہا ہے "موت کی کتاب" نہیں۔ کتاب زندگی کے لئے حقائق کی تفہیم کے ساتھ ساتھ خوابوں کی تعبیر بھی ضروری ہے کہ خواب دیکھنا انسان کا فطری عمل ہے اور خواب کا ٹوٹنا ایک سماجی عمل۔ زندگی اسی تعمیر و تخریب یعنی خواب اور حقیقت کا نام ہے۔ ناول بھی اسی کا آئینہ تو ہے لیکن جب تخریب زیادہ ہو جائے اور تعمیر کم تو رزمیہ، مرثیہ بن جاتا ہے اور خواب مسمار ہو جاتے ہیں اور خواب و تخیل کے بغیر کوئی ادبی تخلیق مکمل اور بڑی نہیں ہوتی۔ ناول بطور خاص۔ ذوقی زندگی کے حقائق پر گہری نظر رکھتے ہیں۔ دھندلے دھندلے خواب بھی ہیں، لیکن تعبیریں اس سے زیادہ دھندلی۔ شاید تاریک و معدوم۔ ناول اگر صرف معلوم تک محدود ہے تو اطلاعات سے آگے نہیں بڑھ سکتا، لیکن اگر وہ معلوم سے محسوس تک کا سفر طے کر گیا تو اطلاعات ادراک و آگہی کا جامہ اوڑھ لیتی ہیں اور وجدان، ایقان کی شکل اختیار کر لیتا ہے۔ حقیقت بصیرت کا روپ لے لیتی ہے اور یہ کام صرف ناول کرتا ہے۔ ایک عمدہ ناول۔ شاید اسی لئے لارنس نے بہت پہلے کہا تھا کہ فکشن جب تک فلسفہ نہ بن جائے تو بڑا فکشن نہیں بن پاتا۔ یہ تو نہیں کہا جا سکتا کہ ذوقی کا یہ ناول بڑا بن گیا یا فلسفہ بن گیا، لیکن جس طرح اس میں وقت، زمانہ، تہذیب، اخلاق اور زندگی کے بارے میں معنی خیز اور فکر انگیز مسائل اٹھائے گئے ہیں وہ فلسفۂ حیات کے زیادہ قریب ہیں، خواب حیات کے کم۔ تاہم مسائل کی ہمہ جہتی بلکہ رنگارنگی اسے تنوع اور پھیلاؤ عطا کرتے ہیں اور عمدہ ناول بنانے میں معاون ثابت ہوتے ہیں۔

تہذیب کے بارے میں یہ جملے دیکھئے:

"تہذیبیں مرنے کے لئے ہوتی ہیں۔ ایک تہذیب جہاں ختم ہوتی ہے۔ دوسری تہذیب وہیں سے سانس لینا شروع کرتی ہے۔"

"ہم کتنی تہذیبوں کے درمیان جیتے اٹھتے ہیں اور اپنی تہذیبی اور روایتی منطق کی وجہ سے ہم یہ کیسے فیصلہ کر لیتے ہیں کہ کون سی تہذیب اچھی ہے اور کون سی بری۔"

اخلاقیات کے بارے میں:

"کیا آج کی اخلاقیات ہمارے لئے چیلنج ہے۔ کیا آج کی ساری بحث صرف اور صرف اخلاقیات تک سمٹ کر رہ گئی ہے۔"

وقت کے بارے میں:

"آخر وقت کو بدلنے کا حق حاصل کیوں نہیں ہے؟ کیوں غلامی پسند ہے آپ کو۔ اب کوئی غلام نہیں۔ فرنگیوں نے آپ کو وفاداری کے بدلے سہولتیں دیں۔ لیکن ذہن کو غلام بنا دیا۔ نیا سورج ہے۔ نیا سویرا ہے۔ اس سویرے کو خوش آمدید کہئے۔"

زندگی کے بارے میں:

"یہ زندگی اپنے آپ میں جادو ہے کاردار صاحب۔ صبح نیند کا کھلنا اور شب میں سو جانا۔ سارے دن کا سفر میرے لئے کسی جادو سے کم نہیں۔"

یا

"دنیا میں کون سا کام آسان ہے۔ جینا بھی کوئی آسان کام ہے کیا۔ لیکن دیکھئے۔ پھر بھی ہم جئے جا رہے ہیں۔"

اور تقسیم کے بارے میں تو قدم قدم پر مختلف خیالات بھرے پڑے ہیں۔ پہلے ایک نسائی لہجہ دیکھئے:

"نوج نہ تقسیم ہوتی نہ اپنے بچھڑتے۔ پاگلوں نے ملک کا بٹوارہ کر دیا۔ آدھے ادھر تو آدھے ادھر۔ یہ تقسیم ہے یا رشتے کی دیوار کھڑی ہے۔"

اس کے بعد کئی مرد کردار کاردار، پروفیسر نیلے، ماموں، ملازم سبھی اس کی زد میں ہیں۔ غرض کہ پورا ناول جس نے وقت کی دھارا کے ساتھ ساتھ سوچ کی دھارا کو بدل دیا۔ ایک قوم کی پوری نفسیات بدل دی کہ وطن میں رہتے ہوئے بھی بے وطن ہو گئے اور وفادار ہوتے ہوئے بے وفا قرار دئے گئے۔ یہ ہے المیہ اور اس کے آگے کی منزل المیہ کی ستم ظریفی (Irony of Tragedy)۔ ناول صرف المیے تک محدود رہے ناکافی ہوا کرتا ہے۔ اس کی آئرنی (Irony) فکر و خیال کے در کھولتی ہے۔ فکر و خیال کی کش مکش، عظمت کردار کا پیش خیمہ ہوتی ہے۔ بقول سردار جعفری

کشمکش عظمتِ کردار عطا کرتی ہے
زندگی عافیت انجام نہیں ہے اے دوست

ذوقی نے اس ناول میں کشمکش، تذبذب، تصادم، تضاد وغیرہ کو نہایت ہنر مندی، چابکدستی اور تخلیقی انداز میں پیش کیا ہے کہ کس طرح ایک گھر، ایک قوم کی سوچ بن جاتی ہے۔ پرانی نسل اور نئی نسل کا تصادم۔ تہذیب کے تصادم کا روپ لے لیتا ہے اور پھر نفرت اور فرقہ واریت انھیں کے درمیان جوان ہوتی ہوئی نسلِ رحمٰن و نادرہ۔ ایک ہندوستانی۔ ایک پاکستانی۔ لیکن محبت ایک، جذبہ بھی ایک۔ لیکن کامیابی سماجی ٹکراؤ کے حوالے سے ناکامی میں بدل جاتی ہے۔ یہ ناکامی محض ایک اتفاقی حادثہ نہیں بلکہ دہائیوں کی تکرار، آسیب زدہ ذہنیت اور زوال پذیر سوچ کے حوالے سے ہوتی ہے۔ ذوقی نے ان تمام جذبات اور احساسات کا تانا بانا بڑے سلیقے سے بُنا اور کسا ہے۔ سماجی اور سیاسی تاریخ کا ایک سفر جو آزادی، تقسیم سے شروع ہوتا ہے اور بابری مسجد کے انہدام پر ختم ہوتا ہے۔

دہائیوں کا یہ سفر اور اس میں صدہا واقعات و حادثات کہ صدیوں پر بھاری، جسے ذوقی کے بیان و کلام نے ایک فکری و فلسفیانہ ربط دے کر ناول کو تاریخ و تہذیب اور تخلیق کا اعلیٰ نمونہ بنا دیا۔ ذوقی نے اس سے قبل بھی ناول لکھے لیکن اس ناول میں فکر و فن دونوں اعتبار سے وہ خاصے کامیاب ہیں۔ تقسیم پر ناول اس سے قبل بھی لکھے گئے اور اس دور میں بھی لکھے گئے لیکن ماضی و حال، سیاست اور سماج، تہذیب و تمدن، نفسیات و اخلاقیات کا ایسا مرقع کم دیکھنے کو ملا ہے۔ جہاں تہذیب، تفکیر اور تخلیق مفکرانہ اور فنکارانہ انداز میں شیر و شکر ہو گئے ہیں۔ ممتاز ترقی پسند پروفیسر محمد حسن نے اپنے ایک مضمون "ناول شناسی" میں لکھا تھا:

"کشمکش کا تصور، نئی جمالیاتی سطح پر کمند ڈالنے کا ہنر محض ذاتی کاوش سے حاصل نہیں ہو سکتا۔ اس کے پیچھے کچھ تاریخی عوامل بھی کار فرما ہوتے ہیں اور جب تک ہمارا پورا معاشرہ ایک دور اور ایک زمرے سے دوسرے دور اور دوسرے تہذیبی زمرے میں داخل نہیں ہوتا اس وقت تک نہ تو ناول لکھا جاتا ہے، نہ مقبول ہوتا ہے۔"

محمد حسن کے ان خیالات کو درست مانا جائے تو ذوقی کا یہ ناول اس کسوٹی پر کھرا اترتا ہے۔ صرف دو واقعات کے درمیان کی کشمکش کو ژرف نگاہی سے دیکھنے اور تہذیبی اقدار کی نزاکت اور باریکی کو پیش کرنے میں یہ کامیاب ہوتا ہے۔ موضوع نیا نہ ہونے کے باوجود ایک نئی دنیا آباد کرنے اور نئی فکر و آگہی پیش کرنے میں بھی کامیاب ہوتا ہے۔ محمد حسن نے یہ بھی شرط لگائی ہے کہ:

"ہر ناول کی کامیابی یا ناکامی کا فیصلہ اسی جمالیاتی کیف سے ہوتا ہے جو اپنے پڑھنے والوں کو نئے اہتزاز، نئے ارتفاع اور نئی کیفیت بلکہ نئے عرفان زیست سے فیضیاب کرتا ہے اور یہ عرفان جمالیاتی ہوتا ہے اور زندگی کو نئے معنی دیتا ہے۔"

زندگی کا جمال اور کمال اس کی کشمکش میں پوشیدہ رہتا ہے۔ تکرار اور پیکار میں اور بدلتے ہوئے اقدار میں بھی۔ ذوقی کے اس ناول میں یہ تینوں عناصر بہ حسن وخوبی جذب وپیوست ہوگئے ہیں۔ جس کے لئے وہ مبارک باد کے مستحق ہوگئے ہیں۔

***

لے سانس بھی آہستہ اور اخلاقیات / ایک خط

-پروفیسر الطاف احمد اعظمی

آپ کے مضامین اور افسانے اخبارات و جرائد میں پڑھتا رہا ہوں اور آپ کی تخلیقی کاوشوں کو قدر کی نگاہ سے دیکھتا رہا ہوں۔ انشاء اللہ وقت نکال کر یہ ناول ضرور پڑھوں گا۔ ناول کے چند ابتدائی، درمیانی اور آخری صفحات کو الٹ پلٹ کر مطالعہ سے معلوم ہوا کہ اس میں بعض سماجی مسائل کے علاوہ ان پیچیدہ مباحث سے بھی تعرض کیا گیا ہے جو ایک عرصۂ دراز سے اہل علم و نظر کا موضوع بحث رہے ہیں، یعنی اخلاقیات کا مسئلہ، وقت اور قدرت کا جبر وغیرہ۔ لیکن آپ میرے اس خیال سے اتفاق کریں گے کہ اصحاب علم کی پیہم دماغ سوزیوں اور فکری ہنگامہ آرائیوں کے باوجود یہ مسائل ہنوز اپنے صحیح جواب کے منتظر ہیں۔ اس سلسلے میں تھوڑی سی خامہ فرسائی کے لیے معذرت خواہ ہوں۔

"اخلاقیات" دراصل انسان اور جانور کے درمیان حد فاصل ہے۔ انسان ایک مادی وجود کے ساتھ ایک اخلاقی وجود بھی ہے جو اس کو کائنات کی دوسری مخلوقات سے ممتاز کرتا ہے۔ کیا کوئی شخص عام حالات میں اس دریا کے پانی کو پینا پسند کرے گا جس میں غلاظت شامل ہو اور وہ بدمزہ اور بدبودار ہو گیا ہو؟۔۔۔ جانور اس پانی کو پی لے گا، اور پیتا ہے، کیونکہ وہ گندے اور صاف پانی میں امتیاز سے قاصر ہے۔ کیا کوئی شخص مردہ جانور کا گوشت کھائے گا، بشرطیکہ وہ مفطر نہ ہو؟۔۔۔ جانور اسے شوق سے کھاتا ہے۔ کیا کوئی

آدمی مجمع عام میں عورت سے جنسی اختلاط پسند کرے گا؟۔۔۔ جانور سب کے سامنے کھلم کھلا یہ کام کرتا ہے۔ کیا کوئی شخص کسی شاہراہ پر بیٹھ کر رفع حاجت کرے گا؟ جانور جب چاہتا ہے اور جہاں چاہتا ہے اخراجِ بول و براز میں ذرا بھی پس و پیش نہیں کرتا۔ مزید آگے بڑھیں۔۔۔ کیا کوئی صحیح الدماغ شخص کہہ سکتا ہے کہ جعل و فریب، بغض و حسد، بدعہدی، چغل خوری، خیانت، تکبر، چوری اور رہ زنی، قتل ناحق، زنا بالجبر، اور بچوں کا جنسی استحصال وغیرہ پسندیدہ افعال ہیں؟ یہ دوسری بات ہے کہ انسانی تاریخ کے ہر دور میں یہ برائیاں سماج میں موجود رہی ہیں اور آج بھی ہیں، اور کچھ زیادہ ہی ہیں، اس کے برخلاف حق گوئی، محبت واخوت، ایثار و قربانی، دوسروں کے مال و جان اور آبرو کا احترام، امانت داری، تواضع، دیانت داری، پابندی عہد، عفت و پاک دامنی اور اخلاص و خیر خواہی وغیرہ جیسے اعمال کو ہر دور میں انسانوں کی کثیر تعداد نے پسند کیا ہے اور آج بھی بکثرت لوگ ان کو پسند کرتے ہیں۔

جس کو ہم موت کہتے ہیں وہ دراصل آئندہ انقلاب کا پیش خیمہ ہے، یا یوں کہہ لیں کہ مادی دنیا سے غیر مادی دنیا کی طرف مراجعت ہے، اردو کے معروف شاعر میر تقی میر نے اس کو "وقفہ" سے تعبیر کیا ہے۔

موت اک ماندگی کا وقفہ ہے
یعنی آگے چلیں گے دم لے کر

***

ثبات ایک تغیر کو ہے زمانے میں

-ڈاکٹر عبید الرحمن

انسانی معاشرہ، اخلاقیات، تہذیب و ثقافت، جاگیر دارانہ نظام، صنعتی انقلاب، تقسیم ملک، فرقہ وارانہ فسادات، دہشت پسندی، انسانی زندگی اور اس کی ناہمواریوں، نیز پیچ و خم اور شکست و ریخت پر اکثر تخلیق کاروں نے اپنے مشاہدے اور شعور بھر اظہار خیال کیا ہے۔ آج شاعری اور کہانی دونوں میں ان حقائق کو حتی الامکان پیش کرنے کی کوشش کی جا رہی ہے۔ ہمارے عہد کے معتبر فکشن نگار مشرف عالم ذوقی کے یہاں بھی یہ موضوعات بہت روشن ہیں۔ ان کے افسانوں اور ناولوں میں یہ موضوعات اور تجربات ایک نئے اختراعی ذہن اور ایک منفرد فکر و نظر کا اعلان کرتے ہیں اور ہمیں ایک نئی سمت، ایک نئے ڈائمنشن اور ایک نئی سچوئیشن سے متعارف کراتے ہیں، ساتھ ہی تحیر و استعجاب کے ہفت رنگ در بھی وا کرتے ہیں۔ یہ وہ خوبی ہے جو آج اردو فکشن میں خال خال نظر آتی ہے۔ ذوقی اپنے ایک مضمون 'جدید حقیقت نگاری بنام آج کی اردو کہانیاں' میں یوں رقم طراز ہیں:

" اردو کا اچھا ادب فرقہ وارانہ فسادات یا حادثوں کی کوکھ سے بر آمد ہوتا ہے۔ یہ ایک ایسا بھیانک سچ ہے جس پر از سر نو تحقیق کی ضرورت ہے۔"

اس مضمون میں انہوں نے ہندستان اور پاکستان کے کئی فکشن نگاروں کے نام لیے

ہیں اور اس امر پر اطمینان ظاہر کیا ہے کہ اب ادب نے کھلی ہوا میں سانس لینا شروع کر دیا ہے۔ آسٹریلیا میں مقیم پاکستانی ادیب اشرف شاد کا خاص طور پر ذکر ہے، جن کے دو ناول 'بے وطن' اور 'وزیر اعظم' آج کے پاکستان کی تصویر کشی کرتے ہیں۔ اس ٹرائیلوجی کا تیسرا حصہ 'صدر اعلیٰ' کے نام سے عنقریب منظر عام پر آنے والا ہے۔ یہ خوش آئند بات ہے کہ اکیسویں صدی کا فکشن ایک مختلف رنگ اور با مقصد شکل میں ہمارے سامنے پیش ہو رہا ہے۔ ذوقی اس قبیل کے فکشن نگاروں میں خاصے اہمیت کے حامل ہیں۔ ان کے افسانے اور ناول اس حقیقت کے غماز ہیں کہ وہ جو کچھ لکھتے ہیں، بہت سوچ سمجھ کر لکھتے ہیں۔ اسی کے ساتھ خوبی یہ بھی ہے کہ ایسا کرتے ہوئے وہ انتہائی بے باک اور نڈر ہوتے ہیں، ایسی تمام مصلحتوں اور لاگ لپیٹ سے پرے جو بد قسمتی سے آج زیادہ تر تخلیق کاروں میں پائی جاتی ہے۔ اس حوالے سے 'نیلام گھر' 'بیان' 'پوکے مان کی دنیا' 'شہر چپ ہے' اور 'پروفیسر ایس کی عجیب داستان وایا سونامی' جیسے ناول مشرف عالم ذوقی کی غیر معمولی ذہانت، زندہ احساس اور عصری شعور کے گواہ ہیں۔ ان کا حالیہ ناول 'لے سانس بھی آہستہ' اسی سلسلے کی ایک اہم کڑی ہے جو تہہ دار بیانیہ اور دوٹوک لہجہ میں حقیقت نگاری کی ایک عمدہ مثال ہے، جہاں عقائد، نظریات، اخلاقیات، تہذیب و ثقافت، سماجی جبر و استحصال، سائنس اور ٹکنالوجی کی دوڑتی بھاگتی دنیا، انٹرنیٹ اور گلوبلائزیشن کے اثرات اور ان سب کے مرکز میں موجود 'انسان' (؟)، اس کی شناخت، حیثیت اور بقا کے معاملات و مسائل پر ایک متردد اور دردمند ذہن ہم سے محو گفتگو ہے۔

اب سائبورگ (Cybernetic organism) کی آمد اور مصنوعی ذہانت اور دماغ سازی کو مزید حقیقتوں سے ہم کنار کرنے کی بھرپور کوششوں نے بہت حد تک انسان / فرد یا ذات کے تار و پود کو منتشر کرنا شروع کر دیا ہے اور انسانی رشتوں اور اقدار کا ایک

نیازاویہ اور نیا مفہوم سامنے آرہا ہے۔یوں اس کی حیثیت، شناخت اور بقا پر سوالیہ نشان قائم ہو رہا ہے۔اب یہ الگ بات ہے کہ ایسی تمام تر کوششوں کے بعد بھی انسان کو اس کے مقام سے ہٹا پانا کس حد تک ممکن ہو سکا ہے یا ہو گا؟اس کی ایک بڑی مثال On The Origin of Species(1859)میں پیش کر دہ ڈارون کا نظریہ ہے۔یہ انسانی اشرفیت کو تار تار کرنے کے لیے کیا کم تھا؟

انیسویں صدی کے اواخر اور بیسویں صدی کے اوائل میں انسانی حوالوں کی نوعیت میں جیسی تبدیلیاں رونما ہوئیں ان کے اثرات ہمارے ناول پر بھی مرتب ہوئے۔بیسویں صدی کے اختتام تک ان میں مزید تبدیلیاں رونما ہو گئیں اور یہ سلسلہ ہنوز جاری ہے۔ انگریزی زبان کے فکشن نگاروں نے ان تبدیلیوں کو بہ طور خاص محسوس کیا اوراس موضوع کی مختلف جہات پر محیط متعدد ناول پیش کیے، جو عالمی سطح پر نئے ڈسکورس کی بنا بنے۔Aldus Huxleyکا ناول Brave New Word(1932) مستقبل کی طرف دوڑتی ہوئی دنیا میں انسانی تشخص کے زیاں پر محیط خیالات کو اپنے سائنسی فکشن کے کرداروں کے توسط سے پیش کرتا ہے۔ Cash of Civilizations(1992) میں Samuel P Huntington اس حقیقت کے معترف ٹھہرتے ہیں کہ Post-Cod War Word میں انسان کی تہذیبی اور مذہبی شناخت ہی باہم تصادم کی وجہ بنے گی۔ 1996 میں یہی نظریہ کتابی شکل میں The Cash of Civilizations and the Remaking of World Order کے نام سے منظر عام پر آیا۔1992 میں شائع ہونے والی Francis Fukuyama کی کتاب The End of History and the Last Man میں یہ دلیل پیش کی گئی کہ مغربی آزاد خیال جمہوریت کی آمد انسان کی معاشرتی-ثقافتی تشکیل اور نشو نما کے خاتمے کا اشاریہ ہو سکتی ہے اور یہ انسانی حکومت کی

حتمی شکل ہو گی۔ اردو میں ذوقی کا حالیہ ناول 'لے سانس بھی آہستہ' ایسے ہی معرکہ آرا ناولوں کی فہرست میں ایک اضافہ کی حیثیت رکھتا ہے۔ آگے گفتگو سے پہلے 'لے سانس بھی آہستہ' کے آخری حصہ 'آخر میں دعا' سے یہ فقرے دیکھیں:

"سب کچھ ختم ہو چکا ہے / یہاں پرانی نشانیاں تلاش کرنے والے لوگ بھی نہیں / سب کچھ ختم ہو چکا ہے / ایک بھیانک سیلاب / یا ایک بھیانک تباہی / یہاں سب کچھ ہالی وڈ کی فنتاسی کی دنیا سے بھی کہیں زیادہ بھیانک ہے۔"

یہاں Avin Toffer کی تین کتابیں Future Shock(1970)، The Third Wave(1980) اور Power Shift(1990) بھی یاد آتی ہیں۔ 'فیوچر شاک' میں افراد اور معاشرے کی کچھ مخصوص نفسیاتی کیفیات کا بیان ہے۔ دوسرے الفاظ میں یہ ایک قلیل عرصے میں بڑی تبدیلیوں کا ذاتی ادراک بھی ہے۔ 'دی تھرڈ ویو' میں ٹافلر نے معاشرے کو لہروں سے تعبیر کرتے ہوئے اسے تین قسموں میں تقسیم کیا ہے: زرعی، صنعتی اور تکنیکی۔ اصولاً ان میں سے ہر ایک لہر قدیم معاشرہ اور تہذیب کو ایک طرف کر دیتی ہے۔ موجودہ عہد مابعد صنعتی معاشرے کا عہد ہے، یعنی یہ تیسری لہر ہے، جہاں نئی ٹکنالوجیز معاشرے کے مزاج کو متاثر کرنے لگی ہیں یا یوں بھی کہہ سکتے ہیں کہ انسانی زندگی ان ٹکنالوجیز سے مستفید ہونے کے لیے کسی حد تک خود کو تبدیل کرنے لگ گئی ہے۔ اب معاشرے میں ہونے والی سرعت انگیز تبدیلیوں، انسانوں پر ان کے اثرات، مستقبل کے چیلنجز اور امکانات، خصوصاً سائنس اور اس کی مختلف شاخوں، میڈیا، کمپیوٹر، انفارمیشن ٹکنالوجی اور ان سے متاثر ہوتی ہوئی پوری دنیا ایک کش مکش، الجھن اور انتشار کا شکار ہے۔ اس صداقت کی دو اہم اور نمایاں پرتیں ہیں۔ ایک تو یہ کہ موجودہ صدی میں سائنس اور ٹکنالوجی کے اثرات کے باوجود اس سے بدگمانی باقی ہے اور اس کے

منفی اور تخریبی پہلوؤں پر نظریں زیادہ کشادہ ہیں۔ ایک عام انسان آج بھی سائنس کی قربت کو لامذہبیت سے تعبیر کرتا ہے۔ یہ تو انسانی رویے کی بات ہوئی، اب دوسرا معاملہ خود سائنس کا ہے کہ وہ اپنی تمام تر اہمیت، عقلیت اور معروضیت کے باوجود 'انسان' سے خود کو علاحدہ نہیں رکھ سکتی اور اس کے معاملات و مسائل کو نظر انداز نہیں کر سکتی۔ یہی وجہ ہے کہ عالمی سطح پر اب سائنس دانوں کی توجہ اس علم کو انسانی، اخلاقی اور روحانی بنانے کی طرف ہو رہی ہے۔ آئن سٹائن کے اس قول میں کتنی صداقت اور کیسا شعور پوشیدہ ہے کہ 'بغیر سائنس کے مذہب لنگڑا بن جاتا ہے اور بغیر مذہب کے سائنس نا بینا۔' لہٰذا تیزی سے بدلتی اس دنیا میں ان دونوں کے بیچ ایک توازن ناگزیر ہے۔ اس حوالے سے غالب، حالی، اقبال اور سرسید کی تحریریں اور حقیقت نگاری ہمارے لیے مشعلِ راہ ہیں۔

'لے سانس بھی آہستہ' کی زیریں لہروں میں یہ اثرات کافی حد تک نمایاں ہیں اور ہمیں وقت کی اس نئی دستک کو سنتے ہوئے خود کو سنبھالا دینے کے لیے تیار کرنا ہے۔ اکیسویں صدی کا فکشن کیسا ہونا چاہیے، یہ ناول اس کی مثال ہے۔ واقعات و حادثات محض وقتی اور علاقائی نوعیت کے نہیں ہیں، بلکہ ان میں ایک گلوبل ٹچ ہے، جہاں احساسات صرف کہانی یا کردار تک ہی محدود نہیں ہیں، بلکہ ان کے ذریعہ وہ عالمی مسائل کی صورت سامنے آتے ہیں۔ ذوقی کی ایک بڑی خوبی یہ بھی ہے کہ وہ مختلف علوم سے استفادہ کرتے نظر آتے ہیں، جو ان کی وسیع فکری کینوس کا اظہاریہ ہے۔ وہ ایک مکمل طور پر باخبر انسان اور فکشن نگار ہیں اور یہی وجہ ہے کہ پیش نظر ناول 'Bare facts' اور 'Hard facts' سے عبارت ہے۔ اس ناول سے ایسی کئی مثالیں پیش کی جا سکتی ہیں جن سے ذوقی کے بین العلومی مطالعہ اور ان کی باخبری کے ثبوت فراہم ہوتے

ہیں۔ انہوں نے واقعات اور سیاق و سباق کی مناسبت سے نکالائی گوگول کی کتاب 'ڈیڈ سولس'، چارلس ڈکنس کی 'اے ٹیل آف ٹو سیٹیز'، البیئر کامو کے ناول 'دپلیگ' کے کردار ڈاکٹر ریو کے علاوہ آئن سٹائن، رائیڈرس ہیگررڈ، او ہنری، میکسم گورکی وغیرہ کے افکار کو حوالے کی صورت میں پیش کیا ہے، جو یقیناً ان کے وسیع مطالعہ کا ثبوت ہے۔ ابن انشا، داغ اور مولانا روم کے اشعار بھی بر محل استعمال کیے گئے ہیں۔ ان کے علاوہ ہڑپا، موہن جداڑو سے قدیم مصر، بے بی لون، یونان اور روم کے حوالے تہذیبوں کے آغاز اور خاتمہ کے سلسلوں کی حقیقت پر روشنی ڈالتے ہیں۔

ناول کے حصہ اول 'کاردار خاندان کے آثار' میں افتتاحی چند صفحات کو ہم ناول کا Curtain raiser کہہ سکتے ہیں۔ اس میں جن امور پر نگاہ کی گئی ہے ان میں مذہب اور اخلاقیات، گناہ اور ثواب، جائز اور ناجائز کی انوکھی تقسیم اور انسانی نفسیات، جنسی اخلاق کے پہلو اور ان سے وابستہ دل خراش حقائق کی بازگشت ہے تو انسانی فطرت، قدرت اور اس کے طریقۂ کار کے حوالے ہیں، آسیب، جنات، جھاڑ پھونک اور غیر مرئی قوتوں کا جادو ہے، جنریشن گیپ کا مسئلہ ہے تو ابراکسس، والٹیر، روسو، ہنگٹن، سارترے، ڈارون اور فرائڈ کے نظریات کی چھان بین بھی ہے، جہاں انسانوں سے لے کر جانوروں تک نئی اخلاقیات کی مثالیں ہیں، مثلاً آسٹریلیا میں ایک بلی کے لیے شیرنی کا محافظ بن جانا، کتے اور بھالو کا ساتھ ساتھ کھیلنا، برطانیہ میں ماں باپ بننے والے سب سے کم عمر جوڑے کی کہانی۔ 13 سالہ لڑکا ایلفی پیٹن اور 15 سالہ لڑکی چنٹیلے سٹیڈمین اور ان کے ننھے بچے، سائبر ورلڈ، نئی ٹکنالوجی، جینوم، ڈی ان اے، بدلتی ہوئی دنیا، بدلتا ہوا نظام، گلیشیر کا پگھلنا، سائبیریا میں گھاس کا اگنا، ماحولیات کا تحفظ اور کوپن ہیگن کا ڈرامہ، شئیر بازار کا گرنا، امریکی کرنسی کا ڈپریشن، نئی بیماریوں اور نئے وائرس کے ساتھ لڑتے ہوئے لوگ، جنسی تشدد

اور ایک سنگین زندگی کی منہ بولتی تصویریں ہیں تو وہیں فسادات، بر صغیر کی تقسیم، بابری مسجد، رام جنم بھومی معاملہ، 9/11 سے گجرات اور 26/11 تک ایک خوف زدہ کر دینے والی دنیا بھی روشن ہے اور بین الاقوامی معاہدے، سمجھوتے، قوانین، کاغذی قواعد و ضوابط کا بیان بھی ہے... اپنی پوتی سارہ اور اپنے رفیق، مشیر و ناصح پروفیسر نیلے سے راوی عبدالرحمن کی گفتگو، یہ سب مل کر قاری کے لیے ایک سنجیدہ فضا قائم کرتے ہیں کہ آگے اسے ایک بدلتے موسم کی کہانی کے ساتھ سفر کرنا ہے۔ ان باتوں کے پیش نظر یہ بھی عیاں کرنا مقصود ہے کہ انسانی ترقی اور کامیابی کی کہانیاں ہی دراصل انسانی بربادی کی بھی اصل وجہ ہیں۔ ذوقی ان تمام سمتوں میں سفر کرتے ہیں اور اس کی روشنی میں حالات و حقائق کا ایک نیا تصور پیش کرتے ہیں اور یہی ان کا اختصاص ہے۔ اس پس منظر میں ناول کا نام 'لے سانس بھی آہستہ' اپنے آپ میں بڑی اہمیت کا حامل ہے اور ناول نگار کی ابلاغی صلاحیت اور اس کی فکری پرواز کا مظہر بھی۔ موجودہ طرز حیات، آزاد روی اور فکری رویوں کے پیش نظر مستقبل کی جس دنیا اور جس تہذیب کے اشارے فراہم کیے گئے ہیں ان کی روشنی میں اس ناول کا اس سے بہتر کوئی اور خود آشکار عنوان نہیں ہو سکتا تھا۔

پروفیسر محمد حسن نے ناول شناسی کے حوالے سے بڑی اچھی بات کہی ہے کہ کوئی ناول تین بار کی قرأت کے بعد ہم پر کھلتا ہے۔ پہلی بار پڑھتے ہوئے قاری پوری طرح ناول نگار کے ساتھ ساتھ چلے اور رکے، تاکہ وہ ناول کے مزاج سے خود کو ہم آہنگ کر سکے ساتھ ہی واقعات و کیفیات اور کرداروں سے بھی واقف ہو جائے۔ آخر میں یہ نتیجہ اخذ کرے کہ اس سفر میں اسے کیسا لگا۔ اب دوسری بار ناول کا پہلا حصہ بعد میں پڑھے اور واقعات و کیفیات اور کرداروں کے درمیان تسلسل اور اثر آفرینی کا جائزہ لے۔ تیسری بار ذرا اور گہرائی سے پڑھتے ہوئے اس فضا یا اثر آفرینی کا باہمی ربط پورے ناول کے سیاق و

سباق میں پر کھے۔ تب یہ معلوم ہو سکے گا کہ ناول کسی نئی دنیا کی بشارت دینے میں کامیاب ہو پایا، یا نہیں۔ 'لے سانس بھی آہستہ' کے ساتھ میں نے بھی کچھ اسی اصول کی پیروی کی ہے اور ایسا کرتے ہوئے مجھ پر جو نئی دنیا کھل پائی ہے، وہ بہت وسیع ہے۔ اس پر کسی ایک حوالے سے گفتگو تشنہ رہے گی، مگر حقیقت یہ بھی ہے کہ ایک مختصر سا مضمون ان تمام حوالوں کو سمیٹنے کا متحمل نہیں ہو سکتا۔ عام طور پر ہوتا یہ ہے کہ کسی تخلیق میں موجزن فکر، احساس، ذہانت، زبان، بیان، لسانی تشکیلات، ہنر مندی، کردار نگاری، موضوع، اسلوب، واقعات، وغیرہ وغیرہ پر خوب باتیں ہوتی ہیں اور پھر 'اچھا، یا 'برا' کی سند دے کر خاموشی چھا جاتی ہے۔ اس پر کوئی مکالمہ قائم نہیں ہو پاتا۔ چلیے، کوئی عام سی تخلیق ہو تو گوارہ کر لیں، مگر جب 'لے سانس بھی آہستہ' جیسی کوئی تخلیق سامنے آتی ہے، جہاں حیات و کائنات کے رموز و اسرار پنہاں ہیں، جہاں انسانی تشخص، اس کی بقا اور اس کے مستقبل کے مسائل زندہ ہیں، جہاں زمان و مکان کے بدلتے شعور کی بازگشت ہے اور سب سے بڑھ کر جہاں خواب ہیں، ایسی کسی تخلیق سے سرسری گزر جانا حساس ذہنوں کے لیے ممکن ہی نہیں ہے۔ مشرف عالم ذوقی کا یہ ناول اپنی ان ہی انفرادی خصوصیات کی بنا پر ہم سے ایک نئے ڈسکورس میں شامل ہونے کا تقاضہ کرتا ہے۔

موجودہ صدی میں اردو فکشن کا بیانیہ ایک نئی تخلیقی قوت اور توانائی کے ساتھ سامنے آیا ہے جس کی ہندستان اور پاکستان میں متعدد مثالیں موجود ہیں۔ اس پر آغاز میں مختصر سی گفتگو کی گئی ہے۔ علامتیت اور تجریدیت اب حرف آخر نہیں رہے۔ یہ تبدیلی بدلتے عصری تقاضوں کے ساتھ نہ صرف چیلنجز لے کر آئی ہے بلکہ امکانات کا عکس نامہ بھی پیش کرتی ہے۔ آج وہی فکشن پڑھا جائے گا جو کھلے ذہن اور کشادہ دل سے لکھا جائے گا۔ مشرف عالم ذوقی کا فکشن ایسی ہی خوبیوں سے متصف ہے۔

'لے سانس بھی آہستہ' کاردار خاندان کی کہانی ہے اور عبد الرحمن کاردار ہے جس کی پیدائش ہندستان کی آزادی سے ایک گھنٹہ قبل ہوتی ہے اور وہ ایک غلام تہذیب سے اچانک ایک آزاد تہذیب میں داخل ہو جاتا ہے اور یہیں سے اخلاقی اور تہذیبی تصادم کی کہانی شروع ہوتی ہے۔ دراصل اس ناول کی روح اخلاقی نظریے اور تہذیبی نظام کی بنیاد میں پیوست ہے اور جس کا پڑاؤ مستقبل ہے۔ راوی اپنے محسوسات و تجربات، آلام و مصائب اور حادثات و صدمات کو بیان کرنے کے لیے حد درجہ بے قرار ہے۔ اس حوالے سے راوی اور پروفیسر نیلے کا تجربہ، گفتگو اور مباحث سے قاری کے لیے راہیں کشادہ ہوتی ہیں تاکہ وہ موجودہ اور خصوصاً آئندہ انسانی تہذیب و ثقافت اور مسائل و معاملات سے صرف آشنا ہی نہیں بلکہ ان سے نبرد آزما بھی ہو سکے۔ لٰہذا یہ حقیقت بہت نمایاں ہو جاتی ہے کہ اردو کے بیشتر ناولوں کی طرح اس ناول کا بیانیہ اکہرا نہیں بلکہ تہہ دار ہے، یہاں صرف ادراک ہی نہیں نفسیات بھی ہے، یہاں خود نوشت اور تاریخ نگاری کا انداز بھی نظر آتا ہے۔ اپنے موضوع اور ٹریٹمنٹ کے لحاظ سے بلاشبہ یہ ناول Off beat زمرے میں رکھا جائے گا۔ موضوع کی سمتیں واضح کرنے اور فکری کش مکش کے اظہار کے لیے ناول کو چار حصوں میں تقسیم کیا گیا ہے۔ حالات و معاملات اور ذہنی کیفیات کے اظہار کے لیے ناول نگار نے ہر حصے کی شروعات میں تعارفی اشاروں، مختصر فقروں، لطیف استعاروں اور جامع تمثیلوں سے اپنا مدعا بڑی خوب صورتی سے ادا کیا ہے، جن سے قاری پر آگے کے صفحات روشن ہو جاتے ہیں۔ کہیں کہیں قاری کے ساتھ براہ راست مکالمہ بھی ذوقی کے منفرد اسلوب و اظہار کا ثبوت بن کر سامنے آتا ہے۔ وسیع الرحمن کاردار اور نظر محمد کا شجرہ بھی اسی خوبی کا مظہر ہے۔ ناول کی زبان میں روانی اور بے ساختگی ہے۔ کہیں کہیں عام علاقائی اثرات کے حامل الفاظ کا استعمال اور امتزاج لطف دیتا

ہے۔ چاپاکل، دانت کھدوا، سینی، مرغیوں کا کڑکڑانا، میئن، جیسے الفاظ اپنے سیاق وسباق میں ضم ہوتے نظر آتے ہیں اور ناول کو مشترکہ تہذیب اور حقیقتوں سے قریب کرتے ہیں۔

ناول کا حصہ اول 'کاردار خاندان کے آثار' کی شروعات میں "پنجرہ ٹوٹ گیا ہے / پرندہ اڑ گیا ہے" اور "کبھی کبھی قدرت کے آگے ہم بے حد کمزور ہو جاتے ہیں اور سپر ڈال دیتے ہیں" جیسے فقرے آگے کے سطور کا پس منظر واضح کر دیتے ہیں جن کی معنویت کہانی کے ساتھ ساتھ کھلتی چلی جاتی ہے۔ اسی صفحہ پر Hermann Hesse کے ناول Demian سے ایک قول نقل کیا گیا ہے۔ میرے نزدیک یہ انتخاب بہت اہم ہے اور ذوق کے عمیق مطالعے اور باریک بینی کی دلیل بھی۔ اس کی دو وجوہ ہیں۔ اول تو یہ کہ Hermann Hesse کی طرز فکر میں ہندستانی مذاہب اور فلسفے کا خاصا دخل ہے۔ دوم یہ کہ Emi Sinclair کے عالم شباب کی کہانی Demian ادبی تنقید کے Bidungsroman یا Coming-of-age stories کے زمرے میں آتی ہے، جہاں کسی کردار کی نوجوانی سے سن بلوغت تک پہنچتے ہوئے اس میں جو نفسیاتی اور اخلاقی بالیدگی پیدا ہوتی ہے ان پر توجہ مرکوز کی گئی ہے۔ کردار میں تبدیلی اور اپنی ذات کی دریافت دراصل اس کی بنیادی خصوصیات ہیں۔ اس زمرے کی کہانیاں ہمیں ایک ایسے حساس کردار کی نشو و نما کی روداد پیش کرتی ہیں، جو سوالات اور تجربات کے جواب کی تلاش میں سرگرداں رہتا ہے۔ یہاں کچھ کے کردار مہمّات اور اندرونی کش مکش و اضطراب سے گزرتے ہیں اور انہیں جنگ، تشدد، فساد، نسلی منافرت، سفاکی، بے رحمی اور موت کی سچائیوں کا سامنا کرنا پڑتا ہے تو کچھ کے سروکار خاندان، احباب اور معاشرے تک محدود رہتے ہیں۔ اس حوالے سے Great Expectations اور The

Adventures of Huckleberry Finn کی مثالیں بھی پیش کی جا سکتی ہیں۔ 'لے سانس بھی آہستہ' جس زمین پر استادہ ہے اور کردار اپنی ذات کو جس طرح دریافت کرنا چاہتا ہے، یا عبدالرحمن کا کردار اور نور محمد کے کردار میں جس نفسیاتی اور اخلاقی تضاد و تصادم کی تصویر نظر آتی ہے وہ اسی زمرے کی کہانیوں سے قریب تر ہے۔

ذوقی نے واقعات و کیفیات اور کرداروں کے حوالے سے جس دنیا کی تصویر دکھائی ہے، اس سے ہماری تھوڑی آشنائی تو ضرور ہے، مگر یہ محض آشنائی کی حد تک کافی نہیں کہ یہ قدرت و فطرت، تہذیب و ثقافت، اخلاقیات و تہذیب نفس اور انسانی ارتقا و بقا سے متعلق ہے اور ہمیں اس کی طرف انتہائی سنجیدگی سے سوچنے کی طرف مائل کرتی ہے۔ آج سائنس و ٹکنالوجی اور الکٹرانک میڈیا کی تمام ترقیات کے بعد ہم انسان کا کیا مقام طے کر پائے ہیں؟ سوال یہ ہے۔ آج جب پوری دنیا ایک عجیب سی ذہنی کیفیت اور انتشار میں مبتلا ہے، اخلاقی اور تہذیبی اقدار روبہ زوال ہیں اور تیزی سے بدلتی ہوئی دنیا میں اپنی شناخت سراپا سوال بن کر رہ گئی ہے، ضرورت اس بات کی ہے کہ ہم اس حالت پر غور کریں، خود کے متعلق سوچیں اور یہ طے کریں کہ ہم ایک فرد اور ایک عوام کی صورت کیا ہیں اور کیا ہو سکتے ہیں؟

یہ ناول واقعات و معاملات کے پس منظر میں جگہ جگہ قاری سے گفتگو کرتا ہے اور ایسے سوالات قائم کرتا ہے جو انسانی معاشرہ، اس سے وابستہ مسائل، مستقبل، اخلاقی، تہذیبی اور روحانی اقدار کی از سر نو بحالی کے لیے بہت اہم ہیں۔ ایک نظر ان اقتباسات پر ڈالیں:

" ایک بچہ اس دنیا میں پہلی بار اپنی آنکھیں کھولتا ہے، جیسے وہ ایک نئی دنیا کے آداب و نظام سمجھنے کے لیے اچانک زور زور سے رونے لگتا ہے۔ پھر تھوڑا سا بڑا ہونے پر

اسے اسکول میں داخل کر دیا جاتا ہے، جہاں بے حد ہوش مندی کے ساتھ اسے بتایا جاتا ہے کہ Man is a social animal انسان ایک سماجی جانور ہے۔ وہ آہستہ آہستہ اپنے سماج کی شناخت کرتا ہے، مگر اس جانور کو کچھ لمحے کے لیے بھول جاتا ہے، جو اب نصاب کی کتابوں سے نکل کر اس کے جسم میں پرورش پا رہا ہے۔ وقفے وقفے سے وہ جانور اس کے اندر سے باہر نکلنے کی کوشش کرتا ہے۔ مگر ہر بار سماجیات کے ریشمی غلاف میں اس جانور کو چھپا لیتا ہے۔

یہ حقیقت کا ایک پہلو ہے۔ اب دوسرا پہلو بھی دیکھیں:

... مگر کیا سچ مچ وہ اس جانور کو چھپانے میں کامیاب ہے؟ اخلاقیات اور سماجیات کی ہر کہانی اس جانور سے ہو کر گزرتی ہے مگر ایک وقت آتا ہے جب مذہب سے لے کر اخلاقیات کی ایک عظیم الشان دیوار ہم اپنے آگے کھڑی کر دیتے ہیں۔ ایک بے حد آسان خط مستقیم پر چلنے والی زندگی، معاشرہ کا خیال، مذہب کا خوف، ایک چھوٹا سا دائرہ اور اس دائرے میں خود کو سمیٹ کر ہم ایک پوری زندگی گزار دیتے ہیں اور ایسے میں یہ خیال جاگتا ہے کہ مذہب اور اخلاقیات کی یہ دیوار نہ ہوتی تو ...؟ جیسے ابتدائی قدیم معاشرے میں ایک آزادانہ جنسی رویہ پایا جاتا تھا۔ لیکن ایک مہذب دور میں سانس لینے کے باوجود اگر ایسے رویے کہیں بھی سانس لے رہے ہیں تو کیا اس کا تجزیہ ممکن نہیں؟"

اس تجزیہ کے عمل سے گزرتے ہوئے ناول نگار نے ہندوستان کے 1947 سے 2010 تک کے سماجی، نفسیاتی، سیاسی اور تہذیبی تغیرات کی تاریخ رقم کر دی ہے، ساتھ ہی ہم زماں مسائل سے بھی علاقہ استوار رکھا ہے۔ ناول نگار نے سائنس اور ٹکنالوجی کے کرامات، میڈیا اور اطلاعاتی عہد کی سچائیوں کے پیش نظر مستقبل کے چیلنجز اور امکانات پر بحث کرتے ہوئے انسانی احساسات، جذبات، وقار، ضمیر اور آزادی کے معنیٰ و مفہوم کی

تلاش بھی کی ہے اور یوں انسان کو از سر نو بحال کرنے کی کوشش بھی۔ 'غلامی سے فیوڈل سسٹم کی طرف' کے باب میں یہ فقرے غور طلب ہیں:

"خلافت تحریک سے سوراج اور آزادی تک تہذیبیں ہماری پرورش کر رہی تھیں یا پھر آزادی کے بطن سے ایک نئی تہذیب سانس لینے والی تھی / ایک ڈراؤنی تہذیب"

"وہ بے حد ڈراؤنا پرندہ تھا۔ لیکن مجھے یقین تھا اس تہذیب سے ایسے ہی ڈراؤنے پرندے جنم لیں گے۔"

بلند شہر میں عبدالرحمن کاردار کا خاندان آزادی کے بعد کی نئی تبدیلیوں سے سمجھوتہ نہیں کر پاتا ہے۔ کاردار کے دادا اور والد (وسیع الرحمن کاردار) کے اپنے اپنے خیالات ہیں۔ اب جب کہ ملک آزاد ہو چکا ہے اور صنعتی انقلاب کے بعد جاگیر دارانہ نظام کا زوال شروع ہو گیا ہے، سرمایہ دارانہ نظام کی دستک جاگ اٹھی ہے۔ مگر کاردار خاندان نئی آہٹوں سے سمجھوتہ نہیں کر پاتا ہے۔ تقسیم ملک، گاندھی جی سے اختلاف، پاکستان کو ہجرت کرنے والے مسلمانوں کا ذکر، ہندستان کو اپنا ملک تصور کرنے والے مسلمان اور ان کا جذبہء وطن پرستی اور پھر زندگی بھر اپنی وفاداری ثابت کرنے کی باتیں، نئی آزادی کے ساتھ نفرت کا غبار اور فرقہ وارانہ فسادات۔۔۔ اسی انتشار اور نفرت بھرے ماحول میں عبدالرحمن کاردار دھیرے دھیرے بڑا ہوتا ہے۔ اسے یہ بھی احساس ہے کہ اس کے والد سب سمجھتے ہوئے بھی مجبور ہیں۔ اس کے ہوش سنبھالنے تک اس کی 'بلند حویلی' اپنا وقار کھو چکی ہے۔ کاردار اب اسکول میں ہے اور آہستہ آہستہ سب کچھ دیکھ اور سمجھ رہا ہے۔ پڑوس میں نظر محمد کا خاندان ہے۔ کوٹھی وہاں بھی ویران ہو چکی ہے۔ ایک بیٹا ہے نور محمد۔ اس کی ماں ہمیشہ بیمار رہتی ہے جسے نظر محمد کسی جنات کا سایہ سمجھتے ہیں اور جھاڑ پھونک کا علاج جاری ہے۔ کاردار کا تحیر یوں ظاہر ہوتا ہے:

"ایک آسیب زدہ تہذیب کے دروازے کھلے تھے۔ میرے لیے یہ سب کچھ حیران کرنے والا تھا۔ کیا اس چھوٹی سی دنیا میں یہ سب بھی ہوتا ہے۔ آسیب، جنات، سایہ... میں تہذیب کے نئے لاؤلشکر پر سوار نئے نئے لفظوں سے متعارف ہو رہا تھا۔"

حویلی کی ویرانی مسلمانوں کی حالت زار کا بیانیہ ہے تو ہر قسم کی ذہنی اور نفسیاتی مرض کا علاج جھاڑ پھونک میں ڈھونڈنا تہذیبی بحران کا بیانیہ۔ بارہ برس کا عبدالرحمن کردار الجھنوں کا شکار ہے۔ اس میں ایک فنکار کی آوازیوں گونجتی ہے:

"میں اور میر املک سہانا / دونوں بارہ سال کے ہیں / میں اور میر املک سہانا / دونوں ابھی تک بچے ہیں / دونوں ہیں ایک کھیل میں گم / دونوں کو ڈر لگتا ہے / میں اور میر املک سہانا / دونوں بارہ سال کے ہیں"

کردار کی الجھن اور حیرت تب اور بڑھ جاتی ہے جب ایک دن مولوی محفوظ بلند حویلی میں دفن گم شدہ خزانہ کی بابت بتاتے ہیں اور حویلی کے صحن میں ایک مخصوص جگہ پر کھدائی کی تجویز پیش کرتے ہیں۔ اس درمیان کردار کے سفیان ماموں اپنی بیٹی نادرہ کے ساتھ پاکستان سے آتے ہیں۔ نادرہ کی آمد کردار کے روز و شب کو نئے تجربات اور احساسات کے حسین رنگ عطا کرتی ہے:

"میرا جسم شور کرنے لگا تھا... اور میں شور کرتے جسم کی آواز میں قید تھا... نیلا آسمان، پیڑ پودے، سرسراتی ہوا،

کسی کا لمس... ایک جادو وہاں تھا اور ایک جادو یہاں ہولے ہولے میرے جسم میں اترتا ہوا۔"

کردار کی فکر اس کی عمر کے ساتھ جوان ہوتی ہے۔ نادرہ سے اس کی یہ گفتگو ان ہی بدلتی ہوئی تبدیلیوں کا ہیجان انگیز اظہار یہ ہے:

"کیسا ہوگا میرا مستقبل...؟نادرہ... مجھ میں میری عمر جاگنے لگی ہے اور یہ بڑھتی عمر اب مجھ سے سوال پر سوال کیے جاتی ہے۔ حویلی کا مستقبل کیا ہے اور تمہارا مستقبل؟ یہاں آج بھی اس حویلی کے لوگ پرانی دیمکوں کو چاٹ رہے ہیں... ان لوگوں کے پاس وقت ہی وقت ہے نادرہ... لیکن وقت بدل رہا ہے... اور میں اس بدلتے وقت کی آہٹ کو محسوس کر رہا ہوں۔ کیا تم بھی میری طرح اس بدلتے وقت کی آہٹ کو محسوس کر رہی ہو؟"

نادرہ خاموش تھی۔ تمہاری کچھ باتیں سمجھ میں نہیں آتیں ...اتنا کیوں سوچتے ہو... بولو؟

کیوں کہ سوچنا پڑتا ہے نادرہ... ان کے دن گزر گئے... ہمارے شروع ہو رہے ہیں ... ان کے پاس جاگیریں تھیں... ہمارے پاس حویلی کا ڈھانچہ... ان کے پاس کرنے کو کچھ نہیں تھا... ہمارے پاس کرنے کو بہت کچھ ہے اور اندھیرا... اور مجھے اندھیرے سے ڈر لگتا ہے۔"

ان چند اقتباسات سے کہانی میں موجود اس زیریں لہر کو عیاں کرنا مقصود ہے، جہاں ایک فرد کی روزمرہ زندگی دو حصوں میں منقسم ہے۔ ایک حصہ گھر کے ماحول، ماضی کی روایتوں اور مذہبی عقائد سے وابستہ ہے، تو دوسرا حصہ باہر کی دنیا اور اس کے نئے مطالبات سے علاقہ رکھتا ہے۔ دراصل ان دونوں حصوں کی اپنی اپنی اہمیت ہے۔ پہلا حصہ روایت و عقائد، تہذیب و اخلاقیات اور آپسی رشتوں کا تقدس قائم رکھنے میں بڑا کردار ادا کرتا ہے تو دوسرا حصہ ہمیں اپنی شخصیت کو کلیت کے درجہ تک پہنچانے کا ذریعہ ہے۔ ان میں سے صرف ایک کا بن کر رہ جانا اور دوسرے سے صرف نظر کرنا قطعی انسانی بقا کے حق میں نہیں ہے۔ ان دونوں کے درمیان اسی توازن کی کارفرمائی ہونی چاہیے،

جس کی طرف میں نے اس مضمون کے آغاز میں گفتگو کی ہے۔ ہر قاری یا نقاد کو یہ حق حاصل ہے کہ وہ اپنے طور پر کسی تخلیق کا مطالعہ کرے اور اس کے ابعاد اور سمت و رفتار کا تعین کرے۔ میں نے شروع میں ہی اس ناول کے ایسے ابعاد اور سمت و رفتار کو نشان زد کرنے کی کوشش کی ہے، جو میرے نزدیک اس ناول کے ایک واضح اور بڑے پیغام سے عبارت ہیں۔ در حقیقت یہ پیغام ہمیں ایک متوازن اور باشعور زندگی کے رموز تک رسائی کے لیے تیار کرتا ہے۔ اس ناول میں فطرت اور قدرت کو اپنی جگہ پر قائم رکھتے ہوئے اور انہیں ان کی مکمل حیثیت کے ساتھ قبول کرتے ہوئے، ساتھ ہی مذہب کے بنیادی اصول وضوابط کا احترام کرتے ہوئے تیزی سے تغیر پذیر حالات کے ساتھ اپنی راہ اختیار کرنے کا جو پیغام ہے، دراصل اسی میں انسانی بقا، تشخص، شخصیت اور اس کی کلیت کا راز مضمر ہے۔

ناول کا حصہ دوم 'تہذیبوں کا تصادم' حویلی اور حویلی سے باہر معاشرے میں تیزی سے رونما ہونے والی تبدیلیوں کا بیانیہ ہے۔ ایک واقعہ سے اس کی شروعات ہوتی ہے، جسے کاردار اپنی زندگی کا ایک بڑا Turning point سمجھتا ہے۔ حویلی میں چل رہی کھدائی کی خبر پر پولیس انسپکٹر بانکے بہاری کا حویلی آنا اور کاردار کے والد سے سختی سے پیش آنے کے واقعات کو اس کی ماں برداشت نہیں کر پاتی ہے اور پردے میں رہنے والی کاردار کی ماں اسے ساتھ لے کر غصے میں بھری کوتوالی پہنچتی ہے اور انسپکٹر سے جس طرح پیش آتی ہے، وہ ایک غیر معمولی تبدیلی کا پیش خیمہ ہے۔ اسے ہم Women liberalization and empowerment کی مثال کہہ سکتے ہیں۔ اس واقعہ کا عنوان 'پاپوش پہ لگائی کرن آفتاب کی' اپنے آپ میں بڑی معنوی وسعت رکھتا ہے جہاں حالات کی مناسبت سے الفاظ 'پاپوش' اور 'آفتاب' کا استعمال قابل داد ہے۔ ضروری ہے کہ یہاں یہ دو اقتباسات پیش کیے جائیں:

"آج اماں نے حجاب نہیں پہنا۔ برقع نہیں لگایا۔ بے پردہ مجھے لے کر وہ باہر آ گئیں۔ موڑ پر کئی محلے والے کھڑے تھے۔ آج اماں کو کسی کی پروا نہیں تھی"۔

"جیسے لکشمن ریکھا ہوتی ہے۔ اماں پہلی دفعہ اس لکشمن ریکھا کو پار کر گئی تھیں اور اس ریکھا کو پار کرنے کے بعد ہی گھر میں ایک نئی اخلاقیات کا جنم ہوا تھا۔ یا یہ کہ ایک نئی دنیا گم شدہ خزانے یا قبر کے راستے ویران ہوتی حویلی سے جنم لے رہی تھی، یا یہ کہ ایک انڈا ٹوٹ گیا تھا۔"

ایک عورت کے ذریعہ نئی تبدیلی کی یہ شروعات اس بات کا اشارہ ہے کہ اب تہذیب، اخلاقیات اور معاشرے تک بہت کچھ بدلنے والا تھا۔ کالونی کلچر کا پھیلاؤ، عورتوں کا شہر کے بازاروں کا رخ کرنا، گھروں میں پھیری کرنے والی عورتوں اور مردوں کے بچوں کا وقت کے ساتھ بدل جانا، خاندانی غلامی کے دھندے سے چھٹکارہ، آباو اجداد کی حویلیوں کی فروخت اور اس خرید و فروخت میں ہندو یا مسلمان کی شرط سے رہائی۔ کاردار کی نظر میں انسان دوستی اور باہمی محبت کی مثال دیکھیں:

..."لیکن میں ان تبدیلیوں سے خوش تھا۔ وقت نے عمارتوں پر لکھے مذہب کے نام کو بھی کھرچ دیا تھا۔ ایسا محلے میں پہلی بار ہوا تھا۔ پہلے اگر مسلمان کی کوٹھی یا گھر بک رہا ہوتا تو مسلمان خریدار ہی تلاش کیے جاتے۔ یا اگر کوٹھی کسی ہندو کی ہوتی تو وہ ہندو خریدار کی تلاش میں ہوتا۔ لیکن تبدیلیوں نے زندگی کے ہر پہلو، ہر گوشے کو متاثر کیا تھا۔ یا پھر یہ کہنا چاہیے کہ ان تبدیلیوں نے کچھ وقت کے لیے مذہب کی دیوار اٹھا دی تھی۔ جیسے میرے لیے، آگے بڑھنے کے لیے یا زندگی کے چیلنجز کا سامنا کرنے کے لیے، ان تبدیلیوں نے مجھے ایک نئے فلسفے سے روشناس کرایا تھا۔"

اس درمیان ہونے والی دیگر تبدیلیوں، حادثات و سانحات میں نور محمد کی والدہ کا

انتقال، اس موقع پر نور محمد کے لیے نادرہ کا جذبہ ٔ ہمدردی اور کاردار کی الجھن، سفیان ماموں کی ایک بیوہ سے دوسری شادی اور نادرہ کا ان کے ساتھ نقل مکانی، کاردار کے والد کا گزر جانا اور والدہ کے بولتے لبوں پر مہر خاموشی... مریم بوا کا انتقال، علی بخش پر بیماری کا حملہ اور اپنے گاؤں کو واپسی... حویلی میں سناٹا... والدہ کا کاردار کی شادی پر اصرار اور رقیہ سے شادی، شان الرحمن کی پیدائش... اور پھر ایک بڑا فیصلہ حویلی فروخت کرنے کا، جس معاملہ پر کاردار اپنے والد سے اکثر الجھتا رہا ہے، مگر اس کے والد ایسا قدم اٹھانے کے سخت خلاف رہے۔ اب اس فیصلے سے والدہ کی ناراضگی، مگر کاردار کا حویلی کو فروخت کر دینا اور کہکشاں منزل کو اپنا گھر بنا لینا، والدہ کا اس نئی زندگی سے سمجھوتہ، کہکشاں منزل کے قریب ایک مکان میں ٹرسٹ اور بچوں کے اسکول کا قیام، دو برسوں بعد والدہ کا انتقال، پرانی یادوں سے آزادی ... مگر نادرہ کے خیال میں قید کاردار کی زندگی ایک نئی روش پر گامزن، ادھر نادرہ کو سوتیلی ماں کا راس نہ آنا، حکیم سفیان ماموں کا بیوی میں مگن رہنا اور اپنے مطب اور مریضوں میں گھرے رہنا، نادرہ کی گرتی صحت، نور محمد کے والد کا انتقال، نور محمد کے دل میں نادرہ کے لیے محبت اور اس سے شادی کی خواہش، کاردار سے اس میں پیش رفت کی گزارش... کاردار کے وجود میں زلزلہ، تذبذب کا شکار کاردار کی ممانی سے ملاقات اور نادرہ کی گرتی صحت اور اس کا تعلق نور محمد کی کوٹھی میں آسیبی اثر سے قائم کرنا اور رشتہ قائم کرنے میں رکاوٹ کی اپنی سی حکمت عملی، نور محمد کے سامنے اپنی دوستی اور اس حوالے سے اپنی کوشش کا بھروسہ دلانا اور نور محمد کا یقین کر لینا، کاردار کی شکست اور نور محمد کی فتح، سفیان ماموں کا نادرہ اور نور محمد کی شادی پر رضامند ہونا اور پھر شادی۔ یہ وہ زمانہ ہے جب ہندستان اور پاکستان آمنے سامنے تھے، ہندستان میں اندرا گاندھی کی گونج تھی، ہندستانی اخبارات شیخ مجیب الرحمن کو ہیرو کی طرح پیش کر رہے تھے اور پاکستان ہند

ستان کے خلاف زہر اگلنے میں مصروف تھا۔ مشرقی پاکستان سلگ رہا تھا۔ بھٹو کا نام بچے بچے کی زبان پر تھا۔ ان تمام تبدیلیوں، حادثات و سانحات کے پس پردہ ناول نگار نے بڑی فن کاری سے انسانی زندگی، لامتناہی خیالات و احساسات، مختلف تہذیبوں کے درمیان جنگ کی صورت حال، بنیاد پرستی اور دہشت پسندی، اندھیرے سے پیدا ہونے والی ایک نئی دنیا، سائنس اور ٹکنالوجی کے تقاضے، قدرت کے اپنے اصول اور معاشرتی تغیرات میں گم ہوتی شناخت اور رو بہ زوال اخلاقیات جیسے مسائل سے بحث کی ہے۔ ذوقی کی تحریروں میں نئی صدی اور انسانی رشتوں کی بازگشت بہت صاف سنائی دیتی ہے۔ ان کے افسانوی مجموعہ 'صدی کو الوداع کہتے ہوئے' کا انتساب "نئی صدی میں گم ہو رہے انسانی رشتوں کے نام، جو کھو گئے تو ادب بھی باقی نہیں رہے گا" ان کی اسی فکر کا غماز ہے۔ یہ کہنا مناسب ہے کہ انہوں نے اس موضوع کو ایک مشن کے طور پر اختیار کیا ہے اور اس حوالے سے مسلسل فکر کر رہے ہیں اور یوں نئی صدی میں ادب اور انسان کی از سر نو بحالی کے لیے کوشاں ہیں۔

یہاں کاردار کا نادرہ سے چھپا چھپا سا عشق بھی ہے جس کا وہ صاف طور پر اظہار نہیں کر پاتا اور کچھ ایسی ہی کیفیت نادرہ کی بھی ہے، لہٰذا اس کی شادی کاردار کے دوست نور محمد سے ہو جاتی ہے۔ آگے کہانی کے ایک جذباتی موڑ پر کاردار اور نادرہ اس کا ایک دوسرے سے اظہار کرتے ہیں، شکایتیں ہوتی ہیں، حسرتوں کی دنیا انہیں اپنے ماضی کی یاد دلاتی ہے اور ایک بڑی غلط فہمی سامنے آتی ہے۔ کہانی میں ایسے رومانی اور معصوم جذبات کے عکس بھی نظر آتے ہیں، جن کو ذوقی بڑے دلچسپ انداز میں پیش کرتے ہیں اور یہاں ان کا اسلوب اس بیانیہ سے قطعی مختلف نظر آتا ہے جس کا ذکر پہلے کیا جا چکا ہے۔ اسی کے ساتھ 'نئے انسان' کی آمد کا اعلان بھی ہے۔ اس 'نئے انسان' کو اپنی بقا کے لیے کن چیلنجز

کا سامنا ہے اور اسے کن ممکنات کی تلاش ہے، بلاشبہ اس ناول میں یہ سوال ایک عالمی مسئلہ کی صورت ہمارے سامنے آیا ہے، جس کو واقعات و حالات کے تناظر میں ذوقی جس شدت اور حدت سے پیش کر سکے ہیں وہ بس ان کا ہی حصہ ہے:

"میرے دماغ میں مسلسل ایک فلم چل رہی تھی... کوٹھی میں آسیب اور جنات کا ہنگامہ---بلند حویلی کے زوال کی دردناک داستان---ماضی سے لپٹے ہوئے لوگ---گم شدہ خزانے کی تلاش---آسمان پر منڈلاتے طیارے---ہندستان اور پاکستان کی جنگ---آنکھوں میں سمائی ہوئی نفرت---پاکستان کی تقسیم---دونوں ملکوں کے آپسی رشتوں کا تکلیف دہ حد تک خراب ہو جانا---سفیان ماموں کا آنا---نادرہ کی شادی اور... نگار کا جنم... مسلسل خوف کی بارش... جنگیں---تباہیاں... اور ایک نئے انسان کی آمد۔"

'لے سانس بھی آہستہ' کو پڑھتے ہوئے ہم کئی موڑ سے گزرتے ہیں اور بیانیہ کی کئی پرتیں دریافت کرتے ہیں۔ کہانی کا ایک اہم موڑ وہ ہے جب نادرہ کی کاردار کے دوست نور محمد سے شادی ہو جاتی ہے۔ اس موڑ سے ہم وہاں تک پہنچتے ہیں جہاں نادرہ کے ذہنی مرض کا بیان ہے، جب اس پر ٹھہر ٹھہر کر دورے پڑنے لگتے ہیں۔ اس کا مرض ایک معمہ بنا رہتا ہے اور اسی کیفیت میں وہ نگار کو جنم دے کر رخصت ہو جاتی ہے۔ نگار کو پیدائش کے وقت سے ہی مستقل رونے کا مرض لاحق ہو جاتا ہے۔ ایک نوزائیدہ بچی کا اس طرح مستقل رونا سب کو حد درجہ پریشان کر دیتا ہے۔ یہ رونا کیا ہے؟ اس میں کیسے اشارے پنہاں ہیں؟ نگار مستقبل کی بیٹی ہے تو کیا یہ رونا مستقبل کے سماج سے عبارت ہے؟ ایسے واقعات کے پس پردہ ناول نگار نے میڈیکل سائنس اور انسانی نفسیات پر ڈاکٹر ابھیتوش کے ساتھ تبادلۂ خیالات کرتے ہوئے عمیق معلومات بھی فراہم کر دی

ہیں۔ناول نگار کا یہ انداز بیان معاشرہ اور حقیقت نگاری کے باب میں اپنی مثال آپ ہے۔ایسی کئی مثالوں سے یہاں صرف ایک مثال دیکھیں:

"Mental health, disorders in children and adolescents are caused by biology, environment are a combination of the two. Examples of biological factors are genetic, chemical imbalances in the body, and damage to the central nervous system, such as a head injury. Many environmental factors also can affect mental heath, including explosion to violence, extreme stress, and the loss of an important person. Families and communities, working together, can help children and adolescents with mental disorders. A broad range of services is often necessary to meet the needs of these young people and their families"

حقائق کا اس انداز سے اظہار ذوقی کی انفرادیت کا ثبوت ہے۔ مختلف امراض اور اس کے متعلق ایسا Documentation کوئی آسان کام نہیں، اس کے لیے صرف تلاش ہی کافی نہیں ہوتی، شعور بھی درکار ہے، جو ذوقی کے یہاں اپنی پوری چمک کے ساتھ موجود ہے۔ Anxiety disorder اور Emotional attack دور حاضر کی تلخ سچائیاں ہیں، جن پر ناول میں تخلیقی اور تنقیدی دونوں اعتبار سے بڑی گہری نگاہ ڈالی گئی ہے۔بظاہر یہ بیماریاں ہیں اور میڈیکل سائنس انہیں اپنی تحقیقات کا اوزار سمجھتی ہے، مگر دراصل یہ نتیجہ ہیں ان معاشرتی، اخلاقی، تہذیبی اور نفسیاتی کرائسس کا، جنگوں اور

فسادات کا اور لمحہ بہ لمحہ رو بہ زوال انسانی تشخص کا، جن سے ہمارا نیا ذہن متاثر ہو رہا ہے اور ایک نیا انسان جنم لے رہا ہے۔

مشرف عالم ذوقی نے اس ناول میں بیان اور کرداروں کے توسط سے جس انسانی تہذیب اور آئندہ دنیا کی جھلک پیش کی ہے اس سے ہم سہم ضرور اٹھتے ہیں مگر یہ سچائی کی صورت ہماری آنکھوں میں آنکھیں ڈال رہی ہے۔ اس حوالے سے ایک اور منظر نامہ ہمارے شعور اور ہماری بصیرت کو جھنجھوڑ کر رکھ دیتا ہے اور جائز، ناجائز، تہذیب اور اخلاقیات کے سارے فلسفے کہیں گم ہو جاتے ہیں۔ وہ گناہ جو حد درجہ مجبوری کی حالت میں نور محمد کرتا ہے، آج گلوبل اطلاعاتی عہد میں زنائے محرم (Incest) کی ایسی ہزاروں تصویریں اور ان گنت واقعات کیا ہمارے وجود کو یخ بستہ نہیں کر رہے ہیں؟ یہاں ذرا ٹھہریے کہ کہانی ایک بار پھر بھرپور شدت اور توانائی کے ساتھ ایک تلخ حقیقت کا بیانیہ بن گئی ہے۔ کاردار سے نور محمد کی گفتگو ہمارے اندرون میں کئی طاقت ور بموں کے دھماکے پیدا کرنے کو کافی ہے:

"ایک بیٹی، ایک بیوی بن گئی تھی۔ میں کیا کرتا بھیا---کیسے برداشت کیا ہوگا یہ سب---آپ سوچ سکتے ہیں ---آپ نہیں سوچ سکتے---یہ عذاب ہے۔ قدرت کا عذاب---اور قدرت نے اس عذاب کے لیے میرا انتخاب کیوں کیا۔ میں بس یہ نہیں جانتا---کیا کبھی ایسا سوچنا بھی آسان تھا کہ مقدس رشتے یوں تار تار ہو سکتے ہیں؟ اور وہ بھی اس طرح---ایک بیمار نظام، ایک بیمار گھر، کوٹھی کی بے روغن دیواریں---لیکن ایک تہذیب یہاں بھی روشن تھی بھیا---بلکہ برسوں سے---صدیوں سے---اور ایسی تہذیب کہاں نہیں تھی---تب سوچنے اور سمجھنے کا موقع بھی نہیں ملا کہ میرے ساتھ یہ کیا ہو رہا ہے؟ یا میں کیا کر رہا ہوں---یا جو کر رہا ہوں وہ کس حد تک جائز ہے--

-یانا جائز---یا جیسے میں سوچنے سمجھنے کی تمام صلاحیت سے باہر نکل آیا تھا۔ ایک کٹھ پتلی---جسے وقت کا فرمان ماننا تھا---اور جو ہو رہا تھا، اسے آنکھیں بند کر کے تسلیم کرنا تھا---"

سسکیوں سے ادا ہوتے ہوئے نور محمد کی داستان کار دار کو مضطرب کر دیتی ہے اور وہ پروفیسر نیلے سے ملتا ہے۔ کمپیوٹر اسکرین پر پروفیسر نیلے اسے اس حوالے سے نیٹ کی جو دنیا دکھاتے ہیں اور مقدس رشتوں کی پامالی کے جیسے مناظر روشن ہوتے ہیں، وہ آنکھوں کو خیرہ کیے دیتے ہیں:

آنکھ جو کچھ دیکھتی ہے لب پہ آسکتا نہیں
محو حیرت ہوں کہ دنیا کیا سے کیا ہو جائے گی

جنسی اشتعال انگیزی اور شہوت انگیزی پر جو بیانات درج کیے گیے ہیں، وہ انسانی ہوش و حواس کو جھنجھوڑ کر رکھ دیتے ہیں۔ یہاں Google ہے، Facebook, Webshots, Smugmug, Youtube, Picasa,Vimeu,Zoom اور Padora بھی۔ گروپ سیکس، بھائی بہن میں سیکس، سوتیلی بہن کے ساتھ، ماں اور بیٹی کے ساتھ اور باپ کا دونوں کو بد قماشی پر اکسانا۔۔۔ دراصل ایسے تمام مناظر کہانی کے کردار نور محمد پر پڑے برے وقت اور اس کی مجبوری کی ایک حقیقی تصویر پیش کرتے ہیں۔ جو فعل نور محمد کی نظر میں گناہ ہے اور وہ اس پر ندامت کے آنسو روتا ہے، خدا سے معافی کا طلب گار ہے، مگر سب کچھ صرف اس لیے کر رہا ہے کہ اسے ہر حال میں نگار کی زندگی عزیز ہے۔ مگر دوسری طرف ایک دنیا وہ ہے، جہاں یہ فعل اپنی مرضی کا ہے، باعث تسکین و راحت۔ یہاں کہانی کے ساتھ ساتھ ہماری نظر میں ایک بے حد بھیانک سچائی ابھر آتی ہے، جہاں ایک نئی تہذیب، ایک نئی ماحولیات کا جنم ہو چکا ہے اور کہانی کار ہم

سے مکالمہ کر رہا ہے، کسی علامت یا اشارے کی مدد سے نہیں بلکہ کھل کر بیانیہ انداز میں اپنی بات کہہ رہا ہے۔ یہاں حقیقت نگار سعادت حسن منٹو کی یاد بھی آتی ہے، جن کی کہانیاں اس لیے یاد رکھی جائیں گی کہ ان میں انسان کی گفتگو ہے، اس کی شکستگی کی بات ہے، صرف ادراک ہی نہیں بلکہ روحانی، تہذیبی اور انسان دوستی کی فضا بھی ملتی ہے۔ ذوقی بھی اپنے اس ناول سے ایک ایسے ہی حقیقت نگار بن کر سامنے آتے ہیں، اگرچہ اس سے قبل بھی ان کے ناول خصوصاً 'بیان' اور 'پو کے مان کی دنیا' ان کے اسلوب نگارش کے بڑے ثبوت پیش کر چکے ہیں۔ یہاں اس ذیل میں اسلامی فلسفے بھی روشن ہیں جس سے ناول نگار کا مطمح نظر واضح ہوتا ہے:

"اور اس کی نشانیوں میں سے یہ ہے کہ اس نے تمہارے لیے تمہارے جنس کی عورتیں بنائیں تا کہ تم کو ان کے پاس آرام ملے اور میاں بیوی میں محبت بڑھے۔"

اس کے علاوہ بدھ مت اور عیسائیت کے حوالے بھی درج ہیں اور ان فلسفوں کی آگہی سے بھی بحث کی گئی ہے، یوں یہ بیان محض انٹرنیٹ کا ایک منظر ہی نہیں رہ گیا ہے، بلکہ ہمارے سامنے صحیح اور غلط کی تشریح میں معاون بھی ہے۔ حصہ سوم 'نیا انسان' کے یہ فقرے ہمیں آگاہ کرتے ہیں:

"وہ پیدا ہو چکا ہے، اور یقین مانو وہ پیدا ہو چکا ہے / تمہاری اس دنیا میں / تیر کمان اور بھالوں سے الگ کی / اس خطرناک دنیا میں / جس کے لیے تم انتہائی مہذب ہونے کی دہائی دیتے ہو... وہ پیدا ہو گیا ہے کینسر اور ایڈز جیسی بیماریوں کے عہد میں / جہاں گلیشیر تیزی سے پگھل رہے ہیں / سائبیریا کے برفیلے علاقوں میں اگنے لگی ہے گھاس / بدلنے لگا ہے موسم کا مزاج / وہ پیدا ہو گیا ہے۔"

یہاں پروفیسر نیلے کی گفتگو بھی بڑی معنیٰ خیز ہے:

"یقیناً تم نے اس دنیا کے بارے میں سنا ہو گا، لیکن شاید تم اس دنیا کے بارے میں اتنے قریب سے نہیں جانتے ہو گے اور I repeat یہ دنیا تمہارے بچوں نے ضرور دیکھی ہو گی۔ اور ٹھیک اسی طرح جیسا میں نے پہلے کہا، پیپسی پیتے ہوئے یا پھر برگر اور پزا کا ذائقہ لیتے ہوئے اور تمہاری طرح وہ تہذیب کے ختم ہونے کے فلسفے میں نہیں ہوں گے۔۔۔ تم نے کبھی Hot chat کیا ہے؟ میں چونک گیا تھا۔"

یہاں وہ دو اقتباسات بھی دیکھیں جو اس سوال سے منسلک ہیں، جس پر کاردار چونک اٹھا ہے:

"سارہ سے ملنے گیا تو وہ کمپیوٹر سے چپکی ہوئی تھی۔ اچانک مجھے دیکھ کر وہ ذرا سا خوف زدہ ہوئی تھی، لیکن دوسرے ہی لمحے اس نے اپنے احساس پر قابو پا لیا۔ میرے لیے یہ سمجھنا مشکل نہیں تھا کہ وہ کسی ایسے سائٹ کو دیکھ رہی تھی، جسے میری موجودگی نے کسی حد تک ڈسٹرب کر دیا تھا۔ ان باتوں کو سمجھنے کے لیے یا اس نادان عمر کے تجزیہ کے لیے میرے پاس بھرپور جواب موجود ہے، جیسے آپ لاکھ منع کریں، آپ بچوں کے تجسس کو روک نہیں سکتے۔ جب ساری دنیا اور دنیا کی تہذیبیں ان کے سامنے ہیں تو اپنے تجسس کے پرندے کو ذرا سا آزاد کرتے ہوئے اسے سمجھنا بھی چاہیں گے۔ مثال کے لیے جسم۔ جسم کی بھوک کو۔"

"سارہ کو تلاش کرتا ہوا میں اس کے کمرے میں آیا تو وہ نیٹ پر چیٹنگ میں مصروف تھی۔ ایک لمحے کے لیے مجھے پروفیسر نیلے یاد آ گئے۔ پزا، برگر اور پیپسی کی ہیبت ناک دنیا میری نگاہوں میں روشن ہو گئی۔"

جیسا کہ پہلے عرض کیا جا چکا ہے کہ ذوقی اپنا مدعا بیان کرنے کے لیے بیانیہ کی مطابقت سے فقرے جوڑتے ہیں، لہٰذا حصہ چہارم 'جبلت' تک پہنچتے ہوئے کہانی ایک

وارننگ دیتی ہے:

"یہاں سب کچھ بے حد سنگین ہے اور موت دبے پاؤں ہمارا پیچھا کر رہی ہے... جنگ ہر بار ایک اپاہج معاشرہ کو جنم دیتی ہے / دھماکہ ہونے والا ہے، لیکن یہ نئی تہذیب کا دھماکہ ہے۔"

جہاں ایک طرف ملک کی رتھ یاتراؤں کی نئی اخلاقیات جمہوریت کو زخمی کر رہی ہے اور ہندو مسلمان کو لڑانے والی سیاسی جماعتوں کی سازش کام کر رہی ہے، وہیں ہمارا فکشن نگار قدرت، مذہب، اخلاقیات اور انسانی سرشت کی ایک جیتی جاگتی تصویر پیش کرنے میں مصروف کار ہے اور کئی اہم رموز کی طرف اشارے کر رہا ہے۔ ہمارا آج کی نئی اخلاقیات میں تہذیب کے کھلے پن کو دیکھنا تو دوسری طرف یوروپی ممالک کے عام ذہن کا اس کھلے پن سے گھبرا کر یوگ، سادھنا اور آشرم میں پناہ لینا اور اخلاقیات کے سلسلوں کا بازار سے وابستہ ہو جانا، دراصل زندگی کے تحیر آمیز تضادات اور اخلاقیات کے نئے تماشوں کا پس منظر واضح کرتا ہے اور یوں منقول شعر 'لے سانس بھی آہستہ کہ نازک ہے بہت کام۔ آفاق کی اس کارگہ شیشہ گری کا' قدرے نئے اور بڑے مفہوم میں ہم پر عیاں ہوتا ہے۔

'اور آخر میں دعا' کے تحت قاری سے مکالمہ ناول کے پیغام کا دردمند اظہار یہ ہے۔ نور محمد اپنی حویلی بیچ کر اور اپنے کام چھوڑ کر ذہنی طور پر معذور اور حاملہ نگار کے ساتھ ولاس پور منتقل ہو جاتا ہے۔ یہیں اس کی بیٹی جینی کی پیدائش ہوتی ہے۔ نور محمد کی گزارش پر کاردار ولاس پور جاتا ہے اور اسے بیمار پاتا ہے۔ نگار کا انتقال ہو چکا ہے۔ نور محمد سے گفتگو کے دوران جینی کی بابت انکشاف اخلاقیات کے سارے بتوں کو ایک لمحہ میں چور کر دیتا ہے اور قدرت کے اصول اور کرشمے روشن ہو جاتے ہیں:

'ترقی کی سیڑھیاں چڑھتے ہوئے انسان بھول گیا کہ قدرت کے انتقام لینے کے اپنے طریقے ہیں۔ وہ نظریات پہ نظریات اور نئی نئی اخلاقیات کا سہارا لیتا رہا لیکن اس پردے میں آخر آخر تک صرف ایک ہی بات ہوتی رہی۔ اس پورے نظام نے فرد کو تنہا کر دیا۔ مشین کا ایک بے جان کل پرزہ جہاں خواہشات نفس کی تسکین کے سوا کوئی دوسری خوشی اس کے لیے باقی نہیں بچی۔"

ایک طویل عرصے کے بعد ہونے والی کاردار اور نور محمد کی یہ ملاقات ایک نئی دنیا کی بشارت بھی ہے اور انسان کی فطرت کی طرف واپسی کے اشارے بھی۔ یہ اشارے ہمیں وہاں بھی فراہم ہوتے ہیں جب رقیہ کی موت کے بعد کاردار بلند شہر چھوڑ کر قدرتی آشیانے پہاڑوں میں جابستا ہے۔ اس کا بیٹا شان الرحمن ہاسٹل سے کبھی کبھی اپنی فیملی کے ساتھ اس سے ملنے آجاتا ہے۔ یہی کہانی پروفیسر نیلے کے ساتھ بھی ہے، جو ایک عرصے تک امریکہ میں اپنے بچوں کے ساتھ رہے اور پھر پہاڑوں پر اپنی اہلیہ کے ساتھ آبسے۔ پروفیسر نیلے اور کاردار کی گفتگو میں پہاڑ، جنگل اور قدرت اکثر حوالے بنتے ہیں جن کے پس پردہ ایک اور تہذیب جلوہ گر ہوتی ہے اور ناول نگار کا شعور رہنما بنتا ہے:

"آپ خود کو چھپانے کی کوشش نہیں کرتے۔ بالکل پہاڑوں کی طرح۔ جو جیسے ہیں ویسے ہی نظر آتے ہیں۔ ہاں! بے رحم انسان انہیں کاٹتا ہی چلا جارہا ہے اور وہ یہ بھی نہیں سوچتا کہ پہاڑ اور درخت ختم ہو جائیں گے تو وہ بھی نہیں بچے گا اور ایسا کرتے ہوئے وہ بھیانک تباہی کی طرف بڑھ رہا ہے۔"

شکست وریخت کے درمیان زندگی کرتے رہنا... اٹھارہ برسوں بعد کاردار اور نور محمد کی ملاقات اور اس کا مثبت نتیجہ... پھر ایک بے رحم اور سفاک کہانی کا پرسمیٹ لینا نئے سورج کے طلوع ہونے سے عبارت ہے۔ کہانی کے اس آخری موڑ پر گاؤں آباد ہے، اس

کا سکون اور لہلہاتی فصلوں کی شادابی ہے اور ان سے وابستہ ایک سنبھلا اور بدلا ہوا سا نور محمد اور اس کی مسکراتی بیٹی جینی ہے جو اپنے ماں باپ کے ماضی سے بے خبر ہے۔ یہاں انسانی زندگی کی ایک خوش آئند اور رجائی تصویر پیش کی گئی ہے، جہاں فی الحال کہانی ٹھہری ہوئی ہے، اسے اختتام نہیں کہنا چاہیے کہ ہمارے سامنے تہذیب کی ایک بار پھر یہ بدلی ہوئی شکل ہے، کیا خبر مستقبل میں یہ تہذیب بھی قصۂ پارینہ بن جائے۔ ہم تو بس 'ایک جنگ سے نکل کر دوسری جنگ کی طرف بڑھتے ہیں جیسے ایک تہذیب سے نکل کر دوسری تہذیب کی طرف'۔ مولانا روم کی بانسری کی گونج 'ہر نفس نو می شود دنیا و ما' سنائی دیتی ہے اور ہر آن ایک نئی دنیا تعمیر ہونے کا عمل جاری رہتا ہے:

سکوں محال ہے قدرت کے کارخانے میں
ثبات ایک تغیر کو ہے زمانے میں

جب کسی فکشن نگار کی یہ خوبی عیاں ہو جائے کہ اس کی کہانی پڑھتے ہوئے یہ محسوس ہو گویا اس نے اپنی ذات پر وہ کرب جھیلے ہیں اور ان مسائل و معاملات کا از خود تجربہ اور مشاہدہ کیا ہے جو بیان کی صورت میں قاری تک پہنچے ہیں تو ایسی کہانی سے قاری کے ذہن و شعور کا متحرک ہونا طے ہے اور مجھے مشرف عالم ذوقی کی بیشتر کہانیاں پڑھتے ہوئے یہی محسوس ہوا ہے۔

***

لے سانس بھی آہستہ: ایک خط

-محمد حمید شاہد

ارے بھائی، میں اس پر بہت خفیف اور سبک سار ہوں کہ ہفتہ بھر کی مہلت مانگی تھی اور کئی ہفتے ہو لیے۔ تمہارے ناول "لے سانس بھی آہستہ" پر مضمون لکھنے کا وعدہ کیا تھا اور اپنی کوشش میں ناکام ہو کر یہ خط لکھنے بیٹھ گیا ہوں، تو یوں ہے کہ یہ حرکت بھی میری ندامت بڑھا رہی ہے۔ خیر یہ خفت اور ندامت گوارا ہو جائے گی اگر میں اس سارے معاملہ کا جواز ڈھنگ سے تمہیں سجھانے میں کامیاب ہو گیا اور مجھے یقین ہو جاتا ہے کہ اپنے بھائی جیسے دوست کی محبت مجھے ہمیشہ میسر رہے گی۔

عین آغاز ہی میں یہ جو میں معذرت اور اپنے اندیشوں کو لے کر بیٹھ گیا ہوں تو اس کا سبب ذرا بعد میں بتاؤں گا پہلے یہ یقین دلانا چاہتا ہوں کہ میں واقعی "لے سانس بھی آہستہ" کے حوالے سے ایک مضمون لکھنا چاہتا تھا۔ جب میں یہ ناول پڑھ رہا تھا تو اس کا نئی حسیات سے جڑا ہوا بیانیہ میرا جی لبھا رہا تھا۔ چند کرداروں کی اس کی کہانی کی مختلف حصوں میں تقسیم، واقعات کی کترنیں بنا کر انہیں یوں جوڑ جانا کہ وہ سندھی رلی کی سی دھج دکھانے لگیں، بھلا لگا۔ پھر واقعات کا چلنا، کٹ کٹ کر اور رک رک کر آگے بڑھنا، مگر یوں کہ کہانی رکی ہوئی نہ لگے اور ایک ایسے تجسس اور ابال کو قاری کے بھیتر کا حصہ بنا بھی دے جو بڑے اہتمام سے متن کے تانے بانے میں گوندھا گیا تھا۔ رگوں میں تہذیبی تال پر بہے

چلے جانے کے وتیرے پر قائم خون کی گردش کو بڑھانے والا، اپنے پرکھوں سے سیکھی ہوئی اور سماج کی سدھائی ہوئی روایات اور تجربات کی امی جمی پر چرکے لگانے والا، اور آخر میں ایک دکھ، اذیت اور مایوسی کے بور برادے میں لتھڑی ہوئی مایوسی کی یخ برف کو لہو کے کھولاؤ میں ڈال دینے والا۔ تو یوں ہے کہ میں نے اسے چند نشستوں میں پڑھ ڈالا تھا۔

ناول پڑھ لینے کے بعد بھی میرا مصمم ارادہ تھا کہ اس پر ضرور لکھوں گا، کچھ الجھنیں تھیں جو پڑھ کر اٹھنے پر مجھے الجھا رہی تھیں، مگر میرا خیال تھا کہ مضمون میں ان کا ذکر بھی کر دوں گا کہ ان کا ذکر فنی اعتبار سے اہم تھا، مگر گزشتہ ہفتہ سے میں اس پر مضمون لکھنے کے لیے کئی بار "کی بورڈ" پر بیٹھا ہوں مگر ہر بار وہ الجھنیں جو پہلی خواندگی پر ضمنی لگی تھیں باقاعدہ الجھانے لگیں اور مجھے خدشہ ہونے لگا کہ جیسے اس مضمون کے لکھنے سے میں ایک دوست بھی کھو دوں گا لہذا میں نے اپنا ارادہ بدل دیا اور تا کہ پہلے تم سے بات کر کے اپنی الجھنیں سلجھالوں۔

یہ جو میں نے ایک اور دوست کے کھو دینے کے خدشے کا اظہار کیا ہے تو یوں ہے کہ یہ بے بنیاد نہیں ہے۔ بتا تا چلوں کہ میں نے بہت پہلے مظہر الاسلام کے ناول "محبت مردہ پھولوں کی سمفنی" پر مضمون لکھتے ہوئے، اس کی کہانی اور اسلوب کی بابت چند سوالات اٹھا دیئے تھے اور آج تک ایک بہت اچھے لکھنے والے کی ناراضگی بھگت رہا ہوں۔ اب رہا تمہارا معاملہ تو یوں ہے کہ میں ہمیشہ تمہاری تحریروں کی طرف متوجہ رہا ہوں یہی سبب ہے کہ اپنی کتاب "اردو افسانہ: صورت و معنی" میں لکھ کر اس کا اعتراف کیا تھا۔ میں نہیں جانتا کہ یہ کتاب تمہاری نظر سے گزری یا نہیں، لہذا جو میں نے کچھ سال پہلے لکھا، ہو بہ ہو نقل کر رہا ہوں :

" دہلی والے مشرف عالم ذوقی کا کہنا ہے کہ گودھرا سے گجرات تک اور امریکہ سے

عراق تک۔۔۔ تاریخ صرف اپنی بربادی کے قصے ہی رقم کرتی ہے۔ ذوقی نے ان قصوں کو اپنی تخلیقی اپج سے اَفسانے کے بھید میں بدل دیا ہے۔ وہ کہتا ہے 'یہ بے رحم اور سفاک تاریخ اپنے آپ کو ڈھنگ سے دہرا بھی نہیں سکتی۔ ہاں 'وہ سچ کہتا ہے' تبھی تو تاریخ اپنے ہی ملبے تلے دبی آخری سانسیں گن رہی ہے۔ ذوقی نے یوں کیا ہے کہ وہ منصب جو تاریخ سے نباہنا ممکن نہ ہو پایا' فکشن کو سونپ دیا ہے۔ وُہ ہر نئے ظلم 'نئے زخم اور گزرتے وقت کے ہر نئے پلٹے کو اپنی کہانی میں جگہ دینے کا حوصلہ اور سلیقہ رکھتا ہے۔ یوں اس کے ہاں سچ فکشن ہو گیا ہے اور فکشن سچ۔ عصری حسیت کو تخلیقی سطح پر برتتے ہوئے ذوقی کا جو بیانیہ متشکل ہوتا ہے اس میں صوت اور معنی کا اسراع تیز اور اس کا وار کاٹ دار ہے۔ عصری سیاسی سماجی صورت حال' تیزی سے معدوم ہوتا تہذیبی منظر نامہ 'نئی ثقافتی یلغار' جنس اور میڈیا کی زد میں آکر بنتا بگڑتا آدمی' غرض اس کے لیے کوئی بھی علاقہ ممنوعہ نہیں ہے۔ ایک نظر اس کے افسانوں کی کتابوں کے ناموں پر ہی ڈال لیں' آپ کو اسی میں اس کے بنیادی تخلیقی سروکاروں کا اندازہ ہو جائے گا: "بھوکا ایتھوپیا"، "منڈی"، "غلام بخش"، " صدی کو الوداع کہتے ہوئے"، "فرشتے بھی مرتے ہیں" اور "لینڈ اسکیپ کے گھوڑے"۔
"

(اردو افسانہ: صورت معنی: محمد حمید شاہد)

اگرچہ میں نے منٹو کے حوالے سے ایک مضمون (سور کہیں کے: پاکستان کے) میں تمہارے خیالات کو تسلیم نہیں کیا تھا کہ میں منٹو کے افسانے "ٹوبہ ٹیک سنگھ" کے متن اور بنت سے بہتے اچھلتے معنی کو سامنے رکھ کر بات کر رہا تھا یا پھر اس باطنی اتھل پتھل کو نشان زد کر رہا تھا جو اس کے ادھر سے اِدھر اٹھ آنے کا جواز ہو گئے تھے اور تم منٹو کی تحریروں کے مجموعی مزاج اور مروج تفہیم کی بات کر رہے تھے۔ خیر اس طرح کا

اختلاف لطف دیتا ہے، لہذا مجھے یقین تھا تم نے برا نہ منایا ہو گا۔ تبھی تو تمہاری طرف سے ہر بار محبت بھرے سندیسے آتے رہے۔ اور میں بھی ایسے اختلافات کے باوجود، تمہاری طرف متوجہ رہا، تمہاری ہر تحریر کو نظر پڑتے ہی خود کو پڑھنے پر مائل پاتا رہا۔ ہاں یہ سچ ہے کہ ہمارا رشتہ اور تعلق تخلیقی عمل سے اپنی تمام تر سچائیوں کے ساتھ جڑے ہوئے افراد کا رہا ہے۔ ایسی مثالی صورت حال میں ہونا تو یہ چاہیے تھا کہ میں اپنی بات، کرتے ہوئے اس طرح کی تمہید نہ باندھتا، یا پھر جو میں نے لکھنا تھا، صاف صاف مضمون میں لکھ دیتا مگر میں نے کہا نا کہ میں ایک اور سچے فکشن نگار کی محبت نہیں کھونا چاہتا۔ تمہیں کھو دینے کا وسوسہ میرے من میں، تمہاری میلز پڑھنے کے بعد آیا تھا لہذا مضمون کی بہ جائے یہ خط لکھنے بیٹھ گیا ہوں۔ پہلے تمہارا ایک مراسلہ ایک نظر پھر دیکھ لیتے ہیں:

"ناول ممکن ہے، آپ نے یا آصف فرخی صاحب نے پڑھ لیا ہو۔ ہندوستان کی ادبی جمہوریت کا تقاضہ ہے--- کہ اگر آپ کسی گروپ کے ساتھ ہیں --- تو گفتگو کے دروازے کھلیں گے-- میں نے گروپ سے زندگی بھر اختلاف کیا-- میرا سوال ہے-- کیا کسی کے زیر اثر ناول کو چھوٹا یا بڑا کہا جا سکتا ہے؟--[ان کے] بغیر مکالموں کی زندگی نہیں گزر سکتی--- ناول نہیں لکھی جا سکتی-- ادبی بازی گری صابن کے جھاگ کی طرح ہے--- جو کسی ناول کو وقتی شہرت تو دے سکتی ہے، لیکن زندگی نہیں دے سکتی--- کیا فاروقی صاحب کے نظریے سے الگ پاکستانی ادیبوں کا اپنا کوئی نظریہ نہیں، جہاں اچھے ادب کو فروغ دیا جا سکے؟ آصف فرخی نے چھ سال قبل میری ناول "پو کے مان کی دنیا" کی اشاعت کا اعلان کیا تھا-- "دنیازاد" میں اشتہار بھی دئے--- اور کتاب شائع نہیں کی--- یہاں یہ تذکرہ ضروری ہے کہ یہ کام بھی فاروقی کے اشاروں پر ہوا۔ بہ ہر کیف میرا تازہ ناول اب تک آپ پڑھ چکے ہوں گے۔ میں آپ کو کسی مخصوص خیمے سے

وابستہ نہیں پاتا[؟]۔ آپ کی رائے میرے لیے مقدم ہے۔"

(مشرف عالم ذوقی بہ نام محمد حمید شاہد: فیس بک میل باکس، ۲۹ نومبر ۲۰۱۱)

مجھے جب تمہارا یہ مراسلہ ملا تو سچ کہتے ہوئے بہت دکھ ہوا تھا، میں نے تمہیں ترت اس کا اظہار جوابی پیغام میں کر دیا تھا۔ مزید یہ بھی کیا تھا کہ میں ادب کا طالب علم ہوں، لگتا ہے تم نے مجھے اب تک ڈھنگ سے نہیں پڑھا ورنہ جس طرح کے خدشات کا اظہار کر رہے ہو، نہ کرتے۔ مجھے وضاحت کرنا پڑی تھی کہ اس طرح کے مباحث اور جھگڑوں میں الجھنے کو نہ تو میں پسند کرتا ہوں نہ چاہتا ہوں کہ ادبی سیاست کو کوئی میرے ادبی مسلک سے جوڑ کر دیکھنے کی سعی کرے اور یہ کہ میرا یقین ہے کہ ایک اعلیٰ ادبی کاوش کو کسی ادبی سیاست کے سہارے کی ضرورت نہیں ہوتی۔ آصف فرخی کا ناول میں نے کراچی بھجوا دیا اس کی تمہیں اطلاع دیتے ہوئے کہا تھا کہ وہ اس پر رد عمل کا خود ذمہ دار ہے۔ تب تک میں نے مکمل ناول نہیں پڑھا تھا تاہم میں نے وعدہ کیا تھا کہ جوں ہی مکمل کر لوں گا تم سے ضرور بات کروں گا۔ اسی نوٹ میں، میں نے بدگمانیوں سے بچنے کا مشورہ بھی دیا تھا اور کہا تھا کہ جب آپ کسی کو یہ کہا جاتا ہے کہ اس نے اپنی رائے کسی کے کہنے پر بنائی تو اس فرد کے بارے ایک طرح عدم اعتماد کا اظہار بھی کیا جا رہا ہوتا ہے۔ آخر میں میرا سوال تھا کہ " جس شخص پر اعتماد ہی نہ ہو اس کو کتاب بھیجنا اور اس سے کوئی امید باندھنے کے کیا معنی ہو سکتے ہیں؟"

میرے اس رد عمل پر ۲۹ نومبر ۲۰۱۱ والی میل میں وضاحت آگئی:

"میرے بھائی، یہ باتیں آپ کے لیے نہیں تھیں، لیکن ان باتوں کا ذکر یوں ضروری ہو گیا تھا کہ آپ ہندوستان میں ہونے والی ادبی سیاست سے واقف نہیں۔ میں آپ کی تحریروں کو پسند کرتا نہ کرتا تو پاکستان میں سب سے پہلے آپ کا نام ہی زبان پر آتا

؟ مجھے آصف سے شکایت رہی تھی، ہے، بہر کیف میری باتوں سے تکلیف پہنچی، معافی کا خوستگار ہوں۔ آپ ادیب ہیں۔ آپ جانتے ہیں، خون جگر کے استعمال کے بعد ایک تخلیق وجود میں آتی ہے۔ فکشن پر لکھا ہوا کوئی بھی میرا مضمون آپ کے ذکر کے بغیر ممکن نہیں تھا۔ آپ کو یہ دکھتی باتیں لکھنے کا مقصد صرف یہ تھا کہ کچھ آگ یہاں بھی لگی ہے۔ کسی سے تو شیئر کرنا تھا۔ بس آپ سے کیا۔ ایک بار پھر معافی، ان لفظوں کے لیے، جنہوں نے آپ کو تکلیف دی۔ شکریہ"

مجھے تسلی ہوئی اور میں نے ۳۰ نومبر کو اپنے جواب میں کہا:

"شکریہ بھائی، ہمیں عمداً اور کوشش کر کے ایسے مباحث سے الگ رہنا چاہئے جن میں افراد کے رویے زیر بحث آ رہے ہوں اور ان مباحث سے جڑنا چاہیئے جہاں ادب کے حوالے سے سوالات اٹھائے جا رہے ہوں۔"

میں نے ایک بار پھر کہا کہ ناول کے حوالے سے بات کرنا چاہوں گا۔ بس مجھے مطالعہ مکمل کرنے دو۔

میں نے مطالعہ مکمل کر لیا۔ اب خود ہی کہو کہ میں اگر کوئی اختلافی بات کرتا ہوں اور وہ کہیں چھپ جاتی ہے تو کیا اپنا دوست نہ کھو دوں گا، جب کہ میں ایسا نہیں چاہتا ہوں۔ تاہم میں نے وعدہ کر رکھا ہے کہ اس ناول پر بات ضرور کروں گا، تو یوں ہے کہ یہ بات اس خط کے ذریعہ بھی تو ہو سکتی ہے۔

اچھا ایک بار پھر ناول کی طرف آنا چاہتا ہوں۔ مگر مجھے اپنی کتاب "اردو افسانہ: صورت و معنی" میں تمہارے تخلیقی چلن کو واضح کرنے کے لیے حوالہ کے طور پر دیا جانے والا افسانہ اور اس کا اقتباس یاد آ رہا ہے، اپنی بات کہنے سے پہلے وہ درج کر رہا ہوں:۔

"سناٹا ہنستا ہے۔۔۔ 'دیکھو' اپنے آپ کو غور سے دیکھو۔ تم ڈر گئے تھے۔ کیوں

کہ۔۔۔'

اندر کا جملہ ایک انتہائی فحش سا جملہ اچھا لگتا ہے۔۔۔

'تم اسے عموماً ایسے لباسوں میں نہیں دیکھ پاتے۔ ہے ناsss یار' وہ کانونٹ میں پڑھتی ہے۔'

سناٹا قہقہہ لگاتا ہے۔

'کانونٹ یا نئے زمانے کی لڑکیاں اب آنچل یا اوڑھنی استعمال نہیں کرتیں۔ وہ اپنے بدن پر کپڑوں کا زیادہ بوجھ ڈالنا نہیں چاہتیں۔ تو کیا ہوا۔ وہ تمہاری بیٹی ہے۔'

'بس ڈر جاتا ہوں۔'

'لیکن کیوں؟"

لمبی لمبی سانس لیتا ہوں۔ 'کہہ نہیں سکتا۔'

'بیٹی میں لڑکی تو نہیں دیکھنے لگتے؟'

اندر کا سناٹا دیر تک ہنستا رہتا ہے۔"

(فزکس 'کیمسٹری' الجبرا / مشرف عالم ذوقی)

لگ بھگ یہی موضوع تمہارے اس ناول میں برتنے کے جتن ملتے ہیں۔ ناول کی پیش کش کا قرینہ چونکاتا ہے۔ ہرمن ہیسے کے اقتباس سے اس مفہوم کو اجالنے کی کوشش اچھی لگی، جو تم آگے چل کر ناول میں برتنے جارہے تھے اور جس خوبی سے تم عین آغاز میں اپنے قاری کو جھنجھوڑ کر اپنے ساتھ چلنے پر مجبور کیا وہ بھی لائق توجہ ہو گیا۔ اور ہاں !جب تم اپنے قاری کو بلند شہر لے گئے تھے، وسیع الرحمن کا ردار کے دوسرے بیٹے عبد الرحمن کاردار کی زبانی، نظر محمد کے بیٹے نور محمد کی کہانی سنانے کے لیے، نہیں شاید اپنی

محبوبہ نادرہ کی کہانی سنانے کے لیے جو بعد میں نور محمد کی منکوحہ ہو کر ایک بیمار بیٹی نگار کو اپنے اس شوہر کے حوالے کر کے مر گئی تھی،۔جی نور محمد، جس نے بیمار بیٹی کی بھوک مٹانے کے لیے رشتوں کا تقدس مٹا ڈالا تھا۔ یہ بات ذوقی پیارے تم نے غالباً ناول کے پندرھویں صفحے پر ہی بتادی تھی، اشاروں کنایوں میں، مگر کہانی کے اندر سے آگے چل کر صفحہ نمبر ۴۶۹ سے یوں برآمد ہوئی۔

"نور محمد کی آنکھوں میں آنسو تھے۔۔'میں کس کے پاس جاتا، کسے سمجھاتا کہ یہ میری نادرہ کی معصوم سی جان ہے۔۔۔یہ آوازیں مجھے پاگل کرتی ہیں۔ سارے بدن میں زہر اتر جاتا ہے۔ میں ملا جی تھا۔۔اور کب مذہب کے دروازے میرے لیے کھل گئے پتہ بھی نہیں چلا۔ اکثر رات گئے نگار کی طلب بڑھ جاتی۔ میں غصے میں دھکا دیتا تو وہ پاگلوں کی طرح مجھ پر جھپٹ پڑتی۔ میں روتا، ہاتھ جوڑتا، تو وہ جنون کی حالت میں کپڑے پھینک کر مجھے وہ سب کرنے پر مجبور کرتی، جسے احساس گناہ اور احساس جرم کے ساتھ میں نے صرف اس کی زندگی کے لیے قبول کر لیا تھا۔"

نور محمد کا بیان ختم نہیں ہوا؛

"نور محمد رو رہا تھا۔۔۔' میں مذہب، اخلاقیات اور نفسیات کی کتابوں سے واقف نہیں۔۔ لیکن میں اس اخلاقیات سے ضرور واقف تھا جو رشتوں اور رشتوں کی اہمیت کو لے کر بچپن سے، سلیقے کے ساتھ ہمارے جسم میں رکھ دیئے جاتے ہیں۔ بہن، بھائی، ماں۔۔بیوی۔۔ محبوبہ۔۔ ہر رشتے کی اپنی اہمیت۔۔۔۔ مگر یہاں۔ رات گئے سانپ کے پھنکارنے کی آواز ہوتی تھی اور نگار کی خطرناک طلب۔۔اور ایسے میں۔۔۔شاید اس لمحے میرے لیے یہ بھول جانا ہوتا تھا کہ یہ جسم نگار کا ہے۔۔ میں آنکھیں بند کر لیتا اور نادرہ کو محسوس کرتا۔۔ اور نادرہ کے احساس کے ساتھ ہی میرے جسم میں انگارے جمع ہو جانا

شروع ہو جاتے۔۔ اور یقیناً سرد ہوتے ہوئے، سانپ سے خرگوش بنتے ہی وہی احساس گناہ مجھ پر حاوی ہو جاتا۔ میں پاگلوں کی طرح کمرے میں ٹہلتا۔۔۔ دعائیں مانگتا۔۔۔ گڑگڑاتا۔۔ یہاں سے کچھ دور ایک مسجد ہے۔۔زیادہ پریشان ہوتا تو کئی بار رات میں اٹھ کر مسجد چلا جاتا۔۔۔ مگر۔۔۔"

نور محمد کے کھانسنے اور جینی کے آنے کی وجہ سے منقطع ہونے والے اس طویل بیان کو میں نے نقل کر دیا تو اس لیے کہ یہیں سے میری الجھنیں پھوٹتی ہیں۔

تم نے کہانی کو تقسیم اور تہذیبی انہدام سے جوڑنا چاہا جبکہ کہانی کا بہاؤ نور محمد اور نادرہ یا نگار جیسے مجبور اور بیمار کردار کی علامت بنا اور وہ بھی ایک جبر کی کیفیت کے اندر۔ نور محمد کو احساس گناہ ہے۔ مسجد بھی اس سے نہیں چھوٹی اور اس کے ارد گرد چاہے حد درجہ شکستہ سہی ایک ایسی تہذیب موجود ہے، جس میں رشتوں کا سوال اہم ہو جاتا ہے

ناول کے آغاز سے پہلے تم نے کرداروں کا شجرہ دیا ہے جس سے واضح ہوتا ہے کہ تمہاری کہانی ۱۹۹۳ کے بعد تک چلتی رہی۔ یعنی اس زمانے تک کہ جب ایسے ادارے کھل گئے تھے جہاں نگار جیسی مریضہ کو علاج کے لیے یا پھر محض دیکھ بھال کے لیے رکھا جا سکتا تھا، چلیے مان لیتے ہیں کہ ایسا کرنا نور محمد کی ترجیحات میں شامل نہ تھا۔ کیوں؟ اس کی جانب ناول اشارہ نہیں کرتا۔

اس احساس گناہ کے ساتھ جس کا ذکر ناول کے متن میں ہوا ہے، کیا جینی نئی تہذیب کا استعارہ ہو سکتی ہے ؟۔ نور محمد ایسے گاؤں میں گیا تھا، جو اس تہذیب سے کٹا ہوا نہیں تھا، جس سے کٹنے کی بات ہو رہی ہے۔ بلند شہر کی حویلی والے اور ولاس پور والوں کتنے مختلف ہوں گے کہ وہ ایک زبان بولتے تھے، وہاں بھی مذہب کی علامت مسجد تھی، ان کے ہاں بھی رشتوں کا ویسا ہی تصور تھا۔ ناول کے صفحہ نمبر ۴۶۳ پر نگار کے حوالے

سے بتایا گیا ہے کہ

" وہ حاملہ تھی، اور طبیعت رہ رہ کر خراب ہو جاتی۔۔۔ شروعات میں، میں نے گاؤں والوں سے ہر بات چھپانے کی کوشش کی۔ پھر گاؤں میں خود ہی یہ بات آناً فاناً پھیل گئی کہ میری بیوی پر بھوت کا سایہ ہے۔۔

بیوی؟

میں زور سے اچھلا"

گویا رشتے اس گاؤں میں بھی اسی طرح محترم تھے، جس طرح بلند شہر میں۔ بس یوں تھا کہ نور محمد نے اجنبیت کی آڑ لینا چاہی لوگوں کے سامنے یہاں بیٹی نہیں تھی، بیوی تھی۔ گویا ایک رشتہ تھا جائز رشتہ۔ اور تم جانتے ہی ہو کہ نور محمد کا اچھلنا بھی اس لیے نہیں تھا کہ اس کے عمل کو تہذیبی سطح پر قبول کر لیا گیا تھا۔

ایسے میں وہ سارے مباحث، جو تم نے تقسیم، جنگ، تہذیب، ارتقا اور اخلاقیات کے حوالے سے اٹھائے ہیں، سب غیر متعلق نہیں ہو جاتے؟؟؟۔ میں ان مباحث کی اہمیت کا منکر نہیں ہوں، مگر مجھے یہ سب کہانی کے اپنے بہاؤ سے باہر اور الگ پڑے ہوئے محسوس ہوئے ہیں۔ کہانی سے باہر پروفیسر نیلے اور اس کی بیوی بھی تو ہے۔ کیا ان کو منہا کر کے کہانی کے بہاؤ کو چست نہیں بنایا جا سکتا تھا؟؟؟۔ اور ہاں! کہانی چست بنانے کا ذکر آیا تو کہتا چلوں کہ حویلیوں کے بوسیدہ ہونے اور پھر خزانے کی تلاش میں کھدائی کے قضیے کو بھی ناحق طویل کھینچا گیا ہے۔

اور آخر میں مجھے اعتراف کرنا ہے کہ جس طرح تم کردار بناتے ہو، بیانیہ تشکیل دیتے ہو، اس نے مجھے لطف دیا۔ ان الجھنوں کے باوجود جن میں سے کچھ میں نے رقم کر

دیں، ناول نے مجھ سے کلام کیا۔ مجھے تمہارے رواں دواں قلم پر رشک آتا ہے۔

محبت کے ساتھ

محمد حمید شاہد

***

لے سانس بھی آہستہ: ایک شاہکار ناول

-ڈاکٹر مشتاق احمد

مجھے بچپن سے کہانیاں پڑھنے کا شوق ہے۔ ناولوں کا عاشق ہوں۔ ادب سے گہری وابستگی کا نتیجہ کہا جائے گا کہ میں نے در بھنگہ سے جہانِ اردو نکالنے کا فیصلہ کیا۔ کالج کے دنوں میں کہانیوں سے عشق ہوا تو ایک نام نے میرا راستہ روک لیا۔ مشرف عالم ذوقی۔ یہاں کہانیوں کی ایک نئی دنیا آباد تھی۔ ذوقی کی کہانیاں عام ڈگر سے مختلف تھیں۔ اسی درمیان مجھے ذوقی کے ناولوں کو پڑھنے کا اتفاق ہوا۔ نیلام گھر، شہر چپ ہے، ذبح، لیکن جس ناول نے مجھے سب سے زیادہ متاثر کیا، وہ بیان تھا۔ اس سے قبل کہ 'لے سانس بھی آہستہ' کا ذکر کروں، ذوقی کے بیان کی انوکھی دنیا میں آپ کو لے جانا ضروری ہو گیا ہے۔ اردو ادب کی اقلیم میں سیاست نے اپنی خاص جگہ بنا رکھی ہے - شہرت و تشہیر اور نام و نمود کے لیے جائز و ناجائز، اسفل وارزل کام کرنے کے لیے ہر ادبی بازیگر تیار بیٹھا ہے اور ان بازیگروں نے ادب کے معیارات کو نقصان پہنچانے کا کام کیا ہے۔ ایسے عہد میں بابری مسجد کے حوالے سے بیان کو قلمبند کرنا کوئی آسان کام نہیں تھا اور یہ کام وہی کر سکتا تھا، جس نے ادب کی صالح اقدار کو اپنایا ہو، جو سیاست سے الگ ادب کی نموپذیری کا قائل ہو۔ میں نے جولائی ۲۰۰۵ میں جہانِ اردو کا بیان پر ایک خصوصی شمارہ شائع کیا۔ (ایک سال بعد بیان منظر، پس منظر کے نام سے میری کتاب بھی شائع ہو گئی)۔ یہاں ان چند

خطوط کا حوالہ ضروری ہے جو بیان کی اشاعت کے فوراً بعد مجھے موصول ہوئے۔

"آپ نے اچھا کیا کہ ایک شمارہ ذوقی کے ناول "بیان" کے نام کر دیا۔ اس ناول پر بحث ہونی چاہیے۔ کیونکہ یہ اردو کا ایک اہم ناول ہے، مگر افسوس کہ ہندستان میں گروپ بازوں نے اس ناول کو اپنی سازشوں کا شکار بنالیا۔ "جہانِ اردو" کے اس خصوصی شمارے کے مضامین ان لوگوں کے منہ پر طمانچہ ہے جو ذوقی اور ان کی تخلیقات کو نظر انداز کرتے رہے ہیں۔"

ڈاکٹر امجد نقوی (ویانا آسٹریا)

"جہانِ اردو" کا شمارہ ۱۹ جولائی تا ستمبر ۲۰۰۵ ڈاکٹر خواجہ اکرام الدین کے توسط سے دیکھا۔ جی خوش ہو گیا۔ ذوقی کے فن پر تفصیل سے روشنی ڈالی گئی ہے۔ ذوقی کچھ اس سے بھی زیادہ کے مستحق ہیں۔ جینوئن فنکاروں کو ادبی سیاست کے تحت بعض اوقات بری طرح نظر انداز کیا جاتا رہا ہے۔ صحافتی دیانتداری یہی ہوتی ہے کہ ادبی سیاست سے اوپر اٹھ کر انہیں صحیح مقام دیا جائے اور ان کے صحیح مقام کا تعین کیا جائے۔ آپ نے اس دیانتداری کا پورا پورا ثبوت فراہم کیا ہے۔ اس شمارہ کو ادب کے ہر حلقہ میں رسائی ملنی چاہیے۔

ابو اللیث جاوید (دہلی)

آپ نے ایک نئی ایجاد کر دی یعنی کسی فنکار کی کسی ایک مخصوص کتاب پر نمبر نکال دیا ہے۔ خوب بہت خوب۔ مشرف عالم ذوقی کی مشہور زمانہ کتاب "بیان" اپنے موضوع کے اعتبار سے غضب کی کتاب ہے۔ اس کا انداز بیان بھی بہت خوبصورت ہے۔ اس ناول کو اردو کا شاہکار سمجھنا۔ اس ناول پر وقتاً فوقتاً جو مضامین اور تاثرات شائع ہوئے۔ بہت ممکن تھا کچھ دنوں کے بعد نظروں سے اوجھل ہو جاتے۔ لیکن آپ کی کوشش سے وہ

ایک جگہ ہمیشہ کے لیے محفوظ ہو گئے۔ اس سے بڑی ادبی خدمت اور کیا ہو سکتی ہے۔

محمد ایوب واقف (ممبئی)

یہ خطوط گواہی دیتے ہیں کہ ذوقی کے ساتھ ناانصافی ہوئی۔ لیکن ناانصافی ہوئی تو کیوں؟ بیان پر خصوصی شمارہ نکالتے ہوئے مجھے اس بات کا شدت سے احساس تھا کہ مجھ پر بھی حملہ ہو گا۔ احباب سوال کریں گے کہ ذوقی ہی کیوں؟ اور میں اس جواب کے لیے تیار تھا۔ میں نے پیش لفظ میں تحریر کیا کہ مجھے ذوقی کیوں پسند ہیں۔

ذوقی ہی کیوں؟

۱۹۸۶ میں ڈاکٹر محمد حسن نے عصری ادب میں، نورتنوں کی فہرست میں ذوقی کو پہلے نمبر پر رکھا تھا۔ یہ وہ دور تھا جب زمینی سچائیوں کو بیان کرنے کے ہنر میں ذوقی اپنے عصر کے تمام افسانہ نگاروں سے کافی آگے نکل گئے تھے۔ ۱۹۸۶ میں ذوقی کی عمر بمشکل ۲۴ سال کی رہی ہو گی۔ ایک ۲۴ سالہ نوجوان کے فن پاروں کو دیکھتے ہوئے اگر اردو کے ممتاز ناقد ڈاکٹر محمد حسن نے اس وقت انہیں پہلے پائیدان پر جگہ دی تھی، تو یہ سمجھنا مشکل نہیں ہے کہ ڈاکٹر صاحب نے بہت عرصہ پہلے ہی ذوقی کے اندر کے عظیم افسانہ نگار کو محسوس کر لیا تھا۔ مجھے یاد ہے اسی زمانے میں عصری ادب میں ہی ذوقی کی ایک نمائندہ کہانی "سو باڑی" شائع ہوئی تھی۔ جو ان کے پہلے افسانوی مجموعے "بھوکا ایتھوپیا" کے انتخاب میں شامل ہے۔ یہ کہانی "بنجامن مولوائیز" کے نام تھی، جس کا قتل کر دیا گیا تھا۔ ذوقی نے "سور باڑی" کے حوالے سے ایک ایسے شاہکار کو جنم دیا تھا، جہاں ہم بنجامن کی آتما کو تڑپتے ہوئے محسوس کر سکتے تھے۔"

"میں ذوقی اسٹائیل کا شروع سے مداح رہا ہوں - بیان اور مسلمان سے لے کر ان کے تازہ ناول "پوکے مان کی دنیا" تک، نہ صرف میں نے سنجیدگی سے مطالعہ کیا ہے بلکہ یہ

بھی خواہش ہے کہ آنے والے چند برسوں میں ان پر الگ الگ کتابیں قارئین کے سامنے پیش کر سکوں۔ دراصل موجودہ دور میں ذوقی کی موجودگی اردو ادب کے سمندر میں کسی چٹان کی مانند ہے۔ ذوقی نہ کسی سے متاثر ہوتے ہیں نہ مرعوب -ان کا اپنا انداز، اپنا رنگ و آہنگ ہے۔ کہانی کہنے کے ہنر میں ان کا کوئی ثانی نہیں - بلاشک وشبہ آج ذوقی کے قلم سے جو کہانیاں جنم لے رہی ہیں، انہیں کسی بھی عالمی معیار کے سامنے رکھا جاسکتا ہے۔"

جو فکری عمق، سنجیدہ مطالعہ، تخلیقی بصیرت، اپنے عہد کے ساتھ ساتھ چلنے کا عزم اور بالغ نظری ذوقی کے یہاں نظر آتی ہے، وہ دور دور تک دکھائی نہیں دیتی۔ ذوقی اردو کا پہلا فنکار ہے، جس کے ناولوں 'پوکے مان کی دنیا'، 'پروفیسر ایس کی عجیب داستان' اور' لے سانس بھی آہستہ 'کو دنیا کے کسی بھی عظیم شہہ پارے کے سامنے فخر سے رکھا جاسکتا ہے۔ ذوقی کو جھوٹی شہرت کا چسکا نہیں ہے۔ ادب ہی اس کا اوڑھنا بچھونا اور زندگی ہے۔ بیان کے بعد ذوقی کا دوسرا اہم پڑاؤ پوکے مان کی دنیا تھا۔

پوکے مان کی دنیا سے سنامی تک کا سفر

ابھی" پوکے مان کی دنیا" کی گونج کم بھی نہیں ہوئی تھی کہ مشرف عالم ذوقی نے ادبی سطح پر ایک اور توپ داغ دیا۔ "پروفیسر ایس کی عجیب داستان وایا سنامی"۔ غور کرنے کی بات یہ ہے کہ پوکے مان کی دنیا جیسا بڑا کینوس کا ناول سن ۲۰۰۴ میں سامنے آیا۔ ۲۰۰۴، ۲۷ دسمبر سونامی کے المیہ نے دنیا بھر کے لوگوں کو خوفزدہ کر دیا اور کمال دیکھئے سونامی المیہ کے صرف سات ماہ کے اندر ۵۲۰ صفحات پر مشتمل ذوقی کا یہ عجیب وغریب ناول سامنے آچکا تھا۔ میں کہتا ہوں کہ ذوقی کو بسیار نویس کہنے والے اب ان کے لئے جن یا بھوت جیسا کوئی لفظ ایجاد کریں تو بہتر ہے۔ کیوں کہ آج کے زمانے میں جن یا بھوت یا پھر جادوگر کے ڈبہ سے بھی اتنی تیز رفتاری سے ایسے غیر معمولی نوعیت کے ادبی خزانے

نہیں نکل سکتے۔

پو کے مان نے آج کے عہد پر شب خون مارا تھا۔ بچے آج چوتھی دنیا کا سب سے بڑا مسئلہ بن چکے ہیں۔ ذوقی نے پو کے مان کے ذریعہ بچوں کی اسی نفسیات کا بخوبی جائزہ لیا تھا، خواہ وہ بچے ہندستان میں رہتے ہوں، پاکستان میں یا امریکہ میں، لیکن تیزی سے بدلتے ہوئے ان بچوں کا ایسا بھیانک چہرہ پو کے مان سے پہلے کبھی میں نے محسوس نہیں کیا تھا۔

اور اب مشرف عالم ذوقی کے اس شاہکار نے ہم سب کو حیرت میں ڈال دیا۔ آخر وہ وقت کب آئے گا جب ہم قرۃ العین حیدر سے آگے نکل کر ذوقی کے ناولوں کی طرف رجوع کریں گے، یہ دیکھنے اور تجزیہ کرنے کی کوشش کریں گے کہ اس میں ہمارے وقت کا کتنا بڑا فلسفہ پوشیدہ ہے۔ اور ذوقی نے سونامی کے بہانے کس دردمندی سے اپنے وقت کی یہ بھیانک داستان ہم تک پہنچانے کا بیڑا اٹھایا ہے۔ پروفیسر ایس کی عجیب داستان میں ناول کے ابواب سونامی لہروں کے سہارے کہانی کو آگے بڑھاتے ہیں۔ احمد علی اور ادیتی سانیال کا غیر معمولی کردار ذہن پر ایسے نقش قائم کرتا ہے کہ اپنے آس پاس ایسے کتنے ہی چہرے نظر میں گھوم جاتے ہیں۔ احمد علی کیا نہیں ہے؟ غریبی سے امیری کا سفر، سدیپ دا جیسے کمیونسٹ کا ساتھ، جوٹ ملس کے منیجر کو قتل کرنے کا پلان، احمد علی کی توبہ، شاہ پور چھولہ داری میں آمد، کمیونسٹ سے مذہب کی طرف پہلا قدم، پھر پرویز سانیال کا جنم اور پروفیسر صدر الدین پرویز قریشی کی عجیب داستان میں شامل ہو جانا۔ دراصل اس کہانی کا اصل ہیرو وقت ہے۔ وقت جو سونامی لہروں کی شکل میں سب کچھ بہا کر لے جارہا ہے۔ یہاں تک کہ ہمارے انسان ہونے پر بھی اب شرم محسوس ہونے لگی ہے۔ قرۃ العین حیدر کے یہاں وقت کا یہ بہاؤ مختلف تھا۔ ذوقی کے یہاں یہ وقت زیادہ بڑے کینوس میں تاریخ کا سہارا لیے اور مستقبل پر نظر رکھتے ہوئے اس انداز میں شامل ہوا ہے کہ

آنکھوں کی پتلیاں خوف سے پھیل جاتی ہیں۔ناول کے اقتباسات دیکھیے۔

"موسیو، موت کے بعد بھی زندگی چلتی رہتی ہے۔ سونامی سے جہاں نقصان ہوا ہے، وہاں فائدے اور روزگار کے نئے نئے دفتر بھی کھل رہے ہیں۔ سونامی کی لہریں موت دیتی ہیں تو آپ کو زندگی بھی دیتی ہیں۔ مجھے تعجب اس بات پر ہے کہ آپ موت کھوجتے رہے اور میں سمندر سے زندگی تلاش کرتا رہا۔ موت کے ہر ڈر کے بعد زندگی کے دس راستے کھل جاتے ہیں۔" (صفحہ ۳۶۲)

"سر اتنے بڑے بازار میں ہم سب بھی الگ الگ چھوٹے چھوٹے بازار بن گئے ہیں۔ ہم سب ایک ہی ریموٹ سے چلنے والے بازار ہیں۔ جن پر کنٹرول کسی اور کا ہے۔ ہم وہی سوچتے ہیں۔ جو ہمیں سوچنے کے لیے مجبور کیا جاتا ہے۔ ہم وہی کرتے ہیں جو ہمیں کرنے کے لیے کہا جاتا ہے اور آج اس بازار میں سب سے زیادہ بکنے والی کوئی چیز ہے تو وہ ہے موت۔ موت جس کے گلیمر کو امریکہ سے لے کر انڈر ورلڈ مافیا اور میڈیا تک کیش کرتی رہتی ہے۔ زندوں سے زیادہ بکتے ہیں مردے۔" (صفحہ ۳۷۷)

"موسیو، ساری پیشین گوئیاں اب صحیح ثابت ہو رہی ہیں۔ ریگستان پھیل سکتے ہیں۔ مونگے کی چٹانیں غائب ہو سکتی ہیں۔ گرم ہوائیں اپنا رخ بدل سکتی ہیں۔ دنیا کا ایک بڑا حصہ برف میں گم ہو سکتا ہے اور ایک بڑے حصے کو دھوپ کی ہر پل بڑھتی ہوئی شدت جھلسا کر راکھ کر سکتی ہے۔ انٹارکٹیکا میں گھاس اگ سکتی ہے۔ موسیو، ممکن ہے تب بھی یہ دنیا قائم رہے گی۔ بس ایک مرد اور ایک عورت۔ دنیا بننے کا عمل جاری رہے گا۔ کیوں کہ ہم ہیں۔ گلیشیر کے ٹوٹنے، بھیانک زلزلے، سونامی قہر کے باوجود ہم میں جینے کی طاقت موجود ہے۔" (صفحہ ۳۸۱)

ہر عہد کا اپنا ایک مزاج ہوتا ہے۔ اس مزاج کو سمجھنے والا صحیح معنوں میں دانشور

کہلاتا ہے۔ ذوقی میں آج کے عہد کا ایک بڑا فنکار چھپا ہے، جو اپنے عہد کے تقاضوں کو نہ صرف محسوس کر رہا ہے، بلکہ انہیں تحریر میں لانے کی ذمہ داری بھی ادا کر رہا ہے۔ ۲۷ دسمبر ۲۰۰۴ سونامی کی جو قیامت برپا ہوئی، ذوقی نے اس تاریخ کو ہمیشہ کے لیے اپنی اس کتاب میں قید کر دیا، لیکن سونامی کے بہانے ذوقی نے ادب میں در آئی سونامی کا جو جائزہ لیا ہے وہ ایک حیران کرنے والی دنیا ہے۔

لے سانس بھی آہستہ: ایک کیفیت جو بتائی نہیں جاسکتی

تین چار دن پہلے میں نے یہ ناول ختم کیا اور اب تک اس ناول کے جادو میں مقید ہوں اور کہہ سکتا ہوں کہ زندگی کے بہت آگے کے سفر میں بھی اس ناول کو بھول پانا میرے لیے آسان نہیں ہو گا۔ آج جہاں ادبی سیاست کچھ ایسے ناولوں کو عظیم تجربے کی صف میں رکھ رہی ہے، جہاں نہ فلسفہ ہے نہ کوئی مرکزی خیال، بلکہ جو کچھ بھی ہے وہ محض صابن کا جھاگ۔ ایسے ناول دو دن تو کیا پڑھنے کے فوراً بعد ہی بھلا دیئے جاتے ہیں- لیکن ذوقی نے اپنے اس ناول میں جو دنیا آباد کی ہے، اسے بھلانا آسان نہیں ہو گا۔ نور محمد کی شکل میں ذوقی نے اردو ادب کو ایک ایسا کردار دیا ہے، جو اردو ناولوں کے سو سال کے سفر میں تلاش کرنے پر بھی کہیں نہیں ملتا- اس ناول کے ذریعہ ذوقی ایک بڑے مفکر کے طور پر ہمارے سامنے آتے ہیں۔ آزادی کے ۶۵ برسوں کی تاریخ میں مسلمانوں کی روشن خیالی اور تہذیبوں کے زوال کے جو اسباب ہو سکتے تھے، ذوقی نے اس ناول کے ذریعہ اس کو دریافت کرنے کی کوشش کی ہے۔ یہاں میر کے مشہور شعر کے ذریعہ ناول کی مکمل فضا کو ایک ایسا سماجی نقطہ نظر مہیا کیا گیا ہے، جو تہذیبوں کے تصادم، غلبہ اور تسلط کا جواز فراہم کرتا ہے۔ ذرا یہ پارا گراف دیکھیے-

"پروفیسر نیلے نے پلٹ کر میری طرف دیکھا- جیسے ہم ایک وقت میں کئی لوگوں

سے محبت کر سکتے ہیں اور اس لیے کہ ہم انسان ہیں - اور انسان کی سرشت میں اس کی آزادی کو دخل ہے۔ لیکن یہاں بھی ہم اخلاقیات کی چھوٹی چھوٹی شاخیں لے کر آجاتے ہیں - خاندان، معاشرہ، سماج، تہذیب۔۔۔ اور مذہب - ہم بہت کچھ چاہتے ہیں۔۔۔ شاید سکون سے جنسی سکون اور جبلّت تک۔۔۔ شاید کسی کسی لمحہ ہم پوری طرح جانور بن جانا چاہتے ہیں۔۔۔ لیکن مہذب ہوتے ہوئے وہی اخلاقیات یہاں بھی ہمارے آڑے آجاتی ہے - ہم آج کی نئی اخلاقیات میں تہذیب کے کھلے پن کو دیکھ رہے ہیں اور وہاں یوروپی ممالک میں عام ذہن اس کھلے پن سے اتنا گھبرا چکا ہے کہ وہ یوگ، سادھنا، عبادت اور آشرم میں پناہ لے رہا ہے۔۔۔ اور اسی اخلاقیات کا دوسرا سلسلہ بازار سے جڑا ہے - اب یہاں کے سادھو، سنت اور آشرم کے قصے دیکھو - کتنے ہی آشرم ہیں جہاں سیکس ریکٹ چلائے جارہے ہیں۔ ہندستان اس مہذب ہوتی صدی میں ساری دنیا کے لیے سیکس کا ایک بڑا بازار بنتا جارہا ہے - اور وہاں۔۔۔ غیر ملکی کھلے پن سے گھبرا کر اب انہی آشرموں میں پناہ لے رہے ہیں۔ ایک ہی زندگی میں کتنے تضاد ہیں کاردار۔۔۔ ہر دوسرے قدم پر انسانی اخلاقیات ایک نیا تماشہ دیکھنے پر مجبور ہے۔ لیکن ہم اپنے اصولوں میں، مذہب کے آدرش میں محض اعلیٰ انسان ہونے کا ڈھونگ کیے جارہے ہیں۔۔۔ دیکھو کاردار۔۔۔'

پروفیسر نیلے مسکرائے۔۔۔

لے سانس بھی آہستہ کہ نازک ہے بہت کام
آفاق کی اس کارگہ شیشہ گری کا

'خوب۔۔۔ کیا خوب شعر ہے - ذرا اس شعر کے پردے میں تو جھانکو۔۔۔ اس عالم آب و گل کو ایک چھوٹے سے کانچ کے باریک شیشے کا محل یا قید خانہ سمجھ لو - یہی کانچ کا باریک شیشہ ہماری دنیا ہے - ہماری تمہاری یہ مہذب دنیا، اور اسی شیشے کی باریک دنیا میں

ہم اپنے جینے کا جتن کیے جا رہے ہیں- لیکن یہ شیشہ اتنا نازک، اسقدر باریک ہے کہ ہماری سانسوں سے بھی اس کے ٹوٹنے کا خطرہ پیدا ہو جاتا ہے--- ہر سانس ایک نئی عبارت خلق کر رہی ہے--- ہر سانس ایک نئی دنیا بن رہی ہے- اور یقیناً پریشان ہوں گے وہ لوگ، جو اب تک اپنی پرانی دنیاؤں سے چپکے ہوئے ہیں- کاردار ہم تم جتنے بھی فلسفے اور نظریات قائم کریں یا جس نظریئے سے بھی دنیا کو دیکھنے کی کوشش کریں، مگر بھول جاتے ہیں کہ کوئی ہمیں دیکھ رہا ہے--- کوئی اپنے حساب سے انسانی Destiny کی عبارت لکھ رہا ہے--- کون---؟ قدرت---؟'

پروفیسر نیلے ہنس رہے تھے- 'تمہاری کہانی بھی تم نے کہاں لکھی کاردار- 'قدرت نے لکھی ہے- اور قدرت جس قدر حسین ہے، اتنی ہی سفاک بھی- وہ تمہیں پتہ بھی نہیں چلنے دیتی اور تمہاری زندگی کے سفر کو موڑ دیتی ہے- "

ناول کا آغاز ہی قاری کو کچھ ایسے جکڑ لیتا ہے کہ قاری ناول ختم کر کے ہی دم لیتا ہے۔ یہ Readability ذوقی کے ناولوں کا خاصہ ہے۔ لے سانس بھی آہستہ کے شروعاتی صفحے اس بات کے گواہ بن جاتے ہیں کہ قاری ناول کے بہانے ایک بھیانک تہذیبی سرنگ سے گزرنے والا ہے۔

'بس یہی گیم ہے-' میں زور سے ہنسا- ابھی جو کچھ تم نے کہا وہی گیم ہے- تمہارے ہی سوال سے شروع کرتے ہیں۔ تم چھت پر گئی اور ممی چھت پر آ گئیں۔ رائٹ---'

'ہاں---'

'ممی کیوں آئیں---؟'

'شک--- کہ میں کسی سے بات تو نہیں کر رہی۔ کسی سے کچھ چل تو نہیں رہا---
یعنی---'

'ال لیگل۔۔۔ میں مسکرایا- لیکن ممی آسکتی ہیں۔ کپڑے پسارنے یا کسی بھی کام سے۔۔۔لیگل-کوئی شک نہیں-کسی شک کی گنجائش نہیں۔۔۔'

'ہاں۔۔۔'

'تمہارا موبائل پر بات کرنا۔۔۔؟'

سارہ زور سے ہنسی-'میرے لیے آب ویسلی ال لیگل۔'

'ممی کے لیے لیگل-اب آگے۔۔۔ ایسے کچھ پوائنٹ سوچو۔۔۔'

سارہ کی آنکھیں چمک رہی تھیں۔ اسے جانے انجانے ایک دلچسپ کھیل مل گیا تھا-

'آتنک وادی-وہ زور سے تالیاں بجا کر ہنسی-میرے ملک کے لیے ناجائز- مگر جس ملک نے بھیجا-اس کے لیے جائز۔ وفادار۔'

'اسی طرح ملک کے فوجی سپاہی۔۔۔ اور آگے۔۔۔'

'یعنی میں اگر Pregnant ہو جاتی ہوں- شادی سے پہلے۔۔۔ روانی میں بولتی ہوئی اچانک اسے اپنی غلطی کا احساس ہوا۔ میرا مطلب ہے کوئی لڑکی جس کی شادی نہیں ہوئی- ال لیگل۔ لیکن شادی کے بعد یہی چیز سارے گھر کی خوشی بن جاتی ہے۔۔۔'

سارہ کی نظریں جھکی تھیں۔۔۔ میرے اندر کوئی سنّاٹا نہیں تھا۔ یہ نسل خود کو پہچانتی ہے۔ اس لیے کہیں بھی اپنی کوئی بھی بات سامنے رکھنے سے نہیں گھبراتی۔۔۔

'اس کا مطلب ایک ہی چیز۔ ایک ہی وقت میں جائز اور ناجائز دونوں ہوسکتی ہیں۔۔۔کیوں سارہ؟'

''سماجی آئین سے الگ کی ایک نئی اخلاقیات سامنے آرہی تھی۔۔۔ انسانوں سے لے کر جنگلی جانوروں تک، نئی اخلاقیات کی ہزاروں مثالیں سامنے تھیں - آسٹریلیا کے حوالے سے ایک خبر آئی تھی کہ ایک شیرنی ایک چھوٹی سی بلّی کی محافظ بن گئی ہے۔ انگلینڈ

کے ایک جنگل میں کتّے اور بھالو کو ساتھ کھیلتے ہوئے دیکھ کر ایک فوٹو گرافر نے اپنے کیمرے میں قید کیا تھا۔ دنیا کے سب سے چھوٹے ماں باپ ۱۵ سال کے بچے تھے۔ ٹی وی کے روشن اسکرین پر دو چھوٹے بچے اپنے چھوٹے سے ننھے بچے کو دیکھتے ہوئے خوشی سے پھولے نہیں سما رہے تھے۔۔۔ سائبیر ورلڈ، نئی تکنالوجی، بدلتی ہوئی دنیا۔ بدلتا ہوا نظام۔ گلیشیر کے پگھلنے اور سائبیریا میں گھاس اگنے تک کی خبروں نے بدلے بدلے موسم کی گواہی دے ڈالی ہے۔

اور یہ خط مجھے ایسے موقع پر ملا ہے جب ماحولیات کو لے کر کوپن، ہیگن میں ہونے والا ڈرامہ پوری طرح ناکام ثابت ہو چکا ہے۔۔۔ انتظار کیجئے۔ اس بیحد بے رحم وقت میں، میں آپ کو ایک ایسی ہی بے رحم کہانی یا کردار سے ملانے لے جا رہا ہوں۔ ممکن ہے، جسے سننے کے لیے آپ کے کان آشنا نہ ہوں۔ یا جسے محسوس کرنے کے لیے آپ کے دل کی حرکتیں رک جائیں۔ یا جسے آنکھوں کے پردے پر دیکھنے کی عجلت آپ کی آنکھوں کی بینائی چھین لے۔

لیکن آپ کو اس کے لیے تھوڑا سا انتظار کرنا ہو گا۔۔۔"

یہاں دور تک پہاڑیاں ہیں۔ قدرت کی آغوش میں ذرا سے فاصلے پر دو گھر آباد ہیں۔ ایک عبدالرحمن کاردار دوسرا پروفیسر نیلے۔ دونوں ہی عمر کی آخری منزلوں میں ہیں۔ پروفیسر نیلے ایک پر اسرار اور مضبوط کردار کے طور پر ہمارے سامنے آتے ہیں۔ اور یہی وہ کردار ہے، عبدالرحمن جن سے اپنی ماضی کی اس درد بھری کہانی کو شیئر کرتے ہیں۔ جس نے ان کی دنیا بدل دی تھی اور بیٹے کی شادی ہو جانے کے بعد وہ ان پہاڑوں پر آکر آباد ہو گئے تھے۔ لیکن وہ کہانی کون سی تھی؟ کیا تھا اس کہانی میں جس نے عبدالرحمن کاردار کی واقعات سے پر زندگی سے حوصلہ اور سچ چھن لیا تھا۔ ناول کی شروعات میں جا بجا

اس کے اشارے مل جاتے ہیں۔

"میرے سامنے نور محمد کا معصوم چہرہ تھا-'ابھی آپ تہذیبوں کی باتیں کر رہے تھے پروفیسر۔۔۔؟'

'ہاں- تہذیبیں مرنے کے لیے ہوتی ہیں۔ کوئی کوئی تہذیب بہت جلد مر جاتی ہے- پھر ایک نئی تہذیب سر اٹھاتی ہے۔ ان تہذیبوں میں جینے کے لیے' ہم اپنی آسانی اور سہولت کے حساب سے اپنے مذہب چن لیتے ہیں۔ اصول اور قوانین بنالیتے ہیں۔ یہ سب اپنی سہولت کے حساب سے کاردار- انسانی رشتے بھی اسی سہولت کی دین ہیں۔ جنہیں بیحد مہذب ہوتی دنیا میں ہم اپنے حساب سے بناتے اور توڑتے رہتے ہیں- یہ رسم و رواج- شادی بیاہ، بندھن۔۔۔ ممکن ہے یہ تہذیب ختم ہو جائے تو نئی تہذیب ان سب کی نئی تعریفیں اپنے حساب سے یا اپنی سہولت کے حساب سے لکھنے لگیں۔ ممکن ہے کل کی تہذیب میں نومولود بچے کی اپنی دنیا ہو- جیسے اس کے آزاد ماں باپ کی- وہ بچہ آنکھیں کھولتے ہی اپنی آزاد سلطنت کا وارث بن جائے۔۔۔'

پھر اس بچے کا مستقبل؟ میری آنکھوں کے آگے کا سایہ گھنا ہو گیا تھا-

"مستقبل وہ بچہ خود طے کرے گا۔ ممکن ہے، کل کی تہذیب میں پیدا ہوتے ہی بچوں کو کوئی قانون، کوئی ان جی او یا پھر کوئی سوسائٹی اپنا لے- ممکن ہے نئے بچوں کے لیے باقاعدہ کوئی نیا انتظام ہو- ہم جو کچھ دیکھتے ہوئے اور سیکھتے ہوئے بڑے ہوتے ہیں، وہی ہماری پہچان بن جاتی ہے کاردار- بچپن سے سنسکرتی، اخلاق اور تہذیب کے اتنے گھول ہمیں پلائے جاتے ہیں کہ ہم انہیں ہی سچ سمجھ بیٹھتے ہیں- اور اس میں، تمہیں شک نہیں ہونا چاہئے کہ آگے آنے والے سو برسوں یا ہزار برسوں میں یہ تہذیبیں ایک نئی کروٹ لیں گی- ممکن ہے تب۔۔۔"

اور یہیں سے اخلاقیات اور تہذیبوں کے زوال کی وہ بھیانک کہانی شروع ہوتی ہے جو ہمیں حیران کر جاتی ہے۔ ایک ایسی کہانی جو اردو ادب کی اب تک کی تاریخ میں نہیں لکھی گئی اور اس کہانی کو رفتار اور وژن دینے کے لیے ذوقی نے واضح طور پر کرداروں کے توسط سے ہمیں فکری بصیرت کی نئی راہ سے روشناس کرایا ہے۔

"کون بناتا ہے یہ نظریہ۔؟ جب ایک نظریہ سچ ہے تو پھر اختلاف کی گنجائش ہی کیوں پیدا ہوتی ہے؟ کیا اخلاقیات ہر بار ہمارے لیے ایک چیلنج ہیں؟ کیا وقت اپنے حساب سے اپنی اخلاقیات کی تھیوری پیش کرتا ہے۔؟ کیا آج کی ساری بحث صرف اور صرف اخلاقیات تک سمٹ کر رہ گئی ہے۔؟ گلوبل دنیا اور گلوبل وارمنگ کے اس دور میں الگ الگ اخلاقیات کے عفریت ہمیں حصار میں لیے کھڑے ہیں۔۔۔ کہ پہلے ہم سے الجھو۔۔۔ اور جیسا کہ ان دنوں مغرب کے بارے میں کہا جا رہا ہے کہ مغرب کے بنیادی مسائل نہ تو معاشی ہیں اور نہ ہی آبادی کا بڑھنا۔ بلکہ اصل مسئلہ ہے۔ اخلاقیات کا گم ہو جانا۔ ثقافتی خودکشی۔ اور انہی سب سے ایک نہ ختم ہونے والا سیاسی بحران پیدا ہو گیا ہے۔ ایک طرف دہشت پسندی اور القاعدہ تہذیب ہے جس کی جڑیں بنیاد پرستی سے زیادہ دہشت پسندی میں کھڑی ہیں۔۔۔"

"نور محمد کا خط ایک بار پھر میرے ہاتھوں میں ہے۔۔۔

بچپن سے سنتا آیا تھا، ہم سب قدرت کے ہاتھوں کی کٹھ پتلیاں ہیں۔ پہلے مجھے یہ صرف محاورہ لگتا تھا۔ لیکن اب نہیں۔ مجھے لگتا ہے۔ ریموٹ کنٹرول قدرت کے ہاتھوں میں ہے۔ وہ ہمیں ہمارے حال پر چھوڑ دیتی ہے۔ جیسے ہم ٹی وی کے سامنے ریموٹ گھماتے ہوئے ناپسندیدہ سے پسندیدہ پروگرام کی طرف لوٹتے ہیں۔ قدرت سارا تماشہ دیکھتی رہتی ہے۔ اور اچانک ریموٹ کا ایک بٹن دبا دیتی ہے۔۔۔

کیا آپ نے یہ دھماکہ سنا؟

شاید آپ اس دھماکے کو سن سکتے ہیں-؟

میں یہ نہیں کہوں گا کہ مجھے آپ کی ضرورت ہے۔ لیکن شاید آپ آسکیں تو میں آپ کو قدرت کی سفاکی اور بے رحمی کا ایک نمونہ دکھانا چاہتا ہوں - میں یہ چھپاؤں گا نہیں کہ میں بہت پریشان ہوں-اور یہ بھی نہیں کہ میں آپ کا انتظار کر رہا ہوں۔۔۔

میں کھڑکی پر آ گیا ہوں-

آج آسمان صاف ہے۔ نیلے آسمانی چادر پر کانپتا ہوا ایک روشن چاند-

ہوا تیز ہو گئی ہے- کتنی ہی آوازیں ہیں جو میرے کانوں میں گونج رہی ہیں۔۔۔

اس وقت میں ماضی کی خوفناک ٹرین میں اکیلا ہوں۔ اور ہزاروں پرچھائیاں مجھے گھیر کر بیٹھ گئی ہیں۔"

ماضی کی خوفناک ٹرین چلتی ہوئی ہمیں غلامی سے فیوڈل سسٹم کی طرف لے آتی ہے۔ عبدالرحمن کاردار کی بدنصیبی یہ کہ وہ آزادی سے ایک گھنٹہ قبل پیدا ہوا۔ اس لیے اس کے ضمیر میں غلام اخلاقیات کو بھی جگہ ملی۔ یہ وہ زمانہ تھی جب بلند شہر میں جاگیرداروں کا زوال شروع ہو گیا تھا- عبدالرحمن کاردار بدلتے ہوئے بدترین وقت کا گواہ تھا اور اس گواہی میں اسے نور محمد کا ساتھ مل گیا تھا۔ نور محمد جس کی ماں پر آسیب کا سایہ تھا اور ایک دن یہ آسیب ہمیشہ کے لیے نور محمد کی ماں کو اپنے ساتھ لے جاتے ہیں۔ ادھر عبدالرحمن کاردار بڑے ہوتے ہیں۔ حویلی ویران ہو چکی ہوتی ہے۔ بنگلہ دیش کے زخموں سے گھبرا کر ماموں سفیان اپنی بیٹی نادرہ کے ساتھ ان کے گھر پناہ لیتے ہیں۔ عبدالرحمن نادرہ سے محبت کرتے ہیں لیکن نادرہ کی نور محمد میں دلچسپی دیکھ کر وہ اپنے قدموں کو واپس کھینچ لیتے ہیں۔ نور محمد، عبدالرحمن کاردار کو اپنا آئیڈیل تصور کرتا ہے - ادھر ایک پورا

دور تبدیل ہو جاتا ہے۔ ذوقی نے بیحد خوبصورتی سے تہذیب کے ان بدلتے ہوئے رنگوں کو اپنے ناول میں پیش کیا ہے۔

"ایک دن بولن بوا، جو لڑکے کے ساتھ کپڑوں کا تھان لے کر آیا کرتی تھیں، انتقال کر گئیں -وہ اندھیری گلی میں گر گئی تھیں۔ کچھ دن بیمار رہیں لیکن صحت مند نہیں ہو سکیں - محلے والوں کی یہ بڑی تفریح بھی چھن گئی- اماں اور دوسری عورتوں کو اب شہر کے نئے بازاروں کا رخ کرنا تھا۔ محلے میں بھی پردہ کا رواج کچھ حد تک کم ہو گیا تھا- خاص کر نئی تہذیب یا نئی نسل کے بچے ان پردوں کے حق میں نہیں تھے-

آزادی کے بعد یہ ایک نئے انقلاب کی تیاری تھی۔

یہ بدلتی ہوئی دو دنیائیں تھیں-

ایک دنیا حویلی کی تھی-

اور ایک دنیا حویلی کے باہر کی تھی۔

اور مجھے یقین تھا ترقی کے راستے حویلی سے باہر ہو کر ہی جاتے ہیں۔ میں ابھی سے ان راستوں کے لیے خود کو تیار کر رہا تھا۔"

عبد الرحمن کاردار کے والد کا انتقال ہوتا ہے اور وہ حویلی بیچ کر اسی شہر میں ایک دوسرا مکان خرید لیتا ہے، لیکن نور محمد ایسا نہیں کرتا۔ نادرہ کی نور محمد سے شادی ہو جاتی ہے۔ نور محمد پاگلوں کی طرح نادرہ سے محبت کرتا ہے، لیکن نادرہ تو عبد الرحمن کاردار سے محبت کرتی ہے۔ حویلی میں جن اور بھوتوں کا سایہ تھا۔ نادرہ بھی اس چکر میں آجاتی ہے۔ اس کی بیٹی پیدا ہوتی ہے۔ نگار۔

"وہ رو رہی ہے -ڈاکٹر کہتا ہے۔۔۔ وہ نہیں بچے گی -وہ مر جائے گی۔۔۔'

نور محمد کانپ رہا ہے -'نادرہ گھٹ گھٹ کر مر جائے گی بھیا- نگار کو بچنا ہی ہو گا۔۔۔'

"اس کا رونا کم ہی نہیں ہو رہا ہے۔۔۔ میں نے اس سے پہلے کیا کیا نہیں دیکھا تھا بھیّا- کیسی کیسی انوکھی بیماریاں ۔۔۔ جنگیں صرف بیماریاں ہی تو پیدا کرتی ہیں - مگر یہ انوکھی بیماری- اس نے ایک برے موسم میں آنکھیں کھولی ہیں۔ شاید بے حد برے موسم میں اور وہ۔۔۔ صرف روئے جا رہی ہے۔۔۔"

پر آشوب موسم میں نگار کی پیدائش یہاں خوبصورت علامت کے طور پر استعمال کی گئی ہے۔ نہ وہ بول سکتی ہے نہ وہ ایک عام لڑکی ہے، مگر وہ زندہ ہے۔ جیسے اس پر آشوب موسم میں جینے کی خواہش نہیں رکھنے کے باوجود ہم سب زندہ ہیں۔ پھر ایک دن نادرہ کا انتقال ہو جاتا ہے اور اس کے بعد وقت بے رحمی کے ایسے صفحات لکھتا ہے، کہ ناول پڑھتے ہوئے سارے بدن میں لرزہ طاری ہو جاتا ہے۔

"نگار کیسی ہے۔۔۔؟'

اس کے ہونٹ لرز کر رہ گئے۔۔۔

'زندہ ہے نا۔۔۔؟ اس بار میں زور سے چیخا- '

'ہاں۔۔۔' وہ تڑپ کر بولا-

'پھر کیا بات ہے؟ خدا کے لیے چپ مت رہو۔ بتاؤ مجھے۔۔۔'

آنکھوں کے آگے وہ فلم روشن تھی- پچھلی ملاقات میں گھبرایا ہوا نور محمد۔۔۔ اور وہ کہہ رہا تھا- 'اب اس کے اندر طلب جاگ گئی ہے۔۔۔'

میں نے آگے بڑھ کر کھڑکی کھول دی- دوبارہ نور محمد کے پاس آکر کھڑا ہوا- اس بار میرا لہجہ ملائم تھا-

'دیکھو نور محمد- پہلے بھی تم سب بتا چکے ہو- ڈرو مت- جو بھی اندر ہے۔۔۔ اسے

اللہ کے واسطے اپنے اندر سے نکالنے کی کوشش کرو۔ اس طرح گھٹ گھٹ کے مر جاؤ گے۔۔۔'

وہ اب بھی خاموش تھا۔

پچھلی بار تم نگار کا تذکرہ کر رہے تھے۔۔۔ انوار کے جانے کے بعد۔۔۔ 'میرے لفظ ٹوٹ رہے تھے۔۔۔ اور تم نے بتایا تھا کہ۔۔۔ اس کی آنکھیں اب بے رنگ نہیں ہیں ۔۔۔'

'ہاں۔۔۔'

'اور یہ۔۔۔ کہ۔۔۔ 'تمہیں لفظوں کی ادائیگی میں پریشانی ہو رہی تھی۔۔۔ اور یہ کہ اس کے اندر تمہارے لیے۔۔۔ ایک طلب۔۔۔ پیدا ہوئی ہے۔۔۔'

'ہاں۔۔۔'

اس نے لمبی سانس بھری اور دھماکہ کر دیا۔

'میں نے طلب پوری کر دی۔۔۔ پوری کر دی۔۔۔"

ذوقی نے جا بجا اس ناول میں تاریخ کو گواہ بنا کر پیش کیا ہے۔ جہاں یہ خوفناک منظر سامنے آتا ہے، یہ وہی سال ہے جب بابری مسجد شہید کی گئی تھی۔ ذوقی نے یہاں صرف بابری مسجد کی شہادت کا اشارہ دیا ہے۔ ممکن ہے اس پردے میں ذوقی یہ کہنے کی کوشش کر رہے ہوں کہ ہندستانی تہذیب کے زوال کا سلسلہ کہیں نہ کہیں اس بد قسمت تاریخ سے ملتا ہے، جو چھ دسمبر کی تاریخ ہے اور اسی دن بابری مسجد شہید ہوئی تھی۔ اور اسی کے بعد نور محمد بلند شہر، حویلی چھوڑ کر چلا جاتا ہے اور عبد الرحمن کا ردار اپنے بیٹے کی شادی سے فارغ ہو کر پہاڑوں پر بس جاتے ہیں۔ اور یہیں انہیں مدت بعد نور محمد کا ایک خط ملتا ہے۔ ۱۸ برس کا طویل عرصہ گزر چکا ہے۔ پروفیسر نیلے سے گفتگو کے بعد وہ بلاسپور گاؤں میں

نور محمد سے ملنے کے لیے جاتے ہیں۔ یہاں ایک سترہ سال کی دوشیزہ دروازہ کھولتی ہے۔ وہ نور محمد سے اس کے بارے میں دریافت کرتے ہیں۔

"'تو جینی۔۔۔؟' میری سانس ٹوٹ رہی تھیں - 'تمہاری بیٹی ہے۔۔۔؟ نگار کی۔۔۔؟'

'ہاں۔۔۔' اُس پر کھانسی کا دورہ پڑا تھا۔ 'بے رحم حقیقت۔ لیکن اسے تسلیم کرنا ہی ہے بھائی۔ میری بیٹی۔ لیکن قدرت کا ظلم کہ اس کی ماں بھی میری بیٹی تھی۔۔۔' وہ رو رہا تھا۔۔۔ قدرت کا انتقام۔۔۔ اور یہی تو جاننا ہے مجھے کہ اس انتقام کے لیے خدا نے میرا انتخاب ہی کیوں کیا"

نور محمد نے ایک نئی تہذیب سے سمجھوتہ کر لیا ہے۔ عبدالرحمن واپس لوٹ رہے ہیں۔ واپس لوٹتے ہوئے انہیں شدت سے اس بات کا احساس ہوتا ہے کہ تہذیبیں ہر بار ایک نئی شکل لے کر ہمارے سامنے آتی ہیں۔

"کھیت کی مینڈوں سے نکل کر آگے بڑھتے ہوئے میں پلٹ کر دیکھتا ہوں۔ نور محمد اور جینی دونوں اب تک ہاتھ ہلا رہے ہیں۔۔۔

میں مسکرا رہا تھا۔ تہذیبیں ہر بار اپنے بھیس بدل دیتی ہیں۔۔۔ کبھی بھیانک سطح پر اور کبھی۔۔۔"

ہر نفس نو می شود دنیا وما۔۔۔

ہر آن ایک نئی دنیا تعمیر ہو رہی ہے۔ !

یہاں یہ حیران کرنے والی بھیانک کہانی صدیوں کی تاریخ کو گواہ بن کر انجام تک پہنچ جاتی ہے۔ اس میں شک نہیں کہ کہانی کہنے کا جو ہنر ذوقی کے پاس ہے، وہ دور دور تک دیکھنے میں نہیں آتا۔ ذوقی کی سب سے بڑی خوبی یہ ہے کہ وہ اپنے عہد اور تاریخی حقائق کو

گواہ بنا کر ٹھوس دلائل کے ساتھ کہانی بیان کرتے ہیں۔ لے سانس بھی آہستہ کی کہانی دراصل آج کی کہانی ہے جہاں تہذیبوں کا تصادم جاری ہے۔ جہاں امریکہ افغانستان اور عراق پر کوڑے برسا رہا ہے۔ جہاں نئی نسل ڈپریشن کی شکار ہے۔ تعریفیں بدل چکی ہیں۔ نفرت اور محبت کے معنی تبدیل ہو چکے ہیں۔ جائز اور ناجائز کا فرق مٹ چکا ہے۔ ایک ترقی یافتہ نظام میں انسانی سکون درہم برہم ہو چکا ہے۔ یہ نئی تہذیب کی دستک ہے، لیکن ذوقی ناامید نہیں ہوتے۔ وہ یہاں بھی نور محمد کے زندہ رہنے والے کردار کے ذریعہ امید کی نئی شمع روشن کر لیتے ہیں۔

مجموعی طور پر لے سانس بھی آہستہ نے اردو ناول کو علمی اور فنی نقطہ نظر سے اسی مقام پر پہنچا دیا ہے جہاں پہلے سے تالستائے، دوستوفسکی اور وکٹر ہیوگو جیسے عظیم لکھنے والوں کے بت تعمیر ہیں۔ یہ عہد گابرئیل کارسیا مارکیز اور ملان کندیرا کا عہد نہیں ہے۔ اس عہد کو ناول کے لیے زندگی اور مکالموں کی زبان چاہیے۔ اس سسکتی ہوئی دنیا کو موت سے زیادہ زندگی کی کتاب کی ضرورت ہے، جیسا اشارہ ذوقی نے اپنے اس ناول میں دیا ہے۔ یہ ایک ناقابل فراموش شاہکار ہے، جس کا ہر عہد، ہر موسم میں استقبال کیا جائے گا۔

محلہ رحم گنج، پوسٹ لال باغ
دربھنگہ۔ ۸۴۶۰۰۴، بہار، (انڈیا)

***

لے سانس بھی آہستہ: ماضی، حال اور مستقبل کے کلچر کا عجائب گھر

-ڈاکٹر مولا بخش
صدر شعبۂ اردو، دیال سنگھ کالج، دہلی یونیورسٹی، دہلی

ناول توسیعی بیانیے کا نام ہے[1] اور انسان ایک بیانیہ حیوان ہے۔یعنی بیانیہ کے بغیر اس کے پاس نہ اپنے وجود کا جواز ہے نہ کسی ایسی تہذیب و ثقافت کا کہ جس کے بغیر اس کے وجود کے کوئی معنی متعین کیے جاسکتے ہوں۔اس اعتبار سے ناول بطور ایک توسیعی بیانیہ کسی بھی معاشرے کے انسانوں کے ظاہر و باطن اور ان کی فطرت سے متعلق گہری بصیرت کا فن ہے۔چونکہ انسان بیانیہ حیوان ہے تو گویا اس کی ہر خواہش اس سے عبارت ہے۔مشرف عالم ذوقی کے ناول "لے سانس بھی آہستہ" کا راوی عبدالرحمٰن ایک ایسے بیان کنندہ کے روپ میں ابھرتا ہے، جو اپنی کہانی، اپنے مشاہدات اور زندگی سے حاصل شدہ صدمات کو دوسروں کو سنانے کے لیے بے چین نظر آتا ہے۔اس نے ہمیں یہ محسوس کرایا ہے کہ اگر وہ اپنے سینے میں محفوظ قصے کو بیان نہیں کرے گا تو اس کا وجود صفر ہو جائے گا۔گویا اس کی زندگی اور اس کا بیانیہ یعنی کہانی بجائے خود ناول کی تھیم بن گئی ہے۔عبدالرحمٰن (واحد متکلم راوی دراصل بیانیہ اور خواہش کا Code ہے۔وہ اپنے ناصح مشفق (Mentor) پروفیسر نیلے سے زندگی میں آئی تبدیلیوں و غیر متوقع انسانی گناہوں

کے بارے میں بتانے کے لیے حد درجہ بے چین ہے۔ عبدالرحمن نے دراصل شہر سے دور پہاڑی علاقے میں سکونت اختیار کر لی ہے، اس کی پوتی سارہ اس سے وہاں تھوڑے دنوں کے لیے ملنے آئی ہے۔ جاڑے کے دن ہیں:

ا۔ "سورج دھند میں چھپنے کی تیاری کر رہا تھا۔ درختوں کی نہ ختم ہونے والی قطار پر، چھائی ہوئی دھند نے ماحول کی دلکشی میں چار چاند لگا دیے تھے۔ مگر رہ رہ کر وہ چہرہ میرے خیالوں میں برق کی طرح کوندر رہا تھا۔"[۲]

۲۔ "معزز قارئین، یہاں آپ کو رکنا پڑے گا۔ بس تھوڑی دیر کے لیے اور جیسا کہ اب تک آپ کو پتہ چل گیا ہو گا، یہ کہانی میری ہے، لیکن میری ہونے کے باوجود میری نہیں۔"[۳]

۳۔ "اسی درمیان ایک ایسا واقعہ اس حویلی میں پیش آیا، جس کا ذکر اب یہاں ضروری ہو گیا ہے۔ بہت ممکن ہے، اس واقعے نے ابا کو کچھ دیر کے لیے ذہنی تقویت دی ہو، مگر اما کا پارہ گرم تھا۔ میرے لیے سب کچھ کسی طلسمی کہانی کی طرح تھا۔ یعنی ایک ایسی حقیقت جسے ابھی سمجھنے سے میرا معصوم ذہن قاصر تھا۔"[۴]

۴۔ "اس رات میں دیر تک کاغذ پر آڑی ترچھی لکیریں کھینچتا رہا۔ میں شاید کوئی چہرہ بنانا چاہتا تھا۔ بچپن سے ہی سفید کاغذ کو لے کر آڑی ترچھی تصویریں بنانے کا مجھے شوق رہا ہے۔ چھوٹے بڑے درخت، ندی نالے، ہوائی جہاز مگر سب سے زیادہ دلچسپی مجھے انسانی چہروں سے رہی ہے۔ نادرہ سے سرد جنگ کے بعد بھی میں نے کتنے ہی کاغذ سیاہ کیے تھے۔ اور یقیناً، آج یہ سوچ کر میری روح کانپ جاتی ہے کہ نادرہ کو لے کر میری بنائی گئی یہ تصویر پہلی تصویر سے کہیں زیادہ خوفناک تھی۔ مثال کے لیے میں اس کی آنکھوں کا تصور کرتا اور جو آنکھیں میں باریک پنسل کے کنارے سے رک رک کر اپنی پینٹنگنس

میں اتارنا چاہتا تھا، وہ بالکل مختلف ہوتیں، جیسے میرے اندر کے احساس ان دائروں میں پھیل گئے ہوں۔ مثال کے لیے میری خفگی، میری ناراضگی، جسے میں صرف اور صرف اپنے اندر ہی جمع کرتا رہتا تھا۔ میں ایک بار پھر پنسل سے لکیریں کھینچ رہا تھا۔۔۔ بالوں کو سیاہ کرنے کی کوشش۔۔۔ بھنوں کے پاس دو ایک گہرے شیڈ۔۔۔ کان۔۔۔ ہونٹ۔۔۔ اور۔۔۔ یقیناً یہ نور محمد سے ملتی ہوئی تصویر تھی۔ نور محمد، جو تصویر سے نکل کر اچانک میرے سامنے تھا۔۔۔"۵

۵۔ "ماضی کی ہولناک سرنگوں میں دوڑتی ہوئی ٹرین ٹھہر گئی تھی۔ لیکن ابھی بہت کچھ باقی ہے جس کا ذکر مجھے آگے کرنا ہے۔ خاص کر نور محمد کی شخصیت سے وابستہ وہ خط، جس نے میری راتوں کی نیند چھین لی تھی۔ مجھے پروفیسر نیلے کے گھر ان پر حملہ کرنے والے بندر یاد آ گئے۔ ان میں ایک بندر، جو پروفیسر کا چشمہ لے کر بھاگ کھڑا ہوا تھا۔ مجھے پروفیسر نیلے کی بات یاد آ رہی تھی۔۔۔۔۔

عام طور پر مہذب سماج میں ہی /

جمہوری حملے تیز ہوتے ہیں /

اور یہ حملے بندر کرتے ہیں۔۔۔۔ /"٦

پر فریب پہاڑیاں

٦۔ "پروفیسر نیلے باہر صحن میں ہی مل گئے۔۔۔۔۔ میں نے مختصراً یہ ساری کہانی انہیں سنا دی تھی۔ نور محمد اور نادرہ کی شادی کی بات پر وہ کچھ دیر کے لیے اداس ہوئے۔ میری طرف دیکھا۔۔۔۔۔ پلٹ کر آس پاس کے درختوں اور پہاڑی سلسلے کو دیکھنے لگے۔۔۔۔۔ بالکل پہاڑوں کی طرح جو جیسے ہیں ویسے ہی نظر آتے ہیں۔ ہاں بے رحم انسان انہیں کاٹتا ہی چلا جا رہا ہے اور وہ یہ بھی نہیں سوچتا کہ پہاڑ اور درخت ختم ہو

جائیں گے تو وہ بھی نہیں بچے گا۔۔۔یہاں کچھ ایسے درخت بھی ہیں جن کی جڑیں اپنی خوراک پانی سے خود ہی جنم لیتے ہوئے حاصل کر لیتی ہیں۔۔۔۔نیچر۔۔۔قدرت۔۔۔۔ہم سب قدرت کی کٹھ پتلیاں ہیں۔

پروفیسر نیلے ہنسے پچھلے سال کی وہ سب سے گرما گرم خبر۔برطانیہ میں ماں باپ بننے والے سب سے کم عمر جوڑے کی کہانی۔۔۔۔تم کہیں کھوئے سے لگتے ہو کار دار۔شاید ابھی بھی اپنی کہانی کی دنیا میں جی رہے ہو لیکن آج جانے نہیں دوں گا، تم نے میرے تجسس کو بڑھا دیا ہے۔تمہیں بہترین چائے پلاتا ہوں۔تب تک تمہارے پاس وقت ہے۔وہ دوبارہ مسکرائے۔بکھری ہوئی کہانیوں کو سمیٹنے کا۔"ے

جبلّت

ے۔ "آؤ۔۔۔۔۔۔۔۔پہاڑیوں کا لطف اٹھاتے ہیں۔۔۔۔۔۔۔۔'کار دار

ہم تم جتنے بھی فلسفے اور نظریات قائم کریں، یا جس نظریے سے بھی دنیا کو دیکھنے کی کوشش کریں، مگر بھول جاتے ہیں کہ کوئی ہمیں دیکھ رہا ہے۔۔۔۔کوئی اپنے حساب سے انسانی Destiny کی عبارت لکھ رہا ہے۔۔۔۔کون۔۔۔۔؟قدرت۔۔۔۔۔۔۔۔؟

پروفیسر نیلے ہنس رہے تھے۔تمہاری کہانی بھی تم نے کہاں لکھی ہے کار دار۔۔۔۔۔۔'

قدرت نے لکھی ہے اور قدرت جس قدر حسین ہے، اتنی ہی سفاک بھی۔۔۔۔۔وہ تمہیں پتہ بھی نہیں چلنے دیتی اور تمہاری زندگی کے سفر کو موڑ دیتی ہے۔۔۔۔۔۔'

"ہم سوچتے کچھ ہیں اور ہوتا کچھ اور ہے۔۔۔۔آپ نے صحیح کہا۔۔۔قدرت

کا انتقام جاری رہتا ہے۔۔۔۔۔۔میں اس مقام پر کھڑا تھا جہاں رقیہ کے لیے میرے اندر ایک Guit جاگ رہا تھا۔۔۔۔۔۔۔"

'جانتا ہوں۔۔۔۔۔۔"

'نادرہ میرے بچپن کی محبت تھی اور شاید اسے بھول پانا میرے لیے ممکن بھی نہیں تھا۔ مگر۔۔۔۔۔۔۔وہ گم ہو رہی تھی۔"۸ے

۸۔ "ایک بار پھر پہاڑ روشن تھے یا پہاڑ جاگ گئے تھے۔ آج ہم Family Incest کے موضوع پر گفتگو کر رہے تھے۔ مرغ زاروں کی ہری بھری گھاس نے دھند کا لباس پہن رکھا تھا۔ ہم دیر تک جنسی اشتعال انگیزی اور شہوت انگیزی کے موضوع پر گفتگو کرتے رہے۔ بہر حال وہ ان باتوں سے ذرا بھی فکر مند نہیں تھے۔

وہ میری طرف مڑے۔۔۔۔'ہاں، اس دنیا کے بارے میں جاننا چاہتے تھے، جہاں باپ اور بیٹی۔۔۔۔۔؟اور جیسا کہ تم نے بتایا۔۔۔۔۔؟تم ابھی بھی کانپ رہے ہو۔ حقیقت یہ ہے کہ ہماری آج کی دنیا میں ایسے واقعات ہوتے رہتے ہیں۔ آسٹریلیا کے شہر Amstetten میں ایک شخص نے اپنی سگی بیٹی الزابتھ کے ساتھ 22 سال تک جنسی تعلقات بنائے۔۔۔۔۔۔'خود ہندوستان میں اس قسم کے کتنے واقعات ہوئے ہیں اور ہو رہے ہیں اور یہ مت بھولو تمہاری کہانی میں صرف اس مانگ نے جنم لیا ہے اور ایک باپ ڈر گیا ہے۔۔۔۔۔ایک معذور بیٹی جس نے 18 سال تک ہوش و حواس سے الگ کی دنیا میں پناہ لی، اب اس کے اندر ایک مانگ پیدا ہو رہی ہے۔ مگر بھیانک۔۔۔۔۔'

پروفیسر نیلے معنی خیز انداز میں مسکرائے۔'ابھی اپنی اس کہانی سے باہر نکلو میں تمہیں کچھ دکھانا چاہتا ہوں۔۔۔۔۔کچھ بتانا چاہتا ہوں۔۔۔۔۔جو شاید تمہارے بچوں یا بچوں کے بچوں نے دیکھی ہو، مگر تم نے نہیں دیکھی ہے۔۔۔۔۔کیونکہ تم صرف لرز سکتے

ہو کانپ سکتے ہو مگر زمانے کے بھیانک سچ کے ساتھ قدم سے قدم ملا کر نہیں چل سکتے۔

'کاردار۔۔۔۔۔۔۔۔۔۔۔۔۔۔۔۔۔۔۔۔۔۔۔۔۔یہ

دیکھو۔۔۔۔۔۔۔۔۔۔۔۔۔۔۔۔اس دنیا کو دیکھو۔ یہاں

Googleہے۔۔۔۔Facebookہے۔' Webshots,

Padoraہے۔ دنیا میں Smugmug,Picasa,Vimeu,Youtube,Zoom,اور

کچھ بھی تلاش کرنا چاہو تلاش کر سکتے ہو۔

پروفیسر نیلے چیخ رہے تھے۔ گلوبل وارمنگ کے خطروں کی دہائیاں دینے والے کیا اس سچ سے واقف نہیں کہ تہذیبیں گم ہو چکی ہیں؟ کوپین ہیگن میں ماحولیات کی عالمی کانفرنس ناکام ہو جاتی ہے اور یہاں ایک نئی ماحولیات کا جنم ہو رہا ہے۔۔۔۔'

کہاں ہے تمہاراEthics، نیتی شاستر اور اخلاقیات کے واہیات صفحے۔ تمہارے کمرشیل ٹی وی شوز کی آزادی کا پیغام لے کر آرہے ہیں۔ سچ کا سامنا، روڈیز شو اور ایموشنل اتیاچار جیسے پروگرام۔ یہ چھوٹے چھوٹے بچوں میں سیکس کی بھوک جگا رہے ہیں۔ کب تک روکو گے اپنی تہذیب کو تم۔ یہ تہذیب بلاسٹ کر چکی ہے۔ پرزے پرزے ٹوٹ چکے ہیں۔ اب کچھ بھی باقی نہیں ہے کاردار۔۔۔۔۔۔'

وہ ہنس رہے تھے۔ 'اور یقین مانو۔۔۔۔ تہذیب کے یہ صفحے ہم یا تم نہیں لکھتے۔ وہ مسکرا رہے تھے۔۔۔۔ یہ پہاڑ لکھتے ہیں۔ یہ وادیاں لکھتی ہیں، نیچر لکھتا ہے۔ چلو ایک بار پھر نیچر میں بند ہو جائیں۔۔۔۔ پہاڑوں میں۔ ان حسین وادیوں میں۔۔۔ نہ ختم ہونے والے پہاڑی سلسلوں میں اور شاید اسی لیے عمر کے اس آخری دور کے لیے میں نے ان پہاڑوں کا انتخاب کیا اور تم نے بھی۔۔۔

میرے دوست کاردار۔ تم بھی ان پہاڑوں کا حصہ بن گئے۔ ہے نا۔۔۔۔۔۔'

پروفیسر نیلے اپنی لاٹھی نچا رہے تھے۔۔۔۔۔۔۹

قارئین

۹۔ "تیز رفتار ترقی، نئی ٹیکنولوجی نئی دنیا کو سلام کرتے ہوئے میں اس کہانی یا ناول کا آخری صفحہ قلم بند کرنے جا رہا ہوں۔نئے ہزارے کے ان دس برسوں کو گواہ بنا کر کہ اس سے زیادہ مہذب دنیا کا کوئی تصور نارتھ بلاک میں ہاٹ سیٹ پر بیٹھے ہمارے پرائم منسٹر کے پاس بھی نہیں ہے۔۔۔۔۔اور ایسے موقع پر جب نئی الفی کے دس برس گزر جانے کا جشن پوری دنیا میں منایا جا رہا ہے۔ میں آپ کو ٹھہر کر، رک کر ان صفحات کو پڑھنے کی التجا کرتا ہوں۔۔۔۔۔آنے سے قبل میں نے پروفیسر نیلے سے چھوٹی سی ملاقات کی تھی اور انھیں بلاس پور جانے کا فیصلہ سنا دیا تھا۔۔۔۔پروفیسر نیلے نے کچھ چھوٹے چھوٹے سوالات بھی پوچھے۔۔۔۔مثلاً میں پہاڑ پر کب آیا۔۔۔۔۔۔۔اور بسنے کے لیے پہاڑی کا ہی انتخاب کیوں کیا؟۔۔۔۔۔۔مجھے یقین تھا کہ نور محمد کو کوٹھی کے اچھے دام ملیں ہوں گے لیکن وہاں سے واپس لوٹنے کے بعد بھی اپنا شک دور نہیں کر سکا کہ آخر اس نے گاؤں کو ہی اپنا مسکن کیوں بنایا؟

وہ میری طرف دیکھ رہا تھا اور میری آنکھوں میں البیئر کامو کے ناول پلیگ کا کردار ڈاکٹر ریو اتر رہا تھا۔ جو ہیضہ کے پھیلنے کے بعد ایک نومولود بچی کو بچانے میں ناکام ہو کر خدا سے پوچھتا ہے اس کا گناہ کیا ہے۔

اس نے (نور محمد) پلٹ کر میری طرف دیکھا۔۔۔۔۔۔۔'گاؤں کی ہوا راس آگئی ہے۔ میں اس بے رحم زندگی کی جنگ میں (نگار) کو اکیلا چھوڑنا نہیں چاہتا'اس نے اچانک جھک کر میرے ہاتھوں کو تھام لیا تھا'

'بھیا۔۔۔۔۔۔بس اسی لیے آپ کو خط لکھا۔۔۔۔کون ہے آپ کے سوا میر اور میں

کس امید پر بلند شہر کے رشتے داروں سے ملنے جاتا۔ انھیں کیا بتاتا۔ جینی کو بھی کچھ نہیں معلوم۔۔۔۔۔۔ آپ سمجھ رہے ہیں نا بھیا۔

میرے اندر نگاڑوں کی گونج شروع ہوگئی تھی۔۔۔۔۔۔

ڈرم۔۔۔۔۔۔ڈرم۔۔۔۔۔۔۔

'تو جینی۔۔۔۔۔۔؟میری سانس ٹوٹ رہی تھیں۔'تمھاری بیٹی ہے۔۔۔۔۔۔؟ نگار کی۔۔۔۔۔۔۔؟

'ہاں۔۔۔۔۔۔۔'اس پر کھانسی کا دورہ پڑا تھا۔'بے رحم حقیقت۔ لیکن اسے تسلیم کرنا ہی ہے بھائی۔ میری بیٹی۔ لیکن قدرت کا ظلم کہ اس کی ماں بھی میری بیٹی تھی۔۔۔۔۔۔'وہ رو رہا تھا۔۔۔۔۔۔۔۔ قدرت کا انتقام۔۔۔۔۔ اور یہی تو جاننا ہے مجھے کہ اس انتقام کے لیے خدا نے میرا انتخاب ہی کیوں

کیا۔۔۔ کھوں۔۔۔۔ کھوں۔۔۔۔۔۔۔'[۱۰]

ناول کا اولین جملہ یہ ہے کہ "میں نے کھڑکی کھول لی" اور ناول کا اختتام اس ناول کے زندۂ جاوید کردار نور محمد سے ملاقات کے بعد جو اب گاؤں کا ایک کسان بن چکا ہے راوی کا پھر اپنے پہاڑوں کی طرف لوٹتے ہوئے نور محمد اور اس کی بیٹی جو اس کی بیٹی ہی کی بیٹی تھی کو دور سے ہاتھ ہلا کر الوداع کے منظر پر ٹھہرا ہوا ہے۔

کھیت کی منڈیروں سے نکل کر آگے بڑھتے ہوئے میں پلٹ کر دیکھتا ہوں نور محمد اور جینی دونوں اب تک ہاتھ ہلا رہے ہیں۔۔۔۔۔

میں مسکرا رہا تھا۔ تہذیبیں ہر بار اپنا بھیس بدل لیتی ہیں۔۔۔۔۔ کبھی بھیانک سطح پر اور کبھی۔۔۔۔۔۔

ہر نفس نو می شود دنیا و ما۔۔۔۔۔۔۔

ہر آن ایک نئی دنیا تعمیر ہو رہی ہے۔!

اقتباس نمبر (۱) تا (۹) ناول ("لے سانس بھی آہستہ" جو 480 صفحات پر مشتمل ہے اور جو قارئین سے خطاب کے علاوہ چار حصوں پر مبنی ہے) کے آغاز تا انجام کے صفحات سے ماخوذ وہ عبارتیں ہیں جو ناول کے واحد متکلم راوی عبدالرحمن کاردار اور پروفیسر نیلے، جو اس ناول کے ظاہری قاری یا سامع ہیں کے درمیان مکالمے کو سامنے لاتی ہیں۔ پروفیسر نیلے دراصل کہانی سے انسان کی ازلی دلچسپی اور جبلت کا کوڈ معلوم ہوتے ہیں تو وہیں پر عبدالرحمن کاردار راوی اور روایت نیز بیانیہ اور خواہش کا کوڈ معلوم ہوتا ہے۔ شاید وہ اپنے سینے میں محفوظ کہانی کو سنائے بغیر زندہ نہیں رہ سکتا تھا۔ پروفیسر نیلے سے بار بار رجوع کرنے یا پروفیسر نیلے کا آگے کی کہانی جاننے کے لیے بار بار فرمائش کرنا یہ ثابت کرتا ہے کہ بیانیہ (کہانی) ہی گیان کی بنیادی ہیئت ہے۔ اردو میں غالباً یہ پہلا ناول ہے جس میں بیانیہ اور خواہش کے رشتے کو فنی شکل میں پیش کرنے کی سعی کی گئی ہے۔ ہم جانتے ہیں کہ بیانیہ میں مضمر خوشی، غم و الم کا راست رشتہ خواہش سے ہوتا ہے۔ یہ خواہش بیانیہ میں Epistemophilia کی شکل میں آتی ہے یعنی خواہش جاننے کی، پردۂ خفا میں موجود انسانی رشتوں کی، اشیاء کے اسرار کو سمجھنے کی یا انتہا کی شکل دیکھنے کی اور حق تک رسائی حاصل کرنے کی اور یہ خواہش پروفیسر نیلے / سامع / اور قاری میں بدرجہ اتم موجود ہے لیکن ایسا نہیں ہے کہ راوی ہمہ دانی میں سرشار ہے اور اس کے پاس ہر سوال کا جواب ہے۔ ناول میں بڑی خوبصورتی سے حقیقت کی تفہیم کے جدید ترین تصور کو سامنے رکھا گیا ہے۔ راوی کا تجربہ پروفیسر نیلے کے تجربے سے ٹکراتا ہے۔ گویا یہ باور کرایا گیا ہے کہ راوی اپنے سامع / قاری پر منحصر ہے اور قاری بھی راوی سے (مصنف) کے تجربے کی روشنی میں ہی انسان، انسانی تہذیب، انسانی فطرت، جنس، جبلی خواہش کے

بارے میں یا کس نوع کے ثقافتی انتشار کا سامنا ہے یا اگلی نسل کی تہذیب کیا ہو گی سے متعلق حقائق پر تبصرہ کرنے کا اہل ہو جاتا ہے اور اس طرح ثابت ہو جاتا ہے کہ بیانیہ علم یا نالج کی بنیادی ہیئت ہے۔ اوپر لکھ آئے ہیں کہ ناول توسیعی بیانیہ کا نام ہے اور اس کا بیانیہ صورتحال کو واضح کرنے کے بجائے شئے یا کسی چیز کے تصور کو مزید پر اسرار بنا دیتا ہے۔ ہم جانتے ہیں کہ اس ناول کا راوی اس بات سے آگاہ ہے کہ عبدالرحمن کا کردار اس ناول کا راویِ محض نہیں بلکہ انسانی فطرت کی جملہ خصائص لیے ہوئے ایک ستم ظریف انسان ہے اور اس ناول کا عینی شاہد اور واقعات کا اہم کردار ہے۔

جیسا کہ اقتباس نمبر (۱) میں راوی اپنی کہانی سنانے کے لیے بے چین ہے۔ اسے کسی Implied listener کی سخت ضرورت محسوس ہو رہی ہے۔ اس کے سینے میں غم پگھلا ہوا ہے۔ اقتباس نمبر (۲) اور (۳) دراصل بیانیہ ترجیحات کی وہ شکلیں ہیں کہ جن میں راوی کا ذہن ابھی پختہ نہ ہونے کی خبر ہے۔ ظاہر ہے ناول راوی کے گیارہ سال کی عمر تا ضعیفی کے اتار چڑھاؤ کو پیش کرتا ہے۔ راوی کے گھر میں بھوت جنات اور جادوٹونے کا ذکر ہوتا ہے اور بچہ اسے سمجھنے سے قاصر ہے۔ اقتباس نمبر (۵) سے پتہ چلتا ہے کہ راوی کی حیثیت کیا ہے۔ دراصل وہ ایک اسکالر کے علاوہ مصور بھی ہے اور فنکار کے فن پارے میں یا مصور کی تصویر میں کیونکر فن کار کی اپنی زندگی کی محرومیاں، ناکامیاں جگہ بنا لیتی ہیں، یہ اقتباس اس امر پر دال ہے۔ نور محمد راوی کا دوست ہے اور نادرہ محبوبہ لیکن نادرہ نے اسے چھوڑ کر نور محمد سے شادی کرلی ہے۔ جذبۂ رقابت نے جو تصویر بنائی ہے مشرف عالم ذوقی نے اس نفسیات کو تصویر کے کچھ اور بن جانے کے بیانیہ کے ذریعے بڑی خوبصورتی سے اجاگر کیا ہے۔ اقتباس نمبر (۵) اور (۶) میں واضح طور پر یہ پتہ چلتا ہے کہ کہانی سننے والا پروفیسر نیلے اور کہانی بیان کرنے والا عبدالرحمن دونوں یکساں طور پر بے

چین ہیں۔ یہاں تک کہ پروفیسر نیلے کاردار سے کہانی سننے کے لیے اسے اچھی سی چائے پلانے کا لالچ بھی دیتے ہیں۔ اقتباس نمبر (۷) میں جبر و قدر کے مسئلے کو اٹھایا گیا ہے اور کسی خاص آئیڈیولوجی کے جبر کو بے وقعت قرار دیتے ہوئے اصلی فاعل، (Destiny) یعنی خدا کو قرار دیا ہے۔ یہ باور کرایا گیا ہے کہ اس دنیا میں جو کچھ بھی ہوتا ہے اس کی وجہ قدرت ہے۔ عبدالرحمن کاردار کہانی کا مصنف نہیں ہے۔ کہانی تو قدرت لکھ رہی ہے۔ مابعد جدیدیت میں اسے تحریر لکھتی ہے مصنف نہیں سے تعبیر کیا گیا ہے۔ اقتباس نمبر (۹) میں ناول کا پورا جسٹ سمٹ آیا ہے۔ نور محمد کی بیوی نادرہ اور رحمن کی سابقہ محبوبہ نگار کو جنم دے کر مر جاتی ہے جسے رونے کی بیماری ہے۔ بچی ۱۸ سال کی عمر کو پہنچنے کے بعد خلاف توقع جنسی کشش کا اظہار کرتی ہے اور باپ ڈر جاتا ہے۔ راوی کے لیے یہ خبر پریشانی کا باعث ہے اور نیلے اسے کمپیوٹر پر بٹھا دیتے ہیں اور کھول دیتے ہیں Google پر نظر آنے والے وہ تمام سائٹس جہاں مقدس رشتوں کے درمیان جنسی افعال کے ہزاروں مناظر راوی کے ذہن میں صدیوں سے بنے بنائے اخلاقیاتی نظام کی جڑوں کو کھودنے لگتے ہیں اور وہ منظر سے نظریں ہٹانے کی کوشش کرتا ہے اور پھر فطرت کی طرف واپسی، پہاڑوں کو گلے لگانے اور وادیوں میں عمر بسر کرنے کی خواہش ابھر آتی ہے۔ یعنی پھر سے از سر نو فطرت سے ثقافت کی طرف بڑھنے کی کہانی کا آغاز کرنے کی طرف پروفیسر نیلے اشارہ کرتے ہیں۔ ناول کا آخری باب قارئین سے خطاب پر مبنی ہے یہیں پر معلوم ہوتا ہے کہ یہ ناول مشرف عالم ذوقی کا نہیں ہے عبدالرحمن کا ناول ہے۔ مابعد جدیدیت کے نالوں میں قاری سے راست گفتگو ناول کے قاری کو نہیں کھٹکتا کیونکہ بحیثیت مصنف راوی کو تھوڑی دیر کے لیے معزول کرتے ہوئے مصنف کی مداخلت اس لیے بھی قارئین کو بھلی معلوم ہوتی ہے کیونکہ مصنف بھی قاری کی سطح پر

خود کو رکھ کر بعض باتوں کی وضاحت کرتا ہے اور یہاں مصنف یہی کر رہا ہے۔ ساتھ ہی ساتھ مشرف عالم ذوقی کے اس ناول کا واحد متکلم راوی عبدالرحمن کا کردار چونکہ اس ناول کا کردار بھی ہے اس لیے وہ اکثر مقامات پر غیر بیان کنندہ Non narrator کے روپ میں بھی نظر آتا ہے۔ یہی وجہ ہے کہ وہ خود بھی اس ناول کا ایک اہم کردار بن کر ابھرتا ہے۔ مشرف عالم ذوقی نے کلاسیکی ناولوں کی طرح کرداروں کی ظاہری ہیئت اور ان کی خارجی مرقع نگاری میں دلچسپی نہیں لی ہے بلکہ کرداروں کو بعض Actions کے ذریعے ابھارنے کی کوشش کی ہے۔ قاری خود ان کی تصویر ان کے مکالموں اور Actions کے ذریعے بنا لیتا ہے۔ جیسے آپ نے آخری اقتباس میں پروفیسر نیلے کو لاٹھیاں نچانے کے Actions کو ملاحظہ فرمایا جو ایسے نہ جانے کتنے ہی پروفیسروں کو ہمارے سامنے لا کھڑا کرتا ہے۔ مذکورہ بالا اقتباسات کسی تنقید کے قارئین کو اس وقت زیادہ لطف عطا کریں گے، جب وہ اس ناول کی اسٹوری لائن سے واقف ہوں گے۔ یہ ناول کس موضوع پر لکھا گیا ہے اس کا حتمی فیصلہ کرنا بہت مشکل ہے۔ اس کی کئی ایک وجہیں ہیں ایک وجہ تو یہ ہے کہ ناول پڑھتے وقت ہمیں مشرف عالم ذوقی کسی خاص آئیڈیولوجی کی تشہیر کے فن کار نظر نہیں آتے۔ وہ نہ خالص تخیل پرست ہیں، جیسا کہ رومانی ناول نگار ہوا کرتے تھے اور نہ حقیقت کی اکہری یا کسی خاص آئیڈیولوجی کی تشہیر اور تشریح کرنے والے ناول نگار نظر آتے ہیں جیسا کہ ترقی پسند اور مارکسی ناول نگار بلکہ انہوں نے حقیقت کی وہ سطح دریافت کرنے کی سعی کی ہے جو زبان کی چھلنی سے برآمد ہوتی ہے۔ آج کا نقاد بھی اور بالخصوص مابعد جدید نقاد ناول یا افسانہ میں کسی خاص آئیڈیولوجی کی تلاش نہیں کرتا بلکہ بیان کنندہ، واحد متکلم یا واحد غائب راوی کسی ناول میں شریک ہے یا باہر یعنی راویِ محض ہے، سے قطع نظر یہ دیکھنے کی سعی کرتا ہے کہ راوی کا نقطۂ نظر کیا ہے اور افسانہ یا ناول کی

آئیڈیولوجی کے بجائے تفہیم جاننا چاہتا ہے۔ سپاٹ طریقے سے صرف کہانی بیان کر دینے سے بیانیہ اکہرا ہو جاتا ہے اس لیے جیسا کہ above نے لکھا ہے:

"A natural narrator is required to supply not only narrative sequence but also evaluative orientive information as we as abstract and coda" 10ے

جیسے ناول سے ماخوذ مندرجہ ذیل اقتباسات:

ا۔ "ابا کی نظروں میں نظر محمد ان بہت سارے مسلمان لوگوں میں ایک تھے جو گاندھی جی کی مسلم دوستی کو فرقہ پرستی کی عینک سے دیکھتے تھے لیکن شاید اس نظریے کے پیچھے آزادی کی ملی سوغات میں اس تحفہ کو دخل تھا جو فرقہ وارانہ دنگے کے جراثیم اپنے ساتھ لے کر آئی تھی۔ کوٹھی اب ویران ہو رہی تھی۔ نظر محمد کے والد نوجوانی میں ہی انتقال کر چکے تھے۔ ساری ذمہ داری نظر محمد کے کندھے پر تھی اور یہ شک نظر محمد کو بھی تھا کہ ان کی بیوی پر کسی جنات کا سایہ ہے"۔ ۱۱ے

۲۔ "یہاں میرے کردار میں ایک حاسد کی واپسی ہوئی تھی جو نور محمد اور نادرہ کی قربت دیکھ کر اندر ہی اندر سلگ گیا تھا۔ تصویر کے دو رخ تھے۔ ایک رخ میں میں نور محمد کے لیے مہربان تھا جب کہ دوسرے رخ میں میں ہر جگہ اسے خود سے کمتر گردانا چاہتا تھا۔۔۔۔۔۔۔ مجھے وان گاگ کی ایک تصویر یاد آگئی تھی جہاں ایک ہی تصویر میں ایک چہرہ دو حصوں میں تقسیم تھا۔ ایک مہربان چہرہ تھا لیکن آدھے چہرے سے اس شخص کی مکاری نظر آ رہی تھی۔ میں دیر تک اس شش و پنج میں گرفتار رہا کہ۔۔۔۔۔۔ میں نور محمد کو اس شادی کے لیے روک سکوں۔" ۱۲ے

۳۔ "یہاں نئے انسان بن رہے تھے۔ امریکہ میں بیٹھا ہوا ڈاکٹر ہندوستانی

مریض کا وہیں سے علاج کر رہا تھا۔ سائنس نئے انسان کی تلاش کے بعد اب موت پر فتح پانے کی تیاری کر رہا تھا اور ادھر نئی تکنالوجی، ڈیجیٹل ویڈیو، لیپ ٹاپ میں ایک ولولہ انگیز دنیا نئے نتائج سے دو چار تھی۔ کیا تہذیب محض مذہب اور جنگ کے درمیان کی چیز ہے۔؟ جس کی بنیاد میں مذہب اس پر کنٹرول رکھنے کا کام کرتا ہے۔؟ لیکن مذہب انسانی جسم پر کتنا کنٹرول رکھ پاتا ہے؟ تہذیبوں کی تشکیل کے ساتھ اس وقت پوری دنیا میرے سامنے تھی اور میں قطعی طور پر یہ ماننے کو تیار نہیں تھا کہ مغرب زدہ سانچے ہماری تہذیبوں کا معیار بدل رہے ہیں۔ دراصل تہذیب جیسی کوئی چیز کبھی تھی ہی نہیں۔ ہاں مذہب کے خوف نے الگ الگ تہذیبی سرنگوں کی بنیادیں ڈال دی تھیں۔ ادھر خوف کے بادل ہٹے اور ادھر تہذیبوں کے پل ٹوٹنے شروع۔" [۱۳]

مذکورہ بالا اقتباسات کے علاوہ پچھلے صفحات پر پیش کیے گئے اقتباسات سپاٹ بیانیہ کی مثالیں ہرگز قرار نہیں دی جا سکتیں۔ اسے ہم تعیناتی بیانیہ قرار دے سکتے ہیں کیونکہ راوی نے اشیا پر یا مروجہ تاریخی، سماجی، نظریات یا قبول عام نالج کی جگہ اپنی نجی سوچ کو بیانیے کا موتیف بنا کر پیش کیا ہے۔ اب تک کے اقتباسات سے اندازہ ہوا ہوگا کہ ہر چند کہ ناول میں واحد متکلم کا صیغہ حاوی صیغہ ہے لیکن یہ میں، میرے یا مجھ مجھے، ذات پرستی والا میں نہیں جو جدیدیت کی پہچان تھی۔ یہ ہمہ دانی کی مثال بھی نہیں ہے بلکہ یہ میں اپنے قاری سے وابستہ ہے کیونکہ مابعد جدید فکشن میں یہ باور کرایا جاتا ہے کہ حقیقت Credible نہیں ہے۔ مندرجہ بالا صفحات پر اس امر کی طرف اشارہ کیا گیا ہے کہ "لے سانس بھی آہستہ" کے موضوع کا تعین مشکل ہے۔ اس ناول میں یہ ضرور ہے کہ Neo Naturalistic sociological case history کے علاوہ Patient case history, people history, بالخصوص جدوجہد آزادی، تقسیم ملک، پاکستان

کے قیام اور ہندوستانی لیڈروں کے بارے میں عام آدمی کی رائے پر غور و فکر کیا گیا ہے۔اتنا ہی نہیں ہمارے سماج میں رسم و رواج، توہمات نیز وہ روحانی طاقتیں مثلاً جنات اور بھوت پریت اور ان پر قابو رکھنے والے عاملوں کے بارے میں ناول نگار مشرف عالم ذوقی نے اچھی خاصی معلومات جمع کی ہیں۔ساتھ ہی ساتھ علم بشریات میں کیے گئے سروے پر بھی مشرف عالم ذوقی کی نگاہ ہے۔ناول کا عنوان میر تقی میر کے مشہور شعر:

لے سانس بھی آہستہ کہ نازک ہے بہت کام
آفاق کی اس کارگہ شیشہ گری کا

سے ماخوذ ہے۔ناول میں اس شعر کی تشریح بھی اپنے اعتبار سے ناول نگار نے کی ہے۔یہ جاننا بہت ضروری ہے کہ یہ شعر ناول کا سرنامہ کیوں بنا ہے؟اس کے لیے یہاں ٹھہر کر Paraphrasing یعنی اپنے لفظوں میں کہانی بیان کرنا ضروری ہے۔

یہ ناول ایک جاگیردارانہ نظام سے وابستہ ایک فیملی کی ہسٹری کو پیش کرتا ہے۔پہلے حصے کا عنوان ہے "کاردار خاندان کے آثار" اس کے بعد "ھرمن ھیسے کے ناول ڈیمیان سے ایک عبارت نقل کی گئی ہے جس میں ابراکسس نام کے ایک دیوتا کی حقیقت سے متعلق رائے قلم بند ہوئی ہے:

"ابراکسس کے مطابق، جائز اور ناجائز سب ایک برابر ہیں اور ہر شخص کو اپنے حساب سے جھوٹ، سچ، غلط، جائز اور ناجائز کی تعریف کرنی پڑتی ہے۔قدرت کے نظام کو بھلی اور بری باتوں کے درمیان تقسیم نہیں کیا جاسکتا۔۔۔اور۔۔۔ارتقا کے راستے میں اخلاقیات کا کوئی دخل نہیں۔"[۱۴]

بلند شہر یوپی کے رہنے والے نور محمد اور واحد متکلم راوی عبدالرحمٰن پڑوسی بھی ہیں اور دوست بھی۔عبدالرحمٰن کے دادا انگریز پرست، والد مسلم لیگی مسلمان ہیں۔

عبدالرحمٰن کی ماں پڑوسی نظر محمد سے نفرت کرتی ہے اور یہ سمجھتی ہے کہ یہ لوگ جادوٹونا کرنے میں ماہر ہیں۔ویسے بھی نور محمد کی ماں پر جنات کا سایہ ہے۔مولوی محفوظ علی جو جھاڑ پھونک کرتے ہیں ادھر عبدالرحمٰن کے گھر میں آکر ان کو بتاتے ہیں کہ آپ کے گھر میں بہت بڑا خزانہ دبا ہوا ہے آپ سب کے دن پھر سکتے ہیں اور پھر سے وہی جاگیر دارانہ نظام والی بہار آسکتی ہے۔وسیع الرحمن کو یقین نہیں آتا، لیکن محفوظ انہیں قائل کر لیتا ہے اور عبدالرحمن کی ماں اور وسیع الرحمن کے اندر وہی پرانا جوش پیدا ہو جاتا ہے۔ محفوظ نے جس صحن میں خزانہ دبے ہونے کا اشارہ کیا تھا وہاں کھدائی کا دن مقرر کرتا ہے، لیکن اس سے ٹھیک دو روز پہلے شہر میں ایک مسلم لڑکے اور ہندو لڑکی کے درمیان عشق کو لے کر فساد کا سا ماحول پیدا ہو جاتا ہے اور کرفیو لگ جاتا ہے۔اسی کرفیو زدہ ماحول میں راوی عبدالرحمن کے ماموں سفیان جن کی بیوی کے مرنے کی خبر حال ہی میں آئی تھی اور ان کی بیٹی نادرہ رات کے تین بجے دستک دیتے ہیں اور راوی کے گھر کے تمام لوگ کانپ اٹھتے ہیں۔سفیان اور نادرہ سے باری باری راوی کی ماں لپٹ کر روتی ہے اور کچھ دنوں کے لیے سبھی لوگ خزانے کو جیسے بھول جاتے ہیں۔حالات معمول پر آنے کے بعد کھدائی شروع ہوتی ہے اور آہستہ آہستہ نادرہ اور عبدالرحمن کے درمیان کا حجاب بھی اٹھنے لگتا ہے۔دونوں چوری چھپے ملنے لگتے ہیں اور ایک دوسرے کے جسم سے آگاہ ہو جاتے ہیں۔ادھر کھدائی سے متعلق خبر باوجود تمام تر کوششوں کے کہ یہ راز کہیں باہر افشا نہ ہو تمام شہر کو معلوم ہو جاتی ہے اور نظر محمد جس پر راوی کے گھر پر جادو کرنے کا الزام لگایا گیا تھا خود اس شک میں مبتلا ہو گیا ہے کہ رات کو عبدالرحمن کے گھر میں کیا کارنامہ انجام دیا جارہا ہے۔اسے یہ باور کرایا جاتا ہے کہ دراصل اب اس کے گھر پر جادو کیا جارہا ہے۔اس لیے نظر محمد عبدالرحمن کو بھلی بری سناتا ہے اور آہستہ آہستہ حویلی کی خبر شہر

میں پھیل جاتی ہے۔ کوئی خزانہ برآمد نہیں ہوتا بلکہ پولیس آکر وسیع الرحمن سے پوچھ گچھ کرتی ہے اور وسیع الرحمن بیمار ہو جاتا ہے۔ راوی کی ماں جو کبھی پردے سے باہر نہیں آئی تھی پردہ ترک کرتے ہوئے تھانے پہنچ جاتی ہے اور انسپکٹر کو کھری کھوٹی سناتی ہے۔ اس درمیان نظر محمد کی بیوی مر جاتی ہے اور اس بہانے نظر محمد اور وسیع الرحمن گلے مل جاتے ہیں۔ نور محمد اور عبدالرحمن گلے مل کر روتے ہیں۔ نور محمد عبدالرحمن کو ہمیشہ اپناMentor سمجھتا ہے۔ نادرہ نور محمد کی کہانی سن کر اس سے قریب ہوتی ہے اور پھر آہستہ آہستہ بہت قریب ہو جاتی ہے۔ ادھر ایک تبدیلی یہ آتی ہے کہ سفیان ماموN کو اپنی شادی کی لگ جاتی ہے۔ ہزار سمجھانے کے باوجود وہ شادی کرتے ہیں اور اپنی بیٹی نادرہ کو لے کر اپنی نئی بیوی کے یہاں مطب کھول کر بیٹھ جاتے ہیں۔ نادرہ خاموش رہنے لگ جاتی ہے۔ بن ماں کی کم سن بچی نادرہ، سوتیلی ماں کے وجود کو اپنی ماں کی جگہ دیکھ کر اندر ہی اندر کڑھتی ہے اور اپنی ماں کے غم کو سینے میں چھپائے ہوئے چڑچڑی ہو جاتی ہے۔ ادھر عبدالرحمن کی شادی ہو جاتی ہے۔ والد کے انتقال کے بعد رحمن حویلی بیچ کر فلیٹ خریدتا ہے اور ایک ٹرسٹ بنا کر اس میں اسکول چلانے لگتا ہے۔ حالانکہ اس کے ماں باپ میں سے کسی کو بھی موروثی حویلی فروخت کرنا منظور نہیں تھا۔ رحمن کی بیوی رقیہ سے شان پیدا ہوا۔ ادھر نظر محمد کے مرنے کے بعد نور محمد نے عمارتیں بنانے کا کام شروع کر دیا تھا۔ رحمن اور نور محمد ہمیشہ ملتے رہتے تھے۔ ایک دن نور محمد نے نادرہ سے اپنے رشتے کی وکالت کرنے کے لیے رحمن سے کہا اور وہ جل گیا لیکن آخر کار نادرہ کی شادی اس کے دوست نور محمد سے ہو جاتی ہے۔ نور محمد رحمن کو اپناmentor سمجھتا ہے اور دوست بھی لیکن نہیں جانتا کہ اس کا دوست نادرہ کو لے کر اس سے کتنا جلتا ہے۔ نادرہ ایک بچی کو جنم دیتی ہے۔ بچی کو رونے کی بیماری ہے۔ وہ روتے روتے جوان ہوتی ہے۔ نادرہ مر جاتی

ہے۔باپ نہلاتا دھلاتا ہے اور ایک کمزور لمحے میں باپ اور بیٹی عورت اور مرد کے رشتے میں تبدیل ہو جاتے ہیں۔راوی عبدالرحمن کو جب یہ معلوم ہوتا ہے تو اس کے پاؤں تلے سے زمین نکل جاتی ہے۔وہ اپنے دوست اور mentor نیلیے سے یہ سب کچھ کہہ کر بھی اس تبدیلی کو قبول کرنے کے لیے خود کو تیار نہیں پاتا۔نیلیے اسے گوگل پر ہزاروں incest sex کے بارے میں بتاتے ہیں اور وہ حیران رہ جاتا ہے۔ادھر نور محمد کی رونے والی بچی حاملہ ہو جاتی ہے اور اس کے بطن سے ایک بچی جنم لیتی ہے۔اب نور محمد شہر چھوڑ کر کے ایک گاؤں میں رہ رہا ہے۔راوی عبدالرحمن ان دونوں سے ملنے جاتا ہے۔وہاں کچھ دن ٹھہرتا ہے اور اس بچی کو دیکھتا ہے جس کی ماں بھی اسی کی بچی تھی۔دونوں خوش ہیں وہ نور محمد کو دلاسا دیتا ہے۔قدرت کے بھید کو سمجھتا ہے۔زندگی کی سچائیوں کی ایک ہی تشریح نہیں ہو سکتی۔وہ اس کو سمجھتا ہوا پہاڑوں پر چلا جاتا ہے کہ وہ جب چاہے اس سے ملنے کے لیے پہاڑوں پر آسکتا ہے کیونکہ رحمن نے بھی شہر کی بھیڑNور بھاڑ کو چھوڑ کر پہاڑوں پر رہنا شروع کر دیا ہے۔

مذکورہ بالا خلاصہ پڑھ کر آپ ناول کو صرف چھو سکتے ہیں۔ناول میں جس کائنات کی تشکیل کی گئی ہے، اسے جاننے کے لیے آپ کو اس کے ایک ایک صفحے کو غور سے پڑھنا پڑے گا۔"لے سانس بھی آہستہ" کا بوڑھا عبدالرحمن کا کردار ایک 'خط' کے پہاڑوں پر اپنی ماندہ زندگی گزارنے والے دنوں میں آجانے سے بے چین اور خوفزدہ ہو گیا ہے کیونکہ خط 'ماضی' کے صفحات کو کھول کر رکھ دے گا یعنی فلیش بیک یہاں امید کے بجائے خوف کا موتیف بن گیا ہے۔دراصل فکشن میں فلیش فارورڈ اور بیک یا تو یادداشت یا امید یا خوف کے لیے استعمال ہوتا آیا ہے۔یہاں خوف نے سر ابھارا ہے۔

ناول نثر کی زائیدہ ہے بلکہ یہ مختلف پیشے، طبقے، زندگی کے مختلف رنگوں کی پیشکش

کا فن ہے۔ جیسے روایتی بیانات، خطابت، مکالمہ اور خطوط، سفر نامہ، فیچر اور نان فکشن عناصر وغیرہ۔ ایسے میں نثری فکشن کی اسلوبیات کے معنی یہ ہوئے کہ وہاں مقامی تاثر کے لیے مختلف طرح کے رجسٹر اور اقسام نثر کو جمع کیا گیا ہو گا جو کہانی کو بیان کرتے ہیں۔ شکلووسکی نے ناولوں یا افسانوں کو دو اصطلاحوں میں بند کرنے کی سعی کی ہے۔Sjuzet اور Febula۔ فیبولا یعنی قصہ زمانی ترتیب سے واقعات کا تسلسل جو بیانیہ کے ذریعے تشکیل پاتا ہے یا بیانیہ کا خالق بنتا ہے۔ دوسرے Sjuzet جو ناول کو پیش کرنے میں مدد دیتا ہے یعنی بیانیہ طریق کار یا ساخت۔ وہ ڈکنس کے گریٹ اسپیکٹیشن کی مثال دیتا ہے جس میں Pip کے بچپن سے لے کر جوانی تک کے تجربات (لندن کے آس پاس) بیان کیے گئے ہیں۔ یہ تجربات واحد متکلم راوی کی زبان میں اس کے تاریخی اور جذباتی سیاق میں سامنے آتے ہیں۔ شکلووسکی کا کہنا ہے کہ واحد متکلم کے صیغے نے ناول کو مشخص کر دیا ہے۔ وہ یہ تمنا کرتا ہے کہ اگر ناول واحد غائب راوی میں ہوتا تو ہم زیادہ غیر جانب دارانہ طریقے سے Pip اور Estella کے بارے میں جان سکتے تھے۔ نتیجہ یہ نکلا کہ Sjuzet ناول کے قصے کو alter کر سکتا ہے۔

مشرف عالم ذوقی نے اپنے ناول میں خود نوشت اور تاریخ کا سا ملا جلا تصور پیدا کیا ہے۔ جیسے ناول کے پہلے حصے کا عنوان ہے "کاردار خاندان کے آثار" پھر اگلے صفحے پر ناول نگار نے ایک شجرہ بنایا ہے۔ شجرہ میں ایک خاندان وسیع الرحمن کاردار ۱۹۰۲ء کے بیٹے مطیع الرحمن کاردار اور عبدالرحمن کاردار پیدائش ۱۴ اگست ۱۹۴۷ء یعنی آزادی سے ایک گھنٹہ پہلے۔ عبدالرحمن کے بیٹے شان الرحمن کی پیدائش ۱۹۶۸ء اور شان الرحمن کی بیٹی سارہ کاردار U۱۹۹۳، پڑوسی جاگیردار نظر محمد کے بیٹے نور محمد U۱۹۵۰، بیٹی نگار ۱۹۷۳ء اور بیوی کا انتقال ۱۹۸۰ء۔

اس شجرے سے معلوم ہوتا ہے کہ ناول نگار کسی شاہی خاندان کی تاریخ رقم کرنے والا ہے جو فکشن نہیں فیکٹ ہے۔ آثار لفظ کے استعمال کے ذریعے دراصل طنز کیا گیا ہے۔ ایسا معلوم ہوتا ہے جیسے ہندوستان میں مسلمانوں کی حالت آثار قدیمہ جیسی ہو گئی ہے۔ حکومت چاہے تو اسے محفوظ کرے یا اسے نیست و نابود ہو جانے کے لیے خدا کے بھروسے چھوڑ دے۔ عبد الرحمن جب اپنی کہانی سناتا ہے تو خود نوشت کا سا انداز ناول میں خلق ہو جاتا ہے۔ ناول میں حقیقت کا معروضی التباس شجرے اور خود نوشت کی ہیئت کے استحصال کے ذریعے پیدا کیا گیا ہے۔ ناول سے ہم یہ تقاضہ ضرور کرتے ہیں کہ وہ ہمیں اپنی سی حقیقت کا شعور عطا کرے۔ اس لیے وہ تاریخ سے صرف اس کے اپنے بیانیہ کا ماڈل ادھار لیتا ہے کیونکہ فکشن میں یا ناول میں مصنف کی اپنی نجی سوچ بطور تھیم ابھرتی ہے اور عوامی حسیت اور عوامی تاریخ کا حصہ بن جاتی ہے۔ ڈکنس نے اپنے ناول "A Tae of two cities" میں فرانس کے افراد پر فرانس کے لوگوں کے انقلابات کے اثرات کا جائزہ پیش کیا ہے۔ اس لیے اس ناول میں بیانیہ کا زمان تاریخ کی ناگزیریت سے بندھا ہوا ہے۔ دیکھا جائے تو مشرف عالم ذوقی نے بھی ۱۹۴۷ء تا ۲۰۱۰ء کی ہندوستان کی عوامی تاریخ لکھنے کی سعی کی ہے لیکن یہ تاریخ سے کئی گنا زیادہ اپنے بطن میں وہ سب کچھ سمیٹے ہوئے ہے جہاں تاریخ نہیں پہنچ سکتی:

"کاردار کے ابا وسیع الرحمن مسلم لیگی ہیں۔ دادا برٹش انڈیا کے حامی اور انگریز پرست ہیں۔

دادا کا نظریہ اور ابا کا نظریہ ملاحظہ فرمائیں:

"جو فرنگی کر گئے وہ یہ ہندوستانی کیا خاک کریں گے۔۔۔۔۔

ابا کو اس نظریہ میں غداری کی بو آتی تھی۔۔۔

'بس اسی لیے۔انگریز یہاں اتنی صدی تک حکومت کر گئے، اسی سوچ کی وجہ سے۔ارے بھئی نئی سرکار ہے۔۔۔۔۔۔ مشکلیں آئیں گی، مگر انھیں کام تو کرنے دیجیے۔

یہ دو گز کا لنگوٹ باندھنے والے۔۔۔۔۔۔

اسی دو گز کے لنگوٹ نے آپ کی یہ آزادی آسان کر دی۔۔۔۔۔ورنہ انگریز کی غلامی

میں پڑے رہتے۔

یہ ایسا برا بھی نہیں تھا

تو اچھا بھی نہیں تھا

'وہ حکومت کرنا جانتے تھے۔

تو آپ بھی سیکھ لیجئے۔ابا غصے میں کہتے۔"۱۵

واحد متکلم کے دادا اور والد وسیع الرحمن اور متکلم عبدالرحمن کا ردار کو ہندوستانی مسلمانوں کے جملہ ٹائپ کا کوڈ بنایا گیا ہے۔دراصل باپ بیٹے کے درمیان ہونے والا یہ مکالمہ ہم عصر ہندوستانی مسلمانوں کے مابین ہمیشہ ہونے والا مکالمہ ہے بلکہ یہ برصغیر ہندو پاک کے مسلمانوں کا ناسٹلجیا ہے۔عبدالرحمن بعد میں صرف واقعات کا عینی شاہد بن کر رہ جاتا ہے یا وہ نور محمد کی زندگی پر تبصرہ کرنے والا بن جاتا ہے اور اس طرح یہاں واحد متکلم کے بارے میں مزید جاننے کی خواہش پیدا ہی نہیں ہوتی اور اس طرح اس کہانی یا قصے کو بیان کرنے کا جو طریق کار اختیار کیا گیا ہے یعنی Sjuzet قصے کو قطعاً الٹر نہیں کرتا۔

نادرہ کا ردار کی محبوبہ ہو کر بھی اس سے رشتہ توڑ کر نور محمد سے شادی کر لیتی ہے اور اس طرح کا ردار ایک عاشق سے رقیب بن جاتا ہے۔نادرہ اور نور محمد کے رشتے کے درمیان زمانے تک کا ردار ایک خاموش رقیب کی صورت میں موجود رہتا ہے اور تاثر نور

محمد کے بڑے بھائی اور دوست کا دیتا چلا جاتا ہے:

"میں۔۔۔۔نور محمد اور نادرہ
شطرنج کی نئی بساط پر یہی تین مہرے
اور یہ میری آنے والی نئی دنیا کے لیے کچھ ایسے ہی تھا جیسا کہ
'ڈیمیان' میں 'سنکلیر' کو کہنا پڑا تھا۔
ایک نئی دنیا جنم لینے والی ہے
اور یہ دنیا ان کے لئے خطرناک ہوگی
جو اب تک پرانی دنیا سے چپکے ہوئے ہیں ر"١٦ے

اب یہ سمجھ میں آتا ہے کہ ناول نگار نے ناول کا پہلا جملہ کہ "میں نے کھڑکی کھول لی" بہت سوچ سمجھ کر ڈرافٹ کیا ہے یعنی پرانی دنیا سے آگے نکل کر نئی دنیا کے استقبال کے لیے اپنے ذہن کی کھڑکی کھول لی ہے۔ اب یہ بات سمجھ میں آنے لگی ہے کہ پچھلے صفحات پر نقل ایک اقتباس میں وان گاگ کی ایک تصویر کا ذکر کیوں کیا گیا ہے۔ نادرہ اور نور محمد کی شادی کے متوازی ناول نگار نے ایک بیانیہ ہندوستان اور پاکستان کے آمنے سامنے آنے کا بھی رکھا ہے جس کا اختتام بنگلہ دیش کے قیام پر ہوا اور ادھر نادرہ نور محمد کے ساتھ زیادہ دنوں تک خوش نہیں رہ سکی اور اس پر بھی جنات کا سایہ پڑ گیا۔ اس کو دورے پڑنے لگے، لیکن اس سے پہلے عبدالرحمن اپنی بیوی رقیہ اور اپنے بیٹے شان کو لے کر اس کے گھر گیا تھا اور نادرہ نے شان کو جیسے اپنے بیٹے سے بھی زیادہ پیار کیا تھا۔ ادھر نور محمد بار بار عبدالرحمن کا ردار کا شکریہ ادا کر رہا تھا کہ اگر رحمن نہ ہوتا تو اسے نادرہ جیسی نادر بیوی نہ ملتی۔ پھر دورے کی خبر سن کر رحمن نور محمد کے گھر جاتا ہے لیکن نادرہ رحمن کو دیکھتے ہی ٹھیک ہو جاتی ہے۔ پھر اسی طرح متواتر دورے کے درمیان نگار آٹھ مہینے میں ہی پیدا ہو

گئی۔ قبل از وقت پیدا ہونے کی وجہ سے وہ انتہائی کمزور تھی اور مسلسل روئے جارہی تھی:

"مجھے ہنسی آرہی تھی۔ کچھ کچھ یہاں کا نظام بھی ایسا تھا۔ آزادی ایک مردہ آسیبی نظام کو اپنے ساتھ لے کر آئی تھی۔۔۔۔۔ مجھے کچھ دن پہلے راستہ میں ملے ایک پاگل کی یاد آئی جو کسی کوڑے کے ڈھیر سے ایک کپڑے کا گڈا اٹھالایا تھا اور اسے پیٹ رہا تھا۔ پوچھے جانے پر اس نے بتایا۔۔۔۔

'میرا ملک بیمار ہے۔ اسے اچھا کر رہا ہوں۔۔۔۔۔۔'

یہ گڈا اس پاگل کے لیے ایک بیمار ملک کی حیثیت رکھتا تھا۔ مگر یہاں۔

کہانیاں آپس میں گڈمڈ ہو گئی تھیں۔

یہاں اسی بیمار ملک میں ایک بچی پیدا ہوئی تھی۔

جو اپنے جنم سے مسلسل روئے جارہی تھی۔"۱۷

کہیں نادرہ کی یہ نومولود، نحیف و نزار بیٹی ہندوستان یا پوری دنیا کے مستقبل کی تصویر تو نہیں؟ بچی کا یہ رونا راوی کے گھر میں دبے خزانے کی خبر اور اسے برآمد کرنے کے لیے ہزار جتن سے کھدائی کرنے اور نتیجہ لاحاصلی تھا، کے بعد اس ناول کا دوسرا بڑا بیانیہ ساخت یا موتیف نگار کا مسلسل رونا ہے۔ آگے اس کی وضاحت از خود ہو جائے گی۔ ویسے ناول نگار کے نزدیک

"جنگ ہر بار

ایک اپاہج معاشرے کو جنم دیتی ہے

دھماکہ ہونے والا ہے

لیکن یہ نئی تہذیب کا دھماکہ ہے۔"۱۸

عبدالرحمن کا ردار کے مطابق نادرہ بے وفا نکلی تھی۔ اس نے اس کا ہاتھ چھوڑ کر نور

محمد کا ہاتھ پکڑ لیا اور آخر کار اس بیانیہ کا سبب یعنی بچی کے رونے کی بیماری اور نادرہ کے دورہ کی وجہ عبد الرحمن کو جب سمجھ میں آئی تو وہ اندر سے بکھر بکھر سا گیا اور اس کے وجود میں لرزش طاری ہو گئی۔ ناول کے اس حصے میں مشرف عالم ذوقی نے راجندر سنگھ بیدی کی لاجو اور اندو کی یاد ایک ساتھ دلا دی ہے۔ عبد الرحمن نادرہ کے پاس اس کی خیریت لینے کے لیے کمرے میں اکیلا ہے۔ نور محمد وہاں نہیں ہے اور ایسے ہی موقع کی تلاش میں نادرہ تھی:

"سفیان ماموں، ممانی کے ساتھ ڈرائنگ روم میں بیٹھ کر چائے پینے لگے۔ میں نگار اور نادرہ کو دیکھنے آ گیا۔ میری آنکھیں سوئی ہوئی نادرہ پر جمی تھیں۔ آنکھیں بند تھیں۔ اس درمیان اس کا جسم بھی بے حد کمزور ہو گیا تھا۔ مگر ہونٹوں پر وہی گلاب روشن تھے۔ بیماری کے باوجود اس کے چہرے کی خوبصورتی اور شادابی میں، کہیں کوئی فرق نہیں آیا تھا۔ اچانک اس نے کروٹ بدلی۔۔۔۔ اور سامنے مجھے دیکھ کر ایک عجیب سی پراسرار مسکراہٹ اس کے چہرے پر روشن ہو گئی۔ اس نے اٹھنا چاہا۔۔۔۔ تو میں نے منع کر دیا۔

'نہیں۔ آرام کرو۔۔۔۔۔۔ طبیعت کیسی ہے۔۔۔۔۔'

'جیسی دیکھ رہے ہو۔۔۔۔ اس کے لب کانپ رہے تھے۔۔۔۔ 'یہ۔۔۔۔۔ یہ کہاں ہیں۔۔۔۔۔'

'باہر۔۔۔۔ نور محمد کے بارے میں پوچھ رہی ہو نا۔۔۔۔۔؟'

'جی۔۔۔۔'

'میرے ساتھ سفیان ماموں اور ممانی بھی ہیں۔ بلاؤں۔۔۔۔؟ وہ ڈرائنگ روم میں ہیں۔۔۔۔ بلاؤں۔۔۔۔'

'نہیں۔۔۔۔ 'اس کے چہرے پر تذبذب کے آثار تھے۔۔۔۔۔ 'کچھ کہنا تھا تم سے۔ نہیں جانتی، زندگی کب بے وفائی کر جائے۔۔۔'

'نہیں نادرہ۔۔۔۔۔۔۔'میرے جسم میں اچانک کپکپی چھا گئی۔۔۔۔۔فرط جذبات سے میں نے اس کے ہاتھوں کو چوم لیا۔'نور محمد کی نہیں جانتا، لیکن یہ جدائی مجھے بھی برداشت نہیں ہو گی۔۔۔۔۔۔'

'تو پھر مجھے چھینا کیوں نہیں۔۔۔۔۔۔؟اس کی آواز لڑکھڑا رہی تھی۔ آنکھوں میں چمک تھی۔ بولو رحمن۔ چھین سکتے تھے مجھے۔ تمہارے ہی گھر میں تھی۔ کوئی کچھ نہیں بولتا۔ کیوں نہیں چھینا۔۔۔۔۔؟اس نے گہری سانس لی۔ دوبارہ میرے ہاتھوں کو چھوا۔ میری انگلیاں سہلاتے ہوئے اس کے آنسو بہہ رہے تھے۔۔۔۔۔۔"

"اور اس پل۔اس لمحے۔۔۔۔۔صرف محبت کا خمار ہے۔۔۔محبت کا نشہ۔۔۔۔۔۔نہ روحیں۔۔۔۔۔۔۔نہ بد روحیں۔۔۔۔۔۔نہ جناتی سایوں کا بسیرا۔ نہ ویران چھتوں پر گھومتی چمگادڑیں۔۔۔۔۔۔ڈراکیولا گم ہے۔۔۔۔۔ویمپائر دو محبت کرنے والوں کو دیکھ کر جیسے اپنے کفن میں قید۔ اور یہاں۔۔۔چپکے سے محبت اپنی باہیں پھیلائے کھڑی ہے۔

شکوے روشن۔۔۔۔۔۔

اور شکایتیں جاگ گئی ہیں۔

'کیوں مرنے کے لیے چھوڑ دیا مجھے۔۔۔۔۔کیوں نہیں بنے سہارا۔۔۔۔۔۔۔میں گم ہو رہی ہوں رحمن۔۔۔۔۔'

"نادرہ کے آنسو بہہ رہے تھے۔'لیکن ایک بار بھی تم نے میرے احساس کو نہیں سمجھا۔ شان کے لیے میری تڑپ نہیں سمجھ پائے۔ کیوں رحمن۔۔۔بولو جواب دو رحمن۔۔۔۔۔؟

'نادرہ۔۔۔۔۔۔'

اور جیسے اس پل روکتے روکتے میں نے خود کو احساس کی لہروں کے حوالے کر دیا۔۔۔ میں نے نادرہ کو اپنی بانہوں میں لے لیا۔ اس نے ایک جاگتے گھر کے خوف کے باوجود خود کو میری بانہوں میں گم ہو جانے دیا۔ مگر وہ سسک رہی تھی۔۔۔ اس کے آنسو رکنے کا نام نہیں لے رہے تھے۔۔۔۔

سنو رحمن۔۔۔۔۔' وہ مچھلی کی طرح میری بانہوں سے پھسل کر الگ ہوئی۔

'میں جھوٹ نہیں بول رہی۔ میں آنے والے سچ کی آہٹ پڑھ لیتی ہوں رحمن۔۔۔ اور میرا یقین کرو۔ جو ہونے والا ہے، یعنی جو مستقبل میں پیش آنے والا ہے، اس کے سامنے، یہ واقعات کچھ بھی نہیں۔ کچھ ایسا کہ تمہارے لیے یقین کرنا مشکل ہو جائے مگر وعدہ کرو۔ ہر حال میں اگر نگار۔۔۔ میری نگار زندہ رہے تو اس کی مدد کرو گے۔۔۔۔'

'ہاں نادرہ۔۔۔۔'

'کرو گے نا۔۔۔۔؟'

'ہاں نادرہ۔۔۔۔۔'

بس اب میں مطمئن ہوں۔ اب میں آرام سے مر سکوں گی۔۔۔۔'

اور یہی لمحہ تھا، جب نادرہ کے بستر پر بیٹھتے ہی نگار نے رونا شروع کر دیا تھا۔

نادرہ نے پلٹ کر دیکھا۔۔۔۔

نگار کا سارا جسم کانپ رہا تھا۔۔۔۔ اس پر دوبارہ دورہ پڑ چکا تھا۔

نادرہ ایک بار پھر سے بت میں تبدیل ہو چکی تھی۔ "۱۹

یہ بتانے کی ضرورت نہیں کہ مذکورہ بالا اقتباس میں ایک مشرقی عورت جس کے نزدیک عشق کی ایک ایسی تہذیب اپنی معراج کو پہنچ گئی ہے جو صدیوں سے ہماری غزل

کے نظام اور ہماری متصوفانہ روایت میں اپنی پوری آب و تاب کے ساتھ موجود رہی ہے۔وہ عشق ہی کیا جس میں معشوق اپنے عشق کا اظہار برملا کرے۔ساتھ ہی ساتھ یہاں ایک مشرقی خاتون کی غیرت سر چڑھ کر بول رہی ہے۔عبدالرحمن نے عاشق ہونے کے ناطے چونکہ ایک قدم آگے بڑھ کر اس کا ہاتھ نہیں مانگا اور نتیجہ میں اس غیور خاتون نے اپنے آپ کو ایک ایسے انسان کے حوالے کر دیا جس سے وہ محبت نہیں کرتی تھی، لیکن عشق تو عشق ہے شاید بیٹی کی محبت نے اسے لب کھولنے پر مجبور کر دیا ہے۔نادرہ تانیثی جمال کا اور ایک عورت جو بھید بھرے سنگیت سے کم نہیں ہوتی کا کوڈ معلوم ہوتی ہے۔پہلی بار اس ناول میں راوی کی ماں کے بعد ایک عورت Social Values یا سماجی نشانات سے بغاوت کرتی ہے۔ اپنے شوہر (ایک مقتدرہ) کی پروانہ کرتے ہوئے اپنے عاشق سے لپٹ جاتی ہے اور ادھر راوی کی ماں بے پردہ ہو کر تھانے میں انسپکٹر سے مکالمہ کرتے ہوئے صدیوں سے چلے آرہے پردے کے رواج کے خلاف چلی جاتی ہے۔یہاں پر ناول میں Andro-Text یعنی مرد کے متن کی جگہ پہ تانیثی متن (Gyno-text) نے سر ابھارا ہے۔عبدالرحمن بطور مرد یہاں خود کو چاروں شانے چت محسوس کرتا ہے۔نادرہ نے اسے شکست دے دی ہے۔اسے نادرہ کا یہ جملہ اندر سے گھائل کر دیتا ہے کہ تم نے مجھے چھینا کیوں نہیں۔یعنی اس جملے کے ذریعے نادرہ نے مرد اساس معاشرے کی روایت کو بھی سامنے لا کھڑا کیا ہے کہ عورت تو جنگوں میں جیتنے یا چھین لینے والی شے رہی ہے۔"اپنے دکھ مجھے دے دو" میں راجندر سنگھ بیدی کی اندو مدن کو اسی طرح حیرت زدہ کر دیتی ہے۔ مشرف عالم ذوقی نے اس ناول میں بڑی خوبصورتی سے ہندوستانی تہذیب میں آنے والی کچھ مدھم کچھ تیز تبدیلیوں کی جانب ہماری توجہ مبذول کی ہے۔ان کے اس متن میں ماقبل متن کی روایات نے بڑی خوبصورتی سے جگہ بنائی

ہے۔ ان کا یہ متن اس تکنیک کی وجہ سے پڑھنے والے کے اجتماعی حافظے کو بیدار کرتا ہے اور "لے سانس بھی آہستہ "کا قاری اردو اور انگریزی ادبیات کی قابل ذکر افسانوی روایات کی روشنی میں پڑھتے ہوئے معنی کے نت نئے جہانوں کی سیر کرتا ہے۔ اس طرح عبدالرحمن نور محمد کے ساتھ ساتھ ایک اہم کردار ہے اور اس کے لیے ناول کے دوسرے واقعات کا بیان اس لیے ضروری ہو جاتا ہے، کیونکہ وہ نور محمد کی زندگی میں آئے طوفان سے بہت پریشان نظر آتا ہے۔ ادھر نادرہ ایک بچی کو جنم دے کر مر جاتی ہے۔ نگار کے رونے کی بیماری کا علاج ڈاکٹروں کے نزدیک Mercy Death ہے لیکن نور محمد ڈاکٹروں کی اس رائے کو سن کر بھڑک جاتا ہے۔ اسے کسی قیمت پر بھی اپنی بیٹی نگار کو زندہ رکھنا ہے۔ نور محمد کی اثباتیت پسندی اور امید پسندی اسے عصر حاضر کا نمائندہ انسان بنا دیتی ہے۔ وہ اچانک Anti Science کردار کے روپ میں ابھر آتا ہے۔ ویسے بھی مابعد جدید ناولوں میں سائنس کی معروضیت کے بھی مذاق بن جانے کی طرف اشارہ کیا جا رہا ہے۔ شموئل احمد کے ناول' 'ندی" میں ناول کی ہیروئن کا شوہر ایک سائنس دان ہے۔ جس کا مذاق بری طرح سے ناول میں اڑایا گیا ہے اور کیوں نہیں آج ہندوستان میں بھگوا سائنس داں بھی پیدا ہو چکے ہیں اور سائنس بھی فرقہ واریت سے مبرا نہیں رہ سکی ہے۔ لہٰذا نور محمد اسی پرانے عقیدوں کی دنیا میں رہنا زیادہ پسند کرتا ہے جہاں ابھی بھی مایوس انسانوں کے لیے امید کی ایک شوخ کرن مثال صفت جوہر سیماب، مذہب اور توہمات یعنی عقیدوں کی دنیا ہے۔ کاردار کی آواز ابھرتی ہے:

"مائی گاڈ۔۔۔۔۔ میری آنکھیں بند تھیں۔ بچوں کی ننھی سی خوبصورت دنیا بیماریوں میں بدل گئی تھی۔۔۔۔۔ اس بیمار نظام میں پیدا ہونے والے بیمار بچے۔۔۔ میری آواز کمزور تھی۔۔۔۔ 'آپ کا میڈیکل سائنس صرف ریسرچ کر رہا ہے یا ایسے بچوں کی

تندرستی اور صحت کے لیے۔۔۔۔۔'

'ہو۔۔۔۔ہو۔۔۔۔۔'ڈاکٹر ابھیتوش زور زور سے ہنسے۔۔۔۔۔'ساری دنیا آپ کے سامنے ہے کاردار۔۔۔۔۔لوگ مر رہے ہیں لیکن لوگ زندہ بھی ہیں، جس تیزی سے لوگ مر رہے ہیں اسی تیزی سے لوگ پیدا بھی ہو رہے ہیں۔۔۔۔۔'

'اپنی بیماریوں کے ساتھ۔۔۔۔'

'بالکل صحیح کہا۔۔۔۔۔لیکن ایک حقیقت اور بھی ہے کاردار۔۔۔۔۔ہم انسان ہیں اور انسان ہار نہیں مانتا۔۔۔۔'

'میں بھی نہیں مانوں گا۔۔۔۔'

'لیکن ایک بات ضرور کہوں گا۔۔۔ڈاکٹر ابھیتوش نے گہری سانس لی۔۔۔۔۔

'مان لیجئے یہ بچی بچ جاتی ہے۔۔۔۔۔تو۔۔۔۔۔؟'

'مطلب؟'

'کتنے سال زندہ رہے گی؟'ابھیتوش میری آنکھوں میں جھانک رہے تھے۔۔۔'ایک بیمار بچی کا آپ کیا کریں گے۔۔۔۔۔۔"ڈاکٹروں کے ایک بڑے پینل نے تکلیف دہ بیماریوں کے لے Mercy Death کا فارمولہ کھوج نکالا تھا"۔۲۰

لیکن نور محمد کو یہ کہاں منظور تھا۔بقول راوی:

"نگار اسپتال سے کوٹھی میں آگئی۔۔۔اور یہ فیصلہ نور محمد نے لیا تھا۔۔۔شاید وہ تقدیر اور ڈاکٹروں کے آگے ہار گیا تھا۔۔۔میں دیکھ رہا تھا، ادھر کچھ دنوں سے اس پر چڑچڑاپن حاوی ہوتا جارہا تھا۔۔۔

جیسے اس نے کہا تھا۔۔'میں نے اب فیصلہ کر لیا ہے۔۔میں نگار کو کوٹھی لے آؤں گا۔۔۔۔'

'لیکن اگر ڈاکٹر اجازت دیں گے۔۔۔۔۔تب۔۔۔نا۔۔۔'

'نہیں۔۔۔ڈاکٹر کے لیے میری بیٹی صرف ایک تجربہ ہے۔میں اپنی بیٹی کو ان کی تجربہ گاہ کی بھینٹ نہیں چڑھاؤں گا۔

'کچھ باتیں ڈاکٹروں کی پہنچ سے اوپر کی ہوتی ہیں۔۔۔اسی طرح کچھ بیماریاں، جو ڈاکٹروں کی سمجھ میں کبھی نہیں آسکتیں۔۔۔۔'

'تانترک، جھاڑ پھونک۔۔۔۔پیر صاحب۔۔۔۔منتیں۔۔۔چڑھاوا۔۔۔۔سدھی۔۔۔ منتر جاپ۔۔۔۔اور دعائیں۔۔۔'وہ آہستہ آہستہ بدبدا رہا تھا۔۔۔۔۔میں وہیں واپس آگیا ہوں۔کل ایک تانترک ملا تھا۔اس نے بتایا۔۔۔۔ نگار پر وہی جن سوار ہے، جو اماں پر تھا۔۔۔

میں نے کچھ بولنے کی کوشش کی تو نور محمد نے ہاتھ کے اشارے سے مجھے روک لیا۔۔۔۔

'نہیں۔۔۔بھیا۔۔۔کوئی نصیحت نہیں۔۔۔میں آپ کے میڈیکل سائنس سے ہار گیا۔اب مجھے میرے

دل کی بات سن لینے دیجیے، ورنہ نگار کو کچھ ہو گیا تو مجھے زندگی بھر یہ بات پریشان کرے گی کہ میں ایک اچھا باپ ثابت نہیں ہوا۔میں اس کے لیے اپنے دل کی آواز بھی نہیں سن سکا۔۔۔"۔۲۱ے

نور محمد ہی کی طرح خالد جاوید کے ناول "موت کی کتاب" کا راوی جو خودکشی کرنا چاہتا ہے اور اخیر میں یہ بیان دیتا ہے کہ میں نے خودکشی کو اپنے پھٹے ہوئے جوتے میں رکھ لیا ہے۔وقت پر میرا حکم بجا لینے والے ایک آخری ہتھیار کی طرح میں اپنے ہمزاد کا آقا ہوں۔۔۔

"میں پانی سے بھرے ہوئے اس چھوٹے سے گڑھے میں اکڑوں بیٹھ گیا ہوں جہاں سے تمام عمر میں اس عظیم درس گاہ کو دیکھتا رہوں گا۔۔۔۔۔رات پھیل گئی ہے۔ بارش کی ٹپ ٹپ جاری ہے، مگر میں ایک دوسرے پانی کی آواز بھی سن رہا ہوں۔ یہ بارش کا پانی نہیں ہے۔ یہ دور کہیں بہت دور سے چھوڑا جا رہا ہے۔ مجھے معلوم ہے کہ میں غرقاب ہو جاؤں گا۔۔۔۔۔میرے دماغ کی کوکھ میں پلنے والی میری بیٹی، وہ (بیٹی) اپنے ہاتھوں کو کدال بنا کر اس گڑھے کی مٹی میں ہاتھ ڈالے گی۔ میری جڑیں اس کے ہاتھوں میں پھنس جائیں گی۔ یہ جڑیں اس بار رحم مادر کی شکل کی ہوں گی جس میں میری بیٹی کو داخل ہونے کے لیے کسی بے رحم مادہ منویہ کی کمینی بوند کی ضرورت نہیں پڑے گی اور موت کی کتاب میں اس کا نام کبھی درج نہیں کیا جا سکے گا۔"[۲۲]

نور محمد کو جہاں ایک طرف یہ احساس ہے کہ اگر اس نے اپنی بیٹی کو بچانے کے ہر راستے اختیار نہیں کیے تو وہ اپنی محبوبہ نادرہ اور اپنی بیٹی نگار کے سامنے شرمسار ہو گا تو دوسری طرف "موت کی کتاب" میں خالد جاوید کا راوی اپنی بیٹی کی زندگی کے لیے پیدائش کے ایک ایسے جتن کی تمنا کر رہا ہے کہ موت اسے ہرا نہ سکے۔ آگے راوی نے ایک ایسی بات کہہ دی ہے، جس سے بچی کے رونے کے وجوہات پر کئی حوالوں سے گفتگو کا سیاق پیدا ہو جاتا ہے:

ا۔"گھر آنے کے بعد نگار پر مسلسل دورے پڑ رہے تھے۔۔۔نادرہ جیسے ایک خاموش بت میں تبدیل ہو چکی تھی۔ نگار کا رونا شروع ہوتا تو پھر بند ہونے کا نام ہی نہیں لیتا۔۔۔رونے کے ساتھ ہی اسے جھٹکے آنے لگے تھے۔۔۔۔۔اور ایسا لگتا تھا جیسے اس کی سانسوں کی لڑیاں لمحہ بھر میں ٹوٹ کر بکھر جائیں گی۔۔۔۔

دوبارہ رقیہ اسے دیکھنے آئی۔۔۔مگر دونوں بار وہ شان کو گھر میں ہی چھوڑ کر آئی

تھی۔ کیونکہ کوٹھی کے آسیبی ماحول میں اب نگار کے رونے کی آواز کچھ کچھ رات میں بھیڑیے کے رونے کی آواز سے ملتی تھی۔ نادرہ پھٹی آنکھوں سے لیٹی لیٹی نگار کو دیکھ لیتی تھی۔۔۔۔ رقیہ نے گھبرا کر اسے دوبارہ بستر پر لٹا دیا۔۔۔"۔ ۲۳؎

۲۔ "سات سال کی عمر تک نگار کو نہلانا دھلانا یہاں تک کہ اس کے کپڑے تک تبدیل کرنا نور محمد کا روز کا معمول بن چکا تھا۔۔۔۔ ہم یوں بھی کہہ سکتے ہیں کہ نگار صرف تین لوگوں کو پہچان سکتی تھی۔ نادرہ بانو اور نور محمد۔۔۔۔ سات سال کی عمر تک اسے بولنا بھی نہیں آیا تھا۔ وہ آدھے ادھورے جملے بھی بمشکل ادا کرتی تھی۔۔۔۔ جیسے اما اور ابا۔۔۔ یہ دو لفظ وہ سیکھ گئی تھی۔۔۔ میں اس سلسلے میں ڈاکٹر ابھیتوش سے ملا۔ میرا دل یہ قطعی طور پر ماننے کو تیار نہیں تھا کہ جو بچی دماغ سے معذور ہے وہ ضد کیسے کر سکتی ہے۔۔۔۔ کیونکہ ضد کرنا یا اپنی بات منوانا یہ فعل بھی تو سیدھے دماغ سے جڑا ہے۔ میری بات پر ابھیتوش زور زور سے ہنسے تھے۔

'ایسی بچیوں میں لاشعوری طور پر ایک ضد آ جاتی ہے کیونکہ ایسے بچے کسی چیز کو ٹارگیٹ کرتے ہیں۔ مثال کے لیے کوئی کھلونا۔۔۔ وہ اس سے گھنٹوں کھیلیں گے۔ مثال کے لیے۔۔۔۔ اگر ضد سما جائے کہ انہیں چادر پر ہی پیشاب کرنا ہے تو وہ انہیں گیلا کر کے چھوڑیں گے۔۔۔' ۲۴؎

نادرہ پر بار بار دورے پڑتے تھے۔ آخری بار جب اسے دورہ پڑا تھا تو راوی ڈاکٹر کو بلانے کے لیے دوڑا۔ لوٹنے کے بعد اس نے دیکھا کہ نادرہ کے چہرے اور جسم پر سفید کپڑا ڈال دیا گیا تھا۔ تجہیز و تکفین کے وقت سارے رشتہ دار جمع ہوئے۔ نگار زیادہ لوگوں کو دیکھ کر یا کسی بھی اجنبی کو دیکھ کر زیادہ روتی تھی۔ آج بھی وہی ہوا زیادہ لوگوں کو دیکھ کر وہ بے تحاشہ روئے جا رہی تھی اور لوگ بے خیالی میں مشورے بھی دیے جا رہے تھے:

'پانی پلاؤ۔۔۔۔۔'

'شکر ڈال کر پلاؤ۔۔۔۔۔'

'شہد چٹاؤ۔۔۔۔۔'

'ارے کوئی اس طرح روتا ہے۔۔۔۔'

پھر بانو سے کوئی ایک سوال۔۔۔۔۔'آخر یہ کیسے چپ ہو گی؟'

'ارے وہی لڑکی ہے نا، جو پگلی ہے۔۔۔۔۔'

'اس کی ماں پر بھی جنات سوار تھا۔۔۔۔۔'

'وہی جنات اس پر بھی سوار ہے۔۔۔۔۔؟'

اور یہی وقت تھا جب ہٹو۔۔۔۔۔ہٹو۔۔۔۔'کہتا ہوا نور محمد آگے بڑھا۔وہ قبرستان سے لوٹ آیا تھا۔

'یہ بھیڑ کس لیے ہے۔۔۔ہٹیے۔۔۔ہٹیے آپ لوگ۔۔۔ تماشہ مت بنائیے۔۔۔'

اور اچانک نور محمد نے محسوس کر لیا۔۔۔نگار شاید اتنے سارے لوگوں کی بھیڑ کو دیکھ کر ڈر گئی ہے۔۔۔۔

'جائیے۔۔۔۔واپس اپنے گھروں میں جائیے آپ لوگ۔۔۔۔سنا آپ لوگوں نے۔۔۔اس گھر کو کسی کی ضرورت نہیں۔۔۔خدا کے لیے واپس جائیے آپ لوگ۔۔۔میت اٹھانے کے لیے صرف چار کاندھے کی ضرورت ہوتی ہے۔وہ چار کاندھے ہیں ہمارے پاس۔۔۔۔۔ہمیں کسی کی ضرورت نہیں ہے۔۔۔میری بیٹی مر جائے گی۔۔۔میں نادرہ کے بعد نگار کو کھونا نہیں چاہتا۔۔۔۔جائیے۔۔۔۔سنا آپ لوگوں نے۔۔۔۔واپس جائیے۔۔۔۔۔'

وہ بچوں کی طرح رو رہا تھا۔۔۔۔

میں نے آہستہ سے اس کے کندھوں پر اپنا ہاتھ رکھا۔۔۔

'میت میں آنے والوں کو اس طرح جانے کے لیے نہیں کہتے نور محمد۔۔۔۔۔۔'

'یہ لوگ رہے تو میری بیٹی مر جائے گی۔۔۔'۲۵

"میں نے سنبھلنے کی کوشش کی۔ایسے بچوں کے لیےDedicationکا جذبہ۔۔۔وہ بھی اس پاگل بھاگتی دنیا میں۔۔۔جہاں ہر طرف ایک ریس ہے۔۔۔ایک جنگ ہے۔۔۔۔اور بچے اپاہج پیدا ہو رہے ہیں۔۔۔جہاں ہر طرف تباہیاں ہیں اور بچے آدھے ادھورے جنم لے رہے ہیں۔۔۔۔۔جہاں بم پھٹ رہے ہیں۔۔۔۔گولے داغے جا رہے ہیں۔۔۔اور بچے پیدائش کے ساتھ ہی سیزر اور جھٹکے سہنے لگتے ہیں۔۔۔ایک جنگ کے بعد دوسری جنگ۔۔۔اور بچے مسلسل مینٹل ڈس آرڈر کا شکار ہوتے جا رہیں۔۔۔یہ سب کیا ہے ڈاکٹر۔۔۔۔'

میرے دماغ میں مسلسل ایک فلم چل رہی تھی۔۔۔کوٹھی میں آسیب اور جنات کا ہنگامہ۔۔۔بلند حویلی کی دردناک داستان۔۔۔ماضی سے لپٹے ہوئے لوگ۔۔۔گمشدہ خزانے کی تلاش۔۔۔۔آسمان پر منڈلانے والے جنگی طیارے۔۔۔ہندوستان اور پاکستان کی جنگ۔۔۔آنکھوں میں سمائی ہوئی نفرت۔۔۔پاکستان کی تقسیم۔۔۔دونوں ملکوں کے آپسی رشتوں کا تکلیف دہ حد تک خراب ہو جانا۔۔۔سفیان ماموں کا آنا۔۔۔نادرہ کی شادی اور۔۔۔نگار کا جنم۔۔۔مسلسل خوف کی بارش۔۔۔۔جنگیں۔۔۔۔تباہیاں۔۔۔۔اور ایک نئے انسان کی آمد۔۔۔۔

ڈاکٹر ابھیتوش میری طرف مڑے۔۔۔میں آپ کو کچھ ایسے ڈس آرڈر کے بارے میں بتاتا ہوں۔مثال کے لیے۔۔۔۔۔

"Post-traumatic stress disorder, which causes a pattern

of flashbacks and other symptoms and occurs in children who have experienced a psychologically distressing event, such as abuse, being a victim or witness of violence, or other types of trauma such as wars or natural disasters."26

اس ناول میں مشرف عالم ذوقی نے کئی طرح کے بیانیہ طریق کار Narrative Devices کا استعمال بڑی خوبصورتی سے کیا ہے اور ناول میں زندگی کے مختلف رنگوں کی تمثال پیش کرنے میں اس سے مدد لی ہے۔ یہ پرانے ناولوں کی طرح ایک ہی طرح کے بیانیہ اسالیب میں لکھا گیا ناول نہیں ہے۔ انھوں نے ہندوستان کے مسلم لیگی مسلمانوں گاندھی جی کے خلاف بولنے والوں اور انگریز پرست مسلمانوں یا ہندوستانیوں کے پاکستان جا کر بسنے میں عافیت محسوس کرنے والے مسلمانوں اور ہندوستان اور پاکستان کی تقسیم سے اپنے رشتے داروں کی صورت دیکھنے سے محروم رہنے والی عورتوں کے رد عمل کو نیز جادوئی حقیقتوں، جادو ٹونوں، جناتوں کے سایوں اور جھاڑ پھونک سے متعلق بیانیوں یعنی بیک وقت جادوئی بیانیہ، تاریخی بیانیہ، سیاسی بیانیہ، ادراکی بیانیہ اور میں کے بیانیہ کے علاوہ نفسیاتی بیانیہ سے بھی حد درجہ کام لیا ہے۔ اتنا ہی نہیں انھوں نے جنسی تجربات پر مبنی بیانیہ کا وہ پہلو بھی پہلی بار پیش کیا ہے جس کا ذکر ابھی ناول نگاروں کے یہاں نہیں ہوا ہے۔ یعنی Google پر Sex سے متعلق انگنت سائٹس یا نیٹ پر جنس کا بازار نیز مقدس رشتوں کے درمیان جنسی ملاپ کا لرزہ خیز بیانیہ۔ سر دست انھوں نے اس ناول کے بہت سے صفحات نگار کے رونے کی بیماری کے حوالے سے اور اس کے علاج و معالجہ سے متعلق بیانیہ پر خرچ کیا ہے۔ جسے ایک خاندان کی نفسیاتی تھیراپی کا بیانیہ یا علالت کا بیانیہ کہا جا سکتا ہے۔ ایسے بیانیہ کا مقصد (Restitution) یعنی واپس کسی کو اسی حالت میں لانا کہ جسے صحت مندی

کہی جاتی ہے۔ نگار سے متعلق جملہ مباحث (Chaos) یعنی زندگی میں آئی بدنظمی یا انتشار کے بیانیے کو سامنے لاتا ہے۔ پچھلے صفحے پر واحد متکلم راوی عبدالرحمن کا ردار کی محبوبہ نادرہ جو نور محمد کی بیوی ہے نے اچانک یہ انکشاف کیا ہے کہ اس کے مینٹل ڈس آرڈر کی کیا وجہ ہے؟ ایسے میں نگار کی پیدائش اور اس کی بیماری کے عقب میں نہ کہ صرف ماں کی ذہنی حالت ٹھیک نہیں ہونا ہے بلکہ کئی سیاسی، سماجی (مثلاً ماں کے مرنے کے بعد باپ کا دوسری شادی کر لینا) اور اقتصادی عوامل نیز ماحولیاتی عوامل بھی کام کر رہے ہیں۔ نگار کی ماں نادرہ کی بیماری اور نگار کی پیدائش کے بعد اسے رونے کی بیماری سے نجات کی خاطر نور محمد، عبدالرحمن اس کی بیوی رقیہ کے ساتھ ڈاکٹر ابھیتوش کی کوششیں سب کچھ علالت کے بیانیے کا ایک فنی گوشہ سامنے لاتا ہے اور غالباً یہ اردو ناول میں پہلی بار سامنے آیا ہے۔

اس نوع کے بیانیے میں کوئی شخص یا کردار کسی بیماری کو عارضی دکھ سے عبارت کرتا ہے اس کا مقصد بیمار کو اچھے بھلے انسان کے روپ میں دیکھنا ہوتا ہے، جبکہ سخت بے ترتیبی یا بدنظمی والے بیانیے میں آدمی کو مستقل طور پر بیمار کے روپ میں دیکھا جاتا ہے یعنی اس کے ٹھیک ہونے کی کوئی امید نہیں ہوتی۔ یہاں نگار کے لیے باپ کے دل میں اچھے ہونے کا کامل یقین ہے تو رحمن اور ڈاکٹر ابھیتوش کی سائنس نگار کے لیے Mercy Death ہی اس کا واحد علاج سمجھتے ہیں۔ نور محمد کو یہ قبول نہیں۔ مشرف عالم ذوقی نے اپنے ناول "بیان" میں الزائمرس کے مریض کے روپ میں بالمکند شرما کو پیش کیا ہے یہ دراصل خالصتاً Chaos کے بیانیہ میں ابھرنے والا ایک کردار تھا جہاں ایک نارمل آدمی کے روپ میں اس کی واپسی ناممکن تھی۔ جبکہ "لے سانس بھی آہستہ" میں Chaos کے ساتھ ساتھ Quest narrative یعنی تلاش و تفتیش کا بیانیہ بھی موجود ہے یعنی نور محمد کا اپنی بیٹی کو بچانے کا ہر ممکن طریقہ یا کسی حد تک چلے جانے کا جنون یہاں تک کہ اسے اپنی

بیٹی کے لیے ایک مرد کے روپ میں بھی پیش کرنا پڑتا ہے۔اس کے پیچھے صرف اور صرف اپنی بیٹی کو ایک صحت مند لڑکی کے روپ میں دیکھنے کی خواہش ہے۔ آگے یہ بھرم کھل جاتا ہے کہ نگار کی بیماری سے زیادہ بڑی بیماری ہمارے اکیسویں صدی کے بہت ہی ترقی یافتہ سماج میں پھیل چکی ہے۔سچ تو یہ ہے کہ نور محمد کی انتہائی مجبوری میں سرزد ہونے والی غلطی، ایک بہت بڑی بیماری کے روپ میں آج گوگل پر قریبی رشتے پر دکھائی جانے والی ہزار ہا بلو فلموں کی بہتات کی صورت میں موجود ہے یعنی جسم سے زیادہ آج کا ذہن اور آج کے انسانوں کی روح بیمار ہو چکی ہے۔ عبدالرحمن کا ردار کے لیے نیلے کا انفارمیشن ایک حیرت ناک خبر ہے:

"اب یہ دیکھو۔۔۔یہاں میں لکھتا ہوں India,incest family پاکستان کا نام لکھو۔۔۔اور یہ دیکھو۔۔۔۔وہ دکھا رہے ہیں۔۔۔یہاں کوئی یورپین نہیں ہے۔امریکہ، برطانیہ یا آسٹریلیا کے جوڑے نہیں ہیں۔ تمہارے لوگ ہیں کاردار۔۔۔پاکستان کے، ہندوستان کے۔اپنے سگے جو جنسی اشتعال انگیزی میں گم ہیں۔ تم کہہ سکتے ہو، ممکن ہے، یہ سگے نہ ہوں۔ محض فلمیں بنا دی گئی ہوں۔ لیکن یہاں سگے رشتوں کا نام کیوں درج ہے کاردار؟ کیونکہ بازار کے مارے، گلوبلائزیشن سے بور ہو جانے والے اب دوسروں کے سیکس کا ڈرامہ دیکھ کر بور ہو چکے ہیں اور نتیجہ۔۔۔۔وہ سیکس کو آپسی رشتوں میں تلاش کر رہے ہیں۔،"۲۷

جیسے آج کا انسان نگار بن گیا ہے۔وہ نہ جانے کس چیز کی تلاش میں ہے اور مسلسل رو رہا ہے یعنی سکون کی نئی منزلوں کی تلاش میں ہے۔

مشرف نے اپنے ناول "پوکیمان کی دنیا میں" بھی جنگ اور سیاست کے مسئلے اٹھائے ہیں۔اس ناول میں ایک کم عمر بچہ عصمت دری کے جرم میں سزا بھگت رہا ہے لیکن جج

سنیل سہائے نے فیصلہ یہ دیا ہے کہ یہ جرم دراصل میڈیا نے کیا ہے۔ لہٰذا میڈیا کو پھانسی پر لٹکایا جانا چاہیے۔ مقدس رشتوں کی پامالی پر مشرف عالم ذوقی کا افسانہ "اصل واقعہ کی زیراکس کاپی" بھی "لے سانس بھی آہستہ" کو پڑھتے وقت ہمیں سامنے رکھنا ہوگا۔

نگار کے رونے کا منظر ناول میں جیسے ٹھہر سا گیا ہے۔ ناول کے بیانیہ کی ظاہری ساخت میں نگار کا رونا یا اس کی بیماری کہانی کو المناک ضرور بناتی ہے اور اس کے اگر دوسرے معنی نہ بھی لیے جائیں، یعنی اس بیانیہ کی داخلی ساخت میں تہہ نشیں معنی کی دریافت نہ بھی کی جائے تب بھی یہ ناول پڑھنے والے قاری کو حد درجہ اداس کرتا ہے، بے چین کرتا ہے اور سوچنے پر مجبور کرتا ہے۔ لیکن نگار کا رونا صرف نگار کا رونا نہیں ہے اس کے باپ اس کی ماں اور راوی عبدالرحمن کا ردار کے ساتھ ساتھ نور محمد کے خسر سفیان کا بھی رونا ہے۔ یعنی نگار کا رونا پورے سماج کا رونا ہے۔ مذکورہ بالا اقتباسات جو پیش کیے گئے ہیں، ان میں واضح طور پر موجودہ دنیا کی خطرناکیوں کی طرف اشارے کیے گئے ہیں۔ ہمارے بچے کی صحت اس کی بیماری ان سب کے پیچھے معاشرتی الجھنیں ہی نہیں، ملکی نظم و نسق میں آئی خرابی بھی ہے۔ غیر ضروری طور پر ملکی عوام پر جنگیں تھوپنا بھی ہے۔ کیا یہ بتانے کی ضرورت ہے کہ ہیروشیما پر بمباری کے بعد وہاں کی آنے والی نسلوں پر مختلف طرح کی بیماریوں نے کیونکر انھیں زندگی کی دوڑ میں اپاہج کے خانے میں فارم بھرتے وقت ٹک لگانے پر مجبور کر دیا۔ نگار صرف نور محمد کی بیٹی نہیں ہے مستقبل کی بیٹی ہے۔ ماضی کی غلطیوں کا نتیجہ ہے۔ اکیسویں صدی کی بے چارگی کی تصویر ہے۔ ناول نگار کے بیانیہ میں قاری کے لیے گھنٹوں غور و فکر کرنے کے لیے متن میں جا بہ جا خاموشیوں اور Gaps کا استعمال کیا گیا ہے۔ یہی وجہ ہے کہ وہ چاہے نگار کا رونا ہو یا خزانہ کے لیے کھدائی کا منظر اکہرا بیانیہ نہیں بلکہ بھید بھرا بیانیہ بن گیا ہے۔ فرحت احساس نے اپنی ایک

نظم "تحریر کی فرصت" میں لکھا ہے:

کتنی آوازیں میرے ساتھ چلا کرتی ہیں
کبھی ماں باپ کے رونے کی صدا
کبھی احباب کے پھٹتے ہوئے جوتوں کی کھنک
کبھی دنیا کے چٹختے ہوئے اعضا کی پکار
صبح تا شام وہی ایک ہی شب کا آہنگ ۲۸

" نظم لہر کا ٹھہراؤ" کی مندرجہ ذیل لائینیں ملاحظہ فرمائیں:

جامع مسجد کے چار میناروں سے
رونے کی آوازیں
نشر ہو رہی ہیں ۲۹

اور "خوش رہو کی" مندرجہ ذیل لائینیں ملاحظہ فرمائیں:

میں تمہاری آنکھوں میں آنسوؤں کا واحد قطرہ تھا
رخصت ہوا
اب تم خوش رہو ۳۰

گویا رونا التوا میں ہے۔ رونا یعنی نفی یا دکھ کا باہم ربط ساخت کے بغیر ممکن نہیں یعنی:

۱۔ ہم اس لیے روتے ہیں کہ ہمارا کوئی عزیز مر گیا ہے۔
۲۔ اس لیے روتے ہیں کہ کوئی پسندیدہ شے کھو گئی ہے۔
۳۔ اس لیے روتے ہیں کہ بھوک لگی ہے (جیسے شیر خوار بچے)
۴۔ اس لیے روتے ہیں کہ کوئی اس قدر دکھ میں ہے کہ ہم چاہ کر بھی اس دکھ سے اسے نجات نہیں دلا سکتے۔

۵۔ کبھی کبھی پورا معاشرہ روتا ہے اور اس کا اظہار وہ کئی صورتوں میں کرتا ہے۔ مثلاً پتلے نذر آتش کرتا ہے۔ واک آوٹ کرتا ہے۔

۶۔ قدیم داستانوں میں کوئی زمانوں سے بیٹھا رو رہا ہوتا ہے، جس کی وجہ کا پتہ لگانا بجائے خود ایک طویل داستان بن جاتا ہے۔

نگار کے رونے کی وجہ بظاہر مذکورہ بالا ساختوں میں سے کوئی ساخت نہیں لیکن بباطن یہی ساختیں اس کے رونے کی وجہیں بنی ہیں۔ غور کیجیے تو نگار کے رونے کا مقصد بالکل غیر واضح ہے۔ نگار کے رونے کا مقصد عام بچوں کی طرح بھوک کا اظہار بھی نہیں ہے۔ ایسے میں نگار کے رونے کی وجہ اکیسویں صدی کی دہلیز پر ہونے والے تماشے ہو سکتے ہیں، میڈیا یا سوسائٹی ہو سکتی ہے، جنگ ہو سکتی ہے یا فطرت کو مسمار کرنے اور ہواؤں میں زہریلی گیس کی ملاوٹ بھی ہو سکتی ہے۔ نگار دراصل اس دنیا کا مستقبل ہے۔ مستقبل کی یہ دیوی جیسے لگاتار رو رو کر ہم سے فریاد کر رہی ہے کہ بچاؤ اپنی اس حسین دنیا کو۔ ایسا نہ ہو کہ مستقبل کا مستقبل بھی برباد ہو جائے اور دنیا کا خاتمہ ہو جائے۔ نور محمد کی کوششیں کسی بھی حالت میں نگار کو زندہ رکھنے کی ہیں۔ اس کا جنون اور اسے بچانے کے لیے ہر قسم کا جتن کرنا ایسا معلوم ہوتا ہے کہ جیسے اس نے مستقبل کی آہٹیں سن لی ہوں یا مستقبل کی فریاد نے اسے بے چین کر دیا ہے۔ ڈاکٹر ابھیتوش کو یہ معلوم ہی نہیں ہے کہ دنیا کیونکر امید پر قائم ہے۔ انہیں تو یہ بھی معلوم نہیں تھا کہ جس بچی کی Mercy Death کی بات کی جا رہی ہے یہ جینی کی ماں کی صورت میں اس دنیا کو خوبصورت بنانے میں اپنا سارول ادا کرنے والی ہے یعنی مستقبل کی ماں، جسے کلچر کی نہیں، بلکہ کلچر جہاں پیدا ہوتی ہے یعنی Agriculture وہاں سے اپنی زندگی شروع کرنی ہے۔ اردو ناول کی روایت میں نگار کا رونا ایک انوکھا نرالا اظہار ہے، جو اس ناول میں معنی کی ایسی کئی انجانی لہریں پیدا کر دیتا

ہے۔اس ناول کا دوسرا بڑا بیانیہ جادوئی بیانیہ ہے، جہاں ایک خزانے نے ایک فیملی کے جملہ افراد میں جیسے ایک نیا جوش بھر دیا ہے۔ جادو کا یہ قصہ نظر محمد کی بیوی کی جنات کے سایہ کی خبر سے شروع ہوتا ہے۔ نظر محمد بیوی کو جنات کے سایہ سے نکالنے کے لیے بالکل سفید کاغذ مانگنے کے لیے وسیع الرحمن یعنی راوی کے والد کے پاس آتا ہے اور اس کی والدہ اس بات پر برہم ہو جاتی ہے کہ آپ نے اسے سفید کاغذ کیوں دیا۔ وہ دراصل ہمارے گھر پر جادوٹونا کروانا چاہتا ہے۔ اتفاق سے راوی کی طبیعت بھی ان دنوں خراب ہو جاتی ہے اور یہ شک یقین میں بدل جاتا ہے۔ وہی نور محمد اس بات سے انجان اصیل مرغ مانگنے آ جاتا ہے اور اس بار تو وسیع الرحمن آگ بگولہ ہو جاتا ہے اور اسے دھتکار کر وہاں سے چلے جانے کو کہتا ہے۔ دیکھنے والی بات یہ ہے کہ نظر محمد اور وسیع الرحمن جاگیر دارانہ نظام کے دہانے پر کھڑے رہی سہی شان و شوکت بٹور رہے تھے اور نام نہاد جاگیر دار یا زمیندار کہلاتے تھے۔ دنیا بدل رہی تھی۔ چھوٹے بڑے ہو رہے تھے یعنی حاشیہ مرکز میں اور مرکز حاشیہ میں تبدیل ہو رہا تھا۔ اقتصادی بدحالی نے دونوں گھروں پر ہتھوڑے برسانے شروع کر دیے تھے۔ ایسے میں ذرا سی بھی امید کی کرن مل جائے تو انسان یہ نہیں دیکھتا کہ وہ کس کی بات کا یقین کرے اور کس کا نہ کرے۔ کون سی بات عقل سے بعید ہے اور کون سی بات عقل کی، اس امر کی تمیز غربت کی مار جھیلنے والے انسانوں کے پاس کہاں ہوتی ہے۔ ایک دن جھاڑ پھونک کرنے والے مولوی محفوظ علی اپنا الو سیدھا کرنے کی نیت سے راوی کے گھر آ دھمکے اور چونک چونک کر کچھ نہ کچھ گھر میں ہونے کا یقین دلانے لگے۔ مطیع الرحمن حیران تھے کہ محفوظ علی کیا کہہ رہے ہیں۔ محفوظ علی کے کہے کے مطابق وسیع الرحمن آنگن کی طرف آئے اور کہا:

"ٹھہریے۔۔۔۔

'انہوں نے آنکھیں بند کیں۔ کچھ دعا پڑھی۔ پھونک ماری۔۔۔ پھر ابا سے گویا ہوئے۔

'عورتوں کو ابھی اس طرف آنے سے منع کیجئے اور ممکن ہو تو یہیں دو کرسیاں منگا لیجئے۔

'یہاں۔۔۔۔؟'

'ہاں بھئی۔ سبحان اللہ۔۔۔۔۔'مولوی محفوظ کی آنکھیں چمک رہی تھیں۔۔۔

'میں نے کہا تھا نا، جو میں دیکھ رہا ہو، وہ آپ نہیں دیکھ رہے ہیں اور آپ دیکھ بھی نہیں سکتے محفوظ بھائی۔ دو کرسیوں کے ساتھ ساتھ مٹھائی بھی منگوائیے اور ہاں میری یہ بات گرہ میں باندھ لیجئے کہ بلند حویلی کی تقدیر سنورنے جارہی ہے۔۔۔ ۱۳۱

مولوی محفوظ علی نے اشارتاً کہہ دیا کہ حویلی کے دن پھرنے والے ہیں یعنی آپ لوگ بہت دولت مند ہو جائیں گے۔ گمشدہ خزانہ کبھی کبھی انسان کو مل جاتا ہے:

'اور وسیع بھائی۔ آپ تو پڑھے لکھے آدمی ہیں۔ خاندانی آدمی ہیں۔ آپ سے کیا چھپانا۔ آپ نے بھی ہزاروں کہانیاں سنی ہوں گی۔ یہ خزانہ آواز دیتا ہے۔ مگر یہ آواز سب نہیں سنتے۔ زمین کے اندر گڑا خزانہ برسوں مکین کو خواب خرگوش سے جگانے کی کوشش کرتا ہے۔۔۔ جو جاگ جاتے ہیں، یہ خزانہ ان کا ہو جاتا ہے۔۔۔ جو سوئے رہ جاتے ہیں، یہ خزانہ ان سے الگ ہو کر اپنی جگہ بدل دیتا ہے۔۔۔۔'

'ہاں سنا ہے۔۔۔ دادا مرحوم بتایا کرتے تھے کہ ایک زمانے میں اسی صحن سے ڈھن۔۔۔ ڈھن۔۔۔ ڈھن کی آوازیں آیا کرتی تھیں۔ رات کے وقت سارا گھر بیدار ہو جاتا تھا۔ اس وقت یہ حویلی بھی کیا حویلی تھی۔ دادا جان کا زمانہ بھی کیا زمانہ تھا۔۔۔ مگر اس وقت کمی کس چیز کی تھی۔ بس ڈھن۔۔۔۔ ڈھن کی آواز سن کر خاموش رہ گئے دادا

جان۔۔۔۔۔۔۔'۳۲'

ابھی بھی وسیع الرحمن کو یقین نہیں ہو رہا تھا کہ دن پھریں گے تو کیسے۔ مذکورہ بالا اقتباس کے خط کشیدہ جملے پر نگاہ ضرور رکھیں۔ ایسا لگتا ہے کہ مولوی محفوظ یہ کہہ رہے ہیں جو قومیں جفاکش اور حد درجہ آگاہ ہوتی ہیں وہ اپنے تہذیبی خزانے سے کچھی کچھی محروم نہیں کی جاسکتی نیز یہ بھی کہ جو قومیں بیدار نہیں رہتیں یا بدلتے زمانے کے ساتھ بقدر ضرورت اپنے تہذیبی معیار میں اضافہ نہیں کرتیں انھیں اپنے وجود سے ہاتھ دھونا پڑتا ہے۔ راوی عبدالرحمن کا ردار اس وقت کمسن بچہ تھا۔ اس کے لفظوں میں:

"میری نظر میں ابھی اس وقت۔۔۔ جو کچھ ہو رہا تھا اس کی اہمیت محض ایک دلچسپ کھیل کی تھی۔ لیکن مجھے اس کھیل میں مزہ مل رہا تھا۔۔۔ جیسے بچپن میں اماں پر یوں اور جنوں کی کہانیاں سنایا کرتی تھیں۔۔۔ ان کہانیوں میں حیرت میں ڈالنے والے واقعات ہوتے تھے۔۔۔"۳۳

بہر کیف مولوی محفوظ نے اپنے عمل کے ذریعے یہ پتہ لگالیا کہ گھر میں خزانہ دبا ہوا ہے اور اس نے ہدایت کی کہ گھر کا کوئی بھی فرد اس بات کو نہ بتائے کہ گھر میں کیا ہو رہا ہے۔ کھدائی کے دوران آواز ہرگز باہر نہیں جانی چاہئے۔ خزانہ نکلے گا تو پچاس فیصد آپ کا اور پچاس فیصد میرا ہو گا۔ عبدالرحمن کے والد نے مولوی محفوظ سے پوچھا:

"کیا بہت بڑا خزانہ ہے۔۔۔۔؟

بہت بڑا۔۔۔۔ اتنا بڑا کہ آپ کی سات پشتیں کھائیں تب بھی کم نہ ہو۔۔۔۔

کمسن عبدالرحمن خزانہ کی خبر چاہ کر بھی اپنے دوست نور محمد کو نہیں سنا سکا۔ اس نے زمانے بعد ابا اور اما کے چہرے پر خوشی دیکھی تھی:

ا۔ "ورنہ ہمیشہ ابا کو خاموش ہی پایا تھا۔۔۔ خاص کر تب جب اما حویلی اور حویلی

والوں پر مسلسل طنز کے تیر برسا رہی ہوتی۔ ابا کے پاس اما کے ان تیروں کا کوئی جواب نہ ہوتا مگر مولوی محفوظ علی کے ذریعے سنائی گئی خوش خبری سے ابا کو جیسے وہ تمام تیر واپس مل گئے تھے۔'

حقیقتیں کتنی بدل جاتی ہیں۔ مولوی محفوظ علی نے شگن کی تاریخ نکال لی تھی اور یہ تاریخ اگلے جمعہ کی تھی۔ اس درمیان امی جان نے بھی کئی بار خزانے کے ڈھن ڈھن کی آوازیں سنی تھی۔ میرے لیے یہ سب کسی کھیل جیسا تھا۔ اکثر رات کے کسی پہر اماں ابا دونوں جاگ جاتے۔ کھسر پسر شروع ہو جاتی۔ "۳۴

۲۔ "مولوی محفوظ نے سچ مچ جادو کر دیا تھا۔

اور اس جادو کی پوٹلی سے برآمد ہونے والی نئی تہذیب میرے لیے بالکل نئی تھی

دراصل میں اس تہذیب کو سمجھ ہی نہیں پارہا تھا"۔ ۳۵

ناول کے پہلے حصے کا یہ تیسرا اسین ہے۔ ناول نگار نے اس جادو کو چوں چوں کا مربہ قرار دیا ہے۔ آگے راوی نے لکھا ہے:

'یہ زندگی اپنے آپ میں جادو ہے کاردار صاحب۔۔۔۔ صبح نیند کا کھلنا۔۔۔اور شب میں سو جانا۔۔۔ سارے دن کا سفر میرے لیے کسی جادو سے کم نہیں۔۔۔۔۔ لیکن کیا کیجئے۔۔۔۔ آسانی سے ملی ہوئی آزادی کبھی جادو نہیں لگتی۔۔۔۔۔ اور آہستہ آہستہ وہ ہمارے لیے اپنی قیمت کھوتی جاتی ہے۔ پروفیسر نیلے ہنس رہے تھے۔۔۔۔۔ میں پوچھوں گا نہیں کہ خزانہ ملا یا نہیں لیکن یہاں کا سارا خزانہ تو انگریز لے گئے۔ "۳۶

اب آپ نے اگر مذکورہ بالا عبارت پر غور کیا ہے تو آپ کے ذہن میں یہ سوال ضرور پیدا ہوا ہوگا کہ یہ کس خزانہ کی بات کی جارہی ہے۔ آگے اس پر تبصرہ کیا جائے

گا۔ پھر جیسا کہ آپ کو معلوم ہے کہ اس درمیان پاکستان سے سفیان اور نادرہ راوی کے گھر آتے ہیں اور کھدائی کا کام تھوڑے دنوں کے لیے ٹل جاتا ہے کیونکہ شہر کا ماحول ناخوش گوار ہے۔ حالات معمول پر آنے کے بعد خزانے کی کھدائی شروع ہوتی ہے اور رحمن کی دلچسپیاں خزانہ سے زیادہ نادرہ کے حسن کی اسیر ہو کر رہ جاتی ہیں۔ جادو اصلی جادو میں بدلتا نظر آتا ہے:

"ایک جادو نگری تھی۔۔۔۔ یہ حویلی۔۔۔۔۔۔

ایک جادو گر تھا۔۔۔۔۔ مولوی محفوظ۔۔۔۔۔۔

اور ایک جادو کا ڈبہ۔۔۔۔ یہ گمشدہ خزانہ۔۔۔۔

میری تنہائی مجھے ڈس رہی تھی۔۔۔۔۔ عمر کا گھوڑا سرپٹ ہوا میں بھاگ رہا تھا۔ میرے جسم کو خوشبو مل گئی تھی۔۔۔۔ اور یہ خوشبو اب لذتوں کے لباس میں گم ہونا چاہتی تھی۔۔۔۔۔

میرا جسم شور کرنے لگا تھا۔۔۔۔

اور میں شور کرتے جسم کی آواز میں قید تھا۔۔۔۔۔۔

دنیا اچانک نشیلی ہو گئی تھی۔۔۔۔۔ نیلا آسمان، پیڑ پودے۔۔۔۔ سرسراتی ہوا۔۔۔۔ کسی کا لمس۔۔۔۔

ایک جادو وہاں تھا اور ایک جادو یہاں ہولے ہولے میرے جسم میں اترتا ہوا۔۔۔۔۔۔"[۳۷]

ایک نسل ہے، جسے خزانے میں دلچسپی ہے تو وہیں دوسری نسل کے لیے خزانہ کچھ اور ہے، جادو کچھ اور ہے اس کے معنی کچھ اور ہیں۔ یعنی واضح طور پر اس بات کی طرف اشارہ کیا گیا ہے کہ سچائی کی یا حقیقت کی کوئی ایک سطح یا متعینہ صورت نہیں ہو

سکتی۔ حقیقتیں ہزار چہرہ ہیں۔ کھدائی کے دوران نہ جانے کس طرح یہ بات شہر میں پھیل گئی۔ نظر محمد کو کسی نے بتایا کہ وسیع الرحمن کے گھر سے رات کو جو آوازیں آتی ہیں، اس کا رشتہ تمہارے گھر سے ہے۔ دراصل وہ لوگ تمہاری بیوی کو آسیب کے ذریعے مارنا چاہتے ہیں۔ پھر کیا تھا نظر محمد نے آؤ دیکھا نہ تاؤ اور وسیع الرحمن کو اس کے گھر آکر اسے بہت کچھ سنا گیا اور جاتے جاتے کہا:

"نظر محمد جانے کے لیے مڑے پھر ٹھہر گئے۔۔۔۔۔۔اور ہاں۔۔۔ آئندہ کے لیے یہ کارروائی بند کر دیجیے۔ میں آپ اور آپ کے خاندان کی عزت کرتا ہوں۔ اس عزت کو قائم رکھئے۔ بس اتنا ہی کہنے آیا تھا۔ نظر محمد چلے گئے۔ ابا کی آنکھوں سے آنسو رواں تھے۔"۳۸

اور پھر اس کے دوسرے ہی دن گھر پر پولیس آگئی۔ وہ اپنا ڈنڈا گھما کر بار بار یہی پوچھ رہا تھا۔ کیا چل رہا تھا یہاں۔ محلہ والے پریشان تھے۔ اب وسیع الرحمن بھلا کیا بتاتے۔ ان کی بیچارگی بیان سے باہر ہے۔ بار بار پوچھنے کی وجہ سے وہ جھلا گئے اور جہاں کھدائی کی گئی تھی انسپکٹر کو وہاں لے جا کر گڈھے کو دکھاتے ہوئے کہا:

"یہ۔۔۔ اپنی قبر کھود رہا تھا۔۔۔۔لوگ تو اپنے مرنے کے بعد قبر میں دفن ہوتے ہیں۔ قبر بھی گورکن کھودتے ہیں، لیکن میں وسیع احمد کاردار ولد سمیع احمد کاردار، کاردار خاندان کا یہ بدنصیب وارث اس آزاد ہندوستان میں بدنصیب حویلی کی میت اٹھاتے اٹھاتے اتنا تھک گیا کہ خود اپنے ہاتھوں سے اپنی قبر کھودنے لگا۔۔۔ انسپکٹر کی پیشانی پر پسینے کی بوندیں جھلملا گئی تھیں۔۔۔ آپ کے گھر والے کہاں ہے؟ کسی نے کچھ نہیں کیا۔۔۔ جاتے ہوئے اس نے تنبیہ کی۔ کل یہ گڈھا بھروا دیجئے گا۔ سمجھ گئے نا آپ۔۔۔۔شام ہو گئی تھی۔۔۔ ابا کے ساتھ انسپکٹر کی آوازیں کانوں میں گونج رہی

تھیں۔ تو ابا اپنی قبر کھود رہے تھے۔۔۔ گمشدہ خزانہ تو جیسے خواب و خیال کی باتیں تھیں، دراصل یہ کچھ اور تھا۔۔۔۔ بھیانک۔۔۔۔ بھیانک سے زیادہ عبرت آمیز۔ آنکھوں سے ایک قطرہ آنسو ٹپکا تم رو رہے ہو مت رو 'سب رو رہے ہیں۔۔۔۔ ابو بھی رو رہے ہیں۔۔۔ اور یہاں تم بھی۔۔۔ مجھے بتاؤ گے نہیں کہ کیا ہوا ہے۔۔۔۔ کچھ ایسا ہوا ہے جسے ابھی تم نہیں سمجھ پاؤ گی۔ نہیں۔۔۔ نادرہ اتنی چھوٹی نہیں۔۔۔۔ بتاؤ نا مجھے۔۔۔۔ یہاں بھی ایک جنازہ رکھا ہے۔۔۔۔ کہاں ؟نادرہ گھبرا کر پیچھے ہٹی۔۔۔ اس کی آنکھیں خوف سے پھیل گئی تھیں۔ جھوٹ بولتے ہو تم۔۔۔۔ کہاں ہے جنازہ، یہ حویلی"۔ ۳۹؎

ناول کا پہلا حصہ یہیں ختم ہوا ہے۔ یہاں ٹھہر کر مذکورہ بالا اقتباسات کے خط کشیدہ جملوں پر ضرور غور کیا جانا چاہیے۔ جیسے آخری اقتباس کے آخری جملے کا آخری لفظ "حویلی "ہے۔ ظاہر ہے کہ آج حویلیاں اب شاید ہی کسی شہر میں نظر آئیں۔ ان سے کئی صدیوں کی تاریخ اور تہذیب وابستہ ہے۔ دراصل حویلی خالص ہندوستانی ثقافتی مدلول ہے۔ ظاہر ہے یہیں پر یا یہ کہا جائے کہ اس کے اندر کھدائی چل رہی ہے۔ سوال یہ ہے کہ خزانہ کا یہ قصہ نری فینتاسی ہے؟ یا ان اساطیری قصوں یا ان داستانوں کا رد تشکیلی متن ہے، جس میں اکثر ہیرو خزانے کی تلاش میں نکلتا تھا۔ ناول میں یہ خزانہ ایک کوڈ ہے؟ یا محض قصہ ؟جب سے خزانہ کی بات ذہن میں آئی وسیع الرحمن اور ان کی بیوی کے چہرے کھل اٹھے۔ اشارہ یہ ہے کہ زندگی کے بہت سے مسائل اقتصادی ہوتے ہیں، لیکن یہ مکمل سچ نہیں ہے کیونکہ ماموں سفیان کا آنا اور نادرہ سے راوی کی قربت اس خزانے سے ان لوگوں کی دلچسپی ہٹا دیتی ہے۔ خود راوی کے والد وسیع الرحمن اور ان کی بیوی اپنے بھائی اور بھتیجی کے آنے کی خوشی میں سب کچھ بھول جاتے ہیں۔ یعنی پاکستان سے آنے والے مہمان اس خزانے کی بات کو تھوڑی دیر کے لیے بھولنے پر مجبور کر دیتے ہیں یہ بھی خوب

اشارہ ہے۔ پاکستان کے یہ رشتے دار اسی وقت آتے ہیں، جب وسیع الرحمن کو محفوظ خزانے کا سراغ بتاتا ہے اور جب وہ آتے ہیں تو شہر کا ماحول بگڑ چکا ہوتا ہے۔

خزانے کی کھدائی ناول کے پہلے حصے کے بیانیہ ترجیحات کا اہم موتیف اور کوڈ ہے، جسے ڈی کوڈ کرنے کے بعد آزادی سے پہلے تشکیل شدہ ہندوستان کی وسیع المشربی اور مشترکہ تہذیب پر ہونے والے حملوں کو سمجھا جا سکتا ہے۔ ایک مسلم زمیندار خاندان کی تین نسلوں کی سوچ کا فرق ان کی سیاست اور قومیت سے متعلق نظریے کا فرق سب کچھ اس کھدائی سے وابستہ ہے بلکہ اس کھدائی میں اس طبقے کا معاشی بحران اور اس سے پیدا ہونے والے توہمات اور ان کی بے چارگی کا سارا دکھ سمٹ کر آجاتا ہے۔ ہاتھ سے سرکتی ہوئی صدیوں کی وراثت، تہذیب، خوشحالی اور بے فکر زندگی کا سکھ سب کچھ جیسے جلدی جلدی اپنی ہی حویلی کی زمین کو کھود کر برآمد کرنے کی سعی کی جا رہی ہے۔ اس کی خبر کانوں کان نہیں ہونے دی جا رہی ہے، لیکن روئی کی آگ کی طرح اس کی خبر کا پھیل جانا پولیس کا آنا اور وسیع الرحمن کے پاس اس کا جواب نہ ہونا کہ وہ کیوں اس کی کھدائی کر رہے تھے ان کی اس بے چارگی کے ذریعے بہت کچھ کہنے کی سعی کی گئی ہے۔ پھر وسیع کا جھنجھلا کر اپنی قبر کھودنے کا مژدہ سنانا جیسے ایک تہذیب کو دفن کرنے کا یا اسے کھود ڈالنے کا یا اس کی جڑ میں خود کو جو اس کا وارث اور امین تھا دفن کر دینے کا کوڈ بن جاتا ہے۔ نثر کے اس بیانیے کی رمزیت کو سمجھنے کے لیے ناول نگار مشرف عالم ذوقی نے ہمیں ایک سرا اور بھی دیا ہے اور وہ یہ کہ نادرہ کے سوال کرنے پر راوی جو جواب دیتا ہے یا پھر وہ یہ کہتا ہے کہ دراصل یہ کچھ اور تھا۔ ہمیں اس کھدائی کے کوڈ پر مزید غور و فکر کرنے پر آمادہ کرتا ہے۔

دراصل یہ خزانہ ہمارے اجتماعی حافظہ کا خزانہ بھی ہے، جو صدیوں سے ہماری زمین

اور جڑوں سے وابستہ رہا ہے یہ خزانہ بر آمد کرنا ہم سب کے لیے بہت ضروری ہے۔ دراصل یہ خزانہ انسانیت اور فطرت کو محفوظ کرنے کا مقدس اشاریہ بھی بن گیا ہے۔ یہ کھدائی موہن جوداڑو اور ہڑپا کی تہذیب کو بر آمد کرنے جیسا ہے۔ یعنی اپنے ماضی کے تحفظ کی علامت ہے جو وسیع الرحمن کے گھر میں موجود ہے لیکن کسی وجہ سے اسے حاصل نہیں کر پاتے اور یہ کھدائی جیسے اس رمز کا اشاریہ بھی ہے کہ لالچی اور خود غرض سیاست نے اسی طرح سے ہماری صدیوں کی تہذیبی روایات کو کھود ڈالا ہے یا جیسے وسیع الرحمن کو اس امر کا شدت سے احساس ہو چلا ہے کہ۔۔۔۔۔ہندوستانی تہذیب کا Revival بہت ضروری ہے۔ یہ بات اس ناول کے پلاٹ میں خالص بیانیوں یا مکالماتی بیانیوں میں بھی عین کھدائی کے دنوں میں بار بار کہی گئی ہے۔ راوی کی ماں نے تو پاکستان بنانے والوں کو یا ملک تقسیم کرنے والوں کو براہ راست پاگل قرار دیا ہے۔ انھیں دکھ ہے کہ ملک نہیں بٹتا تو ان کی بھاوج کا انتقال نہیں ہوتا، نہ وہ اپنے بھائی سے جدا ہوتیں اور نہ نادرہ بن ماں کی بچی کہلاتی، لیکن افسوس کہ ہماری لاکھ کوششوں کے بعد بھی شاید وہ تہذیبی میراث زمین سے بر آمد نہ ہو کیونکہ لوگ اس عمل کو اپنے خلاف ایک سازش سمجھتے ہیں جیسے نور محمد وسیع الرحمن کو اس کے لیے ڈانٹ کر چلا جاتا ہے یا کچھ لوگ ہندوستان کی مشترکہ تہذیبی روایات کی موت کے انتظار میں ہیں۔ پروفیسر نیلے کا طنزیہ جملہ کہ خزانہ ملا؟ ملے گا کیسے وہ تو انگریز لے گئے جیسے صدیوں کے تہذیبی عمل کو ہمارے سامنے رکھ دیتا ہے کہ کیسے انگریزوں نے ہندو مسلم اتحاد، یگانگت اور مشترکہ تہذیبی روایات کی جگہ نفرت کا کلچر عام کیا اور ہمارے اس تہذیبی خزانے کو لوٹ کر لے گئے۔ جدیدیت کے بعد کے فکشن میں یعنی مابعد جدید فکشن میں طلسمی حقیقت نگاری (Magic Realism) پر نیز دادازم سریلزم کی پیروی پر زیادہ زور دیا جارہا ہے۔ جس میں مافوق

الفطری عناصر یا کرداروں کو بالکل دنیاوی اور حقیقی بنا کر پیش کیا جاتا ہے۔ جیسے "لے سانس بھی آہستہ" میں جنات کا سایہ ناول کا ایک اہم کردار بلکہ حقیقی کردار بن کر ابھرا ہے جس نے نظر محمد کی بیوی کی بھی جان لے لی اور نادرہ کی بھی جان اسی جنات کی وجہ سے چلی جاتی ہے۔ نادرہ اکیسویں صدی کی ایک جیتی جاگتی عورت ہے، یعنی ایک حقیقت ہے اور جنات ایک روحانی مخلوق۔ طلسمی حقیقت نگاری میں فینتاسی کے ملے جلے عمل سے حقیقت کی نئی تعبیر پیش کرنے کی سعی کی جاتی ہے۔ اس میں واقعات کو معروضی حقیقت کا لباس پہنا کر کے پیش کیا جاتا ہے۔ تاہم بیانیہ پر ایک دھند سی چھائی رہتی ہے۔ اس کے تحت عموماً مقامی رسم و رواج اور عقائد کو سامنے لایا جاتا ہے۔ اور پر اسرار حقیقتوں کو پیش کیا جاتا ہے۔ کبھی کبھی طلسمی حقیقت نگاری کے بیانیہ میں گہری سیاسی اور تہذیبی حقیقتیں بھی ابھر آتی ہیں جیسا کہ پچھلے صفحے پر ذکر کیا گیا۔ ناول نگاروں کا مقصد اس کے ذریعے طبقہ اشرافیہ پر تنقید بھی ہے یا پہلے سے طے شدہ حقائق کی رد تشکیل ہے۔ نور محمد میڈیکل سائنس کی نارسائیوں سے بد دل ہو کر تانتر کوں کے پاس چلا جاتا ہے۔ یہ واقعہ اسی حقیقت پر دال ہے۔ کبھی کبھی طلسمی حقیقت نگاری سامنے کی حقیقت سے انکار کرنے کا ایک شاعرانہ طریقہ بھی بن جاتا ہے۔ اب وسیع الرحمن کو ہی لے لیجئے وہ ایک مسلمان ہے اور اتنا ہی نہیں مسلم لیگی مسلمان ہونے کے ساتھ ساتھ پڑھا لکھا بھی ہے۔ سیاست سمجھتے ہیں لیکن پھر بھی قسمت کی ستم ظریفی یہ ہے کہ معاشی بحران نے انہیں یہ سمجھنے سے روک دیا کہ آدمی کو جو کچھ بھی ملتا ہے، اپنے ہاتھوں کی کمائی اور کوششوں سے ملتا ہے۔ اگر خزانے اسی طرح بیٹھے بٹھائے ملنے لگیں تو پھر یہ مسلم لیگی اور غیر مسلم لیگی کے جھگڑے کے کوئی معنی ہی نہیں رہیں گے۔ اس طرح سے اس ناول میں خزانے کے لیے جو کچھ بھی کیا گیا ہے اور اس کے بدلے میں جس قسم کی ذلتیں اٹھانی پڑی ہیں، اس کے ذریعے سے

ہندوستان میں اس مسلم جاگیر دارانہ طبقے کے المیے کو سامنے لایا گیا ہے، جس کی زندگی آہستہ آہستہ نئے ہندوستان میں ایک عام آدمی سے بھی زیادہ بدتر ہو گئی ہے۔ اس ناول سے اگر طلسمی حقیقت نگاری کے جملہ پہلوؤں کو نکال دیا جائے تو یہ ناول ناول نہیں رہ پائے گا۔ ایک حالیہ انٹرویو میں مشرف عالم ذوقی سے گفتگو کرتے ہوئے رضی احمد تنہا نے ناول نگار مشرف عالم ذوقی سے ایک سوال یہ بھی کیا ہے کہ آپ جیسا باتدبر آدمی تقدیر کی گرفت میں کیسے آ گیا اور ہونی انہونی جیسے اوہام کا شکار کیسے ہو گیا۔ مشرف عالم ذوقی نے اس کا جواب دیتے ہوئے کہا ہے:

"میں طلسمی حقیقت نگاری کا شروع سے قائل ہوں۔ میرے بیشتر ناولوں میں طلسمی حقیقت نگاری کے نمونے آپ کو آسانی سے مل جائیں گے۔ میں محض کرداروں کے سہارے سپاٹ بیانیہ میں ناول تحریر نہیں کر سکتا۔ ناول میں ایسے مقام آتے ہیں جب ایک گھر، ایک خاندان کے کچھ لوگ اوہام پرستی کا شکار ہو جاتے ہیں۔ دراصل جسے آپ اوہام کا شکار ہونا قرار دے رہے ہیں، میں نے اسے ناول میں جادو نگری سے تعبیر کیا ہے۔ پدرم سلطان بود۔ تباہ ہوتی ہوئی حویلیاں، نکمے لوگ، نو آبادیات، دنیا کی ترقی اور ایک قوم فقط ۷۰۰ برسوں کی اسلامی حکومت کا قصیدہ پڑھتی ہوئی قوم کا جب برا وقت آتا ہے تو یہ قوم جادو اور اوہام کا شکار ہو جاتی ہے۔ بوڑھی ہوتی حویلی کی تقدیر میں کچھ بھی نہیں ہے۔ عبدالرحمن کاردار آزادی کے بعد کا وہ منظر دیکھتے ہیں، جسے دیکھنے کے بعد کم عمری کے باوجود وہ سوچتے ہیں کہ یہ منظر دیکھا ہی کیوں۔" ۴۰

مشرف عالم ذوقی کی باتیں اپنی جگہ اور اس میں بہت سے حقائق کی تعبیریں بھی قاعدے سے کی گئی ہیں لیکن بحیثیت قاری مجھے محسوس ہوتا ہے کہ خزانے کے لیے کھدائی ایک معاشرے کی تہذیبی زندگی کو بچانے کی آخری کوشش ہے۔ مجھے ایسا بھی

محسوس ہوا کہ جب تک آپ قومی اور اجتماعی طور پر یہ نہ طے کر لیں کہ آپ کی تہذیبی تاریخ کی ابتدا کہاں سے ہوئی آپ یہ بھی نہیں طے کر سکتے کہ آپ کا تہذیبی ورثہ کیا ہے۔ صحن میں کھدائی، جس خزانے کے لیے کی جارہی تھی تو ایسا معلوم ہو رہا تھا کہ کھدائی کرنے والی قوم کی جڑیں سرزمین ہند میں اتنی گہری ہیں کہ اس زمین نے ان کے جینے کا سامان کر رکھا ہے۔ جڑوں پر غور کرنے کا موقع اہل سیاست دیتے ہی کہاں ہیں۔ کھدائی تو اس لیے رک گئی کہ راز افشا ہو گیا ورنہ کیا کچھ نہیں نکل سکتا تھا، یعنی خزانے کی کھدائی سے ماضی کے بازیافت کی کوششیں بین السطور میں محسوس کی جاسکتی ہیں۔

"لے سانس بھی آہستہ" میں ناول نگار مشرف عالم ذوقی نے مغربی اور مشرقی جدیدیت کے ناولوں سے خود کو فنی سطح پر الگ کر لیا ہے۔ معاصر فکشن یعنی مابعد جدید فکشن میں ماقبل متون کے کرداروں یا کسی دیگر پیرایۂ اظہار کے ریشوں اور دھاگوں کو اپنے ناول میں استعمال کرتے ہیں اور اپنے متن میں معنی کے ایک جہان کی دریافت کرنے کی سعی کی جاتی ہے۔ ماقبل ناولوں کے کرداروں کو اپنے ناول کے کرداروں کے جیسا بتا کر انھیں دنیا میں چلتے پھرتے حقیقی انسانوں کی طرح پیش کر کے تخیل کو حقیقت میں بدلنے کی سعی کی جاتی ہے۔ مشرف عالم ذوقی نے "لے سانس بھی آہستہ" میں مغرب و مشرق کے ایسے نہ جانے کتنے کرداروں کو، ان کے حالات کو اپنے ناول کے کرداروں سے ملا کر قاری کے ذہن میں وسیع تر معنوی سیاق میں حقائق کو دیکھنے کا مطالبہ کیا ہے۔ جیسے ہرمن ھسے کے ناول "ڈیمیان "۱۹۱۹ء کے ایک کردار سنکلیر اور نور محمد کا ذکر ایسے کیا ہے جیسے دونوں ایک ہی کردار کے دو نام ہوں:

"مجھے لگا جیسے میں اپنی آواز کے نرغے میں ہوں۔ میری اپنی آواز۔۔۔۔اور سنکلیر کوئی دوسرا نہیں نور محمد ہے۔۔۔۔۔نور محمد۔۔۔۔۔تو انڈا ٹوٹ چکا

ہے۔۔۔پرانی دنیا کے خاتمے سے ایک نئی تہذیب اپنا سر نکالنے والی ہے۔مرغی کے چھوٹے چھوٹے بچوں کی طرح۔"۴۱

مذکورہ بالا اقتباس میں انڈے کے ٹوٹنے کا ذکر ہے دراصل ناول ڈیمیان مطبوعہ ۱۹۱۹ میں Emi Sinclair اور Demian بچپن کے دوست ہیں جیسے عبدالرحمن اور نور محمد۔رحمن نور محمد کا ناصح مشفق (Mentor) ہے اور Demian سنکلیر کا۔ناول "ڈیمیان" دراصل ایک یونانی دیوتا ابراکسس کے بارے میں ہے۔ناول کے یہ الفاظ بہت مشہور ہیں:

The bird struggles out of the egg. The egg is the world. whoever wants to born, must destroy a world. The bird flies to God. That God is Abraxs.42

اسی طرح ہینری رائڈر ہگارڈ Henry Rider Haggard(1925-1856) مہاتی ناولوں کے لیے جانا جاتا ہے، نور محمد کی زندگی راوی کو اس سے بھی زیادہ پراسرار معلوم ہونا، مشرف بار بار ہمیں یہ باور کراتے ہیں کہ دنیا انڈے کی مانند ہے۔انڈا ٹوٹنے والا ہے۔یہ صرف ابراکسس نے پہلی بار نہیں کہا ہے۔ہندوستانی اساطیر میں جب برہما نے پانی کی تخلیق کی۔اسی نے اس میں بیج ڈالا جو سونے کے انڈے کے روپ میں تھا۔برہما خود اس انڈے سے پیدا ہوا ہے۔انڈے کو دو حصوں میں بانٹا ایک جنت دوسرا زمین۔بائبل میں بھی اس انڈے کا ذکر ہے۔اسی طرح سارتر کا Iron in the soul میٹا مورفوسیس روسو ہیمنگوے وغیرہ کے ساتھ ساتھ اردو کی مشہور و معروف داستان طلسم ہوش رُبا مولانا روم اور پریم چند نیز بجو کا کا ذکر کیا ہے۔اس طرح انہوں نے اس تکنیک اور بیانیہ سے اسلوبیاتی منطق کے ذریعے "لے سانس بھی آہستہ" کو ایک تہہ دار متن بنا

کر پیش کیا ہے جس کی کوئی ایک تعبیر ممکن نہیں۔ایک فائدہ ان متون سے تخلیقی رشتہ پیدا کرنے کی وجہ سے یہ ہوا ہے کہ ناول نگار کے متن میں نیا جوش اور نئے معنی کا اضافہ ہو گیا ہے۔ جدیدیت کے ناولوں میں پراسراریت اور حد درجہ گمبھیرتا نے جگہ بنائی تھی۔ ان کا مقصد کردار کے صرف وجودی مسائل کو ہی ابھارنا تھا لہٰذا ان ناولوں میں زندگی کے مسائل سے مردانہ وار مقابلہ کرنے اور خندہ پیشانی سے مصائب سے نبرد آزما ہونے کے حوصلے زیر زمین چلے گئے تھے۔ ذوقی نے دوسرے مابعد جدید ناول نگاروں کی طرح بڑی خوبصورتی سے زندگی کی بد نظمی یا انتشار کے مسئلے کو یا اخلاقی زوال کے مسئلے کو بڑے ہی کھلے دل سے ناول میں پیش کیا ہے۔ بلکہ ان کے کردار زندگی کے گمبھیر سے گمبھیر مسئلے کو ایک بازی گری سمجھتے ہیں اور زندگی کی ان ناہمواریوں، اخلاقی گراوٹوں سے کھیل کھیل میں نبرد آزما ہونے کا عمل کرتے نظر آتے ہیں اور ہمت اور حوصلے کے ساتھ ہنستے کھیلتے زندگی گزارنے کا شعور عطا کرتے نظر آتے ہیں۔ "لے سانس بھی آہستہ" کے ۴۸۰ صفحات میں تقریباً تیس سے زائد مقامات پر لفظ (کھیل) کا استعمال مختلف النوع سیاق وسباق میں ہوا ہے:

ا۔ "پہلے کتنا کھیلتے تھے۔ یاد ہے ددو

"وقت بدل جاتا ہے سارہ۔۔۔۔

نہیں بدل جاتا۔۔۔۔'

۔۔۔وقت کے ساتھ کھیل بھی بدل جاتے ہیں۔ تمہارے بھی تو کھیل بدل گئے۔ کھیل کی جگہ ہاتھوں میں موبائل آگیا

موبائل رکھنا کھیل نہیں ہے۔'

میرے لئے کھیل ہے۔"

-----سارہ نے میری آنکھوں میں جھانکا---اچھا تم کہتے ہو وقت کے ساتھ کھیل بھی بدل جاتے ہیں تو کوئی نیا کھیل کھیلو نا میرے ساتھ---"

ایک لمحے کے لے ٹھہر گیا ہوں---جیسے نور محمد سے چلتی ہوئی کہانی اخلاقیات کے بوسیدہ صفحے تک آکر منجمد ہو گئی ہو---

ایک چیز جو سارہ کے لیے جائز نہیں وہ میرے لیے جائز

---کھیل مل گیا تھا---

دادا پوتی ایک دوسرے سے جائز ناجائز پر باتیں کرتے ہیں۔ پھر لڑکیوں پر بے جا پابندی کے قصے۔ یہ کرو وہ نہ کرو کے حکم نامے سب سامنے آتا ہے اور بات یہاں پہنچتی کہ:

ا۔"------آتنک وادی۔ وہ زور سے تالیاں بجا کر ہنسی۔ میرے ملک کے لیے ناجائز مگر جس ملک نے بھیجا اس کے لیے سب جائز۔ وفادار۔"۴۳

۲۔"گیٹ پر چڑھا ہوا بندر اب پروفیسر کو آنکھیں دکھا رہا تھا۔ پروفیسر ہنس رہے تھے۔

ان بندروں کی قوم---لیکن کیا کروں---ہمارے اجداد بھی تو بندر تھے---بندروں کی تہذیب بندر ہی جانیں---'

پروفیسر نیلے ایک دم سے اچھلے تھے۔ جانے کہاں سے ایک بندر خاموشی سے اچھلتا ہوا پاس آگیا تھا۔ کین کی بنی میز سے جھپٹ کر اس نے پروفیسر کا چشمہ اٹھالیا تھا۔

پروفیسر چیخ رہے تھے۔

'چشمہ دے ظالم-----چشمہ دے میرا---'

پروفیسر نے آگے بڑھ کر زمین سے ایک بڑا سا پتھر اٹھالیا تھا۔ بندر کچھ دیر تک

غراتے رہے۔ پھر پروفیسر کے غصے بھرے تیور کو دیکھ کر بھاگ کھڑے ہوئے۔ پروفیسر نے چشمہ اٹھالیا۔ شیشے سلامت تھے۔ ایک کمانی ٹیڑھی ہوگئی تھی۔

'چلو شکر ہے۔۔۔ زیادہ نقصان نہیں ہوا۔'

بندر صحن چھوڑ کر بھاگ کھڑے ہوئے تھے۔

آپ ان بندروں کا کوئی علاج کیوں نہیں کرتے۔۔۔؟'

میری بات پر پروفیسر ہنس پڑے۔

'بندروں کا کوئی علاج ممکن ہے کیا۔۔۔؟ تشدد یا عدم تشدد۔۔۔ یہ کسی ہتھیار کو نہیں مانتے۔"

طوالت کے خوف سے دیگر مثالوں سے اعراض کیا جاتا ہے ویسے پچھلے صفحات پر بہت سی ایسی مثالیں نظر آجائیں گی جس میں اس لفظ کا استعمال مختلف سیاق میں کیا گیا ہے۔ کبھی قدرت کا کھیل، کبھی تقدیر کا کھیل، تو کبھی سیاست کا کھیل، تو کبھی بندروں کا کھیل اور کبھی کھیل کا کھیل۔ کھیل کھیل میں تقدیر کے جبر اور قدرت کے کرشموں کا اس کی طاقت کا اس کے ہاتھ میں سب کچھ ہونے کا ڈسکورس بھی بیانیہ میں جابجا پیش کیا گیا ہے۔ نور محمد تقدیر کے ساتھ ساتھ تدبیر پر بھی ایمان رکھتا ہے تو دوسری طرف پروفیسر نیلے ایک ماحول دوست اور قدرت پرست کردار کے روپ میں سامنے آئے ہیں۔ وہ چاہے خزانہ کے نہ ملنے کی بات ہو یا راوی کا نادرہ سے شادی نہ ہونے کی بات یا نادرہ کی موت اور نگار کی بیماری کا مسئلہ ہو یا پھر باپ اور بیٹی کے جنسی رشتے کا مسئلہ ہو، انہیں ہر جگہ قدرت کے کرشمے نظر آتے ہیں۔ پروفیسر نیلے وحدت الوجودی نظریے کے مفکر معلوم ہوتے ہیں اور راوی تقریباً ان کی ہاں میں ہاں ملاتا چلا جاتا ہے۔ ناول کی سب سے بڑی Anxiety دراصل باپ اور بیٹی کے درمیان جنسی تعلق پر مختلف طریقوں سے اس

کے حق میں اور اس کے خلاف بحث و مباحثہ ہے۔ یہ واقعہ کیوں ہوا اس کی علت اور معلول کے بیانیے کے ساتھ ساتھ وجوہات کو یا معنی کو التوا میں ڈالنے والا بیانیہ بھی بڑی خوبصورتی سے خلق کیا گیا ہے اور ساتھ ہی ساتھ ان مباحث میں مزید گہرائی اس وقت پیدا ہو جاتی ہے، جب پروفیسر نیلے اس پر اپنی سی نگاہ ڈالتے ہیں۔ دراصل پروفیسر نیلے کے تجربے اور مشاہدے پر مبنی گفتگو کے ذریعے اس لرزہ خیز واقعہ پر ہمدردانہ نگاہ ڈالنے کے لیے قاری کو تیار کیا گیا ہے۔ ناول کا قصہ ایک سانس میں بیان نہیں کیا گیا ہے بلکہ بار بار فلیش بیک کے ذریعے پہاڑ پر مقیم راوی اور پروفیسر نیلے کے تبصرے کو ایک اہم موتیف کے طور پر استعمال کیا گیا ہے اور تبصرے کے درمیان سے ہی قصہ پھر آگے کی طرف بڑھتا چلا گیا ہے اور ایسا کئی بار ہوا ہے۔ نور محمد یا راوی کے خاندان سے متعلق کوئی بھی واقعہ جب بھی بیان کیا گیا ہے تو ایک طرف اگر کسی فرد کی المناک زندگی سامنے لائی گئی ہے تو کیمرے کی تکنیک فیڈ ان کی طرح اس کے ساتھ ساتھ ملکی حالات سیاسی بازیگروں کی ریشہ دوانیوں یعنی سیاسی بیانیہ کو بھی اس کے متوازی رکھا گیا ہے۔ ایسا کرنے سے ناول بیک وقت اس امر کا اشارہ کنندہ بن جاتا ہے کہ افراد کے حالات قومی حالات سے الگ نہیں ہوتے۔ اگر انسانی زندگی کے رشتے ختم ہو رہے ہیں تو سیاسی لوگ بھی اپنے عوام سے تجارتی رشتہ اور صرف تجارتی رشتہ رکھنے میں کوئی عار محسوس نہیں کر رہے ہیں۔ یہ کہانی کس کی ہے۔ رونے والی اس بچی کی یا اس کے باپ نور محمد کی یا نادرہ کی یا بے چارے اس رحمن کی جو شروع میں تو Protagonist معلوم ہوتا ہے لیکن آہستہ آہستہ (Antagonist) یعنی ویلن / رقیب بن جاتا ہے اور پھر نادرہ کی موت کے بعد وہ ایک ہمدرد انسان کے روپ میں سامنے آتا ہے۔ لیکن نور محمد کے تیاگ کو دیکھ کر اس کی ہمدردی کسی کھاتے میں رکھنے کے قابل معلوم نہیں ہوتی۔ یعنی ناول نگار نے بڑی

خوبصورتی سے انسانی فطرت کی عکاسی کے لیے اپنے کرداروں کو کسی شعر سے اخذ کیے جانے والے مختلف معنی کی طرح پیش کیا ہے، یعنی کرداروں کو فلکس میں رکھا ہے۔ اسی لیے اس ناول کو ناول کے کسی ایک قسم کے ذیل میں رکھنا بہت مشکل ہے۔ یہ بیک وقت Period Novel یا Chronicle، سماجی، سیاسی، فیملی، نفسیاتی وغیرہ قسم کا ناول معلوم ہوتا ہے۔ کیونکہ ایک طرف اس ناول میں پروفیسر نیلے اور عبدالرحمن کے درمیان ہونے والی تہذیب و ثقافت سے متعلق گہری بحثیں ہیں تو دوسری طرف فطرت اور ثقافت کے رشتے نیز ماحولیات کے تحفظ سے متعلق فکر مندی اس ناول کو ماحولیاتی ثقافت کا فنی کارنامہ بنا دیتا ہے۔ نہ جانے کتنے ہی موقعوں پر پروفیسر نیلے اور راوی نے پہاڑوں سے اپنے بے پناہ تعلق کا اظہار کیا ہے اور ان کی خوبصورتی پر فریفتہ ہوتے نظر آتے ہیں۔ ہندوستانی اساطیر میں ایک واقعہ ایسا ملتا ہے جسے پڑھتے ہوئے انسان کا فطرت سے رشتہ اتنا گہرا کیوں ہے، کا پتہ چلتا ہے۔ سمندر منتھن کا طریقہ بتانے کے بعد وشنو نے کچھوے کا روپ دھارا اور سمندر کی تہہ میں چلے گئے۔ واپس آئے تو پہاڑ اپنے ساتھ لائے۔ ابھی تک زمین پانی ہی میں تھی۔ ایک اسر ہرناکش نے زمین کو بندی بنالیا تھا پھر وشنو نے جنگلی سور کا روپ اختیار کیا اور سمندر کی تہہ میں غوطہ لگا کر ہرناکش کو مارتے ہوئے زمین کو تہہ سے باہر لے آئے۔ یونانی اور ہندوستانی اساطیر میں یہ بھی آیا ہے کہ زمین نے تباہی کے ڈر سے پہاڑوں سے اپنے جسم کو ڈھکا تھا۔ یہ بتانے کی ضرورت نہیں کہ موسیٰ علیہ السلام نے پہاڑوں کو پار کیا تھا اور احکام خداوندی پائی تھی۔ دنیا کے Epic میں پہاڑوں کے منظر کا استعمال بہت زیادہ کیا گیا ہے۔ پروفیسر نیلے کی نگاہ بار بار پہاڑوں پر ایسے ہی نہیں اٹھتی ہے:

"شہر، بازار، تیل کی آسمان چھوتی قیمتیں، بنکو کا دیوالہ، ماحولیات کے تحفظ کا ایجنڈا

ناکام، گلیشیر پگھلنے لگے، دہشت پسندی، مہاماری، سوائن فلو، ملیریا، شوگر، ہائی پر ٹینشن، بلڈ پریشر،۔۔۔ہارٹ اٹیک، بین الاقوامی معاہدے سب کاغذ پر رکھے رہ جاتے ہیں۔ اچانک پروفیسر نیلے سامنے آتے ہیں۔ کافی دنوں امریکہ میں رہے اپنے بیٹے کے پاس۔ پھر یہاں آگئے۔ جیسے میں آگیا۔۔۔ سارہ سے ملنے گیا تو وہ کمپیوٹر سے چپکی ہوئی تھی۔ اچانک مجھے دیکھ کر وہ ذرا سا خوفزدہ ہوئی تھی۔ وہ کسی ایسے سائٹ کو دیکھ رہی تھی جسے میری موجودگی نے کسی حد تک ڈسٹرب کر دیا تھا۔

"پروفیسر نیلے ہنسے۔۔۔ سمجھ گیا اسی لیے واک کرتے ہوئے نہیں آئے۔ گاڑی لے کر آئے ہو۔ ارے بھئی۔ ان پہاڑیوں پر زندگی کا اپنا مزہ ہے۔۔۔۔

کہوں کاردار۔۔۔۔۔؟

بالکل سہی۔۔۔۔سنتے آئے تھے۔ پہاڑ کی زندگی بالکل بے جان سی ہوتی ہے۔ پہاڑوں کی طرح۔۔۔ لیکن لوگوں نے پہاڑوں کے اندر کی روحیں نہیں دیکھیں۔ ہر پہاڑ کچھ نہ کچھ بولتا ہے۔ شاید سینکڑوں ہزاروں برسوں کی داستانیں ان پتھروں میں جانے کب سے دفن ہیں۔

پروفیسر نیلے نے ٹھہاکا لگایا۔۔۔'پہاڑ بولتے ہیں۔ لیکن سب کے لیے نہیں۔۔۔ ان کے لیے جو سننا چاہتے ہیں۔"[۴۴]

۲۔"درختوں سے ٹوٹ ٹوٹ کر ہزاروں پتے، پتھریلی زمین پر بچھے ہوئے تھے۔ میں نے سڑک کے ایک طرف گاڑی پارک کر دی۔ سر سبز سنگلاخ راستوں کا ایک نہ ختم ہونے والا سلسلہ۔۔۔ چاروں طرف انتہائی دلکش پہاڑوں سے ہو کر نظر آنے والا نیلگوں آسمان کا سمندر۔ مظاہر قدرت نے اپنا خزانہ لٹایا تھا ہرے ہرے پتوں کے جھنڈ سے نیلے نیلے آسمان کی وسعتوں کو دیکھنا، مجھے ہمیشہ سے حیران کرتا آیا ہے۔ نیچے گھنیری

وادیاں۔۔۔خو درو جھاڑیاں۔۔۔۔خود رو پھول۔۔۔۔۔شاخوں سے الجھی ہوئی شاخیں۔۔۔۔۔۔پرندوں کے بولنے، چہچہانے کی آوازیں۔۔۔۔۔"۔

دراصل پہاڑ (ماحولیات کا تحفظ) اس ناول کا اصل ہیرو ہے، جس پر الگ سے ایک بحث قائم کی جاسکتی ہے۔ کہنے کا مقصد یہ ہے کہ اس ناول

کو کسی ایک کھونٹے سے باندھ کر رکھنا بہت مشکل ہے۔ نور محمد کا گناہ ازلی گناہ کی یاد دلاتا ہے، جو ایک ایلیے کو خلق کرتا ہے جس کی دوسری سطح اعتراف گناہ ہے۔ جنس اور جبلت اس ناول کے مزاج کا تعین کرتا ہے۔ ہم اس ناول کو پڑھتے ہوئے خود کو بڑی شدت سے ٹٹولنے لگتے ہیں، جیسے ہمارا سامنا اچانک ایک ایسے آئینہ سے ہو گیا ہے جہاں بہت اندھیرا ہے۔ روسو نے کہا تھا " آدمی کا دل ایک تاریک جنگل ہے اور اس جنگل میں شیطان اور فرشتے ایک ساتھ رہتے ہیں اور یہی ناول نگار کی اصلی ریاست ہے۔ ناول زندگی کی روشن کتاب نہیں ہے، جیسا کہ لارنس نے کہا تھا۔ اگر یہ سچ ہے تو اس کا تعین کون کرے گا کہ زندگی کیا ہے۔ ہاں زندگی کو ٹٹولنے کی بڑی ہی خطرناک قسم کی انسانی ہمدردی کا جذبہ لیے ہوئے ہمارے سامنے ایک ناول نگار آسکتا ہے۔ اس لیے کہا جاتا ہے کہ ہر ناول جو اچھا ہوتا ہے ماضی کے ناولوں سے وابستہ ہوتے ہوئے بھی اس کی تکرار کی مثال نہیں ہوتا۔ معاصر فکشن کو نظر انداز کر کے ہم اپنے عہد کی تفہیم قطعاً نہیں کر سکتے کیونکہ ہر نیا ناول اپنے عہد کے طلوع ہونے کا اشارہ کنندہ ہوتا ہے۔ ناول نگار اپنے عہد کے کسی بھی دانشور، ستی جتی، رشی منی، قومی رہنما، یا اسکالر کے مقابلے زیادہ باریک بینی سے اپنے عہد کی پہچان کراتے ہیں۔ اگر کلاسیکی ناول ماضی کو ہمارے لیے اجنبی نہیں رہنے دیتے تو اسی طرح ہم اپنے حال کی اصل فطرت سے واقف نہیں ہوتے۔ ہم اپنے عہد سے اتنے ہی وابستہ ہوتے ہیں جس طرح آئینہ کے سامنے کھڑا ایک شخص۔ معاصر ناول آئینہ

تو ہیں مگر مخصوص آئینہ جس میں ہم اپنے عہد کے خارجی روپ ہی کو نہیں داخلی روپ کو بھی مختصر زاویے سے دیکھ سکتے ہیں۔ایک زمانہ میں کلاسیکی ناول بھی معاصر ناول ہی تھے جنہیں نقادوں نے پڑھا ہو گا، جیسا کہ ہم آج قاضی عبدالستار، مشرف عالم ذوقی (لے سانس بھی آہستہ)، پیغام آفاقی (پلیتہ، مکان)، سید محمد اشرف، شموئل احمد (مہاماری)، جتیندر بلو(وشواس گھات)، اقبال انصاری(اپنے)، انل ٹھکر (خوابوں کی بیساکھیاں)، غضنفر (پانی، مانجھی، شوراب)، نورالحسنین(اہنکار)، مظہر الزماں خاں، عبدالصمد (دھمک)، آنند لہر(یہی سچ ہے)، بلراج ورما(گوتم)، خالد جاوید(موت کی کتاب)، رحمن عباس، کے علاوہ ثروت خان(اندھیرا پگ)، صادقہ نواب سحر (کہانی کوئی سناؤ متاشا)، ترنم ریاض(برف آشنا پرندے، مورتی)اور آشا پربھات(جانے کتنے موڑ)وغیرہ کو پڑھ رہے ہیں۔اگر ہم صرف کلاسک پر توجہ دیں تو ادب مر جائے گا۔یہی وجہ ہے کہ پروفیسر نارنگ نے معاصر ادب پر حد درجہ توجہ دی ہے۔

ہر عظیم ناول نگار کی پیٹھ پر ایک آئینہ ہوتا ہے ایسا اسٹنڈال کا ماننا ہے۔اگر آپ کو الزام لگانا ہے کہ یہ آئینہ سڑک کی غلاظت کو کیوں دکھا رہا ہے تو اس میں بے چارے ناول نگار کا کیا قصور۔یا اس پر آپ غیر اخلاقی ہونے کا فتویٰ کیوں لگائیں گے۔وہ آپ کی زندگی کی فوٹو گرافی کرنے تو نکلا نہیں وہ تو دراصل زندگی کو Falsifies کرنے یعنی جھٹلانے نکلا ہے۔وہ عامیانہ اور روزمرہ کے مشاہدات کو رد کرتا ہے۔idde نے لکھا ہے:

" It is always an artist duty to tell the truth, it is never his duty to tell the whole truth; his function is to choose what truth is worth telling,"45

مشرف عالم ذوقی یہ جانتے ہیں کہ ناول کیونکر حقیقت پسندی کی ایک بلیغ صنف ہے

اور حقیقتیں اضافی ہوتی ہیں، بلکہ آج یہ بھی کہا جارہا ہے کہ There is no reality in realismاس لیے حقیقتوں کو کیسے اور کس حد تک پیش کرنی ہیں ذوقی اور ان کے کچھ معاصرین اس سے واقف ہیں۔Robert idde نے اپنی کتاب Some Principles of fiction میں لکھا ہے:

"Anyone may, perhaps everyone should sit down to write a good novel; no one should sit down to write a great novel."46

مZکورہ بالا تجزیوں اور ان سے حاصل شدہ فکری وفنی خصوصیتوں کے پیش نظر یہ کہا جاسکتا ہے کہ کچھ اچھے کچھ پست درجے کے ناولوں کے خالق مشرف عالم ذوقی نے "لے سانس بھی آہستہ "کی صورت میں اردو میں چند بڑے ناولوں کی روایت میں ایک خوبصورت اضافہ کے لیے یاد کیے جائیں گے۔

***

'لے سانس بھی آہستہ' - مختصر جائزہ

- سلام بن رزاق، بمبئی

مشرف عالم ذوقی کا شمار نئی نسل کے عمدہ فکشن نگاروں میں ہوتا ہے۔ افسانوں کے علاوہ بیان، مسلمان، اور پو کے مان کی دنیا جیسے کامیاب ناول لکھ کر ادب کی دنیا میں انھوں نے ایک اعتبار قائم کیا ہے۔

ان کا تازہ ناول 'لے سانس بھی آہستہ' فی زمانہ اردو کے ادبی حلقوں میں گفتگو کا موضوع بنا ہوا ہے۔ ان کے پچھلے ناولوں میں 'پو کے مان کی دنیا' سائبر کرائم پر ایک عمدہ ناول تھا۔ تازہ ناول 'لے سانس بھی آہستہ' تہذیب و اخلاقیات کے انتشار کا نوحہ بیان کرتا ہے۔ دراصل ذوقی ٹکنالوجی اور صارفی کلچر کے اس دور میں تہذیب و اخلاقیات کے تئیں کافی فکر مند نظر آتے ہیں۔ انھوں نے ایک جگہ کہا تھی ہے کہ 'لے سانس بھی آہستہ'۔۔۔'دراصل تہذیبوں کے تصادم کی کہانی ہے۔' وہ اپنی کہانیوں اور ناولوں کے ذریعے نئے نئے سوالات اٹھاتے رہتے ہیں جن کا حتمی جواب نہ سماج کے پاس ہے نہ مذہب کے پاس مگر یہ سوالات ہمیں سوچنے اور غور کرنے پر مجبور کرتے ہیں۔

'لے سانس بھی آہستہ' کے نصف اول میں انھوں نے ہندوستانی مسلمانوں کی معاشرتی کش مکش کو بیان کیا ہے۔ کاردار خاندان کی حویلی دراصل ہندوستانی مسلم

معاشرے کا استعارہ ہے۔ عبدالرحمن کاردار اور اس کے گھر والے مولوی محفوظ کے مشورے پر کسی گمشدہ دفینے کی تلاش میں حویلی کی کھدائی شروع کرتے ہیں۔ لیکن خزانہ ہاتھ نہیں آتا، کوئی پولیس کو خبر کرتا ہے۔ پولیس انسپکٹر کاردار سے پوچھتا ہے کہ 'آپ نے یہ گڈھا کیوں کھودا؟' کاردار انتہائی جھلاہٹ، مایوسی اور بیزاری سے جواب دیتے ہیں۔ "میں خود اپنی قبر کھود رہا ہوں۔"

دراصل کاردار کا یہ بلیغ جواب اس پورے واقعہ مرکزی نکتے کی حیثیت رکھتا ہے۔ غور کرنے پر اس کے کئی معنیاتی اور تمثیلی پہلو اجاگر ہونے لگتے ہیں۔

غالباً حویلی روایتی مسلم معاشرے کا استعارہ ہو سکتا ہے، جواب حویلی کی طرح فرسودہ اور از کار رفتہ ہو چکا ہے۔ دفینے کی تلاش دراصل اسی فرسودہ معاشرے میں نئی روح پھونکنے کا اشارہ ہو سکتا ہے۔ مولوی محفوظ دراصل مولویوں کے اس گروپ کے نماuندہ ہیں جس نے مسلم معاشرے کو ہمیشہ غلط مشورے دیے اور گمراہی کے راستے پر ڈالا۔ کاردار کا جواب کہ میں خود اپنی قبر کھود رہا ہوں۔ اس بات کی علامت ہے کہ پرانی تہذیب اور اخلاقیات کو اب زمیں دوز کر دینے کے سوا کوئی چارہ نہیں۔

ناول کے حصہ دوم میں نور محمد کے گھر میں ایک ایسی بچی پیدا ہوتی ہے جو ذہنی طور پر نہ صرف معذور ہے بلکہ اس کے احساسات تک مردہ ہیں، البتہ اس کی جسمانی نشوونما معمول کے مطابق ہوتی ہے۔ اس دوران نور محمد کی بیوی مر جاتی ہے اور اس بچی نگار کی نگہداشت کی ذمے داری نور محمد کو اٹھانی پڑتی ہے۔ اسے کھلانے، پلانے اور نہلانے کے علاوہ اپنے ساتھی سلانا بھی پڑتا ہے۔ اور اسی دوران وہ حادثہ یا سانحہ وقوع پذیر ہوتا ہے جو قاری کے رونگٹے کھڑے کر دیتا ہے۔

نگار بالغ ہو چکی ہے اور اس کی جنسی اشتہا ایک مرد کی متقاضی ہے۔۔ آخر ایک

وقت ایسا آتا ہے کہ نور محمد کی اپنی ہی بیٹی کے جنسی اشتعال کو شانت کرنے کے لیے اس کے ساتھ جنسی رشتہ قایم کرنا پڑتا ہے۔ نتیجے کے طور پر وہ حاملہ ہو جاتی ہے۔ نور محمد اپنی حویلی کو خیر باد کہہ کر اپنی بیٹی کے ساتھ ایک دور افتادہ گاؤں جا کر بس جاتا ہے۔ وہاں نگار ایک بچی کو جنم دیتی ہے جس کا نام جینی رکھا جاتا ہے۔ بچی کے جنم کے بعد نگار مر جاتی ہے اور نور محمد جینی کے ساتھ ایک نئی زندگی شروع کرتا ہے۔ اپنے کلائمکس کو پہنچتے پہنچتے ناول اخلاقیات اور انسانی رشتوں پر سوال اٹھاتا ہے کہ جینی نور محمد کی کون ہے؟ بیٹی۔۔یا بیٹی کی بیٹی یعنی نواسی؟ ہر چند یہ واقعہ پڑھتے ہوئے بے حد ناگوار اور پریشان کن معلوم ہوتا ہے مگر 'لے سانس بھی آہستہ' میں اس رشتے کی جس نفسیاتی مہارت کے ساتھ گرہ کشائی کی گئی ہے اس سے اندازہ ہوتا ہے کہ مشرف عالم ذوقی کے قلم میں اب وہ پختگی اور صلابت پیدا ہو گئی ہے جو سخت سے سخت موضوع کو موم بنانے کی استعداد رکھتی ہے۔ بلاشبہ 'لے سانس بھی آہستہ' معاصر اردو فکشن میں ایک اہم کارنامے کی حیثیت سے یاد رکھا جائے گا۔

***

اُردو فکشن کا جِن: ذوقی

- نند کشور وکرم

دنیا میں کچھ فکشن نگاروں کا اسپِ تحریر اتنی تیز رفتاری سے دوڑتا ہے کہ اگر انہیں جِن کہا جائے تو مبالغہ آمیزی نہ ہو گی۔ کانپور میں قیام کے دوران میرا ایک ہندی ادیب سے واسطہ پڑا جو صبح پریس چلے جاتے تھے اور لکھ لکھ کر ٹائپ سیٹنگ کے لئے مشین مین کے حوالے کرتے جاتے تھے۔ ان ہی دنوں ہندی ادب کے مقبول ناول نگار گوبند سنگھ کے بارے میں بھی خبر چھپی کہ انہوں نے پچیس سال کی عمر میں ۱۲۵ ناول لکھ کر دنیا کا ریکارڈ توڑ دیا ہے اور وہ بھی صرف پانچ سال میں کیونکہ انہوں نے بیس سال کی عمر میں لکھنا شروع کیا تھا۔ یعنی ایک سال میں اوسطاً ۲۵ ناول۔ ایسے ہی اُردو میں بھی بہت سے زود نویس فکشن نگار گزرے ہیں جنہوں نے بیشمار ناول لکھ کر اس میدان میں غیر معمولی صلاحیتوں کا مظاہرہ کیا تھا اور اُن کے ناول باقاعدگی سے منظرِ عام پر آتے رہے مگر اس معاملے میں مشرف عالم ذوقی موجودہ دور کے ایک ایسے زود نویس فکشن نگار ہیں جنہیں "اُردو ادب کا جِن" کہا جائے تو کوئی مبالغہ نہ ہو گا۔ وہ اتنی تیزی سے تصنیف و تالیف کی دنیا میں سرگرمِ عمل ہیں کہ آج شاید ہی کوئی ان کا اس میدان میں مقابلہ کر سکے۔ وہ اتنی تیز رفتاری سے بڑے بڑے ضخیم ناول لکھتے ہیں کہ اُنہیں قاری ختم بھی نہیں کر پاتا کہ دوسرا ناول مارکیٹ میں آجاتا ہے اور یہی نہیں اس کے ساتھ ہی ان کے افسانوی مجموعے

بھی منظرِ عام پر آتے رہتے ہیں۔ حیرانی اس بات کی ہے کہ وہ اتنے جلدی جلدی اتنے ضخیم ناول اور افسانوی مجموعے کیسے منظرِ عام پر لا رہے ہیں؟

جہاں تک میرے علم میں ہے۔ اُردو اور ہندی میں ذوقی کے لگ بھگ ایک درجن ناول، آدھ درجن افسانوی مجموعوں کے علاوہ ڈرامے، تنقید اور دیگر موضوعات پر بھی متعدد تصنیفات و تالیفات شائع ہو چکی ہیں۔ حیرت کی بات یہ ہے کہ ابھی اُن کا پہلا ناول زیر بحث و تبصرہ ہی ہوتا ہے کہ ان کا نیا ناول منظر عام پر آجاتا ہے۔ اس کی تازہ مثال یہ کہ اُن کا ۴۸۰ صفحات "لے سانس بھی آہستہ" پر ابھی تبصرے شائع ہی ہو رہے ہیں کہ ان کا نیا ناول۔۔۔ مارکیٹ میں آگیا جس پر زور شور سے ادبی حلقوں میں چرچے شروع ہو گئے ہیں۔

ذوقی اُردو ادب کی اُس نسل سے تعلق رکھتے ہیں جن کی ولادت ملک کی آزادی کے پندرہ سولہ سال بعد ہوئی جب ہندوستانی مسلمانوں کی نوجوان نسل کو کئی مسائل کا سامنا در پیش تھا اور جنہیں قیامِ پاکستان کے بعد مشتبہ نظروں سے دیکھا جاتا تھا حالانکہ اس نسل کا اس سے کوئی واسطہ نہ تھا۔ پھر سیاسی بحران، فرقہ واریت سے مسموم فضا، بے روزگاری، مسلمانوں کی تعلیم اور روزگار میں پسماندگی ایسے مسائل نے اس نسل کا جینا دوبھر کر رکھا تھا۔ ذوقی نے ان حالات و واقعات کا مشاہدہ ہی نہیں کیا بلکہ ہوش سنبھالتے ہی اسے اپنے طلسمی قلم سے صفحہ قرطاس پر بڑی جرأت و دلیری سے فکشن کی شکل میں قارئین کے سامنے پیش کرنا شروع کر دیا۔ انہوں نے اپنے سیکولر اور وطن پرستی کی راہ کو اپنا کر اپنے مشاہدات کو بڑے خوبصورت اور دلپذیر انداز و اسلوب میں قارئین تک پہنچایا اور اپنی تحریروں سے بیدار اور جاگروک کرنے کی کوشش کی۔

ان کے زیرِ نظر ناول "لے سانس بھی آہستہ" کی کہانی نور محمد اور وسیع الرحمن

کاردار نامی دو کرداروں کے ارد گرد گھومتی ہے جن کی پیدائش برصغیر ہند کی برطانوی تسلط سے آزادی کے بعد ہوتی ہے جب کہ برصغیر بٹوارے کے زخموں سے چور چور ہو چکا ہوتا ہے اور یہاں ہندوستان میں رہ گئے مسلمانوں کو کئی طرح کے مصائب اور اذیتوں کا سامنا کرنا پڑتا ہے اور پھر کئی برسوں کی کاوشوں کے بعد ملک سے جاگیر دارانہ نظام کا خاتمہ ہو جاتا ہے اور نوجوان نسل امیدوں اور آرزوؤں کے نئے محل تعمیر کرنے اور سنہری سپنے بننے شروع کر دیتی ہے۔

ذوقی ایک سلجھے ہوئی فکشن نگار ہیں اور وہ اپنی فکشن میں حب الوطنی اور سیکولرازم کے ساتھ ہی مسلمانوں کو درپیش مسائل کو بھی بڑی خوش اسلوبی سے پیش کرتے ہیں۔ اس ناول میں بھی گزشتہ پچاس سال سے درپیش مسائل اور حادثات و واقعات کو انہوں نے اس انداز سے پیش کیا ہے کہ کہ وہ صرف ادب کا ہی نہیں ہمارے ملک کی تاریخ کا بھی ایک حصہ بن جاتے ہیں جو آنے والی نسل کو ہمارے ملک کی تاریخ و سیاست کے نشیب و فراز سے بھی آگاہ کرتے ہیں۔

ذوقی کا داستانوی انداز و اسلوب انہیں دیگر فکشن نگاروں سے ممتاز و منفرد بنانے میں ایک اہم رول ادا کرتا ہے۔ وہ اس میدان میں اتنے مشاق اور بے مثال فکشن نگار ہیں کہ اگر اُن کے بارے میں یہ کہا جائے تو مبالغہ نہ ہو گا کہ اگر وہ آج سے ڈیڑھ صدی پیشتر اس جہان رنگ و بو میں آئے ہوتے تو اُن کا شمار ملک کے نامور داستان گویوں میں ہوتا۔ آج بھی جب وہ اپنی کوئی داستان یا مقالہ کسی محفل یا جلسے میں پڑھتے ہیں تو ایک سماں باندھ دیتے ہیں اور سامعین ان کے مسحور کن آواز اور زوردار مکالموں کے انداز ادائیگی میں ایسے کھو جاتے ہیں کہ محفل میں سناٹا چھا جاتا ہے۔ اُن کے مکالموں کی ادائیگی میں جابجا ایسے مواقع آتے ہیں جب وہ قاری کو اپنے بیانیہ سحر میں جکڑ لیتے ہیں۔

لیکن ایک چیز جو عام قاری کو اس ناول میں کھٹکتی ہے وہ ہے اس ناول میں طویل انگریزی مکالمے۔ کیونکہ اُردو کی اکثریت کے لئے اسے سمجھنا مشکل ہو گا۔ ضرورت اس بات کی تھی کہ ان مکالمات کا اُردو میں ترجمہ کر دیا جاتا تاکہ اس کی روانی میں کوئی فرق نہ پڑتا۔ اور عام قاری بھی اسے آسانی سے سمجھ لیتا۔

ناول نویس کے مطابق ہمارے تہذیب و تمدن کو گلوبلائزیشن اور مغربی تہذیب کے حملے نے بُری طرح متاثر کیا ہے۔، موجودہ تہذیب نے ہر شے کو بکاؤ بنا کر رکھ دیا ہے۔ رشتوں کے بندھن کی ڈور انتہائی کمزور پڑ گئی ہے اور رشتوں کی شناخت کا انسانی دائرہ محدود سے محدود تر ہوتا جا رہا ہے اور سمٹ کر میاں بیوی اور بچوں تک محدود ہو گیا ہے۔ ناول میں ذوقی نے نئی اور پرانی اقدار کے تصادم اور بابری مسجد ایسے سانحہ کے بعد ہونے والی شکست و ریخت اور قتل و غارت گری ایسے واقعات کے ساتھ ساتھ اس ناول میں family incest پر جنسی رشتوں کے ایسے گھناؤنے اور بھیانک واقعات پیش کئے ہیں جنہیں اس سے پیشتر شاید ہی کسی فکشن نگار نے اتنی جرأت و دلیری سے پیش کیا ہو۔ لیکن اندیشہ ہے کہ شاید عام قاری اسے پسند نہ کرے۔ بھلا ہمارے سماج میں ---باپ بیٹی---، ماں بیٹے---، بھائی بہن، ---کسی مرد کا بیوی اور بیٹی دونوں کے ساتھ جنسی رشتہ کون برداشت کرے گا کیونکہ ہمارے سماجی اور مذہبی اعتقادات میں یہ گھناؤنا اور قابلِ نفرت فعل سمجھا جاتا ہے۔ اور ایسے موضوع پہ لکھنا بہت ہی جرأت مندی کا کام ہے۔ بھلے ہی اسے عام قاری پسند نہ کریں۔ لیکن اس سچائی کو جھٹلایا بھی نہیں جا سکتا۔ اس ناول کا کردار نور محمد بھی اسی مرض کا شکار ہے اور گناہ کا مرتکب بھی۔

جیسا کہ ایک جگہ نور محمد آنکھوں میں آنسو بھر کر کاردار کو ان حالات سے آگاہ کرتا ہے جن میں وہ اس خوفناک گناہ کا مرتکب ہوا۔-----'مَیں کس کے پاس جاتا۔ کہ یہ

میری نادرہ (بیوی) کی معصوم جان ہے۔۔۔ یہ آوازیں مجھے پاگل کر دیتی ہیں۔۔۔ سارے بدن میں زہر اُتر جاتا ہے۔ مگر آہستہ آستہ جیسے مَیں ان خبروں کا عادی ہو گیا۔ مَیں مُلا جی تھا۔ اور کب مذہب کے دروازے کھُل گئے پتہ بھی نہیں چلا۔ اکثر رات گئے نگار (بیٹی) کی طلب بڑھ جاتی۔ مَیں غصے میں دھکا دیتا تو وہ پاگلوں کی طرح مجھ پر جھپٹ پڑتی۔۔۔ میں روتا۔۔۔ ہاتھ جوڑتا تو وہ جنون کی حالت میں کپڑے پھینک کر مجھے وہ سب کرنے پر مجبور کرتی جسے احساسِ گناہ اور احساسِ جُرم کے ساتھ مَیں نے صرف اس کی زندگی کے لئے قبول کیا۔۔۔ مَیں مذہب اخلاقیات اور نفسیات کی کتابوں سے واقف نہیں لیکن مَیں اس اخلاقیات سے ضرور واقف تھا جو رشتوں اور رشتوں کی اہمیت کو لے کر بچپن سے، سلیقے سے ہمارے جسم میں رکھ دئے جاتے ہیں۔ بھائی، بہن، ماں، بیوی، محبوبہ ہر رشتے کی اپنی اہمیت۔۔۔ مگر یہاں رات گئے جیسے سانپ کے پھنکارنے کی آواز ہوتی ہے اور نگار کی خطرناک طلب۔ اور ایسے میں۔۔۔ شاید اُس لمحے میرے لئے یہ بھول جانا ہوتا تھا کہ یہ جسم نگار کا ہے۔ مَیں آنکھیں بند کر لیتا اور نادرہ کو محسوس کرتا اور نادرہ کے احساس کے ساتھ ہی میرے جسم میں انگارے جمع ہو جانا شروع ہو جاتے اور یقیناً سرد ہوتے ہوئے، سانپ سے خرگوش بنتے ہی وہی احساس گناہ مجھ پر حاوی ہو جاتا۔۔۔ مَیں پاگلوں کی طرح کمرے میں ٹہلتا۔۔۔ دعائیں مانگتا۔۔۔ گڑگڑاتا۔۔۔ یہاں سے کچھ دُور پر ایک مسجد ہے۔ زیادہ پریشان ہوتا تو کئی بار رات میں اُٹھ کر مسجد چلا جاتا۔

ذوقی ایک بہت ہی سلجھے ہوئے ترقی پسند خیالات و نظریات کے حامل ادیب ہیں اور ان کی تحریروں میں بھی اس کی جھلکیاں جگہ جگہ دکھائی دیتی ہیں۔ اُن کے دیگر ناولوں کی طرح یہ ناول بھی ہمیں غور و فکر کے عمیق سمندر میں غرقاب کر دیتا ہے اور اپنی مسحور کن بیانیہ اور مکالمات سے وہ قاری کو اپنی گرفت میں ایسے جکڑ لیتے ہیں کہ ان پر ایک سحر

سا طاری ہو جاتا ہے۔ مگر کبھی کبھی وہ لکھتے ہوئے جوش و خروش میں اپنے راستے سے متزلزل ہوتے بھی نظر آتے ہیں۔ اور صبر و تحمل کی سرحدیں پھلانگ کر کہیں کے کہیں پہنچ جاتے ہیں۔ اگر وہ ذرا مزید سنجیدگی سے کام لیں تو اس میں کوئی شبہ نہیں کہ فکشن میں وہ موجودہ عہد کے فکشن نگاروں سے اس مقابلے میں بہت آگے نکل جائیں گے اور صرف تعداد کے لحاظ سے ہی نہیں بلکہ معیار و اسلوب کے میدان میں بھی بازی مار لیں گے۔

ذوقی کا یہ ناول اُردو میں ایک منفرد تجربہ ہے اور ان سے پیشتر اس موضوع کو اس انداز سے کسی نے چھونے کی کوشش نہیں کی۔ اسے عام قاری شاید پسند نہ کرے مگر یہ ناول سنجیدہ اور موڈرن جنریشن کو ضرور پسند آئے گیا اور ذوقی کے غیر معمولی اور منفرد موضوع، اندازِ بیاں، ڈرامائی مکالمے، تاریخی واقعات کی موثر بیانی، نیز مشاہدے کی گہرائی و گیرائی اسے یسا ناول بنا دیتی ہے جس کا ذکر موجودہ دور کے اہم ناولوں میں کیا جائے گا۔

***

ادب کی شرمیلی تصویر پر تہذیبوں کا تصادم... لے سانس بھی آہستہ کے نسوانی کردار

-ڈاکٹر زیبا زینت

لے سانس بھی آہستہ مشرف عالم ذوقی کا ایک شاہکار ناول ہے۔ ادب کی شرمیلی تصویر پر تہذیبوں کے نشیب و فراز کی حقیقی اور تلخ روشنی بکھیرتا ناول۔ ہر دور اپنے بطن میں ایک چشمۂ تہذیب رواں رکھے ہے اور وہی تہذیب بظاہر ہمیں جینے کے انداز سے آشنا کیے دیتی ہے لیکن کیا کبھی اس جانب غور کیا ہے کہ جس نظامِ تفہیم سے مناظرِ قدرت وابستہ ہے، وہی نظامِ زندگی ہماری قسمت کو نصیب نہیں۔ ہر نیا لمحہ، ہر نیا پل ہمارے لیے ہزار معجزے، سینکڑوں مرحلے درپیش لیے منتظر ہوتا ہے۔ قدرت کی ستم ظرفی کہ تبدیلی کے ساتھ امتحان اور امتحان کے ہمراہ آزمائش ہماری قسمت کا چولا تھامے ہوئے ہیں جہاں روز و شب کی آمد و رفت میں گوشت پوست کی جاندار کٹھ پتلیاں نہ معلوم کتنی سیاہ و بے جان راہوں سے خار چننے میں عمریں تمام کر دیتی ہیں۔

یہ ایک معمہ ہے کبھی تو کبھی ایک سوال گو یہ ریت پر مچلتی مچھلی ہے زندگی تو کبھی سینے میں گڑھی ایک صلیب۔ یقینی طور پر یہ ایک ایسی حقیقت ہے جسے تسلیم کرنے میں حلق کا پانی خشک ہو جاتا ہے کہ دور سے زرق برق دکھتی زندگی مسائل کی ایک لافانی غار ہے۔ جو ہر کس و ناکس کو فقط نگل رہی ہے۔

اردو ادب کے معروف افسانہ و ناول نگار مشرف عالم ذوقی نے بھی اسی ضمن میں بہت محتاط انداز کے ساتھ الفاظ کی بالیدگی کو تھام کر ذہن و دل کو حاضر رکھ کر مشاہدے و تجربات کے خیاباں سے گزر کر دیکھا اور اکیسویں صدی کے سرہانے ادب کی روشن پیشانی پر ایک سوال کی صورت میں دورِ حاضر کی بد نما تصویر پیش کرنے کی ہمت کی۔ کہ جہاں مخلوطیت ہر جگہ جاری ہے۔ ترقی و عمل کے نام پر جنگ، نفرت، بے حسی، بے رخی و بے پرواہی کے ہمسایہ محبتوں و قدروں کے خون کیے جا رہے ہیں وہیں تصویر کا دوسرا پہلو یہ بھی نمایاں ہے کہ جہاں غم و رنج کی بستی ہے ہاں بیشتر قدرت ظالم کا مکھوٹا اختیار کرتی ہے غالباً خود کھلواڑ کرتی رہی ہے، جسے مغلوب انسان بد قسمتی کہہ کر قبول کر لیتا ہے۔ کچھ انہیں گلاب در خار صورت پلاٹ کے ساتھ ذوقی کا ناول مہکا ہے۔

یہ ایک سماجی ناول ہے، قدرت اور قسمت کی عجیب و غریب کہانی ہے۔ دنیا و معاشرہ کی بد صورتی کو ظاہر کرتی ایک داستان جہاں ملک کا سرحدوں میں تقسیم ہونا، فرقوں ذاتوں کے تقدس کی موت، کند سماج کی مفلوج رسمیں، قدروں کا پامال ہونا، رشتوں کی تبدیل ہوتی صورتحال، جادو ٹونا، بدعت و جائز ناجائز کا تماشہ، تہذیبوں کا خوفناک تصادم، سیاہ و سفید کی اور امیر و غریب کی جنگ، جاگیردارانہ رواج کی کھوکھلی شان و خماری، عورت کی حیثیت، حقوق و ذہانت اور کشمکش کی شاندار پیشکش۔ اسی کے درمیان سانس لیتی محبت و عشق کی ایک نرالی داستان، آغاز سے انجام تک سلسلہ در سلسلہ حیرت اور تشنگی۔۔۔۔۔ یہی ہے ذوقی کی باشعور تحریر۔۔۔۔۔۔ "لے سانس بھی آہستہ"۔

مرکزی کردار ایک ایسا شخص ہے جو کہ زندگی کی دوڑ بھاگ اور لوازمات سے دور قدرت کی گود میں جی رہا ہے۔ اپنی گزشتہ یادوں، وعدوں اور سلسلوں کی عجیب و غریب آمد و رفت سے مانوس ہوتا ہے، تاہم ناول مختلف ابواب کے زیرِ پا آج و کل کے دوش پر

سوار ہے۔ لیکن اسی ضمن میں غیر معمولی البتہ نرالی تخلیق ناول کی دھڑکنیں وہ تمام نسوانی کردار ہیں جو کہیں پست نہیں ہوتے اور بہترین انداز میں اپنی حیثیت کا لوہا منواتے ہیں۔ الغرض کردار کے نام پر صرف خانہ پُری نہیں ہے بلکہ ذوقی کا سنوارا ہر کردار اپنے حصہ کو مکمل طور پر جیتا ہے اور اپنی آمد کی خوشبو سے معطر بھی کرتا ہے۔ نسوانی کرداروں میں عبدالرحمن کا ردار کی اماں، نادرہ، رقیہ، نادرہ کی سوتیلی ماں حمیرہ، مفلوج لڑکی نگار، سارہ اور جینی اہم کردار محسوس ہوتے ہیں۔ ان کے علاوہ بھی چند کردار اضافی شکل میں موجود ہیں، گو یہ ناول میں گاہے بہ گاہے نظر آتے ہیں لیکن بیجا نہیں لگتے۔

ذوقی نے خواتین کے چند مختلف وجود کو بنا ہے ہمارے معاشرے، ادب، تہذیب، روایت وافکار کے معجز اُبحر میں ہمیشہ سے عورت کی صورتحال دیدہ زیب نہیں رہی ہے اور وقت نے اسے کتنی ہی ثقیل وترش راہوں سے مخاطب بھی کرایا ہے۔ اسی کا خیال رکھ کر بہت سلیقہ ولائیقی کے ساتھ مکالمات وواقعات کی چاندنی میں ذوقی نے ان خواتین کو پیش کیا ہے جو کہ قابلِ تحسین ہے۔ یہاں ذوقی نے ایک کہکشاں بکھیری ہے۔ عورت، ماں، بیٹی، محبوبہ، بیوی اور دوست، دنیا میں سب سے اہم اور پُر اثر وباوقار عورت ہر دور میں مشکلات سے لڑتی ٹکراتی اور کامیابی کی جانب گامزن شکل میں نظر آتی ہے۔ گویا وہ وسیع الرحمن کی بیوی ہو یا نور محمد کی نادرہ یا عبدالرحمن کی بیوی رقیہ کیوں نہ ہو۔ ذوقی کے ناول نے ان خواتین کو محض مرد کی تابع اور نعلین پا نہیں سمجھا بلکہ محبت، طاقت، شفقت، حوصلہ اور قربانی کی دیوی کا روپ دیا ہے۔

نسوانی کرداروں کے خاکہ سے قبل ادب میں انکی حیثیت وضرورت کا بھی جائزہ پیش کرتے چلیں۔ نثری ادب میں کردار ایک اہم مقام رکھتا ہے اور کسی کردار کی جاوداں صورت ہی تحریر کی عظمت کا وسیلہ بھی ہوتی ہے، بعضے معروف تخلیقات کو انکے کردار

سے ہی منسوب کیا جاتا ہے۔ یہ بات اس شے پر ہی منحصر ہے کہ کردار کے تئیں کس قدر حقیقت نگاری و میناکاری کی گئی ہے ساتھ ہی وہ جذباتی طور پر کتنا قاری کے قلب کو گرفت میں لیتا ہے۔ بمعنی نظر آنے والے بعض کردار آئینہ کی مانند ایک ہی پہلو کا عکس پیش کرتے ہیں وقتی فراغت و لطف اور پھر اثر ختم لیکن یہاں غور کیجیے کہ چست گٹھا ہوا کلاسک کردار کی عمر مزید دراز ہوتی ہے اور اسی ضمن میں گوشہ خواتین کی جانب جب پیمانہ موقوف ہوتا ہے تو یہ ایک بڑا چیلینج ہے بالمکی کی سیتا سے لے کر اب تک چند ہی قابلِ ذکر کردار ہیں جو اپنی تخلقیت کے باعث ذہن نشیں ہیں ہمارے معاشرہ میں آج بھی زینتِ خانہ اور نورِ نظر کا احاطہ متعین ہے اور اسی ہی خواتین کی پوجا ہوتی ہے۔ ذوقی نے بھی اپنے ناول کی چلمن میں ایسے ہی نادر و پر نور گل کھلائے ہیں جن کے ہمسایہ تابِ محسنہ کی جھلک موجود ہے۔ تجربات کی آندھی ہے تو کمسنی کی شوخی بھی، پیار کی انگڑائیاں ہیں تو قربانی کے جوہر بھی، خلوص کی خوشبو ہے تو ہمت کے گوہر بھی، نئی روایت کی لہریں ہیں کو تہذیب کی روشنی بھی یہ کردار اپنی شناخت باقی رکھنے کا دم بھی رکھتے ہیں اور ہنر بھی۔

وسیع الرحمن کی زوجہ ناول کا بہترین کردار ہے یہ ایک دیندار گھریلو عورت ہے۔ جو اپنے شوہر کی خاموشی اور سادگی پر ہمیشہ غصہ کرتی ہے۔ ایک بھولی سی عام ہندوستانی عورت جو وقت گذاری کی مانند معمول پر بندھی زندگی جی رہی ہے، اس کی متعدد باتیں گھرانوں کی بے میل شادیوں کی ترجمان ہیں۔ وہ ایک حساس طبیعت، نیکدل اپنے گھر و بچے عبدالرحمن سے محبت کرنے والی خاتون ہے اور دنیا کی بُری نظر سے اپنے گھر کو محفوظ رکھنے کے لیے دعائیں کرتی ہے، لیکن اس کی زندگی اسی ترتیب خانہ داری میں وقف ہوئی ہے۔ جاگیردار خاندان کی بہو ہے اور ایک مخصوص نظام پر اس کی زندگی رواں ہے۔ تنگ دستی اور پریشانیوں نے اسے کچھ چڑچڑا کر دیا ہے یہ باب آزادی کے فوراً بعد کی عکاسی کرتا

ہے جب کہ جاگیر دارانہ حکومتیں معبود ہو چکی تھیں۔ اس دوران وہ بد حال حویلی، تنگ دستی، فتنہ، آسیب کی داستانوں، خزانہ کی کوششوں اور پھر آخر کار چہ میگوئیوں سے روبرو ہوتی ہے۔ اس کردار کے مکالمات اور اندازِ پیشکش بہت خوبصورت ہے۔

ذوقی کے نسوائی کردار عادتاً اور وقتاً ادب کی سہل شاخ پر واقع ہیں ان میں تصنع یا بناوٹ نہیں ہے البتہ عہد کی ضرورت لازمہ ہے ناول حرکاتِ نو، مسئلات، اور بیانات کا سیل رواں کرتے ہوئے بھی ذوق و لطافت سے معمور ہے۔ زبان کی چاشنی میں مقامی بولیوں کی آمد بھی ہے اور جب نسوائی زبان سے یہ عام الفاظ و حرکات ادا ہوتے ہیں تو انکا مزہ کچھ اور ہی ہوتا ہے ذوقی نے گفتگو میں شوخی بولیوں کی گھلاوٹ، الفاظ ی مہارت اور واقعات میں جامعیت و سلاست اس استادی سے تحریر کیا ہے کہ قاری اسی منظر میں خود کو شامل کرلیتا ہے گو کہ وہ مناظرِ قدرت کا منظر ہو یا شہر کی گلیوں کا تصور، چھت کے کونے میں پروان چڑھتی کمسن محبت کی راگ ہو یا رنج میں ڈوبی بد حواس گھڑیاں ذوقی کا ہنر یہں سرشار کئے دیتا ہے اسی کرن میں وسیع الرحمن کاردار کی بیوی کا ذکر لازمی ہوا جاتا ہے کہ کس انداز سے جب کہ اسے معلوم ہوتا ہے کہ انکا پڑوسی جسکی بیوی پر جنات کا سایہ ہے اور وہ کچھ طلب کرنے آیا تھا، وہ تشویش شدہ مکالمات کے ساتھ اس واقعے کو زندہ کر دیتی ہے۔

ابا نے یہ خبر امی کو سنائی تو وہ اچھل پڑیں

ایک سفید کاغذ؟

ہاں---

جس پر کوئی دھبہ نا ہو؟

ہاں---

اور جو پہلے آپ نے کاغذ دیا، اس پر دھبہ تھا۔۔۔۔؟

ہاں کچھ داغ لگا تھا۔۔۔۔۔

اور آپ نے سن لیا۔۔۔ اور دے بھی دیا؟

ہاں کیا کرتا۔۔۔

کیا کرتا۔۔۔؟ اماں زور زور سے چیخ چیخ کر رونے لگیں۔ ابا پریشان۔۔۔ اب یہ کیا مصیبت سامنے آگئی۔۔۔

اماں روتے ہوئے کہہ رہی تھیں۔۔۔ ارے اس کلموہے کو کیڑے پڑیں۔ یہاں تو بس اپنی ایک اولاد ہے اور وہ عمل کر بیٹھا ہے۔۔۔ بیوی پر جنات کا سایہ ہے۔۔۔ وہ تو اس کا توڑ کریگا۔۔۔ اسی لئے اس نے ایک سفید کاغذ کی مانگ کی۔۔۔

تمہارا دماغ خراب ہو گیا ہے۔۔۔ ابا زور سے چیخے

میرا دماغ خراب نہیں ہوا ہے۔ میں نے ہزار بار کہا تھا اس کوٹھی سے رشتہ مت رکھو وہاں بھوت کا سایہ ہے مگر آپ ہیں کہ مانتے ہی نہیں۔۔۔

اور دیکھا کس ہنسی کھیل میں وہ آپ سے سفید کاغذ مانگ کر لے گیا۔۔۔ اب دیکھئے وہ کچھ اور مانگنے آئے گا

مگر خبردار اب کوئی بھی چیز مجھ سے پوچھے بغیر مت دیجئے گا۔۔۔۔۔

یہ اماں کی ایک سہمی ہوئی تصویر تھی، ان سب کے درمیان اسی عورت کی بالکل جداگانہ تصویر بھی ذوقی نے کمال کی ابھاری ہے، جب کنہیں وجوہات کے تحت پولس والے اس کے گھر آتے ہیں اور انکے شوہر وسیع الرحمن سے معلومات کرتے ہیں۔ با غیرت شوہر کی چند اندیشوں اور بے عزتی کے خوف کی وجہ سے طبیعت خراب ہو جاتی ہے۔ ان حالات میں ایک عام عورت کی ذاتی ہمت و حوصلہ کا ایسا طوفان برپا ہوتا ہے کہ وہ

بے قابو ہو جاتی ہے اور تنہا کوتوالی جا پہنچتی ہے اس کردار نے جہاں عورت کی فرض شناسی پر متوجہ کیا تھا وہیں وقت آنے پر ہر شے سے گزر جانے کا حوصلہ بھی ظاہر کیا۔ ایک پردہ نشین خاتون بے پردہ، برق رفتاری سے کوتوالی میں داخل ہوتی ہے اور انسپکٹر کے سامنے آ کر بولنا شروع کرتی ہے۔

کل آپ ہی آئے تھے نا۔۔۔۔ بلند حویلی۔۔۔۔

جی۔۔۔۔۔۔

میں پوچھتی ہوں، کیوں آئے تھے؟

آگ اگلتے ہوئے بے تحاشہ سوال پہ سوال کرتی ہے اور آخر کار کہتی ہے۔۔۔

۔دیکھئے مجھے کوئی پردہ نہیں، کوئی حجاب نہیں۔۔۔۔۔۔ میں سارا پردہ، سارا حجاب ختم کر کے آج آپ کے پاس یہ پوچھنے آئی ہوں کہ اگر میرے شوہر کو آپ کے آنے کی وجہ سے کچھ ہو جاتا ہے تو کیا آپ خود کو مجرم مانیں گے،

وہ آپ کے جاتے ہی بیمار ہو گئے۔ صبح ہوش آیا اور ابھی بھی ان کی طبیعت خراب ہے۔ میں نہیں جانتی ان کا کیا ہو گا، اس صدمے کو وہ کس طرح لیں گے، میں انہیں اسی حال میں چھوڑ کر آپ سے یہ پوچھنے آئی ہوں کہ آپ کی ہمت کیسے ہوئی ایک شریف اور مہذب آدمی سے سوال کرنے کی، بلند حویلی کی طرف آپ نے آنکھ اٹھانے کی ہمت کیسے کی۔۔۔۔۔۔!

کوتوال کے اعتراض پر غصہ اور بھڑک اٹھتا ہے۔۔۔۔۔۔۔۔۔۔ آپ کیا بول رہی ہیں؟

ابھی صرف بول رہی ہوں۔۔۔۔۔۔۔۔ شکر کیجئے کہ کوئی کارروائی نہیں کر رہی۔۔۔

یہاں اس کے غصہ اور شوہر سے محبت دونوں شاملِ حال ہیں یہ کردار اپنے ساتھ بہترین انصاف کرتا ہے، وہیں عورت کی عظمت اور یقین کو پختگی بخشتا ہے۔

ذوقی کے ناول کا دوسرا جامع اور اہم کردار جسے ایک یتیم بچی اور ایک ناچار محبوبہ کی شکل میں رچا گیا ہے، وہ ہے "نادرہ"۔

نادرہ ایک خوبصورت، معصوم لڑکی۔ جس کی ماں مر چکی ہے اور وہ پاکستان سے اپنے والد کے ساتھ اپنی پھوپھی کے گھر آتی ہے جو اسسے بہت محبت کرتی ہے لیکن ماں کی موت کا صدمہ اسے رعنائیوں سے پرے کر دیتا ہے باپ کی حالت دیکھ کر وہ کسی کچھ کہہ بھی نہیں پاتی اور یہی اس کی سب سے بڑی مشکل بن جاتی ہے۔ یہاں اس کی ملاقات عبد الرحمن سے ہوتی ہے۔ نو عمری کی محبت اور ایک کشش دونوں کے درمیان واقع ہے۔ ماں کی موت سے غمزدہ نادرہ رحمن کے قریب ہو جاتی ہے اسے پھر جینے کا حوصلہ میسر ہوتا ہے، دونوں کے بیچ سانس لیتے الھڑ پیار کو ذوقی نے بہت شائستگی سے شمع دکھائی ہے۔ ایک شب جب کہ اہلِ خانہ اپنے آپ میں مصروف تھے، مدغم نادرہ کی کیفیت کو بیان کیا ہے جب رحمن اور نادرہ کم عمری میں چھت پر محو گفتگو ہیں:

نیند تو نہیں آرہی ہے۔۔۔۔

آرہی ہے۔۔۔

پھر چلو تمہیں سلادوں۔۔۔۔

تم سلاؤ گے؟۔۔۔

ہاں کیوں نہیں۔۔۔۔

پھر میں سو نہیں پاؤں گی۔

اچھا۔ دیکھنے میں کیا حرج ہے۔ نہیں سوئی تو باتیں کریں گے۔۔۔۔

وہ کسی اور دنیا میں گم تھی۔۔۔۔

تم جانتے ہو رحمن۔۔۔۔۔۔۔۔۔مجھے امی ہر وقت یاد آتی ہیں۔ لیکن ابو کی وجہ سے بول نہیں پاتی۔۔۔۔۔ آنکھوں آنکھوں میں سارے آنسو پی جانا پڑتا ہے۔ لوگ کیوں چلے جاتے ہیں رحمن۔۔۔۔۔؟ ایک دن سب کو جانا ہے۔۔۔۔

میں نماز پڑھتی ہوں اس لئے نہیں کہ مجھے نماز میں اپنے لئے کوئی دعا مانگنی ہوتی ہے۔۔۔۔۔۔۔۔ میں امی کو دیکھتی ہوں۔ دعا کے لئے ہاتھ اٹھتے ہی امی کا چہرہ میری آنکھوں کے آگے ہوتا ہے۔ میں ان سے ڈھیر ساری باتیں کرتی ہوں۔۔۔۔۔۔۔!

نادرہ کی آنکھوں میں مچلتے انسوؤں کو میں نے دیکھ لیا تھا۔ مجھے اس پر ترس سے زیادہ پیار آرہا تھا۔

خدا کیوں اپنوں کو چھین لیتا ہے؟ یہ کیسی آزمائش ہوتی ہے؟ کیسا امتحان۔۔۔۔۔۔۔؟

وہ دیکھو۔۔۔۔۔۔۔۔اس نے ہاتھ سے اشارہ کیا۔

نیلے آسمان میں جگمگاتے تاروں کے درمیاں سب سے چمکتا ستارہ۔۔۔۔۔۔۔

وہ مسکراتی ہوئی میری طرف مڑی۔ بدھو۔۔۔۔۔۔۔وہی تو ہیں میری امی جان۔

ذوقی نے نزاکت کے ساتھ جذبات کے نایاب موتی پروئے ہیں کم عمر لڑکیوں کی معصوم وپاکیزہ سوچ کو زندہ کیا ہے وہیں ناول میں اس کردار کے زیر سایہ زندگی اور قسمت کی شہ مات کا کھیل بھی رچا ہے۔ کنہیں وجوہات کی بنا پر نادرہ اور رحمن جدا ہو جاتے ہیں اور نادرہ کی زندگی میں سوتیلی ماں کا آنا جیسے موسم بہاراں میں بے ساختہ تابستان کی ستم گری۔ باپ کی لاپرواہی، سوتیلی ماں کی خشک فطرت سے وہ سمٹ کر رہ جاتی ہے۔ رحمن کی شادی کہیں اور ہو جاتی ہے۔ اور بچپن کی یادوں کے بادلوں میں مرجھائی نادرہ کا نکاح نور

محمد سے ہو جاتا ہے، نور محمد رحمن کا دوست تھا اور وہ نادرہ کے نیک سلوک اور حسن پر قربان ہو جاتا ہے لیکن نادرہ کو اس سے فقط ہمدردی تھی۔ زندگی کے آخری لمحات میں وہ بہت بے چین، مضطرب اور تشنگی کے ساتھ رحمن سے اپنی کیفیت بیان کرتی ہے۔

ذوقی کا یہ کردار بہت حسین ہے اور اس کے حقیقی مکالمات اسے اور قریب کر دیتے ہیں۔ عورت کی بے بسی، لاچارگی، محبت کی آس میں سسکتی معصوم زندگی، وقت و حالات کی عجب کشمکش میں پوشیدہ پاک محبت نادرہ کی کہانی کا جزو ہے۔ وقت نے ایک حسین و جمیل دوشیزہ کو ہڈیوں سے چمٹی کھال میں مریضہ بنا دیا ہے اور ان حالات میں جب اس کا محبوب رحمن اس کے قریب ہوتا ہے تو وہ قدرے جذبات سے بھر آتی ہے، اور شکایات کی دلشکن خیاباں جاگ اٹھتی ہیں۔

پیار کے لیے پوچھا نہیں جاتا۔۔۔۔۔۔بولنا ضروری نہیں ہوتا۔۔۔۔۔۔۔دل کے جذبے تو بس دل ہی سمجھتے ہیں۔۔۔۔۔۔۔

مجھے لگا، شاید میرے دل کی زبان سے تم واقف ہو گے۔۔۔۔۔

لیکن اب آہستہ آہستہ تمہیں بھولنے کی کوشش کر رہی ہوں۔ نادرہ مسکرائی۔۔۔۔

مشکل یہ ہے کہ ہمارے یہاں اگلا جنم بھی نہیں ہوتا۔۔۔۔۔۔اس جنم میں تو تمہیں بھولنے سے رہی۔۔۔۔۔۔

وہ فرطِ جذبات سے بھر جاتی ہے اوعبد الرحمن سے کہتی ہے۔۔۔۔۔۔

مجھے کیوں نہیں مانگا۔۔۔۔۔دیکھو میری بیٹی کو زندہ لاش لگتی ہے نا، ممکن ہے تمہاری ہو جاتی تو زندگی میں یہ وقت ہی نہیں آتا۔۔۔۔۔ کیوں نہیں چھینا مجھے۔۔۔۔۔۔مار دوں گی تمہیں۔۔۔۔۔۔

ذوقی نے یہاں ایک مظلوم ہاری ہوئی عورت کی عجب کیفیت کو پیش کیا ہے، جو درد

کی شدت بیان بھی نہیں کر سکتی اور حلق غم کے چھالوں سے پُر ہے۔ راحتِ عشق کا شہد اسے میسر نہیں اور وہ اپنے محبوب سے شکایت کرتی ہے۔ جب کہ قدرت نے اسے شکست کے سوا کچھ نہ دیا۔

مار بھی تو نہیں سکتی تمہیں------ تمہارا یہی احساس تو اب تک مجھے زندہ رکھے ہے رحمن------ ورنہ یہ نادرہ تو کب کی مر گئی ہوتی کہیں تم یہ تو نہیں سمجھ رہے تھے کہ میں نور سے پیار کرنے لگی تھی۔

ہاں---------- رحمن کہتا ہے۔

پاگل تھے تم------------- اس کی کہانی بھی میری جیسی تھی------ اس نے بھی ماں کو کھو دیا تھا------ میری بھی ماں نہیں تھی------ ، بس ہمدردی تھی مجھے اس سے------ سنا-----

وہ چیخی--------- اور آج بھی ہمدردی ہے-------

میں پیار نہیں کرتی اس سے---- پیار صرف تم سے کیا--------

پیار صرف تم سے کرتی ہوں رحمن--------

تم کیوں نہیں سمجھ پائے مجھے-------- پوچھا کیوں نہیں ایک بار بھی کہ سچ کیا ہے------- میں سب بتا دیتی-------

اس دوران گفتگو کی خوبصورت لڑیاں پیش کی ہیں۔ جذبات اور یادوں کی حسین داستان کو کینو اس پر اتارا ہے، آخر میں نادرہ حالات کی اس مار پر اشک بار ہوتی ہے اور کہتی ہے----

ابو میرا درد نہیں سمجھتے تھے------ مگر تم تو سمجھتے تھے۔

ان دنوں میری دنیا اجڑ گئی تھی------- تم تو سہارا بن سکتے تھے

میرا۔۔۔۔۔۔۔

ذوقی نے محبت کی اس ناتمام داستان کو بہت لائقی سے ابھارا ہے، محبت کبھی نہ ختم ہونے والی شے ہے، انسان ختم ہوتے ہیں، محبت نہیں۔ یہ روح میں تحلیل ایک پاک جذبہ ہے جو جسم نہیں جذبات مانگتا ہے، حق نہیں احساس چاہتا ہے۔ نادرہ تمام عمر رحمن کی محبت کے چراغ روشن کرتی رہی تاہم درمیان کی یہی تنہائی اور گھٹن نے اسے دماغی طور پر پریشان و مایوس کر دیا اور آخر کار وہ سخت بیمار ہو جاتی ہے۔ نور محمد کے ساتھ باہمی تعلقات پر وہ کامل فرض شناس رہتی ہے، ہمدردی، ستائش اور ربط کے ساتھ وہ اپنے شوہر سے مکمل انصاف کرتی ہے لیکن محبت کرنا اس کے بس میں نہیں۔ ایک ادھورا عشق عورت کو عمر بھر تڑپاتا ہے، بظاہر وہ کتنی بھی خوش یا مسرور ہو حقیقت یہی ہے، بے چینی اس کی سانسوں میں بسی ہوتی ہے۔ یہ بھی قسمت کی نشتر صورت ہے اور اسی نشتر سے ہر دور میں عورت کے قلب سے خون رستا رہا ہے آخر کار ناسور کی مانند اسے ختم کر دیتا ہے۔۔۔۔۔۔۔ نادرہ بھی اسی ناسور کی شکار ہوتی ہے۔

رقیہ ناول کا ایک اور کردار جس کی صورت میں عورت کے صبر و ضبط، تحمل، وقار، یقین اور شفقت کے چراغ روشن کرنے میں ذوقی نے کامیابی حاصل کی ہے۔ رقیہ عبد الرحمن کی زندگی میں داخل ہونے والی دوسری عورت ہے، محبوبہ نادرہ کے بعد رقیہ اس کی زندگی میں نیک، سمجھدار اور ہمدرد بیوی کے طور پر دستک دیتی ہے۔ رقیہ اپنے شوہر سے محبت کرتی ہے اور مصلحت پسندی کی بہترین مثال پیش کرتی ہے۔ وہ اپنے رشتہ کے آغاز سے ہی شوہر کی دھڑکنوں میں داخل محبوبہ کو محسوس کرتی ہے، لیکن وقت و حالات پر اپنے ضبط و یقین کا شجر تناور رکھتی ہے۔ وہ نادرہ سے ملتی ہے، بات چیت تعلق وغیرہ سب ہوتا ہے لیکن اپنے خلوص کو رائیگاں نہیں ہونے دیتی۔ ذوقی کا بُنا ہوا یہ کردار قابلِ

داد ہے۔ آخر کار ایک شب جب اپنے شوہر کو تذبذب کی حالت میں دیکھتی ہے تو اس کی مشکل کو آسان اور مسئلے پر کارآمد مرہم رکھنے کی غرض سے وضاحت کرتی ہے۔ اس کی گفتگو، ان لمحات کو ذوقی نے بہت دانش مندی سے تحریر کیا ہے، جب وہ حقیقت واضح کرتی ہے تو بالیدگی و دانشمندی کی مثال نظر آتی ہے۔

ایک بات پوچھوں۔۔۔۔۔۔بُرا تو نہیں مانو گے۔۔۔۔۔

نہیں۔۔۔۔۔

سچ بتاؤ گے۔۔۔۔۔۔

ہاں۔۔۔۔۔

تو پھر سچ بتانا۔۔۔۔۔۔ جھوٹ بالکل نہیں۔۔۔۔۔۔۔۔

کتنا پیار کرتے ہو نادرہ سے۔۔۔۔۔

نا۔۔۔۔۔نادرہ سے؟

جھوٹ مت بولنا۔۔۔۔۔۔

ویسے بھی تمہیں جھوٹ بولنا آتا کہاں ہے۔۔۔۔۔۔ عورت مرد کی انگلیاں تھامتے ہی اس کے احساس کی جھاڑیوں میں بھی پہنچ جاتی ہے۔۔۔۔ کٹیلی جھاڑیوں میں بھی۔۔۔۔۔۔۔

پیار کرتے تھے نا؟ اب بھی کرتے ہو؟ تو کرو نا، منع کس نے کیا ہے۔۔۔۔

وہ زور سے ہنسی۔۔۔۔۔۔۔۔۔ مگر واپس آؤ تو میرے حصّے کا پیار لے کر آیا کرو۔۔۔۔۔۔۔ میرا پیار باہر کے آنگن میں مت تقسیم کرنا۔۔۔۔۔۔

پھر وہ شفقت سے کہتی ہے۔۔۔۔۔۔۔۔ پہلے ہی دن سے سب کچھ جانتی تھی، مگر کبھی بُرا نہیں مانا

تقدیر۔۔۔۔۔۔اس کو مانتی ہوں۔۔۔۔۔۔ اور تقدیر سے بھی کہیں زیادہ تم کو۔۔۔۔۔۔۔

اس لیے کبھی بُرا نہیں لگا۔ اُسے یوں بھی کہہ سکتے ہو تمہاری بیوی ہوں۔۔۔۔۔۔

تمہاری بیوی کی ذہنیت چھوٹی نہیں اور دل بہت بڑا ہے،

یہ بھی یقین ہے کہ بہت سی نادرائیں آجائیں تب بھی تم میرے ہی رہو گے۔۔۔!

ذوقی نے جہاں ایک شفیق و پُر مروت خاتون کو پیش کیا ہے، وہیں سوتیلی ماں کے کردار سے بھی روشناس کرایا ہے۔ یہ بھی ہمارے معاشرے کی ایک کم نصیبی ہے کہ بعض اوقات حالات کی زد میں آکر لوگ رشتہ تو قائم کرتے ہیں لیکن اس کا اصل مقصد، فرض شناسی اور انسانیت کو فراموش کر دیتے ہیں اور وقتی مزہ میں کھو جاتے ہیں۔

حمیرہ نادرہ کی سوتیلی ماں۔ حمیرہ جو کہ ایک بیوہ عورت تھی۔ نادرہ کا باپ اس سے شادی کر لیتا ہے، لیکن نادرہ اس رشتہ کو کبھی قبول نہیں کر پاتی اور سوتیلی ماں بھی اس پر شفقت کی نگاہ نہیں ڈالتی۔ سماج کا ایک اور مرض جب ابھرتا ہے جب اولاد کی پرورش کے نام پر ایک مرد دوسری شادی تو کرتا ہے لیکن وہی مقصد فراموش کر دیتا ہے اور ان تمام کے ساتھ آئینہ بدرنگ نقوش ظاہر کرتا ہے۔ سوتیلی ماں بے مروت و مغرور ہو جاتی ہے اور بچے تنہائی کی سیاہ چادر میں سمٹ کر یا تو خاموش ہو جاتے ہیں یا بغاوت پر آمادہ ہو جاتے ہیں۔

حمیرہ کی بدسلوکی اور لاپرواہی نادرہ کو اندر ہی اندر ختم کر دیتی ہے، وہ غصیل اور خاموش ہو جاتی ہے۔ اس کے درد کو بانٹنے والا کوئی نہیں اور حمیرہ اس حقیقت سے دور زمانے کے ساتھ اسے فراموش کرتی ہے بالا آخر زمانے سے اسے نفرت ہو جاتی ہے اور حمیرہ اس کی انہیں حرکتوں کو غلط نظریہ سے سب کے روبرو پیش کرتی ہے۔ اسے مغرور،

بدمزاج اور آخر کار آسیب زدہ تک بتاتی ہے اور جلد از جلد ہر طور اس کے دفع کی کوشش میں کمر بستہ ہو جاتی ہے۔

ذوقی کی یہ پیشکش بھی مؤثر ہے۔ اور سماج کی اس ظالم حقیقت سے پردہ اٹھاتی ہے کہ جب آسمان کی ستم ظرفی زمین کے کسی بھی ٹکڑے پر ہوتی ہے تو زرخیز مٹی بھی بنجر بن جاتی ہے درک درک کر اس کا حسن غارت ہو جاتا ہے تو انسانی دل تو زمین سے کہیں زیادہ حساس ہے جب اسے محبت نہیں ملتی تو وہ بھی جھلس جاتا ہے۔ رشتہ گویا وہ خون کا ہو ظاہری ہمدردی و محبت کے بغیر وہ فقط ایک عذاب بن جاتا ہے اور لوگوں کو کند کر دیتا ہے۔

نگار نادرہ اور نور محمد کی اپاہج بیٹی نگار، جو ایک دماغی مرض کی قید میں ہے اور زندگی کے ہی ایک روپ کو پیش کرتی ہے۔ اس کا ذہن جسم کو قابو نہیں کرتا اور وہ لاغر کی مانند ہے۔ نادرہ اسے کب کی تنہا کر چل بسی ہے۔ اسے نہ کسی چیز، فرد، مقام، رنگ و بو، جذبات کا احساس نہیں ہوتا اس کے تمام کام نور محمد کرتا ہے اس کے کھلانا، پلانا، نہلانا، اٹھانا، بیٹھانا، کپڑے تبدیل کرنا، سلان اور اس کی ہر چھوٹی بڑی تکلیف کا خیال رکھنا۔ اسی عالم میں وہ اٹھارہ برس کی عمر تک رسائی کرتی ہے، لیکن اب تک اسے کوئی ہوش نہیں ہوتا ایک روز کسی بدکار کی شکار ہوتی ہے۔ اور اس روز سے خاموش ذہن و احساس سے پرے جسم میں ایک عجیب طلب جاگ اٹھتی ہے، انسانی فطرت اس کے جسم کو تذبذب کے کوچہ سے جنسیات کی جانب موقوف کیے دیتی ہے۔ اور یہاں ذوقی نے دہکتی سماجی انگیٹھی میں موجود مسئلات کے شعلوں کو اپنی انگلیوں سے نکالنے کی جرات کی ہے اور ہر شعلے کو خود جل کر ہوا دی ہے۔ نگار حاملہ ہوتی ہے ایک بچی کو پیدا کرتی ہے۔

ذوقی کا یہ کردار بے بس بھی نظر آتا ہے اور بوجھ بھی، زندگی کی عذاب صورت فکر

کے دھاگے کھول دیتی ہے۔

قدرت کی تیزابی بارش، مجبوریوں کا انس، جائز و ناجائز کی طویل بیانی، زمانے کے تبدیل ہوتے حالات، ظاہری مخمل پر انسانی فطرت و پستہ حالی کا ٹاٹ پیوند جسے ایک ایسے جسم سے ادا کیا ہے جہاں اسے مجرم بھی قرار نہیں دیا جاتا اور اسی کے زیر و زبر میں وہ ماں بنتی ہے اور گاہے بگاہے کھویا انسانی احساس ذہانت جاگتی ہے تو وہ غصہ و جبر سے بھی کام لیتی ہے اور انہیں تمام کے ساتھ اپنے انجام تک پہنچتی ہے۔ یہ کہانی کا ایک اہم کردار بھی ہے اور مفروضہ زمانے کا ایک عکس بھی۔ جہاں قدرت کے سامنے سر خم کیے انسان کی لاچار تصویر نظر آتی ہے اور وعدے، محبت اور پھر مجبوری کس طرح جائز ناجائز گناہ کے لیے مجبور کرتے ہیں، تمام کا خاکہ ذوقی کی بے مثال قلم نے کر دِکھایا ہے۔

مذکورہ بالا کرداروں کے دور سے ذرا سفر اختیار کیا گیا ہے اور ۱۸ برس کی اڑان کے بعد اور ۲۱ویں صدی کا استقبال کرتے دو ستارے روشن کئے گئے، سارہ اور جینی اس ناول کے دو خوشنما کم عمر خوبصورت کردار ہیں۔ سارہ رحمن کاردار کی ۱۷ برس کی پوتی ہے۔ نئی تکنیک کے ساتھ تہذیبوں کے درمیان کھیل رہی ہے۔ اسے حق و ناحق، فرق و لازم سے شکایت ہے۔ وہ تکنیک کے اس دور میں ہے جہاں سماج رواجوں اور اپنے قاعدوں سے کہیں دور نکل آیا ہے، لیکن کمسن عمر پر اب بھی تمام پابندیاں، تہذیب کے خول کے ساتھ جاری ہیں۔ یہ نسل انہیں سوالوں میں کھوئی ہے کہ آزادی، ترقی اور حق شناسی کی بات کوئی نہیں سمجھتا، ان کے ماں باپ بڑے، انہیں اب بھی قید و بند میں کیے ہوئے ہیں لیکن اب یہ پرندے اڑنا چاہتے ہیں۔ دوست بن کر ہر حد کو توڑ دینا چاہتے ہیں، ان کے دیرینہ سوالوں کو جواب چاہیے اور اسی لیے جب سوالوں کا جواب نہیں ملتا تو یہ بغاوت پر اُتر آتے ہیں۔

اب تم سترہ کی ہو گئی ہو۔۔۔۔۔۔۔۔۔۔۔۔ہے نا۔۔۔۔۔!

اسمیں بھی کوئی شک ہے ددو۔

تو جانتی ہو گی۔legal اور illegal کیا ہے۔۔۔۔۔۔؟

ہاں۔جائز ناجائز۔اس نے زمین سے ایک کنکری پھر ہاتھوں میں اٹھائی تھی۔اسی لئے تو یہاں بھاگ کر آجاتی ہوں۔

وہاں ممی جینا دوبھر کر دیتی ہیں۔انہیں لگتا ہے۔۔۔۔۔ میں جو کروں گی وہ غلط کروں گی۔اتنا فاصلہ کیوں ہے ددو اتنا بڑا جنریشن گیپ۔لوگ بدلتے وقت کی آہٹ کیوں نہیں سنتے۔کبھی کبھی لگتا ہے ایک مہذب سوسائٹی میں بھی لڑکی ہو کر پیدا ہونا کسی جرم سے کم نہیں۔یہاں مت جاؤ۔وہاں مت جاؤ۔اسکول جانے کے لئے اتنا فیشن کیا ضروری ہے۔کسی سہیلی کے یہاں چلی گئی تو آفت۔موبائل پر زیادہ گفتگو کرلی تو مشکل۔چھت پر چلی گئی تو دو منٹ بعد ممی چھت پر۔یہاں کیا کر رہی تھی۔۔۔۔۔؟

یہاں ممی کے لئے چھت پر آنا جائز۔مرے لئے ناجائز۔ممی گھنٹوں رشتہ داروں سے موبائل پر گفتگو کر سکتی ہیں۔میں کسی دوست سے کروں تو ناجائز۔۔۔۔۔۔۔کیوں ددو۔؟

وہیں دوسرا کردار جینی ہے جو کہ نگار کی بیٹی ہے ایک گاؤں میں پل رہی اٹھارہ سال کی خوبصورت، آزاد اور زندہ دل لڑکی ہے جو اپنے وجود کے سوالوں سے بے خبر ہے لیکن ایک عمر کی فکر کے بعد اب خود سے باہر آکر اپنے آج میں کھوئی ہے اور علم و ہنر کے ساتھ خود اعتمادی اس کو مزید حسین بنا رہا ہے۔یہ بہت خوبصورت، کامندہ اور پیاری سی لڑکی ہے جو اپنے بابا نور محمد کے ساتھ گاؤں کی سوندھی مٹی میں دوڑ رہی ہے۔اور اسی کردار کے ساتھ ناول میں نئے آفتاب کے طلوع کی خبر بھی آتی ہے یہ کردار اپنی ایک مخصوص

پہچان رکھتا ہے۔

ذوقی کے ناول نے گذشتہ ستر سالوں میں ملک و دنیا کے تبدیل ہوتے حالات سے روشناس کرایا ہے، لیکن اس ناول کی جان اس کی روح اس میں موجود مذکورہ بالا تمام نسوائی کردار ہیں جنہوں نے نہ صرف داستان کی آب میں اضافہ کیا ہے بلکہ سماجی ادب کو جلا بخشی ہے۔ ایک عام سی داستان کو خاص اور بے مثال تحریر میں تبدیل کرنے کی ہمت انہیں کرداروں کے ذریعہ مشرف عالم ذوقی نے کر دکھائی ہے یقیناً یہ قارئین کے لئے ایک دلچسپ تحریر ہے۔

***

لے سانس بھی آہستہ: مختصر جائزہ

-پروفیسر شہزاد انجم

مشرف عالم ذوقی کا نام اردو ناولوں کی دنیا میں اب کسی تعارف کا محتاج نہیں ہے۔ عقاب کی آنکھیں ذوقی کا پہلا ناول تھا۔ اس کے بعد نیلام گھر، شہر چپ ہے۔ ذبح، مسلمان، پو کے مان کی دنیا، پروفیسر ایس کی عجیب داستان وایا سنامی منظر عام پر آئے۔ پیش نظر ناول لے سانس بھی آہستہ فکر و فن دونوں اعتبار سے غور و فکر کا متقاضی ہے۔ بیسویں صدی کے آغاز نے برطانوی تسلط کی جو فضا قائم کی تھی، اس نے یہاں کے تہذیب و تمدن کو بھی متاثر کیا نیز سماجی و معاشرتی سطح پر کتنے ہی بدلاؤ بھی سامنے آئے۔ ایک نظام آزادی کی صبح کے ساتھ پارہ پارہ ہوا اور ہندستانی ایک ایسے نئے نظام میں داخل ہو گئے جہاں از سر نو، ایک نئی دنیا کو نہ صرف دریافت کرنا تھا بلکہ دو سو صدی کی غلامی سے باہر نکل کر مستقبل کی طرف امید افزا نظروں سے دیکھنا بھی تھا۔ آزادی کے بعد اس کا سب سے زیادہ نقصان مسلمانوں کو اٹھانا پڑا۔ جاگیردارانہ نظام کا زوال تو ہو ہی چکا تھا، نئے اقدار سماج میں جگہ لے رہے تھے۔ ناول کے دونوں مضبوط کردار نور محمد اور عبدالرحمن کار دار انہی اقدار سے نئے ہندستان کے ابھرتے نوجوانوں کی علامت بن کر سامنے آتے ہیں اور اس کے بعد ایک ایسی داستان شروع ہوتی ہے جو ناول کے خاتمے پر قاری کو جھنجھوڑ کر رکھ دیتی ہے۔ اس ناول کو بیان کرنے کے لیے ذوقی نے جس خوبصورت زبان اور

مکالموں کا سہارا لیا ہے، اس کی تعریف اس لیے کرنی ہوگی کہ ایک مدت تک ذوقی کی زبان کے حوالے سے قارئین کو گمراہ کرنے کی کوششیں کی گئی ہیں۔ ذوقی کا داستانی اسلوب، بیان کرنے کا قرینہ وسلیقہ، تاریخ پر گہری نظر، مشاہدے کی گہرائی وگیرائی، تخیلی بلند فکری انہیں ایسے ناول نگار کے طور پر پیش کرتی ہے، جس نے بلا مبالغہ اور بلا شک وشبہ اردو ناول کے وقار ومعیار میں اضافہ کیا ہے۔

لے سانس بھی آہستہ کی کہانی نئے عہد میں اس بازاری نظریات کے فروغ کی کہانی ہے، جہاں جمہوری قدریں نیست ونابود ہو چکی ہیں۔ تہذیبیں زوال پذیر ہیں۔ ملک مغربی بازار کے گلیمر میں اندھا ہو چکا ہے۔ لوگ بھول گئے ہیں کہ ہماری تہذیب وتمدن کا مقابلہ مغرب سے نہیں کیا جا سکتا۔ لیکن گلوبل گاؤں کے قصے نے ابتذال وزوال کا جو آئینہ دکھایا ہے اس نے فرائیڈ کے اس نظریہ کو سچ ثابت کیا ہے کہ انسانی شعور اس کی فطری جبلتوں کے مقابلے کمزور ہے۔ اسی بنیادی نکتے پر لے سانس بھی آہستہ کی عمارت کھڑی ہے۔

"پروفیسر نیلے مسکرائے۔۔۔

لے سانس بھی آہستہ کہ نازک ہے بہت کام
آفاق کی اس کارگہ شیشہ گری کا

'خوب۔۔۔ کیا خوب شعر ہے- ذرا اس شعر کے پردے میں تو جھانکو۔۔۔ اس عالم آب وگل کو ایک چھوٹے سے کانچ کے باریک شیشے کا محل یا قید خانہ سمجھ لو- یہی کانچ کا باریک شیشہ ہماری دنیا ہے- ہماری تمہاری یہ مہذب دنیا، اور اسی شیشے کی باریک دنیا میں ہم اپنے جینے کا جتن کیے جا رہے ہیں- لیکن یہ شیشہ اتنا نازک، اسقدر باریک ہے کہ ہماری سانسوں سے بھی اس کے ٹوٹنے کا خطرہ پیدا ہو جاتا ہے۔۔۔ ہر سانس ایک نئی عبارت

خلق کر رہی ہے۔۔۔ ہر سانس ایک نئی دنیا بن رہی ہے- اور یقیناً پریشان ہوں گے وہ لوگ، جو اب تک اپنی پرانی دنیاؤں سے چپکے ہوئے ہیں- کاردار ہم تم جتنے بھی فلسفے اور نظریات قائم کریں یا جس نظریئے سے بھی دنیا کو دیکھنے کی کوشش کریں، مگر بھول جاتے ہیں کہ کوئی ہمیں دیکھ رہا ہے۔۔۔ کوئی اپنے حساب سے انسانی Destiny کی عبارت لکھ رہا ہے۔۔۔ کون۔۔۔؟ قدرت۔۔۔؟"

ناول کی سب بڑی خوبی یہ ہے کہ خوبصورت بیانیہ اور طلسمی حقیقت نگاری کی آمیزش سے نئی اور پرانی دنیاؤں کا سہارا لے کر تہذیبوں کے تصادم پر سیر حاصل بحث کی گئی ہے اور دلچسپ یہ ہے کہ بابری مسجد سانحہ کو علامت کے طور پر پیش کرنے کے بعد تہذیبوں کے شکست و ریخت کا گھناؤنا منظر دکھانے کے بعد بھی ذوقی ناامید نہیں ہوتے اور کہانی کو اس مقام تک لے جاتے ہیں، جہاں ہر نفس نومی شود دنیا وما- تخلیق کی حیرت انگیز آزادی کا سہارا لے کر دراصل اس عالمی بازار کو بے نقاب کرنے کی کوشش کی گئی ہے، جہاں صابن سے رشتے تک سب کچھ بک رہے ہیں- یہ ناول میری نظر میں نئی صدی کے دروازے پر ایک ایسی دستک ہے، جس کی گونج گزرتے وقت کے ساتھ کم ہونے کی بجائے بڑھتی جائے گی اور یہی اس ناول کی سب سے بڑی خوبی ہے-

***

ذوقی۔ ایک منفرد قلم کار

فریدہ مسرور (پاکستان)

مشرف عالم ذوقی سے میرا تعارف بہت پرانا نہیں ہے۔ میں نے جب مطالعہ کرنا شروع کیا تو اردو ادب کے تقریباً تمام ہی لکھنے والوں کو پڑھنے کی جستجو ہوئی۔ انڈیا سے تعلق رکھنے والے ماضی قریب اور ماضیِ بعید کے تمام اچھے ادیب اور شاعر میرے مطالعے میں شامل رہے لیکن انڈیا کے عصری ادیبوں کو پڑھنے کا اتفاق کم کم ہی رہا۔ یہی وجہ ہے کہ جب بھی کراچی میں کتابوں کی عالمی نمائش منعقد ہوتی ہے تو میری تمام تر توجہ انڈین پبلشرز کے اسٹالز پہ ہوتی ہے۔ یہ شاید 2010ء کی بات ہے کہ اس نمائش میں میں نے ایک کتاب دیکھی "لینڈ اسکیپ کے گھوڑے" از مشرف عالم ذوقی۔ تب مصنف کا نام میرے لیے سراسر اجنبی تھا لیکن کتاب کا عنوان مجھے متاثر کر رہا تھا، سو میں نے فوراً ہی وہ کتاب خرید لی تھی اور پھر جب میں نے اس کو پڑھا تھا..... تو مجھے لگا تھا میرے ذہن میں سوچ کے نئے دریچے کھل رہے ہیں۔ اس کتاب میں موجود افسانوں کے عنوان گرفت کرتے ہیں اور افسانوں کے موضوع اس بات کا بعینہ اظہار کرتے ہیں کہ مصنف اپنے ارد گرد کی دنیا کو بہت مختلف نہج سے دیکھتا ہے اور بہت شدید احساس کے زیر اثر کہانی لکھتا ہے۔ بلکہ یوں کہنا چاہیے کہ کانٹے کی طرح چبھتی ہوئی کوئی بات جب ذوقی کے دل کو شدید درد سے بھر دیتی ہے تو ان کے ہاں کہانی جنم لیتی ہے۔

یہ ذکر تھا اس کتاب کا جس کے مطالعے نے مجھے ذوقی کے قلم کا اسیر کر دیا تھا۔ تب میں نے سوچا انڈیا کے سفر کے دوران ذوقی صاحب سے ملنے کی سعی بھی کرنی چاہیے، اور قسمت کی مہربانی سے یہ ملاقات ممکن بھی ہو گئی۔ سچی بات تو یہ ہے کہ تاج انکلیو کی سیڑھیاں طے کرتے وقت مجھے امید نہیں تھی کہ یوں اچانک چلے آنے پر وہ صاحب ملاقات کا وقت دیں گے بھی یا نہیں مگر مجھے خوشگوار حیرت نے گھیر لیا تھا جب ذوقی نہ صرف بہت تپاک سے ملے بلکہ اپنا نیا ناول "لے سانس بھی آہستہ" تحفتاً پیش کیا۔ ذوقی صاحب کا اصرار تھا کہ میں ناول پہ اپنی رائے ضرور لکھ بھیجوں۔ میں کیا اور میری رائے کیا .... ذوقی صاحب کے سامنے محض ایک طفلِ مکتب ہوں جس کے قلم کا سرمایہ تھوڑی بہت کہانیاں ہی ہیں مگر پھر بھی .... پاکستان واپسی پر میں نے پیروں سے گردِ سفر جھاڑی اور ناول کا مطالعہ شروع کر دیا۔

"لے سانس بھی آہستہ" اس خوبصورت ناول کا آغاز چونکا دینے والا ہے۔ پہلا صفحہ ہی اس بات کا اعلان کر دیتا ہے کہ اس ناول میں جو کچھ بھی ہے وہ محض ذوقی کے ذہن کی اختراع نہیں ہے، ذوقی کے تخیل کی پرواز نہیں ہے بلکہ اس میں سماج کی وہ سچائیاں رقم ہیں جن پر ذوقی کی نگاہ پڑتی ہے تو ٹھہر جاتی ہے۔ اسی لیے اس ناول کے کردار جیتے جاگتے، سانس لیتے کردار ہیں جنہیں ذوقی صاحب نے بہت قریب سے دیکھا ہو گا، پرکھا ہو گا، ان کا نکتہ رسا ذہن برسوں ان کرداروں کے ساتھ جیا ہو گا تب کہیں جا کے ذوقی کے قلم نے ان کرداروں کو تراشا، اور لکھا.... اور امر کر دیا۔

برصغیر پاک و ہند کے خطے میں "تقسیم" ایک ایسا آنچ دیتا ہوا موضوع ہے اور تاریخ کا ایک ایسا موڑ ہے، جس پر اردو ادب میں بہت کچھ لکھا گیا ہے اور ابھی تک لکھا جا رہا ہے کیونکہ تقسیم محض تقسیم ہی نہیں تھی، غلامی سے آزادی کا پروانہ بھی تھی اور بیک وقت

ایک زندہ اور مکمل تہذیب کے خاتمے کا اعلان بھی تھی۔ اس موضوع پہ لکھے گئے ادب کے اوراق میں کہیں ہجرت کا غم روتا نظر آتا ہے تو کہیں فتح مندی کے ترانے سنائی دیتے ہیں.... کہیں شکستہ دلی کے آثار نظر آتے ہیں تو کہیں نئی سرزمین کی کشش دامن کھینچتی نظر آتی ہے، اس سارے المناک سفر میں سب سے زیادہ متاثر ہونے والا عنصر 'انسان' ہے۔ انسان، جس نے ہجرت کی تو ماضی سے کٹ جانے کا دکھ سہا.... اور انسان، جو ماضی سے جڑا رہا تو اس نے تہذیب کے تارو پود بکھرتے دیکھے۔ اپنی آنکھوں سے اپنے باغوں، کھیتوں اور حویلیوں کا اجڑنا دیکھا۔ تہذیب کے اس انہدام نے یقیناً ایک پوری نسل کو اذیت سے دوچار کیا ہو گا۔ ذوقی کی نظر ان آنکھوں میں چھپے اس دکھ کو دیکھتی ہے۔ محض ایک زاویے سے نہیں، ہر زاویے سے دیکھتی ہے۔ بلکہ ذوقی کی نظر دیکھنے کے لیے نئے زاویے تراشتی ہے۔ اور جب یہ دکھ ذوقی کی اپنی نظر میں بولنے لگتا ہے، ان کے دل کو لہو کرنے لگتا ہے تب ذوقی لکھتے ہیں نور محمد کی کہانی، کاردار کی کہانی، نگار اور نادرہ کی کہانی، جو در حقیقت ذوقی کی اپنی کہانی بن چکی ہوتی ہے اور اس کہانی کو پیرایہ اظہار دینے کے لیے ذوقی کا قلم الفاظ سے یوں کھیلتا ہے، الفاظ کو یوں برتتا ہے جیسے یہ سب الفاظ محض ذوقی ہی کے لیے تشکیل دیئے گئے ہوں۔ ذوقی کا قلم کہانی میں اتار چڑھاؤ اور واقعات کی بُنت کچھ ایسی مشاقی سے کرتا جاتا ہے کہ کرداروں کی جزئیات اپنی پوری نفسیات کے ساتھ کُھلتی چلی جاتی ہیں، یوں پرت در پرت جیسے آنکھوں کے سامنے کردار زندہ کھڑے ہوں اور ہم ان کے اوپر بیتے المناک لمحوں کی روداد دیکھ رہے ہوں۔ خصوصاً نور محمد کی جذباتی کشمکش اور نفسیاتی الجھنیں جس فنکارانہ انداز میں قاری کے سامنے سطر بہ سطر آشکار ہوتی جاتی ہیں، یہ یقیناً ذوقی کے قلم کی بہت بڑی خوبی ہے۔ اس ناول میں ذوقی نے اپنی کہانی کا تانا بانا ہندوستانی مسلمانوں کی مٹتی ہوئی تہذیب اور اس کے نتیجے میں مسلمانوں کے بدلتے ہوئے

نظریات کے ساتھ اس خوبصورتی سے بنا ہے کہ جس کی وجہ سے یہ ناول محض ایک ادبی فن پارہ ہی نہیں ہے بلکہ یہ ہندوستانی سماج کی زندہ تاریخ بن گئی ہے جس کی بناء پر ہم یہ کہہ سکتے ہیں کہ آج سے سو سال بعد جب یہ ناول پڑھا جائے گا تو قاری کے سامنے ہندوستان کی ایک تاریخی دستاویز کھل جائے گی۔ بے شک ذوقی آج کا انسان اور آج کا ادیب ہے لیکن ذوقی کی نظر آنے والی کل پہ بھی لگی رہتی ہے اور ذوقی کی نظر بہت گہری ہے، یہ منظر کو توڑتی ہوئی، پس منظر تک جا پہنچتی ہے.... اور اس پہ مستزاد، سماجیات اور سیاسیات کے موضوع پہ ذوقی کا عمیق مطالعہ، اور درد سے لبریز ذوقی کا حساس دل، ان سب نے مل کر اس ناولوں کو اردو کے چند یادرہ جانے والے ناول کی صف میں لا کھڑا کیا ہے۔

***

مشرف عالم ذوقی کا ناول "لے سانس بھی آہستہ۔۔۔"

-ڈاکٹر تاج پیامی

مشرف عالم ذوقی کا نام اردو ناول کی تاریخ میں کسی تعارف کا محتاج نہیں۔ انہوں نے بہت ہی کم عمری میں ادبی دنیا میں اپنا نام روشن حروف میں تحریر کیا ہے۔ افسانہ اور ناول نگاری میں ان کی شہرت بیرون ملک تک جا پہنچی ہے۔ بر صغیر اور دیگر ممالک میں بھی ذوقی عزت کی نگاہ سے دیکھے جاتے ہیں۔ ذوقی آرہ سے دہلی صرف قلم لے کر گئے تھے اور آج ان کے قلم سے ادب کے موتی جھڑ رہے ہیں۔ ان کے افسانوں کا معیار بھی بہت بلند ہوتا ہے اور ناول بھی ادب عالیہ کے صف میں کھڑے ہیں۔

ناول کیوں لکھا جاتا ہے؟

صرف ناول ہی ایک ایسا صنف ادب ہے، جس میں سماج کی بھرپور ترجمانی اور عکاسی کی جاتی ہے اور دنیا کے مشہور ادبانے اپنے دور کے معاشرہ کو پیش کرنے کے لیے ناول ہی کو ذریعہ اظہار بنایا۔ مشرف عالم ذوقی نے بھی ناول کے ذریعہ سماج میں آنے والی تبدیلیوں کو بھرپور انداز میں پیش کیا۔ ان کا ناول بیان بابری مسجد کے انہدام کے بعد لکھا گیا ہنگامہ خیز ناول ہے۔ بابری مسجد کا انہدام ہندو مسلم کی گنگا جمنی تہذیب کے انہدام کی علامت ہے۔ یہ گنگا جمنی تہذیب کا انہدام 'لے سانس بھی آہستہ 'میں تہذیب کی تبدیلیوں کو پیش کرتا ہے۔ دراصل ہندستان میں انگریزوں کے جانے کے بعد یعنی

1947 کے بعد یہاں کی تہذیب میں کئی تبدیلیاں ہوئیں۔ اس کا اظہار 'لے سانس بھی آہستہ' ناول میں بحث واستدلال کے ساتھ کیا گیا ہے۔ ناول کی کہانی اس کے واقعات بیانات اور کردار میں آغاز سے ہی علامت کی فضا ملتی ہے۔ ذوقی معاشرہ کے حالات کی ترجمانی کرتے ہیں اور ساتھ ہی انسانی زندگی کے مختلف مسائل، غم و خوشی، کرب و شادمانی، افکار و کشمکش کو بھی پیش کرتے ہیں۔ ناول 'لے سانس بھی آہستہ' نہایت کامیاب ناول ہے۔ اس میں حشو وزواید نہیں۔ واقعات مربوط، مکالمے برجستہ، کردار اپنی جگہ اپنا حق ادا کر رہے ہیں۔

'لے سانس بھی آہستہ' دادا اور پوتی کے مکالمہ سے آگے بڑھتا ہے۔ جائز اور ناجائز پر بحث ہوتی ہے۔ شادی سے قبل حاملہ ہونا ناجائز اور شادی کے بعد جائز۔

"اس کا مطلب ایک ہی چیز، ایک ہی وقت میں جائز اور ناجائز دونوں ہو سکتی ہیں۔ کیوں سارہ؟

""ہاں ددو۔۔۔"

"یعنی جو تمہارے لیے ابھی ناجائز ہے وہ کسی کے لیے جائز۔۔۔"

ٹھیک اسی طرح بابری مسجد کا انہدام ایک قوم کے نزدیک ناجائز مگر دوسری قوم اسے جائز سمجھتی ہے۔

اور پھر تہذیبوں کے جنم لینے اور مرنے کی باتیں سامنے آتی ہیں۔ اب مصر یونان اور ہند کی تہذیبوں کی جگہ چھوٹی چھوٹی تہذیبوں نے جنم لے لیا ہے- القاعدہ تہذیب، نفرت کی تہذیب- ہندستان میں جب محبت کی تہذیب زوال پذیر ہوئی تو نفرت کی تہذیب نے جنم لیا- اور آج نفرت کی تہذیب کے سبب ہندستان کا ایک طبقہ خوف کے زیر سایہ زندگی بسر کر رہا ہے۔

وہ تمہارے ہاتھ کا پانی نہیں پیتا تو ہمیں حق کیا دے گا- اور پھر ہندستان ٹکڑوں میں بٹ گیا۔ ہندستان، پاکستان پھر بنگلہ دیش۔

مشرف عالم ذوقی "غلامی کے فیوڈل سسٹم کی طرف اشارہ کرتے ہیں۔

خلافت تحریک سے اور آزادی تک۔ تہذیبیں ہماری پرورش کر رہی تھیں یا پھر آزادی کے بطن سے ایک نئ تہذیب جنم لے رہی تھی / ایک ڈراؤنی تہذیب۔

مشرف عالم ذوقی نے کارل مارکس کے نظریہ سے استفادہ کرتے ہوئے تین ادوار کو پیش کیا۔ غلامی کا دور، جاگیر دارنہ نظام اور صنعتی دور۔

اس ناول میں جاگیر دارانہ نظام کو بحسن و خوبی پیش کیا گیا ہے۔ اس تہذیب کی خوبیوں اور خامیوں کو پیش کرنے میں مشرف عالم ذوقی کا مشاہدہ بہت کارآمد ثابت ہوا۔ حویلی کی چہل پہل، نوکر دائیوں کی فوج اور بیگمات کا پردہ میں رہ کر حکمرانی کرنا وغیرہ۔

لیکن جاگیر دارانہ نظام کے خاتمہ کے بعد حویلیوں سے خدمت کرنے والے غائب ہونے لگے، جن بیگمات کی آواز سنائی نہیں دیتی تھی وہ اب باہر نکل کر سودا سلف کرنے لگیں، بلکہ کچھ عورتوں نے نوکریوں پر بھی توجہ کی- بات یہاں بھی جائز اور ناجائز کی درمیان میں آگئ۔ پہلے پردہ جائز تھا اور اب بے پردگی جائز ہوگئ۔

چونکہ میرا بھی تعلق جگدیش پور کے زمینداروں سے رہا ہے -میرے یہاں بھی ہر کام کے لیے خدمت گار تھے۔ اور جاگیر دارانہ نظام کو میں نے خود اپنی آنکھوں سے دیکھا ہے۔ گھروں میں دائیاں کام کرتیں۔ پردہ نشین عورتیں گپ شپ کرتیں اور پان کھایا کرتیں۔ زمینداری ختم ہوئی تو حالات بدل گئے بہت سے لوگ پاکستان چلے گئے - حویلیاں ویران ہونے لگیں۔

"جہاں سے روشنی بٹتی تھی ساری بستی میں

کھنڈر کھنڈر ہے اندھیرا اب اس حویلی میں"

-تاج پیامی

آیئے اب ذوقی کی حویلی کا احوال ناول کے ہیرو کی والدہ سے سنتے ہیں:-

"اماں کی آواز اچانک بلند ہو گئی تھی۔ 'منہ مت کھلوایئے- میں کچھ نہیں بھولتی۔ جب پہلی بار ڈولی چڑھ کر یہاں آئی تھی' تب سے لے کر آج تک کی ساری بات یاد ہے۔ بلند حویلی۔ ارے خاک بلند حویلی- کبھی شان رہی ہو گی۔ اب شان مٹی میں مل چکی ہے- درو دیوار کو دیمک چاٹ رہے ہیں۔ کبھی اس حویلی کی چھتیں دیکھی ہیں- کھوکھلی ہو چکی ہیں- بارش اور طوفان میں ڈر لگا رہتا ہے کہ خدانخواستہ حویلی کی کوئی دیوار بیٹھ نہ جائے۔ آپ کو تو یہ بھی یاد نہیں ہو گا کہ آج سے پہلے کب اس حویلی میں چونا گردانی یا پتائی ہوئی ہو گی- خدا قسم کھا کر بولیے۔ یاد ہے-؟ میں نے تو برسوں میں نہیں دیکھا- اور چونا گردانی کرائیں گے کہاں سے- دیواریں جھڑ رہی ہیں۔ محرابیں ٹوٹ رہی ہیں- چھت بیٹھ رہی ہے- اور نام ہے بلند حویلی- اور سن لیجئے-بڑے بول نہیں بولتی- ذرا حویلی کے دروازے سے باہر نکل کر دیکھیے۔ یہ موچی اپو، پچو تھے- جو کل تک آپ کے سامنے ہاتھ باندھے کھڑے رہتے تھے- اب ذرا ان کی ٹھس، ان کی اکڑ، ان کی شان دیکھیے- اللہ بھی اُن کی مدد کرتا ہے جو محنت کرتے ہیں۔ آپ لوگوں نے کیا کیا-؟ بس ساری زندگی حویلی حویلی کرتے رہے- حویلی چاٹتے رہے- اب چاٹنے کے لیے بھی حویلی نہیں بچی- محلے کے بنیوں، چماروں نے دو منزلہ، چار منزلہ مکان بنا لیے۔ اُن کے بچے بھی شان سے انگریزی اسکولوں میں پڑھ رہے ہیں- اور آپ کے پرکھے-؟ بس جاگیر دارانہ نظام پر چلتے رہے- لوگوں پر ظلم کرتے رہے- کہتے تھے، خیرات کرتے ہیں- اب خیرات کر کے دیکھئے- خیرات کرنے کے لیے بھی بچا کیا ہے-؟ کچھ نہیں۔ ٹھن ٹھن گوپال- رادھا کیا ناچے کیا

کھائے- شکر منائیے کہ باپ داداؤں نے ایک حویلی دے رکھی ہے- یہ حویلی نہ ہوتی تو آج ہمیں لے کر کہاں جاتے آپ- اور سن لیجئے- اب آپ پہلے کی طرح جوان نہیں، بوڑھے ہو چکے ہیں- اب آپ سے محنت نہیں ہو سکتی- لیکن سوچیے- مالگزاری بند ہو چکی ہے۔ زمینیں بہت کم بچی ہیں۔ کبھی بیٹے کے مستقبل کو لے کر سوچا ہے-؟ یا یہ بھی مجھے سوچنا ہو گا- بلند حویلی۔ اللہ تیری شان نرالی- بچپن سے یہ محاورہ سنتی آئی تھی کہ اللہ گنجے کو ناخن نہ دے- '

اماں زور زور سے بولتی ہوئی ہنستی ہیں- اور آپ جیسوں کو حویلی نہ دے۔ سب لٹا دیا- اور اب لٹانے کے لیے بھی کچھ نہیں۔۔۔'

ابا کے زوردار خراٹے گونج رہے تھے۔ اماں نے رک کر ابا کے خراٹوں کو محسوس کیا- دل کی بھڑاس نکل چکی تھی۔ اب وہ مطمئن تھیں- اب انہیں اچھی نیند آئے گی۔

لیکن نیند میری آنکھوں سے اچٹ چکی تھی۔"

اگر مصنف کے آنکھ کی نیند نہیں اچٹتی تو وہ آج اتنا بڑا ادیب نہیں ہوتا۔

یہ حویلی دراصل گنگا جمنی تہذیب کی حویلی ہے جسکے در و دیوار کو دیمک چاٹ گئی ہے- اس کی چھتیں کھوکھلی ہو چکی ہیں۔ نفرت کی تہذیب نے اس کی بنیاد کھودڈالی ہے۔

مشرف عالم ذوقی نے اپنے اس ناول کا نام میر تقی میر کے شعر سے اخذ کیا ہے۔

"لے سانس بھی آہستہ کہ نازک ہے بہت کام
آفاق کی اس کارگہ شیشہ گری کا"

گنگا جمنی تہذیب نازک شیشہ سے بنی تھی۔ اس کی بنیاد ہندو مسلم محبت پر قائم تھی- لیکن افسوس ان نفرتوں سے گنگا جمنی تہذیب کی حویلی کی دیواریں درک گئیں بلکہ یہ حویلی منہدم ہو گئی۔ لوگ اسے گرا کر خراٹے لے رہے ہیں- لیکن حساس شخص کی نیند اڑ

گئی ہے۔

-دارالادب، محلہ مہادیوا، آرہ۔ بھوجپور۔

* * *

ذوقی کا نیا ناول "لے سانس بھی آہستہ"

-نورالحسنین

۱۹۸۵ء کے بعد اپنی شناخت بنانے والے قلم کاروں میں مشرف عالم ذوقی کا نام سرِ فہرست ہے۔ جس برق رفتاری سے انھوں نے اپنی افسانہ نگاری، تنقید نگاری، اور ناول نگاری کا لوہا منوایا اُس کی مثال ملنا بھی مشکل ہے۔ ان کے نام کے ساتھ کئی افسانوی مجموعے اور ناول ہیں جبکہ اُن کے ہمرکاب ادباء ابھی تک ایک یا دو ناول سے آگے نہیں بڑھے اور بعض نے تو ناول کے فن کو ہاتھ ہی نہیں لگایا۔

حال ہی میں مشرف عالم ذوقی کا شائع ہونے والا ناول "لے سانس بھی آہستہ "اُن کے دیگر ناولوں کے مقابلے میں موضوعی اعتبار سے مختلف بھی ہے اور ضخامت کے لحاظ سے بھی بڑا ہے۔ اب تک کے ناولوں میں ذوقی نے بدلتے اقدار، سیاسی جبریت اور انسانی رویوں کی عکاسی کی ہے، لیکن اُن کا یہ ناول بدلتے اقدار کے ساتھ ہی ساتھ کس طرح تہذیبیں بھی بدلتی ہیں اور ان بدلتی تہذیبوں سے انسانی زندگی کس قسم کے تغیر سے دوچار ہوئی یا یہ تغیر بدلتے حالات اور مٹتی قدروں کا المیہ ہے یا اِنھیں خود انسان نے پیدا کیا ؟ یا قدرت اُسے کسی کھلونے کے مصداق کھیل رہی ہے یا وہ ہر بار ان چاہے حالات کے شکنجوں میں پھنس کر خود ہی مجبور و بے بس ہو جاتا ہے۔ ان تمام باتوں کا ذوقی نے نہایت فنکارانہ انداز میں احاطہ کیا ہے۔

ذوقی نے اپنے ناول کے لیے اُتر پر دیش کے ایک مقام 'بلند شہر' کا انتخاب کیا ہے۔ دہلی، بلند شہر، میرٹھ، لکھنو وغیرہ یہ وہ مقامات ہیں جن پر جب جب بھی اقتدار کا نظام بدلا وہ متاثر ہوئے۔ دوسرے یہ کہ یہ مقامات مسلمانوں کی تہذیب و تمدن کے اہم مراکز بھی رہے ہیں۔ جہاں تہذیبوں نے آنکھیں بھی کھولیں، پروان بھی چڑھیں اور نئی تہذیبوں سے ہم آہنگ ہونے کی کوششیں بھی کیں۔

اس مختصر سے مضمون میں ناول کی کہانی کا خلاصہ بیان کرنے سے شعوری طور پر احتیاط برتی گئی ہے تاکہ قاری خود اسے پڑھے اور لطف اُٹھائے۔ ناول کے کردار آزادی ملنے کے ایک گھنٹہ قبل جس تہذیب کے پروردہ تھے ٹھیک ایک گھنٹے کے بعد ہی ایک نئی تہذیب اور بدلتے اقدار کے ہاتھوں کھلونا بن جاتے ہیں اور ایک ایسی تاریخ جس میں ہجرتوں کا سامان بھی تھا، اپنوں سے بچھڑنے کا غم بھی، کچھ سوچے سمجھے منصوبوں کے تحت اور کچھ محض نعروں کے شور میں بہہ جارہے تھے۔ قتل وخون آگ کا ایک دریا تھا، ٹوٹتی، مٹتی قدریں اور وقت اور اعلیٰ قدروں کے تصادم سے پیدا ہونے والی ایک نئی تہذیب کے کانٹوں بھرے جال کا سامنا بھی تھا۔ اس کے ساتھ ہی ساتھ وہ لوگ بھی تھے جو نہ تو کسی منصوبے کے دلدادہ تھے اور نا ہی نعروں کے شور میں ہجرتوں کے قائل تھے۔ وہ تو یہیں پر آباد رہے۔ اُن کے لیے بھی ایک نئی تہذیب کا سامنا تھا، بلکہ اُنھیں تو قومیت کے اُس پل صراط سے بھی گزرنا تھا جہاں ان کی حب الوطنی بھی داغدار تصور کر لی گئی تھی۔ آزادی ملی، لیکن اس آزادی نے اُنھیں کیا تحفہ دیا۔۔۔؟ مشکوک حب الوطنی۔ اپنے ہی شہر اور اپنے ہی علاقے میں رہتے بستے ہوئے بھی اجنبیت کا احساس، وقت کا جبر، اوراس جبر کا ایک مہیب سنّاٹا اور اس سنّاٹے میں انسان کسی کٹھ پتلی کی مانند بے آواز اشاروں کے حوالے ہو رہا تھا۔ جیسے کوئی گڈریا بے سمت اپنی بھیڑوں کو ہانک رہا ہو۔ یہ

ہانکنے والا کون تھا؟ وقت ؟ حالات ؟ یا قسمت ؟ آخر کون تھا جو بے منزل ہانکتا چلا جا رہا تھا۔ کبھی حالات سے نبرد آزما ہونے کا حکم دیتا اور کبھی صبر کی تلقین کرتا اور کبھی بے سبب ہی سمجھوتے کروا رہا تھا۔ جرم، سزا، گناہ، ثواب، عذاب، اُصول، قانون، قاعدے، معاشرتی سماجی بندھن سب اپنے معنیٰ کھو رہے تھے اور وقت اپنا کام کر رہا تھا، لیکن عمر۔۔۔؟ عمر کا چکر تو واپس نہیں گھومتا۔ زندگی کی یہ طویل مسافت کبھی تو یادوں کے ٹھنڈے اندھیروں میں بھٹک بھٹک کر ڈنک مارتی اور کبھی سہانی سجیلی شرارتوں بھری مسکراہٹ بن کر دلوں کے تاروں کو جھنجھناتی رہتی۔ مشرف عالم ذوقی کا یہ ناول اِسی زندگی کے بدلتے اُتار چڑھاؤ، زخم خوردہ احساسات، آرزوؤں، اُمنگوں، بد حالیوں، نئے ہزارے کی برق رفتار بھاگتی دوڑتی زندگیوں، سائنسی انقلابات، نئی نئی ایجادوں اور انسانی اخلاق و قدروں کی بے دریغ پامالی کی کڑیوں سے گزرتی ہوئی عمل اور ردِ عمل کے میزان پر ایک نئی تہذیب کا عکاس ہے۔ جسے وقت کا جبر کبھی گناہ کا نام دیتا ہے اور کبھی گناہ ایثار و قربانیوں کی سوغات بن کر لوٹتا ہے جسے قبولیت اور عدم قبولیت کی کوئی پروا نہیں ہے۔ وہ بس اپنی حقیقت کو تسلیم کروانا ہی جانتا ہے۔

جب ساری تہذیبیں اپنی انتہا کو پہنچ جاتی ہیں اور کوئی اسرار باقی نہیں رہتا تو زندگی پھر ایک بار تہذیب کی پہلی کتاب کی طرف لوٹ آتی ہے، جہاں جنگل ہو، پہاڑ ہو، نہ کوئی قانون ہو نہ کوئی گرفت ہو۔ اسی لیے مشرف عالم ذوقی بھی لکھتے ہیں،

"تہذیب کے یہ صفحے ہم یا تم نے نہیں لکھے۔۔۔ وہ مسکرا رہے تھے۔۔۔ یہ پہاڑ لکھتے ہیں

۔۔۔ یہ وادیاں لکھتی ہیں۔۔۔ نیچر لکھتا ہے۔۔۔ چلو ایک بار پھر نیچر میں گُم ہو جائیں۔۔۔

پہاڑوں میں۔۔۔ ان حسین وادیوں میں۔ نہ ختم ہونے والے پہاڑی سلسلوں میں اور۔

۔۔شاید اسی لیے عمر کے اس آخری دور کے لیے میں نے ان پہاڑوں کا انتخاب کیا ہے۔۔۔

اور تم نے بھی میرے دوست کاردار۔۔۔ تم بھی ان پہاڑوں کا حصّہ بن گئے ہو۔۔۔ ہے نا؟(ص۔ ۴۴۰)

ذوقی کا یہ ناول چار نسلوں پر محیط ہے۔ دادا۔۔ جو جاگیر دارانہ ماحول اور حویلی کی آن بان اور شان سے بندھا ہوا ہے۔ اُن کا بیٹا وسیع الرحمان کاردار جو ملک کی آزادی کا سپاہی بھی ہے اور گاندھی جی کا ہمنوا ہے۔ آزادی اور آزادی کے بعد کے ماحول کی نعمتوں کا خواب دیکھنے والا ہے۔ اور وسیع الرحمان کاردار کا بیٹا عبد الرحمان کاردار جو آزادی کے بعد پیدا ہونے والی تہذیب کے بدلتے تیور کو بھوگنے والا ہے۔ ساتھ ہی اس ناول میں نظر محمد، نور محمد، عبدالرحمان کی والدہ، پروفیسر نیلے، سُفیان ماموں، مولوی محفوظ، سُفیان ماموں کی دوسری بیوی اور عبد الرحمان کاردار کی بیوی رُقیہ۔ ان کے علاوہ اور بھی چھوٹے بڑے مختصر بہت سے کردار ہیں۔ اِن کرداروں کی اپنی ایک نفسیات بھی ہے۔ اُن کے اپنے نظریات بھی ہیں۔ ذوقی نے ایک مشّاق ناول نگار کی طرح اپنے ہر کردار کے ساتھ انصاف کیا ہے۔ اس سفر میں اکثر جگہ اُن کا قلم بے باک بھی ہوا بے خوف بھی چلا اور اُس حقیقت کو اُجاگر کرنے میں کامیاب بھی ہوا جس کے جبر سے سبھی واقف تھے، لیکن جس کے اسرار کی زبان بننے کے لیے تیار نہیں ہوئے۔ مثلاً ملک کی آزادی اور اس کے بعد پیدا ہونے والی نئی تہذیب کے درمیان اُبھرنے والے شکوک اور خوابوں کا ٹکراؤ، باپ اور بیٹے کے درمیان کس طرح مکالمہ بنتا ہے اُس کی سچائیاں ملاحظہ فرمائیں۔

" سب چھوٹے، بڑے ہو جائیں گے۔ جو کل تک ہمارے سامنے کھڑے ہونے کی ہمت نہیں کرتے تھے۔ دیکھو آج کیسے سینہ تان کر چل رہے ہیں۔ یہی آزادی کی سوغات ہے ؟ جس نے چھوٹے بڑوں کے فرق ہی کو ختم کر دیا۔۔ اس آہٹ کو سنو، وسیع، ورنہ یہ بُرا وقت تمھیں نگل جائے گا"

ابا قرآن اور حدیث لے کر بیٹھ جاتے۔۔۔ ایک ہی صف میں کھڑے ہو گئے محمود و ایاز۔

۔۔ کہاں ہے کوئی چھوٹا بڑا؟ جو محنت کریگا۔ فصل اُسی کی ہے۔"

" کر سکو گے محنت۔۔۔؟"

" کیوں نہیں۔۔۔!"

" سوچ لو۔۔۔ اسی جاگیر دارانہ نظام میں پلے بڑھے ہو۔ سونے کا چمچہ لے کر۔"

" اب اس چمچے کی ضرورت نہیں پڑے گی۔"

" کہنا آسان ہے۔۔۔ کرنا مشکل ہے۔"

" پرانی یادیں بھولی نہیں جاتیں۔۔۔ نئے مسائل بہت دکھ دیتے ہیں۔ ٹھہر ٹھہر کر پرانی

یادیں چوٹ پہنچاتی رہیں گی۔"

" دیکھا جائے گا۔"

" حکومت کرنے والے رہے ہو۔۔۔ ابھی بھی کون سی حکومت چلی گئی۔ گھر میں یہ حکومت

اب بھی ہے۔ نوکر چاکر۔۔۔ پانی بھرنے والا بھشتی۔ کتنے خاندان ہیں جو اس کاردار گھرانے سے

وابستہ رہے۔ ہم نے اُنھیں بھر بھر جھولیاں خیرات بانٹیں۔"

"خیرات نہیں۔۔۔ محنت کی کمائی۔"

"یہ تمہاری سمجھ پر منحصر ہے۔ میرے لیے یہ خیرات۔۔۔ جو آیا خالی ہاتھ نہیں گیا۔۔۔

ہم دینے والے ہاتھ رہے ہیں۔"

ملک آزاد ہوا اور پھر تقسیم بھی ہو گیا۔ دنیا کے نقشے پر ایک نیا ملک پاکستان آباد ہو گیا، لیکن یہ پاکستان نہ تو وہاں جانے والے مہاجرین کا خواب ثابت ہوا اور نا ہی یہاں رہنے والے مسلمانوں کے لیے وجہ رحمت بن سکا۔ اُلٹا یہاں کی مٹی سے جڑے رہنے والوں کے لیے ان کی اپنی حب الوطنی کو بھی مشکوک کر گیا۔ ناول کا یہ حصّہ بہت ہی جاندار ہے۔ تقسیمِ ملک اور ہجرتوں کے کرب پر اُردو کے عظیم ادیبوں نے ناول اور افسانے بھی لکھے، لیکن ذوقی نے اپنے اس ناول میں جس سچائی کا اظہار کیا ہے وہ نہ تو انتظار حسین کے پاس ہے نا ہی قاضی عبدالستار کی ناولوں کا حصّہ بن سکا اور نا ہی ناول 'میرے بھی صنم خانے' میں اس آنے والے عذاب کی نشان دہی ملتی ہے۔ کیونکہ ان کے سارے ناول تقسیم کے فسادات اور ہجرتوں کے کرب ہی پر ختم ہو گئے۔ ذوقی نے تقسیم کے بعد بچے ہوئے ہندوستانی مسلمانوں کی فکر اور سوچ کو بھی اُجاگر کیا ہے اور اُن حالات کی بھی عکاسی کی ہے جو بعد کے آنے والے زمانے میں ظاہر ہوئے ہیں۔ ناول کے کردار 'دادا حضرت' کی زبانی اس احساس کو کس طرح گرفت میں لایا گیا ہے۔ ملاحظہ فرمائیں،

"یہ سوچ سوچ کر دل ڈرتا ہے کہ آنے والے وقتوں میں بار بار تمہیں تقسیم کے نام پر

شرمندہ ہونا پڑے گا۔ تمہیں بار بار اپنی صفائی دینی ہو گی اور اس طرح یہ ملک۔ یہ

خطہ

یہ زمین تمہاری ہو کر بھی تمہاری نہیں ہو گی۔ اور کتنی عجیب بات ہے۔ اپنے ملک کو

اپنا

ملک کہنے کے لیے بھی تم صفائی دو گے۔ اور اسی صفائی میں تمہاری عمر نکل جائے گی"

یہ پیراگراف آج بھی اپنی معنویت اُسی طرح رکھتا ہے۔ ۱۹۴۷ء سے ۲۰۱۱ء آگیا لیکن ابھی تک مسلمان نہ تقسیم کے طنز سے اُبھر سکے اور نا ہی اُن کی وفاداریاں شکوک سے بالاتر ہو سکیں۔

مشرف عالم ذوقی نے اپنے اس ناول میں جاگیر دارانہ نظام کے ٹوٹنے کے بعد کس طرح اشرافیہ طبقے کی وضع داریاں مجروح ہوئیں اور کس طرح بدلتی تہذیب نے انھیں ان کی روایات سے باہر نکلنے پر مجبور کیا اس کا احوال ناول کے اس منظر میں دیکھیے،

" اماں میرا ہاتھ تھام کر بجلی کی طرح کوتوالی کے اندر داخل ہو گئی تھیں۔ میں نے زندگی میں اماں کو اس طرح کبھی کسی رشتہ دار کے یہاں بھی جاتے ہوئے نہیں دیکھا تھا۔ بازار یا مارکیٹ تو دور کی چیز ہے۔ کاردار خاندان ہی نہیں، بلکہ اس وقت محلے کی زیادہ تر عورتیں سخت پردے میں رہتی تھیں۔۔۔ ایسا نہیں ہے کہ پردہ کی یہ بندش مردوں کی طرف سے تھی۔ شاید روایت اور تہذیبیں خود ہی اُنہیں چہار دیواری کی قیدی بنا کر رکھتی ہیں۔ مگر آج اماں نے پردہ اُتار پھینکا تھا۔۔۔ اور یہ میری نظر میں بدلتے ہوئے وقت پر نگاڑے کی پہلی چوٹ تھی۔

" شہر میں ہزار طرح کی چوریاں، ڈکیتیاں وارداتیں ہوتی ہیں۔ وہاں تو کبھی آپ وقت پر نہیں پہنچتے۔ دنگے اور فساد ہو جاتے ہیں۔ محلے شیخان میں خون ہو جاتا ہے۔ ڈکیتی پڑ جاتی ہے رات میں سرِ راہ اسٹیشن سے نکلتے ہوئے کسی کو لوٹ لیا جاتا ہے۔ آپ کیا صرف

وہیں پہنچتے ہیں، جہاں شریف، عزت دار اور خاندانی لوگ رہتے ہیں، جن کی شان میں ذراسی گستاخی ہو جائے تو اُن کا دم نکل جاتا ہے۔ گھر کی کوئی بات افواہ بن کر باہر اُڑ جائے تو وہ جان دینے کو تیار ہو جاتے ہیں۔ آپ جانتے ہیں کہ ایک شریف گھر میں پولیس کا آنا کسی خاندانی آدمی کے لیے کیا معنٰی رکھتا ہے۔ جس نے خبر کی۔ اُس سے یہ پوچھنا آپ نے واجب نہیں سمجھا کہ اس خبر میں کتنی صداقت ہے یا وہ آدمی جو خبر دینے آیا ہے وہ کتنا سچا اور مخلص ہے۔ بس اس نے بتایا اور آپ ایک شریف انسان کو پریشان کرنے پہنچ گئے؟"

آزادی کے بعد ایک طرف رشوت خور طبقہ اشرافیہ کو تنگ کر رہا تھا تو دوسری طرف جاگیر داروں اور زمینداروں کے آمدنی کے تمام ذرائع ختم کر دیے گئے تھے۔ خاندانی وقار اور عزت وناموس نے اُن جاگیر داروں کو چھوٹے موٹے پیشے، یا ملازمتوں کے دوڑ میں شامل ہونے سے بھی دور رکھا تھا۔ جس کے نتیجے میں ایسے خاندان جس طرح کی توہم پرستی کے شکار ہوئے۔ اُس کی نہایت خوبصورت بلکہ تفصیلاً منظر کشی ذوقی نے کی ہے۔۔

ناول میں عشق ومحبت کی معصوم داستان بھی ہے بلکہ ایک ایسا مثلث قائم کیا گیا ہے، جس میں عبد الرحمان کاردار، نادرہ، اور نور محمد شامل ہیں۔ نادرہ، عبد الرحمان کے ماموں سُفیان کی اکلوتی دختر ہے۔ اس کی والدہ کا انتقال ہو چکا ہے۔ وہ اپنے والد کے ساتھ پاکستان سے ہندوستان ہمیشہ کے لیے لوٹ آئی ہے۔ کاردار خاندان کی حویلی ہی میں رہتی ہے۔ یہاں عبد الرحمان اور اس کے درمیان محبت کا کھیل شروع ہو جاتا ہے۔ بلند حویلی کے مقابل ہی نور محمد کی دیوڑھی ہے۔ اس کی بھی والدہ کا انتقال ہو جاتا ہے۔ یوں نادرہ کا اس سے تعارف ہو جاتا ہے اور اس ہمدردی کو رحمان محبت سمجھ بیٹھتا ہے اور نادرہ سے دور ہو جاتا ہے لیکن اس کے سینے میں یہ محبت ہمیشہ باقی رہتی ہے۔ نادرہ کی شادی نور محمد سے

ہو جاتی ہے۔ ذوقی نے عبدالرحمان کے مقابل نور محمد کا کردار تراشا ہے۔ عبدالرحمان اگرچہ ناول کا مرکزی کردار ہے لیکن نور محمد کا کردار زیادہ پیچیدہ، زیادہ متحرک اور زیادہ مشکل کردار ہے۔ قُربانیاں اس کا نصیب ہے۔ محبت کے ہر کڑے امتحان میں وہ پورا اُترتا ہے۔ وہ نہ صرف ایک بے مثال شوہر ہے بلکہ ایک نہایت محبت کرنے والا باپ بھی ہے۔ نادرہ کی بیماری، پھر موت اور نادرہ کی ابنارمل(abnormal) بیٹی نگار کی جس طرح پرورش کرتا ہے اور اس کی خواہشات کی خاطر اپنا دین، ایمان، اخلاقی کردار، منصب سب کچھ قربان کر دیتا ہے۔ اُس کی یہ قربانیاں اُسے تاحیات بے چین رکھتی ہیں۔ یہاں میں جان بوجھ کر اُس کی قربانیوں کا خلاصہ نہیں لکھ رہا ہوں تاکہ قاری خود اس ناول کا مطالعہ کرے اور فیصلہ کرے کہ ناول کا سب سے اہم کردار کون ہے۔

عبدالرحمان کاردار کا کردار ایک نہایت سلجھے ہوئے انسان کا کردار ہے۔ وہ زندگی سے جڑا ہوا بھی ہے۔ بیوی اور محبوبہ کے ساتھ انصاف کرنا بھی جانتا ہے۔ وہ بدلتی قدروں اور نئی تہذیب کا آشنا ہی نہیں بلکہ اپنے آپ کو اس کے ہمرکاب بھی رکھتا ہے۔ نادرہ کو کھونے کے بعد وہ رُقیہ سے شادی کرتا ہے اور ایک اچھے شوہر ہونے کا مظاہرہ بھی کرتا ہے۔ اسے ایک لڑکا شان الرحمان بھی ہے اور وہ اس کے ساتھ نئے دور کے تقاضوں کو بھی سمجھتا ہے۔

ناول میں زندگی کے اُتار چڑھاؤ، کرداروں کی نفسیاتی جذباتی کشمکش، منظر نگاری، جذبات نگاری، مکالمہ سب کچھ بہت ہی لاجواب ہے۔ ناول کی زبان اپنے موضوع کے ساتھ انصاف کرتی ہے۔ ناول میں فلش بیک اور فلش فارورڈ کی تکنیک کا نہایت خوبصورت استعمال ہوا ہے۔ اسلوب میں ایک کشش ہے جس کی وجہ سے مطالعاتی وصف پیدا ہو گیا ہے۔

ذوقی کا یہ ناول اپنے عہد سے کم از کم پچاس برس آگے کا ناول ہے۔ ممکن ہے اس ناول کے پلاٹ اور اس کے ذیلی واقعات اور نور محمد کے کردار کو لے کر اعتراضات بھی ہوں کہ موجودہ دور میں اس قسم کے واقعات کی کھتونی لاکھوں میں ایک ہوگی، لیکن جس برق رفتاری سے انٹرنیٹ کلچر آج برِ صغیر میں پھیل رہا ہے اس کے اثرات کیا ہوں گے، ہم اگرچہ محسوس کر رہے ہیں، لیکن شاید زبان اقرار کی اجازت نہیں دے رہی ہو۔۔۔لیکن کیا آنے والا وقت اس نئی تہذیب اور اس کلچر سے ہمیں محفوظ رکھ سکے گا۔۔۔؟ یہ ایک ایسا سوال ہے جو اس ناول کی زیریں لہروں سے اُبھر کر ہمارے سامنے آیا ہے جس پر ہم سب کو نہایت سنجیدگی سے غور کرنا ہے۔

***

مشرف عالم ذوقی کا ناول "لے سانس بھی آہستہ": موجودہ عہد کا ایک معتبر گواہ

-شائستہ فاخری

مشرف عالم ذوقی اردو اور ہندی کے مشہور افسانہ نگار اور ناول نگار ہیں۔ انھوں نے کئی اہم ناول بھی لکھے ہیں۔ حال میں ان کا ایک ناول "لے سانس بھی آہستہ "منظر عام پر آیا ہے۔ ذوقی کے بارے میں میرا ذاتی خیال ہے کہ ان کے اظہار میں اتنی پختگی ہے کہ وہ جس موضوع کو بھی اٹھاتے ہیں وہ اس سے بڑی کامیابی کے ساتھ عہدہ بر آہوتے ہیں۔ چونکہ ان کا مطالعہ وسیع اور مشاہدہ تیز ہے اس لئے ان کے قلم سے نکلی ہوئی عبارتیں ہمیشہ اپنی توجہ کھینچتی ہیں۔

مشرف عالم ذوقی کا نیا ناول "لے سانس بھی آہستہ---" دراصل میر کے شعر کا ہی ترجمان نہیں بلکہ اس شعر کی معنویت کی پرتیں ان کے تخلیقی عمل سے وابستہ ہیں۔ میں تو سمجھتی ہوں کہ اس ناول کی تشکیل و تعمیر میں وہ ایک ناول نگار سے زیادہ ایک شیشہ گر نظر آرہے ہیں۔ ظاہر ہے شیشہ گر دوران تخلیق جس نازک عمل سے گزرتا ہے وہ مرحلہ بڑا نازک ہی نہیں پر آشوب بھی ہوتا ہے۔ اس ناول کے موضوع کے انتخاب اور اس کی فصیل میں رہ کر فصیل سے باہر کی دنیا کے وقوعات کا اپنے مشاہدات اور معاملات سے وابستہ ہو کر جن پیچیدہ عوامل سے ان کا سامنا ہوا ان کا راست بیان ان کی

بھرپور تخلیقی آگہی کی نشاندہی کرتا ہے۔

ذوقی کا ناول "لے سانس بھی آہستہ۔۔۔۔" اکیسویں صدی کا ایک بڑا واقعہ بن کر سامنے آیا ہے۔ ادبی دنیا میں اس ناول کا استقبال بڑے پر جوش طریقے سے کیا جارہا ہے۔ اس کی سب سے اہم وجہ شاید یہ ہے کہ اس میں جس موضوع کو لیا گیا ہے وہ ایک بڑے طبقے کے لئے قابل حیرت ہے۔ اس ناول میں باپ اور بیٹی کے مابین جنسی اختلاط جیسے سنگین وقوعے کو لے کر قارئین کو ورطہء حیرت میں ڈال دیا گیا ہے۔ باپ اور بیٹی کے جس پاکیزہ رشتے کو تعجب خیز انداز میں عکس ریز کیا گیا ہے وہ ہمارے معاشرے بالخصوص مسلم معاشرے کے لئے ایک تازیانے کی حیثیت رکھتا ہے۔ دراصل ذوقی نے رشتوں کی تہذیب کے پیچھے انسانی حیوانیت یا جبلت کو نفسیاتی ژرف بینی کے ساتھ پیش کرنے کی جرأت کی ہے۔ قدیم تہذیب میں اس کی مثالیں تو موجود ہیں، لیکن نئی تہذیب بھی اس المیے کی شکار ہونے سے نہ رہ سکی۔ نور محمد کے کردار میں زندگی کے کئی ایسے پہلوؤں کو مرکز گفتگو بنایا گیا ہے، جو ہمارے لئے ممکن ہے ناقابل یقین ہو لیکن یہ سب سچ ہیں۔ وسیع الرحمٰن کا ردار (پیدائش ۱۹۰۲ء) سے نگار (پیدائش ۱۹۹۳ء)، نور محمد (پیدائش ۱۹۵۰ء) کے خاندانی کوائف تو بس سطح پر چلنے والے سایے ہیں۔ ناول کے اندرون میں جو کردار ان کے ساتھ ہیں ان میں سارہ، نواب لٹھن، سفیان ماموں، رقیہ کے کردار نے مل کر ایک ایسی فضا تیار کی ہے جو ناول کو intact بناتا ہے۔ اس ناول کی ایک اہم خوبی یہ ہے کہ بنیادی موضوع کے حصار میں کئی واقعات ساتھ ساتھ چلتے پھرتے نظر آتے ہیں۔ ذوقی کا کمال فن ہے کہ انھوں نے قومی، بین الاقوامی حالات کو پیش نظر رکھا ہے اور مغربی تہذیب نے ہمارے معاشرے کو جن الم ناک صورت حال سے دوچار کیا ہے، ان کی طرف بھرپور اشارہ کیا ہے۔ پورے ناول میں یہ بتانے کی کوشش کی گئی ہے کہ ہم جس

عہد میں جی رہے ہیں یا جس عہد سے ہمارا سامنا ہے وہ عہد طلسماتی کرشمہ سازیوں اور فریب آلودہ معاشرت سے عبارت ہے، جہاں ہر انہونی ہونی اور ہر ہونی انہونی لگتی ہے۔ باپ اور بیٹی کے درمیان کا جنسی رشتہ کوئی نیا سانحہ نہیں یہ تو ہم نے اس عہد قدیم سے حاصل کیا ہے، جہاں سے ہماری نسلیں آباد ہوئیں۔

یہ ناول خیالی طور پر جہاں کئی دہائیوں کو محیط ہے وہاں اصلاً یہ آزادی کے بعد کا تاریخ نامہ ہے کہ ہم نے چھ سات دہائیوں میں کیا کھویا اور کیا پایا۔ ذوقی نے تخلیقی زبان کے سہارے جو تاریخ گوئی کی ہے اور عہد بہ عہد گزرنے والے واقعات کو جس انداز سے ناول کے فن میں پرویا گیا ہے، ان سب نے قاری کو جھنجھوڑ کر رکھ دیا۔ کیونکہ آزادی کے بعد سے اب تک کی ہندوستانی معاشرت کن روشن اور مبہم موڑوں سے گزرتی ہوئی ایک ایسی نئی دنیا میں قدم رکھ چکی ہے، جہاں ہمارے تصورات اور احساسات پر دبیز پردے پڑ گئے ہیں۔ انھوں نے اس ناول میں جن تلخ حقائق کو روز روشن کی طرح عیاں کیا ہے وہ ہمارا آج کا سچ ہے جس سے ہم قطعی روگردانی نہیں کر سکتے۔ یہ ناول اس عہد کے ایک معتبر گواہ کا حلف نامہ ہے جو مختلف ادوار کا شاہد ہے۔

بعضوں کے نزدیک ممکن ہے یہ ناول اپنے کسی وقوعے کی بنیاد پر متنازعہ ہو، لیکن ذوقی کے قلم کی جادو بیانی، بیانیہ کی روانی، بنت کاری کی ہنرمندی اور کردار کی شفافی نے اسے قابل قدر بنا دیا ہے۔ ذوقی کی تخلیقی ذہانت، فکری بصیرت اور اظہار بیان پر قدرت قاری کو ساتھ ساتھ لے کر چلتی ہیں۔ ہر سطر سے ذوقی کی دوٹوک اور بے ساختگی نمایاں ہے۔ ذوقی نے کئی صفحوں پر اپنے فلسفیانہ تصورات اور فکریات کے ایسے ایسے خوبصورت جملے تراشے ہیں کہ ناول قراءت کے دوران کئی امیجز خود بہ خود تخلیقی مرحلوں سے گزرتا ہوا وضع کرتا جاتا ہے۔ اس ناول سے ذوقی کی بھرپور فنی پختگی واضح ہے۔ ذوقی کا یہ ناول

گزشتہ چار پانچ دہائیوں میں لکھے گئے ناولوں کا ایسا اگلا سفر ہے جو سب سے آگے نکلتا ہوا نظر آتا ہے۔ ذوقی کا Boldness اور ان کی بے باکی، ان کا معاشرے سے دو ٹوک سروکار اور معاشرتی مسائل کا بیان۔۔۔ ان سب نے مل کر ناول کو اس عہد کا عظیم تخلیقی کارنامہ بنادیا ہے۔

***

لے سانس بھی آہستہ

-م۔ ناگ

مشرف عالم ذوقی میری طرح سنڈے رائٹر نہیں ہیں۔ ان کا شمار تیزی سے اچھی تحریریں لکھنے والے قلمکاروں میں ہوتا ہے۔ ان کی تحریریں چاہے وہ ناول ہو یا افسانہ اس میں فکشن کے ساتھ ساتھ 'صحافی عنصر' بھی شامل ہوتا ہے۔ لیکن اس کا مطلب یہ نہیں کہ ان کی تحریریں غیر اہم ہوتی ہیں ان تمام خامیوں کو ('صحافی عنصر'، اگر یہ آپ کی نظر میں خامیاں ہیں) نظر انداز بھی کر دیں تو وہ ایک ایسے فکشن نگار قرار پاتے ہیں، جس کا انداز دلوں کا چھوتا ہے، جن کی تحریریں آج سے Relevant ہوتی ہیں، جن میں مقامی Favourہوتا ہے۔

'لے سانس بھی آہستہ' ان کا تازہ ناول ہے -زیر نظر ناول کی ایک خاص بات یہ ہے کہ اس میں ایک فلسفہ ہے۔ اقدار کے ٹوٹنے بکھرنے اور پھر انہیں سنبھالے جانے کے ساتھ ساتھ نئے اقدار کے استقبال کا تذکرہ ہے۔ ناول میں ایک تھنکنگ لائن ہے جو غور و خوض پر اکساتی ہے۔ ناول کی تکنیک میں جدت اور تازگی ہے۔ اس میں تاریخ اور تہذیب بھی ہے، لیکن اس طرح فرسودگی، پامالی اور پژمردگی کا احساس نہیں ہوتا ہے جیسے کہ "آگ کا دریا" پڑھتے ہوئے ہوتا ہے، بلکہ اس ناول کو پڑھتے ہوئے بوجھل پن کا احساس بھی نہیں ہوتا کہ اس قبیل کے ناولوں میں جس سے بچاؤ مشکل ہو جاتا ہے۔

'لے سانس بھی آہستہ' قاری سے نئی طرح کی قرأت کا مطالبہ کرتا ہے۔ آج پھر وقت تقاضہ کرتا ہے کہ آگ کا دریا ہم پھر ایک بار پڑھیں۔ کسی بھی ناول کو آگ کا دریا سے ناپنے یا جانچنے کا رویہ مناسب نہیں ہے۔ مشرف نے بڑی مستعدی اور فنی کمال کے ساتھ اتنے بڑے کینوس پر پھیلی تین پیڑھی کی کہانی کو پھیلایا ہے اور پھر اسی مہارت کے ساتھ سمیٹا بھی ہے۔ باپ بیٹی کے جنسی تعلقات کا پس منظر بہت جاندار اور فطری ہے۔ آغاز بھی اچھا ہے۔ ناول قاری کو اپنی گرفت میں رکھتا ہے۔ تجسس تو بلا کا ہے۔ لیکن کہانی کو سمیٹتے ہوئے ناول کا خاتمہ متاثر نہیں کرتا۔ کہیں کچھ خامی رہ جاتی ہے۔

ہمارے اکثر ناول نگار بنیادی طور پر افسانہ نگار ہیں، اس لیے ناول لکھتے ہوئے وہ ہانپ جاتے ہیں۔ ہمارے یہاں مغرب سے آکر افسانہ خوب پھلا پھولا۔ لیکن ناول پورے شد و مد کے ساتھ پرورش نہ پا سکا۔ ناول کی روایت نہیں رہی اور افسانہ اولیت و مقبولیت حاصل کرتا گیا۔ بہت دنوں تک تو یہی بات سمجھ میں نہ آئی کہ کیا افسانہ اور ناول صرف الفاظ کے کم اور زیادہ ہونے کا نام ہے؟

ناول کے کردار حالات کے ہاتھوں بے بس ہیں۔ مقدر ان کی کہانی لکھ رہا ہے۔ ہر کردار اپنی کہانی کے محور پر بھی گھومتا ہے اور ناول کے تانے بانے میں بھی پوری طرح موجود ہے۔ مشرف جانتے ہیں کہ ناول صرف ماجرہ کی کھتونی سے نہیں بنتا۔ ماجرہ فطری انداز میں کہانی کے تار و پود سے آکر پار گزرتا ہے۔ مشرف نئی اخلاقیات سے قاری کو بڑی خوبی کے ساتھ روبرو کرتا ہے۔ کہانی کا سیل رواں ایک جیسا نہ کہیں مدھم نہ کہیں پر شور۔ ان کے ناول کا اہم کردار اسی دہلیز پر کھڑا ہے، جس کا پچھلا پاؤں ماضی اور اگلا قدم مستقبل کی طرف ہے۔ اسی طرح یہ ناول ماضی، حال اور مستقبل کو سمیٹتے ہوئے اپنی بات کہنے کی کوشش کرتا ہے۔ اس پر ضرور گفتگو ہونی چاہئے۔ اگر اس ناول پر دیانتداری سے بات ہو

تو کئی ایسی خصوصیات بھی سامنے آئیں گی جو ہماری ناول نگاری کو آگے بڑھانے میں کارگر ہوں گی۔

پو کے مان مشرف کا ایک اچھا ناول ہے۔ زیر نظر ناول بھی اسی معیار کو قائم رکھتا ہے۔ عبدالرحمن کا ردار آخر میں جب ولاس پور جاتا ہے، وہ ایک سرسری سا اپی سوڈ لگتا ہے، البتہ بلند شہر میں رحمان کے دادا اور والد کے حوالے سے وہاں کی زندگی اور مٹی کی بو باس ناول میں موجود ہے۔ مکالموں میں مقامی لہجہ مختلف کرداروں کے سوچنے کا رنگ ڈھنگ، رہنے کے طور طریقے سبھی در آتے ہیں- ایک اور بات کی کمی کھٹکتی ہے کہ نگار کی پیدائش اور اس کے حالات تفصیل سے دئے گئے ہیں جبکہ جینی کی پیدائش اور حالات پر تفصیل سے روشنی نہیں ڈالی گئی۔ اسی بارے میں رحمان اور نور محمد اگر مکالمہ کرتے تو میرے خیال میں یہ کمی دور ہو سکتی تھی- مثال کے لیے رحمان کی دستک پر جینی دروازہ کھولتی ہے تو قاری کو ایک جرک لگتا ہے کہ یہ نگار نہیں تو پھر کون ہے؟

بہر کیف! ضرورت ہے کہ ناول کو جانچنے پرکھنے کے لیے نئی کار کرد کسوٹی ہو، اردو میں اچھے ناولوں کی تعداد بہت کم ہے، ان پر بات ہونی چاہئے۔ اس طرح کا کوئی مستند کام ابھی تک ہمارے یہاں نہیں ہوا۔ قرۃ العین حیدر کے یہاں ایک تجربہ ہے جو بار بار روبرو ہوتا ہے۔ ان کے کردار بھی ملتے جلتے ہیں۔ کہیں کہیں تو یک رنگی اتنی حاوی ہو گئی ہے کہ کردار اس میں اپنی فطرت کھو دیتے ہیں۔ آج ضرورت ہے کہ اردو میں اچھے اور عظیم ناول کی پہچان ہو۔

***

ذوقی کے ناول "لے سانس بھی آہستہ" کا ایک تنقیدی جائزہ

-ڈاکٹر سید احمد قادری

مشرف عالم ذوقی کا یہ نیا ناول "لے سانس بھی آہستہ" ایک ایسا ناول ہے، جو سبک روی سے شروع ہوتا ہے اور ایک لرزہ خیز دھماکہ پر ختم ہوتا ہے۔ دھماکہ ایسا کہ ہمارا پورا سماجی اور معاشرتی ڈھانچہ دہل جائے اور اہم بات یہ ہے کہ دھماکہ کرنے والے اور پورے تہذیبی نظام حیات کو جھنجھوڑ کر رکھ دینے والے اس شخص سے شدید نفرت کی جائے یا ہمدردی، یہ سمجھ میں نہیں آتا ہے۔ قاری تذبذب کا شکار ہو جاتا ہے- دھماکہ کرنے والے اس کردار کی ایسی ہی دھماکہ خیز کہانی کا اشارہ ذوقی نے ناول کے ابتدائی صفحات میں دیا ہے۔

"اور یہ خط مجھے ایسے موقع پر ملا ہے، جب ماحولیات کو لے کر کوپن ہیگن میں ہونے والا ڈرامہ پوری طرح ناکام ثابت ہو چکا ہے۔۔۔ انتظار کیجئے۔ اس بیحد بے رحم وقت میں میں آپ کو ایک ایسی ہی بے رحم کہانی یا کردار سے ملانے لے جارہا ہوں۔ ممکن ہے، جسے سننے کے لیے آپ کے کان آشنا نہ ہوں۔ یا جسے محسوس کرنے کے لیے آپ کے دل کی حرکتیں رک جائیں۔ یا جسے آنکھوں کے پردے پر دیکھنے کی عجلت آپ کی آنکھوں کی بینائی چھین لے۔۔۔"

(لے سانس بھی آہستہ، صفحہ ۲۲)

اس مختصر سی تحریر میں خط کا ملنا پورے ناول میں تجسس بنائے رکھتا ہے، آخر اس خط میں کیا ہے؟ ماحولیات کو لے کر کوپن ہیگن میں ہونے والے ڈرامہ کی ناکامی اور پھر بے رحم کردار کی بے رحم کہانی۔ تجسس ہی تجسس۔ آج کے جدید سائنسی دور میں جو جدید سہولیات انسانی زندگی کو میسر ہو رہی ہیں، ان کی کس قدر قیمتیں چکانی پڑ رہی ہیں اس کا احساس صرف ان لوگوں کو ہے جو پرانی قدروں اور تہذیبوں کو دیکھ چکے ہیں۔ ذوقی نے صرف ایک جملہ میں ماحولیات کی ناکامی کا ذکر کیا ہے۔ دراصل ذوقی نے عصر حاضر کے Social and cultural environmental disbalance کی جانب اشارہ کیا ہے۔ کس طرح آج کے ترقیاتی دور میں ہمارا سماج ہماری تہذیب Pouted ہو کر رہ گئی ہے۔ ان ہی بنیادی نکتوں کو لے کر اس ناول کا پورا تانا بانا بنا گیا ہے۔

لیکن بے رحم کہانی کے بے رحم کردار کے تئیں ناول نگار اپنے رحم کے جذبہ کو شعوری یا لاشعوری طور پر چھپا نہیں سکا ہے، یہی وجہ ہے کہ ناول نگار نے ناول کے ابتدائی تقریباً تیس صفحات میں بے رحم کردار کی حیوانیت کے لیے طرح طرح کی تاویلیں پیش کی ہیں۔ مثلاً۔

"Man is a social animal انسان ایک سماجی جانور ہے۔ وہ آہستہ آہستہ اپنے سماج کی شناخت کرتا ہے، مگر اس جانور کو کچھ لمحے کے لیے بھول جاتا ہے، جو اب نصاب کی کتابوں سے نکل کر اس کے جسم میں پرورش پا رہا ہے۔ وقفے وقفے سے وہ جانور اس کے اندر سے باہر نکلنے کی کوشش کرتا ہے۔ مگر ہر بار سماجیات کے ریشمی غلاف میں وہ اس جانور کو چھپا لیتا ہے۔

مگر کیا سچ مچ وہ اس جانور کو اپنے اندر چھپانے میں کامیاب ہے؟ اخلاقیات اور سماجیات کی ہر کہانی اس جانور سے ہو کر گزرتی ہے۔ مگر ایک وقت آتا ہے جب مذہب

سے لے کر اخلاقیات کی ایک عظیم الشان دیوار ہم اپنے آگے کھڑی کر دیتے ہیں۔ ایک بیحد آسان خط مستقیم پر چلنے والی زندگی، معاشرہ کا خیال - مذہب کا خوف - ایک چھوٹا سا دائرہ - اور اس دائرے میں خود کو سمیٹ کر ہم ایک پوری زندگی گزار دیتے ہیں۔"

(ایضاً صفحہ ۱۴)

"مثال کے لیے جیسے کسی ایک بے رحم لمحے میں وہ ابتدائی قدیم معاشرے کا انسان کسی میں زندہ ہو جاتا ہے۔۔۔ ایک بھوک جو رشتوں کے فاصلے مٹا دیتی ہے - مہذب ترین دنیا میں ایسی ہزاروں لاکھوں مثالیں آسانی سے دیکھی جا سکتی ہیں۔"

(ایضاً صفحہ ۱۵)

اس طرح کی کئی مثالیں دے کر ناول نگار نے اپنے بے رحم کردار نور محمد کی ہولناک، عبرتناک، ہیبت ناک، خوفناک اور دلدوز واقعات کے لیے میدان ہموار کیا ہے - تمہید اور تاویلوں کی یہ تفصیل تقریباً ۳۴ صفحات تک موجود ہے اور اصل واقعہ شروع ہوتا ہے صفحہ ۳۵ سے - جس کی ابتداء اس طرح ہے -

"بلند شہر (یوپی)

۱۴ر اگست، ۱۹۴۷ء رات گیارہ بجے - ابھی ملک کو آزاد ہونے میں پورے ایک گھنٹہ کی تاخیر تھی - اور ٹھیک یہی وقت تھا، اور جیسا کہ مجھے بتایا گیا، میں نے اس عالم فانی میں قدم رکھا - باہر جشن کی تیاریاں عروج پر تھیں۔ سارا شہر جگمگ، جگمگ کر رہا تھا۔۔۔ یقیناً ملک کے دو حصے ہونے کا دکھ بھی شامل تھا۔ مگر برسوں کی غلامی سے آزاد ہونے کے احساس نے لوگوں میں نیا جوش و خروش بھر دیا تھا۔۔۔ اور جیسا کہ ابّا ہنستے ہوئے بتاتے ہیں - کم بخت نے ایک گھنٹہ بھی انتظار نہیں کیا۔ ارے کم سے کم آزاد ملک میں تو آنکھیں کھولتا -

'پھر سے اللہ کی ناشکری-' دادا ٹھہا کا مار کر ہنس پڑے- اللہ کا شکر ادا کر- بلند شہر کی اس بلند حویلی کو اس کا وارث مل گیا- اور وہ بھی تب، جب تیری عمر ۴۵ سال کی ہو گئی ہے۔ ہم تو نا امید ہو گئے تھے۔ لیکن اللہ سچ مچ بڑا کارساز ہے۔۔۔ دیکھ اس نے دعائیں قبول کر لیں- اور وہ بھی ایسے وقت جب ملک کو بدترین غلامی سے آزادی کا تحفہ ملا ہے۔ سن وسیع-اس کی قدر کر- یہ آزادی کا تحفہ لے کر آیا ہے- "

(ایضاً صفحہ:۳۵)

ابتدائی ان چند جملوں سے یہ بات واضح ہو جاتی ہے کہ قصہ بلند شہر کا اور آزادیِ ہند کے بعد کا ہے اور اس میں تین نسل سامنے ہے- باپ، دادا اور پوتا۔ آگے چل کر ان کے نام سامنے آتے ہیں۔ وسیع الرحمن کا ردار، ان کے والد اور ان کا بیٹا عبد الرحمن کا ردار۔ آزادی ہند کے بعد قدریں بدل رہی تھیں- ملک کی سیاسی، سماجی، معاشرتی، تہذیبی سطح پر تبدیلیاں رونما ہو رہی تھیں۔ یہ تبدیلیاں یقینی طور پر روح فرسا اور جاں گسل تھیں۔ اس بے یقینی، بے سمتی اور بے اعتمادی کی مسموم فضا نے ان کی زندگی میں انتشار اور بے چینی پیدا کر دی تھی۔ تلخی وقت نے وسیع الرحمن کا ردار اور ان کے والد کے دل و دماغ پر جو اثرات مرتسم کیے اس کا اظہار اپنے اپنے انداز میں ان دونوں نے بڑے ہی اعتماد سے کیے ہیں۔ مثلاً

"وقت کی آندھی دادا جان کو بھی اڑا کر اپنے ساتھ لے گئی۔ ایک شب جو سوئے تو پھر سوئے رہ گئے- صبح اُن کی موت کا پتہ چلا۔ دادا جان کے انتقال سے جاگیر دارانہ نظام کا آخری بت بھی ٹوٹ گیا۔ اب ساری ذمہ داری ابّا جان پر تھی- مگر ابّا جان کے کندھے بھی وقت سے پہلے ہی کمزور ہو چکے تھے- بلند حویلی کے در و دیوار خستہ اور اپنی چمک کھو چکے تھے۔ دادا جان آزادی کے نئے سویرے سے خوش نہیں تھے۔ یا اُنہیں اس بات کا

شدت سے احساس تھا کہ ماحول بدل رہا ہے۔ یا نئی نئی آزادی نے اچانک جاگیر دار اور مزارع سب کو ایک زمین پر لا کر کھڑا کر دیا ہے- وہ بدلتے وقت کی اس آہٹ سے خوفزدہ تھے۔ اور دبی زبان میں ابّا حضور کو سمجھایا کرتے۔۔۔

'سب چھوٹے بڑے ہو جائیں گے۔ جو کل تک ہمارے سامنے کھڑے ہونے کی ہمت نہیں کرتے تھے 'دیکھو آج کیسے سینہ تان کر چل رہے ہیں۔ یہی آزادی کی سوغات ہے۔ جس نے بڑے چھوٹے کے فرق کو ہی ختم کر دیا ہے- اس آہٹ کو سنو وسیع، ورنہ یہ برا وقت تمہیں نگل جائے گا- '

ابّا قرآن شریف اور حدیث لے کر بیٹھ جاتے- ایک ہی صف میں کھڑے ہو گئے محمود و ایاز- کہاں ہے کوئی چھوٹا یا بڑا؟ جو محنت کرے گا، فصل اسی کی ہے-

'کر سکو گے محنت ؟'

'کیوں نہیں- '

'سوچ لو- اسی جاگیر دارانہ نظام میں پلے بڑھے ہو۔ سونے کا چمچہ لے کر- '

'اب اس چمچے کی ضرورت نہیں پڑے گی۔'

'کہنا آسان ہے- کرنا مشکل- '

'میرے لیے کوئی مشکل نہیں ہے۔'

'پرانی یادیں بھولی نہیں جاتیں- نئے مسائل بہت دکھ دیں گے۔ ٹھہر ٹھہر کے پرانی یادیں چوٹ پہنچاتی رہیں گی۔'

'دیکھا جائے گا- '

'حکومت کرنے والے رہے ہو- ابھی بھی کون سی حکومت چلی گئی۔ گھر میں یہ حکومت اب بھی ہے۔ نوکر چاکر- پانی بھرنے والا بھشتی۔ کتنے ہی خاندان ہیں جو اس

کاردار گھرانے سے وابستہ رہے۔ ہم نے انہیں بھر بھر جھولیاں خیرات بانٹیں-

'خیرات نہیں- محنت کی کمائی- '

'یہ تمہاری سمجھ پر منحصر ہے۔ میرے لیے خیرات- جو آیا خالی ہاتھ نہیں گیا- ہم دینے والے ہاتھ رہے ہیں۔'

'لیکن یہ دینے والے ہاتھ تو کب کے کٹ گئے- ' ابا بھی کب ہار ماننے والے تھے- اب یہ دینے والے ہاتھ نہیں ہیں۔ کمزور ہاتھ ہیں- '

'تمہارے ہوں گے۔ میرے ہاتھ تو اب بھی مضبوط ہیں۔ اچھا ہے جو اس منحوس وقت کے ستم دیکھنے سے پہلے ہی آنکھیں بند ہو جاتیں' دادا جذباتی ہو جاتے-

ابا کا ایک ہی جواب تھا- آخر وقت کو بدلنے کا حق حاصل کیوں نہیں ہے؟ کیوں غلامی پسند ہے آپ کو- اب کوئی غلام نہیں - فرنگیوں نے آپ کو وفاداری کے بدلے سہولتیں دیں- لیکن ذہن کو غلام بنا دیا- اس آزاد فضا میں اس ذہن کو آزاد کیجئے ابا حضور- نیا سورج ہے۔ نیا سویرا ہے- اس سویرے کو خوش آمدید کہیے- اب یہاں سب کو کچھ نہ کچھ کرنا ہو گا- ملک کے ساتھ قدم سے قدم ملا کر چلنا ہو گا۔'

'کہہ تو ایسے رہے ہو جیسے اس ملک سے جو مانگو گے' مل جائے گا۔ ابا جناح کی مثال دیتے تھے۔ کیوں الگ ہوا پاکستان۔ تم بھی تو یہی کہتے تھے جو قائد اعظم کہہ رہے تھے۔ یعنی جو قوم آپ کے ہاتھ سے ایک گلاس پانی نہیں پی سکتی' وہ آپ کو آپ کا حق کہاں دے سکتی ہے- '

'حق ملے گا- '

'نہیں ملے گا- میری بات یاد رکھنا۔' دادا حضور کی آنکھوں میں نمی لہراتی- 'تم زندگی بھر پاکستان کا طعنہ سنتے رہو گے۔ یہاں کی نسلیں پاکستان کے طعنے سنتی ہوئی بڑی

ہوں گی۔ تمہیں کیا لگتا ہے، تمہارے ملک کے لوگ کبھی یہ حادثہ بھول پائیں گے کہ ایک دن تم لوگوں نے اسی ملک سے اپنا ایک ملک الگ کر لیا تھا- پاکستان۔ نیا ملک، جہاں سارے مسلمان ایک ساتھ رہیں گے۔ تمہیں کیا لگتا ہے آنے والے وقتوں میں تمہیں اس جرم کے لیے معاف کر دیا جائے گا-؟ نہیں میاں کاردار- قطعی نہیں۔ یہ دنگے دیکھ رہے ہو۔ ابھی تو نفرت کی شروعات ہے۔ ابھی تو نفرت کی یہ تہذیب شروع ہوئی ہے۔ آگے آگے دیکھیے ہوتا ہے کیا- سچ کہوں تو میں بھی پاکستان جانے کے حق میں تھا۔ مگر میرا دل گواہی دے رہا تھا کہ شاید وہاں اس سے زیادہ پریشانیوں کا سامنا کرنا پڑے۔ کئی بار میرے ارادوں نے مجھے کمزور کیا، کہ تم ٹھیک کہتے ہو- پاکستان چلا جانا ہی ٹھیک ہے۔ سب جا رہے ہیں۔ کہہ سکتے ہو، کہیں نہ کہیں وہ آسائشیں اور سہولتیں بھی تھیں، ہم جن میں جینے کے عادی ہو چکے ہیں۔ اس لیے پاکستان نہیں گیا- یہ حویلی- یہ گھر 'گھرانہ- یہاں کی مٹی، یہاں کی خمیر نے روک لیا مجھے- لیکن اب دوبارہ تمہیں لے کر یہ شک میرے رگ و پے میں سرایت کرتا جا رہا ہے کہ یہاں سے نہیں جا کر میں نے کوئی بھول تو نہیں کی وسیع کاردار؟ ہم تو اپنی عمر گزار چکے- مگر اب تم ہو۔ تمہارے بعد کی نسلیں ہیں۔ یہ سوچ سوچ کر دل ڈرتا ہے کہ آنے والے وقتوں میں بار بار تمہیں تقسیم کے نام پر شرمندہ ہونا پڑے گا- تمہیں بار بار اپنی صفائی دینی ہو گی- اور اس طرح یہ ملک، یہ خطہ، یہ زمین تمہاری ہو کر بھی تمہاری نہیں ہو گی- اور کتنی عجیب بات- اپنے ملک کو اپنا ملک کہنے کے لیے بھی تم صفائی دو گے- جیسے اپنے گھر کو اپنا گھر بتانے کے لیے- اور اسی صفائی دینے میں تمہاری عمر نکل جائے گی۔۔۔'

'ایسا نہیں ہو گا- '

ابا کے لفظ کمزور تھے۔"

(ایضاً صفحہ ۴۲ تا ۴۵)

وقت کے سفاک ہاتھوں نے بلند حویلی کی بلندی چھین لی۔ ٹوٹتے لمحوں اور بکھرتی قدروں نے احتجاج کی گویائی سلب کر دی۔ یقینی اور غیر یقینی حالات کی ستم ظریفی کے بے رحم تھپیڑوں نے زندگی کی تلخ و تند حقیقتوں سے آنکھیں چار کرنے کی قوت چھین لی۔ جس کا نتیجہ یہ ہوا کہ۔۔۔

"ابّا حضور اس سچ کو سمجھتے ہوئے بھی مجبور تھے۔

میں نے ہوش سنبھالا تو بلند شہر کی اس بلند حویلی کے در و دیوار پوری طرح اپنی آن بان شان کھو چکے تھے۔ مگر کسی طرح اس شان کو قائم رکھنے کی کوشش جاری تھی۔ نوکر چاکروں کی فوج ہٹا دی گئی۔ باہر جو جگہ ان کے رہنے کے لیے دی گئی تھی، اس جگہ تین چار دکانیں نکل آئیں۔ دکانیں اس طرح نکالی گئیں کہ حویلی کے مین دروازے سے اس کا کوئی تعلق نہ ہو۔ اور کوئی یہ نہ کہہ سکے کہ کاردار خاندان اب ان دکانوں کے کرائے کے بھروسے زندہ ہے۔ پانی بھرنے والے پرانے خادم عبدل بھشتی کو بھی جواب دے دیا گیا۔ اب لے دے کر ایک خانسامہ تھا، ایک مریم بوا تھیں۔ اور حویلی کی عزت و ناموس کو بچائے رکھنے کی ذمہ داری ابا حضور کے ناتواں کندھے پر تھی۔ "

(ایضاً صفحہ ۴۶)

وقت کی تیز آندھی نے دادا ابا کو سفر آخرت پر روانہ کر دیا۔ ابا حضور بدلتے وقت، حالات اور حادثات کے آگے خود کو بے بس، لاچار اور مجبور پا رہے تھے۔ پرانی حویلی کی آن بان شان میں پرورش پانے والے ابا حضور خود سپردگی کے لیے بھی تیار نہیں تھے، عزت و ناموس، خاندانی وقار اور جاہ و جلال اس بات کی اجازت نہیں دے رہے تھے کہ وہ تبدیلی وقت کے آگے سپر ڈال دیں۔ ایک طرف زمانے کا بدلتا مزاج، لوگوں کے رویوں

میں تبدیلی اور دوسری طرف خود ان کی بیگم کی طعن و تشنیع کا یہ انداز-

"اماں کی آواز اچانک بلند ہو گئی تھی۔ 'منہ مت کھلوایئے- میں کچھ نہیں بھولتی۔ جب پہلی بار ڈولی چڑھ کر یہاں آئی تھی 'تب سے لے کر آج تک کی ساری بات یاد ہے۔ بلند حویلی۔ ارے خاک بلند حویلی- کبھی شان رہی ہو گی۔ اب شان مٹی میں مل چکی ہے- در و دیوار کو دیمک چاٹ رہے ہیں۔ کبھی اس حویلی کی چھتیں دیکھی ہیں- کھوکھلی ہو چکی ہیں- بارش اور طوفان میں ڈر لگا رہتا ہے کہ خدانخواستہ حویلی کی کوئی دیوار بیٹھ نہ جائے۔ آپ کو تو یہ بھی یاد نہیں ہو گا کہ آج سے پہلے کب اس حویلی میں چونا گردانی یا پتائی ہوئی ہو گی- خدا قسم کھا کر بولیے۔ یاد ہے-؟ میں نے تو برسوں میں نہیں دیکھا- اور چونا گردانی کرائیں گے کہاں سے- دیواریں جھڑ رہی ہیں۔ محرابیں ٹوٹ رہی ہیں- چھت بیٹھ رہی ہے- اور نام ہے بلند حویلی- اور سن لیجئے- بڑے بول نہیں بولتی- ذرا حویلی کے دروازے سے باہر نکل کر دیکھے۔ یہ موچی اپو، پچو تھے- جو کل تک آپ کے سامنے ہاتھ باندھے کھڑے رہتے تھے- اب ذرا ان کی ٹھس، ان کی اکڑ، ان کی شان دیکھیے- اللہ بھی اُن کی مدد کرتا ہے جو محنت کرتے ہیں۔ آپ لوگوں نے کیا کیا-؟ بس ساری زندگی حویلی حویلی کرتے رہے- حویلی حویلی چاٹتے رہے- اب چاٹنے کے لیے بھی حویلی نہیں بچی- محلے کے بنیوں، چماروں نے دو منزلہ، چار منزلہ مکان بنا لیے۔ اُن کے بچے بھی شان سے انگریزی اسکولوں میں پڑھ رہے ہیں- اور آپ کے پرکھے-؟ بس جاگیردارانہ نظام پر چلتے رہے- لوگوں پر ظلم کرتے رہے- کہتے تھے، خیرات کرتے ہیں- اب خیرات کر کے دیکھئے- خیرات کرنے کے لیے بھی بچا کیا ہے-؟"

(ایضاً صفحہ ۸۵)

اس وقت تک وسیع الرحمن کا کردار اور ان کی بیگم کی اکلوتی اولاد عبدالرحمن

کاردار سن شعور کو پہنچ رہا تھا اور اماں، ابا کی گفتگو سے نکلے الفاظ اب پہچاننے لگا تھا۔

"گھر کی اداسی، خاموشی، بلند حویلی میں پھیلا ہوا سنّاٹا- میں اکثر سوچتا تھا، اماں اتنی چڑچڑی کیوں ہیں -؟ مریم بوا سے لے کر ابّا تک کی ہر بات اُنہیں ناگوار کیوں گزرتی ہے۔

مگر اب میں ان تمام باتوں کا تجزیہ بڑے آرام سے کر سکتا ہوں - اور یہ کہانی اسی جاگیر دارانہ نظام سے وابستہ ہے، جس نظام میں اماں پہلی بار دلہن بن کر اس گھر میں آئی تھیں - تب سے لے کر آج تک کے دنوں کا تجزیہ کوئی مشکل کام نہیں کہ اماں نے کس طرح اپنے آپ کو اس گھر کے لیے قربان کر دیا تھا۔ ایک ایسے گھر کے لیے، جسے گہن لگ چکا تھا- اور اماں حویلی سے وابستہ ان تمام لوگوں سے واقف تھیں ' جن کی اوقات اس نظام میں محض چوسی ہوئی ہڈی سے زیادہ نہیں تھی- جن کے پاس خالی اور بیکار وقتوں کا خزانہ تھا۔ جن کے پاس کوئی خواب نہیں تھے۔ صرف ماضی کی کہانیاں تھیں۔ پدرم سلطان بود- اور اماں کی شکایت بیجا نہیں تھی کہ یہ لوگ اب بھی خود کو اسی نوابی عہد کا ایک حصہ تسلیم کرتے تھے-

اور اسی لیے اماں کے اندر ابّا کو لے کر شاید اتنی شکایتیں جمع ہو گئی تھیں ' جن کا حساب نہیں کیا جا سکتا۔ ابّا، اس سچ سے واقف تھے۔ مگر مجبور- کیونکہ فیوڈل سسٹم نے ابّا کو کھوکھلا کر دیا تھا۔ سچ بدل گیا تھا- لوگ بدل گئے تھے -اور بقول ابّا، بڑے چھوٹے ہوتے جا رہے تھے۔ اور چھوٹے، بڑے-

ہم ایک جنگ سے نکل کر دوسری جنگ کی طرف بڑھتے ہیں۔ جیسے ایک تہذیب سے نکل کر دوسری تہذیب کی طرف۔"

(ایضاً صفحہ ۸۷۔۸۸)

اس پریشانی کے عالم میں مولوی محفوظ کا ایک کردار سامنے آتا ہے، یہ کردار

دراصل عصر حاضر کے ان مولویوں کی نمائندگی کرتا نظر آتا ہے جو معصوم ذہن کی معصومیت سے فائدہ اٹھانے کی کوشش کرتے ہیں۔ آسیب، بھوت، پریت، کی کہانیوں میں الجھا کر تعویذ، گنڈے وغیرہ کے ذریعہ پیسے کماتے ہیں اور لوگوں کو بیوقوف بناتے ہیں۔ حالات کچھ ایسا بنا دیتے ہیں کہ اگلا ان کے فریب کے جال میں پھنس ہی جاتا ہے۔

وسیع الرحمن کاردار کی معاشی پریشانی کا اندازہ مولوی محفوظ کو بخوبی تھا، اس لیے انہیں اپنے فریب کے جال میں یہ کہہ کر آسانی سے پھنسا لیا کہ آپ یقین کریں گے یا نہیں، لیکن اب بلند حویلی کے دن پلٹنے والے ہیں۔ بیحد اچھے دن آنے والے ہیں، اس حویلی کے۔۔۔ یعنی آپ کی حویلی کے اندر کوئی خزانہ چھپا ہے۔ یہ سن کر وسیع الرحمن کاردار کی باچھیں کھل گئیں۔ جن مشکل دور سے وہ گزر رہے تھے ایسے وقت میں گھر کے اندر سے نکلنے والے خزانہ کا تصور ہی انہیں نہ صرف ذہنی بلکہ روحانی خوشیوں سے ہمکنار کر رہا تھا۔ لیکن تصور اور خواب حقیقت کا روپ لے لیں، یہ کوئی ضروری نہیں، اور ایسا ہی ہوا، لاکھ تگ و دو کے باوجود خزانہ صرف سہانا سپنا بن کر رہ گیا۔ یہاں ذوقی نے طلسمی حقیقت نگاری کا سہارا لیا ہے۔ دیکھا جائے تو یہ کہانی پہلے جملے سے ہی قاری کو باندھ کے رکھتی ہے۔ پدرم سلطان بود، کے قصے سے آج بھی ہندستانی مسلمان باہر نہیں نکل سکا ہے۔ اسی لیے خزانہ کی تلاش ایک ایسی علامت بن جاتی ہے جہاں وسیع الرحمن بغیر محنت کیے اس بات سے مطمئن ہیں کہ خزانہ تو کسی صورت نکل ہی آئے گا اور وہ پھر سے خوبصورت ماضی کو آواز دے سکیں گے۔ اسی دوران پاکستان سے آئے ایک خط نے تقسیم ہند کے زخم کو کرید دیا۔

"ابّا نے خط چاک کیا۔ زور سے بولے۔۔۔ 'انّا للہ وانا الیہ راجعون۔ خود کو سنبھالو بیگم۔ بھائی کی اہلیہ انتقال کر گئیں۔'

اماں نے دہاڑیں مار کر رونا شروع کر دیا۔ اماں کے ایک ہی بھائی تھے 'جو تقسیم کے وقت پاکستان چلے گئے تھے۔ لیکن پاکستان اُنہیں بھی راس نہیں آسکا- اس دن خط آنے کے بعد سے اماں مسلسل روتی رہیں - لیکن صبر کے علاوہ وہ کر بھی کیا سکتی تھیں - وہ اس موت کی ذمہ دار بھی تقسیم کو قرار دیتی تھیں۔

'نوج، نہ تقسیم ہوتی نہ اپنے بچھڑتے - پاگلوں نے ملک کا بٹوارہ کر دیا۔ آدھے ادھر تو آدھے اُدھر - یہ تقسیم ہے یا رشتے کی دیوار کھڑی کرنا - لے دے کر ایک ہی بھائی تھا میرا - وہ بھی تقسیم کے بعد پاکستان چلا گیا - اب کیا ہو گا - ایک چھوٹی سی بچی ہے - نادرہ - نادرہ کا کیا ہو گا - کیسے سنبھالیں گے بچی کو۔۔۔

امی کو سب سے زیادہ فکر نادرہ کی تھی۔۔۔"

(ایضاً صفحہ ۱۲۷۔۱۲۸)

ایک دن یہی نادرہ اپنے والد سفیان ماموں (حکیم صاحب) کے ساتھ بڑی حویلی میں داخل ہوتی ہے۔ اور دھیرے دھیرے پورے منظر نامے پر چھا جاتی ہے۔ نادرہ نہ صرف اپنے پھوپھا اور پھوپھی کے دل میں جگہ بنا لیتی ہے بلکہ پھوپھی کے بھائی عبد الرحمن کا ردار کے دل میں اترتی چلی جاتی ہے۔

"لیکن میرے لیے یہ سمجھنا آسان نہیں تھا کہ آخر وہ دن کب آئے گا جب نادرہ اور میرے درمیان کی یہ خاموشی ٹوٹ جائے گی۔۔۔ اور اس میں شک نہیں کہ اس کی طرف دیکھتے ہوئے جانے کہاں سے میں اپنے بدن میں ہزاروں انگارے اکٹھے کر لیا کرتا تھا۔۔۔

سرخ انگارے۔۔۔

جیسے میرے جسم میں ایک نامعلوم سی کپکپی چھا جاتی۔ شریانوں میں خون کا دوران تیز ہو جاتا - اور شاید میں نادرہ کی طرف ایسے نہیں دیکھتا تھا، جیسے ایک بھائی اپنی بہن کی

طرف دیکھتا ہے- اور مجھے یہ بتانے میں کوئی پریشانی نہیں کہ وہ مجھے اچھی لگتی تھی۔۔۔

اور میں اس کا نازک سا ساتھ پانے کے لیے بیقرار تھا۔۔۔"

(ایضاً صفحہ ۱۵۹)

آہستہ آہستہ نادرہ اور عبد الرحمن کا پیار پروان چڑھتا ہے- دونوں ایک دوسرے کو شدت سے چاہنے لگتے ہیں۔ اور مستقبل کے حسین خواب سجاتے ہیں۔

"میں اس کی کانپتی ہتھیلیوں کو سہلا رہا تھا۔۔۔

'کیونکہ سوچنا پڑتا ہے نادرہ- ان کے دن گزر گئے- ہمارے شروع ہو رہے ہیں- ان کے پاس جاگیریں تھیں- ہمارے پاس حویلی کا ڈھانچہ- ان کے پاس کرنے کو کچھ نہیں تھا- ہمارے پاس کرنے کو بہت کچھ ہے اور اندھیرا- اور۔۔۔ مجھے اندھیرے سے ڈر لگتا ہے۔۔۔'

'میں ہوں نا۔۔۔'

وہ مجھ سے لپٹ گئی تھی۔۔۔

میں ایک بار پھر اس کے نوخیز جسم کے سحر میں گم تھا۔۔۔"

(ایضاً صفحہ ۱۹۰)

نادرہ اور عبد الرحمن کا ردار کے عشق کے گل بوٹے کھل رہے تھے تو دوسری طرف پرانی روایات دم توڑ رہی تھیں۔ تہذیبیں ختم ہو رہی تھیں، اخلاقی قدریں زوال پذیر تھیں- حویلیوں کی شان و شوکت قصہ پارینہ بنتی جا رہی تھیں۔ وسیع و عریض حویلی، ان کے گرد کے باغات، نوکر چاکر، بہشتی، تانگے، گھوڑے، سقہ- یہ سب کے سب اپنا وجود کھو رہے تھے- ان سب کی تفصیلات ناول نگار نے جس طرح بیان کی ہے، انہیں پڑھ کر اندازہ ہوتا ہے کہ ناول نگار نے مٹتی ہوئی ان تہذیبوں، قدروں، رسم و رواج، جاہ و جلال کو

بہت قریب سے دیکھا ہے- یہ انداز دیکھیے-

"کالونی کلچر۔۔۔ جہاں چاندنی راتیں نہیں ہوں گی۔۔۔ نیلا آسمان نہیں ہو گا۔۔۔ جگمگاتے ستاروں کی حسین کہکشاں نہیں ہو گی- لوگ مرغیوں کی طرح دربے میں بند رہیں گے اور صرف اپنے کام سے کام رکھیں گے- یعنی تیز رفتار ترقی جہاں اپنے پنکھ کھول رہی تھی وہیں، زندگی کی دوسری آسائشیں بھی چھن رہی تھی۔

عام دنوں میں گھروں میں جن پھیری کرنے والی عورتوں یا مردوں کا راج تھا، اب ان کے بچے بھی بدل رہے تھے- اور بدلتے وقت کے ساتھ خاندانی غلامی کے پشتینی دھندوں کو چھوڑ کر دوسرے' پیشے والے دیگر آزادانہ دھندوں کی طرف بھاگ رہے تھے- جس میں کسی کی غلامی نہ لکھی ہو- ایک زمانے میں جہاں سڑکوں پر تانگے والے اور گھوڑ سواروں کی ریل پیل ہوا کرتی تھی اب وہاں نئے رکشے اور ٹیمپو آ گئے تھے- اس وقت تک ایسی کوٹھیوں یا حویلیوں میں پانی بھرنے یا اس طرح کے کاموں کے لیے مشک سے پانی بھرنے والے رکھے جاتے تھے- ایسا ہی ایک سقہ بلند حویلی میں تھا۔ عبدل- عبدل کی پشتوں نے کاردار خاندان کے ساتھ اپنی وفاداریاں نبھائی تھیں، لیکن عبدل کے بچے اب رکشہ چلاتے تھے- اور آہستہ آہستہ عبدل کا رشتہ بھی بلند حویلی سے ختم ہی ہو گیا- ہاں کبھی کبھی وہ حویلی والوں کی خیریت پوچھنے آ جاتا- وہ کبھی آنکھیں ملا کر نہیں بات کرتا تھا- آتے ہی زمین پر بیٹھ جاتا۔ گھر بھر کی خیریت پوچھتا- اماں چائے کے لیے پوچھتیں تو سیدھے منع کر دیتا-

ان کام والیوں میں حجامنوں کا خاص بول بالا تھا- شادی کی تقریب ہو یا دکھ یا کسی کے انتقال کی خبر- ایک گھر سے دوسرے گھر انہیں پہنچانے کا کام انہی حجامنوں کا ہوا کرتا تھا- یہ دروازے سے ہی آوازیں لگاتیں- بھولا بہو کے لڑکا ہوا ہے- ندیم بابو کے ابّا انتقال کر

گئے- دو پہر بعد مٹی منزل ہے- خوشی کے موقع پر یہ طشت میں مٹھائیاں، بتاشے، امرتی، برفی لے کر آیا کرتیں- اور پھر اس کے بدلے ہر گھر سے انہیں دس سے پچیس پیسے تک نذرانے مل جاتے- ان حجامنوں کا اصل کام ہوتا تھا، ایک گھر کی خبر کو دوسرے گھر پہنچانا- اور اس کام میں یہ ماہر ہوا کرتی تھیں- در اصل یہ حجامنیں اسی کام کے نذرانے وصول کیا کرتیں- چائے بھی پیتیں- پھر مزے لے لے کر پڑوس کے قصے سنا جاتیں-

شہر میں تانگوں کا رواج ہی ختم نہیں ہوا بلکہ روایت اور تہذیب سے وابستہ اخلاقیات کو بھی زوال آگیا- تانگے والوں کی مہذب زبان ان رکشے والوں کے یہاں مفقود تھی- زیادہ تر حجامنوں نے اب یہ پیشہ چھوڑ دیا تھا- بولن بوا، جمیلہ اور گھر گھر پھیری کرنے والی عورتوں کی تعداد میں بھی کمی آگئی تھی- لیکن ابھی یہ سلسلہ پوری طرح منقطع نہیں ہوا تھا- "

(ایضاً صفحہ ۲۳۲_۲۳۴)

ان پرانی روایتوں، قدروں، تہذیبوں کی اہمیت ختم ہوتی جارہی تھی- ایک نئی تہذیب اور قدریں اپنے پاؤں پورے سماج اور معاشرے میں پھیلا رہی تھیں- اور ظاہر ہے کہ نئی نسل کو یہی بدلتی ہوئی تہذیب اور قدریں پسند آرہی تھیں۔

مشرف عالم ذوقی نے جس خوبصورت انداز اور جس گہرائی و گیرائی سے بعض پرانی روایتوں کا ذکر کیا ہے، میرا دعویٰ ہے کہ ذوقی اور ان کی نسل کے بعد ان تہذیبی روایات کا کوئی ذکر کرنے والا نہیں ملے گا۔ آج کی نسل نے سقہ، بہشتی، دربے، میراثن وغیرہ کا نام بھی نہیں سنا ہوگا- ذوقی کا یہ ناول، جس طرح پرانی روایات کو اپنے اندر پوری شدت سے سمیٹے ہوا ہے یہ سب تاریخ کے اہم اوراق ہیں اور ماضی کی بہترین یادیں ہیں۔

ماضی کی یادیں، جن سے وابستہ ہوں اور جن میں صدیوں کی تہذیبیں پوشیدہ ہوں،

ان کی اہمیت وہی سمجھ سکتا ہے، جو ان گزر گاہوں سے گزرا ہے- نئی نسل ان کی قدر کیا جانیں-

ناول میں بڑی حویلی کے اندر اور باہر تہذیبی، ثقافتی تصادم کے ساتھ ساتھ ایک دوسری حویلی کے قصے بھی ساتھ ساتھ چل رہے ہیں۔ وسیع الرحمن کاردار کے دوست نظر محمد کی کوٹھی -ایک زمانے میں اس کوٹھی کی شان نرالی تھی- کہتے ہیں بڑا دروازہ اتنا بڑا تھا کہ ہاتھی گزر جائے۔۔اس کوٹھی کو لے کر طرح طرح کی باتیں مشہور تھیں- جیسے یہ کہ اس کوٹھی میں جنات کا بسیرا ہے بعد میں یہ آسیبی کوٹھی کے نام سے مشہور ہو گئی- نظر محمد کا بیٹا نور محمد، عبدالرحمن کاردار کا اسکول کے زمانے کا دوست ہے- گرچہ وہ عبدالرحمن سے دو تین سال چھوٹا ہے، پھر بھی عبدالرحمن، نور محمد کو اپنا دوست سمجھتا ہے۔ نور محمد کی ماں ہمیشہ بیمار رہتی ہے اور یہ شک نظر محمد کو بھی تھا کہ ان کی بیوی پر کسی جنات کا سایہ ہے (صفحہ ۴۹) مولوی محفوظ نے یہاں بھی جنات بھگانے کی کوشش کی، لیکن کامیابی نہیں ملی- نظر محمد اپنی بیوی کے علاج کے بجائے، جنات بھگانے کی کوشش میں لگے رہے۔ مرض بڑھتا گیا اور ایک دن نور محمد کی ماں چل بسیں۔ جیسے ہی یہ خبر بلند حویلی پہنچی، یہاں کہرام مچ گیا۔ تعلقات کشیدہ ہونے کے باوجود رسمی تعلقات تو تھے، جس نے گھر کے سارے افراد کو تعزیت کے لیے جانے پر مجبور کیا اور یہاں پہنچ کر سبھوں کے آنسو نکل پڑے۔ نظر محمد وسیع الرحمن کاردار سے گلے لگ کر رو رہے تھے تو نور محمد، عبدالرحمن کاردار کے گلے لگ کر-

"کوٹھی کے محراب نما دروازے سے ملحق ایک چھوٹی سی راہداری تھی- یہاں اچانک میں نے نادرہ اور نور محمد کو ایک ساتھ دیکھا- میں دبے پاؤں ان کی باتیں سننے آگے بڑھا- میں دیوار سے ٹیک لگا کر کھڑا ہو گیا-

نادرہ پوچھ رہی تھی- تمہاری امی کیسی تھیں ؟

نور محمد بتا رہا تھا-

نادرہ نے پھر کہا- تمہیں پتہ ہے- میری امی بھی ختم ہو گئیں، تبھی تو میں ابو کے ساتھ بلند حویلی آگئی-

'اچھا۔۔۔' مجھے اچھی طرح احساس تھا، ان لمحات میں نور محمد اپنا مکمل دکھ بھول چکا تھا-

'تم گھبرانا مت- میں بھی نہیں گھبرائی تھی- ابو کہتے تھے۔ رونے سے روحیں ناراض ہو جاتی ہیں۔۔۔'

'اچھا۔۔۔'

لیکن دیکھو- تم پریشان بالکل مت ہونا- اور ہاں پریشان ہو جاؤ تو بلند حویلی آجانا- سمجھے- میں تمہیں وہاں مل جاؤں گی-

اس ماحول میں بھی نور محمد کے چہرے پر چمک تھی جیسے اچانک اس کی زندگی میں نئی دوستی کا سورج طلوع ہوا ہو- "

ناول کا یہ ایک Turning Point ہے۔ نادرہ کا نور محمد سے مل کر تعزیت کے دو بول بولنا، ناول نگار کے لیے ایک دھماکہ محسوس ہوتا ہے- یہی وہ Turning Point ہے جہاں سے عبدالرحمن کے دل میں نادرہ کے لیے نفرت پیدا ہوتی ہے اور اس نفرت کی خلیج اتنی بڑھتی ہے کہ عبدالرحمن نے نہ صرف برسوں کی اپنی محبت کو کچل دیا بلکہ وہ ایک دوسری لڑکی رقیہ کو اپنی شریک حیات بنالیتا ہے اور نادرہ اپنے دل میں رحمن کی محبت کا طوفان لیے رحمن کے دوست نور محمد سے شادی کے بندھن میں بندھ جاتی ہے۔ شادی کے بعد بھی رحمن اور نادرہ ایک دوسرے کے لیے بے چین اور بے قرار رہتے ہیں، لیکن

وقت آگے نکل چکا تھا- نادرہ ٹوٹ ٹوٹ کر بکھرتی رہتی ہے اور اس عمل میں وہ بیمار رہنے لگتی ہے۔ اس کی بیماری بڑھتی جاتی ہے۔ اسی دوران رحمن جہاں ایک بیٹا شان الرحمن کا باپ بن جاتا ہے وہیں بیماری کے عالم میں نادرہ نے ایک بیٹی نگار کو جنم دیا- آٹھویں مہینے میں پیدا ہونے والی نگار نہ صرف جسم و جان سے نحیف تھی بلکہ سیزریا دورہ میں بھی مبتلا تھی۔ ہر وقت روتی رہتی تھی-

ادھر پے در پے صدموں اور گھٹن نے نادرہ کو بے جان کر دیا اور آخر کار ایک دن وہ ان تمام درد و کرب کے ساتھ سفر آخرت پر روانہ ہو گئی۔Mental disorder میں مبتلا نگار نے نور محمد کے ساتھ ساتھ رحمن کے دل و دماغ کو بھی پریشان کر دیا تھا- لیکن قدرت کے اس فعل کے آگے سپر ڈالنے کے علاوہ کوئی چارہ نہیں تھا-

"میرے دماغ میں مسلسل ایک فلم چل رہی تھی---کوٹھی میں آسیب اور جنات کا ہنگامہ - بلند حویلی کے زوال کی دردناک داستان- ماضی سے لپٹے ہوئے لوگ- گمشدہ خزانے کی تلاش- آسمان پر منڈلانے والے جنگی طیارے- ہندستان اور پاکستان کی جنگ- آنکھوں میں سمائی ہوئی نفرت- پاکستان کی تقسیم- دونوں ملکوں کے آپسی رشتوں کا تکلیف دہ حد تک خراب ہو جانا- سفیان ماموں کا آنا- نادرہ کی شادی اور--- نگار کا جنم--- مسلسل خوف کی بارش--- جنگیں--- تباہیاں--- اور ایک نئے انسان کی آمد---"

(ایضاً صفحہ ۳۳۰)

نور محمد نے نادرہ کو جس طرح دل کی گہرائیوں سے چاہا تھا، وہی چاہت، وہی انسیت، اور وہی پیار، نادرہ کی اس چھوڑی ہوئی نشانی اور امانت سے تھی، نور محمد کسی بھی قیمت پر نگار کو کھونا نہیں چاہتا تھا- نگار کی بیماری بڑھتی گئی۔ نور محمد نے کوشش کی لیکن تمام جگہوں

سے مایوسیاں ہی ملیں - کچھ عرصہ تک نگار کو ایک آیا بانو نے سنبھالا۔ لیکن نگار جیسے بڑی ہوتی گئی اس کا دورہ بڑھتا گیا۔ تنگ آکر ایک دن بانو نے بھی نگار کو اس کے حال پر چھوڑ دیا- شاید وہ بھی بہت ہار گئی تھی- لیکن نور محمد نے ہمت نہیں ہاری، وہ سارے زمانے، سماج، خاندان کو فراموش کر کے اپنے پیار کی امانت نگار کی دیکھ ریکھ میں ہمہ وقت مشغول رہتا-

"بھیا، میں نگار کو نہیں کھو سکتا- '

اس کا گلہ پسیج گیا تھا- 'نادرہ کی یادگار ہے- میرے لیے اب یہی میری زندگی ہے۔ میں ساری ساری رات اللہ کے حضور میں نگار کی زندگی کے لیے دعا مانگتا ہوں - میں جانتا ہوں، اس کی موجودگی، نہ ہونے کے برابر ہے۔ نہ وہ پڑھ سکتی ہے، نہ کسی کام کی ہے۔ میں یہ بھی نہیں جانتا کہ وہ بڑی ہوگی تو کیا ہوگا؟ شادی تو سوچ بھی نہیں سکتا۔ میں جانتا ہوں اس کی موجودگی کسی بیکار کل پرزے کی طرح ہے۔۔۔ مگر آخر ہے تو انسان۔ گوشت پوست کی انسان۔ میری نادرہ کی نشانی- اب اس بیکار کل پرزے کو پھینک تو نہیں سکتا بھیّا۔'

'اس کی آنکھوں میں آنسو تھے- '

'اب میں ہی اس کا سب کچھ ہوں۔ باپ بھی- ماں بھی- گائیڈ بھی۔۔۔ دوست بھی، آیا بھی اور ڈاکٹر بھی۔۔۔"

(ایضاً صفحہ ۳۸۸)

دیکھتے دیکھتے وقت نے انگڑائیاں لیں - نگار اپنی بیماری کے ساتھ ساتھ جوانی کی دہلیز پر قدم رکھتی ہے۔ گرچہ اس کی ساری ضروریات اس کا باپ نور محمد پوری کرتا ہے- نور محمد کیسے ایک لاچار باپ بنا ہے اور ذہنی طور پر مفلوج بیٹی کی روزمرہ کی ضروریات پوری

کرتا ہے، یہ سوال نور محمد کے دوست رحمن کے ساتھ ساتھ قاری کو بھی بے چین کرتا ہے۔

"کیسے کرتا ہوگا نور محمد یہ سب- نگار جوان ہو گئی ہے۔ ایک جوان بیٹی کا باپ کے ساتھ سونا- باپ کا اسے نہلانا۔ جسم میں صابن ملنا- باپ کے سامنے ایک معذور بیٹی کا ننگا ہو جانا۔۔۔ اسے لے کر ٹوائلٹ جانا۔۔۔ اور اس کے جسم کے ہر حصے کا نمایاں ہونا۔۔۔ سانپ سرسرا رہے تھے۔"

(ایضاً صفحہ ۳۹۳)

نگار جوان ہو جاتی ہے۔ ایک بے بس اور کمزور لڑکی جس میں جوانی کے کوئی احساس اور جذبات نہ تھے۔ مگر ایک دن نور محمد کا ایک رشتہ دار آتا ہے اور کسی ایک لمحہ نگار میں ایک سوئی ہوئی مانگ جاگ جاتی ہے۔ ایک ایسی مانگ جسے نگار سمجھنے سے قاصر ہے۔ حالات اور وقت نور محمد کا امتحان لینا چاہتے ہیں۔ یہ ناول کا ایسا موڑ ہے جو نہ صرف چونکاتا ہے بلکہ رونگٹے کھڑے کر دیتا ہے- اردو ناول کی تاریخ میں بھی یہ ناول اس انوکھے موڑ کے لیے یاد رکھا جائے گا-

"میں نے طلب پوری کر دی۔۔۔ پوری کر دی۔۔۔"

(ایضاً صفحہ ۴۴۶)

یہ چند الفاظ ایسے تھے جو دھماکے سے کم نہیں تھے اور یہ دھماکہ ناگاساکی میں ہونے والے بموں کے دھماکوں سے بھی زیادہ لرزہ خیز تھا۔ پوری انسانیت، پوری تہذیب، پوری ثقافت کے مضبوط ستون ایک پل میں ڈھ گئے۔

"پروفیسر نیلے چیخ رہے تھے -'گلوبل وارمنگ کے خطروں کی دہائیاں دینے والے کیا اس سچ سے واقف نہیں کہ تہذیبیں گم ہو چکی ہیں ؟ کوپن ہیگن میں ماحولیات کی عالمی

کانفرنس ناکام ہو جاتی ہے-اور یہاں ایک نئی ماحولیات کا جنم ہو رہا ہے---"

(ایضاً صفحہ ۴۳۶)

"اس کے کچھ ہی دنوں بعد ایک دھماکہ اور ہوا تھا-

6دسمبر1992 بابری مسجد شہید کر دی گئی- "

(ایضاً صفحہ ۴۴۸)

یعنی پرانی روایات، مسجد کی حرمت، اس کی پاکیزگی اس کے تقدس کو روند ڈالا گیا- ایک طرف تہذیبوں کا تصادم ہے، دوسری طرف ناول نگار بابری مسجد شہادت کا اشارہ دیتا ہے- غور کیجئے تو دونوں میں اتنی مماثلت ہے کہ عقل حیران رہ جاتی ہے-بابری مسجد سانحہ نے یقیناً تہذیب و روایات کے پرزے بکھیرے تھے-نگار حاملہ ہو جاتی ہے اور نور محمد اپنی کوٹھی کو فروخت کر کے ایک گاؤں ولاس پور میں جاتا ہے۔ یہ گاؤں جہاں شہر کی بہت ساری کثافتیں ابھی نہیں پہنچی ہیں - صاف ستھرا ماحول، پر بہار فضا، تازہ ہوائیں - لہلہاتی فصلیں - ایک روشن دنیا ہے۔ یہاں نگار اپنی ایک بیٹی جینی کو جنم دیتی ہے۔ اور دو سال بعد وہ جینی جیسی بیٹی کو یادگار کے طور پر چھوڑ کر دنیا سے رخصت ہو جاتی ہے بلکہ وہ نور محمد کو جہنم کی آگ میں جھلستے رہنے کے لیے مجبور کر دیتی ہے۔ نور محمد اپنے گناہوں کا پرائشچت کرنے کی کوشش کرتا ہے۔ گاؤں کی مسجد میں نماز پڑھتا ہے۔ لمبی اور گھنی داڑھی چہرے پر ہے- اور گاؤں والوں کے درمیان ملا کہلاتا ہے۔ تہذیب و تمدن، ثقافت، روایات اور رشتوں کے تقدس کو پامال کرنے والے کردار نور محمد آخر آخر لمحوں میں بھی ناول نگار کی ہمدردی قائم رکھنے میں کامیاب رہتا ہے۔

نور محمد ایک ایسے راستے پر چلا جہاں اس کی کوئی غلطی نہیں تھی۔ مجبوری تھی- (صفحہ ۴۶۵) تو کیا مجبوری انسان کو حیوان بنا دیتی ہے؟ میری رائے میں بہر حال نور محمد

نے باپ بیٹی کے پاکیزہ رشتہ کو پامال کیا ہے بلکہ پوری انسانیت کو شرمسار کیا ہے۔

مشرف عالم ذوقی نے اس بے حد نازک موضوع کو بڑی خوش اسلوبی کے ساتھ اپنی فنکارانہ صلاحیتوں کا مظاہرہ کرتے ہوئے اپنے مخصوص اسلوب میں بیان کیا ہے۔ اس ناول کی خاص بات یہ بھی ہے ۱۴/ اگست ۱۹۴۷ سے لے کر عہد حاضر تک کے کئی اہم واقعات کو بڑی تفصیل سے اور خوبصورت انداز میں ناول کا حصہ بنایا ہے۔ آزادیِ ہند، تقسیم ہند، فرقہ وارانہ فسادات، سقوط بنگلہ دیش، ہندستان میں مسلمانوں پر ظلم و زیادتی اور پھر بابری مسجد کا انہدام۔ ان تمام حادثات کے ساتھ ساتھ کس طرح پرانی روایات نے دم توڑا، انسانی رشتوں کا بکھراؤ ہوا، قدریں پامال ہوئیں، تہذیب و تمدن کا انداز بدلا، ان سب کو ذوقی نے چونکہ بہت قریب سے دیکھا اور بھوگا ہے اور ان تبدیلیوں کے وہ خود ایک کردار رہ چکے ہیں، اس لیے یہ تمام منظر نامے صداقت سے بہت قریب ہیں۔ ناول کے تمام کردار اور واقعات ایسے ہیں جو اپنے اپنے نقوش چھوڑ جانے میں کامیاب ہیں۔ ایک طرف وسیع الرحمن اور ان کی بیگم کے کردار ہیں تو دوسری طرف بالکل نئے زمانے اور جدید عہد کی نمائندگی کرنے والی ان کی پرپوتی سارہ ہے۔ جسے گزرے زمانے کی تہذیبیں، ثقافتیں، قدریں سب کی سب Fantasy لگتی ہیں۔

'''ہاں دڈو۔ کتنے انوکھے قصے۔ پاپا کی بات پر یقین کرنے کی خواہش نہیں ہوتی۔ وہ۔۔۔ پاپا بتا رہے تھے۔۔۔ گھومتا خزانہ۔۔۔ سمتھنگ سمتھنگ۔۔۔ حویلی۔۔۔ کوٹھی۔۔۔ خزانہ۔ مائی گاڈ۔۔۔ آپ لوگوں کی تو پرورش ہی Fantasy کے ماحول میں ہوئی۔ تب کتنا ایڈونچر ہو گا دڈو۔ کھلا آسمان۔۔۔ کبوتر۔۔۔ مرغیاں۔ راجے مہاراجوں کی طرح کوٹھیاں اور خزانے کی تلاش۔۔۔ دل نہیں مانتا دڈو کہ انسانی تہذیب میں، بس کچھ سال پہلے تک ایسا بھی ہوتا ہو گا۔ اچھا۔۔۔ آپ کو ان دنوں کی یاد آتی ہے دڈو۔۔۔"

(ایضاً صفحہ ۳۸۲۔۳۸۳)

یہ نوسٹلجیا کسی کے لیے فنتاسی ہے تو کسی کے لیے ان یادوں کے روشن چراغ سے روح کی گہرائیوں میں اترنے والی روشنی اور جینے کا سہارا- ذوقی کے ان احساسات و جذبات میں جو گہرائی و گیرائی ہے اور مطالعہ و مشاہدہ میں جو وسعت ہے وہ بے شک فکری و فنی بلندیوں کو چھونے میں کامیاب ہے- قرۃ العین حیدر نے جس طرح عام ڈگر سے ہٹ کر بالکل اپنے ماحول اور اس کے گرد و پیش کے واقعات پیش کئے ہیں، کچھ ایسی ہی کامیاب کوشش مشرف عالم ذوقی نے کی ہے- یہ ناول اپنی نوعیت کا منفرد ناول ہے جو تہذیب و تاریخ کی داستانوں کو سناتا ہوا عہد حاضر سے آنکھیں چار کرنے کا حوصلہ رکھتا ہے-

***

لے سانس بھی آہستہ۔۔۔

-ڈاکٹر بلند اقبال

بس پلکیں ہی تو تھیں میری، جو جھپکنا بھول گئی تھیں اور پھر الفاظ بناء پروں کے پنچھیوں کی طرح قطار در قطار ذوقی کے طویل ناول 'لے سانس بھی آہستہ' کی سطح سے اُڑ اُڑ کر میرے دیدوں میں اُتر کر گھونسلے بنانے لگے۔ کچھ ہی دیر میں ناول کے صفحات میری انگلیوں کے کناروں سے یوں پھسلنے لگے جیسے وقت گھنٹوں منٹوں اور سیکنڈز کی سوئیوں سے بے نیاز کسی انجانی منزل کی تلاش میں رواں دواں ہوں مگر اندر ہی اندر کسی ان دیکھے خوف سے کانپ بھی رہا ہو کہ نہ جانے اِس نامعلوم سفر کی کیا معلوم انتہاء ہو گی؟

ایک سناٹا تھا جو میرے اندر پھیلتے جا رہا تھا۔ دھیمے دھیمے صفحات پلٹنے کی آوازیں جیسے ایک گونج بن کر میرے دل کی دھڑکنوں اور سانسوں کی آوازوں سے ہم آہنگ ہو کر گزرے اور آنے والے وقت کے درمیان پھنسے ہوئے اُس لمحے کو ڈھونڈ رہی تھیں جو صدیوں کے تاریخی سفر میں اپنی منزل سے بچھڑ کر کسی انجان راستے میں کھو گیا تھا اور اب اپنے بدن میں گزرے اور آنے والے وقت کے اختلاط سے پیدا ہونے والی ایک اجنبی تہذیب کی نشانی کے ذریعے اپنے ہونے کا تاریخی جواز دے رہا تھا۔ میرے ذہن کی پراسرار وادیوں میں بکھرے ہوئے سیکڑوں سوالات بھیانک پرندوں کی شکل میں اخلاقیات کے زنگ آلود پنجرے کو ریزہ ریزہ کر کے خو اپنی ہی پیدا کردہ قید سے آزاد ہونا

چاہ رہے تھے۔ ثقافت، زبان، مذہب محض گوٹے کناروں سے ٹکے ہوئے پھولوں کی شکل میں تہذیب کے لباس پر سجی ہوئی نظر آرہی تھیں۔ سیاسیات، معاشیات، اقتصادیات محض مصنوعی چاندی کے تاروں سے بٹی ہوئی بیلوں کی طرح سماج کی میلی سی چادر کو خوش رنگ بنا رہی تھیں۔ مشرقی و مغربی تہذیبیں رنگ برنگی غازوں کی صورت انسانیت کی مکروہ شکل کو خوش شکل بنا رہی تھیں اور اخلاقیات قدرت کے اصل روپ کو آدھا ننگا کر کے اُس حسین دلہن کے پیچھے چھپے ہوئے بھیانک عفریت کو نمایاں کر رہی تھی۔ اُس یونانی لوک کتھاؤں کے گم گشتہ دیوتا ابراکسس کے مانند جس کا سر مرغ کا اور نچلا حصہ سانپ کا تھا۔ مرغ کا سر جو اُگتے ہوئے سورج اور سانپ جو زمین کی علامت ہے۔ میرے اندر گونجنے والی صفحات پلٹنے کی آوازیں جیسے ابراکسس کی سرگوشیاں بنتی جا رہی تھیں۔

وقت گزرتا چلا گیا اور پھر سورج کی چند کرنیں میرے کمرے کی کھڑکی پر ٹنگی ہوئی پلاسٹک کی بلائنڈز کو کاٹنے لگیں اور اپنا راستہ خود ہی بنا کر میرے چہرے کو قوس و قزح کے رنگوں سے سجانے لگیں۔ گھڑی کی سوئیاں چھ بجکر پینتیس منٹ پر کانپ رہی تھیں۔ رات کے گہرے سائے صبح کے روشن سایوں میں بدل رہے تھے۔ میرا کانپتا ہوا دل اچانک زور سے دھڑکا۔۔ مجھے یوں لگا جیسے بلائنڈز کے پیچھے مرغ کا سر اور بلائنڈز کے آگے میں، سانپ کا حصہ بن کر قدرت کے بھیانک عفریت کی قید میں ہوں۔ اور پھر کچھ ہی دیر میں ایک تاریکی بند پلکوں کا سہارہ لے کر میری آنکھوں میں اُترنے لگی۔ ہتھیلی کی گرمی میری پسینے سے تر پیشانی سے مل کر اپنی حرارت کھونے لگی۔ اچانک لمحے بھر کے لیے میرے مرتعش دل کی دھڑکنیں رُک گئیں اور ایک خیال دھیمے دھیمے سانس لے کر میری آنکھوں سے نکلا اور ذہن کی پر اسرار وادیوں میں لامتناہی سوالات چھوڑ کر کھلی پلکوں سے راستہ پا کر پھر سے اُڑ گیا۔۔۔ کیا واقعی ارتقا کے راستے میں اخلاقیات کا کوئی دخل نہیں؟۔

میری آنکھوں کی پتلیوں کے سامنے ناول کے پہلے صفحے پر تحریر سطریں ناچنے لگیں:
کبھی کبھی قدرت کے آگے / ہم بے حد کمزور ہو جاتے ہیں / اور۔۔ سپر ڈال دیتے ہیں

میں نے ڈوبتی آنکھوں سے اپنے اندر تعمیر ہونے والی نئی دنیا کو دیکھا اور پھر کانپتے ہوئے ہاتھوں سے قلم اُٹھا کر ذوقی کو خط لکھنے لگا۔

پیارے ذوقی: صدا خوش رہو،

کچھ دن قبل میری زندگی کے پانچ دن 'لے سانس بھی آہستہ' کے ساتھ چلے گئے مگر شاید میرے دماغ کے سو بلین نیورانز (Neurons) کے سانپسز (synapses) میں کچھ ایسے نیوروٹرانسمیٹرز کو مرتعش کر گئے کہ جس سے میرے اندر کی گئی قدرت کی کارگہ شیشہ گری کئی لحاظ سے متزلزل ہو گئی۔ جس کے اثرات کا اندازہ تمھیں اس تحریر کی ابتدائی سطروں سے بہ خوبی ہو گیا ہو گا۔ مجھے تمھارا لکھا ہوا ناول ٹھیک بقر عید کے دن اُس وقت ملا جب میں خجل نظروں سے جیو نیوز ٹی وی نیٹ ورک پر پاکستان میں بے بس سسکتے ہوئے جانوروں کی گردنوں پر پھرتی ہوئی چھری کے نتیجے میں چھلکتے ہوئے خون کے چھینٹے اسکرین سے نکل کر اپنے چہرے پر پڑتے ہوئے محسوس کر رہا تھا۔ ایک ایسے وقت میں جب تکلیف سے بلکتے بلبلاتے ہوئے جانوروں کے گرد خوشی سے تالیاں بجاتے ہوئے بچوں کو دیکھ کر میں خود سے نظریں ملانے سے ڈر رہا تھا۔ ٹھیک اُسی وقت میری نظروں کے سامنے سے تمھاری بھیجی ہوئی کتاب کے ٹائٹل پر ارتقاء کے مجموعی سفر سے گزرے ہوئے انسان کے بچپن کی تصویر گزر رہی تھی اور ذہن میں یہ سوال بھی کہ کیا واقعی انسانی جبلت اپنی ارتقاء میں قدرت کے فیصلوں کی محتاج ہے یا قدرت کی سرشت انسان کے حیوانی مزاج کو صدیوں پہلے تخلیق کر چکی ہے اور یہ حیوانیت تہذیب کے مصنوعی غلاف

کے اندر تہہ در تہہ نیم بے ہوشی کے عالم میں دبکی ہوئی ہے اور موقع پر برہنہ ہونے کے منتظر ہے؟ ابھی میں اپنے سوال کا خود بھی تجزیہ نہیں کر پایا تھا کہ میری نظر سے کتاب کے پہلے صفحہ پر درج ابراکسس کے حوالے سے لکھی گئی یہ سطریں گزریں:

"جائز اور ناجائز سب ایک برابر ہیں اور ہر شخص کو اپنے حساب سے جھوٹ، سچ، غلط، جائز اور ناجائز کی تعریف کرنی پڑتی ہے۔ قدرت کے نظام کو بھلی اور بُری باتوں کے درمیان تقسیم نہیں کیا جا سکتا۔ ممکن ہے اخلاقیات کے جس باب میں کسی کے لیے جو ناجائز ہو وہ کسی دوسری جگہ کسی دوسرے ملک، کسی دوسری کائنات میں جائز ہو۔ کبھی کوئی ایک تعریف کسی کے لیے بھی مطلق سچ نہیں ہو سکتی' اور۔ ارتقا کے راستے میں اخلاقیات کا کوئی دخل نہیں۔'

پنجرہ ٹوٹ گیا ہے۔ پرندہ اُڑ گیا ہے۔ ان دو لفظوں کے بعد میں نے جونہی ناول کا ابتدائی جملہ 'میں نے کھڑکی کھول لی' پڑھا میرے دماغ کے خلیے یک لخت ثقافتی، مذہبی اور سیاسی فرق سے بالاتر ہو کر انسانی نفسیات کو پڑھنے کے لیے ناول کے بنیادی کردار عبد الرحمن کاردار کے اندر بسے ہوئے ناول کے مرکزی کردار نور محمد کی ساخت میں الجھنے لگے۔ نور محمد جو میرے لیے علامت تھا پُرانی تہذیب میں نئی تہذیب کے بے رحم انجذاب کے نتیجے میں پیدا ہونے والی اخلاقی نفسیات کی یا مشرقی اور مغربی تہذیب کے جائز یا ناجائز اختلاط کے نتیجے میں تخلیق ہونے والے اجنبی تہذیب کی، جس کے نام کا ابھی تعین باقی ہے یا سائنسی ترقی کے بے لگام گھوڑوں کی زد میں آئے ہوئے اُس نئے دور کی جس کی زد میں بہت جلد سارے کا سارا انسانی معاشرہ آنے والا ہے۔ مجھے لگا جیسے عبد الرحمن کاردار اور اُن کے باپ وسیع الرحمن کاردار اور اُن کے دادا دراصل اقتصادی و سیاسی تبدیلیوں کی زد میں پیدا ہونے والی اُس نفسیات کے ترجمان ہیں جو یورپ کے صنعتی

انقلاب کے دوران ہندوستان میں جاگیر دارانہ نظام کے زوال کے اچانک بعد سرمایہ دارانہ سماج کی تشکیل کے دوران پیدا ہوئی۔ دوسری طرف عبد الرحمن کا ردار کا اپنی اماں، سفیان ماموں، کوتوالی اور نواب لٹھن تک کا افقی پھیلاؤ اور اپنے دادا سے پوتی سارا تک کا عمودی نفسیاتی سفر دراصل انیسویں صدی سے اکیسویں صدی تک ہونے والے اُس سماجی سفر کا ترجمان ہے جس سے لہولہان گزرنے کے بعد پیدا ہونے والی نئی تہذیب کا تجزیہ نسبتاً آسان ہو جاتا ہے کہ قدرت اور تہذیب و تمدن کا رشتہ کیسے کیسے عوامل کی زد میں آکر تربیت پاتا ہے اور پھر کس طرح کی انسانی نفسیات کو تخلیق کرتا ہے۔ یہاں تک تو تبدیلی کا عمل نسبتاً فطری ہے کہ سماج کی عمومی سائنٹفک تبدیلی اپنے ارتقائی عمل میں انسانی نفسیات پر عین ایسے ہی فطری انداز میں اثر انداز ہوتی ہے یہ عمل نسبتاً پر سرار نہیں ہوتا بلکہ پر دلیل ہوتا ہے، مگر جونہی ناول کے تیسرے حصہ میں نور محمد اور اُس کی بیٹی نگار کا بھیانک جنسی ملاپ ہوتا ہے وہاں یکے بعد دیگرے انسانی جبلت پر قدرت کے فیصلوں کے علاوہ سگے رشتوں کے درمیان جنسی رشتوں (Incest) کا سائنٹفک بنیادوں پر تجزیہ، اِن رشتوں کی نفسیاتی تاریخ اور انسانی تہذیب کے مجموعی ارتقائی عمل سے تعلق اور اِس نفسیاتی عمل کا تہذیبوں کے تصادم سے وجود میں آنے پر بھی فکری سوالیہ نشان چھوڑ جاتا ہے۔

پیارے ذوقی: میرے خیال میں پہلے پہل پوپائرس کے پودے کی چھال پر لکھی گئی تاریخ کے دور یعنی ۲۹۵ قبل المسیح میں اس قسم کے جنسی رشتوں خصوصاً بہن بھائیوں کی شادی کی مثالیں قدیم یونانی اور رومن تہذیب میں کہیں کہیں ملتی ہیں مگر اس قسم کے ملاپ کے پیچھے ایک پختہ خیال یہ ہے کہ اس طرح کی شادیاں عموماً سیاسی اور اقتصادی وجوہات کی وجہ سے خصوصاً روائل گھرانوں میں ہوئی تھیں۔ ایسی ہی چند مثالیں کولمبس

کی آمد سے کئی سو سال قبل قدیم میکسیکن اور ہوائی کلچر میں بھی ملتی ہیں مگر تہذیبوں کے وہ نشانات یورپینز کی آمد تک محض تاریخ کی کتابوں کی گرد بن گئے تھے۔ گیارہویں اور چودھویں صدی کے درمیان ایسے جنسی رشتوں کو باضابطہ غیر اخلاقی، غیر قانونی اور سوسائٹی کے لیے ممنوع فعل قرار دیا گیا اور پھر لگ بھگ چھ ساڑھے چھ سو سال بعد سگمنڈ فرائڈ نے اس قسم کے ملاپ کا تجزیہ شدید خوف و وحشت کے معنوں میں کیا تھا۔ اُس کے خیال میں یہ احساسات incestuous fantasies متضاد سے زیادہ اپنے اندر ایک دوہری جارحیت کی فضاء رکھتے ہیں کیونکہ یہ بیک وقت شدید اخلاقی گریز یا ممنوع اور جنسی کشش جیسے دبے ہوئے محسوسات ہیں یہی وجہ ہے کہ ایسے رشتے نہ صرف غیر اخلاقی ہیں بلکہ سوشل ٹابو بھی ہیں مگر شاید آپ کو یاد ہو گا کہ کم و بیش اُسی دور میں سوئڈن انتھاپولوجسٹ Edward Westermarck نے اپنی کتاب Marriage Human The of History میں فرائڈ کے خیال کو مکمل رد کر کے اِن رشتوں کو قطعی غیر فطری قرار دے دیا تھا، کیونکہ اُس کا خیال تھا کہ خاندان کے قریبی افراد کا ایک دوسرے کے لیے جنسی کشش کا عمل اپنی عمر کے ابتدائی چھ سالوں میں ہی مستقبل کے لیے فطری طور پر desensitized ہو جاتا ہے اور پھر اِسی ضمن میں ایک اور بحث ماہر جینیات (geneticists) کی طرف سے بھی سامنے آئی تھی جو مجھے تو محض ایک تکرار ہی محسوس ہوئی کہ اس قسم کے ملاپ کو سماج میں ممنوع قرار دینے کی وجہ دراصل ایک جیسے قبائل میں جنسی عمل کی روک تھام کر کے جینیٹک اسٹاک کو ضائع ہونے سے بچانے کا خیال تھا تاکہ انسانی نسل 'closed endogamy' کا شکار نہ ہو جائے مگر یہ بات خاصی مضحکہ کیونکہ آپ اور میں جانتے ہیں کہ جینیٹک سائنس کے اس جدید دور میں سیکس تولد سے زیادہ تفریحِ طبع کے لیے کیا جاتا ہے۔ جہاں تک انسانی جبلت پر قدرت کے فیصلے اثر انداز

ہونے کا تعلق ہے تو میرے خیال میں یہ عمل صدیوں پر محیط ہوتا ہے اور مجموعی طور پر ' انسانیت 'کی تخلیق اور نشو و نما کا عمل طاقتور اور صحت مندانہ رویے کی طرف ہی ہوا کرتا ہے۔ کم از کم مجھے تو انسانی تہذیب کا ارتقائی عمل یہی دلیلیں دیتا ہوا نظر آرہا ہے۔ اب رہی بات فرائڈ کے Oedipus complex کے حوالے سے کہ ابتدائی نشو نما کے اس حصہ میں کوئی بھی متنازع تجربہ نفسیاتی ترتیب میں بگاڑ پیدا کر کے مستقبل کی شخصیت میں جنسی بیماری یا بے راہروی کا سبب بنتا ہے اور Westermarck effect کے نتائج میں پیدا ہونے والے فطری جنسی رویہ کی، تو یہ دونوں ہی صورتیں مجھے 'لے سانس بھی آہستہ 'کے ناول کے مرکزی کردار نور محمد اور نگار کے درمیانی رشتے کو Justify کرتی ہوئی نظر نہیں آئی۔ کیونکہ نگار پیدائشی طور پر ذہنی طور سے مفلوج ہونے کے سبب نہ تو Westermarck effect کے زیر اثر آتی ہے اور نہ ہی کہانی میں کوئی متنازع تجربہ اُس کے complex Oedipus کو زخمی کرنے کا سبب بنتا ہے۔ اس لحاظ سے نگار کی جنسی خواہش اپنی جسمانی نشو و نما کے دوران ایک عین فطری حیوانی رویہ ہے جس میں رشتوں کا امتیاز بے معنی ہے تو Incest کے لغوی معنی نگار کے لحاظ سے بے معنی ہے۔ اچھا اب اگر ہم دوسری طرف قدرت کے آگے سپر ڈالتے ہوئے ذہنی طور پر صحت مند نور محمد کا تجزیہ کریں تو اُس کا اپنی بایولوجکل بیٹی نگار سے جنسی ملاپ صدیوں پر محیط صحت مند نفسیاتی ارتقائی عمل پر سوالیہ نشان ڈال دیتا ہے۔ ناول کے مرکزی کردار کے اس مختلف تجربہ کا مغربی اور مشرقی معاشرے میں پائے جانے والے عمومی جنسی تجربوں اور رجحانات سے تقابل ممکن نہیں ہے جیسا کہ مغرب کے حوالے سے آپ نے عبدالرحمن کا ردار اور پروفیسر نیلے کے درمیان گفتگو سے اس سارے جنسی تجربے کو شاید Justify کرنے کی کوشش کی ہے۔ یہ ٹھیک ہے کہ اور شعبوں کی طرح مغرب میں سیکس کی Financial

Marketing بھی سائنٹفک بنیادوں پر establish ہوئی اور منفی انداز سے Sexual addiction جیسی نفسیاتی بیماریوں کو استعمال کر کے اشتہاری کمپنیوں کے سپرد کیا گیا اور کروڑوں کا منافع حاصل کیا گیا اور کیا جا رہا ہے، مگر کیا جنسی نفسیاتی بیماریاں ایک مخصوص عرصے کے بعد 'تہذیب' کا حصہ بن جاتی ہیں؟ ذوقی آپ جانتے ہیں آج بھی مغرب میں 13-15٪ بچے خاندان کے افراد کے ساتھ جنسی عمل کا شکار ہوتے ہیں، مگر یہ بھی حقیقت ہے کہ مشرقی کلچر میں بھی ایسی ان گنت مثالیں ملتی ہیں گو کہ بدنامی کا یہ داغ مغرب کے حصہ میں زیادہ آگیا ہے، جس کی وجہ شاید سیاسی بنیادوں پر اُس کا بیانگ دہل اعلانیہ آزاد معاشرہ کا تعارف ہے۔ اب اگر یہ جنسی بیماریاں 'مغربی تہذیب' کا حصہ (؟) ہے تو آپ کا ناول آنے والے وقت کے بہت سنگین اشارے دے رہا ہے۔ ایسی صورت میں مغرب اور مشرق کے 'incest' کے نتیجے میں پیدا ہونے والی گلوبل ورلڈ کے نرسنگ ہوم میں پیدا شدہ تیسری تہذیب، جس کے نام اور ساخت کا تعین ابھی باقی ہے کہ وہ اپنی ارتقاء کے محض ابتدائی دور میں ہے اور جس کی رفتار تشویش ناک حد تک طوفانی ہے کیونکہ اسپیس اور ٹیکنالوجی کے اس دور میں وقت کی تسخیر ہو چکی ہے، مجھے آپ سے یہ کہنے میں کسی قسم کی کوئی جھجک نہیں کہ 'لے سانس بھی آہستہ' اپنے ڈکشن اور کردار نگاری میں تو خیر سے باکمال ہے ہی کیونکہ آپ ایک بہت منجھے ہوئے تخلیق کار ہیں تو دوسری طرف موضوعاتی اعتبار سے 'لے سانس بھی آہستہ' اردو ناول نگاری میں ایک انقلابی تبدیلی کا طاقتور اشارہ بھی دے رہا ہے اور یوں بھی کہ آنے والی نسلیں اب اُن موضوعات کو ڈسکس کرنا چاہتی ہیں جو اُن کے سامنے مستقبل کے اندیشے اور سوالات بن کر کھڑے ہو گئے ہیں۔ آپ کا ناول جدید اجنبی تہذیب کے موضوعاتی تقاضوں کے انتخاب میں پہلا طاقتور قدم ہے۔ 'لے سانس بھی آہستہ' برصغیر پاک و ہند میں اب تک

ہونے والی ناول نگاری کے لیے ایک Turning point کی حیثیت رکھتا ہے۔ جدید دنیا پر جدید انداز سے لکھنے پر میری طرف سے بہت بہت مبارکباد قبول کیجیے۔ آپ کو نہیں پتہ، مگر میں آپ کو بتاتا چلوں کہ میں اِس وقت آپ کو بہت ہی رشک کی نگاہ سے دیکھ رہا ہوں ۔۔۔ خدا آپ کو سدا سلامت رکھے۔

***

'لے سانس بھی آہستہ۔۔۔' ایک تجزیہ

-انوار الحق

ریسرچ اسکالر، شعبہ اردو، جامعہ ملیہ اسلامیہ نئی دہلی۔ ۱۱۰۰۲۵

کوئی بھی عقلِ سلیم رکھنے والا یہ بہ آسانی سمجھ سکتا ہے کہ کہانی کی زبان دلچسپی سے خالی نہیں ہوا کرتی اور کہانی یا ناول کا وجود بغیر کہانی پن کے ممکن نہیں۔ ناول یا کہانی کے جو طے شدہ اجزائے ترکیبی ہیں ان میں کمی کسی کو بھی برداشت نہیں ہوتی نہ فن کار کو نہ ناقد کو اور نہ قاری کو اب اگر کہانی کی زبان کچھ ایسی ہو کہ پڑھنے والے کو یہ سمجھنے میں مشقت کرنی پڑے کہ پتہ نہیں تخلیق کار کہنا کیا چاہتا ہے یا پھر قاری کچھ کا کچھ سمجھ بیٹھے اور پھر ایک ناقد اٹھ کھڑا ہو اور قاری کی انگلی تھام کر یہ کہے کہ در اصل اس طوطا مینا کی کہانی میں جو طوطا ہے وہ طوطا نہیں بلکہ کُتا ہے اور جو مینا ہے وہ مینا نہیں بلکہ کتیا ہے اور ابھی قاری اپنا دماغ لگا کر اس کو سمجھنے کی سعی کرنا ہی چاہتا ہی ہو کہ اچانک دوسرا ناقد کھڑا ہو اور پہلے ناقد کو کم عقل کہہ کر اس کے ہاتھ سے قاری کی انگلی چھڑا دے اور یہ کہے کہ در اصل وہ طوطا جبریلؑ ہیں اور یہ مینا مخلوقاتِ خداوندی کا استعارہ ہے پہلے والا ناقد در اصل کم عقل تھا اس لیے اس اسلوب میں پوشیدہ حقائق وہ نہیں سمجھ سکا اور بے چارہ قاری۔۔۔

"کھوپڑی چٹخا دینے والی کہانی" قاری کو نہیں چاہیے قاری تو بس طوطا مینا کی کہانی پڑھ کر خوش ہونا چاہتا ہے اور ہاں اگر کہانی ایسے موڑ پر ختم ہوئی ہو کہ طوطا کا کیا ہوا یا مینا کا کیا ہوا یہ قاری سوتے وقت سوچنے لگے اور طوطا مینا کی کہانی میں وہ خود کی اور اپنے محبوب کی

تصویر دیکھنے لگے اور ساتھ ساتھ دنیا والوں کو کوسنے لگے تو یہ اور بات ہے۔ دراصل فکشن پہلے تو فکشن ہی ہونا چاہیے اور جب ایک ناول نگار یہ کہے کہ ایک طوطا ہے تو پہلے تو وہ ایک طوطا ہونا چاہیے اور جب وہ مینا کہے تو وہ گوشت پوست کی پیاری سی مینا ہی ہونی چاہیے بعد میں اس کے پیچھے آپ معنی کے قافلے بھلے ہی چھوڑ دیں۔

ناول کی تاریخ پر اگر ہم غور کریں تو یہ باور ہو گا کہ اس صنف کا وجود ہی روایت سے انحراف اور نثر میں کچھ نیا کرنے کی غرض سے ہوا۔ سولہویں صدی سے اب تک ناول میں بہت سی تبدیلیاں رونما ہوئیں۔ ناول کی تعریف بحیثیت صنف اولین دور میں جو طے ہوئی وہ آج بھی مسلم رہے، یہ تو ممکن ہے مگر اس کے تقاضے آج بھی وہی رہیں یہ قطعاً ممکن نہیں۔ جوں جوں وقت اور حالات کے مطابق انسان ترقی کی سیڑھیاں چڑھتا گیا اور ہمہ جہت ترقی اس کا مقدر ہوئی تقاضائے فطرتِ انسانی بھی تبدیل ہوئی۔ آج اکیسویں صدی میں جب انسانی زندگی ایک نئی راہ پر گامزن ہے، اور انسان اس دور میں جی رہا ہے جہاں حقیقتیں اخلاقیات کے ستّر پردوں کے پیچھے نہیں رکھی جاتیں۔ فطرت کی حقیقتوں سے آنکھیں ملانے کی جرأت رکھنے والی اس نئی نسل کی کہانی سنانے کے لیے وہی فرسودہ اخلاقی ضابطوں کا اگر استعمال کیا جائے تو یہ ادب کے ساتھ انصاف نہیں ہو سکتا۔ ہاں یہ بھی کہاں کی عقل مندی ہو گی کہ ہم اخلاق کے معیار کو ملحوظ نہ رکھیں اور اپنی تہذیب سے رشتہ منقطع کر کے نام نہاد ترقی یافتہ بن کر اپنی جڑوں سے کٹ جائیں۔ اب سوال یہ ہے کہ آج وہ کون سا ادب لکھا جائے جہاں زندگی کی عریاں حقیقت سے ہم آنکھیں بھی ملا سکیں اور اخلاقی قدروں کو بھی ملحوظ رکھیں۔

دنیا کا سب سے بڑا مسئلہ یہ نہیں کہ صحیح کیا ہے اور غلط کیا ہے۔ بلکہ دنیا کا سب سے بڑا مسئلہ یہ ہے کہ ایک حقیقت کس زاویہ سے صحیح اور کس زاویہ سے غلط ہے آیا یہ زاویہ

کسی طے شدہ نظریہ سے پاک بھی ہے یا نہیں۔ اور صحیح اور غلط کا فیصلہ کرنے سے پہلے حقیقت کا کون کون سارخ ملحوظِ خاطر رکھا جانا چاہیے۔ ڈرامہ انارکلی میں اکبر نے جب انار کلی کو زندہ دیوار میں چنوا دینے کا حکم دیا تو اکبر بحیثیت بادشاہ اپنے فیصلہ میں درست، مگر ایک لڑکی کو محض اس جرم میں سزائے موت دینا کہ اس سے کسی شہنشاہ کا بیٹا محبت کرتا ہے غلط فیصلہ ہے۔ ایسے میں صحیح کیا ہے اس کا فیصلہ کرنے کے لیے بادشاہ کے نظریہ کو تسلیم کیا جائے یا شہزادہ کے زاویہ کو درست قرار دیا جائے؟

کسی بھی امر کے صحیح یا غلط ہونے میں زاویہ نظر کا بڑا عمل دخل ہوتا ہے۔ زاویے اور نظریہ کی ان کارفرمائیوں پر لے سانس بھی آہستہ۔۔۔ کا یہ بیانیہ ایک بڑے مسئلہ کی طرف اشارہ کرتا ہے۔

"۔۔۔ تمہارے ہی سوال سے شروع کرتے ہیں۔ تم چھت پر گئی اور ممی چھت پر آ گئیں۔ رائٹ۔۔۔'

'ہاں۔۔۔'

'ممی کیوں آئیں۔۔۔؟'

'شک۔۔۔ کہ میں کسی سے بات تو نہیں کر رہی۔ کسی سے کچھ چل تو نہیں رہا۔۔۔ یعنی۔۔۔'

'ال لیگل۔۔۔ میں مسکرایا ____ لیکن ممی آسکتی ہیں۔ کپڑے پسارنے یا کسی بھی کام سے۔۔۔ لیگل ____ کوئی شک نہیں ____ کسی شک کی گنجائش نہیں۔۔۔'

ہاں۔۔۔

تمہارا موبائل پر بات کرنا۔۔۔؟

سارہ زور سے ہنسی میرے لیے آب ویسلی ال لیگل۔

'ممی کے لیے لیگل___ اب آگے۔۔۔ ایسے کچھ اور پوائینٹس سوچو۔۔'

سارہ کی آنکھیں چمک رہی تھیں اسے جانے انجانے ایک دلچسپ کھیل مل گیا تھا___

'آتنک وادی___ وہ زور سے تالیاں بجا کر ہنسی___ میرے ملک کے لیے نا جائز___ مگر جس ملک نے بھیجا___ اس کے لیے جائز۔ وفادار۔

'اسی طرح ملک کے فوجی سپاہی۔۔۔ اور آگے۔۔۔

'یعنی میں اگر Pregnant ہو جاتی ہوں___ شادی سے پہلے۔۔۔ روانی میں بولتی ہوئی اچانک اسے اپنی غلطی کا احساس ہوا۔ میرا مطلب ہے کوئی لڑکی جس کی شادی نہیں ہوئی___ ال لیگل۔ لیکن شادی کے بعد یہی چیز سارے گھر کی خوشی بن جاتی ہے۔۔۔

سارہ کی نظریں جھکی تھیں۔۔۔ میرے اندر کوئی سنّاٹا نہیں تھا۔ یہ نسل خود کو پہچانتی ہے۔ اس لیے کہیں بھی اپنی کوئی بھی بات سامنے رکھنے سے نہیں گھبراتی

اس کا مطلب ایک ہی چیز۔ ایک ہی وقت میں جائز اور ناجائز دونوں ہو سکتی ہیں۔۔۔ کیوں سارہ؟'

'ہاں ددّو۔۔'

یعنی جو تمہارے لیے ابھی ناجائز ہے۔ وہ کسی کے لیے جائز۔۔۔'

'ہاں ددّو۔۔"

(لے سانس بھی آہستہ۔۔۔ صفحہ ۱۸)

صحیح اور غلط، لیگل اور ال لیگل، ترقی اور اخلاقیات کے گرد گردش کرتی 'لے سانس بھی آہستہ۔۔۔' کی کہانی یونانی دیومالا کے کردار ابراکس کے بنائے نظامِ حیات اور اصول

زندگی پر کھری اترتی ہے۔ فلسفہ حیات کے متعلق ابراکس کے اقوال ناول کے شروع میں درج ہیں۔ مندرجہ بالا اقتباس سے اگر ہم جائز اور ناجائز، غلط اور صحیح کے اصول مرتب کریں تو بہت سی دقتیں پیش آئیں گی۔ اصول متعین کرنا یا پھر انسانی آزادی کی باتیں کرنا بہت آسان ہے۔ در اصل یہ لفظ آزادی بھی زاویہ نظر پر منحصر ہے۔ مثال کے طور پر جب یہ لڑکی خود ماں بنیگی تو ایک ماں کے ان اصولوں اور زاویوں کو کیا خود پر نافذ نہیں کرے گی؟ اور پھر تب وہ اپنی بیٹی کو ایک ماں کے نظریہ سے لیگل اور ال لیگل، صحیح اور غلط کی تعریف متعین کرے گی؟ اقتباسِ بالا پر اگر غور کریں تو دو باتیں واضح ہوتی ہیں۔ ایک تو یہ کہ ایک ہی چیز بیک وقت کسی کے لیے غلط اور کسی کے لیے صحیح ہو سکتی ہے۔ دوسری یہ کہ نئی نسل اخلاقیات کے دائرہ میں رہ کر اپنی بات رکھنے کا ہنر جانتی ہے۔ یعنی پرانی نسل میں جو عام روایت تھی وہ یہ کہ لوگ اپنی پوری زندگی محض اخلاقیات کے تقاضے کو پورا کرنے کے لیے برباد کر لیتے تھے یا اخلاقی حدود ملحوظ رہیں اس لیے اپنی بات دنیا کے سامنے رکھ ہی نہیں پاتے تھے۔ سماجی نظامِ حیاتِ انسانی بھی کچھ اس طرح کا تھا کہ اگر کوئی ان حدود کی پرواکیے بغیر اپنی بات دنیا کے سامنے رکھتا تو اس کو آج کی طرح فرینک اور بولڈ کے بجائے بد تمیز اور بے تہذیب کے القاب سے نوازا جاتا۔ آج وہ سارے حدود انسانی ترقی کی راہ میں حائل نہیں بلکہ یہ اخلاقی حدود ذیلی حیثیت رکھتے ہیں اگر یہ انسانی ترقی میں معاون نہیں تو ان کا لحاظ بیوقوفی سے زیادہ اور کچھ نہیں سمجھا جاتا۔

اخلاقیات کے تقاضے اپنی جگہ اور قدرت کے تقاضے جن کے ہاتھوں زندگی مجبور ہوتی ہے وہ دوسری طرف، سماجی اخلاقیات کا معیار ایک الگ اصول۔ ان مختلف اصولوں اور سماجی، معاشرتی، مذہبی، سیاسی یا اخلاقی اصول یا دائرے جن کو ہم نے خود پر تنگ کر لیے ہیں، کب تک ہم ان دائروں میں زندگی گذار پائیں گے؟ اور کیا ہو گا اگر ہم نے ان

دائروں سے باہر کسی مجبوری کی وجہ کر قدم رکھا تو؟ جائز یا ناجائز؟ پھر ایک اور دائرہ اور اس میں ہاتھ پیر مارتا انسان۔ مشرف عالم ذوقی نے اپنے اس ناول میں اسی طرح کے کچھ سوالوں کا جواب تلاشنے کی کوشش کی ہے۔ بحیثیت ایک ناول نگار سماجی مسائل کا حل پیش کرنا ناول نگار کا کام نہیں ہوتا۔ اس ناول میں اخلاقیات کی کیا حد ہونی چاہیے اس پر سیدھے سیدھے بات کرنے کے بجائے فنی محاسن کا مظاہرہ کرتے ہوئے انہوں نے سماج کی ایک دکھتی رگ پر انگلی رکھنے کی سعی کی ہے اور حالات کا کچھ اس طرح سے جائزہ لیا ہے کہ کرداروں کی مدد سے واقعہ کا ارتقالا محالہ ہر صفحہ پر قاری کو یہ سوچنے پر مجبور کرتا ہے کہ آخر قصور کس کا ہے؟ اگر کسی نے کسی اخلاقی گناہ کا ارتکاب کیا تو یہ بہت آسان ہے کہ اس پر یہ فتویٰ لگا دیا جائے کہ وہ گنہگار ہے۔ مگر یہ انصاف نہیں ہو گا۔ کیونکہ جب اسی قاری کو یہ پتہ چلتا ہے کہ اس نے گناہ کس مجبوری کی حالت میں کیا تو اس کے سوچنے کی سمت بدل جاتی ہے۔ اسی تکنیک پر اس ناول کا تانا بانا بنا گیا ہے۔ فنی اعتبار سے دیکھا جائے تو فکری اساس کو بحسن وخوبی پیش کرنے میں ذوقی کامیاب ہیں۔ ان کا فکری محور اخلاقیات انسانی ہے۔ انسان کی نفسیات سے متعلق ایک انوکھے مسئلہ کو اس ناول کا موضوع بنایا گیا ہے۔

اس ناول کی سب سے بڑی خوبی جزئیات کا دلچسپ ہونا ہے۔ کلی طور پر اس کا پلاٹ کافی گٹھا ہوا ہے اور کہانی کی بساط بہت پہلے سے اور بڑی دور تک بچھائی گئی ہے۔ ناول کہیں پر بھی بور نہیں کرتا ہے اور وجہ اس کی مجھے یہ لگتی ہے کہ پورا کا پورا ناول مصنف کے ذہن میں پہلے سے تیار ہے اور قلم کی باگ کو مصنف مضبوطی سے لے کر چلتا ہے۔ دوسرے لفظوں میں اگر ہم یہ کہیں کہ قلم مصنف کی رہنمائی نہیں کرتا بلکہ مصنف قلم پر پوری طرح حاوی ہے اس لیے قلم کہانی کو اسی سمت لے چلتا ہے جس سمت مصنف لے جانا چاہتا

ہے۔ شطرنج کی طرح اس نے بساط پہلے سے تیار کر رکھی ہے اور اس کے سارے موہرے اس کے اشارہ کے انتظار میں دست بستہ کھڑے ہیں۔ اسلوب بہت حد تک قرۃالعین حیدر سے قریب ہے۔ قرۃ العین حیدر کے یہاں زیریں لہر کی کار فرمائی زیادہ ہوتی ہے جب کہ ذوقی کے یہاں اس پر زورِ قلم صرف نہیں کیا گیا ہے۔

جو پیغام مصنف دینا چاہتا ہے اسی کے پیغامبر سارے کردار معلوم ہوتے ہیں اور مصنف سے بغاوت کرنے کی ہمت ذوقی کے اس ناول کے کسی کردار میں نہیں۔ کہانی کا کلائمکس پہلے سے طے شدہ ہے اور اس کا ارتقا مرحلہ وار بھی پوری طرح مصنف کی گرفت میں ہے۔

تخلیق کے بہاؤ میں ناول نگار نہیں چل رہا ہے ایسا نہیں ہے کہ وہ لکھنے کچھ اور بیٹھا اور ذہن منتشر ہوا اور وہ شعور کی رو میں کچھ کا کچھ کہتا چلا گیا۔ یہاں بھی وہی معاملہ ہے کہ یہ آج کا مصنف ہے اس نے اسٹریٹجی پہلے سے طے کر رکھی ہے۔ قلم کو جس طرف موڑنا چاہتا قلم کو اسی طرف مڑنا پڑتا ہے وہ قلم کے بہکاوے میں نہیں آتا۔ اس نسل کی لائف اسٹائل منظم اور اسٹریٹجک ہوگئی ہے تو ظاہر ہے کہ فن کار بھی اس سے متاثر ہوگا۔ اور اس کے فنی لوازم بھی منظم اور اسٹریٹجک ہوں گے۔

ایسے میں ناول نگار کے لیے جو چیز سب سے زیادہ اہم ہو جاتی ہے وہ ہے انسانی سوچ پر گرفت جو بدلتے وقت، نظریہ، اور ترقیاتِ زمانہ کے لحاظ سے تیزی سے تبدیل ہوتی ہے۔ انسان کی سائیکی پر گرفت کے بغیر فکشن نگار ایک اچھا فکشن قطعی تخلیق نہیں کر سکتا۔ نفسیات اور انسان کی سماجی روابط کے انداز میں گہرا رشتہ ہوتا ہے۔ نفسیات کی اہمیت پر زور دیتے ہوئے Ross Macelay اپنی کتاب The Philosophy of Fiction میں لکھا ہے:

Psychology is not to be forgotten, avoided or dismissed absolutely, or quarantined from philosophy, on the basis of any piecemeal or provisional scientific status .

(Page 39)

راس میکلی کے اس بیان کے مطابق نفسیات کو بھلایا، یا نظر انداز نہیں کیا جا سکتا، یا سرے سے اس کا انکار نہیں کیا جا سکتا یا اسے فلسفہ سے محض اس وجہ سے الگ نہیں کیا جا سکتا کہ یہ عارضی طور پر سائنس کا درجہ رکھتی ہے۔ علم نفسیات پر عبور یا کم از کم واقفیت ایک فنکار کو اچھا فن پارہ تخلیق کرنے میں معاونت کرتا ہے۔

لے سانس بھی آہستہ۔۔۔ کی کہانی بھی بڑی انوکھی ہے یہ ایک باپ کی کہانی ہے۔ ایک ایسی بیٹی کا باپ جو ایک عجیب سے نفسیاتی مرض میں مبتلا ہے۔ قاری جب اس باپ کی روداد پڑھتا ہے تو روئے بغیر نہیں رہ پاتا۔ ایک ایسی نفسیاتی مرض میں مبتلا بیٹی کا باپ اپنی روداد سناتا ہے تو رونگٹے کھڑے ہو جاتے ہیں ملاحظہ فرمایئے یہ اقتباس:

" کبھی کبھی بے شرم بن کر خود کو سمجھنا پڑتا ہے کہ میں اس کا باپ ہوں۔۔۔۔ مجھے اس کے کچھے دھونے پڑتے ہیں۔ پیشاب اور پاخانے سے لتھ پتھ اس کی چادر دھونی پڑتی ہے۔۔۔ کئی بار۔۔۔ اس کی آنکھوں میں خوف کی آمیزش تھی۔۔۔ وہ سارے کپڑے اتار کر ننگی ہو جاتی ہے۔ اس کی طرف پلٹ کر دیکھنا اللہ کا بھیجا ہوا عذاب لگتا ہے۔ مگر کیا کروں۔ میں اس کے بغیر نہیں رہ سکتا۔ اس کی گندگی صاف کرنا۔۔ نہانے کے لیے لے جانا۔۔۔ باتھ روم میں بھی وہ سارے کپڑے پھینک دیتی ہے۔ اس کے جسم پر آنکھیں موند کر صابن لگانا۔۔۔ آپ ایک مجبور باپ کی کیفیات کا اندازہ نہیں لگا سکتے۔۔"

(لے سانس بھی آہستہ۔۔ صفحہ ۳۴۷)

موضوع کے اعتبار سے، سماجی نظام کے اعتبار سے، نفسیاتی اعتبار سے بیان کرنے کی تکنیک کے اعتبار سے ہر لحاظ سے یہ کہانی ایک منفرد حیثیت رکھتی ہے۔ ایک ایسی نفسیاتی کیفیت کا بیان کے پڑھتے وقت قاری کی آنکھیں بڑی بڑی ہو جاتی ہیں اور وہ خود کو ایک حیرت انگیز دنیا میں موجود محسوس کرتا ہے۔ نفسیات پر پکڑ اور علمِ نفسیات کے مطالعے کے بغیر اس طرح کے مکالمے تخلیق کرنا ناممکن ہے۔

ذوقی نے اس کہانی کا پتہ ساڑھے تین سو صفحات تک نہیں کھولا ہے۔ اور جب اس کہانی کے سارے پتے کھل جاتے ہیں تو احساس ہوتا ہے کہ شروع کے مکالمے یونہی لفظی بازیگری نہیں تھے بلکہ ان کا نفسیاتی، معنیاتی، اور ساختیاتی تعلق پلاٹ کے اس کلائمکس سے ہے جس کا انکشاف اخیر میں ہوتا ہے اور تب قاری اس ناول کو دوبارہ پڑھنا چاہتا ہے۔ اور جب دوبارہ پڑھتا ہے تو کہانی پورے آب و تاب سے اس کا استقبال کرتی ہے۔ اور اب چونکہ پتے کھل چکے ہوتے ہیں تو ہر لفظ کے پیچھے کھڑے معنی کے قافلے تک رسائی ہو جانے کی وجہ کر ہر مکالمہ اور ہر جملہ کا مزہ دوبالا ہو جاتا ہے۔ اس ناول میں زبردست readability ہے۔ بلا کی complexity اور ساتھ ساتھ اسلوبیاتی اعتبار سے simplicity بھی ہے۔ لے سانس بھی آہستہ۔۔ کچھ اس طرح کی کتاب ہے کہ اس کو تھوڑا تھوڑا جزئیات کے مزے لے لے کر پڑھا جائے اگر ایک ساتھ پوری کتاب سرسری پڑھ لیں تو اس کی مثال یوں ہوگی کہ کوئی شخص بغیر چبائے گوشت کے نوالے نگلتا چلا جائے۔ وہ اس کے مزے سے بھی محروم رہ جائے گا اور اس کا پیٹ بھی خراب ہو جائے گا یعنی صحت کے لیے یہ اچھا نہیں۔ ایک جرمن مقولے کے مطابق کتاب پڑھنے کی بھی کچھ یہی صورت ہوتی ہے۔ مقولہ ہے

It is not healthy to swallow books without chewing

تکنیک کے اعتبار سے فلیش بیک کا استعمال اس ناول کی کامیابی میں بڑا اہم رول ادا کرتا ہے۔ اگر یہ ناول فلیش بیک میں نہ لکھا گیا ہوتا تو شاید اتنا پر اثر کبھی نہیں ہو پاتا۔

تہذیب ایک ایسا موضوع ہے تبدیلی جس کا مقدر رہے۔ پریم چند نے اس تہذیب پر قلم اٹھایا جو ہندوستان کا اصلی چہرہ تھا دیہی زندگی کی عکاسی۔ آگے بڑھیں قرۃالعین حیدر کے یہاں حویلیوں کے ٹوٹتے کھمبے تلے دم توڑتی تہذیب اور اس کی جگہ لیتی نو دولتیوں کی بے ہنگم بغیر رکھ رکھاؤ والی تہذیب کی داستان اور اس کے بعد ایک خلا۔ تہذیب کے موضوع پر ایک بڑا خلا پھر آج کا لکھنے والا قلم سنبھالتا ہے۔ مشرف عالم ذوقی نے لے سانس بھی آہستہ میں آج کی تہذیب کی عکاسی کی ہے۔ جس طرح برسوں پہلے حویلیوں کی تہذیب کے پرزے اڑے تھے آج بھی تاریخ خود کو دہرا رہی ہے۔ وہ نئی تہذیب جس کو ہم تصنع سے پاک سمجھتے تھے جس میں وہ نقلی رکھ رکھاؤ نہیں تھا جو حویلیوں اور فیوڈل نظام سے ہمیں وراثت میں ملی تھی۔ مگر اب اس تہذیب کی بھی قلعی کھلنے لگی۔ پتہ یہ چلا کہ جب ہم نے اپنی پرانی تہذیب کو رد کر کے نئی تہذیب کی نقاب کشائی کی تھی تو ہم تو بڑے نازاں ہوئے تھے کہ ہم اس تہذیب کی بنیاد ڈال رہے ہیں جس میں اخلاقی رکھ رکھاؤ اور بوجھل حفظ مراتب نہیں بلکہ سچائی کو بے نقاب کرنے اس سے بے خوف ہو کر نظریں ملانے سے اب ہمیں کوئی نہیں روک سکتا۔ اب زمانے نے ایک دفعہ پھر کروٹ لی اور نئی نسل نے محسوس کیا کہ یہ نام نہاد نئی تہذیب بھی دراصل اخلاق کا پاجامہ پہنے ہوئے ہے۔ سچائی کا سامنا کرتے وقت یہ تہذیب بھی اخلاقی بندھنوں کی وجہ کر لڑکھڑا جاتی ہے اس لیے ہم خود کو ان بندوں سے آزاد کر لینا چاہتے ہیں۔ تہذیب کی اس اتھل پتھل نے نام نہاد نئی تہذیب کے علم برداروں کو سکتے میں ڈال دیا ہے۔ اور وہ اپنا سر دھنتے نظر آرہے ہیں کہ ہائے ہمارے بچوں کو کیا ہوا یہ کس منزل کی طرف جا رہے ہیں؟ مگر یاد کرو وہ دن

جب تمہارے اباواجداد نے تمہیں اخلاقیات کا سبق پڑھایا تھا اور تمہیں حفظ مراتب، رکھ رکھاؤ سکھانے کی کوشش کی تھی تو تم نے کیا کیا تھا؟ آج کی نسل جب اسی روایت کو آگے بڑھا رہی ہے تو اتنی تکلیف کیوں ہوتی ہے۔ اور اگر ہوتی ہے تو یاد کرو وہ دن جب تم نے اپنی نئی تہذیب کا پرچم لہرایا تھا تو اس وقت کی تہذیب کے علم برداروں پر کیا گذری ہو گی۔ اب تمہاری باری ہے۔

تہذیب کا یہ اہم موضوع کوئی چھوٹا موضوع نہیں یہ وہ موضوع ہے جس پر ہمارے مستقبل کا دارومدار ہے۔ مشرف علام ذوقی نئی نسل کی نئی تہذیب کو کس نظر سے دیکھتے ہیں ملاحظہ کیجیے:

"سپر مارکیٹ، انڈیا شائننگ اور 2050 تک انڈیا کو سب سے بڑی طاقت کے طور پر پیشن گوئی کرنے والے بھی نہیں جانتے۔۔۔ کہ وہ اس پوئر انڈیا کو کہاں لے آئے ہیں۔ تمہارے رنگ برنگے کھلونے جیسے کنڈوم تک۔۔۔ اسکول کے بچے برانڈید انڈر ویر پہنتے ہیں۔۔ اور پینٹ اتنی نیچے باندھتے ہیں کہ ان کی گرل فرینڈ ان کی برانڈید انڈر ویر کو دیکھ کر خوش ہو سکے۔۔۔ پیٹ کے نیچے کی ساری تاریخ اور جغرافیہ زیادہ آزاد ہے دوست۔۔۔ کہاں ہے تمہارا Ethic، نیتی شاستر اور اخلاقیات کے واہیات صفحے۔۔۔ تمہارے ٹی وی شوز سیکس کی آزادی کا پیغام لے کر آ رہے ہیں۔۔۔ سچ کا سامنا، روڈیز شو اور ایموشنل اتیاچار جیسے پروگرام۔۔۔ یہ چھوٹے چھوٹے بچوں میں سیکس کی بھوک جگا رہے ہیں۔ کب تک روکو گے اپنی تہذیب کو تم۔۔۔ یہ تہذیب بلاسٹ کر چکی ہے۔۔۔ پرزے پرزے ٹوٹ چکے ہیں۔۔۔ اب کچھ بھی باقی نہیں ہے کاردار۔۔۔۔ وہ ہنس رہے تھے۔۔۔ اور یقین مانو۔۔۔ تہذیب کے یہ صفحے ہم یا تم نہیں لکھتے۔۔۔ وہ مسکرا رہے تھے۔۔۔ یہ پہاڑ لکھتے ہیں۔۔۔ یہ وادیاں لکھتی ہیں یہ نیچر لکھتا ہے۔۔۔ چلو ایک بار پھر نیچر میں گم ہو

جائیں"

(لے سانس بھی آہستہ۔۔۔ صفحہ ۳۸۸)

اب اقتباسِ بالا کو پڑھ کر ذہن میں یہ سوال اٹھتا ہے کہ ذوقی کس کے ساتھ ہیں نئی تہذیب کے یا پھر پرانی تہذیب کے؟ ایک اچھا ناول نگار کبھی خود کو ناول میں شامل نہیں کرتا اور اگر یہ نہیں معلوم ہو پائے کہ ناول نگار کا خود کا فلسفہ حیات کیا ہے تو یہ ایک کامیاب ناول کی دلیل ہے۔ ویسے بھی کتابوں کے معاملے میں کچھ بھی اخلاقی یا غیر اخلاقی نہیں ہوتا۔ آسکر وائلڈ کہتا ہے؛

There is no such thing as a moral or immoral book. Books are we written or badly written

اور اس کسوٹی پر یہ ناول کھرا اترتا ہے۔ یعنی کرافٹ کی رو سے یہ ناول بہت خوب ہے۔ اندازِ بیان میں پختگی ایسی کہ قاری عش عش کرے۔ ایک اچھی کتاب کو پڑھتے وقت ایسا محسوس ہونا چاہیے کہ وہ ایک ایسی دنیا میں ہے جو اس دنیا کے مدمقابل تیار کی گئی ہے۔ اور وہ اس دنیا سے بے خبر ہو جائے۔ ذوقی کے اسلوب میں وہ ندرت ہے کہ پڑھنے والے کو اس طرح کی ایک الگ دنیا میں ہونے کا احساس ہوتا ہے۔ تہذیب کے اتھل پتھل ہونے کی کہانی جو آپ نے مندرجہ بالا سطور میں سنی یہ دراصل خارجی دنیا اور اجتماعی سماج کی داستان ہے۔ اسی ناول میں ایک اور دنیا ہے، داخلی دنیا اور انفرادی کشمکش۔ آپ ذرا اس کہانی کے نفسیاتی پہلو پر غور فرمایئے۔

ایک باپ ہے، اس کی ایک بیٹی ہے۔ وہ بیٹی ایک نفسیاتی مرض کی شکار ہے ایسی مریضہ جس کو ہمارے سماج میں پاگل کہا جاتا ہے۔ وہ کبھی کبھی اپنے سارے کپڑے اتار کر پھینک دیتی ہے۔ اور بستر پر ہی اجابت کر ڈالتی ہے۔ وہ باپ اس لڑکی کو پالتا ہے۔ بیٹی

دھیرے دھیرے جوان ہوتی ہے۔ وہ باپ ایک باپ تو ہے مگر ایک مرد بھی ہے۔ وہ لڑکی بیٹی تو ہے مگر ایک عورت بھی ہے۔ ایسے میں ایک باپ کے لیے اس بیٹی کو نہلانا اس کے کپڑے دھونا۔ اس کو باتھ روم لے جانے یہاں تک کہ اس کے جسم میں صابن تک لگانے کی ذمہ داری اس کو نبھانی ہوتی ہے۔ ایسے میں جب اس لڑکی کو سیکس کی طلب ہوتی ہے تو وہ اپنے باپ کو ایک باپ نہیں سمجھتی کیونکہ یہ تو عقل والے لوگ سمجھا کرتے ہیں وہ اس باپ کو ایک مرد سمجھتی ہے اور اپنی طلب کو پورا کرنا چاہتی ہے۔ ایسے میں ایک باپ کے لیے کتنی بڑی آزمائش ہوگی۔ اس کی نفسیاتی کیفیت کیا ہوگی۔ اس کا تو صرف اندازہ ہی کیا جا سکتا ہے۔ اور ایسے میں جب وہ باپ ایک دن بیٹی کی ضد کے آگے جھک جاتا ہے اور اس کی طلب پوری کر دیتا ہے تو ایسے میں اس کی داخلی کیفیت کے بارے میں ایک عام انسان تو سوچ بھی نہیں سکتا۔

اب آپ یہ کہیں گے کہ بھلا ایسا ہوتا ہے کیا؟ یہ تو اس دنیا کی کہانی نہیں لگتی۔ در اصل اسی دنیا میں اس طرح کی کہانیاں بھری پڑی ہیں ذوقی نے تو ایک مجبور باپ کا المیہ پیش کیا ہے ورنہ یہ دنیا تو اتنی غلیظ بھی ہے کہ ایک باپ اپنی بیٹی کو اپنی ہوس کا شکار بناتے وقت ایک دفعہ بھی یہ نہیں سوچتا کہ وہ یہ کیا کر رہا ہے۔ مثال کے طور پر آج (19 june 2012) دل دہلا دینے والی خبر میں نے پڑھی آپ بھی پڑھیے:

Bangalore, June 19 (IANS) Bangalore Police early Tuesday arrested French diplomat Pascal Muzurier on the charge of sexually abusing his minor daughter.

"We have arrested Mazurier and taken him into custody from his residence in the early hours...We will produce him in the court later in the day after medical examination," Bangalore Additional Police Commissioner (Law & Order) T. Sunil Kumar told IANS here.

Mazurier is the deputy head of chancery in the French consuate here .

اس طرح کی دلدوز خبریں ہر روز اخباروں میں شائع ہوتی ہیں۔ تو یہ کسی ایسی دنیا کی کہانی نہیں جو ایک فکشن نگار کے خیالوں ہی میں زندگی کرتا ہو۔ ایک ایسی نری سچائی بھی ہے جس پر بات کرنے کے لیے بھی بہت ہمت چاہیے اور ایسے میں اس طرح کے موضوع پر ناول لکھنا تو دل گردے کی بات ہے۔

اس ناول میں ذوقی نے جس باپ کے کردار کو پیش کیا ہے وہ تو ایک خاص حالات میں وہ گناہ کرتا ہے جس کی سزا ایسی ہے کہ وہ زندگی کا ہر لمحہ گھٹ گھٹ کر جیتا ہے کیونکہ اس کے اندر ایک احساس جرم پل رہا ہوتا ہے۔ اسی نفسیات پر یہ ناول ارتقائی مراحل طے کرتا ہے۔ ذرا غور کریں کہ اگر یہ احساسِ جرم بھی نہ ہوتا تو؟؟؟

شاید اس طرح کی کہانی لکھنے کی ہمت ذوقی بھی نہیں کر پاتے۔

جب ذوقی نے اس موضوع پر ناول تخلیق کرنے کا فیصلہ کیا ہوگا تو اس وقت ان کی داخلی کیفیت کیسی رہی ہوگی وہ کس طرح کی نفسیاتی کشمکش میں مبتلا رہے ہوں گے۔ ممکن ہے کہ وہ باپ کہ اس کردار پر پھوٹ پھوٹ کر روئے ہوں۔ اور کئی دفعہ ایسا بھی ہوا ہوگا کہ انہوں نے ان مکالموں کے لیے ہمت کی کمی محسوس کی ہو جس میں طلب پوری کرنے کی بات کہی گئی ہے۔ اور پھر اپنی پوری ہمت یکجا کر کہ وہ بات کہی ہو جو اس دنیا کی تلخ حقیقت ہے۔ ملاحظہ کیجیے وہ حصہ جس میں ذوقی نے وہ مکالمہ پیش کیا ہے:

"ہاں۔۔۔'

'اور یہ۔۔۔۔ کہ۔۔۔۔ 'تمہیں لفظوں کی ادائگی میں پریشانی ہو رہی تھی۔۔۔۔ اور یہ کہ اس کے اندر تمہارے لیے۔۔۔۔ ایک طلب۔۔۔ پیدا ہوئی ہے۔۔۔'

اس نے لمبی سانس بھری اور دھماکہ کر دیا۔۔۔

'میں نے طلب پوری کر دی۔۔۔۔ پوری کر دی۔۔۔۔'

چھت ناچ رہی ہے۔۔۔ آسمان گھوم رہا ہے۔۔۔ ساری دنیا اچانک ہلنے لگی ہے۔۔۔

میں خوف زدہ ہو کر پیچھے ہٹتا ہوں۔۔۔

کیا۔۔۔؟

'اور کوئی راستہ نہیں تھا۔۔۔'

وہ رو رہا تھا۔۔۔Now she is pregnant۔۔۔۔

میرے ہوش فاختہ تھے۔۔۔ لگا، اب گر پڑوں\N گا۔۔۔ دماغ میں نگاڑے زور زور سے بج رہے تھے۔۔۔

میں زور سے چیخا۔۔۔ کیا۔۔۔ وہ تمہارے بچے کی۔۔۔'

اس نے سر جھکا لیا۔۔۔

بے چینی کے عالم میں، میں ادھر ادھر دیکھ رہا تھا۔۔۔ میں کیا کروں۔۔۔ کیا کہوں۔۔۔ میں سہمی ہوئی اخلاقیات کے درمیان اس پرندے کی طرح تھا جس کے پر نوچ لیے گئے ہوں۔۔۔

میں شاید رو رہا تھا۔۔۔

یا شاید میرے آنسو خشک ہو چکے تھے۔۔۔

اور دوسرے ہی لمحے میں نے کانپتے ہاتھوں سے اسے تھام لیا۔۔۔"

(لے سانس بھی آہستہ۔۔ صفحہ ۳۹۴)

مندرجہ بالا مکالمہ پڑھتے وقت آپ کو یہ احساس ہوا ہوگا کہ بہت سے مقامات ایسے ہیں جہاں ذوقی کا قلم بھی مکالمہ پورا کرنے کی تاب نہیں لا پاتا۔ اور ذوقی جملہ پورا نہیں کر پاتے۔ جب نفسیات کا اتنا ذہنی دباؤ ہو تو ان مکالموں کو ادا کرنا معمولی ہمت کی بات نہیں۔ اس طرح کے مسائل آج کے نئے نہیں پوری دنیا کے ادب میں اس طرح کے مسئلے پر قلم اٹھانے کی ہمت آخر کسی نے اب تک کیوں نہیں کی کہیں اس کے پیچھے وجہ یہی تو نہیں کہ اس موضوع پر بات کرتے ہوئے زبان کو لکنت آجاتی ہے۔

اس ناول میں نادرہ کا کردار بہت اہم ہے۔ جب سے وہ پیدا ہوئی تب سے شادی تک وہ مصیبت میں مبتلا رہی۔ نادرہ عبدالرحمٰن سے محبت کرتی ہے مگر نور محمد کی ماں کے انتقال کے بعد نادرہ نور محمد کے قریب آنے لگتی ہے اور نادرہ کے والد کی دوسری شادی کی وجہ سے نادرہ کے ذہن پر نفسیاتی دباؤ بڑھ جاتا ہے۔ حالات کچھ اس طرح پیدا ہوتے ہیں کہ نادرہ کی شادی نور محمد سے ہو جاتی ہے۔ یہ سارے واقعات کہیں نہ کہیں تہذیب کی اخلاقی بندشوں کی وجہ کر عمل میں آتے ہیں۔ دوسری طرف نور محمد عبدالرحمٰن کو اپنا ہمدرد سمجھتا ہے اور اس سے اپنے دل کی ہر بات بتاتا ہے۔ شادی کے بعد نادرہ پر ذہنی اور نفسیاتی دباؤ اس قدر بڑھ جاتا ہے کہ نادرہ کو دورے پڑنے لگتے ہیں۔ وہ ایک عجیب سی ذہنی کشمکش میں مبتلا رہتی ہے۔ اور پھر اس کو ایک بیٹی پیدا ہوتی ہے جو نگار ہے اور یہ وہی لڑکی ہے جس کی بیماری کا ذکر مندرجہ بالا سطور میں کیا جا چکا۔

وہ لڑکی نگار آخر اس نفسیاتی بیماری کا شکار کیوں ہوئی؟ اس طرف کسی کی توجہ نہیں جاتی۔ دراصل اس کا تعلق بھی تہذیب کی قید و بند سے بہت گہرا ہے۔ وہی اخلاقی بندشیں اور ان بندشوں میں گھٹتی زندگی۔ اب کی نسل ان اخلاقی بندشوں میں گھٹنے کی روادار

نہیں۔ وہ ساری بندشیں توڑ دینا چاہتی ہے۔ تو ایک وہ نسل جو خود کی مرضی پر اخلاقیات کو فوقیت دیتی تھی اور دوسری طرف وہ نسل جو اس کے نتیجے بغیر اف کیے برداشت کرتی رہی۔ آخر عبدالرحمٰن نے نادرہ سے شادی کیوں نہیں کی؟ یا پھر نور محمد سے شادی کرتے وقت نادرہ نے یہ صاف صاف کیوں نہیں کہا کہ وہ عبد الرحمن سے محبت کرتی ہے۔ اور جب ان سب کے نتیجہ میں نگار پیدا ہوئی تو ایک باپ کی حیثیت سے اپنی پوری ذمہ داری بغیر اف کیے نور محمد کیوں نبھاتا رہا ان سب سوالوں کے جواب کی کڑی تہذیب کی تبدیلی سے مل جاتی اور ان مختلف تہذیبوں کے مطابق پھر وہی ابراکس کا فلسفہ کہ کیا صحیح ہے اور کیا غلط۔

اس ناول کے شروع میں جب قاری کو اس پورے واقعے کی کوئی خبر نہیں عبدالرحمن اور اس کی پوتی سارہ کار دار کے بیچ مکالمے میں سارہ کا یعنی نئ نسل کی خود اعتمادی صاف ظاہر ہے۔ نسلوں کے فرق میں آپ اور تم کا بھی فرق مٹ چکا ہے۔ ملاحظہ کیجیے بات چیت کا یہ حصہ:

"اور تم اب پہلے والے دڈو بھی نہیں رہے۔۔۔ پہلے کتنا کھیلتے تھے میرے ساتھ۔ یاد ہے دڈو۔ کرکٹ بھی کھیلا تھا۔۔۔ والی بال بھی۔۔۔ کیرم بھی۔۔۔ اور۔۔۔ لیپ ٹاپ پر ویڈیو گیم بھی۔۔۔'

'وقت بدل جاتا ہے سارہ۔۔۔'

'نہیں بدل جاتا۔۔۔'

بدلتا ہے۔۔' میں اپنی بات پر زور دے کر کہتا ہوں۔ وقت کے ساتھ کھیل بھی بدل جاتے ہیں۔ تمہارے بھی تو کھیل بدل گئے۔۔ کھیل کی جگہ ہاتھوں میں موبائل آ گیا۔۔' 'موبائل رکھنا کھیل نہیں ہے

"میرے لیے کھیل ہے

'بس تم ہو ہی پرانے زمانے کے۔۔۔'

"اچھا۔۔تو میں پرانے زمانے کا ہو گیا۔۔ مگر موبائل تو میرے پاس بھی ہے۔۔۔۔'

سارہ نے میری آنکھوں میں جھانکا۔ ایک چمک جاگی تھی اس کی آنکھوں میں۔۔۔ اچھا۔۔۔ تم کہتے ہو وقت کے ساتھ کھیل بھی بدل جاتے ہیں تو کوئی نیا کھیل کھیلو نا میرے ساتھ۔۔۔۔"

ایک لمحے کے لیے ٹھہر گیا ہوں۔۔۔ جیسے نور محمد سے چلتی ہوئی کہانی اخلاقیات کے بوسیدہ صفحے تک آکر منجمد ہو گئی ہو۔۔ایک چیز جو سارہ کے لیے جائز نہیں میرے لیے جائز۔۔۔ایک چیز جو نور محمد کے ساتھ جائز، میرے لیے ہولناک سے زیادہ عبرتناک۔۔۔ کھیل مل گیا تھا۔۔۔ میں نے ہنستے ہوئے کہا۔۔"

(لے سانس بھی آہستہ۔۔۔ صفحہ ۱۷)

اس اقتباس میں دو باتیں بے حد اہم ہیں ایک سارہ کی خود اعتمادی اور دوسرا یہ کہ یہ ناول کا ابتدائی حصہ ہے اور اس میں اس پوری کہانی کے مصنف کے ذہن میں ہونے کا اشارہ مل جاتا ہے۔ کیا ہوا ہو گا؟ کیا ذوقی نے پہلے ہی اس کہانی کا کلائمکس لکھ دیا تھا اور بعد میں اس کے اولین صفحات تحریر کیے۔ اس کا بہتر جواب تو وہی بتا سکتے ہیں ہاں بحیثیت قاری کہ میں یہ ضرور کہہ سکتا ہوں کہ ذوقی کے اس ناول کی بُنت بہت فنکارانہ اور ماہرانہ ہے۔

سارہ کی خود اعتمادی اس بات کا اشارہ ہے کہ نئی نسل کس قدر فرینک ہے وہ اپنی بات بے حد خوبصورتی سے رکھنا جانتی۔ وہ Art of expression سے واقف ہے، وہ

گھٹ گھٹ کر جینے میں یقین نہیں رکھتی۔ وہ اپنی زندگی بڑی آزادانہ طور پر جینا چاہتی ہے اور اس کے لیے اس کے اندر ہمت بھی ہے اور جذبہ بھی۔

اس پورے ناول میں کردار نگاری کا اگر جائزہ لیا جائے تو اس جائزہ میں سب سے زیادہ معاون ساختیاتی طریقِ تنقید ہو گا کیونکہ ہر کردار ایک خاص ماحول کی پیداوار ہے۔ اس ناول کے کرداروں کے بننے بگڑنے اور عمل پیرا ہونے میں ان کرداروں کے پس منظر کی بڑی اہمیت ہے۔ اگر نگار ایک مریضہ ہے تو اس کے پیچھے اس کی ماں اور اس کے باپ کے ذہنوں پر پڑنے والا stress کار فرما نظر آتا ہے۔ اسی طرح عبد الرحمن اور نور محمد کے کرداروں میں ان کی رقابت کو دخل ہے اور ساتھ ساتھ تقسیمِ ملک اور اس کے بعد کا یہ عہد ایک طرف ان پر اثر انداز ہوتا ہے تو دوسری طرف حویلیوں کی تہذیب میں ان کی پرورش آخر میں حویلی بیٹھ دینا در اصل پرانی تہذیب سے ان کے دست بردار ہونے کا استعارہ ہے۔ دوسری وجہ یہ کہ اس ناول میں مکالموں پر بیانیہ بھاری ہے اور یہ اس کا عیب نہیں کیونکہ جہاں بھی مکالمے ہیں بلا کی اثر انگیزی رکھتے ہیں۔ چونکہ بیانیہ اس ناول میں زیادہ اہم ہے اس لیے بقول گوپی چند نارنگ:

"ساختیاتی طریقہ کار بیانیہ (Narrative) کے مطالعے کے لیے خاص طور پر موزوں ہے۔ اس کی اطلاقی سرگرمی سب سے زیادہ اسی میدان میں ملتی ہے۔ بیانیہ کا ایک سرا متھ، اساطیر دیومالا، کتھا کہانی وغیرہ لوک روایتوں (Folklore) سے جڑا ہوا ہے تو دوسرا ایپک، ڈرامے، ناول اور افسانے سے جڑا ہوا ہے۔ موخر الذکر اصناف طوالت، پیچیدگی اور فنی تراش خراش میں بیانیہ کے اولین تاریخی نمونوں سے خاصی مختلف ہیں۔ تاہم بیانیہ کی طویل تاریخ میں بعض ساختیاتی عناصر مشترک بھی ہیں، مثلاً پلاٹ، منظر نگاری، کردار، مکالمہ انجام وغیرہ۔ ساختیاتی فکر چونکہ نظروں سے اوجھل داخلی

ساخت اور کلی تجریدی نظام پر زور دیتی ہے۔ بیانیہ کی مختلف اقسام کا مطالعہ ساختیات کے لیے خاص کشش رکھتا ہے۔ اور ساختیاتی مفکرین نے اس چیلنج کو بخوبی قبول کیا ہے۔"

(فکشن شعریات تشکیل و تنقید، گوپی چند نارنگ صفحہ ۳۲۱)

اس ناول میں بھی نظروں سے اوجھل داخلی ساخت اور کلی تجریدی نظام پر مصنف کا زور زیادہ ہے اس لیے اگر ہم اس ناول میں موجود کرداروں کے داخلی جذبات کا تجزیہ کریں اور ان کی داخلی کشمکش پر بات کریں تو ہم اس ناول کا مقام زیادہ پر اثر طریقہ سے متعین کر پائیں گے۔ چونکہ اس ناول میں خارجی پہلو کم اور داخلی احساسات و محرکات زیادہ ہیں اس لیے ان کی ساختیات کا مطالعہ اس ناول کے مطالعہ میں زیادہ معاون ہو گا۔

اب اس ناول کے ہر کردار اور اس کے وجود میں آنے کے محرکات اور اس کی زندگی کے حادثات و واقعات کا اگر مطالعہ کیا جائے تو اس ناول میں ایک نیا ڈائمنشن ابھر کر سامنے آئے گا اور وہ ہے ایک عورت کا المیہ۔ ایک عورت اس ناول میں نادرہ ہے جو پوری زندگی سکون سے نہیں رہتی اور ہمیشہ ہر طرح کے تغیر و تبدل کا نشانہ بن جاتی ہے۔ نگار کا المیہ یہ ہے کہ جو کچھ اس کے ساتھ ہوا اس کا قصوروار کبھی مردوں کو نہیں ٹھہرایا جا سکے گا۔ غلطیاں چاہے کوئی بھی کرے حالات چاہے موافق ہوں یا مخالف حالات، تہذیب اور اخلاقی بندشوں کا شکار سماج میں عورت ہی ہوتی ہے۔ وہ چاہے نادرہ ہو یا نگار یا پھر سارہ کا کردار۔ ہمارا سماج بھی عجیب ہے عورت اگر کوئی بھی بڑا کارنامہ انجام دے تو اس کا سارا کریڈٹ مرد کو دے دیا جاتا ہے اور اگر وہ کہیں پر بھی ہلکی سی چوک کر بیٹھے تو سارے الزام کی سزاوار عورت ہوتی ہے۔ اس سماج میں ساری قربانیاں عورتوں ہی سے مانگی گئی ہیں۔ عبد الرحمن اور نور محمد نے اپنی محبت کے لیے کوئی قربانی نہیں دی البتہ فرض کی قربان گاہ پر نادرہ کو ہی قربانی دینی پڑی اور اس کا نتیجہ بھی نگار کو بھگتنا پڑا۔ کیا ہوتا اگر

نادرہ نے ایک لڑکی کے بجائے ایک بیٹا جنا ہوتا؟ کچھ نہیں ہوتا پھر تو نہ کوئی گناہ ہوتا اور نہ کوئی احساسِ جرم۔ سب کی زندگی مزے میں کٹی ہوتی تب بھی تکلیف اور کرب میں مبتلا اس کی ماں ہی ہوتی۔ یعنی ایک عورت۔

عورت کو اتنا مجبور آخر کس نے بنا دیا۔ کیا یہ تہذیبوں کی وجہ کر ہیں۔ یہ تہذیبیں اخلاق کی بڑی بڑی دیواریں بناتی ہیں اور ان میں قید ہوتی ہیں صرف عورتیں۔ مگر ایک اچھی بات یہ ہے کہ تہذیبیں پائیدار نہیں ہوتیں۔ تہذیبوں کے بننے بگڑنے پر اس ناول میں دو کرداروں کے بیچ کا یہ مکالمہ بہت خوب ہے۔ ملاحظہ کیجیے:

"تہذیبیں مرنے کے لیے ہوتی ہیں۔ ایک تہذیب جہاں ختم ہوتی ہے' دوسری تہذیب وہیں سے سانس لینا شروع کرتی ہے۔ ہر تہذیب ایک دوسرے سے مختلف۔ ہڑپا، موہن جوداڑو سے قدیم مصر، بیبی لون، یونان، روم کی تہذیبوں کے اوراق دیکھ لو۔۔۔ لیکن یہاں ان پہاڑوں کی اپنی تہذیب ہوتی ہے۔ جو کبھی نہیں بدلتی۔'

پروفیسر نیلے مسکرائے۔۔۔ کیا تمہارا جدید سائنس ایک چھوٹا سا سبز پتہ بنا سکتا ہے۔۔؟ وہ ہنس رہے تھے۔ نہیں بنا سکتا۔ جینوم اور ڈی ان اے کے اس عہد میں وہ ان ہری بھری شاخوں اور پتوں کو مسل کر ادویات ضرور تیار کر سکتے ہیں۔ جانے کیوں۔ شروع سے ہی انسانوں نے اپنی ترقی کے لیے ایک ہی راستہ چنا۔۔ قدرت سے کھیلو۔۔ قدرت کے خزانے کو لوٹو۔۔۔ ترقی کا ہر راستہ اس قدرتی خزانے سے ہو کر جاتا ہے۔۔ 'میرے سامنے نور محمد کا چہرہ تھا۔۔۔ 'ابھی آپ تہذیبوں کی بات کر رہے تھے پروفیسر۔۔۔؟

'ہاں۔۔۔ تہذیبیں مرنے کے لیے ہوتی ہیں۔ کوئی کوئی تہذیب بہت جلد مر جاتی ہے۔۔ پھر ایک نئی تہذیب سر اٹھاتی ہے۔ ان تہذیبوں میں جینے کے لیے 'ہم اپنی

سہولت کے حساب سے مذہب چن لیتے ہیں۔ اصول اور قوانین بنا لیتے ہیں۔ یہ سب اپنی سہولت کے حساب سے کاردار۔۔۔ انسانی رشتے بھی اسی سہولت کی دین ہیں۔ جنہیں بیحد مہذب ہوتی دنیا میں ہم اپنے حساب سے بناتے اور توڑتے رہتے ہیں۔۔۔ یہ رسم و رواج۔۔۔ شادی بیاہ، بندھن۔۔۔ ممکن ہے یہ تہذیب ختم ہو جائے تو نئی تہذیب ان سب کی نئی تعریفیں اپنے حساب سے یا اپنی سہولت کے حساب سے لکھنے لگیں۔"

(لے سانس بھی آہستہ۔۔۔ صفحہ ۲۴۔۲۵)

تہذیبوں کے تصادم اور ٹوٹنے بننے کی بحث کے دوران شعور کی رو میں مصنف نے ماحولیات سے متعلق انسان پر جو طنز کیا ہے وہ قابلِ غور ہے یعنی شعور کی رو کا استعمال بھی اس ناول میں جا بجا ہوا ہے اس کی ایک مثال مندرجہ بالا سطور بھی ہیں۔ ایسا نہیں معلوم ہوتا کہ مصنف نے کسی خاص اسلوب کا استعمال کسی خاص ماحول، یا خاص وقوعہ کے لیے کیا ہے۔ اس ناول کی بہت بڑی خصوصیت یہ بھی ہے کہ یہ ایک we-panned ناول ہے۔ لیکن panning کی اس خصوصیت کا دائرہ صرف پلاٹ تک ہی محدود ہے۔ طرزِ نگارش طے شدہ معلوم نہیں ہوتا۔

'لے سانس بھی آہستہ۔۔۔' اکیسویں صدی کے اوائل میں منظرِ عام پر آنے والے اردو ناولوں میں یقیناً ایک بڑا اہم نام ثابت ہوگا۔ یا یوں کہیے کہ اردو ادب کی تاریخ میں اکیسویں صدی کے اوائل میں وجود میں آنے والا یہ ناول تاریخی اعتبار سے، تکنیکی اعتبار سے، اسلوب کے اعتبار سے اور اپنے موضوع کے اعتبار سے بہت اہمیت رکھتا ہے۔

***

لے سانس بھی آہستہ: زندگی کے حسن اور فسوں کا کولاج

-رحمن عباس

مشرف عالم ذوقی عمدہ افسانہ نگار ہیں اور ناول کے فن پر بھی ان کی گرفت اب مضبوط ہوتی جا رہی ہے۔ 'لے سانس بھی آہستہ' سے قبل ذوقی 'بیان' اور پوکے مان کی دنیا' ایسے اچھے ناول لکھ چکے ہیں۔ 'لے سانس بھی آہستہ' اپنے موضوع اور اسلوب کی بناء پر شائع ہوتے ہی اردو فکشن کی دنیا میں گفتگو کا موضوع بن گیا ہے۔ یہ ناول ہندستانی مسلمانوں کی سائکی، سماجی صورت حال اور معاشرتی کشمکش کا منظرنامہ بیان کرتا ہے۔ ہندستانی مسلمانوں کی تہذیبی روایات کے انتشار کا فسانہ ناول کا اہم موضوع ہے لیکن ساتھی ہی ساتھی یہ ناول تقسیم کے نفسیاتی اثرات کا غم گین پورٹریٹ بھی ہے۔ ناول اخلاقیات اور بالخصوص انسانی جبلت اور جنسی اخلاقیات پر نشتر لگاتا ہے اور قاری کو بے شمار سوالات کے بھنور میں چھوڑ جاتا ہے۔ ذوقی نے اپنے ایک انٹرویو میں اس ناول پر اظہارِ خیال کرتے ہوئے کہا ہے کہ "لے سانس بھی آہستہ دراصل تہذیبوں کے تصادم کی کہانی ہے- میرے ذہن میں اس ناول کو لے کر کئی بنیادی سوال راستہ روکے کھڑے تھے۔ ڈارون سے روسو، والٹیر اور ہنٹنگٹن تک میں مسلسل اخلاقیاتی نظریے سے ایک جنگ لڑتا رہا۔ کون بناتا ہے یہ نظریہ -؟ جب ایک نظریہ سچ ہے تو اختلاف کی گنجائش ہی کیوں پیدا ہوتی ہے؟ کیا اخلاقیات ہر بار ہمارے لیے ایک چیلنج ہیں؟ کیا وقت اپنے حساب

سے اپنی اخلاقیات کی تھیوری پیش کرتا ہے- ؟ کیا آج کی ساری بحث صرف اور صرف اخلاقیات تک سمٹ کر رہ گئی ہے- ؟ گلوبل دنیا اور گلوبل وارمنگ کے اس دور میں الگ الگ اخلاقیات کے عفریت ہمیں حصار میں لیے کھڑے ہیں ۔۔۔ کہ پہلے ہم سے الجھو۔۔۔ اور جیسا کہ ان دنوں مغرب کے بارے میں کہا جا رہا ہے کہ مغرب کے بنیادی مسائل نہ تو معاشی ہیں اور نہ ہی آبادی کا بڑھنا- بلکہ اصل مسئلہ ہے- اخلاقیات کا گم ہو جانا- ثقافتی خودکشی- اور انہی سب سے ایک نہ ختم ہونے والا سیاسی بحران پیدا ہو گیا ہے- ایک طرف دہشت پسندی اور القاعدہ تہذیب ہے جس کی زمین بنیاد پرستی سے زیادہ دہشت پسندی پر کھڑی ہیں ۔۔۔ دراصل اس ناول کو لکھنے کا بنیادی نکتہ یہی تھا- مختلف تہذیبوں کے درمیان عالمی جنگ کے خطرات کے امکانات سے بچنے کی کیا صورت ہو سکتی ہے- ؟ کیا دنیا کے حکمراں اس کی تہذیبی فطرت کو قبول کرنے اور اسے بچانے کے لیے تیار ہیں - اندھیرے سے جنم لینے والی ایک نئی دنیا ہے- معاشرتی تبدیلیوں کی دھند میں شناخت گم ہوتی جا رہی ہے۔"

ذوقی کا مذکورہ بیان ان کی فکری کشمکش کا اظہار ہے جس کی تپش میں جدید بھارت کے عام آدمی کے لیے سانس لینا بھی دشوار سا ہو گیا ہے۔ خیالات کا ایک لامتناہی سلسلہ ہے، جس میں ہم سب گرفتار ہوئے جا رہے ہیں۔ انٹرنیٹ کی دنیا نے ہم سے موجودہ عہد کی حقیقتوں کو چھپانے کا بہانہ بھی چھین لیا ہے۔ تہذیبی شکست وریخت کا جو سیلاب آیا ہے، اس کے ریلے میں پرانی اخلاقیات کی ساری کتابیں بہہ رہی ہیں اور ہم صرف خاموش تماشائی بن گئے ہیں۔ یہ ناول ان خاموش تماشائی لوگوں کے ذات کے ندبے کا بیان بھی ہے۔

'لے سانس بھی آہستہ 'کا ردار خاندان کی کہانی ہے جس کا راوی عبدالرحمن کاردار

ہے۔ اس کی پیدائش ۱۴ اگست ۱۹۴۷ کو ہوتی ہے۔ بھارت کی آزادی سے صرف ایک گھنٹے پہلے وہ اس دنیا میں سانس لینا شروع کرتا ہے۔ عبدالرحمن کاردار کی پیدائش ہی اخلاقیات اور تمدن کی کشمکش کا اظہار کرتی ہے۔ ذوقی نے اس بات کا اعتراف بھی کیا ہے کہ عبدالرحمن کاردار کی پیدائش کے ساتھ ہی ایک غلام ملک کی اخلاقیات بس ایک گھنٹے بعد ایک آزاد ملک کی اخلاقیات میں تبدیل ہو جاتی ہے۔ اخلاقیات کا تصادم پورے ناول کی فضا پر چھایا ہوا ہے۔ یہ تصادم مصنوعی نہیں ہے بلکہ ہم سب سماجی، نفسیانی اور تمدنی سطح پر جن کرائسس سے گزر رہے ہیں ان کے سبب ہمارے تہذیبی وجدان اور مذہبی افکار میں جو ایک سرد جنگ جاری ہے، یہ اس کا نتیجہ ہے۔ ذوقی نے رحمن کے بچپن، نوجوانی، معصوم عشق، اور پھر دامِ زندگی میں گرفتار ہونے کے افسانے کو بہت خوب صورتی سے بیان کیا ہے۔ رحمن کا نادرہ سے عشق اور نادرہ کی ذہنی زندگی پر تقسیم اور ہجرت کے سبب ہونے والے اثرات، نادرہ کا رحمن کے بچپن کے دوست نور محمد سے شادی کر لینا۔۔۔ ایسے واقعات ہیں جو ناول کے پلاٹ کو جاندار بناتے ہیں۔ کاردار خاندان کی حویلی بھی ایک بڑا استعارہ ہے جو مسلمانوں کی تہذیبی اور ثقافتی زوال کا ندبہ پیش کرتی ہے۔ حویلی پلاٹ کا حصہ بن کر ناول کو ایک مرکز عطا کرتی ہے، لیکن یہ حویلی اب اپنی رونق کھو چکی ہے اور اس کی ویرانی کا بیان دردانگیزی پیدا کرتا ہے۔ یہ وہی دردانگیزی اور شوریدگی ہے، جس سے بے شمار ہندستانی مسلمان تاحال گزر رہے ہیں۔

نور محمد کی نادرہ سے شادی کے بعد وہ ذہنی مرض میں مبتلا ہو جاتی ہے، جس کی جڑیں برِصغیر کی تقسیم، فسادات، انسانی رشتوں کی تقسیم اور اس سے پیدا ہونے والی خلش میں پوشیدہ ہیں، لیکن گھر کے افراد اور سماج ان امراض کو جناتوں، بھوتوں اور آسیب زدگی سے جوڑ کر ان کا حل مولویوں کے مشوروں میں تلاش کرتے ہیں۔ یہ ایک بحران بھی رہا ہے

کہ ہماری تہذیبی تاریخ میں نفسیاتی امراض کا حل مابعد الطبیعاتی یا مافوق الفطرت عناصر میں ڈھونڈا گیا ہے۔ ذوقی نے اس صورت حال کو بے حد دلچسپ انداز میں بیان کیا ہے۔ نادرہ کی حالت جوں جوں گمبھیر ہوتی جاتی ہے ناول کا بیانیہ اس درد کی تفہیم میں اتنا ہی کاری ہوتا جاتا ہے۔ نادرہ کی موت ناول کا ایک اہم پڑاؤ ہے، جہاں وہ ایک بیٹی کو جنم دے کر اس دنیا کی محرومیوں کو الوداع کہہ دیتی ہے۔ اسی پڑاؤ سے نور محمد کے کردار میں ایک نئی انسانی روح کا نزول ہوتا ہے اور نادرہ کی محبت میں ساری زندگی وہ اپنی بیٹی کی پرورش میں صرف کرنے کا عہد کرلیتا ہے۔ نور محمد کی کائنات اس وقت دوبارہ منہدم ہو جاتی ہے جب اسے یہ احساس ہوتا ہے کہ نادرہ نے جس بچی کو جنم دیا ہے وہ پیدائشی طور پر تمام احساسات سے محروم ہے۔ نادرہ اور نور محمد کی محبت کی واحد نشانی نگار ہے لیکن وہ بس ایک زندہ لاش ہے جس میں انسانی محسوسات جیسی کوئی صفت نہیں۔ نور محمد اپنی ساری زندگی نگار کی پرورش میں لگا دیتا ہے اور سارے سنسار سے خود کو کاٹ لیتا ہے۔ لیکن جب نگار سترہ برس کی ہو جاتی ہے تو ایک حادثے کے بعد اس میں بدن کی تمازت کا ہلکا سا احساس کروٹ لیتا ہے جو رفتہ رفتہ سلگنے لگتا ہے اور ایک روز یہ آگ نور محمد کو جلا کر خاک کر دیتی ہے۔ نگار حاملہ ہوتی ہے اور تب نور محمد ایک گم نام آدمی میں بدل کر اپنی آبائی حویلی کو چھوڑ کر ایک چھوٹے سے گانو میں نئی زندگی کی ابتدا کرتا ہے۔ گم نامی میں نگار ایک بیٹی کو جنم دیتی ہے جس کا نام جینی ہے۔ جینی کی ولادت کے بعد نگار پر پڑنے والے دورے شدت اختیار کرتے ہیں اور ایک روز وہ بھی اس دنیا کو خیر باد کہہ دیتی ہے۔ جینی اور نور محمد باپ اور بیٹی کی زندگی گزار رہے ہیں جہاں پر ناول ختم ہوتا ہے، لیکن اصل میں یہی وہ مقام ہے جہاں ناول قاری کے ذہن میں اخلاقیات کی شکست سے متعلق بے شمار سوالات کھڑے کرتا ہے۔ کیا اپنی ہی بیٹی سے کسی باپ کا جسمانی رشتہ کسی بھی صورت قابل قبول

ہے؟ کس نے مرد اور عورت کے رشتوں کی حدیں طے کی ہیں اور کیا بدلتے وقت کے ساتھ ان کو مسمار کیا جا سکتا ہے؟

ذوقی نے 'لے سانس بھی آہستہ' کے ذریعے اخلاقیات کے نظام پر سوالات قائم کئے ہیں۔ اس کا اصرار ہے کہ انسانی اخلاقیات انسان کے نہیں بلکہ قدرت کے ہاتھ میں ہے۔ قدرت اپنے پھیلاؤ، ارتقاء اور دفاع میں انسانی فکر کو ہمیشہ شکست دیتی رہی ہے۔ زندگی بہر حال ارتقاء سے عبارت ہے اور انسان اس زمین پر قدرت کا اسیر ہے۔ قدرت اپنے قوانین، اصول اور نظریے خود انسانوں کے توسط سے خلق کرتی ہے۔ کہیں اس کے خلاف انسان برسرِپیکار بھی ہوتا ہے اور اپنے ذاتی قوانین کو فوقیت دینے کی کوشش کرتا ہے لیکن یہ قدرت کی سفاکی اور آفاق کی کارگہی کے سامنے جیت نہیں پاتے، بلکہ ایسے افراد قدرت کے قوانین سے ٹکرانے کی صورت میں خود ہی ڈائنو سورس کی طرح اپنا وجود مٹا دیتے ہیں۔

ذوقی نے اس ناول میں تقسیمِ وطن، ہجرت، خون خرابے اور جنگوں سے پیدا ہونے والے کرائسس کو بھی پیش کیا ہے اور یہ درشایا ہے کے بچوں کی جذباتی اور ذہنی زندگی کو یہ آسیب کیسے آہستہ آہستہ دیمک کی طرح کھا کر کھوکھلا کر دیتے ہیں اور ایک دن ایسا بھی آتا ہے، جب ان کا ربط دنیا سے کٹ جاتا ہے اور وہ درد اور کرب کی ایسی تاریک کھائی میں گر جاتے ہیں۔۔ جہاں ان کی شخصیت ہماری نظروں سے اوجھل ہو جاتی ہے لیکن ان کے رونے کی آواز ہمارے کانوں پر دستک دیتی رہتی ہے۔۔۔ یہ رونے کا مرض بڑھتا جاتا ہے لیکن، اس کا اعلاج نہ کسی ڈاکٹر کے پاس ہے نہ کسی تاریخی و تہذیبی مطب میں۔۔۔ لوگ اس حالت کو جناتوں اور غیر مرئی قوتوں سے منسوب کرتے ہیں لیکن یہ سب شکستِ ذات کے اظہار کے سوا کچھ نہیں۔ ناول کی کہانی آزادی کے دور سے شروع ہوتی ہے اور موجودہ

بھارت کی سیاسی اور سماجی تاریخ کو پیش کرتی ہوئی بابری مسجد کے انہدام تک سفر کرتی ہے۔

'لے سانس بھی آہستہ' ایک ایسا ناول ہے جس کے بیانیہ کی شادابی، تکنیک کی ہنر مندی، کردار نگاری، اور موضوع پر ابھی کئی مضامین لکھے جائیں گے۔ یہ مختصر عبارت تو بس ابتدا ہے۔ ذوقی نے فینتاسی، تجسس، مافوق الفطرت عناصر کی طلسمی دنیا کے خوب صورت استعمال سے ناول کے کینوا س کو تازگی عطا کی ہے۔ ناول قاری کو اپنی گرفت میں کر لیتا ہے اور یہ کسی بھی ناول کا بنیادی وصف ہونا چاہیے۔ ناول نقادوں کے لیے نہیں بلکہ قارئین کے لیے تحریر کیا جاتا ہے۔ افسوس اردو میں نقادوں کی ایک ایسی بد بخت نسل پیدا ہوئی جس نے پژمردہ تحریروں کو ہی خالص ادب کہلوانے کی حماقت کی۔ ایسے نقادوں نے بے معنی اور زندگی سے محروم نثر پاروں کو ناول کہا اور اس کے پرچار میں تن اور من سے جٹے رہے تاکہ تھوڑا دھن بھی مل جائے۔ یہ ادب کی بنیادی خوبی پر حملہ تھا اور ایسے حملوں سے ہمارے یہاں کچھ ناول حاملہ ہوئے جن کی پیدائش کو میں موت کی کتاب سمجھتا ہوں۔ ایسے مردہ نثر پاروں کے مدِ مقابل 'لے سانس بھی آہستہ' جیسے ناول اردو میں منظر عام پر آ رہے ہیں اور یہی جواب ہے ان بگڑے ہوئے نقادوں کی خوشامد میں لکھنے والے قلم کاروں کے لیے۔ ذوقی کے ناول میں ان کے لیے ایک پیغام بھی ہے کہ موت کے شب خون سے نکل کر ادب کی رعنائی اور شادابی کی طرف مراجعت ہی ان کے حق میں بہتر ہے۔

***

"لے سانس بھی آہستہ "-ایک تجزیاتی مطالعہ

-احمد صغیر

"لے سانس بھی آہستہ" مشرف عالم ذوقی کا نیا ناول ہے جس میں تہذیب کے ٹوٹنے اور بکھرنے کا قصہ بیان کیا گیا ہے۔ ذوقی نے تین تہذیبوں کو اپنے ناول میں پیش کیا ہے'ایک وہ جو عبدالرحمٰن کا ردار کے آباء واجداد جیتے تھے'ایک وہ اور ایک اس کے بعد نئ نسل۔ دراصل انسان اپنی تہذیب کا اس طرح پروردہ ہوتا ہے کہ وہ کبھی اس کا ساتھ چھوڑنا نہیں چاہتا، لیکن حالات ایسے پیدا ہو جاتے ہیں کہ انسان اس کے سامنے بے بس ہو جاتا ہے اور سماج کا وہ کریہہ چہرہ سامنے آتا ہے، جس کے تصور سے ہی انسان کانپ جاتا ہے۔

ناول دو خاندانوں کے بیچ آگے بڑھتا ہے۔ ایک عبدالرحمٰن کا خاندان ہے اور ایک نور محمد کا دونوں اپنی اپنی حویلی میں رہتے ہیں۔ ان کے پاس اب کوئی جاگیر نہیں بچی ہے۔ صرف یہی حویلی ہے جو دیوار کے سہارے کھڑی ہے اور اپنی تابناک ماضی کی کہانی بیان کر رہی ہے۔ کسی زمانے میں ان حویلیوں میں چہل پہل رہا کرتی تھی۔ لوگوں کا تانتا بندھا رہتا تھا جو بھی آتا خالی ہاتھ نہیں جاتا لیکن ملک کے بٹوارے نے اور جاگیرداری ختم ہونے کی وجہ سے اب ان دونوں خاندانوں کے پاس کچھ بھی نہیں بچا تھا لیکن وہ اپنے ماضی کے ساتھ زندہ رہنا چاہتے تھے، جبکہ زمانہ بدل رہا تھا اور ہر جگہ ایک نیا شہر 'ایک نئ سوسائٹی'

ایک نیا کلچر فروغ پا رہا تھا۔

کہانی آہستہ روی سے آگے بڑھتی رہتی ہے اور تہذیب بھی رفتہ رفتہ تبدیل ہوتی رہتی ہے۔ عبدالرحمٰن سب کچھ اپنی آنکھوں سے دیکھ رہا ہے کیونکہ وہی راوی ہے اور پورے ناول کا قصہ وہی بیان کرتا ہے جب وہ دس بارہ سال کا تھا تو اپنی ماموں زاد بہن نادرہ جو پاکستان سے ہندوستان آکر اسی کے گھر میں قیام پذیر تھی اس سے محبت کرنے لگتا ہے، بلکہ وہ اس کے جسم کی گرمی کو بھی محسوس کرتا ہے۔ اس کی ماں کا انتقال ہو گیا تھا اور اب وہ اپنے والد سفیان کے ساتھ عبدالرحمٰن کے گھر بلند شہر آگئی تھی۔ ایک اقتباس ملاحظہ فرمایئے:

"میں اس کے پیچھے دوڑا--------- اور کچھ ہی قدموں کے فاصلے پر پیچھے سے اسے دھر دبوچا--------- اب وہ میری گرفت میں تھی بلکہ میری بانہوں میں تھی--میں اپنے سارے جسم میں سنسناتے گرم خون کی یورش محسوس کر رہا تھا--------

اس نے سپر ڈال دی تھی---------

"اب بھاگ کر کہاں جاؤ گی---------"

"ہونہہ---------"

صحن میں سناٹا تھا-- مرغیاں خاموش تھیں--------- میرا جسم اس کے جسم سے چپک کر رہ گیا تھا۔ نادرہ خاموش تھی-- میں محسوس کر رہا تھا--------- ننھے ننھے لاوے اس کے جسم کے اندر بھی مچل رہے ہوں گے--------

کچھ دیر کے بعد اس نے خاموش احتجاج کیا---------

"اب چھوڑو---------"

میں نے اس کا ہاتھ تھام لیا--------- "چلو میرے کمرے میں۔ تمہیں اپنی

کتاب دکھاتا ہوں۔"

نادرہ خوش تھی۔ اس کا ہاتھ میرے ہاتھ میں تھا۔ ہاتھ چھڑانے کی اسے اب ایسی کوئی جلد بازی بھی نہیں تھی۔"

لیکن نادرہ کی شادی عبدالرحمٰن سے نہیں ہوتی ہے بلکہ نور محمد سے ہو جاتی ہے۔ عبدالرحمٰن فرار کا راستہ اختیار کرتا ہے اگر وہ اپنی ماں سے کہتا تو ماں کبھی انکار نہ کرتی کیونکہ وہ اس کے سگے بھائی کی بیٹی تھی اور لٹی لٹائی ہندوستان آئی تھی۔ نادرہ بھی اسے چاہتی تھی اسے بھی عبدالرحمٰن سے شادی نہ ہونے کا غم زندگی بھر رہتا ہے جس کا اظہار وہ بہت بعد میں کرتی ہے۔ ناول کا سب سے دلچسپ حصہ وہ ہے جب نور محمد کی بیوی نادرہ کی موت ہو جاتی ہے اور اس کی بیٹی نگار جو معذور پیدا ہوتی ہے اس کی پرورش وہ کرتا ہے۔ وہ لڑکی کسی بھی شخص کو دیکھ کر چیخنے چلانے لگتی تھی اس لئے وہ اسے تنہا کبھی نہیں چھوڑتا ہے۔ نگار ذہنی طور پر تو بیمار رہتی ہے لیکن جسمانی طور پر وہ جوان ہو جاتی ہے۔ ایک دن نور محمد کا ایک رشتہ دار انور اس کے گھر مہمان رہتا ہے۔ نور محمد نے اسے منع کر رکھا تھا کہ وہ اپنے کمرہ سے باہر ہرگز نہ آئے۔ ایک دن تو وہ اپنے کمرے سے نہیں نکلتا ہے لیکن دوسرے دن جب نور محمد کسی کام سے باہر چلا جاتا ہے تو وہاں وہ واقعہ گزرتا ہے جو ناول کا سینٹر پوائنٹ ہے۔ نور محمد جب لوٹ کر آتا ہے تو دیکھتا ہے کہ نگار برہنہ کمرہ میں پڑی ہے۔ گھر کا سارا سامان بکھرا پڑا ہے اور انور غائب ہے۔ اسے سمجھتے دیر نہیں لگتی ہے کہ اس کی بیٹی کے ساتھ کیا ہوا ہے۔ اس واقعہ نے اس کی بیٹی میں ایک نئی تبدیلی پیدا کر دی۔ یہ ایک ایسا کڑوا سچ ہے جسے پہلی بار ذوقی نے پیش کیا ہے۔ ایک اقتباس ملاحظہ فرمایئے:

"اس رات پہلی بار۔۔۔۔۔۔۔۔۔

نور محمد نے نگاہیں پھیر لی تھیں --رات کے تین بجے کا وقت ہو گا-- وہ دوا کھا کر سو گئی تھی-- مجھے بھی نیند آ گئی تھی-- اچانک تین بجے کے آس پاس میری نیند کھل گئی.......... مجھے جسم میں چیونٹیاں سی رینگتی ہوئی محسوس ہو رہی تھی.......... اچانک مجھے احساس ہوا.......... میں نیچے کچھ بھی نہیں پہنے ہوں.......... کسی نے پائجامے کا ازار بند کھول لیا ہے.......... میرا پائجامہ اتر چکا ہے.......... اور اچانک میں نے دیکھا..........

"کیا--؟" میں زور سے چلایا.......... کیا دیکھا نور محمد..........

"یہ نگار تھی.......... جو میرے پاؤں کے پاس جھکی ہوئی تھی۔ اور میرے ننگے جسم کو غور سے دیکھ رہی تھی.......... اور فقط ان تین دنوں میں.........."

وہ مجھ سے کہیں زیادہ زور سے سے چیخا-- اس کے اندر سیکس کے مطالبے جاگ گئے تھے۔"

دراصل ذوقی اس گرتی ہوئی تہذیب کو دکھانا چاہتے ہیں کہ جہاں ایک طرف ہم سیاسی طور پر پچھڑ رہے ہیں وہیں تہذیبی طور پر بھی کہیں نہ کہیں گراوٹ آ رہی ہے۔ بابری مسجد کا انہدام ناول میں علامت کے طور پر استعمال ہوا ہے کہ یہ مسجد مسلم تہذیب کی ایک علامتی یادگار تھی۔ جسے ڈھا دیا گیا۔ دراصل بابری مسجد کا انہدام تہذیب کا انہدام ہے۔ اسے اب مسلمانوں کو سمجھنا چاہیئے اور نئے حالات کا سامنا کرنا چاہیئے--

اس کے بعد نور محمد اپنی بیٹی نگار کو لے کر ایک ایسی جگہ چلا جاتا ہے جہاں اسے کوئی نہیں جانتا پہچانتا ہے، لیکن نگار کے اندر جو جنسی خواہش جاگ گئی تھی اس کی خواہش وہ پوری کرتا رہتا ہے۔ ایک باپ کے ساتھ بیٹی کا یہ رشتہ بالکل غیر فطری معلوم ہوتا ہے۔

لیکن ذوقی نے اس رشتے کے بہانے نئی تہذیب کی دستک کی طرف اشارہ کیا ہے حالات نے نور محمد سے وہ سب کروایا جو وہ کرنا نہیں چاہتا ہے، لیکن مغربی ممالک میں یہ سب کچھ جائز قرار دیا جا چکا ہے۔ یعنی ایک نئی تہذیب وجود میں آرہی ہے۔ نگار حاملہ ہو جاتی ہے اور ایک بچی کو جنم دے کر کچھ دنوں کے بعد مر جاتی ہے۔ کہانی کا دلچسپ پہلو وہ ہے جب عبدالرحمٰن اس سے ملنے جاتا ہے۔ اس کی بیٹی جینی جوان ہوگئی ہے بالکل اپنی ماں کی طرح لیکن اس رشتے کو کون سا نام دیا جا سکتا ہے جو حالات نے اسے ایسا کرنے پر مجبور کیا ہے۔ یہ اقتباس ملاحظہ فرمائیے:

"جینی کا تصور مجھے پریشان کر رہا تھا۔ میں چاہتا تو بہت آرام سے نور محمد سے اس کے بارے میں دریافت کر سکتا تھا، مگر نہیں جانتا وہ کیا بات تھی جو اب تک مجھے اس کے بارے میں کوئی بھی بات کرنے سے روکے ہوئی تھی۔ کمرے میں آنے کے بعد اور بستر پر لیٹنے تک ایک نئی دنیا کے دروازے میرے لئے کھل گئے تھے۔ ساری دنیا اچانک ایک نئی تبدیلی کی ریس میں شامل ہوگئی تھی۔ یہاں نئے انسان بن رہے تھے۔ امریکہ میں بیٹھا ہوا ڈاکٹر ہندوستانی مریض کا وہیں سے علاج کر رہا تھا۔ سائنس نئے انسان کے تلاش کے بعد اب موت پر فتح پانے کی تیاری کر رہا تھا اور ادھر نئی تکنالوجی، ڈیجیٹل ڈیڈیو، لیپ ٹاپ میں ایک ولولہ انگیز دنیا نئے نتائج سے دوچار ہو رہی تھی-- کیا تہذیب محض مذہب اور جنگ کے درمیان کی چیز ہے--؟ جس کی بنیاد میں مذہب اس پر کنٹرول رکھنے کا کام کرتا ہے--؟ لیکن مذہب انسانی جسم پر کتنا کنٹرول رکھ پاتا ہے؟ تہذیبوں کی تشکیل نو کے ساتھ اس وقت پوری دنیا میرے سامنے تھی اور میں قطعی طور پر یہ ماننے کو تیار نہیں تھا کہ مغرب زدہ سانچے ہماری تہذیبوں کا معیار بھی بدل رہے ہیں۔ دراصل تہذیب جیسی کوئی چیز کبھی تھی ہی نہیں۔ ہاں مذہب کے خوف نے الگ الگ تہذیبی سرنگوں کی بنیادیں ڈال

دی تھیں۔ ادھر خوف کے بادل ہٹے اور ادھر تہذیبوں کے پُل ٹوٹنے شروع۔"

جینی کے ساتھ نور محمد کا کیا رشتہ ہے اگر جینی بیٹی ہے تو نگار کیا تھی--؟ کچھ رشتے انجانے میں پرورش پاتے ہیں جس کا کوئی نام نہیں ہوتا۔ دنیا کے سارے رشتے اپنے ہیں اور ہر رشتے میں ایک احساس سانس لے رہا ہے۔ کچھ رشتوں کی تعریف ہم انسانوں نے ہی گڑھی ہے اور کبھی قدرت اس تاریخ کو ایک تجربے کے تحت الٹ دیتی ہے۔ جس کا کوئی نام نہیں ہوتا۔ ذوقی اسی بے نام رشتے پر زور دیتا ہے کہ یہ نئی تہذیب ہے جس کا سامنا آنے والے وقت میں ہمیں کرنا ہے۔

دراصل ناول کا اختتام وہاں ہوتا ہے جہاں عبدالرحمٰن نور محمد سے ملنے اس کے گاؤں جاتا ہے اور اس کی بیٹی جینی سے ملاقات کرتا ہے اور ساری حقیقت جان جاتا ہے۔ ناول یہاں ختم ہو جاتا ہے۔ لیکن قاری کے ذہن میں کئی طرح کے سوال چھوڑ جاتا ہے کہ تہذیبی طور پر کس طرح ہمارے اندر گراوٹ آرہی ہے اور جو تہذیبیں بدل رہی ہیں کیا ہم اس کا سامنا کرنے کے لئے تیار ہیں۔ ذوقی نے e-mail کے حوالے سے ان واقعات کو اپنی بات منوانے کے لئے پیش کیا ہے۔ جس میں باپ بیٹی کے ساتھ جنسی تعلقات قائم کرتا ہے۔ بھائی بہن کے ساتھ ہم بستر ہوتا ہے۔ آخر ہم کس تہذیب کی طرف جارہے ہیں اور کیا مسلمان اس بدلتی ہوئی تہذیب کا سامنا کرنے کے لئے تیار ہے۔ مذہب کہاں تک اس تہذیب کو منظوری دے گا یا ایک نیا سماج تشکیل پائے گا۔ بہت سارے سوالات ذوقی چھوڑ جاتے ہیں جو ذہن میں گونجتے رہتے ہیں۔

***

لے سانس بھی آہستہ - ایک جائزہ

- ایم مبین

انسان ایک سماجی جانور ہے، اور سماج میں جینے کے لیے اسے روزانہ سینکڑوں امتحانوں سے گزرنا پڑتا ہے۔ اس کے گرد، اخلاق، تہذیب اور رشتوں کے کئی دائرے ہیں جن کی حدوں کو پار کرنے کی کوشش اس کے لیے ممنوع ہے۔ ان حدود کو پار کرنے کی کوشش کرنے والوں پر ہزاروں پہرے بٹھا دیے جاتے ہیں اور جو پار کرنے کی جسارت کرتا ہے وہ اپنا سماج میں مقام کھو دیتا ہے۔

ادب اور ادیب کا کام ہی سماج کی عکاسی کرنا ہوتا ہے اس بات کا ہر کوئی اعتراف کرتا ہے کہ ادب سماج کا آئینہ ہوتا ہے۔ ادیب سماج کی تاریک پہلوؤں پر روشنی ڈال کر اسے بے نقاب کرنے کی کوشش کرتا ہے اور سماج اور معاشرے کی بے جا بندشوں کے خلاف اپنے قلم سے احتجاج کرنے کا کام بھی لیتا ہے۔

لیکن اس کے باوجود ہمارے سماج میں آج بھی کچھ اتنی سفاک سچائیاں ہیں جن کو اجاگر کرنے کی جرأت بڑے سے بڑا ادیب اور قلم کار نہیں کر پاتا ہے۔ کیونکہ اس کے قلم کو اخلاقیات کی زنجیروں نے قید کر رکھا ہے - اسے سماج کا خوف ہے۔ اس کا قلم آزاد ہو کر بھی آزاد نہیں ہے۔ جہاں تک اردو کے قلم کاروں کا تعلق ہے - اردو کے قلم کاروں

پر کچھ زیادہ ہی پابندیاں ہیں اور ان کا قلم کئی طرح کے دباؤ ہمیشہ برداشت کرلیتا ہے۔

Bold writing کا تصور آج بھی اردو میں عنقا ہے۔ ماضی میں منٹو جیسے ادیبوں نے جب اپنے قلم کو ذرا سا Bold کر کے سماج کے گھناؤنے، چہروں کو اپنی تحریروں میں پیش کرنے کی کوشش کی تو ان کا کیا حشر ہوا، ہر کوئی جانتا ہے۔ وہ آج سے ۶۰۔ ۵۰ سال قبل کی بات تھی لیکن آج بھی اردو کے ادیبوں پر وہی پابندیاں ہیں اور منٹو کے بعد کوئی بھی ادیب Bold writer ہونے کی سعادت حاصل نہیں کرسکا اور سچائی تو یہ ہے کہ منٹو کے بعد کسی ادیب پر فحش نگاری کا الزام بھی نہیں لگ سکا (واجدہ تبسم اسی زمرے میں داخل ہونے کی کوشش کر رہی تھیں)

مشرف عالم ذوقی کا ناول 'لے سانس بھی آہستہ' پڑھتے ہوئے قارئین ایک گہرے سناٹے میں آجاتا ہے۔ اس کا ذہن سائیں سائیں کرنے لگتا ہے- اس کے اندر ایک عجیب سی بے چینی چھا جاتی ہے اور اس کے ذہن میں اس ناول میں بیان کردہ واقعات، اس ناول کے کردار، اس ناول کے جملے، سطور ایک آندھی کی طرح اٹھ کر اس کی سوچوں کو تہس نہس کر جاتے ہیں۔

ذوقی عصری ادیبوں میں اس لحاظ سے اپنا ایک منفرد مقام رکھتے ہیں کہ انہوں نے اردو ادب کے روایتی موضوعات پر قلم اٹھانے کے بجائے ہمیشہ سے نئے موضوعات کا انتخاب کیا ہے۔ ایسے موضوعات جن کو آج تک اردو کے دوسرے ادیب نہ چھو پائے اور نہ کسی نے ان موضوعات پر قلم اٹھانے کی جسارت کی۔

اس کی وجہ ذوقی کا اردو کے ساتھ ساتھ ہندی زبان میں باقاعدگی سے لکھنا بھی ہے اور ان کا عمیق مطالعہ بھی ہے- اردو کے ساتھ ساتھ وہ ہندی ادب کا تو مطالعہ کرتے ہی ہیں - ساتھ ہی عالمی اور کلاسیکی ادب سے بھی اچھی واقفیت رکھتے ہیں۔ ان کے پاس ایک

حساس دل اور وسیع ذہن ہے، جو نہ صرف اپنے گرد بلکہ دنیا کے ہر کونے میں واقع ہونے والی تبدیلی کو محسوس کرتا ہے- اس کے اثرات کا اندازہ لگاتا ہے۔ اپنے اطراف اور دنیا میں رونما ہونے والی تبدیلیوں کا مشاہدہ کرتا ہے۔ زمانہ کی رفتار کے ساتھ چلتے ہوئے ان تبدیلیوں کو فراخ دلی سے قبول کرتا ہے، لیکن ان کے حساس دل میں اپنی پرانی قدروں کے لیے بھی ایک خاص مقام اور عزت ہے۔ وہ ان اقدار کی کما حقہ حفاظت کرتے ہیں۔ان پر ہونے والے ہلکے سے وار کے خلاف بھی نہ صرف احتجاج کرتے ہیں بلکہ ان حملوں سے معاشرے میں رونما ہونے والی تباہ کاریوں سے عوام کو مطلع کرنے کی کوشش بھی کرتے ہیں - اسی لیے ان کے افسانوں اور ناولوں میں ہمیں موضوعات کی وہ ندرت دیکھنے کو ملتی ہے جو دیگر ادیبوں میں نہیں ہے۔

ذوقی نے ہمیشہ سماج کے ان گھناؤنے چہروں کو اپنی تحریروں میں پیش کرنے کی کوشش کی ہے، ان کا گزشتہ ناول 'پو کے مان کی دنیا' کا پس منظر بھی یہی تھا، اور انہوں نے اس ناول میں معاشرے اور دنیا میں ہونے والی ان تبدیلیوں کی عکاسی کرنے کی کوشش کی تھی، جو ہماری قدروں کو پامال کر رہی تھیں -ان پر ضرب لگا رہی تھی۔

'لے سانس بھی آہستہ' کا موضوع ہمارے معاشرے سے متعلق ہے، لیکن اس ناول میں انہوں نے جو موضوع پیش کیا ہے۔ وہ ایک شجر ممنوعہ سا ہے، لیکن یہ ایک اتنی سفاک حقیقت ہے کہ دنیا میں اخلاقیات کی تبلیغ کرنے والا بڑے سے بڑا مبلغ بھی نہ تو اس کی حقیقت سے انکار کر سکتا ہے اور نہ اس حقیقت سے آنکھیں چرا سکتا ہے۔

ذوقی نے ایک سفاک سچائی کو اپنا موضوع بنایا ہے جو اتنا Bold ہے کہ مجھے ڈر لگتا ہے۔ جب اس ناول کے بارے میں بحث ہو گی اور اس کے موضوع کا پتہ اخلاقیات کے علمبرداروں کو چلے گا تو اس کے خلاف احتجاج کا ایک ایسا طوفان اٹھے گا جو شاید منٹو کے

ساتھ پیش آئے واقعات کو بھی فراموش کر دے۔ اس ناول پر پابندی لگانے کی مانگ کی جائے گی ذوقی پر رکیک حملے بھی ہو سکتے ہیں۔

لیکن سچائی یہ ہے کہ ذوقی نے ایک سچے ادیب کا کردار نبھا کر ایک بڑی سچائی کو اپنے اس ناول میں ذمہ داری کے ساتھ پیش کیا ہے۔ ایک ایسی سچائی جس کی حقیقت سے کوئی انکار نہیں کر سکتا۔ اخلاقیات کے علمبردار چاہے اس موضوع کے خلاف اٹھ کھڑے ہوں لیکن وہ اس بات سے انکار نہیں کر سکتے کہ اس طرح کے واقعات ہمارے دقیانوسی معاشرے میں ہی وقوع پذیر ہوتے رہے ہیں۔

ذوقی نے اس سفاک حقیقت کو پیش کرنے کے لیے جس طرح کہانی کا تانا بانا بنا ہے اور جس طرح کے واقعات اور جن کرداروں کے سہارے اس کہانی کو آگے بڑھا کر پیش کیا ہے، اس کو پڑھتے ہوئے ذہن سائیں سائیں تو کرنے ہی لگتا ہے، لیکن کہیں بھی ان واقعات یا کرداروں کے لیے قارئین کے ذہن میں نفرت کا جذبہ نہیں جاگتا ہے۔ بلکہ اس ناول کے کرداروں سے ہمدردی محسوس ہونے لگتی ہے۔ یہاں تک کہ اسے اس ناول کے اخلاقیات کے معیار پر شیطان دکھنے والے کردار بھی معصوم فرشتے کی طرح محسوس ہوتے ہیں۔

اس ناول کا کینوس بہت وسیع ہے۔

۱۹۴۷ء کی آزادی، نصف شب سے ایک گھنٹہ قبل آنکھ کھولنے والے انسان عبدالرحمن کاردار کی یہ کہانی ہے۔ جو ۱۹۴۷ء سے لے کر اس صدی کے آخری دہائی تک پھیلی ہوتی ہے۔

اس طرح ذوقی نے آزاد ہندستان کی مکمل تاریخ کا اس ناول میں احاطہ کیا ہے، لیکن انہوں نے اس ناول میں آزاد ہندستان کی تاریخ بیان کرنے کے بجائے اکے دکے واقعات

بیان کر کے ہندستان میں رونما ہونے والی تبدیلیوں اور انقلابات کی ہلکی سی جھلک ہی اس ناول میں پیش کی ہے۔ اس طرح ناول اپنے موضوع سے بھٹک نہیں پایا ہے۔

ناول میں ذوقی نے فلیش بیک تکنیک کا خوبصورتی سے استعمال کیا ہے۔ اس ناول کا آغاز پہاڑوں میں آکر آباد ہوئے بوڑھے عبدالرحمن کا کردار کی کہانی سے ہوتا ہے جو اسے بار بار ماضی میں لے کر جاتی ہے اور ماضی کے واقعات اس کہانی کو آگے بڑھاتے ہیں جو اس ناول کا اصل موضوع ہے- اس طرح ذوقی نے اس پورے ناول میں ایک تجسس کی فضا بنا رکھی ہے اور یہ ناول کی خصوصیت بھی ہے، اس میں تجسس کی فضا آخر تک قائم رہتی ہے اور یہی تجسس قارئین کو آخر تک ناول پڑھنے کے لیے مجبور کر دیتا ہے۔

ناول کا ابتدائی حصہ۔ آزادی کے بعد بلند شہر میں آباد عبدالرحمن کی کہانی ہے، کہانی میں آزادی، قیام پاکستان، آزاد ہندستان میں مسلمانوں کا مقام، آزادی کے بعد مسلمانوں کو درپیش مسائل سے گزرتے ہوئے کہانی آگے بڑھتی ہے اور اس کے بعد کہانی میں نور محمد کا ایک کردار نمودار ہوتا ہے، جو عبدالرحمن کا پڑوسی ہے اور دوست بھی ہے۔ شروع شروع میں یہ کردار ایک غیر اہم کردار محسوس ہوتا ہے اور اس کہانی میں اس کردار کی اہمیت ثانوی محسوس ہوتی ہے، لیکن جیسے جیسے کہانی آگے بڑھتی ہے نور محمد کا کردار کہانی پر حاوی ہوتا جاتا ہے اور ناول کا اہم اور مرکزی کردار بنتا جاتا ہے- اس طرح ناول کا مرکزی کردار رحمن ثانوی کردار بن کر حاشیہ پر ہوتا جاتا ہے۔

جب ناول میں نادرہ کا کردار نمودار ہوتا ہے تو ناول ایک رومانی ناول بن جاتا ہے، لیکن بہت جلد ناول ایک رومانی مثلث کی شکل اختیار کر لیتا ہے، جب نادرہ نور محمد اور نور محمد نادرہ میں دلچسپی لیتا ہے۔ اور رحمن کی شادی ہو جاتی ہے اس رومانی مثلث کی کہانی سے قبل ناول میں ایک خزانہ کی تلاش کا ذکر ہے، جو کافی طوالت اختیار کر گیا ہے اس کی وجہ

سے ناول میں کہانی کا بہاؤ تھوڑا سا متاثر ہوتا ہے اور کہیں کہیں پر اس کا ذکر اور اس کی جزئیات قارئین کو غیر ضروری بھی محسوس ہوتی ہے۔

کہانی میں ڈرامائی موڑ اسی وقت نمودار ہوتا ہے جب ناول میں نگار کا کردار آتا ہے اور دراصل اس ناول کی شروعات ہی نگار کے کردار سے ہوتی ہے اور جیسے جیسے اس کردار کے ساتھ ناول آگے بڑھتا ہے، ناول میں قارئین کو وہ تمام خوبیاں اور خصوصیات نظر آنے لگتی ہیں، جن کا مندرجہ بالا سطور میں ذکر کیا چکا ہے۔

بلکہ کبھی کبھی تو ایسا محسوس ہوتا ہے کہ نگار کا کردار ہی اس ناول کا مرکزی کردار ہے۔ اس سے قبل کے، ناول کے تمام کردار، واقعات جزئیات بے معنی ہیں۔ اصل کہانی اور اس ناول سے ان کا کوئی تعلق نہیں ہے، لیکن دراصل جس طرح ایک بلند و بالا عمارت تعمیر کرنے کے لیے ایک مضبوط بنیاد کی ضرورت ہوتی ہے، مشرف عالم ذوقی نے بھی اس ناول کی اس چونکا دینے والی کہانی اور اس میں آنے والے چونکا دینے والے موڑ کے لیے ان جزئیات کی ایک مضبوط بنیاد رکھی ہے۔ بھلے ہی ان جزئیات سے ناول کا Flow متاثر ہوتا ہے، لیکن آگے وہی جزئیات کہانی کو ایک حقیقی اور متاثر کن کہانی بنا میں مدد کرتے ہیں۔

نگار ایک abnormal پیدا ہوئی لڑکی ہے، جو پیدا ہونے کے بعد مسلسل روتی رہتی ہے - دراصل وہ ایک بیماری کی شکار ہے جو لاکھوں کروڑوں انسانوں میں سے کچھ انسانوں کو ہوتی ہے -یعنی مسلسل رونے کی بیماری- اب ان کی حیات کتنی مختصر یا طویل ہوسکتی ہے اس کے بارے میں وثوق سے نہیں کہا جا سکتا ہے۔

کہانی میں نور محمد کا کردار ایک شریف النفس انسان کا کردار محسوس ہوتا ہے، جو اپنی بیوی نادرہ کو ٹوٹ کر چاہتا ہے اور اپنی ابنارمل بیٹی کو بھی ٹوٹ کر چاہتا ہے اور اس وقت تو

نور محمد کا کردار ایک مثالی کردار بن جاتا ہے، جب اس کی بیوی نادرہ کا انتقال ہو جاتا ہے اور اسے اپنی ابنارمل بیٹی نگار کی دیکھ بھال کرنی پڑتی ہے۔ ذوقی نے نگار کی بیماری کے متعلق جو میڈیکل سائنس کے حوالے دیئے ہیں، ان کو پڑھتے ہوئے محسوس ہوتا ہے کہ ذوقی نے اس ایک کردار نگار کی تخلیق کے لیے کتنی محنت کی ہے۔ نگار کے کردار اس کی زندگی کو قارئین کے ذہن میں صحیح طور پر واضح کرنے کے لیے جو میڈیکل شواہد بیان کئے ہیں ان کی وجہ سے قارئین کو نگار کا کردار ایک حقیقی جیتا جاگتا کردار محسوس ہونے لگتا ہے اور قارئین کو محسوس ہوتا ہے جیسے وہ کسی حقیقی جیتی جاگتی نگار کی داستان پڑھ رہے ہیں یا پھر اس کی زندگی کے واقعات اور اس کے لیے اس کے والد نور محمد کے احساسات، جذبات اور والہانہ محبت کو کسی فلم کے پردے پر دیکھ رہے ہیں۔ اور پھر کہانی میں وہ سفاک موڑ آتا ہے جس کو پڑھ کر قاری نہ صرف دہل جاتا ہے، بلکہ اس کا وجود دہکتا ہوا انگارہ بن جاتا ہے اور وہ ایک گہری سوچ میں ڈوب جاتا ہے، کیونکہ وہ موڑ ایسا ہے جسے کوئی بھی اخلاقی قدروں کی پاسداری رکھنے والا انسان قبول نہیں کر سکتا۔

مشرف عالم ذوقی نے اخلاقی قدروں کی پامالی کی ایک ایسی گھناؤنی تصویر پیش کی ہے، جس کو کوئی بھی ذی شعور شخص نہ تو دیکھنا چاہے گا نہ اس کے بارے میں سننا چاہے گا، ذوقی نے اس خوبصورتی سے اس کہانی کے تانے بانے بنے ہیں اور حقائق کی اتنی چابکدستی سے عکاسی کی ہے کہ اس ناول کے شیطان نما کردار بھی فرشتے کی طرح معصوم محسوس ہونے لگتے ہیں۔ یہ ذوقی کے فن اور قلم کی بڑی حد تک کامیابی ہے۔ اس بات میں کوئی دورائے نہیں یہ ناول اردو ادب میں ہنگامہ بپا کرے گا- کیونکہ میں سمجھتا ہوں اس صدی میں لکھا جانے والا یہ اردو کا سب سے بولڈ ناول ہے اور ایسے بولڈ موضوعات کو آج بھی ہمارا معاشرہ قبول کرنے کو تیار نہیں ہے۔

مشرف عالم ذوقی نے جس بیباکی سے اس ناول کو تحریر کیا ہے اور اس خطرناک موضوع کو اس ناول میں سمویا ہے، شاید ہی کوئی ادیب اس موضوع پر قلم اٹھانے کی جرأت کرے یا پھر اپنے فن کا اتنا فنکارانہ مظاہرہ کر کے اس بیباک موضوع پر قلم اٹھائے۔

ذوقی نے نور محمد اور نگار کے کرداروں کو تراشنے میں جس فنکاری کا مظاہرہ کیا ہے، یہ ان کے ایک اچھے قلمکار ہونے کا ثبوت ہے۔ ذوقی نے جو واقعات اپنے اس ناول میں بیان کئے ہیں وہ کوئی غیر معمولی واقعات بھی نہیں ہیں، اس طرح کے واقعات ہمارے اطراف میں ہوتے رہتے ہیں اور جدید معاشرہ اور نئی فکر کے تناظر میں انہوں نے ان واقعات کی وجوہات پر جو روشنی ڈالی ہے ان کی حقیقت سے بھی کوئی انکار نہیں کر سکتا ہے۔

ذوقی نے ان واقعات کی نہ تو ممانعت کی ہے اور نہ ہی ان کی حمایت میں قلم اٹھا کر موافقت کی ہے، لیکن انہوں نے ایک ادیب ہونے کا حق اس طرح ادا کر دیا ہے کہ جس موضوع پر آج تک قلم نہیں اٹھایا جا سکا ذوقی نے بڑی بے باکی سے اس موضوع پر قلم اٹھایا ہے۔

اس بے باکی پر ذوقی اور ان کے قلم کی جتنی بھی ستائش کی جائے کم ہے۔

مجموعی طور پر ناول میں تہذیبوں کے تصادم کا مسئلہ اٹھایا گیا ہے، جو ایک بڑا نازک مسئلہ ہے۔ قلم کی ذرا سی جنبش بھی مسائل اور ہنگامہ کھڑا کر سکتی ہے۔ ذوقی اس بات کو اچھی طرح جانتے ہیں۔ اس لیے انہوں نے اس ناول میں جگہ جگہ علامتوں کا سہارا لیا ہے اور کہیں کہیں تو ہمیں ایسا محسوس ہوتا ہے، جیسے اس ناول کے سارے کردار علامتی ہیں۔ جیسے نور محمد کا کردار ایک خالص مشرقی ذہن رکھنے والا کردار ہے، لیکن اس کو اپنی مشرقی

روایتوں کا چولا اتارنے کے لیے حالات مجبور کر دیتے ہیں - اس طرح نگار کا کردار بھی ایک علامتی کردار محسوس ہوتا ہے- اس کی پیدائش بابری مسجد کی شہادت کے بعد ہوتی ہے۔ جیسے ذوقی کہنا چاہ رہے ہیں، اب ایک نئی تہذیب کا جنم ہوا ہے۔ اس کا رونا شاید ہماری صدیوں کی تہذیب کے خاتمہ پر ماتم کی علامت محسوس ہوتا ہے۔شاید اسی لیے ذوقی نے واقعات کے ساتھ تاریخی حوالوں کو بھی سامنے رکھا ہے۔ ان حوالوں سے ایک نئی دنیا ہمارے سامنے آتی ہے۔ ذوقی تہذیبوں کے ختم ہونے کا ماتم نہیں کرتے، کیونکہ وہ جانتے ہیں جہاں ایک تہذیب ختم ہوتی ہے، وہیں سے ایک دوسری تہذیب کا جنم ہوتا ہے۔ ہر نفس نومی شود دنیاوما۔ اس لیے گاؤں کے نور محمد سے مل کر جب عبدالرحمن ایک نئی تہذیب کا عکس دیکھتے ہیں تو عبدالرحمن کا ردار کو کہنا پڑتا ہے "دنیا کے سارے رشتے اپنے ہیں اور ہر رشتے میں ایک احساس سانس لے رہا ہے۔ کچھ رشتوں کی تعریف ہم انسانوں نے ہی گڑھی ہے اور کبھی قدرت اس تعریف کو ایک تجربے کے تحت الٹ دیتی ہے۔ تہذیبیں اپنی عمارت کا بوجھ خود اٹھاتی ہیں۔"

موضوع و فکر کے لحاظ سے 'لے سانس بھی آہستہ' ایک غیر معمولی اور بولڈ ناول ہے۔ یہ ناول ان لوگوں کو ضرور پڑھنا چاہئے، جو آج بھی اس بات کا دعویٰ کرتے ہیں کہ قرۃ العین حیدر کے بعد اردو میں بڑا ناول نہیں لکھا گیا- اردو ناولوں کی قطار میں یہ ناول ایک ٹرننگ پوائنٹ کی حیثیت رکھتا ہے۔

***

تہذیبوں کا تصادم اور "لے سانس بھی آہستہ۔۔۔"

-نورین علی حق

اکیسویں صدی کے اس اعصاب شکن دور میں جب کہ پوری دنیا ایک گاؤں کی حیثیت اختیار کر گئی ہے، تہذیبیں آپسی تصادم کا شکار ہیں، رشتے ناطے سب بہت پیچھے رہ چکے ہیں اور صورت حال یہ ہے کہ اس دور میں سانس لینا بھی مشکل ہو گیا ہے، لیکن میر تقی میر نے آج سے بہت پہلے اس کی پیشین گوئی کر دی تھی کہ

لے سانس بھی آہستہ کہ نازک ہے بہت کام
آفاق کی اس کارگہ شیشہ گری کا

جب میر یہ شعر کہہ رہے تھے، اس دور میں سانسوں کی آمد ورفت اس قدر مشکل نہیں ہو گی، جتنی آج ہے۔ بنیادی طور پر اس وقت میرا موضوع گفتگو میر کا یہ شعر نہیں بلکہ مشرف عالم ذوقی کا تازہ ترین ناول "لے سانس بھی آہستہ۔۔۔" ہے۔ سوچتا ہوں کہ ناول پر گفتگو کا آغاز کہاں سے کروں۔ چونکہ ناول کا کینوس بہت وسیع ہے۔ اس سے پہلے بھی کئی ایک معروف اور مؤثر ناول منصہ شہود پر آچکے ہیں۔ جن میں بالتفصیل تقسیم کا المیہ اور آزادی کے بعد کے مسائل بیان کیے گئے ہیں اور وہ اپنے اپنے عہد کو سمیٹتے ہوئے انجام بخیر کو پہنچ چکے ہیں، لیکن ذوقی کا ناول اس وقت منظر عام پر آیا ہے، جب اکیسویں صدی کی پہلی دہائی ختم ہو چکی ہے اوراس میں 1947 سے تا حال تمام تر اہم واقعات

وسانحات کو بھرپور طریقے سے سمیٹا گیا ہے۔ خواہ آزادی کے بعد رونما ہونے والے مسئلہ ہجرت کی بات ہو، جاگیر دارانہ نظام کا خاتمہ ہو، مسلمانوں کے زوال کا رزمیہ ہو، چھوٹی کنکریوں کے اچھال کی بات ہو، مسلم معاشرہ میں توہم پرستی اور اندھ وشواس کی بات ہو، رشتوں کے توڑ پھوڑ کی بات ہو، جنس پرستی کا ننگا کھیل ہو یا اسلام کے نام پر ذاتی مفاد پرستی کی بات ہو، یہاں سارے مسائل سمٹ آئے ہیں اور ایسے فطری انداز میں آئے ہیں کہ دل ودماغ کے بند دریچوں میں دھماکوں کا احساس شدت سے ہوتا ہے۔

جہاں تک ذوقی کے اسلوب کی بات ہے تو ملک و بیرون ملک کا اردوداں طبقہ اور دانشوران اس سے بخوبی واقف ہیں۔ جہاں معانی اظہار تخلیقیت کا اصل روپ دھار لیتے ہیں اور زبان کی حیثیت خارجی اور ثانوی ہو کر رہ جاتی ہے۔ آج سے بہت پہلے پروفیسر محمد حسن نے مبارک باد دیتے ہوئے ذوقی سے کہا تھا کہ آپ کے اندر ایک آگ ہے اس کی حفاظت کیجئے، اس ناول کے مطالعہ کے بعد بھی حسن صاحب کی اس رائے پر تصدیق کی مہر ثبت ہو جاتی ہے۔ وہ آگ ذوقی کے یہاں اپنے ہونے کا احساس مختلف شکل وصورت میں کراتی ہے۔ میں سمجھتا ہوں کہ ماقبل کے تمام ناول بیان، مسلمان، ذبح، پو کے مان کی دنیا، پروفیسر ایس کی عجیب داستان وایا سنامی سے یہ ناول بہت آگے کی چیز ہے اور بعد میں آنے کے باوجود یہ ناول ذوقی کو پیچھے کی طرف لے جاتا ہے۔ اس کا قطعی یہ مطلب نہیں ہے کہ ذوقی کے فن، اس کے اظہار اور پیش کش کے رویوں میں زوال آیا ہے۔ بلکہ میرے کہنے کا مطلب صرف یہ ہے کہ یہ ناول ذوقی کو قرۃ العین حیدر، عصمت چغتائی اور دیگر بڑے ناول نگاروں کی صف میں بڑی خوبصورتی کے ساتھ سجا دیتا ہے۔ زمانی اعتبار سے آج بھی ذوقی کا شمار نئی نسل میں بلکہ 1980 کے بعد کی صف میں ہوتا ہے۔ مگر انہوں نے گردش ایام کے گھوڑوں کو جس سبک روی کے ساتھ ماضی کے اتھاہ اندھیروں میں

دوڑایا ہے، وہ قابل بیان اور لائق مطالعہ ہے۔ ناول میں ذوقی نے جس دیدہ دلیری، دل گیری اور نشیب و فراز سے ہوتے ہوئے جہاں تک ہمیں لے کر چلے ہیں، وہ جوئے شیر لانے کے مترادف ہے۔ تہذیبوں کے تصادم کا شور اب ہر جگہ مل جائے گا۔ دنیا کے ہر گوشے میں یہ موضوع بحث ہے اور شاید مستقبل میں بھی رہے گا۔ ناول کا آغاز بھی انہی پر پیچ گلیوں میں ہوا ہے۔ کہتے ہیں کہ ہانڈی کا ایک چاول دیکھ کر پوری ہانڈی کا اندازہ ہو جاتا ہے۔ ابتدائی صفحات سے اقتباس حاضر ہے، جس سے ناول کے موضوع کا اندازہ بخوبی ہو جاتا ہے۔

"ایک بچہ اس دنیا میں پہلی بار اپنی آنکھیں کھولتا ہے، جیسے وہ ایک نئی دنیا کے آداب و نظام سمجھنے کے لیے اچانک زور زور سے رونے لگتا ہے۔ پھر تھوڑا سا بڑا ہونے پر اسے اسکول میں داخل کر دیا جاتا ہے۔ جہاں بے حد ہوش مندی کے ساتھ اسے بتایا جاتا ہے کہ Man is a social animal انسان ایک سماجی جانور ہے۔ وہ آہستہ آہستہ اپنے سماج کی شناخت کرتا ہے، مگر اس جانور کو کچھ لمحے کے لیے بھول جاتا ہے، جو اب نصاب کی کتابوں سے نکل کر اس کے جسم میں پرورش پا رہا ہے۔ وقفے وقفے سے وہ جانور اس کے اندر سے باہر نکلنے کی کوشش کرتا ہے۔ مگر ہر بار سماجیات کے ریشمی غلاف میں وہ اس جانور کو چھپا لیتا ہے۔

مگر کیا سچ مچ وہ اس جانور کو اپنے اندر چھپانے میں کامیاب ہے؟ اخلاقیات اور سماجیات کی ہر کہانی اس جانور سے ہو کر گزرتی ہے، مگر ایک وقت آتا ہے جب مذہب سے لے کر اخلاقیات کی ایک عظیم الشان دیوار ہم اپنے آگے کھڑی کر دیتے ہیں۔"

سماجی منظر نامہ پر جس طرح کی تبدیلیاں رونما ہو رہی ہیں، اس کی گہرائی تک ذوقی ڈوب جاتے ہیں۔ اس سے پہلے بھی ان کے مختلف افسانوں میں وہ سب کچھ بیان کیا جا چکا

ہے، جسے آج کا انسان دورخی اور دوغلی زندگی میں اپنائے ہوئے ہے۔ وہ معاشرہ کے خول میں ڈھکا ضرور ہوتا ہے، لیکن درحقیقت ننگا ہوتا ہے۔ بارہا ان حقائق کو ذوقی نے وا کیا ہے۔ اس ناول میں بھی نئی نسل کی سوچ اور اس کی ذہنیت و ذہانت کو انہوں نے جس فطری پیمانہ میں بیان کیا ہے وہ قابل دید ہے، یہ آسانی کے ساتھ نہیں کہا جا سکتا کہ ذوقی کے یہاں رشتوں کا تقدس پامال ہوتا ہے بلکہ ذوقی وہی کچھ لکھتے ہیں، جو امتداد زمانہ کے ساتھ ہمارے مفروضہ مہذب معاشرہ میں ہو رہا ہے۔ پاش کالونیوں اور ماڈرن معاشرہ کی عکاسی ان کے یہاں جا بجا ملتی ہے۔ گو کہ اس کا اظہار ہمارا معاشرہ ہر کس و ناکس کے سامنے نہیں کرتا۔ اس کا ایک مخصوص دائرہ ہے، جہاں وہ سب ننگے ہیں۔ ذوقی جنریشن گیپ کو بھی پیش نظر رکھتے ہیں۔ آج کے اس صارفی دور میں ہماری نئی نسل کیا سوچتی ہے اور کس طرح سوچتی ہے، ذوقی نے اپنے خوبصورت اور چونکا دینے والے انداز میں بخوبی اس کا اظہار کیا ہے۔ اس مکالمہ کو دیکھیں، جہاں دادا اور پوتی محو گفتگو ہیں۔

"بس یہ گیم ہے، میں زور سے ہنسا۔ ابھی جو کچھ تم نے کہا وہی گیم ہے۔ تمہارے ہی سوال سے شروع کرتے ہیں۔ تم چھت پر گئیں اور ممی چھت پر آگئیں۔

رائٹ۔۔۔

ہاں۔۔۔

ممی کیوں آئیں۔۔۔؟

شک۔۔۔ کہ میں کسی سے بات تو نہیں کر رہی۔ کسی سے کچھ چل تو نہیں رہا۔۔۔

یعنی۔۔۔

ال لیگل۔۔۔ میں مسکرایا۔ لیکن ممی آسکتی ہیں۔ کپڑے پسارنے یا کسی بھی کام سے۔۔۔ لیگل۔ کوئی شک نہیں۔ کسی شک کی گنجائش نہیں۔۔۔

ہاں۔۔۔

تمہارا موبائل پر بات کرنا۔۔؟

سارہ زور سے ہنسی میرے لیے آب ویسلی ال لیگل۔

ممی کے لیے لیگل۔ اب آگے۔۔۔ ایسے کچھ پوائنٹ سوچو۔۔۔

سارہ کی آنکھیں چمک رہی تھیں۔ اسے جانے انجانے ایک دلچسپ کھیل مل گیا تھا۔

آتنک وادی۔ وہ زور سے تالیاں بجا کر ہنسی میرے ملک کے لیے ناجائز، مگر جس ملک نے بھیجا اس کے لیے جائز۔ وفادار۔

اسی طرح ملک کے فوجی سپاہی۔۔۔ اور آگے۔۔۔ یعنی میں اگر Pregnant ہو جاتی ہوں۔ شادی سے پہلے۔۔۔ روانی میں بولتی ہوئی اچانک اسے اپنی غلطی کا احساس ہوا۔ میرا مطلب ہے کوئی لڑکی جس کی شادی نہیں ہوئی۔ ال لیگل۔ لیکن شادی کے بعد یہی چیز سارے گھر کی خوشی بن جاتی ہے۔۔۔

سارہ کی نظریں جھکی تھیں۔۔۔ میرے اندر کوئی سناٹا نہیں تھا۔ یہ نسل خود کو پہچانتی ہے۔ اس لیے کہیں بھی اپنی کوئی بھی بات سامنے رکھنے سے نہیں گھبراتی۔۔۔ اس کا مطلب ایک ہی چیز ایک ہی وقت میں جائز اور ناجائز دونوں ہو سکتی ہیں۔۔۔ کیوں سارہ؟

ہاں ددو۔۔۔

یعنی جو تمہارے لیے ابھی ناجائز ہے۔ وہ کسی کے لیے جائز۔۔۔

ہاں ددو۔۔۔"

ناول دو خاندانوں کے گرد گھومتا ہے۔ زیادہ تر کردار انہی دو خاندانوں کے ہیں اور ہر کردار اپنی جگہ مکمل اور سیٹ ہے۔ ایک کاردار خاندان ہے، دوسرا نظر محمد کا خانوادہ

ہے۔ دونوں ہی خانوادے آزادی سے پہلے جاگیر دار تھے۔ دونوں کی اپنی اہمیت ہے۔ آگے پیچھے کرنے والے لوگ ہیں، لیکن آزادی کا سورج طلوع ہوتے ہی ہندستان کے دیگر جاگیر دار خانوادوں کی طرح ان دونوں پر بھی زوال منڈلانے لگا ہے۔ آنسو بہانے کے علاوہ جب کوئی کام انسان کے پاس نہیں بچتا تو وہ کچھ ایسا سوچتا اور اس پر عمل کرتا ہے، جس سے اس کی خام خیالیوں کو تسکین ملتی ہے۔

یہ دونوں خاندان بھی متاع گم گشتہ کو بھولنے کے لیے توہم پرستی کے شکار ہو جاتے ہیں۔ مولوی محفوظ جو عامل ہیں، ان دونوں خاندانوں کی جگ ہنسائی کا ذریعہ بنتے ہیں۔ مولوی محفوظ، نظر محمد کی بیوی پر جنات کا سایہ بتا کر کاردار کے یہاں سے سفید کاغذ اور مرغ منگاتے ہیں، اس طرح دونوں خاندان کے تعلقات ناول کے راوی عبدالرحمان کاردار کی طبیعت خراب ہو جانے سے خراب ہو جاتے ہیں، اور جب نظر محمد کا یقین مولوی صاحب سے اٹھ جاتا ہے تو مولوی صاحب ایک صبح وسیع الرحمن کاردار کے گھر پر دستک دیتے ہیں۔ اس طرح وسیع الرحمن کاردار کو بھی وہ اپنا شکار بناتے ہیں۔ زمین کے اندر پوشیدہ خزانہ کی داستان بتاتے ہیں، چونکہ یہ خاندان بھی بظاہر متمول خاندان تھا لیکن جاگیر داری کے چھن جانے سے اندر ہی اندر خود کو کھوکھلا محسوس کر رہا تھا، اس لیے یہ بھی مولوی صاحب کا شکار ہو جاتا ہے۔ پہلے تو وسیع الرحمن کاردار کی بیوی مخالفت کرتی ہیں، لیکن پر سکون زندگی اور خزانہ کے حصول کے خواب انہیں بھی نرمی اختیار کرنے پر مجبور کر دیتے ہیں۔

ان تمام مواقع پر مطالعہ کے دوران ایسا محسوس ہوتا ہے کہ یہ سب کچھ ذوقی کی آپ بیتی ہے۔ ان تمام واقعات کو اتنے فطری انداز میں بیان کیا گیا ہے، گویا سب کچھ مشاہدہ کی

باتیں ہیں۔ آج کے ڈھونگی عامل کس طرح عوام کو پھانستے ہیں اس کی ایک جھلک یہاں محسوس کی جاسکتی ہے۔

"اور وسیع بھائی! آپ تو پڑھے لکھے آدمی ہیں خاندانی آدمی ہیں، آپ سے کیا چھپا۔ آپ نے بھی ہزاروں کہانیاں سنی ہوں گی۔ یہ خزانہ آواز دیتا ہے۔ مگر یہ آواز سب نہیں سنتے۔ زمین کے اندر گڑا خزانہ برسوں مکین کو خواب خرگوش سے جگانے کی کوشش کرتا ہے۔ جو جاگ جاتے ہیں، یہ خزانہ ان کا ہو جاتا ہے۔ جو سوئے رہ جاتے ہیں یہ خزانہ ان سے الگ ہو کر اپنی جگہ بدل دیتا ہے۔"

اس طرح پورا گھر ان کے دام فریب میں آکر زمینی خزانہ کے حصول کے لیے کھدائی کی تیاری میں مصروف ہو جاتا ہے اور وہ دن بھی آتا ہے، جب رات میں کھدائی شروع کی جاتی ہے اور صبح ہی محلہ والوں کو ایک نیا موضوع ہاتھ لگ جاتا ہے اورآہستہ آہستہ یہ بات عام ہو جاتی ہے کہ نظر محمد کی بیوی پر کاردار ہی جادو کرا رہے ہیں اور ایک منحوس دن پولیس اہلکار بھی خاندان کی عزت و آبرو کی دھجیاں اڑانے ان کے گھر پہنچ جاتا ہے۔ آزادی کے فوری بعد پولیس والوں کا کسی شریف خاندان میں آنا ہی عار کی بات تھی، اس پر مستزاد یہ کہ وسیع الرحمن کاردار سے پولیس نے چند سوالات بھی کھدائی کے حوالے سے کر دیا۔ اس کے جواب میں ناول نگار نے وسیع الرحمن کاردار کی زبانی جن جملوں کو ادا کرایا ہے، وہ پورے مسلم شرفا کا المیہ ہے۔

"اندر پردہ ہو گیا۔

مردان خانے سے نکل کر ابا انسپکٹر کے ساتھ صحن میں آئے۔ انسپکٹر کو اشارہ کیا۔ اور لکڑی کے سیکچوں سے بنی ٹوکری ہٹادی گئی۔

"یہ۔۔۔ اپنی قبر کھود رہا تھا۔ لوگ تو اپنے مرنے کے بعد قبر میں دفن ہوتے ہیں۔

قبر بھی گورکن کھودتے ہیں۔ لیکن میں، وسیع احمد کاردار ولد سمیع احمد کاردار۔۔ کاردار خاندان کا یہ بدنصیب وارث، اس آزاد ہندستان میں بدنصیب حویلی کی میت اٹھاتے اٹھاتے اتنا تھک گیا کہ خود اپنے ہاتھوں سے اپنی قبر کھودنے لگا۔۔ اگر اپنی زندگی میں اپنی قبر کھودنا ناجائز ہے تو پھر جو سزا چور کی وہ میری۔۔۔ لے چلیے کوتوالی۔ میں چلنے کے لیے تیار ہوں۔"

ذوقی کے فن میں جابجا نسوانی کردار بھی اپنی پوری آب و تاب کے ساتھ ملتے ہیں۔ وہ عورت کا مطلب چولہا پھونکنے کا آلہ یا بچہ جننے کی مشین نہیں سمجھتے۔ نہ ہی وہ ڈر کر گھر میں بیٹھ جانے والی خواتین کو پسند کرتے ہیں۔ ان کے نسوانی کردار ہمیشہ پر عزم ہوتے ہیں، جو ضرورت پڑنے پر تھانہ میں جاکر انسپکٹر کی کھینچائی بھی کرنے کی ہمت رکھتے ہیں۔

جس انداز میں انہوں نے نسوانی کردار کو اپنے اس ناول میں پیش کیا ہے، وہ ہر کس وناکس کے بس کی بات نہیں ہے۔ پولیس انسپکٹر کی واپسی کے بعد وسیع الرحمن کاردار کی خراب حالت کی تاب نہ لاکر پردہ کی رسم توڑ کر ان کی بیوی تھانہ جاتی ہیں اور جو رویہ روا رکھتی ہیں، اگر وہی رویہ آج مسلم عورتیں اختیار کرلیں تو مسلمانوں کے بہت سے مسائل حل ہو جائیں گے۔ حالات کی مار سے اس ناول میں اتنی تبدیلیاں آئی ہیں کہ دل و دماغ سائیں سائیں کرنے لگتے ہیں۔ یہ سوچا بھی نہیں جا سکتا کہ عورت ایسا بھی کر سکتی ہے۔ لیکن ذوقی جانتے ہیں کہ عورت بہت کچھ کر سکتی ہے۔، اگر وہ ٹھان لے۔

وسیع الرحمن کاردار کی بیوی یعنی عبدالرحمن کاردار کی ماں کی پولیس انسپکٹر سے دو بہ دو گفتگو کا ایک حصہ ملاحظہ کریں۔

"میں پوچھتی ہوں اپنی قبر کھودنا کس قانون میں جرم ہے- اور اگر جرم نہیں تو آپ کو کیا پڑی تھی میرے گھر آنے کی- کسی نے کچھ بھی کہا اور آپ ذمہ دار افسر بن کر چلے

آئے- کسی نے کچھ بھی کہا تو آپ کنویں میں کود جائیں گے؟ آپ یہ بھی نہیں سوچتے کہ آپ کی موجودگی کا کسی پر کتنا برا اثر ہو سکتا ہے۔ اگر دیکھنا ہے تو میرے ساتھ چلیے- کل جس شریف انسان کی حویلی میں اور اس کی موجودگی میں آپ گلاب جامن اور سموسے صاف کر رہے تھے، محض آپ کی موجودگی کی وجہ سے وہ بستر مرگ پر ہے--- اور میں پردہ کی رسم توڑ کر آپ کی اس کوتوالی میں آئی ہوں، آپ کو بتانے کہ اگر میرے میاں کو کچھ ہو گیا تو اپنی خیر بھول جائیے گا- اور دوبارہ کبھی سڑک سے گزرتے ہوئے بھی حویلی کی طرف آنکھ اٹھا کر مت دیکھئے گا- چلو عبد الرحمن---'

اماں نے میرا ہاتھ تھاما- جس بجلی کی طرح آئی تھیں، اسی بجلی کی طرح گیٹ سے باہر نکلیں اور رکشہ پر بیٹھ گئیں-

میرے اندر جیسے نگاڑے بج رہے تھے۔

دماغ میں دھماکے ہو رہے تھے---

اماں کا یہ چہرہ میں نے پہلی بار دیکھا تھا--- میں تو بس ایک کمزور اماں کو جانتا تھا۔ حویلی کی بدحالی پر آنسو بہانے والی اماں یا ابّا کی ہر بات پر لڑ جانے والی اماں-

لیکن یہ اماں کوئی اور تھی---

ایک بدلی بدلی سی اماں، شاید جس نے وقت کے خار و خس چنتے ہوئے پہلی بار جینا سیکھ لیا تھا۔

آج پہلی بار مجھے اماں پر فخر کا احساس ہوا تھا- "

ناول میں دیگر کئی نسوانی کردار اور بھی ہیں، جو اپنی اپنی جگہ متحرک ہیں۔ ان میں عبد الرحمن کاردار کی نئی نویلی ممانی، نادرہ، نگار، جینی، عبد الرحمن کاردار کی بیوی رقیہ۔ نادرہ اس ناول کی بہت ہی اہم کردار ہے لیکن بعض ایسے محرکات ہیں کہ نادرہ کو نگار

پر اور نگار کو نادرہ پر فوقیت نہیں دی جاسکتی، وہیں رقیہ کا کردار بھی اہم ہے۔ وہ عبدالرحمن کاردار کی بیوی ہے اور اکیسویں صدی میں جس انداز کی مصالحت پسند بیوی ہونی چاہئے وہ ہے۔ وہ جانتی ہے کہ عبدالرحمن کاردار کی محبوبہ نادرہ ہے۔ اس کا شوہر نادرہ کی حصول یابی کی راہ میں ناکامی کے باوجود اپنے وجود کے کسی گوشے میں اسے رکھتا ضرور ہے۔ ان تمام باتوں کے باوجود وہ اسے نادرہ سے ملنے اور اس سے باتیں کرنے سے نہیں روکتی اور ہر اس مقام پر جہاں نادرہ کو عبدالرحمن کاردار کی ضرورت ہے وہ خود کو پیش کرتی ہے، وہیں دوسری طرف نادرہ ہے، جس کی دوستی نور محمد سے اس کی والدہ کے انتقال کی وجہ سے ہو جاتی ہے گو کہ اسے دوستی کا نام بھی نہیں دیا جاسکتا چونکہ نور محمد اور نادرہ کے حالات یکساں ہو گئے تھے۔ اس لیے ان دونوں کو ایک دوسرے سے انسیت بھی ہو گئی تھی۔ نادرہ اپنی ماں کو پاکستان میں ہی کھو چکی تھی اور اپنے والد کے ساتھ اپنی پھوپھی یعنی عبدالرحمن کاردار کے گھر میں رہنے کے لیے ہندستان چلی آئی تھی۔ اسی دوران عبدالرحمن کاردار سے محبت ہو گئی تھی، لیکن نور محمد میں اس کی دلچسپی کو دیکھ کر عبدالرحمن اسے بدلا بدلا سا محسوس کرنے لگا اور سرد جنگ کا آغاز ہو گیا اور دونوں ایک دوسرے سے دور ہوتے چلے گئے۔ جب کہ نادرہ کی قربت نور محمد سے بڑھتی چلی گئی دوسری طرف نور محمد اپنی پوری داستان عبدالرحمن کاردار کو اپنا بھائی اور دوست سمجھ کر بیان کرتا رہا اور عبدالرحمن اندر ہی اندر ابلتے رہے اور رقابت کی آگ میں خود کو جلاتے رہے، لیکن جو ہونا تھا وہ ہوا۔ نادرہ نور محمد کی ہو گئی، لیکن حقیقی معنوں میں اس کی بھی کبھی نہ ہو سکی اور روز بروز حالات کی ناز کی بڑھتی رہی، ادھر راتوں کو جگ کر عبدالرحمن کاردار اس کا اسکیچ بناتے اور سوچوں کی پریوں کے پروں کا سہارا لے کر اس سے باتیں کرتے رہتے، لیکن کشمکش اس قدر ہے کہ کوئی فیصلہ کرنا ممکن نہیں اور زندگی آگے بڑھتی رہی۔

زندگی کے کڑے کوس میں پیدل چلتے ہوئے اپنے آخری لمحات میں نادرہ نے جو باتیں عبدالرحمن سے کی ہیں، وہ بالکل فطری ہیں، تصنع، بناوٹ اور لفاظیوں سے بالکل دور ہے۔ وہ مکالمہ، مکالمہ کی صداقت قارئین کو جہاں لذت کام و دہن سے محفوظ کرتی ہے وہیں فضا آفرینی، منظر نگاری اور ماحول کا کرب انسانی وجود کو نم ناک کیے بغیر بھی نہیں رہتا۔

"میرے ساتھ سفیان ماموں اور ممانی بھی ہیں۔ بلاؤں ---؟ وہ ڈرائنگ روم میں ہیں --- بلاؤں ---

'نہیں --- اس کے چہرے پر تذبذب کے آثار تھے --- کچھ کہنا تھا تم سے۔ نہیں جانتی، زندگی کب بے وفائی کر جائے ---'

'نہیں نادرہ --- میرے جسم میں اچانک کپکپی چھاگئی --- فرط جذبات سے میں نے اس کے ہاتھوں کو چوم لیا۔ نور محمد کی نہیں جانتا، لیکن یہ جدائی مجھے بھی برداشت نہیں ---'

'تو پھر مجھے چھینا کیوں نہیں ---؟ اس کی آواز لڑکھڑا رہی تھی - آنکھوں میں چمک تھی - بولو رحمن - چھین سکتے تھے مجھے - تمہارے ہی گھر میں تھی - کوئی کچھ نہیں بولتا - کیوں نہیں چھینا ---؟ اس نے گہری سانس لی - دوبارہ میرے ہاتھوں کو چھوا - میری انگلیاں سہلاتے ہوئے اس کے آنسو بہہ رہے تھے ----

مجھے بولنے دو رحمن --- اور ہاں --- ہاتھ مت ہٹانا --- پکڑے رہنے دو - اچھا لگ رہا ہے۔

یہ اور اس طرح کے مکالموں کے جملے اہمیت کے حامل ہیں۔ گفتگو میں توڑ، نشیب و فراز یہاں بالکل فطری انداز کے ہیں۔ گفتگو میں تسلسل بالکل نہیں کہ اسے مولوی کے خطاب کا نام دیا جائے۔ ذوقی کے بہت سارے فنی تجربات، بلکہ کمالات میں سے ایک یہ

بھی ہے۔ اسی سلسلہ گفتگو کا ایک اقتباس ملاحظہ کریں۔

"مجھے کیوں نہیں مانگا-؟ دیکھو میری بیٹی کو۔۔۔ زندہ لاش لگتی ہے نا۔۔۔ ممکن تھا۔ تمہاری ہو جاتی تو زندگی میں یہ وقت ہی نہیں آتا- کیوں نہیں چھینا مجھے۔۔۔ مار دوں گی تمہیں۔۔۔'

اس نے گردن پر اپنی انگلیاں سخت کیں اور دوسرے ہی لمحے پھوٹ پھوٹ کر رو پڑی- مار بھی تو نہیں سکتی تمہیں - تمہارا یہی احساس تو بس مجھے اب تک زندہ رکھے ہے رحمن-ورنہ یہ نادرہ تو کب کی مر گئی ہوتی۔۔۔'

میرے ہوش و حواس پر جیسے کوئی بجلی گری ہو-

وہ مسکرا رہی تھی۔۔۔ کہیں تم یہ تو نہیں سمجھ رہے تھے کہ میں نور سے پیار کرنے لگی تھی۔۔۔

'ہاں۔۔۔' میں نے گہری سانس کھینچی-

مجھے بھی بعد میں یہی احساس ہوا- پاگل تھے تم۔ اس کی کہانی میرے جیسی تھی۔ اس نے بھی ماں کو کھو دیا تھا- میری بھی ماں نہیں تھی- بس، ہمدردی تھی مجھے اس سے۔۔۔ سنا-' وہ چیخی- اور آج بھی ہمدردی ہے۔۔۔ میں پیار نہیں کرتی اسے- پیار صرف تم سے کیا۔ پیار صرف تم سے کرتی ہوں رحمن- تم کیوں نہیں سمجھ پائے مجھے۔۔۔ پوچھا کیوں نہیں ایک بار بھی کہ سچ کیا ہے۔۔۔ میں سب بتا دیتی۔۔۔ اس زمانے میں، مجھے ابو سے نفرت ہو گئی تھی-بس کچھ بھی اچھا نہیں لگتا تھا- ابو شادی کرنے والے تھے-اور میں اس شادی کے خلاف تھی- میں امّی کو کیسے فراموش کر سکتی تھی- ابو میرا درد نہیں سمجھتے تھے۔ مگر- تم تو سمجھتے تھے۔ ان دنوں میری دنیا اجڑ گئی تھی- تم تو سہارا بن سکتے تھے میرا۔۔۔

وقت ٹھہر گیا تھا۔۔۔"

اس کے بعد آہستہ آہستہ زوال کی طرف بڑھتے ہوئے ایک دن نادرہ زندگی سے ہار جاتی ہے۔ لیکن یہیں پر ناول کا رزمیہ اور المیہ ختم نہیں ہو جاتا۔ نادرہ اور نور محمد سے جو بیٹی پیدا ہوئی ہے وہ بھی ناول کا ایک بڑا المیہ ہے۔ جو معذور ہے اور والد ہونے کے ناطے نور محمد اس کی بھرپور دیکھ ریکھ کرتا ہے۔ وہ بڑی ہوتی رہتی ہے لیکن نادرہ کی وفائیں نور محمد کو ہمیشہ مجبور کرتی ہیں کہ وہ نگار کی تمام تر بجا اور بے جا خواہشات کی تکمیل کرے۔ اس دوران ایسے بھی واقعات رونما ہوئے ہیں، جسے تحریر کی شکل دینا فنی کمال ہے۔ ذوقی نے یہاں پہنچ کر وہ تمام باتیں کیسے لکھیں۔ بات سمجھ میں نہیں آتی۔ سفاکانہ انداز اور کرداروں سے ایسا رویہ اختیار کرنا آسان کام نہیں ہوتا جس میں ذوقی کامران گزرے ہیں۔ ناول ایسی راہوں سے ہو کر گزرا ہے جہاں نرم دل انسان کا کلیجہ منہ کو آجاتا ہے۔ کبھی کبھی ناول نگار پر غصہ بھی آتا ہے اور کبھی اسے دل کی اتھاہ گہرائیوں سے مبارک باد پیش کرنے کو جی چاہتا ہے کہ ماہر ڈاکٹر وہی ہوتا ہے جس کے ہاتھ آپریشن کے وقت نہ کانپتے ہوں اور وہ بڑے اطمینان وسکون کے ساتھ اپنے فرائض انجام دیتا ہو۔ یہاں بھی ذوقی اپنے کرداروں کے ساتھ وہی رویہ روا رکھتے ہیں۔ البتہ کہیں بھی ان کا قلم رورعایت نہیں کرتا۔

نور محمد کے کردار کو جس طرح ذوقی نے برتا ہے اس سے نور محمد دوام اختیار کر جاتا ہے از اول تا آخر نور محمد وہ عیسیٰ ہے جسے زندگی کے آخری ایام تک اپنی صلیب اٹھانی پڑتی ہے۔ پہلے وہ اپنی ماں کی دشوار گزار اور دل دہلا دینے والی زندگی کا سامنا کرتا ہے پھر ان کی وفات کو جھیلتا ہے، بعد میں نادرہ سے محبت کر بیٹھتا ہے، لیکن لذت آشنائی و محبت زیادہ دن اسے راس نہیں آتی اور نادرہ کی کیفیت خراب ہونی شروع ہو جاتی ہے۔ بالآخر وہ

اپنی معذور بچی نگار کو نور محمد کے لیے چھوڑ کر داعی اجل کو لبیک کہتی ہے۔ اسی پر بس نہیں ہوتا، بلکہ نور محمد اپنی معذور اور عقل وخرد سے عاری بیٹی کو نہلاتا دھلاتا، اس کے گندے کپڑے صاف کرتا ہے۔ پیشاب پاخانہ کراتا ہے۔ جب وہ اٹھارہ برس کی ہوتی ہے تو مجبور ہو کر اس کی اس خواہش کی تکمیل بھی کرتا ہے، جسے انسانی معاشرہ سب سے بڑا جرم گردانتا ہے۔ اس کے نتیجے میں نگار حاملہ بھی ہو جاتی ہے اور اب اسے اپنا باپ نور محمد مجرم نظر آنے لگتا ہے، اسے وہ مار بھی دیتی ہے دیکھ کر چڑ چڑاتی ہے اس دوران جینی کی پیدائش کے بعد وہ دنیا سدھار جاتی ہے اب نور محمد کے سامنے سب سے بڑا سوال یہ ہے کہ اگر نگار اس کی بیٹی ہے تو جینی کون ہے؟ اگر نادرہ اس کی بیوی تھی تو نگار کون ہے؟ بہر حال زندگی کرنے اور نادرہ سے کیے گئے وعدے کو وفا کرنے کے لیے وہ جینی کو بھی زندہ رکھتا ہے، لیکن اسے اپنا شہر اپنا علاقہ چھوڑنا پڑتا ہے۔ ایک دیہات میں نئے سرے سے نور محمد نئی زندگی کا آغاز کرتا ہے اور اب اس کی صورت ایک کسان کی سی ہو جاتی ہے۔ یہ معمولی بات نہیں کہ تمام تر مسائل سے گزرتے ہوئے ذوقی کا ایک کردار اپنے تمام فرائض انجام دیتا ہے گو کہ اس کی زندگی قابل رحم ضرور بن جاتی ہے۔ لیکن پھر بھی ذوقی کہیں اس پر رحم نہیں کرتے۔ یہ وہ کس طرح کر سکے۔ میں یہ جاننے کے لیے اب تک پریشان ہوں۔

"بھیا۔ بس اسی لیے آپ کو خط لکھا- کون ہے آپ کے سوا میرا - اور میں ---؟ کس امید پر بلند شہر کے رشتہ داروں سے ملنے جاتا۔ انہیں کیا بتاتا۔ جینی کو بھی کچھ نہیں معلوم--- آپ سمجھ رہے ہیں نا بھیا- "

میرے اندر نگاڑوں کی گونج شروع ہو گئی تھی---

ڈرم---ڈرم---

جینی---؟ میری سانسیں ٹوٹ رہی تھیں۔

تمہاری بیٹی ہے۔۔۔؟

نگار کی۔۔۔؟

ہاں۔۔۔اس پر کھانسی کا دورہ پڑا تھا۔ بے رحم حقیقت۔ لیکن اسے تسلیم کرنا ہی ہے بھائی۔ میری بیٹی۔ لیکن قدرت کا ظلم کہ اس کی ماں بھی، میری بیٹی تھی۔۔۔ وہ رو رہا تھا۔۔۔ قدرت کا انتقام۔۔۔ اور یہی تو جاننا ہے مجھے کہ اس انتقام کے لیے خدا نے میرا انتخاب ہی کیوں کیا۔۔۔ کھوں۔۔۔ کھوں۔۔۔"

عرصہ بعد اردو فکشن میں نور محمد کی شکل میں ایک اہم کردار کا اضافہ ہوا ہے اور یقیناً یہی کردار ذوقی کے بعد بھی ذوقی کو زندہ و پائندہ رکھے گا۔ قارئین نور محمد کی سفاک زندگی سے متاثر ضرور ہوں گے۔ اس دور میں ایک کردار کو زندگی بخشنا، میں سمجھتا ہوں کہ جوئے شیر لانے کے مترادف ہے، لیکن ذوقی وہ فرہاد ثابت ہوئے ہیں جس نے یہ کارنامہ کر دکھایا ہے۔ بہت ممکن ہے کہ میرے اس دعوے سے بے شمار لوگوں کو اختلاف ہو وہ اپنی رائے رکھنے پر آزاد ہوں گے، مگر آئندہ نقاد اپنے متوازن اور غیر متعصبانہ فیصلوں میں یہ فیصلہ ضرور کریں گے کہ اکیسویں صدی کی پہلی دہائی میں کوئی ایک زندہ کردار اردو ناول میں نہیں بنا گیا، بلکہ پہلی دہائی کے اختتام پر ذوقی نے نور محمد کی شکل میں اردو کو ایک اہم اور دائمی کردار دیا تھا۔ جو ان کے ناول "لے سانس بھی آہستہ" میں ہے۔ لوگ کہتے ہیں کہ اردو ناول سے گاؤں اور دیہات کا خاتمہ ہو چکا ہے، اور اردو فکشن بڑی تیز رفتاری کے ساتھ مغربیت پسند اور شہر پسند ہوتا جا رہا ہے۔ عملی طور سے ذوقی نے اس کی بھی نفی کی ہے۔ جہاں انہوں نے اپنے ناول میں شہر، شہری ماحول کو پیش کیا ہے۔ وہیں تہذیبوں کے بننے، بکھرنے اور اجڑنے کے درمیان گاؤں بھی اپنی پرانی سج دھج کے ساتھ ناول میں پوری قوت و توانائی کے ساتھ آیا ہے۔ صرف رسمی طور پر گاؤں

کو نہیں پیش کیا گیا ہے بلکہ گاؤں یہاں اپنے پورے وجود اور تصور کے ساتھ موجود ہے۔ بھینس سے لے کر کسانوں تک اور کنویں سے لے کر چارہ کاٹنے والی مشینوں تک، یہاں تک کہ دیہاتی لسی، مٹھا اور مریٹھا بھی موجود ہے، لیکن ان تمام مناظر، حالات، کیفیات، محسوسات، جذبات، مکالمات اور احساسات زیر و بم کو یہاں پیش کرنا آسان نہیں ہے، تھوڑی دیر کے لیے گاؤں سے چہل قدمی کریں کہ شاید تازہ ہوا سے تہذیبوں کے تصادم، آلودہ اور پراگندہ زندگی سے ذرا سی دیر کے لیے چھٹکارا ملے۔

"جینی --- جینی ---

آواز ہوا میں لہراتی ہوئی گونج رہی تھی --- جینی کہاں ہو --- ٹیوب ویل سے پانی کیوں نہیں آرہا ہے --- ؟

آئے گا کیسے --- ؟ ایک نقرئی، کھنکتی ہوئی ہنسی مجھے سنائی دی --- چارا کاٹنے والی مشین کے پاس جینی کھڑی تھی۔ گھاس کے چھوٹے چھوٹے حصے بنا کر بھینس کو کھلاتی ہوئی

-

علی الصباح گاؤں کی خوبصورتی دیکھنے کے لائق ہوتی ہے۔ جب میں سو کر اٹھا تو جینی اور نور محمد دونوں غائب تھے۔ میں ان دونوں کے تعاقب میں نیچے آگیا۔ جانے سے قبل ان کی نئی زندگی کے حال اپنی آنکھوں سے دیکھنے کا خواہش مند تھا۔ برآمدے سے ملحق کھیت میں فصلیں لہلہا رہی تھیں اور یہیں دائیں طرف چارا کاٹنے کی مشین کے ساتھ دو تین بھینسیں اور گائیں بندھی تھیں --- میں نے نور محمد کے چلانے کی آواز بھی سنی اور جینی کے ہنسنے کی آواز بھی۔ اس لمحے نادرہ اور نگار کہیں دور کھو گئی تھیں۔

بھینس کے آگے چارا رکھنے کے بعد میں نے جینی کے الہڑ، گاؤں کے حسن کو قریب سے محسوس کیا تھا۔ وہ لہراتی ہوئی ٹیوب ویل چلانے کے لیے بھاگ کھڑی ہوئی۔ اس

درمیان اس نے صرف ایک بار میری طرف دیکھا۔

بابا بھی نا۔۔۔پریشان کر دیتے ہیں اب۔۔۔

کھیت میں فصلوں کے درمیان مریٹھا باندھے نور محمد کو دیکھنا میرے لیے ایک انکشاف تھا۔ اس چہرے سے تو میں واقف ہی نہیں تھا۔۔۔ اور شاید کل کے نور محمد کو دیکھنے کے بعد میں چلا گیا ہوتا تو میرے اب تک سارے انداز غلط ثابت ہوتے۔

ولاس پور کے آسمان پر سورج طلوع ہو چکا تھا۔ نیلے آسمان میں پرندوں کے جھنڈ کے جھنڈ پرواز کرتے ہوئے ایک جگہ سے دوسری جگہ جا رہے تھے۔ لہلہاتی فصلوں کے درمیان میں نے بجو کا کو بھی دیکھا اور احساس ہوا، یہ کل والا نور محمد ہے۔ حیران پریشان، سہما ہوا۔ ہر بار دکھ کی ایک نئی فصل کے ساتھ میرے سامنے۔ لیکن یہ نور محمد۔۔۔

مولانا روم کی آواز میرے کانوں میں آہستہ آہستہ گونج رہی تھی۔

ہر نفس نومی شود دنیا وما۔۔۔"

تہذیبوں کا تصادم ایک لمبی بحث کا موضوع ہے، لیکن اس حوالے سے ناول کی کل کائنات کو ممتاز و ارفع کرنے کی جو ذمہ داری ذوقی نے اٹھائی ہے، اس کی تعریف نہ کرنا بے انصافی ہو گی۔

٭٭٭

مشرف عالم ذوقی: اپنے نئے ناول "لے سانس بھی آہستہ" کی روشنی میں

-ناظم خلیلی

جس طرح انگریزی ادب شیکسپئر، برنارڈ شا، چارلس ڈکنس، ڈبلیو بی ایٹس، ٹی ایس ایلیٹ، اذرا پاؤنڈ، ورجینا وولف اور آسکر وائلڈ سے بھرا پڑا ہے، اسی طرح فرانسیسی ادب، روسی ادب اور امریکی ادب وکٹر ہیوگو، چارلس ڈیگال، رومیں رولاں، ایمیل زولا، میگزم گورکی، کاؤنٹ لیؤ تالستائی، اینٹن چیخوف، دوستو فسکی، الیگزینڈر سولنٹین، وغیرہ سے بھرا پڑا ہے۔ قدیم وجدید انگریزی ادب میں ہندستانی یا ہندستانی نژاد یا پھر پاکستانی قلمکاروں کے جو نام آتے ہیں، ان میں آر کے نارائن، ملک راج آنند، سروجنی نائیڈو، رابندر ناتھ ٹیگور، خشونت سنگھ، خواجہ احمد عباس، منوہر ملگاونکر، وی ایس نائپال، سلمان رشدی، تسلیمہ نسرین، امیتابھ گھوش، محمد حنیف، ارون دھتی رائے اور فاطمہ بھٹو قابل ذکر ہیں۔

اردو کی دنیا قابل فخر شعراء، افسانہ نگار، ناول نگار، ڈرامہ نویس، سفر نامہ نگار، طنز و مزاح نگار اور اعلیٰ پایہ کے تبصرہ نگارو تنقید نگاروں کے ناموں اور شہ پاروں سے بھری ہوئی ہے۔ اس جلیل قدر فہرست میں ناول نگاری کے ذیل میں جو دو بڑے نام جڑے ہیں وہ ہیں شمس الرحمن فاروقی اور مشرف عالم ذوقی کے۔ میرے خیال میں اگر کسی نے شمس الرحمن فاروقی کا ناول کئی چاند تھے سر آسمان۔ نہیں پڑھا تو اس نے تاج محل نہیں

دیکھا۔ 'کئی چاند تھے سر آسماں' تحریر فرما کر فاروقی صاحب نے اردو پر احسان عظیم فرمایا اور ایک ہی جھٹکے میں اردو کو بین الاقوامی سطح پر لا کھڑا کیا۔

لیکن مجھے یہاں 'کئی چاند تھے سر آسماں' کے محاسن نہیں گنوانے ہیں۔ میرا موضوع مشرف عالم ذوقی ہے اور ان کا نیا ناول 'لے سانس بھی آہستہ' ہے۔ مشرف عالم ذوقی کو کون نہیں جانتا۔ ذوقی کو صف اول کے قلمکاروں میں جگہ دینے والے کرناٹک اردو اکادمی کے سابق چیئرمین اور نامور شاعر خلیل مامون بھی ہیں۔ کرناٹک اردو اکادمی کی ویب سائٹ پر چلے جائیے اور دیکھیے کہ مشرف عالم ذوقی نثر نگاروں اور ناول نگاروں کی فہرست میں کہاں فروکش ہے۔ سر فہرست۔ ہوسکتا ہے اس درجہ بندی سے کئی ایک ناخوش ہوئے ہوں، لیکن ذوقی کا ناول "لے سانس بھی آہستہ" ایسے ناخوش افراد کے لیے ایک کرارا جواب ہے۔ یہ صرف ایک ناول ہی نہیں بلکہ فن افسانہ نگاری و ناول نگاری کے عظیم انسٹی ٹیوٹ میں ایک نصابی حیثیت رکھتا ہے اور اس فن کے سیکھنے کے شائق طلبہ کے لیے بے مثل مشعل راہ بھی ہے۔ حالانکہ ذوقی کو شاعری سے کوئی ایسی خاص رغبت نہیں۔ میرے نزدیک اس ناول کو پڑھتے ہوئے ایک سوال یہ بھی تھا کہ میر تقی میر کے نہایت شہرت یافتہ شعر کا شروعاتی حصہ ذوقی نے ناول کے نام کے لیے کیوں چنا-؟ نہ صرف یہ بلکہ اپنے ایک تازہ افسانوں کے مجموعے، "ایک انجانے خوف کی ریہرسل" کو ثمینہ راجہ کے معنون کرتے ہوئے ذوقی نے درج ذیل شعر کا سہارا کیوں لیا۔

شاعری جھوٹ سہی عشق فسانہ ہی سہی
زندہ رہنے کے لیے کوئی بہانہ ہی سہی

میر تقی میر نے اپنے شعری آنگن میں اگے ہوئے پھولوں کے جھنڈ میں کھڑے ہو کر عوام کو وارننگ دی تھی۔

لے سانس بھی آہستہ کہ نازک ہے بہت کام
آفاق کی اس کارگہ شیشہ گری کا

ذوقی اپنی ذات میں خود ایک اعلی پیمانے کا پولی کلینک ہے اور اس کلینک میں مختلف امراض کے ماہر ڈاکٹروں کا بھیس بدل بدل کر وہ خود تمام امراض کی تشخیص اور مداوا کرتا ہے اور تقریباً سب کے سب مریض کلی طور پر صحت یاب ہو کر خوش خوش گھر لوٹتے ہیں۔ انہیں صحت یابی کی خوشی کے ساتھ ساتھ ایک اور خوشی بھی ہوتی ہے کہ اتنی کم فیس میں اتنا اچھا علاج آج کے دور میں کہاں مہیا ہے۔ سماجی برائیاں، سماجی شر انگیزیاں، بد عقیدگیاں، کروٹیں بدلتی ہوئی تاریخ، پرانی تاریخ، نئی تاریخ، بنتی ہوئی تاریخ، بگڑتی ہوئی تاریخ، سب کچھ دیکھ چکی آنکھیں، سب کچھ دیکھ کر بھی کچھ نہ دیکھی ہوئی آنکھیں، جہاندیدہ آنکھیں، خواب آگیں آنکھیں، خوابوں کو ترسی ہوئی آنکھیں، اونچا سننے والے کان، صرف اونچا سننے والے کان، صرف سرگوشیاں ہی سننے والے کان، یہ سب اور ساری چیزیں، یا یہ سارے اوصاف حمیدہ اور اوصاف حمیدہ اگر ایک آدمی میں جمع ہو جائیں تو کم از کم میں ایسے شخص کا نام مشرف عالم ذوقی ہی رکھوں گا یا اسے اس نام سے پکاروں گا- ذوقی سب کچھ جان کر بھی کچھ نہیں جانتا اور کچھ نہ جانتے ہوئے بھی سب کچھ جانتا ہے۔ دراصل ذوقی میں دو آدمی ہیں- دو آدمی ایک ساتھ رہتے ہیں۔ ایک بہت اچھا شریف اور سچا اور دوسرا خراب، بدمعاش اور جھوٹا- میرے نزدیک اگر یہ دونوں آدمی ایک آدمی کے اندر نہیں ملتے یا غیر متوازن انداز میں ملتے ہیں تو وہ ایک کامیاب اور بڑا قلمکار کبھی نہیں بن سکتا۔ ایک بڑا قلمکار بننے کے لیے دونوں قلمکار بننے کے لیے ذوالفقار کی سخت ضرورت ہوتی ہے۔ میرے نزدیک منشی پریم چند بڑی حد تک ایک بڑے قلمکار تھے لیکن ان کی تلوار میں دور جدید کی قلمکارہ ارون دھتی رائے کی تلوار کی کاٹ نہیں تھی۔

فرانسیسی ادیب ایمیل زولا ایک حقیقت پسند قلمکار تھے لیکن دوستوفسکی کی کاٹ کہاں سے لاتے۔ میکزم گورکی بہت عمدہ قلمکار تھے لیکن تالستائی اور چیخوف کے دست و بازو اور گھائل کر دینے والی گہری آنکھیں کہاں سے لاتے۔ سلمان رشدی بڑے چابکدست اور متنازع قلمکار ہیں لیکن منوہر ملگاؤنکر اور خشونت سنگھ جیسی چاشنی اور زبان کا بہاؤ کہاں سے لائیں۔ فاطمہ بھٹو کافی قابل اور باعلم قلمکار ہیں لیکن شوبھاڈے سا انداز کہاں سے پائیں۔ غالب غالب تھے۔ لیکن دور جدید کا انداز کہاں سے لاتے کہ

اونچی عمارتوں میں مرا گھر بھی گھر گیا
یہ لوگ میرے حصے کا سورج بھی کھا گئے!

غالب کو شراب پسند تھی لیکن فیض کا یہ انداز انہیں اس دور میں کیسے ملتا کہ

آئے کچھ ابر کچھ شراب آئے
اس کے بعد آئے جو عذاب آئے

جس طرح آج کا دور کیفی اعظمی، جون ایلیا، ساحر لدھیانوی، قتیل شفائی، احمد فراز، بشیر بدر، پروین شاکر، فیض احمد فیض، ندا فاضلی، محمد علوی، عرفان صدیقی اور منور رانا کو ہرگز نہیں بھول سکتا، اس طرح آج کا دور جوش ملیح آبادی، احمد ندیم قاسمی، انتظار حسین، اے حمید، شوکت تھانوی، راجندر سنگھ بیدی، کرشن چندر، کنور مہندر سنگھ بیدی سحر، سعادت حسن منٹو، مجاز لکھنوی، مشتاق احمد یوسفی، عصمت چغتائی، قرۃ العین حیدر اور واجدہ تبسم کو بھی ہرگز نہیں بھول سکتا۔ آج کا دور ابن صفی کو بھی نہیں بھول سکتا، رضیہ بٹ، سلمیٰ کنول، اے آر خاتون، رشید احمد صدیقی، سلام سندیلوی، محمد کلیم احمد، شمس الرحمن فاروقی، گوپی چند نارنگ کو بھی نہیں۔ آج کا دور رام لعل کو بھی نہیں بھول پائے گا اور مشرف عالم ذوقی کو بھی نہیں۔

ادب میں شاعری کو اسی لیے درجہ اول عطا کیا گیا ہے کہ جو بات نثر نگار پوری صلاحیت، پوری دیانت داری اور پوری قوت کے ساتھ کہتا ہے، وہ ذہن پر ایک نہایت خوشگوار اثر چھوڑتی ہے لیکن لفظ بہ لفظ دہرائی نہیں جاتی جبکہ شاعر جب کسی چیز کی تعریف، حمد و ثنا میں یا کسی چیز کی برائی میں پوری دیانت داری اور فنی خوبصورتی کے ساتھ کچھ کہتا ہے تو وہ لفظ بہ لفظ ذہن نشین ہو جاتی ہے۔ جیسے غالب کا یہ کہنا

ان کے دیکھے سے جو آجاتی ہے منہ پر رونق
وہ سمجھتے ہیں کہ بیمار کا حال اچھا ہے

جس طرح ہر بات نثر میں نہیں کہی جاسکتی، اسی طرح ہر بات شاعری میں بھی نہیں کہی جاسکتی، واقعات، تاریخیں، مکالمے اور پھر قلمکار کے دل و دماغ میں چھپے راز یا باتیں، احساسات، جذبات اور اظہار غیض و غضب، اظہار عقیدت و احترام تفصیل کے ساتھ شاعری میں نہیں کہے جاسکتے۔ اگر ایسا ہو سکتا تو آج اخبارات ورسائل، سیاسی داؤ پیچ، سیاسی رسہ کشیاں اور روز مرہ کے واقع ہونے والے حادثات، خبریں، قدرتی واقعات اور سانحات کبھی دو ٹوک ہمارے سامنے نہ آپاتے اور اگر کوئی انہیں شاعری میں بیان بھی کرنے بیٹھ جاتا تو لوگوں کو ان میں سے شعری مبالغوں اور تصوراتی جولانیوں کی بو آنے لگتی۔

کہنے کا مطلب یہ ہے کہ شاعری کا کام اپنی جگہ اور نثر کا اپنی جگہ۔

مشرف عالم ذوقی کے ناول "لے سانس بھی آہستہ" کا ایک مکالمہ دیکھیے۔ یہ مکالمہ ذوقی کی عصری بصیرت اور آگہی کا آئینہ دار ہے۔ مکالمہ دور جدید کی ایک ذہین سترہ سالہ لڑکی اور اس کے اپنے دادا کے درمیان ہے اور دیکھئے کہ کیسے آگے بڑھتا ہے۔ دادا اپنی پوتی سارہ سے مخاطب ہیں۔ وہ اسے بہت چاہتے ہیں۔

"تم جانتی ہو گی۔ Legal اور Illegal کیا ہے۔۔۔؟"

'ہاں - جائز اور نا جائز -' اس نے زمین سے ایک کنکری پھر ہاتھوں میں اٹھائی تھی۔ اسی لیے تو یہاں بھاگ کر آ جاتی ہوں۔ وہاں تو ممی جینا دوبھر کر دیتی ہیں۔ اُنہیں لگتا ہے۔۔۔ میں جو کروں گی غلط کروں گی۔ اتنا فاصلہ کیوں ہے دڈو- اتنا بڑا جنریشن گیپ- ممی لوگ بدلتے وقت کی آہٹ کیوں نہیں سنتے- کبھی کبھی لگتا ہے ایک مہذب سوسائٹی میں بھی لڑکی ہو کر پیدا ہونا کسی جرم سے کم نہیں۔ یہاں مت جاؤ۔ وہاں مت جاؤ۔ اسکول جانے کے لیے اتنا فیشن کیا ضروری ہے- کسی سہیلی کے یہاں چلی گئی تو آفت۔ موبائل پر زیادہ گفتگو کر لی تو جینا مشکل۔ چھت پر چلی گئی تو دو منٹ بعد ممی بھی چھت پر۔ یہاں کیا کر رہی تھی۔۔۔؟ یہاں ممی کے لیے چھت پر آنا جائز- میرے لیے نا جائز۔ ممی رشتہ داروں سے گھنٹوں موبائل پر گفتگو کر سکتی ہیں۔ جائز- میں کسی دوست سے کروں تو نا جائز۔۔۔ کیوں دڈو-؟

'بس یہی گیم ہے-' میں زور سے ہنسا- ابھی جو کچھ تم نے کہا وہی گیم ہے- تمہارے ہی سوال سے شروع کرتے ہیں۔ تم چھت پر گئی اور ممی چھت پر آ گئیں۔ رائٹ۔۔۔'

'ہاں۔۔۔'

'ممی کیوں آئیں۔۔۔؟'

'شک۔۔۔ کہ میں کسی سے بات تو نہیں کر رہی۔ کسی سے کچھ چل تو نہیں رہا۔۔۔ یعنی۔۔۔'

'ال لیگل۔۔۔ میں مسکرایا- لیکن ممی آ سکتی ہیں۔ کپڑے پسارنے یا کسی بھی کام سے۔۔۔ لیگل- کوئی شک نہیں- کسی شک کی گنجائش نہیں۔۔۔'

'ہاں۔۔۔'

'تمہارا موبائل پر بات کرنا۔۔۔'

سارہ زور سے ہنسی-'میرے لیے آب ویسلی ال لیگل۔'

'ممی کے لیے لیگل-اب آگے۔۔۔ایسے کچھ پوائنٹ سوچو۔۔۔'

سارہ کی آنکھیں چمک رہی تھیں۔اسے جانے انجانے ایک دلچسپ کھیل مل گیا تھا-

'آتنک وادی- وہ زور سے تالیاں بجا کر ہنسی- میرے ملک کے لیے ناجائز- مگر جس ملک نے بھیجا- اس کے لیے جائز۔ وفادار۔'اسی طرح ملک کے فوجی سپاہی۔۔۔ اور آگے۔۔۔'

'یعنی میں اگر Pregnant ہو جاتی ہوں-شادی سے پہلے۔۔۔روانی میں بولتی ہوئی اچانک اسے اپنی غلطی کا احساس ہوا۔ میرا مطلب ہے کوئی لڑکی جس کی شادی نہیں ہوئی-ال لیگل۔ لیکن شادی کے بعد یہی چیز سارے گھر کی خوشی بن جاتی ہے۔۔۔'

سارہ کی نظریں جھکی تھیں۔۔۔میرے اندر کوئی سنّاٹا نہیں تھا۔ یہ نسل خود کو پہچانتی ہے۔اس لیے کہیں بھی اپنی کوئی بھی بات سامنے رکھنے سے نہیں گھبراتی۔۔۔

اس کا مطلب ایک ہی چیز۔ ایک ہی وقت میں جائز اور ناجائز دونوں ہو سکتی ہیں ۔۔۔کیوں سارہ؟'

'ہاں دڈّو۔۔۔'

'یعنی جو تمہارے لیے ابھی ناجائز ہے۔وہ کسی کے لیے جائز۔۔۔'

'ہاں دڈّو۔۔۔'

میں چپ تھا۔ والیٹئر سے روسو تک انسانی نفسیات کی ایک ایک گرہیں میرے آگے کھل رہی تھیں۔ جائز اور ناجائز کی اس انوکھی تقسیم نے میرے پاؤں جکڑ رکھے تھے-کچھ ایسے حیران کرنے والے واقعات بھی آنکھوں کے آگے روشن تھے' جہاں نگاہیں پہنچ کر

بھی جل جاتی ہیں - جیسے کالج کے دنوں میں سنا ہوا ایک واقعہ - ایک عورت کو بچہ ہوا تھا۔ سینے میں دودھ اترا ہوا تھا- یہی وہ وقت تھا جب اس کا شوہر اسے چھوڑ کر چلا گیا- شہر کی حالت اچھی نہیں تھی۔ فساد پھوٹ پڑا۔ اس دن اس عورت کے گھر پانی کا ایک قطرہ بھی نہیں تھا۔ اچانک دروازے پر کسی کے گرنے کی آواز ہوتی ہے۔ بوڑھی ماں اور عورت دروازہ کھول کر دیکھتے ہیں۔ ایک شخص ہے، جسے گولی لگی ہے۔۔۔ بیہوش ہے۔۔۔ دونوں اسے کھینچ کر اندر لاتے ہیں۔۔۔ عورت پانی تلاش کرتی ہے۔ مگر گھر میں پانی کا ایک قطرہ بھی نہیں۔ وہ گھبرا کر بوڑھی ماں کو دیکھتی ہے اور تجربہ کار ماں انسانیت کا انوکھا فیصلہ سناتی ہے -'وہ کر' جسے انسانی قانون اور مذہب نے منع کیا ہے - بلاؤز کھول۔ اس کے ہونٹوں پر اپنا دودھ ٹپکا۔۔۔'

یہ تاریخیں بھی بول رہی ہیں اور مشرف عالم ذوقی بھی۔ یہ انسانی ضمیر ہے اور اس کی للکار۔ یہ دل کی آواز ہے اور روح کا مطالبہ بھی، یہی تو وہ عقل ہے، جس کی وجہ سے انسان اشرف المخلوقات کہلایا۔ مشرف عالم ذوقی سے یہ توقع رکھنا کہ وہ ایسے کسی انسانی عمل کو برا بھلا کہیں گے، انتہائی جہالت ہے اور ذوقی کے مزاج سے عدم واقفیت۔ اگر کوئی جوان عورت اپنے انتہائی پیارے شوہر پر اچانک فالج کے حملے کی وجہ سے اس کی دوا دارو اور غذا کے واسطے مختلف جگہوں پر ملازمت کی کوشش کرتی ہے اور ہر دفعہ اسے اپنی عصمت خطرے میں نظر آتی ہے تو وہ کیا کرے ؟ اگر وہ اس سلسلے میں انتہائی مجبور ہو کر اپنا بدن بیچنے لگے تاکہ اپنے بچوں اور شوہر کو پال سکے اور علاج و معالجہ بھی کرواتی رہے تو کون سا مذہب اسے جہنمی ثابت کرے گا؟ اور اگر ایسا کسی مذہب نے کیا بھی تو اس مذہب پر سے اس کے دانشوروں اور منطقیوں کا ایمان اٹھ جائے گا۔

مشرف عالم ذوقی شاعر نہ ہوتے ہوئے بھی اپنی نثر میں اکثر شاعری کی روح پھونکتے

رہتے ہیں۔ قاری ان کی نثر اور لفظوں کے اتار چڑھاؤ، خیالات اور جذبات کے بہاؤ اور رقم طرازی کی جادوگری سے مسحور ہو کر جھومنے لگتا ہے۔ اس پر ایک نشہ سا چھا جاتا ہے، ایسا نشہ جو ہرگز حرام نہیں ہو سکتا، ایسا نشہ جو حلال و حرام کی تمیز مٹا کر آب حیات کا درجہ حاصل کر لیتا ہے اور اسم اعظم بن کر کائنات کے دل میں دھڑکنے لگتا ہے۔ اس ذیل میں ذوقی کی تحریر کا ایک نمونہ اس کے افسانوں کے تازہ مجموعے "ایک انجانے خوف کی ریہرسل" سے ملاحظہ فرمایئے۔:

"شاید یہ وہی وقت تھا، جب آسمان پر ایک ٹوٹتے تارے کو دور تک لکیر، پھر صفر میں تبدیل ہوتے ہوئے دیکھ کر میں گھبرا گیا تھا۔۔۔ لیکن شاید ایسی ہی کسی دھند، کسی خاموشی سے ایک نہ بھولنے والے، آنسوؤں میں ڈوبے گیت کی تخلیق ہو جاتی ہے۔۔۔ یا پھر صدیوں میں کوئی ایسا ہی پیار، تاج محل جیسی زندہ تخلیق دے کر محبت کرنے والوں کے لیے ایک مثال بن جاتا ہے۔"

مشرف عالم ذوقی صرف ایک قلمکار ہی نہیں، افسانہ نگار و ناول نگار ہی نہیں، بلکہ ایک جرنلسٹ یا اعلیٰ پیمانے کا صحافی بھی ہے۔ وہ سیاست پر بھی گہری نظر رکھتا ہے، وہ سیاست جو ماضی سے جڑ کر تاریخ کا ایک اٹوٹ حصہ بن چکی ہے اور وہ سیاست جو ہر لمحہ، ہر پل ہر ساعت ملکوں کی تقدیر اور ملکوں کے مستقبل کے ایک نئے چہرے کے نقوش اجاگر کرنے میں اور تشکیل دینے میں لگی رہتی ہے۔ ذوقی کی اس سیاسی بصیرت کا ایک نمونہ "لے سانس بھی آہستہ" سے آپ کے مطالعے کے لیے حاضر ہے:

"پڑوس میں ہی نظر محمد کی کوٹھی تھی۔ ایک زمانے میں اس کوٹھی کی شان نرالی تھی۔ کہتے ہیں بڑا دروازہ اتنا بڑا تھا کہ ہاتھی گزر جائے۔ گھر کی عورتوں کو گھومنے کا بیحد شوق۔ ہر وقت پالکی تیار رہتی۔ مگر یہ سب باتیں میرے ہوش سنبھالنے سے پہلے کی باتیں

تھیں۔کوٹھی کو لے کر ہزار طرح کی باتیں مشہور تھیں۔جیسے یہ کہ اس کوٹھی میں جنات کا بسیرا ہے۔ مگر برا ہو کہانی سنانے والوں کا، کبھی کسی نے کسی آسیب یا جنات کو دیکھا نہیں تھا۔ بس سنی سنائی کہانیاں ہی رہ گئی تھیں۔ نظر محمد گاندھی جی کے مخالفوں میں ایک تھے۔ ان کا بس چلتا تو وہ کب کا گاندھی جی کو گوڈسے سے پہلے ہی شوٹ کر چکے ہوتے۔ ان کے پاس ہر بات کا ایک ہی جواب تھا۔

ملک تقسیم کیوں ہوا۔۔؟

سب گاندھی نے کرایا۔

لیکن گاندھی جی تو مسلمانوں سے بیحد محبت کرتے تھے۔؟

ارے ایک نمبر کا ڈھونگی تھا۔ وہ چاہتا ہی نہیں تھا کہ کوئی مسلمان کبھی اس ملک کی کمان سنبھالے۔ دیکھا نہرو کے ہاتھ میں ملک کی باگ ڈور دے دی۔ جناح کو بھی تو دے سکتے تھے۔

'لیکن گاندھی جی نے تو خود جناح کا نام تجویز کیا تھا۔'

'ارے سب ڈھونگ۔ پاکستان بنوانا تھا۔ سو بنوا دیا۔ کہ آدھے اِدھر کٹو۔ آدھے اُدھر کٹو۔ بس کٹتے مرتے رہو۔'

ابّا کو اس بحث میں مزہ آتا تھا۔ وہ نظر محمد کو چڑھانے کے لیے گاندھی جی کی تعریفیں شروع کرتے تو نظر محمد گاندھی جی کی ذاتی زندگی پر حملہ کرنے بیٹھ جاتے۔

'دیکھا نہیں۔ ننگا رہتا ہے۔'

'وہ اپنا کپڑا خود اپنے ہاتھوں سے بنتے ہیں۔ اپنی گندگی خود صاف کرتے ہیں۔ اسی لیے تو باپو کہلاتے ہیں۔'

'اور آشرم میں۔' نظر محمد ایک آنکھ مار کر بولتے۔ سنی سنائی بات نہیں ہے۔

آنکھوں دیکھی بات ہے- گاندھی جی کے آشرم میں عورتیں ننگی رہتی ہیں۔'

'سب بکواس- گاندھی جی برہم چریہ کا پالن کرتے ہیں - اور اس کے بارے میں سب کچھ اپنے اخبار میں لکھ چکے ہیں۔'

'یہ کیسا برہم چریہ ہے کہ ننگی عورتوں کے ساتھ سو جاؤ۔'

'نظر بھائی- اب ملک آزاد ہو چکا ہے۔ کیوں گاندھی جی کے پیچھے پڑے ہیں آپ۔۔۔'

'یہ نفرتیں برداشت نہیں ہوتیں وسیم بھائی- ان نفرت بھری آنکھوں کے بارے میں سوچتا ہوں تو فرنگیوں سے زیادہ مجرم گاندھی جی لگتے ہیں۔ پورا ہندستان ان کی بات سنتا تھا- پھر وہ تقسیم کے سوال پر اڑے کیوں نہیں؟ بٹوارہ کیوں پسند کیا؟

'گاندھی جی نے ہمیشہ تقسیم کی مخالفت کی- بلکہ آخر آخر تک وہ اس کی مخالفت کرتے رہے- بھوک ہڑتال پر بیٹھے- آمرن ان شن کیا- مگر جب فضا ہی ناساز گار ہو تو کوئی کیا کر سکتا ہے- '

لیکن نظر محمد یہ قبول کرنے کو تیار نہ تھے- آزادی کے بعد کا خونی تماشہ سامنے تھا اور وہ اس کے لیے گاندھی جی کو ہی قصوروار ٹھہراتے تھے-

ابّا کی نظروں میں نظر محمد ان بہت سارے مسلمان لوگوں میں ایک تھے جو گاندھی جی کی مسلم دوستی کو فرقہ پرستی کی عینک سے دیکھتے تھے- لیکن شاید اس نظریہ کے پیچھے آزادی کی ملی سوغات میں اس تحفہ کو دخل تھا جو فرقہ وارانہ دنگے کے جراثیم اپنے ساتھ لے کر آئی تھی- "

یہ ہے مشرف عالم ذوقی جس نے اپنے تازہ ناول "لے سانس بھی آہستہ" اور تازہ افسانوں کے مجموعے "ایک انجانے خوف کی ریہرسل" میں مغلیہ دور کے تاریخ دانوں کو انگریزوں، مرہٹوں، راج رجواڑوں، نوابوں، جاگیرداروں اور پھر آزادی اور تقسیم ہند کے داستانوں کی شکل میں لفظوں اور تصور کی مدد سے ایک ٹھوس اور قابل اعتبار شکل دے دی ہے اور پھر سائنس اور ٹکنالوجی، میڈیکل سائنس، انٹرنیٹ، بلو فلموں اور INCEST کی بھیانک گھاٹیوں میں ڈھکیلنے والے ذہنوں، فوائد کی آڑ میں اخلاقی طور پر ننگا کر دینے والی سازشوں اور نسلی و ملکی نفرتوں کو درشایا ہے۔ ذوقی نے اپنی ساری قوتیں، سارے وسائل استعمال کرتے ہوئے ایک صاف ستھرے ذہن اور آزادانہ طرز فکر کی نہ صرف گنجائش پیدا کی ہیں بلکہ ان کے لیے دشوار گذار راہیں بھی ہموار کی ہیں۔

***

"لے سانس بھی آہستہ" ناول کا تجزیہ

-ہاجرہ بانو

بلند شہر، ریاست اتر پردیش کا ایک خوبصورت مقام جسے تہذیبوں کی پامالی نے متاثر بھی کیا اور ترقی سے ہمکنار بھی۔ مشرف عالم ذوقی نے اپنے ناول "لے سانس بھی آہستہ" کیلئے اسی شہر کو محور بنایا۔ شاید اس سے بہتر کوئی اور مقام ان کے اس مؤثر ناول کے لیے ہو بھی نہیں سکتا تھا۔ کیونکہ پل پل تغیر پذیر ہوتے اقدار کے شیر ازے جب بکھرتے ہیں تو اس درد انگیز منظر کو صرف بلند شہر کی سرزمین کے کینوس پر ہی ابھارا جا سکتا تھا، جس کی مٹی کے ذرے اپنے جذبات کو نظروں کے سامنے کچلتے وروندتے بڑی بے بسی سے دیکھ رہے تھے۔ چند ایک تو ایسے، جن کے ہیجان احساسات پر کوئی بھی ضرب کارگر نہیں ہوتی تھی۔ نہ انہیں اپنی رائے و زبان کی اہمیت کا اندازہ تھا اور نہ ہی وہ لب کشائی کی جسارت رکھتے تھے۔ سارے سماجی رشتوں میں وہ ایک زندہ لاش کا کردار ادا کر رہے تھے۔ زندگی و کائنات کے اصول و ضوابط سے مبرا کئی ایسے سنگ تراش تھے، جو پتھر کو پتھر پر، پتھر سے گھس گھس کر پتھر کی مورتیاں تراش رہے تھے۔ زندگی کی اسی پتھریلی رفتار میں کبھی کبھی مشرف عالم ذوقی کی یاد میں سہانے اور مہکتے دریچوں سے وہ حسین و دلکش منظر پیش کرتی ہیں جو روح میں انجذاب ہونے لگتے ہیں۔ لیکن یہ پل بھر کے تماشے سے زیادہ نظر نہیں آتے اور اوس کی بوندوں کی مانند سورج کی تمازت بڑھنے کے ساتھ ہی ناول کے صفحات پر

بھاپ بن کر اڑ جاتے ہیں۔ لیکن ان انمٹ نقوش چھوڑ کر گزر جاتے ہیں تا کہ یادوں کے زخم مزید گہرے ہوتے چلے جائیں۔

صنعتی و سائنسی انقلاب کے ترازو میں گھٹتی، دم توڑتی سانسوں کے درمیان نئی تہذیب کی عکاسی کرتی ہوئی اس ناول نے قربانی ایثار کا وہ پیغام دیا ہے جس کی کسوٹی صرف اور صرف حقیقت کا پہیہ ہے۔ ایک ایسا پہیہ جو صرف گھومنا جانتا ہو جسے اپنے ٹھہراؤ اور مقصد کا کچھ پتہ نہیں ہے۔ مشرف عالم ذوقی نے زندگی کے تغیرات کو اتنے مؤثر انداز سے پیش کیا کہ یہ محسوس ہوتا ہے جیسے زندگی کی انتہا میں اب کوئی راز پوشیدہ نہیں ہے اور مٹی کے خمیر سے اٹھی بے جان زندگی واپس مٹی کی طرف جانے کے لیے بے چین و بے قرار ہے۔ سارے قید و بند سے خود کو آزاد کرانے کے لیے اپنی بیڑیاں توڑنا چاہتی ہے اور آدم و حوا کے قدموں میں جا کر اپنی روح کے پنکھوں کو نوچ نوچ کر بکھیر دینا چاہتی ہے تا کہ پھر اسے پرواز کا حکم نہ مل سکے۔ اور وہ دوبارہ زندگی کے چکر میں پھنس کر مسائل کا شکار نہ ہوں اور دبی کچلی زندگی جینے کے لیے مجبور نہ ہو جائیں۔ یہ کردار اونچے بلند پہاڑوں میں سرسبز و شاداب، حسین وادیوں میں اور قدرت کے نظاروں میں خود کو ولین کرنے کے لیے تیار ہیں اور اسی میں خود کی طمانیت مضمر سمجھتے ہیں۔

1980 کے بعد ریاست بہار کے اس باشندے مشرف عالم ذوقی کی تحریر اردو ادب کے گرانقدر سرمائے میں اضافے کا باعث بنی۔ "لے سانس بھی آہستہ" ذوقی کی اب تک کی تحریروں میں ایک نمایاں و منفرد مہک رکھتی ہے۔ طوالت کے اعتبار سے یہ دوسروں سے علیحدہ ہے۔ اس ناول میں انہوں نے چار مختلف نسلوں کے اقدار پیش کیے ہیں۔ بنیادی و مرکزی کرداروں میں دادا جان ہیں جو سرمایہ دارانہ اور جاگیر دارانہ نظام میں ہی خود کو بھلے چنگے محسوس کرتے ہیں۔ ان کا بیٹا وسیع الرحمان آزادیِ ہند کی جد و جہد میں

مصروف ہے اور آزاد ہندوستان میں اپنے خوابوں کو پورا ہوتے دیکھنے کا متمنی ہے۔ کاردار، جو وسیع الرحمان کا بیٹا اور نئی تہذیب کے تغیر کی چکی کے چاک میں پستا ہوا کردار ہے۔ ان تینوں کے علاوہ ان سے جڑے مستوراتی رشتے اور دیگر مختصر کردار بھی سر ابھارتے نظر آتے ہیں۔

مشرف عالم ذوقی نے تمام کرداروں کی نفسیات کو بڑے مؤثر و بے باک انداز میں پیش کیا ہے۔ ناول نگار نے ملک کی تقسیم کے زخم پر کہیں نمک چھڑکا تو کہیں ہمدرد مسیحا بن کر مرہم لگایا۔ ناول کے یہ چند مکالمے میرے بیان کی تصدیق کریں گے۔

"--------ایک ہی صف میں کھڑے ہو گئے محمود اور ایاز------ کہاں ہے کوئی چھوٹا اور بڑا؟ جو محنت کرے گا فصل اسی کی ہے۔"

"کر سکو گے محنت ؟"

"کیوں نہیں---------!"

"سوچ لو--------- اسی جاگیر دارانہ نظام میں پلے بڑھے ہو سونے کا چمچہ لے کر۔"

"اب اس چمچے کی ضرورت نہیں پڑے گی۔"

"پرانی یادیں بھولی نہیں جاتیں۔ نئے مسائل بہت دکھ دیتے ہیں۔ ٹھہر ٹھہر کر پرانی یادیں چوٹ پہنچاتی رہیں گی۔"

"دیکھا جائے گا۔"

"حکومت کرنے والے ہو۔ ابھی کون سی حکومت چلی گئی؟ گھر میں یہ حکومت اب بھی ہے--------- نوکر چاکر۔ کتنے خاندان ہیں جو اس کاردار گھرانے سے وابستہ رہے۔ ہم نے انہیں جھولیاں بھر بھر کر خیرات بانٹیں۔"

"خیرات نہیں۔۔۔۔۔۔ محنت کی کمائی۔"

"یہ تمہاری سمجھ پر منحصر ہے۔ جو ہمارے یہاں آیا خالی ہاتھ نہیں گیا۔ ہم دینے والے ہاتھ رہے ہیں۔"

انگریز تو چلے گئے جاتے جاتے دل کے دو ٹکڑے کر کے چلے گئے۔ دنیا کے عرض البلد و طول میں ایک نیا ملک ابھر گیا۔ آزادی نے وہ زخم دیا کہ آج تک نہ بھر سکا۔ اپنی مٹی پر خود ہی مہاجر کہلائے۔ وطن میں بے وطن ہی کہلائے جا رہے ہیں۔ ان کی حب الوطنی پر آج بھی انگشت نمائی کی جاتی ہے۔ وہ ہر روز اپنے ہی وطن میں مشکوک و وفاداری لیے ہزاروں بار مرتا ہے اور مر مر کر پھر مرتا ہے۔ اس کرب کو ناول نگار نے اپنے ایک مکالمہ میں کچھ اس طرح بیان کیا ہے:

"تمہیں بار بار اپنی صفائی دینی ہو گی اور اس طرح یہ ملک، یہ خطہ، یہ زمین تمہاری ہو کر بھی تمہاری نہیں ہو گی اور کتنی عجیب بات ہے اپنے ملک کو اپنا کہنے کے لیے تم صفائی دو گے اور اسی صفائی میں تمہاری عمر نکل جائے گی۔"

مجھے ایسا محسوس ہوا جیسے یہ اقتباس آج کے پورے ہندوستانی مسلمانوں کے خون جگر کی سیاہی سے تحریر کیا گیا۔ ناول میں فلیش بیک اور فلیش فارورڈ کی تکنیک، اسلوب بیان، زندگی کے نشیب و فراز؟ کرداروں کی جذباتی اور نفسیاتی تصویر، نئی تہذیب میں عقل و فراست کی کمی، ترقی کے نام پر اقدار کی پامالی اور سب ہی کچھ سمیٹ دیا ہے۔ مشرف عالم ذوقی کا یہ ناول "لے سانس بھی آہستہ" نئی تہذیب کی خود شکستگی کا ایک الارم ہے جو قبل از وقت بج اٹھا ہے۔

***

'لے سانس بھی آہستہ' میری نظر میں

-ڈاکٹر تسنیم فاطمہ امروہوی

میں اس بحث میں مزید اضافہ کرنا نہیں چاہتی ہوں کہ ناول کی روایت کیا رہی ہے؟ اس کی تاریخ کیا ہے؟ پہلا ناول کب کس نے، کہاں اور کن حالات میں لکھا۔ میں تو اتنا جانتی ہوں کہ کوئی بھی تخلیق بغیر کسی وجہ کے ظہور میں نہیں آسکتی- ہر بڑے تخلیق کار نے اپنے دور کی تہذیب سے استفادہ کیا اور ادب تخلیق کیا۔ یہاں تک کہ کائنات کی تشکیل بھی بغیر وجوہات کے وجود میں نہیں آئی- کوئی تبدیلی، حادثہ یا واقعہ بغیر کسی علت کے ظہور پذیر نہیں ہو سکتا۔ ان تغیرات کا واضح اثر حساس ادیبوں کی تخلیقات پر پڑتا ہے۔ قوانین فطرت یعنی موسموں کا تغیر، ہوا کا چلنا، دن کے بعد رات کا آنا، بادلوں کا چھا جانا، پانی کا برسنا، طوفان کا اٹھنا، نباتات کا خاص خاص موسموں میں پیدا اور فنا ہونا، حیوانات کی زندگی، امراض و اموات، زمین کی کیمیائی تغیرات، سمندر کا مدو جزر، غرض یہ کہ کائنات کی ہر حرکت عام انسان کے لیے قوانین فطرت ہے-وہ اسے سرسری طور پر لیتا ہے لیکن ایک ادیب ان تغیرات کو تخلیق کا دیار سمجھتا ہے۔ ان تبدیلیوں کے دیار میں ایک نام ذوقی کا ہے جو اپنے ارد گرد کی ہر حرکت سے متاثر ہوئے بغیر نہیں رہتے۔ ان کا ناول "لے سانس بھی آہستہ" آج کی دور کی تبدیلیوں کی زندہ مثال ہے۔

"لے سانس بھی آہستہ۔۔۔" کہانی ہے، انسانی رشتوں میں آئی تبدیلیوں کی -ناول

کا کینوس اتنا بڑا ہے کہ انسان کی ابتدا یعنی اس زمانے میں جب کہ وہ وحشیوں کی طرح غاروں اور خطرناک بیابانوں میں زندگی بسر کرتا تھا۔ اپنی نادانی کے باعث پھر سے اسی زندگی کی طرف جا رہا ہے۔ تجربات کی بھیڑ میں وہ اپنی شناخت کھوتا جا رہا ہے۔ ذوقی کا ناول ان تجربات کے خطرناک انجام سے آگاہ کرتا ہے کہ ہم جو کہ اشرف المخلوقات ہیں، ان خطرات کا مقابلہ کیسے کریں؟ جو انسانی تہذیب، اخلاقیات صدیوں پرانی ہے اس میں یہ تبدیلی کیسے قبول کریں؟ آج کا انسان اپنے نفس کا غلام بنتا جا رہا ہے- اس نے جائز اور ناجائز کی تعریف اپنے حساب سے اپنی پسند کے مطابق بنالی ہے۔ جس سے انسانی اقدار پامال ہوتا ہوا نظر آرہا ہے اور اخلاقیات نہ جانے کن تاریکیوں میں گم ہوتی جارہی ہے۔

اس نئی تہذیب نے ذوقی کو بے چین کیا اور اس بیقراری سے ایک ایسی نئی تخلیق وجود میں آئی جس نے اردو ناول کی دنیا میں ہلچل مچادی- ۲۱ ویں صدی کی دوسری دہائی میں ذوقی نے اپنے انداز کا چونکانے والا ناول ہمارے سامنے پیش کیا۔ آج کے قاری کی ذہنی آبیاری کے لیے یہ ناول اپنی مثال آپ ہے۔ اس طرح کی تخلیق ایک چیلنج کی طرح ہوتی ہے- "لے سانس بھی آہستہ۔۔۔" اپنے آپ میں ایک بڑا چیلنج ہے۔ اردو ادب کو برسوں سے ایک نئے ناول کا انتظار تھا ذوقی نے اس ناول کے ذریعہ یہ طے کیا کہ مابعد جدیدیت کے بعد کا ادب کیسا ہونا چاہئے- اس ناول کی ایک اہم بات تو یہ ہے کہ Readable ہے- پہلی لائن سے آخری لائن تک کہیں بھی بوجھل نہیں لگتا اور One Setting میں پڑھنے کی Demand کرتا ہے- قاری کے ذہن کو سحر انگیز کرنے کا فن ذوقی کو ہے۔ پڑھنے کے بعد بھی ناول قاری کے ذہن میں رہتا ہے- ذوقی کا یہ ناول حقیقت نگاری اور تخلیق کا بہترین نمونہ ہے- ذوقی کا ناول لکھنے کا اپنا ہی ڈھنگ ہے دیکھئے یہ اقتباس:

"میں نے کھڑکی کھول لی۔ شاید اس سے زیادہ اس وقت میں کچھ کر بھی نہیں سکتا تھا۔ دسمبر کے آخری دنوں کی شام تیزی سے رات میں تبدیل ہو رہی تھی۔ کھلی کھڑکی سے ٹھنڈی ہوا کے جھونکے جسم کے ریزے ریزے میں داخل ہو چکے تھے۔۔۔ آنکھیں پرانی یادوں کے جنگل میں کچھ تلاش کرنے کی ناکام کوشش کر رہی تھیں۔۔۔ ٹھہر ٹھہر کر آدھا ادھورا ایک چہرہ پلکوں کے آگے آکر کانپ کر رہ جاتا۔۔۔ اور یہ وہی لمحہ ہوتا جب شریانوں میں گرم گرم خون کے لاوے اچانک اُبلنا شروع کر دیتے۔۔۔ میری کوشش تھی کہ اس منظر سے خود کو جتنا چاہے، دور رکھ سکوں۔ مگر کیا یہ ممکن تھا؟"

یہ ناول کا پہلا اقتباس ہے۔ بس اس اقتباس سے ہی تجسس پیدا ہو جاتا ہے۔ آخر ناول میں کیا ہے۔ یہ کس کی کہانی ہے اور کہانی کیا ہے۔ جیسے جیسے قاری پڑھتا ہے۔ تجسس بڑھتا جاتا ہے۔ ناول کے اتنے رنگ اتنے ڈائمنشن، زندگی کے اتنے پہلو، تہذیب نئے کے نئے رنگ وا ہوتے چلے جاتے ہیں۔ قاری سوچ بھی نہیں سکتا کہ ایک ہی ناول میں غلامی کا عکس، آزادی اور تقسیم، سیاست کے رنگ، حسد، نفرت، غریبی، بے بسی، بنگلا دیش کا قیام اور فرقہ وارانہ فسادات، رام جنم بھومی رت یاتراؤں کا سچ، اور تشدد مجموعی طور پر یہ موضوعات ناول کو اتنا بڑا بنا دیتے ہیں کہ سوچنا پڑتا ہے کہ کیا کسی کی تخلیق کا فلک اتنی وسعت رکھتا ہوگا۔

میر تقی میر نے جب یہ شعر کہا ہوگا۔

"لے سانس بھی آہستہ کہ نازک ہے بہت کام
آفاق کی اس کارگہ شیشہ گری کا"

تو نہیں سوچا ہوگا، کہ ان اس شعر کی تفہیم و تعریف کوئی اس طرح بھی کر سکتا ہے۔

ذوقی اپنے موضوع سے، کہیں بھی الگ نہیں ہوئے - شروع سے لے کر آخر تک لے سانس بھی آہستہ کی صدا گونجتی محسوس ہوتی ہے۔ اگر بات کرداروں کے حوالے سے کروں تو ناول کا ہر ایک کردار اپنی اہمیت رکھتا ہے۔ عبدالرحمن کا کردار، نادرہ، نگار، رقیہ، نور محمد، پروفیسر نیلیے، سارہ اور جینی وغیرہ- لیکن ناول کی روح ایک کردار نور محمد میں بستی ہے۔ نور محمد کے کردار کی سب سے اہم بات یہ ہے کہ وہ شروع سے ہی محبت کا بھوکا ہے- اس کے یہاں محبت نہ تو مذہب کی روح ہے اور نہ جنسی تسکین کا ذریعہ اور نہ کسی اور رنگ میں -وہ تو محبت کو بس محبت سمجھتا ہے۔ اس نے نادرہ سے محبت کی اور اس کو مرتے دم تک نبھایا۔ نادرہ اور نور محمد کی محبت کا نتیجہ نگار کی صورت میں سامنے آیا جو ایک Abnormal بچی ہے جس کا رونا نور محمد کو ہلا کر رکھ دیتا ہے۔ لیکن نور محمد اس کے رونے سے پریشان نہیں ہوتا وہ اس کے رونے سے بھی پیار کرنا جانتا ہے- وہ نگار کو کسی بھی حالت میں کھونا نہیں چاہتا۔ ایک Abnorma بیٹی کے لیے اپنی زندگی وقف کر دیتا ہے- یہاں تک کہ وہ پورے معاشرے سے کٹ جاتا ہے اور ایک رات وہ اپنی محبت کو زندہ رکھنے کے لیے وہ سب کچھ کر ڈالتا ہے، جس کی اجازت نہ مذہب نے دی نہ انسانی معاشرے نے-

دیکھئے اقتباس:

"ہاں---'

اس نے لمبی سانس بھری اور دھاکہ کر دیا-

'میں نے طلب پوری کر دی--- پوری کر دی---'چھت ناچ رہی ہے--- آسمان گھوم رہا ہے--- ساری دنیا اچانک ہلنے لگی ہے---

میں خوف زدہ ہو کر پیچھے ہٹتا ہوں-

وہ رو رہا تھا۔---Now she is pregnant---

یہ کسی کی زندگی کو بچانے کے لیے کیا گیا گناہ تھا جس سے گزرنے کے بعد نور محمد شرمندہ رہتا ہے۔ نور محمد محبت کی دیوانگی میں جائز اور ناجائز کے ہر عمل سے باہر نکل چکا تھا۔ وہ محبت نبھا رہا تھا - اس کا مذہب، اس کا عقیدہ صرف محبت تھا۔ وہ اپنے آپ سے Committed تھا کہ میں اپنی محبت کو ہر حال میں نبھاؤں گا۔ جو بھی میری محبت کو منظور ہو گا، وہ کروں گا اور وہ اپنے وعدہ پر کھرا اترتا ہے۔ محبت کو انجام تک پہنچایا۔ جب کہ محبت تو عبدالرحمن کاردار نے بھی کی تھی - مگر اس نے عام انسانوں کی طرح ایک سہل راستہ اختیار کیا محبت مل جاتی تو ٹھیک اور نہیں ملی تو ٹھیک - کوئی جدوجہد نہیں اور نہ کوئی وعدہ نبھانے کی کوشش - جب نادرہ سے وہ اقرار کرلیتا ہے کہ ہاں اس نے نادرہ سے محبت کی اور اسی محبت کے وسیلے میں نادرہ، نگار کا خیال رکھنے کا وعدہ عبدالرحمن کاردار سے لیتی ہے - لیکن کاردار کہیں بھی مضبوط کردار کا مالک نہیں بن پایا۔

مشرف عالم ذوقی نے آج کے انسان کے عقیدے بھی ٹٹولنے کی کوشش کی ہے - سائنس نے چاہے جتنی ترقی کرلی ہو مگر آج بھی انسان اندھوشواس کی اندھیری گلیوں میں گم ہے۔ ذوقی نے بتایا کہ اندھشواس ایک مہلک بیماری ہے جو ایک بار کسی انسان کو لگ جائے تو اس سے چھٹکارا پانا آسان نہیں ہوتا۔ نظر محمد تمام عمر اس بیماری سے نجات حاصل کرنے کے لیے جدوجہد کرتا رہتا ہے - لیکن رہ رہ کر اس کی بیوی پر پڑنے والے دوروں نے اس کی کوششوں کو کمزور کر دیا - وہ ملا مولوی جھاڑ پھونک کرنے والے تانترکوں کی جیبوں کو بھرتا رہا اور آخر میں اپنی بیوی کو کھو دیتا ہے۔ ملا مولوی جو اللہ کے گھر کے نام سے چندہ جمع کرتے ہیں اور اپنا گھر بنا لیتے ہیں اس طرف بھی ذوقی نے اشارہ کیا ہے۔

"اور کیا- شاہ جنات ہے۔ اس لیے مولوی صاحب کہتے ہیں - وقت لگے گا۔ پچھلے دو مہینے سے ہر جمعہ ایک بکرے کی قربانی دی جارہی ہے۔۔۔

'بکرا گھر آتا ہے۔۔۔؟'

'نہیں - ابا بکرے کی قیمت مولوی صاحب کو دے دیتے ہیں۔ وہ قربانی کے بعد بکرے کا گوشت یتیم بچوں میں تقسیم کر دیتے ہیں'

'تقسیم کر دیتے ہیں یا خود کھا جاتے ہیں -؟"

ذوقی نے دنیا کو ایک گاؤں میں تبدیل کرنے والے نیٹ ورک کی اہمیت کو واضح کیا ہے۔ سائنس نے جہاں ایک طرف دنیا کو چھوٹے سے گاؤں میں تبدیل کیا وہیں اس کے منفی اثرات سے انسان اپنی تہذیب کھوتا جارہا ہے۔ جس طرح دنیا ایک خطرناک پوائنٹ پر سمٹ رہی ہے وہیں انسان بھی اپنے آپ میں سمٹ کر رہ گیا ہے - وہ اتنا خود غرض ہو گیا ہے کہ جنسی تکمیل کے لیے بھی فیملی میں ہی مطمئن ہونا چاہتا ہے۔ وہ رشتے جو جذبات واحساسات کی ڈور سے بندھے ہوتے تھے وہ کہیں گم ہو گئے ہیں۔ وجہ یہی کہ سائنس کی ترقی نے جینے کے تمام وسائل اس کے لیے مہیا کر دیئے ہیں۔ دنیا کا ہر عیش و آرام اس کے پاس موجود ہے۔ وہ کون سی چیز ہے جو انسان کی دسترس سے باہر ہے۔ لیکن اس ترقی میں رشتے اپنے معنی بدل رہے ہیں۔ کہاں گیا ماں ممتا بھرا رشتہ، کیا ہوا باپ کا مقدس رشتہ، کہاں ہے بیوی کا اعتماد اور کہاں گیا شوہر کا خلوص - کیا ہوا بھائیوں کے ضمیر کو کہ وہ بہنوں کے نگہداشت نہ رہے۔ پستی کی اس سے بڑھ کر اور کیا حد ہو سکتی ہے - جنسی تسکین کے لیے مقدس رشتوں کی پامالی۔ ذوقی نے بہت ہی شائستگی سے ہمارا ذہن اس طرف موڑا ہے کہ معاشرے پر چھائی اس تاریکی کا اصل ذمہ دار کون ہے؟ یہ بڑا سوال ہے۔ اس سوال کا جواب تلاش کرنا ہم سب کی ذمہ داری ہے۔

دیکھئے یہ اقتباس:

"کاردار--- یہ دیکھو- اس دنیا کو دیکھو- یہاں Google ہے--- Facebook ہے- Picasa, Smugmug, webshots, Zoom, Youtube, Vimeu اور Padora ہے- دنیا میں کچھ بھی تلاش کرنا چاہو تلاش کرسکتے ہو- ڈرو مت- ادھر دیکھو Google کے اسکرین پر اپنی نظریں مرکوز کرو- دیکھو- یہاں میں نے لکھ دیا- Family incest اور اب دیکھو--- کلک کرتے ہی--- فیملی انسیسٹ کے ہزاروں خانے روشن تھے- باپ بیٹی میں سیکس- ماں بیٹے میں سیکس- خاندان کے ساتھ گروپ سیکس--- بھائی بہن میں سیکس--- سوتیلی بہن کے ساتھ--- ماں اور بیٹی کے ساتھ باپ کا دونوں کو Seduce کرنا---"

دلوں سے جڑے ہوئے بے غرض انسانی رشتوں پر خود غرضی اور مفاد پرستی کی دھول تہہ بہ تہہ جمتی ہی چلی جارہی ہے۔ کھوتے جارہے ہیں وہ انمول رشتے اور جذبات واحساسات جو کبھی انسان کے اشرف ہونے کی خصوصیات ہوا کرتے تھے۔ لیکن آج ایک طرف ماں باپ اپنے ہی بچوں سے اور بچے اپنے والدین سے۔ بھائی بہنوں سے--- رشتوں میں سیکس تلاش کررہے ہیں۔

اپنے گردو پیش بلکہ اپنے درمیان کی اس ہولناک صورت حال سے صرف نظریں بچا لینا ہی مہذب ہونے کی دلیل نہیں ہے۔ مشرف عالم ذوقی نے جن واقعات اور تصورات کو ہمارے سامنے لا کر کھڑا کیا ہے وہ یقیناً حیرت انگیز ہیں۔ اس ناول کے ذریعہ ہمیں پتہ چلتا ہے کہ اس سرزمین پر ایسے دل و دماغ والے ادیب بھی بستے ہیں جو اس ہولناک منظر سے نکلنے والے تباہی کے راستوں کا پتہ دیتے ہیں اور لکھنے کی کوشش کرتے ہیں کہ برائیوں کی یہ آگ کسی کو بھی بخشنے والی نہیں۔ اس پر اگر قابو نہیں پایا گیا تو یہ آگ

ایک دن تمام رشتوں کو جلا کر راکھ کر دے گی۔ دنیا کو آرام وسکون کی جگہ بنانے کے لیے دنیا بھر میں نہ جانے کیا کیا نہیں کیا جارہا ہے۔ اس کی بڑی وجہ یہ ہے کہ انسان بھٹک گیا ہے اور وہ صحیح راہ کی تلاش چاہتا ہے۔ اسی لیے انسان جنسی قید سے فرار چاہتا ہے۔ اگر جنسی آزادی اتنی ہی اہم ہے تو تمام دنیا میں کوئی گوشہ ایسا نہیں ہے جہاں اس بنا پر چین وسکون ہو۔ جہاں پر سیکس فری ہے وہاں بھی خوف کا ماحول ہے اور اس سے نجات کے لیے آشرموں کا اور مذہب کا سہارا کیوں لیا جارہا ہے۔ اس فرار کی اصل وجہ کیا ہے؟ ذوقی نے اپنے ناول کے ذریعہ ایسے بہت سے سوال قاری کے ذہن میں پیدا کیے ہیں جن کے جواب تلاش کرنا ہم سب کی ذمہ داری ہے۔ ناول کا جادو میرے اوپر اس قدر حاوی ہے کہ چلتے پھرتے نور محمد اور نگار کا کردار رہ رہ کر آنکھوں کے آگے زندہ ہو جاتا ہے۔ نور محمد کا کتنا سخت امتحان اور اس کا اس امتحان میں کامیاب ہونا کمال ہے۔ ذوقی کا کمال یہ کہ انہوں نے نور محمد کو ہر حال میں حالات سے لڑنا سکھایا اوراس کو زندہ رکھا- نگار کو زندہ رکھا اور صحیح وقت پر صحیح فیصلہ لے کر ایک تہذیب کو دوسری تہذیب میں تبدیل کر دیا- لے سانس بھی آہستہ اردو ادب کے فلک پر ایک چمکتا ہوا ستارہ ہے، جس کے کردار نور محمد، نادرہ، نگار اور جینی رہتی دنیا تک زندہ رہیں گے اور یہ ناول ذوقی کے ادبی ذخیرہ میں میل کا پتھر ثابت ہو گا۔

***

لے سانس بھی آہستہ - میری نظر میں

- رخشندہ روحی (دہلی)

مشرف عالم ذوقی صاحب کا نیا ناول لے سانس بھی آہستہ۔۔۔انکی فکری اور فنی وسعت انسانی فطرت اور نفسیات پر باریک بینی سے تجزیہ قاری کے احساسات میں ایک نئی بصیرت کا باب روشن کرتا ہے۔۔۔بڑے کینویس پر دو پڑوسی ہیں خاندان ابھرتے ہیں۔۔ نور محمد کا خاندان اور عبدالرحمان کاردار کا خاندان۔عبدالرحمان کے ماموں اپنی لڑکی نادرہ کو لے کر پاکستان سے آتے ہیں۔ عبدالرحمان اور نادرہ کے درمیان خاموش محبت پروان چڑھنے لگتی ہے۔

لڑکی ایک نادرہ اور لڑکے دو۔۔ عبدالرحمان اور نظیر احمد۔

نادرہ کو محبت تھی عبدالرحمان سے۔۔ جسے وہ سمجھ نہ سکا اور اس نے خود اپنے دوست نظیر احمد سے نادرہ کی شادی کرادی۔ شادی کے بعد نادرہ اپنے محبوب سے والہانہ محبت کرتی رہی۔۔ اور ایک دن ذہنی دباؤ میں آکر نادرہ نے عبدالرحمان کے سامنے اپنی محبت کا دیوانہ وار اعتراف کیا۔۔ لیکن اب کیا ہو سکتا تھا۔نادرہ کی ایک بیٹی ہے جو ذہنی طور پر معذور ہے۔اپنی ماں نادرہ کی موت کے بعد باپ کی ذمہ داری ہے اور ایک دن باپ بیٹی کا رشتہ ایک ایسی تکلیف دہ راہ پر بھٹک جاتا ہے کہ ذہن ماؤف ہو جاتا ہے۔میں نے ناول

پڑھا آگے لیکن ڈر ڈر کے۔۔

ناول کے کچھ جملے دل و دماغ کو اپنی گرفت میں لے لیتے ہیں۔ یہ سچائی کہ ہمیں اس ملک کو اپنا کہنے کے لئے کتنی قسمیں کھانی پڑتی ہیں۔

"آنے والے وقتوں میں بار بار تمہیں تقسیم کے نام پر شرمندہ ہونا پڑے گا۔۔۔ اپنے ملک کو اپنا کہنے کے لئے بھی تم صفائی دوگے۔۔"

ہمارے دیس کی پولیس کو کافی صاف دلی سے ذوقی صاحب سمجھاتے ہیں۔۔ سماج میں پولیس کی شبیہ کا خاکہ بڑی ایمانداری سے انہوں نے کھینچا ہے۔

"کیا آپ صرف وہیں پہنچتے ہیں۔ جہاں شریف عزت دار اور خاندانی لوگ رہتے ہیں۔۔ جن کی شان میں ذرا سی گستاخی ہو جائے تو انکا دم نکل جاتا ہے۔ آپ جانتے ہیں کہ ایک شریف گھر میں پولیس کا آنا کسی خاندانی آدمی کے لئے کیا معنی رکھتا ہے۔"

عشق کی بے تابیاں اور محبت کی رعنائیاں کیا خوب ہیں۔۔

"وہ کسی ساحرہ کی طرح جب میری پلکوں پر انگڑائیاں لیتی ہے تو میرے لئے اسی لمحہ ساری دنیا اتنی دلکش اور حسین ہو جاتی ہے کہ شاید میں اظہار بھی نہ کر سکوں۔۔"

بڑھاپے کی تنہائی اور دکھ اس پر زندگی کی چاہت۔۔

"ایک عمر میں سب اکیلے ہو جاتے ہیں۔ اور سب کو انفرادی طور پر اپنے وجود کی جنگ لڑنی ہوتی ہے۔۔ کیونکہ قدرت ہمیں موت سے زیادہ زندگی سکھاتی ہے۔۔"

"آج سے تین دہائی پہلے محبت میں کیا گرمیء شوق تھی۔ جو آج کی نوجوان نسل کے لئے مضحکہ خیز ہے۔

عمر کی اپنی حدیں مقرر تھیں۔ اور ان حدود سے تجاوز کرنا بغاوت سمجھا جاتا تھا۔ تب جادو کا گھوڑا (کمپیوٹر) نہیں تھا۔ مگر تب بھی تھی محبت۔ شاید موجودہ وقت سے زیادہ آزاد

اور روحانی۔ جسم کی جگہ سیدھے روح میں اتر جانے والی محبت۔"

"تب محبت کی اپنی شکل تھی۔"

"گہرے سناّٹے اور پراسرار اداسی کی اپنی الگ شاعری ہوتی ہے۔ہوا کی اپنی موسیقی۔خوشبو کے اپنے سر تال۔اور محبت کے اپنے راگ ہوتے ہیں۔"

معاشرے میں بڑھتا ذہنی انتشار ایک دوسرے سے بازی لے جانے کی ہوڑ نوجوان نسل کو ڈپریشن اور ذہنی امراض میں مبتلا کر رہی ہے۔ذوقی صاحب کے کردار نفسیاتی الجھنوں اور کرب میں گرفتار ہیں۔انکا یہ کردار انسانی حوصلوں اور محرومیوں کا قدم قدم پہ امتحان لیتا ہے۔۔اور آخرِ کار وہ ایک ایسا فیصلہ کر لیتا ہے جسے ہندوستانی معاشرے میں تصور کرنا بھی حرام ہے۔۔ قاری کو ایک ذہنی چوٹ ایک قلبی جھٹکہ لگتا ہے۔۔

"آج ایک بڑی تعداد ڈپریشن کے مریضوں کی ہندوستان میں ہے اور یہ گنتی روز بہ روز بڑھ رہی ہے۔جو بڑی تشویش کا باعث ہے۔

ایک سروے کے مطابق اب ہمارے ملک میں اینگزائٹی ڈس آرڈر والے بچوں کی تعداد کافی بڑھتی جا رہی ہے۔"

ذوقی صاحب نے جیسی فراخ دل بیوی کا ذکر کیا ہے وہ خواب میں ضرور آتی ہے۔۔ حقیقت میں اگر مل جائے تو۔۔۔

"تم لوگ ایسا کیوں سمجھتے ہو کہ ساری بیویاں ایک جیسی ہوتی ہیں۔کمزور'بزدل اور ہر بات کو غلط سمجھنے والی۔۔"

احساس جیسے نازک جذبے کے لئے جھاڑی کہنا کچھ کھل گیا۔۔لیکن ہے یہ بالکل سچ۔۔کہ عورت مرد کی نگاہوں سے پہچان لیتی ہے کہ وہ کتنا عمیق عاشق ہے۔

"عورت مرد کی انگلیاں تھامتے ہی اس کے احساس کی جھاڑیوں میں بھی پہنچ جاتی

ہے۔۔"

نادرہ نگار اور جینی ایک مرد کی بیٹی بیوی یا بیوی بیٹی نہ جانے کیا؟؟ نور محمد جیسے سچے شوہر اور عاشق نے یہ کیا کر ڈالا۔

ناول ایک ساتھ اپنے دامن میں محبت کی المناکیاں اور زندگی کی محرومیاں، تمناؤں کی نارسیدگی اور معاشرے میں پھیلی برائیوں کو سمیٹے ہوئے آگے بڑھتا ہے۔۔جو کئی جگہ دل چسپ بھی ہے اور دلدوز بھی۔

کچھ حقیقتیں واقعی تلخ اور ناقابلِ قبول ہوتی ہیں۔اس طرح کا مجبوراً جسمانی رشتہ باپ بیٹی کے درمیان ہونا میرے ذہن نے قبول نہیں کیا۔لڑکی اگر ذہنی مریض ہے تو باپ کیسے اس قدم کے لئے مان گیا۔ناول کا اختتام اتنا گھناؤنا سچ سامنے لاتا ہے کہ قاری کے رونگٹے کھڑے ہو جاتے ہیں۔ناول کا آخری حصہ پڑھتے ہوئے دکھ کے گہرے اثر نے دل کو بھاری کر دیا۔

***

لے سانس بھی آہستہ - ایک نظر

- فرحت انوار

عہد حاضر میں یوں تو بہت سے قلم کار ہیں مگر ان میں سر فہرست مشرف عالم ذوقی ہیں۔ انہوں نے اپنے ناولوں میں بہت سے بنیادی مسائل اٹھائے ہیں - ان مسائل میں آزادی کے بعد سے تہذیبوں کا تصادم بھی شامل ہے۔ مسلمانوں کے مسائل پر ذوقی گہری نظر رکھتے ہیں۔ مسلمانوں کو کس طرح حاشیے پر ڈال دیا گیا ہے یاڈالنے کی سازشیں ہو رہی ہیں ذوقی کا قلم بیباکی سے ان موضوعات کا بھی احاطہ کرتا رہا ہے۔ ان کے یہاں موضوعات کا تنوع ہیں۔۔۔ "بیان، مسلمان، نیلام گھر، پوکے مان کی دنیا، پروفیسر ایس کی عجیب داستان" یہ وہ ناول ہیں جن کے ذریعہ ذوقی نے اپنی ناول نگاری کالوہا منوایا ہے - ان کے کئی افسانوی مجموعے بھی منظر عام پر آچکے ہیں۔۔۔

حال ہی میں ان کا ناول "لے سانس بھی آہستہ "شائع ہوا ہے۔ جیسا کہ سبھی جانتے ہیں وہ ہمیشہ سب سے الگ اور نئے موضوعات کا انتخاب کرتے ہیں - اس ناول کا موضوع بھی بولڈ اور نئی دنیا سے آنکھیں چار کرنے کا حوصلہ رکھتا ہے۔ یہ ناول قاری کو جھنجھوڑ کر رکھ دیتا ہے۔ اس ناول میں تقسیم کا المیہ بھی ہے، ہجرت کا درد بھی - اس ناول میں انہوں نے بنگلہ دیش اور بابری مسجد جیسے اہم مسائل کی طرف بھی قارئین کو متوجہ کیا ہے۔ اس میں اقدار کی شکست و ریخت کا مسئلہ بھی ہے۔ جب پرانی تہذیب منہدم ہوتی ہے تو نئی

تہذیب پیدا ہوتی ہے اور معاشرہ کیسے اس کی گرفت میں آتا ہے، پتا بھی نہیں چلتا- سماج بدلتا چلا جاتا ہے-

ذوقی کے ناول میں دو دنیائیں ملتی ہیں - ایک دنیا وہ ہے جو تقسیم سے پہلے کی اور دسری دنیا تقسیم کے بعد کی ہے۔ تقسیم کے بعد کی دنیا نے مسلمانوں کو کیا دیا- یہ کیسی آزادی ہے جس کے بعد ہر مسلمان ڈرا ہوا ہے۔ اور مسلمانوں کا یہ خوف آج ۶۳ سال گزرنے کے بعد بھی قائم ہے بلکہ آج تو مسلمان اس سے بھی زیادہ خوف زدہ ہے جتنا آزادی کے بعد محسوس کر رہا تھا۔ آج اگر ہندستان میں ایک پٹاخہ بھی چھوٹتا ہے تو شک کی سوئی مسلمانوں کی طرف گھوم جاتی ہے۔ ذوقی نے اس ناول کے ذریعہ سماج اور سیاست کا ایسا گھناؤنا چہرہ ہمیں دکھایا ہے جو اس سے قبل اردو کے کسی بھی ناول میں کبھی نظر نہیں آیا تھا- ناول کا دوسرا حصہ انٹرنیٹ اور بدلتے ہوئے صارفی کلچر کو لے کر ہے- یعنی ایک ایسی تہذیب ہمارے سامنے آتی ہے جہاں چھوٹے چھوٹے بچے بازار کا حصہ بن کر چکے ہیں۔ گھٹن ہے اور نئی نسل کے لیے باہر نکلنے کے سبھی دروازے بند- ناول میں آج کی سچائی کو دکھایا گیا ہے- انٹرنیٹ کے ذریعہ جو اثرات آج کے بچوں پر مرتب ہو رہے ہیں اور وہ جس طرح گرفت میں آ رہے ہیں، آنے والے وقت میں کیا ہم انہیں اس سے بچا پائیں گے- ؟ ایسے بہت سے سوالات وہ ہمارے ذہن میں چھوڑ جاتے ہیں۔ ایک اچھا لکھاڑی وہی ہے جو قاری کے ذہن کو متفکر کر دے۔ اور ذوقی کے ہر ناول کا موضوع قاری کو سوچنے پر مجبور کرتا ہے۔

یوں تو ان کے ناول کا اہم کردار عبدالرحمن کا ردار ہے جو ایک سلجھا ہوا، سمجھدار، وقت اور زمانہ کے ساتھ خود کو بدلنے کی صلاحیت رکھتا ہے۔ نور محمد ان کے ناول کا دوسرا مگر اہم کردار ہے۔ اگر دیکھا جائے تو نور محمد ایک ایسے کردار کے طور پر ہمارے سامنے

آتا ہے کہ آج تک اردو ناول کی تاریخ میں کبھی کوئی ایسا مضبوط کردار ہمارے سامنے نہیں آیا- ایسا کردار جو قارئین کو ہمیشہ یاد رہے گا۔ نور محمد صرف ایک وفادار شوہر، مثالی محبوب ہی نہیں بلکہ اپنے آپ کو فنا کر دینے والا باپ بھی ہے۔ وہ اپنی محبت کے مسلسل کڑا امتحان دیتا ہے۔ ایسا امتحان جس کے بارے میں کوئی سوچ بھی نہیں سکتا۔ اسے پتا ہے جو وہ کر رہا ہے وہ شریعت میں ممنوع ہے، مگر وہ اپنی محبت کی نشانی، اپنی بیمار بیٹی کی خواہشات نفسانی کی تسکین کے لیے اس اذیت ناک اور مشکل امتحان سے بھی گزر جاتا ہے، خواہ اس کے ضمیر پر تازیانے برس رہے ہوں، مگر وہ اپنی مرتی ہوئی بیوی سے کئے ہوئے وعدے کو نبھاتا ہے۔ ناول کے آخر میں جب وہ اپنی بیماری کے ڈر سے عبد الرحمن کو بلاتا ہے اور اس کے سامنے اپنی زخمی روح کا درد رکھتا ہے تو نئی تہذیب ایک دھماکہ بن کر سامنے آ جاتی ہے۔ اور ذوقی تہذیبوں کی اس دہشت میں عام قاری کے احساس کو بھی شامل کر لیتے ہیں۔ ناول کا اختتام قاری کے وجود کے پرخچے اڑانے کے لیے کافی ہے۔

***

مشرف عالم ذوقی کا نیا ناول "لے سانس بھی آہستہ۔۔۔"

-فرح ہاشم، شعبہ اردو، الہ آبادیونیورسٹی

مشرف عالم ذوقی عہد حاضر کے ممتاز ناول نگار ہیں۔ "لے سانس بھی آہستہ "ان کا تازہ ترین اور اہم ناول ہے۔اس ناول کا موضوع جنگ آزادی کے وقت مسلمانوں کی تاریخ اور زمیں دارانہ نظام کا زوال ہے۔

لے سانس بھی آہستہ نازک ہے بہت کام
آفاق کی اس کارگہ شیشہ گری کا

اس شیشہ سی باریک دنیا میں جو اس قدر نازک ہے کہ سانس لینے سے بھی ٹوٹنے کا خطرہ ہے۔ایسی دنیا میں انسان جینے کی کوشش کر رہا ہے پر اب تو یہ شیشہ کی دنیا سنگ کی بن گئی ہے۔اتنی تیز رفتار ہو گئی ہے کہ سانس لینے کا بھی وقت نہیں ہے۔ہر سانس ایک نئی عبارت خلق کر رہی ہے رفتہ رفتہ اس تیز رفتار زندگی نے تہذیبوں کو بھی مٹا دیا ہے۔تہذیبی نزاکتیں کہیں کھو گئی ہیں۔کیا رشتوں کو کمزور کر رہی ہے یہ نئی تہذیب ساتھ ہی مذہب سے دور ہو رہے افراد اخلاقیات سے بھی دور ہو رہے ہیں۔انسان کو تو اشرف المخلوقات کا درجہ حاصل ہے تو وہ اتنا خود کو کیوں گرا رہا ہے کہ انسان اور جانور کا فرق ختم ہو جائے جہاں نہ رشتوں کی کوئی اہمیت ہوتی ہے نہ ہی وہ ان کے لئے مقدس ہوتے ہیں۔جہاں نہ احساسات کوئی معنی رکھتے ہیں نہ ہی رشتوں کا بکھرنا۔انسان اس سماج میں رہ

کر خود کو انسانی فرد ہونے کا مطالبہ کرتا ہے پر کیا وہ خود کے اندر پل رہے جانور کو ختم کر پاتا ہے یا پھر سماجی جانور سے جانور بننے میں اس کو دیر نہیں لگتی۔ بقول ذوقی۔

"انسان ایک سماجی جانور ہے۔ وہ آہستہ آہستہ اپنے سماج کی شناخت کرتا ہے مگر اس جانور کو کچھ لمحے کے لیے بھول جاتا ہے، جو اب نصاب کی کتابوں سے نکل اس کے جسم میں پرورش پا رہا ہے۔ وقفے وقفے سے وہ جانور اس کے اندر سے باہر نکلنے کی کوشش کرتا ہے۔ مگر ہر بار سماجیات کے ریشمی غلاف میں وہ اس جانور کو چھپا لیتا ہے۔"

ناول کی ابتدا سرد پہاڑی موسم سے ہوتی ہے۔ جس میں ضعیفی کی علامت کا ذکر ہوا ہے۔ میز پر رکھے ہوئے ایک خط کو دیکھ کر عبد الرحمن ایک عجیب سی کشمکش میں فریفتہ ہو جاتے ہیں۔ وہ خط اس کو پرانی یادوں میں مبتلا کر دیتا ہے۔ جس کا سب سے اہم کردار تھا نور محمد۔ جس کا خدا نے ایک امتحان کے لئے انتخاب کیا تھا۔ نور محمد کی کہانی اخلاقیات پر آ کر منجمد ہو جاتی ہے۔ عبد الرحمن ان خیالوں میں کھویا ہوا تھا۔ اسی وقت اس کی ۱۷ سال کی پوتی سارہ آ کر چونکا دیتی ہے۔ ددو سارہ کو جائز اور ناجائز کا فرق بتاتے ہیں۔ جس طرح آتنک وادی ایک ملک کے لئے ناجائز ہے مگر جس ملک نے بھیجا ہے انکے لئے جائز۔ اسی طرح ایک ملک کا فوجی اپنے ملک کے لئے وفادار دوسرے ملک کے لئے دشمن۔ معاشرہ بدل رہا ہے ساتھ ہی نئی اخلاقیات سامنے آ رہی ہے۔ ایسے ایسے واقعے سامنے ہیں جس کو دیکھ کر یا سن کر حیرت ہوتی ہے۔ بقول مصنف۔

"سماجی آئین سے الگ کی ایک نئی اخلاقیات سامنے آ رہی تھی ۔۔۔ انسانوں سے لے کر جنگلی جانوروں تک نئی اخلاقیات کی ہزاروں مثالیں سامنے تھیں آسٹریلیا کے حوالے سے ایک خبر آئی تھی کہ ایک شیرنی ایک چھوٹی سی بلّی کی محافظ بن گئی ہے۔ انگلینڈ کے ایک جنگل میں کتّے اور بھالو کو ساتھ کھیلتے ہوئے دیکھ کر ایک فوٹو گرافر نے اپنے

کیمرے میں قید کیا تھا۔ دنیا کے سب سے چھوٹے ماں باپ ۱۵ سال کے بچے تھے۔ ٹی وی کے روشن اسکرین پر دو چھوٹے بچے اپنے چھوٹے سے ننھے بچے کو دیکھتے ہوئے پھولے نہیں سمارہے تھے۔ بدلتا ہوا نظام، گلیشیر کے پگھلنے اور سائبیریا میں گھاس اگنے تک خبروں نے بدلتے ہوئے موسم کی گواہی دے ڈالی ہے۔"

نئی تکنیک، گلوبل وارمنگ جس نے موسم کے حال کو بدل کر رکھ دیا ہے۔ بارش کے دنوں میں بارش نہیں ہوتی سرد موسم میں گرمی دستک دیتی ہے۔ گلوبل وارمنگ کے سبب سب کچھ بدلتا جارہا ہے۔

ماضی کی کچھ یادیں اس خط کے روپ میں عبدالرحمن کی نظر کے سامنے تھیں جس کے سبب اس کو کھولنے میں کچھ وقت لگ گیا خط کا ایک جملہ دھماکہ بن کر اس کے کانوں میں گونجنے لگا۔

"اس کہانی کی شروعات آپ نے کی تھی انجام بھی آپ لکھیں گے۔"

ابو بابا اور ان کی بیوی حلیمہ دونوں گھر کے پرانے خادم تھے جو گھر کے کام کاج کے ساتھ باغبانی کی

ذمہ داری بھی سمبھالتے تھے۔ اس کہانی نے اپنے ننھے ننھے ہاتھ پاؤں کھول دئے تھے۔ کیا مجھے نور محمد کے پاس جانا چاہئے جیسے سوال ذہن میں گونج رہے تھے۔ پھر یہ ناول دس سال کے خوفناک واقعات سناتا ہے۔ جس میں اس کہانی کے اندر دوسری کہانی iron in the soul کو وابستہ کیا۔ جس میں ماضی اور حال کی داستان سنائی دیتی ہے۔ معاشرتی پریشانیوں کا ذکر کیا ہے جس میں آج ہر انسان الجھ کر رہ گیا ہے۔ حال میں ہو رہی تبدیلیوں کا مصنف نے ذکر کیا ہے۔

"ساری دنیا میں بھوک مری اور غریبی لوٹ آئی۔ تیل کی قیمتیں آسمان چھو گئیں

شیئر بازار لڑھک کر گر پڑا ہزاروں بینکوں کو دیوالیہ قرار دے دیا گیا ابو ظہبی دبئی جیسے جدید مراکز ہل گئے۔ امریکی کرنسی گریٹ ڈپریشن کا شکار ہوئی۔ ماحولیات کے تحفظ کے لئے نئے نئے ماڈل بنائے گئے۔ سر جوڑتے ہوئے دنیا کے تمام بڑے سائنسدانوں نے فیصلہ سنایا۔ 'انسانی ترقی اور کامیابی کی کہانیاں ہی دراصل انسانی بربادی کی بھی اصل وجہ ہیں۔"

دوسرے باب میں پروفیسر نیلے کا کردار آتا ہے۔ جو عبدالرحمن کے پڑوسی تھے۔ جن سے تہذیب کی گفتگو کے دوران نور محمد کا معصوم چہرہ سامنے آتا ہے۔ "تہذیب مرنے کے لئے ہوتی ہے ایک تہذیب جہاں ختم ہوتی ہے۔ دوسری تہذیب وہیں سانس لیناشروع کر دیتی ہے۔"

اگلے حصے میں جنگ آزادی کا جشن منایا گیا ہے۔ بلند شہر کی بلند حویلی میں جشن کا اہتمام کیا گیا تھا۔ آزادی کا یہ احساس مسرت آمیز تھا۔ لیکن آزادی اپنے ساتھ کئی طرح کے مسائل لے کر آئی تھی۔ عوام کو یہ سمجھنے میں دشواری تھی کہ کون سا حصہ پاکستان کا ہے کون سا حصہ ہندوستان کا نئی آزادی اپنے ساتھ نفرتوں کا غبار لے کر آئی تھی ہندو مسلمانوں سے ناراض تھے۔ کچھ وطن پرست مسلمان پاکستان جانے کو تیار نہ تھے کیوں کہ ان کا ملک تو ہندوستان تھا۔ محض مذہب کی بنیاد پر کوئی کسی کا وطن کیسے چھین سکتا ہے۔ میرا وطن تو ہندوستان ہے اس کو تقسیم کیسے کیا جاسکتا ہے۔ آزادی کی قیمت ملک کی تقسیم کی شکل میں چکانی پڑی۔ اسی بیچ نظر محمد کا کردار سامنے آتا ہے۔ جو ملک کی تقسیم کے لئے گاندھی جی کو ذمہ دار مانتا ہے۔ پر گاندھی جی نے تو ایک نئی اخلاقیات کو سامنے رکھا 'تم کچھ بھی کرو ہم خاموش رہیں گے'۔ اس عمل کے سبب حکومت اچانک خوفزدہ ہوگئی تھی۔

آزادی کے بعد جہاں ایک طرف عوام کھلی فضا میں سانس لے رہی تھی۔ وہیں جاگیر دارانہ نظام کا دم گھٹ رہا تھا۔ وہ زوال کی طرف راغب ہو رہے تھے۔ وہ اپنی شان کھو کر کہیں کام یا نوکری نہیں کرنا چاہتے تھے۔ جہاں ان کی حویلی میں نوکروں کی لائن لگی رہتی تھی وہ خود کہیں جا کر کام کرتے یہ ان کی شان کے خلاف تھا۔ آزادی کے بعد ایک نئی تبدیلی ہوئی زمیں دار کے بچے دکاندار بن رہے تھے۔ آہستہ آہست حویلیوں پر برا وقت آنے لگا۔ حویلیاں بھی ملک کی طرح تقسیم ہو رہی تھیں۔ آدھے حصے میں دکانیں ہاسٹل ہوٹل تعمیر ہو رہے تھے۔ سوچ بدل رہی تھی۔

"میں نے ہوش سنبھالا تو بلند شہر کی اس بلند حویلی کے در و دیوار پوری طرح اپنی آن بان شان کھو چکے تھے مگر کسی طرح اس شان کو قائم رکھنے کی کوشش جاری تھی۔ نوکر چا کروں کی فوج ہٹا دی گئی تھی۔ باہر جو جگہ ان کے رہنے کے لئے دی گئی تھی، اس جگہ تین چار دکانیں نکل آئیں۔ دکانیں اس طرح نکالی گئیں کہ حویلی کے مین دروازے سے اس کا کوئی تعلق نہ ہو۔ اور کوئی یہ نہ کہ سکے کہ کاردار خاندان اب ان دکانوں کے کرائے کے بھروسے زندہ ہے۔ پانی بھرنے والے پرانے خادم عبدل بھشتی کو بھی جواب دے دیا گیا۔ اب لے دے کر ایک خانسامہ تھا، ایک مریم بوا تھیں اور حویلی کی عزت و ناموس کو بچائے رکھنے کی ذمہ داری ابا حضور کے ناتواں کندھے پر تھی۔"

حویلی میں مولوی محفوظ کی آمد ہوتی ہے۔ ان کا کہنا تھا کہ بلند حویلی کی تقدیر بدلنے والی ہے۔ میری آنکھیں وہ منظر دیکھ رہیں ہیں جو آپ سوچ بھی نہیں سکتے۔ مولوی صاحب کہتے جیسے کوئی وید یا حکیم بغیر نبض دیکھے مرض کی تشخیص کر لیتا ہے۔ اسی طرح ہماری آنکھیں گمشدہ خزانے تلاش لیتی ہیں۔ گمشدہ خزانہ جو حویلی کی صحن میں تھا۔ مولوی کی یہ بات اس حویلی کی پست آنکھوں میں نئی چمک لے آتی ہے۔ کھدائی کا کام شروع ہوتا

ہے۔ رحمن حویلی میں ہو رہی ان تبدیلیوں کو اپنے دوست نور محمد کو بتانا چاہتا ہے۔ اسی ماحول میں پھٹا ہوا لفافہ پاکستان سے آتا ہے۔ جس میں ماموں کی اہلیہ کے انتقال کی خبر لکھی تھی۔ ملک کی تقسیم کے سبب وہ لوگ پاکستان چلے گئے تھے۔ ان کے اس غم میں کوئی شریک بھی نہیں ہو سکا ساتھ ہی ایک چھوٹی بچی نادرہ کو وہ چھوڑ گئی تھیں۔

شہر کی فضا خراب تھی چاروں طرف ہندو مسلم فساد پھیلا ہوا تھا۔ ایسے ہی وقت سفیان ماموں کی دستک اور نادرہ کا آنا نادرہ کے آنے سے سب سے زیادہ جس کو خوشی تھی وہ رحمن تھا۔ حویلی میں چل رہی کھدائی کی خبر آگ کی طرح چاروں طرف پھیل چکی تھی۔ پولیس بھی تفتیش کے لئے حویلی پہنچتی ہے پر خزانہ کا کچھ پتہ نہیں چلتا۔ پولیس کے آنے پر کاردار کو صدمہ پہنچتا ہے اور وہ حویلی میں چل رہی کھدائی کو وہ جیتے جی قبر کی کھدائی کا نام دیتے ہیں۔

اگلے باب میں ایک نئی تبدیلی نظر آتی ہے۔ رحمن کی ماں جو کبھی بے پردہ گھر سے باہر نہیں گئیں۔ پہلی بار گھر سے بے پردہ کوتوالی جاتی ہیں۔ یہاں ایک بدلتی ہوئی تہذیب سامنے آتی ہے۔

"یا یہ کہ ایک نئی دنیا، گمشدہ خزانے یا قبر کے راستے ویران ہوتی حویلی سے جنم لے رہی تھی۔ یا یہ۔۔۔۔ کہ ایک ایک انڈا ٹوٹ گیا تھا۔ ایک نئے پرندے کے ساتھ، یہ دنیا تیزی سے نئی تبدیلیوں کی کہانی لکھنے والی تھی۔"

نئی تبدیلیاں ہو رہی تھیں لوگ حویلیوں سے نکل کر کالونیوں میں رہنے لگے۔ ایک ہی فلور پر چار چار گھر وہ چاندنی رات کا نظارہ دیکھنے سے قاصر تھے۔ ایک نیا کالونی کلچر سامنے آیا۔ لوگ مرغیوں کی طرح دربے جیسے گھروں میں بند ہو گئے۔ اپنے کام سے کام تیز رفتار زندگی نے اپنے پنکھ کھول دئے تھے۔ حویلیاں فروخت ہونا شروع ہو گئی

تھیں۔ پہلی حویلی نواب لٹھن کی تھی جو فروخت ہوئی اور محلے میں تذکرہ کا سبب بنی۔ اگر مسلمان کی حویلی یا کوٹھی فروخت ہو رہی ہو تو مسلمان خریدار ہی تلاش کیئے جاتے تھے۔ ہندو کی ہے تو ہندو خریدار لیکن ان تبدیلیوں نے مذہب کی دیوار ہٹا دی تھی۔ کسی بھی مذہب کا آدمی خریدار بن سکتا تھا۔

"آزادی کے بعد یہ ایک نئے انقلاب کی تیاری تھی۔

یہ بدلتی ہوئی دو دنیائیں تھیں۔

ایک دنیا حویلی کی تھی۔

اور ایک دنیا حویلی کے باہر کی تھی۔

اور مجھے یقین تھا ترقی کے راستے حویلی سے باہر ہو کر جاتے ہیں۔"

نور محمد جو رحمن کو بڑا بھائی مان کر ہر کام کے لئے مشورہ لیتا تھا اس کے برعکس رحمن نادرہ کی شادی نور محمد سے نہیں ہونے کے راستے تلاش رہا تھا۔ پر اسے ناکامی حاصل ہوتی ہے۔ نادرہ اور نور محمد کی شادی ہو جاتی ہے لیکن رحمن کا ذہن اس بات کو قبول نہیں کر پایا۔ نادرہ کی زندگی خوشحال تھی پر بیماری کے سبب موت کے آغوش میں چلی جاتی ہے۔ اپنی بیٹی نگار کو چھوڑ کر جو پیدائش کے بعد سے ہی مسلسل روئے جا رہی تھی۔ نگار اینکسائٹی ڈس آرڈر کا شکار ہو گئی تھی۔ اس طرح کی بیماری کے بچوں کی تعداد کافی بڑھ گئی ہے۔

"یہ رپورٹ دیکھو۔ یہ سینفرانسسکو کی ایک عورت کے بارے میں ہے۔ پیدائش سے ۶۲ سال کی عمر تک وہ مسلسل روتی رہی اور ۶۲ سال کی عمر میں اس کی موت ہوئی۔"

آپ سوچ سکتے ہیں ایسی حالت میں اس کا اور اس کے گھر والوں کا زندگی گزارنا کتنا دردناک ہوا ہو گا۔ اس بیماری کا ڈاکٹروں کے پاس کوئی علاج نہیں تھا پر ایک فارمولہ نکالا تھا۔ mercy death کا جو کہ مہذب دنیا کے لوگوں کو منظور نہ تھا۔ نادرہ کی موت کے

بعد نور محمد یہی کہتا تھا کہ میں اپنی بیٹی کو مرنے نہیں دوں گا۔ پر اس زندگی کی قیمت اس کو باپ بیٹی کے مقدس رشتے کو کھو کر چکانی پڑتی ہے۔ رحمن کو آیا خط اسے ماضی میں ہوئی دردناک داستان کو پھر سے یاد دلاتا ہے۔ جسے وہ کبھی نہیں بھلا سکا۔ پہاڑی علاقے کی خوبصورت وادیاں بھی ان یادوں کو اپنے اندر چھپا نہ سکیں۔

"گلوبل وارمنگ کے خطروں کی دہائیاں دینے والے کیا اس سچ سے واقف نہیں تھے کہ تہذیبیں گم ہو چکی ہیں۔"

ذوقی نے اس ناول میں تہذیبوں کے تصادم کو بہت اچھے انداز میں پیش کیا ہے۔ کردارن گاری کے اعتبار سے ہر کردار اپنے میں ایک معنویت رکھتا ہے۔ پوفیسر نیلے، نظر محمد، نور محمد، نادرہ ایسے ہی کردار ہیں۔

اس ناول میں ذوقی کی شخصیت کا گہرا اثر ہے بلکہ انہوں نے خود اس کہانی کو اپنی کہانی کہا ہے۔ ذوقی نے تقسیم ہند سے لے کر حال تک کی معاشرہ میں ہو رہی تبدیلیوں کا ذکر کیا ہے۔ تبدیلی سماج کا اصول ہے۔ تبدیلی ایک نئے تہزیب کو جنم دیتی ہے۔ انسان کو ان تبدیلیوں اور تہذیبوں کے مطابق خود کو ڈھالنے میں کچھ پریشانیوں کا سامنا کرنا پڑتا ہے۔ ذوقی زندگی کے حقائق پر گہری نظر رکھتے ہیں۔ اس ناول میں تہزیب، اخلاق اور زندگی کے بارے میں فکر انگیز مسائل اٹھائے گئے ہیں۔ موضوعات کی اہمیت اور معنویت کے باوجود ناول میں تخلیقیت بھی اپنا ایک مقام رکھتی ہے۔ ذوقی کبھی کبھی اپنی تخلیقی پیشکش میں اتنے شدید اور جارح ہو جاتے ہیں۔ جس سے ناول کی تخلیقیت متاثر ہونے لگتی ہے۔ ناول کا فن ایک آئینہ حقیقت تو ہے۔ لیکن ادھر ادھر سے رومانی عکس بھی جھانکتے نظر آنا چاہیے۔ قطع نظر ان باتوں کے ذوقی کا یہ ناول بحر حال ہمیں غور و فکر کرنے کی طرف مائل کرتا ہے۔ اس ناول میں سماج، نفسیات اور اخلاقیات، ماضی اور حال کی داستان

سنائی دیتی ہے۔ یہ سارے عناصر مل کر ذوقی کے ناول کو ایک عمدہ ناول بناتے ہیں۔

***

دستخط اور چہرے

عہد حاضر کے معروف ناول نگار جناب مشرف عالم ذوقی سے گفتگو
(ذوقی کے تازہ ناول لے سانس بھی آہستہ کی روشنی میں)

* رضی احمد تنہا
* نعمان قیصر

رضی احمد تنہا: اپنے گاؤں کے بارے میں بتایئے؟ چونکہ گاؤں کی پوری زندگی کام پر اثر انداز ہوتی ہے۔ عموماً ادبی سفر کا آغاز لوگ شاعری سے کرتے ہیں، لیکن آپ نے افسانے سے کیا اور محض ۱۷ سال کی عمر میں آپ نے 'عقاب کی آنکھیں' لکھا۔ ناول دراصل داستان کی جدید شکل ہے، یہ داستانی جراثیم آپ کے اندر کیسے آیا؟۔

ذوقی: تنہا صاحب، گاؤں کا میری زندگی سے گہرا تعلق رہا ہے۔ یہ بات کم لوگ جانتے ہیں۔ میں بہار کے ایک چھوٹے سے شہر آرہ میں پیدا ہوا۔ میرا ننیہال برہ بترا ہے۔ برہ بترا ایک چھوٹا سا گاؤں ہے۔ امی جان اکثر مجھے لے کر برہ بترا جایا کرتی تھیں۔ وہاں آم کے بڑے بڑے درخت تھے۔ ہم عمر بچوں کے ساتھ ہاتھ میں غلیل لے کر میں آم توڑنے کے لیے نکل جاتا۔ وہاں ایک چھوٹی سی ندی ہے۔ ایک بار تیرنے کی کوشش میں، میں ڈوبنے لگا تھا۔ گاؤں کی کہانیاں لکھتے ہوئے میں اسی گاؤں کا سہارا لیتا ہوں۔ چھٹے

کلاس سے کہانیاں لکھنے لگا تو یہ گاؤں الگ الگ شکلوں میں میری کہانیوں میں نمایاں ہونے لگا۔

تنہا صاحب، آپ کے اس ایک سوال میں کچھ اور سوال بھی چھپے ہوئے ہیں جن کا جواب دینا ضروری ہے۔ گھر میں ادب کا ماحول تھا۔ ابا حضور مشکور بصیری شاعری کا بلند ذوق و شوق رکھتے تھے۔ گھر میں مشاعرہ بھی ہوتا تھا۔ ابا بچپن سے میر و غالب کے اشعار سنایا کرتے۔ ان شاعروں میں ذوق سے مجھے کچھ زیادہ ہی محبت ہو گئی۔ مجھے یاد ہے۔ ایک چھوٹی سی بچوں والی سائیکل ہوا کرتی تھی۔ میں سائیکل چلاتا ہوا بلند آواز میں ذوق کے اشعار پڑھا کرتا- کسی بیکس کو اے بیداد گر مارا تو کیا مارا- نہنگ و اژدہا و شیر و نر مارا تو کیا مارا۔ ایک دن ابا اتنے خوش ہوئے کہ مجھے گلے سے لگایا اور کہا- یہ ذوقی ہے۔ اور اور لیجئے میں مشرف عالم سے مشرف عالم ذوقی بن گیا۔ شاعری وراثت میں ملی۔ مگر چھوٹی عمر سے ہی افسانوں نے مجھے متوجہ کرنا شروع کیا۔ گھر میں جتنی بھی کتابیں تھیں، سب پڑھ ڈالیں۔ پھر ناول پڑھنا شروع کیا۔ رائیڈر س ہیگرڈ اور ڈیوما کے ناولوں نے کچھ اس حد تک متاثر کیا کہ ۱۷ سال کی عمر میں عقاب کی آنکھیں کے عنوان سے پہلا ناول لکھ ڈالا۔ داستانی جراثیم مجھ میں کیسے پیدا ہوا یہ بھی ایک خوبصورت اور لمبی کہانی ہے۔

نعمان قیصر: ہم یہ کہانی بھی آپ سے جاننا چاہیں گے۔

ذوقی: ضرور۔ گرمیوں کے موسم میں چھت پر چارپائیاں بچھی ہوتی تھیں۔ آسمان پر تاروں کی بارات - ٹھنڈی ٹھنڈی بہتی ہوئی ہوا۔ ہم بھائی بہن چھت پر ابا کے آنے کا انتظار کرتے۔ ابا کے آتے ہی ہم انہیں گھیر کر بیٹھ جاتے۔ ابا پھر داستانوں کو لے کر بیٹھ جاتے۔ داستان امیر حمزہ۔ طلسم ہوشربا - عمرو عیار کی ٹوپی۔ یہاں تک کہ سراج انور کے ناول بھی ابا سے ہی سننے کا موقع ملا۔ مطالعہ میں بعد میں کیا۔ ابا کے سنانے کا مخصوص انداز

تھا۔ وہ ڈرامائی انداز میں ان کہانیوں کو بیان کیا کرتے۔ آج محفلوں میں کہانیاں سناتے ہوئے میں کسی حد تک اس انداز کو اپنانے کی کوشش کرتا ہوں۔ مگر وہ ہنر کہاں سے لاؤں جو ابا مرحوم کے پاس تھا۔ داستانی جراثیم میرے اندر یہیں سے پیدا ہوا۔ وہ چاندنی راتیں، چھت پر پانی کا چھڑکاؤ، ابا کا داستانی انداز – میں آج بھی کچھ نہیں بھولا۔ آپ نے داستانوں کا مطالعہ نہیں کیا تو آپ اچھا ادب لکھ بھی نہیں سکتے۔ نہ کہانی یا ناول کے کرافٹ سے واقف ہو سکتے ہیں۔

نعمان قیصر: گزشتہ دنوں 'آج کل' میں ابرار رحمانی نے انکشاف کیا کہ اردو افسانے میں انبار ہے شاہکار نہیں۔ آپ کا کیا خیال ہے؟

ذوقی: ابرار رحمانی میرے گہرے دوست ہیں، ان کی بات سر آنکھوں پر، وہ ایک سلجھے ہوئے ذہین انسان ہیں۔ میں نے ابرار کے بیشتر مضامین پڑھے ہیں۔ ابرار اکثر قارئین کے لیے کچھ ایسی فضا پیدا کرتے ہیں جہاں سوالات ہوتے ہیں۔ آپ ابرار رحمانی کی جگہ ہوتے اور آجکل کی ڈاک میں روز آنے والی کہانیوں کا مطالعہ کرتے تو شاید آپ کا بھی یہی حال ہوتا قیصر صاحب۔ ایسا نہیں ہے کہ کہانیاں نہیں لکھی جا رہی ہیں۔ ابرار صاحب کا یہ اداریہ میں نے بھی پڑھا تھا۔ میں نے ایک طویل خط بھی لکھا تھا اور آجکل کے ۴۔۳ شماروں میں اداریہ اور میرے خط کو لے کر نئی بحث کی شروعات ہوئی تھی۔ پھر اسی موضوع پر میں نے ایک مضمون لکھا جو تحریر نو میں شائع ہوا – کیا 1980 کے بعد کہانیاں نہیں لکھی گئیں۔ یہ ہر دور میں ہوا ہے قیصر صاحب۔ شاہکار سامنے کم آتے ہیں۔ انبار زیادہ لگتے ہیں۔ مگر نقاد پڑھتے کہاں ہیں۔ کسی سے بھی پوچھیے تو اپنے خیمے کے چند لوگوں کے سوا کوئی کہانی پڑھی ہی نہیں۔ میں یہ قطعی ماننے کو تیار نہیں کہ میں نے جو کچھ لکھا ہے ، وہ انبار ہے۔ کیونکہ جب اس طرح کا الزام لگایا جاتا ہے تو اس دائرے میں، میں بھی آتا

ہوں۔ مجھ پر لگائے گئے بسیار نویس، زود حس فنکار کے الزامات پرانے ہو گئے۔ میں سال میں ایک یا دو کہانیاں ہی لکھتا ہوں۔ اور دعوے کے ساتھ کہہ سکتا ہوں کہ میں شوقیہ، فیشن کے تحت یا زبردستی نہیں لکھتا۔ میں ہر بار اسلوب اور کہانی کی سطح پر نئے تجربے کرتا ہوں۔ یہ تو رہی میری بات۔ مگر ایک بات اور جان لیجئے کہ اردو صرف ہندستان میں نہیں ہے۔ پاکستان میں بہت بہتر لکھا جا رہا ہے۔ طاہرہ اقبال نے تو کمال کی کہانیاں لکھی ہیں۔ ہندستان میں شائستہ فاخری، رخشندہ روحی، رحمن عباس، خورشید حیات تک بہت اچھی کہانیاں لکھ رہے ہیں۔ ابھی حال میں شائستہ فاخری کی ایک ایسی کہانی میں نے پڑھی جو مجھے لحاف سے عمدہ معلوم ہوئی۔ سوال یہ ہے کہ آپ پڑھیں گے ہی نہیں تو جانیں گے کیسے کہ کیا لکھا جا رہا ہے اور کیا نہیں - اور میرا دعویٰ ہے۔ زیادہ تر لوگ نہیں پڑھتے۔ بغیر پڑھے ہی فتویٰ صادر کر دیتے ہیں۔ منٹو اور عصمت چغتائی کے دور میں بھی کوئی بہت اچھا نہیں لکھا جا رہا تھا۔ اسے آپ یوں کہہ سکتے ہیں کہ بہت کم لوگ تھے جو اچھا لکھ رہے تھے۔ اور یہ ہر عہد کا المیہ ہے۔ انبار زیادہ لگے شاہکار کم آئے۔

رضی احمد تنہا: کیا یہ ممکن ہے کہ ہر تخلیق شاہکار ہی ہو؟

ذوقی: ہر تخلیق شاہکار ہو یہ ضروری نہیں - میر و غالب کی غزلیں ہوں یا چیخوف، موپاساں کے افسانے - لیکن ایک بات توجہ طلب ہے۔ ایک اچھا ادیب اپنی طرف سے کبھی کسی کمزور موضوع کو لے کر افسانہ نہیں بناتا۔ ممکن ہے وہ افسانہ پہلی نظر میں آپ کو متاثر نہ کر پائے مگر یہ بھی غور کرنا چاہئے کہ تخلیق کار نے اسے لکھنے کی ضرورت کو کیوں محسوس کیا ہے۔ ایک بستی خدا کی ہے۔ ایک بستی ہم جیسے لکھنے والوں کی۔ یہاں بھی ہم نئے نئے واقعات اور کرداروں سے کھیلتے ہیں۔ یوں تو ذہن و دماغ میں ہزاروں کہانیاں فلیش کرتی ہیں۔ مگر ان ہزاروں کہانیوں میں ہم اپنے نظریہ یا آئیڈیالوجی کے مطابق کچھ،

کا ہی انتخاب کرتے ہیں جنہیں لکھنا ضروری سمجھتے ہیں۔ اور لکھنا اس لیے ضروری سمجھتے ہیں کہ، کہیں نہ کہیں یہ احساس بھی وابستہ ہوتا ہے کہ اگر یہ کہانی رہ گئی تو تخلیقی کائنات کی تکمیل میں کمی رہ جائے گی۔ کیوں کہ جیسا میں نے پہلے کہا، خدا کی بستی کی طرح ایک بستی ہم تخلیق کاروں کی بھی ہوتی ہے۔ اور ہم جتن سے محنت سے اس بستی میں ہزاروں لاکھوں کرداروں کو کھڑا کر دیتے ہیں - اس کے باوجود - ہر کہانی شاہکار کا درجہ رکھے یہ ممکن نہیں - لیکن شاہکار، کے ہونے کا فیصلہ کون کرے گا صاحب۔ تنہا صاحب آپ؟ نعمان قیصر صاحب آپ، نقاد یا قاری؟ پریم چند کو کفن پسند نہیں تھی لیکن کفن کو شاہکار کہانی کا درجہ مل گیا۔

رضی احمد تنہا: اگر تمام تخلیقات شاہکار ہی ہوں تو پھر کن معنوں میں شاہکار ممکن ہے۔ اب تک آپ کے کتنے ناول شائع ہو چکے ہیں۔ غیر مطبوعہ ناول بھی ہے؟

ذوقی: شاہکار تو کوئی کوئی ہوتا ہے تنہا صاحب۔ مجھے اپنا ناول پروفیسر ایس کی عجیب داستان وایا سنامی کئی وجوہات کی بنا پر بیحد پسند ہے۔ زیادہ تر لوگوں کو یہ ناول پسند نہیں آیا۔ زیادہ تر لوگ سمجھ ہی نہیں سکے۔ اسی طرح بیان کا مطالعہ آج کرتا ہوں تو مجھے بس ٹھیک ٹھیک لگتا ہے۔ لیکن پروفیسر محمد حسن کو یہ ناول آزادی کے بعد کے تمام ناولوں میں سب سے بڑا لگا - ایک طرح سے دیکھیے تو بیان کا نام ہی میری شناخت بن گیا۔ بیان پر گوشہ نکلا۔ کتاب شائع ہوگئی۔ ناول پر تحریر کیا جانے والا کوئی بھی مضمون بیان کے ذکر کے بغیر مکمل نہیں ہوتا۔ اس لیے ہمارا کام صرف لکھنا ہے - اچھا لکھنا - شاہکار کا فیصلہ آنے والا وقت کرتا ہے اور اس میں ہزاروں لاکھوں قارئین کی آراء بھی شامل رہتی ہیں۔

عقاب کی آنکھیں میرا پہلا ناول تھا۔ لمحہ آئندہ دوسرا۔ اس کے بعد کئی ناول لکھے - نیلام گھر، شہر چپ ہے، مسلمان، ذبح، بیان، پو کے مان کی دنیا، پروفیسر ایس کی عجیب

داستان وایاسنامی، لے سانس بھی آہستہ اور آتش رفتہ کا سراغ - آتش رفتہ کا سراغ ابھی غیر مطبوعہ ہے۔ ۷۰۴ صفحات پر مشتمل یہ ناول ممکن ہے آپ کا رسالہ آنے تک منظر عام پر آجائے۔ یہ ناول ہندستانی مسلمانوں کی آپ بیتی ہے - آزادی کے بعد سے لے کر اب تک مسلمانوں پر جو بھی گزری، اس کا مکمل تجزیہ ہے یہ ناول - ابھی اس ناول کے بارے میں، میں زیادہ باتیں نہیں کرنا چاہتا۔ اس کے بعد ایک اور ناول ہے جو ان دنوں زیر تحریر ہے۔ سرحدی جناح، یہ ناول میں نے سرحدی گاندھی خان عبد الغفار خاں کی زندگی سے متاثر ہو کر لکھنا شروع کیا ہے۔

نعمان قیصر: اپنے معاصرین ناول نگاروں میں آپ کی نگاہ میں فعال اور عہد حاضر پر گرفت رکھنے والے کون کون ہیں؟۔

ذوقی: معاصرین میں کئی لوگ ہیں جو بہت اچھا لکھ رہے ہیں۔ پیغام نے مکان کے بعد پلیتہ لکھا۔ نور الحسنین نے اہنکار، غضنفر نے پانی اور مم۔ شفق اپنے عہد کی Triology قلمبند کرنے والے تھے مگر عمر نے موقع نہیں دیا۔ اب بادل پڑھیے۔ کابوس پڑھیے تو بادل کے کردار ہی کابوس میں سامنے آتے ہیں۔ ۱۱/۹ کا حادثہ۔ راشٹریہ سویم سوک سنگھ، مسلمانوں کو نشانہ بنانے کی سازش۔ کابوس کے ذریعہ شفق گودھرہ حادثے تک پہنچے تھے۔ اور اس سلسلے کو آگے بڑھاتے ہوئے تیسرا ناول قلمبند کرنا چاہتے تھے۔ مگر یہ ممکن نہ ہو سکا - اشرف، ترنم ریاض - سب قابل لوگ ہیں جو اپنی اپنی سطح پر نئی فکر سے گزر رہے ہیں۔ غضنفر نے پانی اور مم کے ذریعہ ماحولیات کی ایک نئی دنیا ہمارے سامنے رکھی۔ پاکستان میں حامد سراج اور طاہرہ اقبال نے عمدہ ناول لکھے - عبد الصمد اور حسین الحق کے ناولوں پر دفتر کے دفتر کھلے - ممبئی سے ہی رحمن عباس نے ایک ایسا ناول تحریر کیا، جسے میں ایک بیحد ضروری ناول قرار دیتا ہوں۔ ایک ممنوعہ محبت کی کہانی - میں

نے اس ناول کے بارے میں یہ اشاریہ دیا تھا کہ یہ ناول اردو کے بڑے ناولوں خصوصاً اشرف شاد کے ناول بے وطن، وزیر اعظم اور صدر اعلیٰ کی طرح اردو زبان میں ایک گرانقدر اضافہ کی حیثیت رکھتا ہے۔ یوں رحمن کے اس ناول کی مکمل فضا کوکن کے مسلمانوں کی ترجمانی کرتی ہے لیکن اصل میں یہ ناول آج حاشیہ پر پھینکے گئے مسلمانوں کی آپ بیتی بھی ہے۔ رحمن نے کوکن کے مسلمانوں کے بہانے آج کی سیاست کو بے نقاب کرنے کی جو ہمت دکھائی، وہ کم لوگوں میں ہے۔ یہی وہ لوگ ہیں جو فعال بھی ہیں اور عہد حاضر پر گرفت بھی رکھتے ہیں۔

رضی احمد تنہا: آپ کا تازہ ترین ناول 'لے سانس بھی آہستہ 'ایسا نہیں لگتا کہ یہ آپ کے سابقہ ناولوں سے الگ ہے اور آپ جیسا باتدبر آدمی تقدیر کی گرفت میں کیسے آ گیا۔ اور انہونی اور ہونی جیسے اوہام کا شکار کیسے ہو گیا؟۔

ذوقی: مجھے خوشی ہے کہ آپ نے لے سانس بھی آہستہ کا ذکر شروع کیا۔ یہ ناول مجھے بے حد پسند ہے۔ لیکن یہ ناول ہونی انہونی یا توہم پرستی کا شکار نہیں ہے۔ میں طلسمی حقیقت نگاری کا شروع سے قائل ہوں - میرے بیشتر ناولوں میں طلسمی حقیقت نگاری کے نمونے آپ کو آسانی سے مل جائیں گے۔ میں محض کرداروں کے سہارے سپاٹ بیانیہ میں ناول تحریر نہیں کر سکتا۔ ناول میں ایسے مقام آتے ہیں جب ایک گھر، ایک خاندان کے کچھ لوگ اوہام پرستی کا شکار ہو جاتے ہیں۔ دراصل جسے آپ اوہام کا شکار ہونا قرار دے رہے ہیں میں نے اسے ناول میں جادو نگری سے تعبیر کیا ہے - پدرم سلطان بود - تباہ ہوتی ہوئی حویلیاں - نکمے لوگ - نو آبادیات - دنیا کی ترقی - اور ایک قوم فقط ۷۰۰ برسوں کی اسلامی حکومت کا قصیدہ پڑھتی ہوئی - قوم کا جب برا وقت آتا ہے تو یہ قوم جادو اور اوہام کا شکار ہو جاتی ہے۔ بوڑھی ہوتی حویلی کی تقدیر میں کچھ بھی نہیں ہے۔

عبدالرحمن کا ردار آزادی کے بعد کا وہ منظر دیکھتے ہیں، جسے دیکھنے کے بعد کم عمری کے باوجود وہ سوچتے ہیں کہ یہ منظر دیکھا ہی کیوں۔ حویلی کھنڈر میں تبدیل ہو رہی ہے۔ پرانے زمانے کے ایسے بہت سے لوگ ہیں جنہوں نے خاندانی قصیدہ پڑھتے ہوئے زندگی گزار دی۔ اور جب حویلی کے پاس کچھ نہیں رہا تو حویلی والوں کو گمشدہ خزانے کا خیال آتا ہے۔ جو قوم کچھ کرنا نہیں چاہتی صرف ماضی کے بھروسے رہتی ہے۔ وہ قوم تباہ ہو جاتی ہے۔ اس لیے تہذیبوں کا نوحہ لکھنے کے لیے میں نے ان کرداروں کا سہارا لیا۔ یہاں میں عبدالرحمن کا ردار ہوں جو پہلی بار مضبوط ہو کر سوچتا ہے کہ حویلی فروخت کر دینی چاہئے۔ اس زمانے میں مسلمان، مسلمان سے ہی سودے بازی کیا کرتے تھے - یہی تجارت کا اصول تھا۔ مگر ایک ہندستان میں رہتے ہوئے یہ اصول ٹوٹ رہے تھے۔ پرانے بت ٹوٹ رہے تھے اور پرانے متھ یابت کی جگہ نئی قدریں لے رہی تھیں - میں نے جس موضوع کا انتخاب کیا، مغرب میں بھی اس موضوع پر بحث چھڑ چکی ہے۔ ہنٹگن نے تہذیبوں کا تصادم لکھا۔ ابھی حال میں دی ہندو میں ایک کتاب کا ریویو پڑھا۔ دس برسوں میں بدلے بدلے ہوئے امریکہ کو لے کر ایک ناول ابھی حال میں آیا ہے۔ اس طرح اسامہ اور اس کی دہشت پسندی کو لے کر ڈامنک لیپٹر اور لاری کالنس نے بھی ایک ناول لکھا۔ میں بدلتی ہوئی قدروں اور تہذیبوں کو لے کر وسیع کینوس پر ایک ناول لکھنا چاہتا تھا - مگر محتاط ہو کر - میں تہذیبی ناسٹیلجیا کا شکار نہیں ہونا چاہتا تھا۔ اور اس طرح کے ناول قلم زد نہیں کرنا چاہتا تھا، جیسے ناول ڈپٹی نذیر احمد سے لے کر فاروقی تک نے تحریر کیے۔ میرے لیے اس ناول کو لکھتے ہوئے بہت سارے چیلنج تھے، جنہیں مجھے ہمت کے ساتھ عبور کرنا تھا۔

نعمان قیصر: مثال کے لیے؟

ذوقی: جیسے ہماری تہذیب - یہ عام طور پر کہا جاتا ہے کہ ہماری تہذیب سے بڑھ کر کوئی تہذیب نہیں۔ مثال کے لیے، رن صابن کا اشتہار لیجئے۔ میرا کپڑا ان کے کپڑے سے کم سفید کیوں۔ آنکھیں کھولتے ہی گنگا اور ہمالیہ کی عظمت کے سبق یاد کرائے جاتے ہیں اور اپنی تہذیب کی وکالت کچھ اس طرح کی جاتی ہے کہ مغربی تہذیب تو واہیات ہے۔ میں مسلسل ناول لکھتے ہوئے تہذیبوں کے تصادم سے دوچار رہا۔ سچ کیا ہے۔ جائز اور ناجائز کی تشریحات کیا ہیں۔ روسو سے ڈارون تک کے فلسفے - مذہب سے اخلاقیات تک کیا صرف سچ وہی ہے جو ہمارا ہے ؟ یعنی ہمارا مذہب۔ ہمارا لباس۔ ہماری تہذیب - ؟ مثال کے لیے ایک دشمن ملک کا ایک سپاہی ہمارے ملک میں گرفتار ہوتا ہے تو وہ ہمارے ملک کے لیے کیا ہوا ؟ غدار - لیکن دوسرے ملک کے لیے ؟ وفادار اور جانباز سپاہی - دو عورتیں ہیں۔ دونوں بچے پیدا کرتی ہیں۔ ایک کی شادی نہیں ہوئی تو بچہ ناجائز۔ دوسری کی شادی ہوئی تو بچہ جائز - جائز اور ناجائز، صحیح اور غلط پر مسلسل غور و فکر کرتا ہوا تہذیبوں کی شکست و ریخت تک پہنچنا چاہتا تھا۔ اور یہ سلسلہ اپنے ملک سے جوڑنا چاہتا تھا۔ اور مجھے حیرانی ہوئی، میری آنکھوں کے سامنے لے سانس بھی آہستہ کی کہانی پردے پر کسی فلم کی طرح چل پھر رہی تھی۔

رضی احمد تنہا: اسے اور واضح کیجئے ذوقی صاحب

ذوقی: سمجھاتا ہوں۔ میں ذرا سا پیچھے لوٹا تو تہذیبوں کے شکست و ریخت کی ایک کہانی یہاں بھی روشن تھی۔ حویلیوں کا زوال۔ نو آبادیات کا مسئلہ۔ گھروں میں قید عورتوں نے پہلی بار گھر سے باہر نکلنا کب شروع کیا ہو گا؟ تب عموماً عورتوں کو باہر جانے کی ضرورت نہیں تھی۔ ضرورت کے ہر سامان گھر آجاتے تھے۔ کپڑے لتے سے لے کر دودھ دہی تک - لے سانس بھی آہستہ میں ایک وہ موڑ آتا ہے جب عبدالرحمن کا ردار کی ماں پہلی بار

حویلی کا دستور توڑ کر تھانے جاتی ہے۔ کیونکہ گمشدہ خزانہ تو ملا نہیں وسیع الرحمن کاردار کے گھر پہلی بار پولس آئی تھی اور ایک مہذب آدمی ڈر گیا تھا- تب سے قدریں مسلسل بدلتی رہیں اور عبدالرحمن ان تیزی سے بدلتی ہوئی قدروں کا گواہ بنتا گیا۔ مجھے ارسطو کی یاد آئی جس نے پہلی بار اخلاقی فلسفے کا وہ تعارف پیش کیا جو اس سے پہلے کسی نے پیش نہیں کیا تھا۔ آپ لے سانس بھی آہستہ میں دیکھیں تو Ethics اور تہذیب پر شروع ہوئی بحث صرف وہیں تک محدود نہیں رہتی وہ سن ۲۰۱۰ تک کا احاطہ کرتی ہے۔ اور اس ناول کے لیے اسی لیے میں نے تاریخ کو گواہ بنا کر پیش کیا ہے۔ یہاں بھی ایک نشاۃ الثانیہ کی کرن پھوٹی ہے۔ ادب اور آرٹ کی دنیا میں انقلابات آئے۔ تحقیق و جستجو نے اس بات کا احساس دلایا کہ اس سے زیادہ مہذب ترین عہد کوئی دوسرا نہیں ہو سکتا۔ مگر کیا ہو رہا ہے۔ کہیں مذہب جاگ رہا ہے کہیں سیکس اور بچے کنزیومر ورلڈ کا حصہ بن گئے ہیں۔ اس لیے عبدالرحمن کاردار جب حویلی سے ہجرت کرتا ہے تو وہ ایک ساتھ ہزاروں نئے واقعات اور نئی تہذیب کا بھی گواہ بن جاتا ہے۔ اور یہیں اس کی ملاقات اس نور محمد سے ہوتی ہے جو محبت کی صحیح تعریف جانتا تھا مگر کیا ہوتا ہے۔ یہ سچی محبت، محبت میں قربانی کا جذبہ ایک دن ان قدروں کی پامالی کا سبب بن جاتا ہے۔ اِسے نور محمد سمیٹنے کی کوشش کرنا چاہتا تھا۔ اور ایک آئیڈیل محبوب ہونے کے باوجود سب سے زیادہ نقصان میں بھی وہی رہا۔ کیونکہ تہذیب کے جس شکستو ریخت کی کہانی نور محمد کی زندگی نے لکھی تھی، اس سے بھیانک کہانی ممکن بھی نہیں تھی۔

رضی احمد تنہا: لے سانس بھی آہستہ، پڑھ کر کیا ایسا نہیں لگتا ہے کہ آدمی محض قدرت کے مشین کا ایک پرزہ ہے جس میں اس کے اپنے ارادے اور آدرشوں کے لیے کوئی مقام نہیں ہے؟۔

ذوقی: آپ نے بالکل کہا تنہا صاحب۔ دراصل یہ سوال ہی میرے ناول کا موضوع ہے۔ آدرش، آئیڈیل یہ ہم بناتے ہیں۔ ہم تنگ نظر اور غیر محفوظ لوگ ہیں۔ اس لیے آغاز سے ہی ہم بت بنانے کے عادی رہے ہیں۔ مگر آپ کسے آئیڈیل مانیں گے؟ ناول کو ہی لیجئے - نور محمد کو یا عبدالرحمن کاردار کو؟ اور ان دونوں کی کڑیوں کو جوڑنے کے لیے میں نے پروفیسر نیلے کا کردار رکھا ہے - جو کہتا ہے ہم تو کٹھ پتلیاں ہیں۔ تباہ و برباد اور آباد تو قدرت کرتی ہے۔ اس لیے جب گاؤں کے نئے اوتار میں عبدالرحمن، نور محمد کو دیکھتا ہے تو کہتا ہے - ماضی کو مت دیکھو - ممکن ہے سچ وہی ہو جو تمہارا آج ہے۔ کیونکہ - ہر نفس نومی شود دنیا وما- ہر آن ایک دنیا تعمیر ہو رہی ہے۔ دراصل یہ ایک عام غلطی ہے کہ ہم لوگ شروع سے ہی ایک آدرش یا آئیڈیل کا مکھوٹا لگانے کے عادی ہو گئے ہیں۔ سماج سے سیاست تک آدرش اور آئیڈیل کے متھ مسلسل ٹوٹتے رہے ہیں۔ اس ملک میں گاندھی کو ہی لیجئے۔ ۵۰ فی صد لوگ اگر گاندھی کی حمایت میں کھڑے ہوتے ہیں تو ۵۰ فیصد گاندھی کی مخالفت میں۔ کہیں کسی کے لیے مذہب ایک آدرش ثابت ہوتا ہے تو کسی کے لیے سیکولرزم اور لبرزم۔ سیکولر کردار کے لوگ مذہب کو گالیاں دیتے ہیں اور مذہب کو ماننے والے سیکولرزم کو ایک سو کالڈ ڈرامہ، جس کی اس جمہوریت میں کوئی ضرورت نہیں۔ یہاں نہ راہل گاندھی آدرش ہیں نہ انا ہزارے۔ اس لیے لے سانس بھی آہستہ میں آدرش سے سماج اور سیاست تک میں نے صرف سوال کھڑے نہیں کیے بلکہ نور محمد کو آئیڈیل کے طور پر پیش کر کے اس بت کو بھیانک اور خطرناک طریقے سے توڑتے یا لکھتے ہوئے مجھے بھی وحشت کا سامنا کرنا پڑا ہے۔ بائیسویں صدی کی اس مہذب ترین دنیا کے لیے آدرش ایک مضحکہ خیز لفظ ہے جس کی بنیادیں سالم نہیں بچی ہیں۔

رضی احمد تنہا: زیر بحث ناول کا مرکزی کاردار رحمان بابو آزادی ہند کی رات کو ۱۲

بجنے سے ایک گھنٹہ قبل ہی کیوں پیدا ہوا، ایک گھنٹہ بعد کیوں نہیں؟

ذوقی: بالکل درست۔ دراصل ایسا کرنے کی ایک خاص وجہ تھی۔ یہاں دو اخلاقیات سے عبد الرحمن کاردار کا واسطہ پڑتا ہے۔ آزادی سے آدھا گھنٹہ قبل یعنی ایک غلام ملک کی اخلاقیات۔ اس اخلاقیات میں غلامی اور آدرش کے وہ چیتھڑے شامل ہیں ایک نسل جن کا شکار ہوئی تھی۔ آزادی صرف آزادی نہیں تھی۔ ایک لہولہان آزادی تھی۔ ملک کے آزاد ہوتے ہی گاندھی جی تشدد کے واقعات سے گھبرا کر انشن پر بیٹھ گئے۔ چاروں طرف مارکاٹ مچی تھی۔ اور اس خوں خرابے سے ایک نئی اخلاقیات یا ایک نئی تہذیب کا جنم ہو رہا تھا۔ عبد الرحمن کاردار یوں تو آزاد ہندستان میں پیدا ہوا لیکن اس کے باطن میں ایک غلام ہندستانی بھی موجود تھا۔ آزادی کے ۶۵ برسوں میں آزاد مسلمان اس غلامانہ ذہنیت سے باہر نہیں نکل سکے۔ میں خوف کے مسلسل انجکشن کو بھی اسی غلامانہ ذہنیت سے تعبیر کرتا ہوں۔ آج تک مسلمان اپنا ایک حق نہیں لے پائے۔ آزادی کے بعد کے ایک بھی بڑے فیصلے پر ان کے نام کی مہر نہیں لگی۔ سچر کمیشن صرف رپورٹ پیش کرتی ہے۔ میں ایک آدھے گھنٹے کے پروگرام کے لیے راجندر سچر سے ملا تو ان کے اس جواب سے مجھے مایوسی ہوئی کہ وہ تو ایک سرکاری رپورٹ تھی۔ مسلمان جس رپورٹ کو لے کر مستقبل کے آئنہ میں مضبوط ہونے کی کوشش کر رہے تھے وہ سچر بابو کے لیے ایک معمولی رپورٹ سے زیادہ اہمیت نہیں رکھتی تھی - اس ملک میں اسی لیے مسلمانوں کی غلامانہ ذہنیت سے فائدہ اٹھا کر انہیں محض ووٹ بینک کا ایک حصہ تصور کر لیا گیا ہے۔ سیاست اور سماج میں آج بھی ان کی حصہ داری نہیں کے برابر ہے۔ اور ظاہر ہے اس صورت میں عبد الرحمن کاردار کے کردار کو پیش کرنا آسان نہیں تھا۔ دراصل اس کردار کے آئنہ میں میں نے اپنی صورت دیکھی ہے۔ ایک مہذب شرمیلا انسان، جو نادرہ کی

محبت کو بھی سمجھ نہیں پاتا۔ اور ایک آسان زندگی گزارنے پر مجبور ہے۔ یہاں تک کہ نور محمد جب نگار سے اپنے تعلق کی داستان مجبور الفاظ کے سہارے بیان کرتا ہے تو عبدالرحمن کا کردار یہاں سے ہجرت کر کے پہاڑوں کی زندگی کو اختیار کرتا ہے - اور یہ پہاڑ اپنی عظمت کا اعتراف کرتے ہوئے انسان کو اس کی کمتری کا احساس دلاتے ہیں۔ ٹھیک اسی طرح جیسے گولیور جب گھوڑوں کے دیس پہنچتا ہے تو گھوڑے انسانی جسم کا مذاق اڑاتے ہیں۔ میرے لیے انسانی تہذیب کی اس جدید داستان کو قلمبند کرنا آسان نہیں تھا کیونکہ ناول میں کئی ایسے بھیانک موڑ تھے جہاں الفاظ میرا ساتھ چھوڑنے لگے تھے۔

رضی احمد تنہا: زیر بحث ناول میں چار نسلیں ہیں - رحمان، بابو، ان کے والد ان کے لڑکے ان کی لڑکیاں - ان چار نسلوں کے جینے کے اپنے آداب ہیں - کیا ایسا نہیں لگتا کہ یہ سارے کردار اپنے ہی طلسم کے اسیر ہیں؟۔

ذوقی: نہیں۔ ایسا نہیں ہے۔ سب سے پہلے کچھ باتیں اپ کو بتانا ضروری سمجھتا ہوں۔ میری کسی بھی کہانی یا ناول کی عمارت ہوا میں معلق نہیں ہے۔ اس ناول کو بھی میں نے مکمل پلاننگ اور اسٹریٹیجی کے ساتھ لکھا ہے۔ میں جب بھی کسی ناول کا پلاٹ بنتا ہوں تو سب سے پہلے اس کے کرداروں پر جم کر کام کرتا ہوں۔ فٹ نوٹس لیتا ہوں۔ کتابیں پڑھتا ہوں۔ چھوٹی سے چھوٹی معلومات حاصل کرنے کی کوشش کرتا ہوں۔ اس کے بعد میری کوشش ہوتی ہے کہ ہر کردار کا ٹریٹمنٹ دوسرے کردار سے مختلف ہو۔ یہاں ایک بات اور بھی کہنا چاہوں گا۔ جو لوگ یہ کہتے ہیں کہ اردو کہانی میں کردار نہیں ہیں۔ وہ میری کہانیاں یا ناول پڑھ سکتے ہیں۔ بیان کا بالمکند شرما جوش، پوکے مان کی دنیا کا سنیل کمار رائے لے سانس بھی آہستہ کا عبدالرحمن کاردار اور نور محمد - میرا دعویٰ ہے کہ ناول ختم کرنے کے بعد بھی یہ کردار دیر تک آپ کے ساتھ چلتے رہیں گے۔ اب آپ کی

بات پر آتا ہوں - ناول میں چار نسلیں ہیں۔ اس لیے شروع میں میں نے ان خاندانوں کا شجرہ بھی دیا ہے۔ ان چار نسلوں کے سماجی سیاسی حالات مختلف ہیں۔ ذہنیت مختلف ہے۔ ان کی فکر اور ان کی جنگ مختلف ہے۔ دراصل یہی ارتقاء کی ریس ہے جسے میں نے پیش کرنا چاہا ہے۔ سب اپنی اپنی تہذیب کی جنگیں پیش کر رہے ہیں۔ شہر سے نکل کر نور محمد جب گاؤں میں بس جاتا ہے تو وہاں زندگی کی جنگ مختلف ہے اور یہ کہنا مشکل کہ کون سی تہذیب سب سے بہتر ہے۔

نعمان قیصر: تقسیم ہند اور تقسیم ہند کے بعد کے واقعات و حادثات پر اردو میں لامتناہی ذخیرہ موجود ہے اور ایسے میں آپ کا بھی اس موضوع پر قدر توسیع کے ساتھ لکھنا کیا اسے دوہرانا نہیں ہے؟۔

ذوقی: قیصر صاحب۔ آپ کی بات حق ہے مگر یہ ایسا موضوع ہے جس پر اگلے سو سال تک مسلسل لکھا جائے تب بھی کم ہو گا۔ ہم جب بھی آزاد ہندستان اور شائننگ انڈیا کے مستقبل، سیاسی اور سماجی حالات پر غور کریں گے ماضی کی گپھاؤں سے تقسیم کا ناگ سر تو نکالے گا ہی - بابری مسجد، گودھرہ اور گودھرہ کے بعد کے واقعات یا ہندستان پر تجزیہ کرنا ہو تب بھی ۶۵ برسوں کے ہندستان کا پوسٹ مارٹم تو کرنا ہی ہو گا - تقسیم ہند پر ایک سے بڑھ کر ایک کہانیاں لکھی گئیں - مگر آپ دیکھیے تو سب کی نوعیت اور فکر مختلف تھی۔ منٹو اپنے انداز میں سوچتا تھا۔ عصمت اور عزیز احمد اپنے انداز میں۔ اپندر ناتھ اشک اور سہیل عظیم آبادی کا اپنا انداز تھا۔ اسی طرح خدیجہ مستور سے انتظار حسین تک تقسیم کے مختلف Shades تھے جو سامنے آ رہے تھے۔ اسی طرح میرے ناولوں کی طرف آیئے تو بیان کی مختلف کہانی تھی اور لے سانس بھی آہستہ اسی ۶۵ برس کے ہندستان سے تہذیبوں کے تصادم کی ایک بالکل نئی کہانی لے کر سامنے آتا ہے۔ ہندی

زبان میں تقسیم کو کم موضوع بنایا گیا۔ لیکن پنجابی اور اردو زبان میں آج بھی اس کے اثرات کو لے کر کہانیاں رقم ہو رہی ہیں اور آئندہ بھی ہوتی رہیں گی۔

نعمان قیصر: اردو فکشن میں قرۃ العین حیدر کے بعد معیار و مقبولیت کے لحاظ سے وہ کون ایسا ناول نگار ہے جس کا نام سر فہرست رکھا جا سکتا ہے؟۔

ذوقی: نعمان قیصر صاحب، اچھا کیا جو آپ نے یہ سوال پوچھ لیا۔ معیار و مقبولیت کا پیمانہ مختلف ہے۔ جو شہرت اور مقبولیت قرۃ العین کے حصے میں آئی، وہ کسی اور کے حصے میں آنی مشکل ہے۔ ناول سے الگ اگر ان کی ذات کا احاطہ کروں تو قرۃ العین کیا نہیں تھیں۔ مصور بھی تھیں۔ لندن تک ان کی پینٹنگس کی نمائش ہوئی۔ لکھنؤ اسکول سے موسیقی سیکھی۔ ڈاکومینٹری بنائی۔ امپرنٹ اور السٹریٹیڈ ویکلی کی ادارت سنبھالی۔ اپنے ناول آگ کا دریا کا انگریزی ترجمہ خود کیا۔ اور یہ بات سب نے تسلیم کیا ہے۔ قرۃ العین نے مخصوص اسلوب میں اپنے ناولوں میں تہذیب کے المیہ کو ہی قلمبند کیا ہے۔ اور اس کے لیے انہوں نے تاریخ کے حوالے سامنے رکھے۔ میں یہ ضرور کہنا چاہوں گا کہ بدلتے ہوئے وقت کی رفتار کے ساتھ کہانی اور ناول کا مزاج بھی تبدیل ہوا ہے۔ قرۃ العین کے بعد کون؟ اس کا فیصلہ ابھی نہیں ہوا ہے۔ شاید آگے کے دس بیس برسوں میں بھی نہیں ہو گا۔ لیکن بہتر یہ ہے کہ نقاد قرۃ العین کے بعد کے ناولوں کو بھی ایمانداری کے ساتھ پڑھنا شروع کریں۔ کسی قدر ان کے بعد مقبولیت (معیار نہیں) کے لحاظ سے انتظار حسین کا نام لیا جاتا ہے۔ لیکن نئی تہذیب اور نئے تقاضوں کے ساتھ کچھ اور بہتر ناول بھی سامنے آئے ہیں۔ جیسے مجھے آسٹریلیا میں مقیم اشرف شاد کے ناول بہت پسند ہیں۔ اور سب سے ضروری بات یہ ہے کہ نئے ناولوں پر گفتگو کے دروازے کھلنے چاہئیں جو اب تک نہیں کھلے ہیں۔

نعمان قیصر: اردو ناول میں مسلم تہذیب کی نوحہ خوانی کے علاوہ اور بھی کچھ ہے کیا؟

ذوقی: نعمان قیصر صاحب، آپ نے یہ اچھا سوال پوچھا ہے۔ اس لیے کہ یہ سوال اکثر لوگوں کے ذہن میں ہے کہ اردو ناول تہذیب کی نوحہ خوانی سے آگے کا سفر طے نہیں کرتا ہے۔ لیکن یہ آدھا سچ ہے۔ ہندستان سے پاکستان تک اچھے ناول مسلسل لکھے جا رہے ہیں۔ اشرف شاد نے اپنے ناولوں میں جن موضوعات کا احاطہ کیا، وہاں دہشت پسندی ہے۔ ہلاکت خیزی ہے اور بدلتا ہوا پاکستانی معاشرہ ہے۔ عاصم بٹ کے ناول دائرے کی فضا مختلف ہے۔ وہاں علاقوں سے کام لیا گیا ہے لیکن یہاں بھی پاکستانی مشنری اور حکومت پر گہرا طنز موجود ہے۔ رحمن عباس کے ناول میں کوکن کے مسلمانوں کے تعلق سے آج کے مسلمانوں کا المیہ بیان کرنے کی کوشش کی گئی ہے۔ میرا ناول پوکے مان کی دنیا مختلف تھا۔ عبد الصمد کا مہاتما یا حسین الحق کے ناول بولو مت چپ رہو کے بارے میں بھی آپ یہ بات نہیں کہہ سکتے۔ پیغام کا مکان اور پلیتہ دونوں نئے معاشرے کو سامنے رکھتے ہیں۔ سید محمد اشرف کا ہی ناول دیکھیے۔ ہاں کچھ اور لوگ اب بھی ایسے ہیں جو ناول میں ان موضوعات سے آگے نہیں بڑھتے۔ نام لینا مناسب نہیں۔ ان کے قد اور نام سے ساری دنیا واقف ہے۔ کچھ لوگ ایسے ہیں جن کے پاس ناول لکھنے کے لیے اس سے زیادہ آسانیاں کہیں اور ممکن نہیں ہیں۔ اس لیے وہ سہولت کے حساب سے وہی لکھتے ہیں جو وہ لکھ سکتے ہیں۔ ناول کے لیے جو ایک تخیلی دنیا آباد کرنی پڑتی ہے یہ ہنر سب کو نہیں آتا۔

رضی احمد تنہا: اردو ناول میں اطراف تقسیم ہند کے علاوہ عہد نو کے چیلنج کا سامنا کرنے کا مادہ اردو کے کن کن ناول نگار میں ہے۔ کچھ مثال دیں تو بہتر اور آپ نے عہد نو کے چیلنج کو کس طرح برتنے کی کوشش کی ہے؟۔

ذوقی: تنہا صاحب، نئے عہد میں نئے چیلنج تو ہونگے ہی۔ اور یہ چیلنج مختلف سطح پر ہوں

گے۔ مذہبی، سیاسی، سماجی، تعلیمی - یہ دنیا بدل چکی ہے - مکاری و عیاری کے معنٰی بدل چکے ہیں - سیاست اور سماج کا چہرہ تبدیل ہو چکا ہے - چھوٹے چھوٹے بچے ڈپریشن اور ہائپر ٹینشن جیسے مرض کا شکار ہو رہے ہیں۔ ماں باپ اور بچوں کی دنیا بدل چکی ہے - ایک طرف دہشت پسندی ہے اور دوسری طرف کنڈوم کلچر۔ مسلمانوں کا معاملہ ذرا مختلف ہے۔ کیونکہ اس وقت عالمی نظام میں مسلمانوں کو دہشت کی علامت بنا کر پیش کیا گیا ہے۔ اس لیے وہ مسلمان جو ہندستان میں ہے پاکستان میں یا غیر ملکوں میں - وہ اردو میں لکھتا ہو یا دوسری زبانوں میں - وہ کہیں نہ کہیں دہشت پسندی کے چیلنج کو بھی قبول کر رہا ہے۔ نجیب محفوظ کو پڑھ جایئے۔ اور ہاں پامک کو - خالد حسین کے ناول - سوال ہے جب ٹارگیٹ آپ ہیں تو اس موضوع سے بچ کیسے سکتے ہیں؟ افغانستان اور عراق کا المیہ سامنے ہے۔ ابھی حال میں لیبیا اور دوسرے اسلامی ممالک میں بغاوت کی جو آگ پھیلی ہے اس کا بھی جائزہ لیجئے۔ ابھی حال میں ایک خبر آئی۔ امریکہ نے مودی کو ہندستان کا ہیرو بنا کر پیش کیا۔ یہی امریکہ کچھ سال پہلے تک مودی کو ویزا دیئے جانے کے خلاف تھا- ۹/۱۱ حادثے کے بعد امریکن کرنسی گریٹ ڈپریشن کا شکار ہو چکی ہے -بش ہوں یا اوبامہ ان میں زیادہ فرق نہیں - ان کی ایک ہی منزل ہے امریکیوں کو خوش کرنے کے لیے مسلمانوں کو حاشیے پر پھینکنا۔ آپ غور کریں تو عہد نو کے دوسرے چیلنج اسی چیلنج کی شاخیں ہیں جہاں مسلمان دہشت پسندی کے الزام سے الگ خود کو مضبوط کرتے ہوئے ارتقاء کی ریس میں آگے رہنا چاہتے ہیں۔ اس لیے یہ موضوعات پاکستان سے ہندستان تک مسلسل ہمارے ناولوں کا ایک حصہ بن رہا ہے - پیغام آفاقی نے پلیتہ میں بڑے کنواس پر اسی موضوع کو برتنے کی کوشش کی ہے۔ شفق کے بادل اور کابوس کا موضوع بھی یہی تھا - پو کے مان کی دنیا، پروفیسر ایس کی عجیب داستان اور لے سانس بھی آہستہ میں میں نے عہد نو کے مسخ

شدہ چہرے کو دکھانے کی کوشش کی ہے۔

رضی احمد تنہا: میرا ماننا ہے کہ قرۃ العین حیدر کے بعد والی نسل کے نمائندہ فکشن نگار آپ ہیں اور اس کے لیے میں آپ کو مبارکباد دیتا ہوں - میں آپ کے شکریے کا خواہش مند نہیں ہوں۔ آپ کو میرے اس خیال پر اعتراض تو نہیں ؟۔

ذوقی: یہ آپ کی محبت ہے - ابھی حال میں آفاق عالم صدیقی نے بھی کم و بیش یہی بات میرے فکشن کو لے کر کی تھی۔ مشرف عالم ذوقی اپنے انداز کے سب سے توانا اور منفرد افسانہ نگار ہیں۔ تہذیب کی ہر نئی کروٹ اور تیز رفتار زندگی سے پیدا ہونے والے ہر مسئلہ پر عموماً ذوقی کی نظر سب سے پہلے پڑتی ہے۔ وہ آج کی زندگی کے ایسے سفاک افسانہ نگار ہیں جو تمام تر معنویت کو جھیلنے کے لیے ہمہ وقت تیار رہتے ہیں۔ وہ سنگین سے سنگین ترین مسائل اور پیچیدہ ترین صورتحال پر اتنی خوبصورتی سے افسانے کا محل کھڑا کر دیتے ہیں کہ حیرت ہوتی ہے۔ مشرف عالم ذوقی کی افسانہ نگاری ہو یا ناول نگاری کا معاملہ ان کے تمام ہمعصر اور پیش رووں سے مختلف ہے۔ ان کے کہانی کہنے کا ڈھنگ اور طریقہ بھی سب سے الگ ہے۔ انہیں اپنے ہمعصروں میں وہی انفرادیت حاصل ہے جو کبھی قرۃ العین حیدر کو حاصل تھی۔ یا جو انتظار حسین کو حاصل ہے۔ کسی نے کہا تھا کہ منٹو، ابن صفی، اور یوسفی جو کچھ اور جس طرح لکھ سکتے ہیں ضرور ہی لکھ سکتے ہیں دوسرا کوئی نہیں لکھ سکتا یہی بات قرۃ العین حیدر، انتظار حسین، اور ذوقی کے بارے میں بھی کہی جاسکتی ہے- مجھ پر اعتراض کرنے والے یا ناک بھوں چڑھانے والے زیادہ تر وہ لوگ ہیں جنہوں نے مجھے پڑھا ہی نہیں یا جنہوں نے میری ۲۵ سال پہلے پڑھی ہوئی کسی کہانی کو پڑھ کر کوئی رائے قائم کی تو اس سے ہٹے نہیں۔ آج بھی اسی رائے پر قائم ہیں۔ مگر وہ لوگ جنہوں نے میری نئی کہانیاں یا نئے ناول پڑھے ہیں اب ان کی رائے میرے بارے میں بہت حد

تک بدل چکی ہے۔ میں اتنا ضرور جانتا ہوں کہ میں محنت سے اور ایمانداری سے لکھتا ہوں۔ آپ کے خیال پر مجھے کوئی اعتراض نہیں ہے۔

نعمان قیصر: موجودہ عہد میں مذہب اور سیکس میں زیادہ کون بکتا ہے؟

ذوقی: نعمان قیصر صاحب، سچ تو یہ ہے کہ دونوں بکتے ہیں۔ دونوں میں کون زیادہ بکتا ہے۔ میں یہ تو نہیں کہہ سکتا لیکن دہشت پسندی اور فرقہ واریت نے مذہب کے بند دروازے کھول دیئے ہیں۔ یہاں ترشول اور بھگوا جھنڈے بھی بکتے ہیں۔ دوزخ کا کھٹکا اور جنت کی کنجی بھی۔

رضی احمد تنہا: نو مولود رسالہ 'ابجد' کے بارے میں اپنے تاثرات و خیالات چند الفاظ میں دینے کی زحمت گوارا کریں؟

ذوقی: ابجد کے لیے میری نیک خواہشات۔ ابجد سے وابستہ ایسے لوگ ہیں جنہیں ادبی دنیا تسلیم کر چکی ہے۔ حقانی القاسمی ہوں یا رفیع حیدر انجم - یا آپ ہوں - آپ کی فوج میں نعمان قیصر جیسے نوجوان بھی شامل ہیں جو محنتی ہیں صحافت اور ادب سے وابستگی ہے اور کچھ کر دکھانے کے خواہشمند ہیں۔ ابجد کی روز افزوں ترقی اور مقبولیت کے لیے دعا کرتا ہوں۔

***

'لے سانس بھی آہستہ' کے بہانے معروف ناول نگار، مشرف عالم ذوقی سے ایک گفتگو

- نبی احمد

سوال: ذوقی صاحب، سب سے پہلا سوال، آپ نے لکھنا کب سے شروع کیا؟

جواب: نبی احمد صاحب، اسے مختصر لفظوں میں بتانا مشکل ہے۔ گھر کا ماحول ادبی تھا اس لیے بچپن سے ہی لکھنا اور پڑھنا پہلے شوق پھر جنون بنتا گیا۔ چھٹی کلاس میں تھا تو پہلی کہانی بچوں کے رسالہ پیام تعلیم میں شائع ہوئی۔ پہلا افسانہ تیرہ سال کی عمر میں ممبئی سے نکلنے والے رسالہ کہکشاں میں شائع ہوا۔

سوال: آپ کا پہلا ناول؟

جواب: بچپن سے ہی کتابیں اوڑھنا بچھونا بن گئیں - رائیڈرس ھیگڈرڈ سے متاثر ہوا۔ ۱۷سال کی عمر میں پہلا ناول لکھ ڈالا- عقاب کی آنکھیں۔ بیس سال کی عمر تک ۴ناول لکھ چکا تھا- لمحۂ آئندہ، عقاب کی آنکھیں، نیلام گھر اور شہر چپ ہے- ان میں صرف عقاب کی آنکھیں اب تک شائع نہیں ہوا ہے۔ سن ۲۰۱۲ میں اس کی اشاعت متوقع ہے-

سوال: گفتگو کی شروعات آپ کے نئے ناول لے سانس بھی آہستہ سے کرتے ہیں- یہ ناول لکھنے کا خیال آپ کو کیسے آیا؟

جواب: لے سانس بھی آہستہ دراصل تہذیبوں کے تصادم کی کہانی ہے- میرے ذہن میں اس ناول کو لے کر کئی بنیادی سوال راستہ روکے کھڑے تھے۔ ڈارون سے روسو، والٹیر اور ہنٹنگٹن تک میں مسلسل اخلاقیاتی نظریے سے ایک جنگ لڑتا رہا۔ کون بناتا ہے یہ نظریہ-؟ جب ایک نظریہ سچ ہے تو اختلاف کی گنجائش ہی کیوں پیدا ہوتی ہے؟ کیا اخلاقیات ہر بار ہمارے ایک چیلنج ہیں؟ کیا وقت اپنے حساب سے اپنی اخلاقیات کی تھیوری پیش کرتا ہے-؟ کیا آج کی ساری بحث صرف اور صرف اخلاقیات تک سمٹ کر رہ گئی ہے-؟ گلوبل دنیا اور گلوبل وارمنگ کے اس دور میں الگ الگ اخلاقیات کے عفریت ہمیں حصار میں لیے کھڑے ہیں--- کہ پہلے ہم سے الجھو--- اور جیسا کہ ان دنوں مغرب کے بارے میں کہا جارہا ہے کہ مغرب کے بنیادی مسائل نہ تو معاشی ہیں اور نہ ہی آبادی کا بڑھنا- بلکہ اصل مسئلہ ہے- اخلاقیات کا گم ہو جانا- ثقافتی خودکشی- اور انہی سب سے ایک نہ ختم ہونے والا سیاسی بحران پیدا ہو گیا ہے- ایک طرف دہشت پسندی اور القاعدہ تہذیب ہے جس کی زمین بنیاد پرستی سے زیادہ دہشت پسندی پر کھڑی ہیں --- دراصل اس ناول کو لکھنے کا بنیادی نکتہ یہی تھا- مختلف تہذیبوں کے درمیان عالمی جنگ کے خطرات کے امکانات سے بچنے کی کیا صورت ہو سکتی ہے-؟ کیا دنیا کے حکمراں اس کی تہذیبی فطرت کو قبول کرنے اور اسے بچانے کے لیے تیار ہیں- اندھیرے سے جنم لینے والی ایک نئی دنیا ہے- معاشرتی تبدیلیوں کی دھند میں شناخت گم ہوتی جارہی ہے۔

سوال: پھر آپ نے کیا محسوس کیا؟ کیا یہ ناول ہمیں اندھیرے کی طرف لے جاتا ہے۔؟ مثال کے لیے، جس طرح کے ناول آج کل لکھے جارہے ہیں۔ دکھ، رنج، تاریکی اور ایک دنیا اندھیرے میں ڈوبی ہوئی۔ کیا آپ کا اشارہ بھی اسی جانب ہے۔

جواب: میں اندھیرے کا قائل ہی نہیں۔ آغاز سے ہی میں نگیٹیو فکر کا قائل نہیں

رہا- مجھے لگتا ہے، تہذیبیں جب نئی شکل لینے کو آتی ہیں تو ایک دھماکہ ضرور ہوتا ہے۔ اسی لیے ناول کے آغاز میں، میں نے ہرمن ہیسے کے مشہور ناول ڈیمیان کا سہارا لیا ہے۔ یونانی لوک کتھاؤں میں ابراکسس نام کے ایک دیوتا کا ذکر ملتا ہے- ابراکسس کے مطابق، جائز اور ناجائز سب ایک برابر ہیں اور ہر شخص کو اپنے حساب سے جھوٹ، سچ، غلط، جائز اور ناجائز کی تعریف کرنی پڑتی ہے۔ قدرت کے نظام کو بھلی اور بری باتوں کے درمیان تقسیم نہیں کیا جاسکتا۔ اور -ارتقا کے راستے میں اخلاقیات کا کوئی دخل نہیں-

سوال: گویا آپ کہنا چاہتے ہیں کہ تہذیبیں ختم ہو چکی ہیں اور اسی لیے آپ نے القاعدہ جیسی تنظیموں کو بھی ایک تہذیب قرار دیا ہے۔ کیا سچ مچ دہشت پسندی کو کسی تہذیب سے وابستہ کیا جاسکتا ہے۔

جواب: آپ نے جو سوال پوچھا ہے دراصل یہی میرے ناول کا موضوع ہے۔ نئی صدی کی شروعات ہوتے ہی ہم نے ایک نئی دنیا میں قدم رکھا تھا۔ 31 دسمبر 1999 ہندستانی طیارے کو اغوا کر کے افغانستان لے جایا گیا۔ 9/11 جیسا حادثہ پیش آیا۔ جس نے امریکہ جیسے ملک کو خوفزدہ کر دیا۔ دہشت پسندی کی کوکھ سے ایک نئی تہذیب برآمد ہو رہی تھی۔ مجھے ڈیمیان کی یاد آرہی تھی۔ ایک انڈہ ٹوٹنے والا ہے۔ ایک نئی دنیا نئی شکل لینے والی ہے۔ یہ خطرہ ان لوگوں کے ہے جو پرانی دنیاؤں سے چپکے ہوئے ہیں۔ ہم ایک ایسی دنیا میں آگئے تھے جہاں رشتے کھو گئے تھے۔ جنسی اشتعال انگیزی کا بازار گرم تھا۔ سیکس کے نئے کھلونے بازار میں آچکے تھے۔ جہاں کنڈوم کے لیے بند اس بول کا سہارا لیا جا رہا تھا۔ دراصل یہ خطرناک دہشت پسندی کی کوکھ سے برآمدہ تہذیبیں ہی تھیں جو نئی نسل کا شکار کر رہی تھیں- اس لیے میں نے اس کو لکھتے ہوئے ایک ایسی کہانی کا انتخاب کیا جو ہالی ووڈ کی ہارر فلم سے زیادہ بھیانک تھی۔

سوال: لے سانس بھی آہستہ، یہ نام آپ کی کہانیوں یا دوسرے ناول کے ناموں سے مختلف ہے۔ آخرہ اس کی کوئی وجہ۔

جواب: مجھے اس نام سے بہتر کوئی دوسرا نام نہیں آیا۔

لے سانس بھی آہستہ کہ نازک ہے بہت کام
آفاق کی اس کارگہِ شیشہ گری کا

میرا نیا ناول 'لے سانس بھی آہستہ' درحقیقت میرؔ کے اسی شعر کی ترجمانی کرتا ہے۔ اس انتہائی ترقی یافتہ سائنسی عہد میں ہمارا معاشرہ اچانک ایک ایسی تاریک سرنگ میں داخل ہو گیا ہے۔ جہاں حقیقت اور تصوریت سے الگ ایک سوال ذہن میں پیدا ہوتا ہے۔۔۔' کہ کیا مذہبی تصورات اس جینوم اور کلوننگ عہد میں قابلِ قبول بھی ہیں یا نہیں -؟ یا پھر یہ- کہ جدید طرز زندگی اور عریانیت اگر ایک دوسرے کے ہم خیال ہیں تو پھر انسانی اخلاقیات کے کورے صفحوں کو لکھنے کی نہ ذمہ داری کس کی ہے۔۔۔؟ شاید اسی لیے یہ کہانی ایک ایسے موقع پر جنم لیتی ہے جب سن ۲۰۰۹ کے آخر میں کوپن ہیگن میں ماحولیات کے تحفظ کو لے کر ہونے والی کانفرنس ایک فلاپ شو میں تبدیل ہو جاتی ہے۔ ایک ایسے پر آشوب اور پر فریب عہد میں ' جہاں بھوتوں کی آن لائن شاپنگ کے دروازے کھلتے ہیں، یہ کہانی ایک ایسے کردار کو شامل لے کر چلتی ہے جو ۴۷ء آزادی ملنے سے صرف ایک گھنٹے پہلے پیدا ہوتا ہے۔ ایک غلام ملک کی اخلاقیات جو صرف ایک گھنٹے بعد ایک آزاد ملک کی اخلاقیات میں تبدیل ہو جاتی ہے۔ لیکن تقسیم کے بطن سے پیدا ہونے والی نفرتوں نے سرحد کے دونوں طرف جنگ کے شعلوں کو کبھی مدھم ہونے کا موقع نہیں دیا- لیکن ان شعلوں میں بہت کچھ جلا- بہت دل ٹوٹے- اور پھر۔۔۔ تہذیب کی اندھیری سرنگ میں دو آنکھیں تھیں، جو ایک سترہ سال کی بچی طرف اشارہ کرتے

ہوئے کہہ رہی تھی- 'یہ میری بیٹی ہے۔۔۔'اس کی آواز زلزلوں کے جھٹکوں سے زیادہ تیز تھی۔۔۔ لیکن شاید آپ یقین نہ کریں کہ اس کی ماں بھی میری بیٹی تھی- کہیں نہ کہیں اس بے حد لاغر اور مجبور انسان کی اخلاقیات، انسان نہیں بلکہ قدرت لکھ رہا ہے۔ تہذیبوں کا تصادم جاری ہے۔ مگر ریموٹ اور کمان در حقیقت قدرت کے ہاتھ میں ہے اور یہی اس ناول کا موضوع ہے۔

سوال: آپ کے ناولوں میں سیاسی، سماجی اور تاریخی حوالے بھی ملتے ہیں۔ آپ کے بارے میں یہ بھی کہا جاتا ہے کہ آپ کی کہانیاں اور ناول مستقبل کے خطرات کو بھی پیش کرتے ہیں۔ کیا اس ناول میں بھی آپ نے تاریخی حقائق کو سامنے رکھا ہے۔؟

جواب: کہانی ایک چھوٹے سے واقعے پر مبنی ہوتی ہے۔ ناول کی دنیا ایک بڑی دنیا ہوتی ہے جہاں زندہ کردار ہوتے ہیں۔ زندگی سے موت تک کی رسم کو نبھاتے ہوئے- بھیانک واقعات کا گواہ بنتے ہوئے۔ اس لیے یہ ناول تحریر میں تب آیا جب بیحد سہمی ہوئی خوفزدہ کرنے والی صدی کے دس سال گزر گئے تھے۔ انسانی زندگی کے ساتھ تاریخ کی وابستگی کی کہانی بہت پرانی ہے۔ اس لیے یہ ناول ایسے دس برسوں کا گواہ بن گیا جہاں ساری دنیا میں بھوک مری اور غریبی لوٹ آئی تھی۔ تیل کی قیمتیں آسمان چھو رہی تھیں۔ شیئر بازار لڑھک کر گر پڑے تھے۔ ہزاروں بینکوں کو دیوالیہ قرار دے دیا گیا تھا۔ ابوظہبی اور دوبئ جیسے جدید مراکز ہل گئے تھے۔ امریکی کرنسی گریٹ ڈپریشن کا شکار ہوئی۔ ماحولیات کے تحفظ کے لیے نئے نئے ماڈل بنائے گئے تھے جو ناکام رہے- انٹارٹیکا کے بڑے بڑے گلیشیر سمندر میں گم ہو گئے تھے- سر جوڑتے ہوئے دنیا کے تمام بڑے سائنسدانوں نے اپنا فیصلہ سنایا تھا۔ انسانی ترقی اور کامیابی کی کہانیاں ہی دراصل انسانی بربادی کی بھی اصل وجہ ہیں۔ ایک طرف دہشت پسندی ہے اور دوسری طرف خطرناک

بیماریوں سے لڑتے ہوئے لوگ۔ اور ان سے الگ تہذیبیں ہیں جو اپنی شکلیں تبدیل کر رہی ہیں۔ اسی لیے تاریخی حقائق وشواہد کے بغیر میں ناول تحریر نہیں کر سکتا۔

سوال: لے سانس بھی آہستہ کے بعد آپ کا اگلا پروجیکٹ؟

جواب: آتش رفتہ کا سراغ- 720 صفحہ پر مشتمل یہ ناول ہندستانی مسلمانوں کی آپ بیتی ہے۔ یہ ناول مکمل ہے- ان دنوں ایک نیا ناول لکھ رہا ہو- سرحدی جناح- یہ ناول سرحدی گاندھی، خان عبدالغفار، خان کی زندگی سے متاثر ہو کر لکھ رہا ہوں۔

سوال: آپ نے اپنا قیمتی وقت دیا۔ آپ کا بیحد شکریہ۔

جواب: نبی احمد صاحب، آپ کا بھی شکریہ۔

***

میڈیا ہندو اور مسلمانوں میں فرق کر رہا ہے- ذوقی
(ادب اور صحافت کے بہانے ذوقی سے ایک مکالمہ)

نورین علی حق

نورین: میں سب سے پہلے تو آپ سے یہ جاننا چاہوں گا کہ صحافتی حوالے سے آپ کی کیا خدمات ہیں اور کب سے آپ اس میں لگے ہوئے ہیں۔ خواہ وہ پرنٹ میڈیا ہو یا الیکٹرانک میڈیا ہو۔

ذوقی: سب سے پہلے جسے آپ سماجی اور سیاسی شعور کہتے ہیں، میں یہ بتانا چاہوں گا کہ صحافت اور ادب کے درمیان کوئی بہت بڑا فاصلہ نہیں ہے۔ اچھا اور بڑا ادب پختہ سیاسی سمجھ کے بغیر تخلیق نہیں ہو سکتا۔ ایک ادیب کے لیے سب سے ضروری چیز ہے سوشیو، پولیٹکل سینسی بلیٹی کا ہونا- مغرب میں عام طور پر یہ بات کہی جاتی ہے کہ سیاست ادب کا بنیادی منتر ہے -یعنی سیاست کو سمجھے بغیر ایک اچھا ادب تخلیق نہیں کیا جا سکتا- رہی میری بات، صحافت سے دلچسپی شروع سے رہی- ادب کو جب میں نے سوچنا شروع کیا تو ایسا لگا کہ ادب کے علاوہ صحافت کے میدان میں بھی اترنا چاہیے -اس لیے میں نے دونوں ذمہ داریوں کو ادا کرنے کا فیصلہ کیا- شروع سے ہی کہانیاں لکھتا رہا، ناول لکھتا رہا- سترہ سال کی عمر میں میرا پہلا ناول سامنے آیا "عقاب کی آنکھیں "- اس وقت بھی بہت سارے ایسے اخبار تھے جن میں میرے مضامین شائع ہو رہے تھے۔ یہ باتیں میں اس لیے

بتانا چاہ رہا ہوں کہ موجودہ سیاست کو سمجھے بغیر ایک اچھے ادب کی تخلیق ممکن نہیں ہے۔1985 میں، میں دہلی آیا۔ دہلی آنے کے بعد روزنامہ ہندستان اور جن ستّہ جیسے اخباروں میں لکھنا شروع کیا۔ ملک کی فضا خراب ہوئی- بابری مسجد کا حادثہ پیش آیا- اس کے بعد کا جو ہندستان سامنے تھا وہ ہندستان کہیں نہ کہیں مجھے ڈرا رہا تھا۔ میں نے مسلسل راشٹریہ سہارا اور دوسرے اخباروں میں مضامین لکھنا شروع کیا۔ یہ سلسلہ بہت لمبا چلتا رہا یہاں تک کہ گجرات حادثہ سامنے آیا جب گجرات حادثہ سامنے آیا- تو اس وقت مجھے اچانک محسوس ہوا کہ اس ملک میں کچھ لوگ ہیں جو آج بھی آپ کی آزادی کو کہیں نہ کہیں چھیننا چاہتے ہیں -گجرات پر میری ایک کتاب شائع ہوئی لیبارٹری، لیبارٹری کے شائع ہونے کے دو تین مہینے بعد ایک رات لودی روڈ تھانے سے دو سپاہی آئے اور انہوں نے کہا کہ آپ کو لودھی روڈ تھانے میں بلایا گیا ہے جب میں وہاں گیا تو سات گھنٹے تک میری پوچھ تاچھ ہوئی اور یہ پوچھ تاچھ ادب اور صحافت کو لے کر زیادہ رہی -اور آخر میں مجھے ایک دھمکی دی گئی کہ آپ صحافتی مضمون لکھنا بند کر دیجیے- آپ یہ سمجھ سکتے ہیں کہ صحافتی ذمہ داری کتنی بڑی ہوتی ہے- وہ لوگ جو غلط کر رہے ہیں وہ لوگ کہیں نہ کہیں خوفزدہ بھی رہتے ہیں-اس لیے صحافت اور ادب دونوں کو ساتھ رکھتے ہوئے میں نے جینا سیکھا ہے۔

نورین: اس حوالے سے گفتگو سے ظاہر ہے کہ صحافت اور ادب کوئی بہت الگ نہیں ہیں لیکن پرنٹ میڈیا اور الیکٹرانک میڈیا میں نے دونوں کی بات کی تھی-کیونکہ آپ کے حوالے سے بہت مشہور ہے کہ جتنا لکھتے ہیں اسی قدر پروڈیوسر بھی ہیں ڈائرکٹر کی خدمات انجام دیتے ہیں اور آپ کے کئی سیریل اور ڈوکومینٹری فلمیں بھی آچکی ہیں۔ تو اس حوالے سے میں جاننا چاہتا ہوں کہ کب سے اور کتنے ڈوکومینٹری فلمیں کیں آپ نے اور کتنے سیریل لیے اس میں پسند کس کو کیا گیا اور تجربہ آپ کا کیا ہے اس حوالے سے۔

ذوقی: 1985 میں، میں دہلی آیا تھا- 1987 سے میری وابستگی دوردرشن سے ہوگئی تھی- اس زمانے میں دوردرشن میں سیریلس کے علاوہ ڈوکومینٹری فلم، ڈوکوڈرامہ اور اس طرح کے پروگرام بنائے جاتے تھے- چھوٹی موٹی کوٹکیز جن میں صحافت کو کہیں نہ کہیں دخل ہوتا تھا- شاید ہی کوئی ایسا موضوع ہو جس پر میں نے ڈوکومینٹری نہ بنائی ہو اور ایک ڈوکومینٹری فلم کے لیے اسکرپٹ لکھنا، تحقیق ریسرچ کا جو کام ہے اس کی ذمہ داری بھی کم وبیش میں ہی سنبھالتا تھا۔ ادب بھی میرا موضوع رہا ہے- میں نے ہندی اور اردو کے باون بڑے لوگوں پر جن میں قرۃ العین حیدر، نامور سنگھ، راجندر یادو، جوگندر پال، ڈاکٹر محمد حسن شامل ہیں۔ ڈوکومینٹری فلمیں بنائی ہیں- اور یہ کام مسلسل جاری ہے- اس کے علاوہ میں نے اپنے ناول مسلمان کو لے کر ایک سیریل بنایا ملت کے نام سے جو بہت مقبول ہوا- اس کے علاوہ بے جڑ کے پودے جو سہیل عظیم آبادی کا مشہور ناول ہے میں نے اس پر بھی ایک سیریل بنایا تھا- ای ٹی وی اردو کے لیے- بلونت سنگھ کا مشہور ناول رات چور چاند -میں نے اس کے لیے ڈی ڈی انڈیا کلاسکس کے لیے سیریل بنایا- میں نے اس میں ممبئی کے بڑے بڑے فنکاروں کو لیا اور یہ سیریل بھی بہت مشہور ہوا- ایک طرف فکشن ہے دوسری طرف ڈوکومینٹری فلمیں ہیں - زیادہ مزہ مجھے ڈوکومینٹری فلموں میں آتا ہے چونکہ کسی نئی چیز کو دریافت کرنا جیسے ہم آپ کو بتائیں نورین صاحب کہ وہ قبائل جو جھارکھنڈ میں رہتے ہیں یا وہ جگہ جہاں ڈاکو رہتے ہیں چمبل کی گھاٹیوں میں -تو ان جگہوں پر جانے کا اتفاق، ان جگہوں کو دیکھنے کا اتفاق، لوگوں سے ملنے کا اتفاق- تو ایک بڑی خوبصورت دنیا آپ کے لیے کھلتی چلی جارہی ہے۔ اور اس دنیا کو دریافت کرنا اور ایک اینکر کے طور پر لوگوں سے گفتگو کرنا، باتیں کرنا ان کے رہن سہن کو دیکھنا- مجھے لگتا ہے کہ میری کہانیوں میں جیسا عام طور پر کہا جاتا ہے- ایک نئی دنیا کہیں نہ کہیں ذوقی ڈسکور

کرتا ہے تو ان چیزوں کا بھی کہیں نہ کہیں بہت بڑا ہاتھ ہے۔ کئی بار مجھے لگتا ہے کہ ہمارے دوستوں میں جو ادب لکھتے ہیں تخلیق کرتے ہیں، ہندستان کو دیکھا ہی نہیں ہے- اس لیے ہندستان کی تہذیب سے واقف نہیں ہیں - ہندستان کی رنگا رنگ تہذیب ابھی ایک ڈوکومینٹری کے سلسلے میں جس پر آگے فیچر فلم بنانے کا ارادہ ہے- یہ دلچسپ اس لیے ہے کہ ہندستان کی تہذیب کتنی نئی ہے- ہم لوگ نہیں جانتے ہیں - اس لیے میں اس کی تفصیل آپ کو دینا چاہتا ہوں- مجھے ہماچل پردیش کے ایک شہر جانے کا اتفاق ہوا اور جب میں نے اس شہر کے لوگوں سے ملاقات کی ان کے رہن سہن، پہناوے اور ان کی تہذیب کو جاننا چاہا تو مجھے بہت سی نئی معلومات حاصل ہوئی ہوئیں - جیسے ایک معلومات تو یہ تھی کہ وہاں آج بھی پانڈو کی رسم موجود ہے- ایک لڑکی کی شادی پانچ پانچ بھائی سے کر دی جاتی ہے اگر سب سے چھوٹے بھائی کی عمر ایک سال ہے تو وہ بھی اس لڑکی کا شوہر ہوتا ہے اور جب وہ بڑا ہوتا ہے اور وہ لڑکی ادھیڑ یا بوڑھی ہو چکی ہوتی ہے وہ بچہ جوان ہو کر اپنا شوہرانہ حق مانگ سکتا ہے۔ میں یہ بات اس لیے بتا رہا ہوں کہ ہندستان کی اپنی ایک رنگا رنگ تہذیب ہے- ایک گنگا جمنی کلچر ہے- کہا جاتا ہے کہ اتنی ندیاں ہیں- اتنے پہاڑ ہیں -اتنے رنگ ہیں - ڈوکومینٹری فلم بناتے ہوئے ان تمام تر رنگوں کو دیکھنے کا بہت قریب سے احساس ہوتا ہے اور مزہ آتا ہے- اس لیے فیچر سے زیادہ ڈوکومینٹریز فلمیں بنانے میں مجھے زیادہ مزہ آتا ہے۔

نورین: ابھی دوردرشن کے حوالے سے ایک بات سامنے آئی کہ اردو والوں کو ان کے حقوق نہیں دیے جا رہے ہیں جبکہ پروجیکٹ منظور ہو چکے ہیں اس کو کلیئر نہیں کیا جا رہا ہے اور اردو والوں کے بہت سارے پیسے اور پروگرام زیر التوا ہیں تو اس سلسلے میں آپ کیا محسوس کرتے ہیں کہ دیگر تمام شعبوں میں جس طریقے سے اردو کا قتل کیا جا رہا ہے تو کیا

اسی ڈگر پر یہ پرنٹ میڈیا الیکٹرانک میڈیا بھی چل چکا ہے جس طریقے ہم دیکھتے ہیں آل انڈیا ریڈیو ہو یا دوردرشن ہو یا ایسی ہی جگہوں پہ اردو والوں کو بالخصوص اور بالعموم تمام جگہوں پہ اردو اکادمی ہو یا قومی کونسل برائے فروغ اردو زبان ہو ان جگہوں پر ریگولر ملازم کے طور پر نہیں رکھا جارہا ہے تو کیا یہ سوچی سمجھی سازش ہے۔

ذوقی: اس ایک سوال میں بہت سارے سوال چھپے ہوئے ہیں- سب سے پہلے آپ نے دوردرشن کے اردو چینل کا ذکر کیا ہے میں اپنی بات یہیں سے شروع کرتا ہوں جب دوردرشن کے اردو چینل کا اعلان ہوا اس وقت ای ٹی وی اردو کو چھوڑ کر اور کوئی اردو چینل موجود نہیں تھا آزادی کے ۶۵ برسوں میں اس بات کا شدت کا احساس ہوا ہے کہ جس زبان کا رشتہ روزی روٹی سے کاٹ دیا جاتا ہے وہ زبان مردہ ہو جاتی ہے۔ کم و بیش اردو کے ساتھ یہی سلوک ہوتا رہا۔ ای ٹی وی اردو شروع ہوا- اردو کو ایک اچھا خاصا حلقہ ملا، کئی لوگوں کو نوکریاں ملیں ای ٹی وی سے پہلے یو ٹی وی اردو تھا جو بند ہو گیا اس کے بعد ای ٹی وی کی شروعات ہوئی۔ دوردرشن کو اردو میں شروع کرنے مطلب تھا ایک بڑا روزگار- جب دوردرشن کا اردو چینل شروع کیا گیا تو ایک گائڈ لائن بنائی گئی- اس گائڈ لائن کے مطابق کوئی بھی اردو پروگرام بنا سکتا ہے۔ جس کے پاس کم سے کم پانچ سال کا تجربہ ہو، لیکن پروگرام بنانے والا کوئی بھی ہو اس کو اردو ایکسپرٹ رکھنا ضروری ہے- دوسری بات جو اسکرپٹ جمع کی جائیں گی اس کی زبان اردو میں ہو گی- تیسری بات جو ڈائرکٹر ہو گا وہ اردو جاننے والا ہو گا۔ ایک ایسی فضا بن رہی تھی جیسے اردو کے دروازے چاروں طرف سے کھول دیے گئے ہیں- ظاہر ہے اردو والوں کی خدمات لی جائیں گی- پروجیکٹ اردو میں جمع ہوں گے- پروجیکٹ اردو میں جمع ہونے کا مطلب یہ ہے کہ بہت سارے لوگ جو کمپوزنگ کے فرائض انجام دیتے ہیں ان کو بھی کام ملے گا۔ تیسری بات

اردو ڈائرکٹر بھی اردو جاننے والا ہو گا، اردو میں عام لوگوں کی دلچسپی پیدا ہو گی- بہت ممکن ہے کہ آگے آنے والے وقت میں اردو سیکھنے کا سلسلہ شروع بھی ہو جائے اور یہ شروع ہو گیا ہے میں آپ کو بتانا چاہوں گا کہ میرے بہت سارے دوست جو میڈیا سے ہیں وہ کہیں نہ کہیں اردو کی ٹریننگ لے رہے ہیں تا کہ وہ اردو تھوڑا بہت پڑھ لکھ سکیں شروع میں دوردرشن اردو نے ایکیوزیشن پروگرام نکالا، ایکیوزیشن پروگرام کا مطلب یہ ہوتا ہے کہ وہ ہم لوگوں سے پوچھتے ہیں کہ کیا آپ کے پاس پہلے سے کوئی پروگرام بنا ہوا ہے ؟ ہم کہتے ہیں کہ بنا ہوا ہے -اس کے بعد وہ کہتے ہیں کہ جمع کر دیجئے- ہم جمع کر دیتے ہیں اور وہ اس پروگرام کو اپنے یہاں دکھاتے ہیں۔ ظاہر ہے کہ یہ پروگرام اردو سے متعلق ہوتے ہیں۔شروع میں ایکیوزیشن میں جو پروگرام دکھائے گئے وہ ڈوکومینٹری یا ڈوکو ڈرامہ نوعیت کے پروگرامس تھے جن میں اردو تہذیب، اردو شاعری، اردو مثنوی، یہاں تک کہ اردو ڈرامے کو فوقیت دی گئی تھی۔ یہ پروگرام چونکہ یکیوزیشن کے تھے اس لیے ان کا بجٹ بہت کم تھا۔2009 میں یہ اعلان کیا گیا کہ اردو پروگرام کو کمیشنڈ کیا جارہا ہے- اس کے شروع ہونے کا اعلان تھا کہ پورے ہندستان میں ڈی ڈی اردو چینل کو لے کر ایک انقلاب آ گیا- بالی ووڈ کے بڑے بڑے لوگ جاگ گئے دہلی جاگ گئی- یہاں تک کہ حیدرآباد آسام، گوہاٹی ان جگہوں میں جو لوگ تھے وہ لوگ بھی پروگرام بنانے کے لیے سامنے آ گئے- اب دیکھیے کہ ایک تیر سے اردو چینل نے کتنے راستے پیدا کیے- آسام جہاں اردو نہیں ہے حیدرآباد جہاں اردو ہے لیکن ایک بڑا طبقہ جو فلمیں بناتا ہے وہ اردو نہیں جانتا ہے - یہ سارے کے سارے لوگ میدان میں اتر پڑے بڑے پیمانے پر پروگرام جمع کیے گئے۔ جو پروگرام جمع کئے گئے جو ان کی گائڈ لائن تھی- اس میں اردو کلاسکس کے علاوہ عصری ادب کو فوقیت دی گئی تھی اور شاید ہی اردو کا کوئی ایسا ادیب ہو

جس کے پروجیکٹ کو دوردرشن میں جمع نہ کیا گیا ہو- لیکن اس درمیان دوردرشن کی صورت بدلتی رہی، دوردرشن کے سی او مسٹر لالی پر اسپیکٹرم گھوٹالے کا الزام لگا اور وہ الگ ہو گئے- ڈی جی الگ ہو گئے - چیزیں بدلتی رہیں یہاں تک کہ دوسال کا عرصہ گذر گیا۔لوگ امید کر رہے تھے کہ پروگرام مل جائے گا۔ درمیان میں یہ باتیں چل رہی تھیں کہ پروگرام کو ایک شکل دے دی گئی ہے اور منظوری مل گئی ہے اور جلد ہی لوگوں کے پاس خطوط آ جائیں گے۔ لیکن اچانک ایک نئی گائڈ لائن آ جاتی ہے۔وہ پروگرام جو منظور کر لیے گئے تھے وہ پروگرام نئی گائڈ لائن اور نئے پروگرام میں ضم کر دیے گئے۔ ہم لوگوں نے ابھی بھی امیدیں نہیں چھوڑی ہیں۔ یہ امید کی جارہی ہے کہ جو پروگرام پہلے منظور کر لیے گئے تھے وہ پروگرام ضرور ملنے چاہئیں اور جس کو جتنے اے پی سوڈ دیئے گئے تھے اتنے اے پی سوڈ ہی ملنے چاہئیں - 2009 میں ہم سب لوگوں نے اردو پروگرام کے لیے جی جان سے محنت کی تھی-

دوسرا پہلو چونکہ آپ کے ایک سوال میں کئی سوال پوشیدہ ہیں۔کوشش یہ ہونی چاہئے کہ اردو پر اور بھی چینلس سامنے آئیں ذی اردو سامنے آیا ہے-سہارا اردو چینل بھی سامنے آیا ہے۔ لیکن ابھی یہ پروگرام عام لوگوں تک نہیں پہنچے ہیں۔ ایک کوشش تو یہ ہونی چاہئے کہ یہ پروگرام عام لوگوں تک پہنچیں یہ بھی سننے میں آرہا ہے کہ مستقبل قریب میں منصف اپنا چینل لانے والا ہے -کچھ اور چینل بھی آنے والے ہیں - یہاں ضروری بات یہ ہے کہ ڈی ڈی اردو چینل کی طرح اگر یہ لوگ بھی اردو والوں سے، اردو جاننے والوں سے اگر خود کو ریلیٹ نہیں کرتے ہیں تو اس کا فائدہ نہیں ہو گا۔ اگر یہ اردو چینلس کو اردو گھرانوں سے جوڑتے ہیں تو بڑا فائدہ مل سکتا ہے۔ ہم جو بات ۶۵ برسوں سے کہتے چلے آئے ہیں کہ زبان اگر روزی روٹی سے کاٹ دی جائے گی تو زبان مر جائے گی

-اس لیے زبان کو چینلس روز گار سے جوڑتے جاتے ہیں تو اردو کا مستقبل تابناک ہوتا چلا جائے گا۔ یہاں ایک سوال اور ہے جو بہت ہم ہے اور اس کو لکھنے کی ضرورت ہے کہ دوردرشن نے ڈی ڈی اردو چینل شروع کر دیا- لیکن ریڈیو نے نہیں کیا ہے۔ آل انڈیا ریڈیو کی بہت ساری شاخیں ہیں -ریڈیو اردو کے لیے الگ سے کوئی پروگرام شروع کیوں نہیں کیا جاتا۔ کیونکہ ان گاؤں قصبوں تک جہاں ٹی وی نہیں پہنچتا ہے ریڈیو پہنچ جاتا ہے۔ ریڈیو میں کچھ کچھ پروگرام تو ہو رہے ہیں لیکن یہ کوشش ہونی چاہئے کہ چوبیس گھنٹے کا خوبصورت پروگرام شروع ہو جس میں اردو کے سیریلس ہوں۔

نورین: ابھی آپ نے بہت ساری تعریفیں کیں اور یہ کہا کہ روزی روٹی سے جوڑیے اور فلموں اور ڈوکومینٹری کے حوالے سے آپ نے گفتگو کی ایک سوال میرا آپ سے بھی ہے اور آپ کی طرح تمام پروڈیوسر اور ڈائرکٹر سے ہے جو اردو حوالے سے سامنے آئے ہیں میں سمجھتا ہوں کہ آزادی کے کچھ ہی دنوں کے بعد جتنی فلمیں بنی کوئی آج تک آزادی سے پہلے سے لے کر بلکہ انڈین فلموں میں اردو کا آغاز نہیں ہوا تب سے لے کر آج تک کوئی ایسی فلم نہیں ہے جو اردو سے خالی ہو ٹھیک ہے آپ اتفاق کرتے ہیں اس کے باوجود کوئی ایک فلم ایسی نہیں ہے جس کے انٹرڈکشن میں یا تعارف نامے میں یہ لکھا ہو زبان کے حوالے سے کہ یہ اردو میں فلم ہے آپ بھی جب سیریل بناتے ہیں یا ڈوکومینٹری فلم بناتے ہیں اور آپ کے بہت سارے ساتھی ہیں جو بناتے ہیں تو ان میں لکھا ہوتا ہے زبان کے کالم میں ہندی جب کہ اسے بے تحاشا زبان مطلب پوری فلم اردو زبان کے حوالے سے ہوتی ہے تو اس کے لیے کیا کرنا چاہئے یا آپ کیا کر رہے ہیں یا آپ اس سے مطمئن ہیں کہ ہندی لکھ کر کے آجائے تو کوئی خسارہ اردو زبان کا نہیں ہے۔

ذوقی: تمہارا سوال بہت اچھا ہے- اردو فلمیں پہلے بھی بنتی رہی ہیں۔ کچھ دن پہلے

ایک فلم آئی تھی طوائف جو علیم مسرور کے ناول بہت دیر کر دی پر مبنی تھی۔ اس طرح وشال نے ایک فلم بنائی- مقبول، اور جہاں تک مجھے یاد آتا ہے کہ شروع میں کچھ لوگوں نے جیسے یش چوپڑا نے بھی کچھ ایسی فلمیں بنائی تھیں جن میں اردو کو سرٹیفکیٹ دیا گیا تھا۔

شاید گلزار صاحب نے اپنی کچھ فلموں کے سرٹیفکیٹ اردو میں حاصل کرنے کی کوشش کی تھی۔ بات صرف ایک چھوٹے سے سرٹیفکیٹ کی نہیں ہے۔ یہ سرٹیفکیٹ اگر اردو والے لینے کی کوشش کرتے ہیں تو عام لوگوں تک خود بخود ایک بڑا پیغام پہنچ جاتا ہے۔ فلمی دنیا میں آج بھی اردو سے وابستہ یا اردو کو چاہنے والے ہزاروں لوگ ہیں جو اردو کے لیے سامنے آسکتے ہیں اور ان کو اس کے لیے آگے آنا چاہیے۔

کیونکہ عام طور پر یہ مانا جاتا ہے کہ اچھی زبان کے لیے آپ کو اردو جاننا ضروری ہے چاہے وہ مادھوری دکشت ہو یا کوئی بھی ہو کہیں نہ کہیں اردو سے ایک وابستگی ضروری ہوتی ہے۔ اب رہی یہ بات کہ ایسا کیوں ہو رہا ہے کہ کہیں کوئی احتجاج نہیں فلمیں اردو کے نام پر بنتی ہیں لیکن ان کا سرٹیفکیٹ ہندی کے طور پر ملتا ہے تو بھائی ایک بڑی سزا ہے جس کے لیے عام آدمی کو بھی کہنا بہت بھاری پڑے گا چونکہ ممبئی بالی ووڈ میں بیٹھے ہوئے لوگ پیسے کی چکاچوند میں ڈوب چکے ہیں ان اس بات کا احساس نہیں ہے کہ چھوٹا سا سرٹیفکیٹ جو سنسد بورڈ جاری کرتا ہے اگر اس میں اردو کا نام شامل ہوتا ہے تو یہ ایک چھوٹی بات نہیں بلکہ کتنی بڑی بات ہوگی وہ لوگ جو فلمیں دیکھ رہے ہیں جب ان کے سامنے پہلا سینٹینس پیش کیا جائے گا جب اس پر اردو لکھا ہوا آئے گا تو کتنا بڑا فرق پڑے گا۔ وہ لوگ یہ جانتے ہیں کیونکہ دیکھیے کہ کیا ہوا آزادی کے ۶۵ برسوں میں اردو زندہ اسی لیے رہی کہ اردو اتنی میٹھی زبان تھی کہ روزی روٹی سے کاٹ دیے جانے کے باوجود بھی زندہ رہی لیکن کسی اسی کا ایک وقت میں کہ اردو عام بول چال کی زبان تھی لیکن شاید اردو جو ہماری علاقائی زبانیں

ہیں ان میں بھی کہیں بہت بعد کی زبان بن گئی تھیں جو فنڈ آتے تھے ان میں بھی کہیں اردو کو جاکر فنڈ ملتا تھا جب باتیں کی جاتی تھیں کہ ہمارے ملک میں یہ بھی ہوا کہ وہ زبان جو آزادی کے وقت سے اب یہ بھی ہوتا ہے کہ جب ہندی کے بعد کہیں اردو کو لانے کی بات ہوتی تو ہے آر ایس ایس یا بہت سے لوگ اور بھی ہم آر ایس ایس کا تذکرہ ہی کیوں کریں کہ بھائی پنجابی میں کیا کمی ہے، گجرات میں کیا کمی ہے، تیلگو میں کیا کمی ہے فلاں زبان میں کیا کمی ہے یعنی اردو زبان کو بہت ساری زبانوں سے چغلی کرتے ہیں یہ بہت بڑی ناانصافی ہے کیونکہ اردو کا وجود ان زبانوں کے وجود سے کہیں بڑا ہے اور اردو وہ چیز ہے جس نے آزادی کے وقت میں بھی نمایاں رول ادا کیا تھا اور وہ زبان تھی ایک وقت میں جب ہندستان کو آزادی ملی تھی چالیس کروڑ کے بعد تو یہ چالیس کروڑ لوگ زبان اس لیے جب آپ سرٹیفکیٹ کی بات کی تو ہم آپ کی اس جنگ میں شامل ہوں اور میری بھی یہ کوشش ہوگی کہ آگے چل کر اگر کوئی فلم اردو میں بنائی جارہی ہے تو اس کا سرٹیفکیٹ اردو ملنا چاہئے سنسد بورڈ سے ہم اس کی گزارش کر رہے ہیں۔

بہت سارے اردو پروفیشنز اور اردو کے پروڈیوسر اور جو لوگ فلمیں وغیرہ بناتے ہیں جب ہم ان سے بات کرتے ہیں کہ اردو کے ساتھ یہ ہو رہا ہے، اردو والوں کے ساتھ یہ ہو رہا ہے تو وہ یہ مثالیں دیتے ہیں کہ نہیں ایسا نہیں ہے بلکہ فلم اردو جو ہے اردو کو بالی ووڈ اختیار کیے ہوئے ہے اس لیے اردو مر نہیں سکتی پورے ہندستان میں دکھائی جارہی ہے گو کہ وہ اس کے حوالے باز پرس کرلی میں نے اس کے اسباب سے متعلق گفتگو کرلی۔
لیکن ہم یہ سوال کریں گے کہ کیا آج کی تاریخ میں فلمی دنیا کو یعنی بالی ووڈ کو اردو زندہ رکھے ہوئے ہے یا اردو کو بالی ووڈ زندہ رکھے ہوئے ہے۔

دیکھیے ایسا ہے کہ فلموں، مکالموں کی زبان بہت حد تک بنی ہے اس کو؟؟اردو آج

بھی زندہ ہے اور بہت شان سے زندہ ہے لیکن اس کے باوجود جو نمبر ہم کل دیتے تھے یعنی سو میں نوے یا اسی آج ہم نہیں دے سکتے کیونکہ فلموں کا معاملہ اس وقت ؟؟؟ کہ ہمارے یہاں ملٹی پلیکس کی بنیاد پر۔ ملٹی پلیکس کا مطلب تھا آج کا یوتھ کیا ہوتا ہے آج کا یوتھ اگر آپ کالج میں جائیں یا اسکولوں میں جائیں تو آج کا یوتھ فلمی دنیا کی زبان بدل گئی۔ منا بھائی اور اس طرح کی جو فلمیں سامنے آئیں ان میں ایک نئی زبان تھی موالیوں کی زبان یہ زبان کم و بیش وہی تھی جو اسکول اور کالج کے بچے بولتے ہیں۔ ہم یہ نہیں کہتے کہ اس طرح کی فلمیں نہیں بننی چاہئیں لیکن ان فلموں میں کہیں نہ کہیں دس برسوں سے اردو زبان کو بہت حد تک نقصان پہنچایا ہے۔ ملٹی پلیکس کے لیے آج جو فلمیں زیادہ سے زیادہ ریلیز ہو رہی ہیں جن میں وشال کی فلمیں ہیں بڑے بڑے لوگوں کی فلمیں ہیں ان میں اردو اب غائب ہوتی جا رہی ہے۔ ہاں کچھ لوگوں نے اردو کو زندہ رکھا ہے۔ ایک وقت تھا جب شہریار ندا فاضلی یا شکیل حیدر بڑے خوبصورت اردو مکالمے لکھتے تھے۔ اس سے پہلے کا وقت تھا جب آپ کے شکیل بدایونی، مجنوں سلطان پوری یہ لوگ بھی تھے جو اردو میں بہت خوبصورت گانے لکھ رہے تھے لیکن وقت کے ساتھ کچھ چیزیں تبدیلی ہوتی ہیں اور ہم یہ دیکھتے ہیں کہ آج بالی ووڈ کا منظر نامہ ان چیزوں کو لے کر بہت حد تک بدل چکا ہے اب وہ بات نہیں ہے کچھ لوگ کوشش کر رہے ہیں لیکن دنیا تبدیل ہو چکی ہے۔

نورین: میں یہ جاننا چاہوں گا کہ آج اردو صحافت اور ہندی صحافت جس طریقے سے ہو رہی ہے یا کی جا رہی ہے لیبیا کے حوالے سے افغانستان کے حوالے سے تو اس میں جو بعد ہے تو کس طرح سے ختم ہو سکتا ہے یا دونوں میں بہتر کون ہے اور کیا صحیح صورت حال اور صحیح سمت کی طرف آپ اشارہ کرنا پسند کریں گے ؟

ذوقی: نورین صاحب سب سے پہلے میں آپ کو مبارکباد دوں گا کہ آپ نے ایک

بہت اچھے اور بہت ضروری سوال کی بنیاد ڈالی ہے سب سے پہلے میں آپ کو یہ بتانا چاہوں گا کہ اس سے پہلے کہ ہم اس پر آئیں کہ جس پر آپ نے اشارہ کیا ہے کہ آج ہم جس دنیا میں جی رہے ہیں وہاں کبھی کبھی یہ ڈر بھی ہوتا ہے کہ صحافت کا معیار ختم ہو چکا ہے اردو صحافت کہیں اور ہے ہندی اور انگریزی صحافت کسی اور دنیا میں ہے اس بات پر ہم ذرا بعد میں آئیں گے اس سے پہلے ایک بات اور بھی کرتے ہیں پچھلے دس برسوں میں ناگ ناگن، جیوتش، سنتھ اور تانترکوں کو دکھانے والے نیوز چینل پیسوں کے پیچھے بھاگتے بھاگتے اس دنیا میں چلے گئے جہاں تیز نیوز کی باتیں بھی سامنے آنے لگیں جب تیز نیوز کی باتیں سامنے آنے لگیں تو آپ سمجھ سکتے ہیں کہ صحافت کا معیار کیا ہے یعنی وہ خبریں جو پیسے لے کر چھاپی جاتی ہیں کبھی کبھی خبریں بنادی جاتی ہیں۔ ایک بچہ کنویں میں پھنسا ہوا ہے نکالا جا رہا ہے معلوم یہ ہوا کہ اس بچہ کو کنویں کی سرحد میں رکھ دیا گیا تھا اس کے باپ کو پیسے دیے گئے تھے خبر بنائی گئی تھی عوام کی چنتا کی گئی ہمدردی کی گئی تو اس دنیا میں یہ بھی ہو رہا ہے کہ ٹی آر پی، ٹی آر پی کے لیے سارے نیوز چینل عوام کی سمپیتھی بٹورنے کے لیے جو کچھ کر رہے ہیں اس کی مذمت ہونی چاہئے اب ہم آپ کی بات آتے ہیں۔ آپ نے جس موضوع اٹھایا ہے وہ ایک بہت ضروری ہے افغانستان کے حوالے سے عراق کے حوالے سے یا حالیہ دنگوں کے حوالے سے جو میڈیا ہمارے سامنے آرہا ہے ہم اس میڈیا پر بھروسہ نہیں کر سکتے ایک بار پھر ایسا لگتا ہے کہ جیسے کہیں نہ کہیں ہم تقسیم تک پہنچ چکے ہیں 1947 کا ماحول ایک بار پھر ہمارے سامنے ہے آپ دیکھیے کہ کتنے بڑے بڑے دنگے ہوئے بھرت پور دنگے، ردر پور فساد، بنارس کے حالیہ دنگے جب آپ اردو اخبار پڑھتے ہیں تو ایک الگ دنیا ہوتی ہے لیکن جب آپ ہندی یا انگریزی اخبار پڑھتے ہیں یا بہت ممکن ہے کہ دوسرے اخبار جو الگ الگ صوبوں سے نکلتے ہیں دوسری زبانوں کے ہوں انہیں

ان خبروں کو اہمیت نہیں دینی چاہیے، گجرات فساد کے تعلق سے سنجیو بھٹ کی خبر ہی کو لیجئے تو ہندی یا انگریزی صفحے تک بس چھوٹی سی خبر بنتی جا رہی ہے۔ مودی کو ہیرو بنانے کا کام وہاں آج بھی جاری ہے ایک بات ہم اور کہنا چاہیں گے کہ میڈیا کیسے بھول جاتی ہے چاہے وہ ہندی انگریزی پرنٹ میڈیا ہو یا الیکٹرانک میڈیا ہو کیسے بھول جاتی ہے کہ ۲۰۰۳ میں جو فساد ہوا مودی کے اشاروں پر ہوا تھا اس کے ثبوت ہیں چشم دید گواہ ہیں، سی ڈیز ہیں۔ اور یہ سی ڈیز تمام چینلس کے پاس آج بھی موجود ہیں وہ لوگ ہیں جو مودی کے ان کارناموں کو جانتے ہیں قریب سے دیکھا ہے مودی کیسے ہیرو بن سکتا ہے ایک آدمی جس نے لاش کی تجارت کی ہو وہ ہیرو کیسے بن سکتا ہے لیکن میڈیا آج بھی کہیں نہ کہیں مودی کے نئے کارناموں کو لے کر تجربات کی ترقی کی داستانوں کو لے کر ہیرو بنانے کا کام شروع کیا ہے اب چھوٹی چھوٹی باتوں پر آیئے فرقہ کہاں ہے انا ہزارے کا ان شن لے لیجئے اردو میڈیا نے انا ہزارے کو معاف نہیں کیا ہم بھی معاف نہیں کریں گے وہ آدمی جو کبھی آر ایس ایس کے ساتھ ہو یا مودی کے حق میں بیان دی ہو یا جس کے بل پر آر ایس ایس کے لوگ آتے رہے ہم اس آدمی کو معاف نہیں کر سکتے۔ اس لیے کہ پورے ان شن کے دوران انا ہزارے نے کہیں مسلمانوں کا تذکرہ نہیں کیا سوائے یہ کہ ان شن ختم ہونے کے لیے رسم کے طور پر ایک مسلمان لڑکی بٹھا دی گئی اور ایک دلت کو بٹھا دیا گیا اب آگے بڑھیے۔ لیبیا کے کرنل قذافی، الیکٹرانک میڈیا نے ایک وحشی، درندے، عیاش کے طور پر کرنل قذافی کو پیش کیا کم و بیش ہندی اور انگریزی اخباروں میں بھی یہی صورت حال رہی آپ اردو اخبار دیکھیے بالکل الگ ہے ٹھیک ہے قذافی برا آدمی تھا قذافی کو مارنے کا، سزا دینے کا حق عوام کو تھا نہ امریکہ کو صدام کو مارنے کا حق عراق کی عوام کو تھا نہ کہ امریکہ کو۔ افغانستان میں جو کچھ ہو رہا ہے اس کا حق امریکہ کو کس نے دیا امریکی مدافعت

پر تو یہاں کچھ بھی نہیں لکھا جاتا ہے سوائے اردو اخباروں کے اتنا بڑا فرق کیوں آگیا ہے ہم اس فرق کو کہیں کم کر کے نہیں دیکھ سکتے وجہ یہ ہے کہ شاید آپ غور کر رہے یا نہیں کر رہے ہیں لیکن ایسا لگ رہا ہے جیسے پرنٹ میڈیا، الیکٹرانک میڈیا کہیں نہ کہیں آنے والے وقتوں میں اڈوانی جی کی تاج پوشی کے لیے تیار ہو گئے ہیں۔

ایک بہت بڑی جنگ شروع ہو چکی ہے جہاں مسلمان حاشیے پر ہیں آپ دیکھ لیجئے کہ پچھلے دس برسوں میں کون سا فرضی انکاؤنٹر سامنے آیا ہے میں پوچھتا ہوں کہ میڈیا کے نیوز چینل یا دوردرشن میں کون لوگ کام کرتے ہیں جو یہ نہیں جانتے ہیں کہ فرضی انکاؤنٹر کے قصے کو نہیں جانتے ہیں لیکن کتنی بار یہ قصہ سامنے آیا ہے کہ آج بھی میڈیا وہی کھیل کھیل رہی ہے فرضی انکاؤنٹر، مسلمان لڑکا-ٹوپی پہنے ہوئے-کرتا پائجامہ پہنے ہوئے- وہی اردو کی چٹ۔ کہنے کا مطلب یہ ہے کہ پوری سوسائٹی ایسی ہے کہ بہت خاموشی سے ایک ایسی فضا بنائی جارہی ہے کہ مسلمانوں کو اور اسلام کو حاشیے پر ڈال دیا جائے۔

کہیں نہ کہیں ابھی بھی ایسا لگتا ہے کہ اسرائیل یا یہودیوں کی سازش بڑے پیمانے پر سنگھ کے لوگوں کے ساتھ مل کر اپنا کھیل کھیل رہی ہے اور اسی لیے اردو کا مزاج اور ہے اور انگریزی اور ہندی کا مزاج اور ہے یہاں تک کہ جتنے بھی نیوز چینلس ہیں وہاں مسلمانوں کے لیے ہم اقلیت نہیں کہیں گے اقلیت اس لیے نہیں کہتے کہ پچیس کروڑ کی آبادی اقلیت میں نہیں آتی ہے۔ اقلیت کہہ کر مسلمانوں کو اس ملک میں کمزور، ناکارا، بزدل، امپوٹنٹ بنادیا جاتا ہے تاکہ وہ اپنی جانب سے کوئی آواز بلند نہ کر سکے ہم اقلیت نہیں کہیں گے۔

یہ مسلمانوں کو منظم طور پر حاشیے پر ڈالنے کی کارروائی ہے اور مسلمان بھول جائیں کہ اس کے لیے آواز ہندی اور انگریزی الیکٹرانک میڈیا اٹھائے گی۔ اس کے لیے

مسلمانوں کو ہی سامنے آنا پڑے گا۔ ان کو اپنے چینلس تیا کرنے ہوں گے ان کو بڑے پیمانے پر سامنے آنا ہو گا ان کو اپنی آواز اور مضبوطی سے اٹھانا ہو گا اور مستقبل میں اگر ایک بڑی جنگ لڑنی ہے تو اردو کے علاوہ انگریزی اور دیگر زبانوں میں انکو اپنے اخبار لانے ہوں گے جہاں اپنی باتوں کو مضبوطی کے ساتھ رکھا جاسکے۔ آپ یہ بھول جائیں کہ آپ کی خبروں کو انگریزی یا ہندی اخبار سرخیاں بنائے گا۔ جب یہ لوگ بھرت پور کے فساد کو سرخیاں نہیں بنا سکے، ردرپور کے فساد کو سرخیاں نہیں بنا سکے، بنارس کے فساد کو سرخیاں نہیں بنا سکے تو ان کو آپ کے ساتھ کہیں کوئی ہمدردی نہیں ہے۔ ہاں جہاں آپ پر شک کی سوئی ہوتی ہے جہاں انہیں ایسا لگتا ہے آپ کو ذلیل کیا جاسکتا ہے وہاں یہ سامنے آئیں گے، وہاں یہ دکھائیں گے، وہاں یہ آپ کو کیرکٹر بنا کر پیش کریں گے۔ لیکن آپ کے مسائل سے ان کا کوئی لینا دینا نہیں ہے۔

نورین: اردو اخبارات اب کارپوریٹ سیکٹر کی زینت بنتے جارہے ہیں اور آر ایس ایس جیسی تنظیمیں بھی اس میں دلچسپی لے رہی ہیں تو کیا آئندہ اردو صحافت بھی مسلمانوں کے ہاتھوں سے نکل جائے گی اور اس کے ذریعہ بھی انہیں شکار بنایا جائے گا۔؟

ذوقی: میرا شمار ترقی پسندوں میں کیا جارہا ہے عام طور پر میرا خیال تھا کہ زبان کسی کی جاگیر نہیں ہوتی ہے۔ لیکن آہستہ آہستہ میرا یہ خیال غلط ہوتا گیا اور اردو زبان سمٹتی چلی گئی اور اس کے جاننے والے صرف مسلمان رہ گئے۔ ایسا ہم نے نہیں کیا ان لوگوں نے کیا کہ انہوں نے اردو کو خالص مسلمانوں کی زبان بنادی۔ آزادی کے وقت معاملہ دوسرا تھا اس وقت اردو سب کی زبان تھی لیکن ۶۰ برسوں میں معاملہ بالکل الٹ گیا سب سے پہلے میں کارپوریٹ سیکٹر کو خواہ وہ چوتھی دنیا ہو، جاگرتی گروپ ہو یا سہارا گروپ ہو انہیں مبارکباد دینا چاہوں گا۔ جنہوں نے یہ ذمہ داری قبول کی۔ ان اخبارات سے پہلے جو مشہور

میگزین اور ہفتہ روزہ تھے یا اردو روزنامے تھے وہ اپنی روٹیاں سینک رہے تھے۔ مسلمانوں کی سیاست کر رہے تھے، ان اخبارات میں وہ بات نہیں ہے۔ یہ صحیح صورت حال کی طرف اشارہ سبھی کر رہے ہیں اہم مسائل اٹھا رہے ہیں۔ حقائق بیان کر رہے ہیں اس سے کم از کم اتنا تو ہوا کہ ہندستانی مسلمانوں کی شبیہ تو سامنے آئی۔ اور آپ نے جو کہا اس سے میں میں متفق ہوں۔ یقیناً مسلمانوں کے خلاف یہ بڑی سازش ہے۔

لیکن مسلمان بڑے پیمانے پر اردو اخبارات نہیں نکال رہے ہیں حالانکہ ان کی بڑی نمائندگی ہے تمام میدانوں میں۔ ان کی بھی بڑی بڑی کمپنیاں ہیں۔ ادارے ہیں لیکن اردو اخبارات غیر مسلم کارپوریٹ سیکٹر کے مالک نکال رہے ہیں۔ آر ایس ایس ۱۸۹۲ سے ہندو راشٹر کے جس مشن پر کام کر رہا ہے۔ اس مشن کے لیے اسے سنسکرت، ہندی، انگریزی سے زیادہ اسے اردو، فارسی، عربی کی ضرورت پڑے گی کیونکہ ۱۸۹۲ سے اب تک سو سالہ سفر میں وہ جس طرح ٹارگیٹ کرنا چاہتے ہیں وہ اس میں ناکام ہیں۔ اس لیے انہیں اس کی ضرورت ہے۔

ہم جانتے ہیں کہ مسلم بچہ دیگر اخبارات کو نہ خرید کر ایک اردو اخبار خرید لے گا اور وہ بھی اسے سمجھ رہے ہیں۔ اس لیے انہیں اپنا ایک ترجمان چاہئے۔ یہی وجہ ہے کہ ایسے اخبارات سامنے آرہے ہیں جسے ہم آنے سے روک نہیں سکتے۔ ضرورت اس بات کی ہے کہ ہم بھی سامنے آئیں۔ کوئی منصف، سیاست سامنے آئے اور بڑے پیمانہ پر آئے۔ تاکہ ان کے بھی اثرات مسلمانوں پر ہوں۔ اس کے علاوہ یہ کہ ہندستان میں جمہوری قدریں اس وقت بھی باقی ہیں یہی وجہ ہے کہ بی جے پی پانچ سال کے اندر اقتدار سے الگ کر دی جاتی ہے اور کانگریس اقتدار پر آجاتی ہے۔ جس سیکولرزم کو ہم گالیاں دیتے ہیں۔ وہ یہاں بھی کسی نہ کسی صورت میں موجود ہے۔ آپ دیکھیں کہ جب بابری مسجد شہید کی جاتی ہے

کہ اردو کے علاوہ دیگر زبانوں کے اخبارات بھی سیاہ حاشیے لگاتے ہیں اور آر ایس ایس، بجرنگ دل اور بی جے پی کی مذمت کرتے ہیں۔ ضرورت یہ ہے کہ اس آزاد ہندستان میں ہم بھی آگے بڑھیں۔

نورین: آپ نے اپنے آنے والے ناول آتش رفتہ کا سراغ میں جس طرح آر ایس ایس، بجرنگ دل وغیرہ کے حقائق سے مسلمانوں کو واقف کرایا کیا آپ کو محسوس ہوتا ہے کہ مسلمان اسے سمجھیں گے اور آپ کی باتوں پر عمل پیرا ہوں گے؟

ذوقی: لے سانس بھی آہستہ میں بھی میں نے اس طرف اشارہ کیا ہے۔ تہذیبوں کے تصادم کی طرف جب میں نے اشارہ کیا ہے تو وہاں میں بابری مسجد کی شہادت بھی بیان کی ہے اور اس گھنونے پڑاؤ کو لے کر میں نے "بیان" بھی لکھا ہے۔ لیکن ۱۹۹۱ کے بعد صورت حال بدتر ہوئی ہے بہتر نہیں ہوئی ہے صرف ایک چیز ہوئی ہے کہ مسلمانوں نے خاموش رہنا سیکھ لیا ہے۔ لیکن خاموش رہنا کسی مسئلہ کا حل نہیں ہے۔

یہی وجہ ہے کہ میں نے لے سانس بھی آہستہ کے بعد آتش رفتہ کا سراغ لکھنے کا ارادہ کیا۔ تاکہ مسلمان ان چہروں کو بھی دیکھ لیں آر ایس ایس بہت منظم طریقے سے اپنے کاموں کو آگے بڑھا رہا ہے۔ مجھے کچھ پمفلٹ ملے جنہوں نے اس ناول کو آگے بڑھانے میں میری مدد کی۔ جنہیں پڑھ کر میری روح تک لرز گئی۔ ان میں لکھا تھا کہ ان اسکولوں میں جہاں مسلم طلبہ زیادہ ہیں ان کے سرکاری کھاتوں میں کچھ ایسی چیزیں ملائیں جن کے کھانے سے ان کا ذہن کمزور ہو، ان کی لڑکیوں کو اغوا کر کے انہیں طوائف خانوں میں فروخت کر دیں، میڈیکل اسٹورز میں جب نسخہ سامنے آئے اور اس پر کسی مسلمان کا نام لکھا ہو تو انہیں اکسپائر دوا دیں۔ اس کے لیے ہم نے فریش ریپر تیار کر لیے ہیں تاکہ آپ اکسپائر دوا کو ان میں رکھ کر انہیں دیں۔ یہ پمفلٹ آر ایس ایس کے دفاتر

سے تقسیم کیے جاتے ہیں۔ ان کے اراکین ان پمفلٹ پر عمل کرتے ہیں۔ آتش رفتہ کا سراغ میں ایک ایسا بھی پڑاؤ آتا ہے جہاں انور پاشا جو ناول کا اہم کردار ہے اور اس کا برسوں پرانا دوست جو اس کے ساتھ رہتا ہے اور اس کے حقوق کی لڑائی لڑتا ہے۔ آخر میں معلوم ہوتا ہے کہ یہ تو دوست نہیں دشمن ہے اور آر ایس ایس کا چیف ہے۔ یہ سب سن کر وہ حیران رہ جاتا ہے۔ انور پاشا اس کے دفتر ساڑھے تین بجے دن میں جاتا ہے تو وہ دیکھتا ہے کہ وہاں کچھ لوگ نماز پڑھ رہے ہیں، قرأت ایسی کہ کیو ٹی وی اور پی ٹی وی پر بھی اس نے نہیں سنی ہو گی۔ پیشانیوں پر نماز کے نشانات بھی۔ وہ کہتا ہے کہ تم کیا سوچتے ہو صرف ہمیں نماز پڑھتے ہیں۔ میں ان لوگوں کو اس لیے تیار کر رہا ہوں کہ یہ تم میں اس طرح گھل مل جائیں جیسے دودھ میں پانی۔ میں نے یہ سب کچھ لکھ کر کہیں نہ کہیں مسلمانوں کی آنکھیں کھولنے کی کوشش کی ہے۔ اور ان تمام باتوں کو آتش رفتہ میں گواہ بنانے کی کوشش کی ہے۔

نورین: آپ کی تمام باتوں کو پیش نظر رکھ کر موجودہ حالات میں جے این یو کے طلبا کے لیے آپ کا کوئی پیغام؟

ذوقی: ایک بات میں آپ کو بتا دوں کے جے این یو میرا خواب تھا یہ بات میں نے وہاں بھی کئی پروگراموں میں کی ہے۔ جے این یو میرا خواب اس لیے چونکہ آج بہت کچھ بدلنے کے بعد بھی جے این یو کا چہرہ ایک سیکولر چہرہ ہے۔ وہ جو طلبہ آتے ہیں خواہ وہ کہیں سے بھی آئیں وہ ایک سیکولر کردار کے طور پر ابھرتے ہیں۔ جے این یو نے ہمیشہ ایک سیکولر چہرہ کو سامنے رکھا ہے آب آگے بڑھنے کی ضرورت ہے۔ اور زیادہ مستحکم ہو کر عملی ہونے کی ضرورت ہے۔ فعال ہونے کی ضرورت ہے۔ یہ باتیں میں کسی اور یونیورسٹی کے طلبہ سے نہیں کہہ سکتا چونکہ جے این یو کے طلبہ جانتے ہیں کہ انہیں پڑھنے کے ساتھ

ساتھ اپنے عہد کے ساتھ قدم سے قدم ملا کر چلنا ہے۔ جب بھی بڑے حادثے یہاں رونما ہوئے ہیں جے این یو کے طلبہ نے احتجاج کیا ہے جس کے لیے وہ مبارک باد کے مستحق ہیں۔ آخر میں صرف اتنا کہنا چاہتا ہوں کہ وہ اب زیادہ کھل کر سامنے آئیں اور فرقہ وارانہ کھیل کھیلنے والوں سے نبرد آزما ہوں۔

***

لے سانس بھی آہستہ: کچھ نئی باتیں

-رضوانہ شمسی

نوٹ: یہ بتا دینا ضروری سمجھتی ہوں کہ مشرف عالم ذوقی کے ناول لے سانس بھی آہستہ پر جے این یو سے میں ڈاکٹر خواجہ اکرام کی نگرانی میں ایم فل کر رہی ہوں۔ ناول کو سمجھنے کے لیے مجھے ایک نہیں دو تین بار اس کے مطالعہ سے گزرنے کا اتفاق ہوا۔ ذوقی صاحب کو میں ذوقی سر کہتی ہوں۔ ناول کے مطالعہ کے دوران کئی ایسے سوال میرے ذہن میں پیدا ہو رہے تھے، جنہیں جاننے کا تجسس مجھے بہت زیادہ تھا۔ یہ انٹرویو انہی سوالات کی روشنی میں ہے جو مجھے پریشان کر رہے تھے۔ مجھے خوشی ہے کہ ذوقی سر نے نہ صرف مجھے وقت دیا بلکہ میرے سوالوں کا جواب دے کر ناول کے سلسلہ میں میری الجھنوں کو بہت حد تک کم کر دیا-رضوانہ شمسی

سوال: اس ناول کا کون سا ایسا کردار ہے جو بحیثیت ناول نگار آپ کو سب سے زیادہ پسند ہے۔

ذوقی: کسی بھی ناول نگار کے لیے اس طرح کا سوال اسے مشکل میں ڈالنے جیسا ہے۔ اس ناول کے جتنے بھی کردار ہیں وہ سب مجھے پسند ہیں - چاہے وہ نور محمد کا کردار ہو یا عبد الرحمن کا کردار ہو- لیکن جس کردار کو لکھنا یا سنوارنا میرے لیے مشکل امر تھا، وہ نادرہ کی بیٹی نگار کا کردار تھا- یہ کردار جب میرے سامنے آیا تو بطور ناول نگار

میرے لیے چیلنج یہ تھا کہ میں اس کردار کو سنبھال پاؤں گا یا نہیں - یا اگر سنبھالنے کی کوشش کروں گا تو کیا یہ میرے لیے بہت آسان ہو گا - نگار کا کردار میرے لیے ایک مشکل کردار تھا میں نے اس کردار میں آزادی کے 65 برسوں کے ہندستان کو روتا بلکتا ہوا محسوس کیا تھا- یہ کردار میرے لیے ایک ایسا کردار تھا جس میں بہت حد تک میں نے اس ملک کے مسلمانوں کی سیاسی اور سماجی زندگی کو بھی محسوس کیا تھا- تقسیم ایک پڑاؤ تھا- تقسیم سے بہت آگے نکل آنے کے باوجود بھی مسلمان مین اسٹریم میں ہوتے ہوئے بھی ہمیشہ حاشیہ پر نظر آئے- کوئی بھی فساد ہوتا ہے تو آنچ مسلمانوں پر آتی ہے- اس ملک میں کہیں کچھ بھی ہوتا ہے تو سوالیہ نشان مسلمانوں پر لگ جاتے ہیں- مسلمانوں کی حمایت میں اتنی ساری پارٹیاں ہیں لیکن سوال ہے یہ پارٹیاں کیا کر رہی ہیں- آپ بٹلہ ہاؤس کو ہی دیکھ لیجئے- ایک فرضی انکاؤنٹر ہوتا ہے- کچھ معصوم بچے شہید ہو جاتے ہیں- پورے ہندستان کا ماحول دیکھ لیجئے- اس طرح کے واقعات کہاں نہیں ہو رہے ہیں- نگار ایک علامت بن جاتی ہے- یہ وہی وقت ہے جب ملک فرقہ وارانہ فسادات کی آندھی میں کھو چکا ہے- آڈوانی جی کی رتھ یاترائیں نفرت سے بھرا ہوا ماحول پیدا کر رہی تھیں اسی پر آشوب موسم میں نگار پیدا ہوتی ہے۔ ظاہر ہے ایسی لڑکی ایب نارمل ہی ہو گی وہ روتی ہوئی پیدا ہوتی ہے اور وہ مسلسل روئے جا رہی ہے- ڈاکٹر کے پاس اس کے رونے کا جو جواز ہے، اس کے آئینہ میں بھی نگار کو بطور علامت سمجھا جا سکتا ہے۔ ایک جنگ ہے۔۔۔ اور بچے اپاہج پیدا ہو رہے ہیں۔۔۔ جہاں ہر طرف تباہیاں ہیں اور بچے آدھے ادھورے جنم لے رہے ہیں۔ جہاں بم پھٹ رہے ہیں- گولے داغے جا رہے ہیں۔۔۔ اور بچے پیدائش کے ساتھ ہی سیزر اور جھٹکے سہنے لگتے ہیں - ایک جنگ کے بعد دوسری جنگ - اور بچے مسلسل مینٹل ڈس آرڈر کا شکار ہوتے جا رہے ہیں - آج کی حقیقت کو پیش کرنے کے لیے

مجھے نگار سے بہتر کردار کوئی دوسرا نظر نہیں آیا۔ بلند حویلی کے زوال کی دردناک داستان- ماضی سے لپٹے ہوئے لوگ- گمشدہ خزانے کی تلاش- آسمان پر منڈلانے والے جنگی طیارے- ہندستان اور پاکستان کی جنگ- آنکھوں میں سمائی ہوئی نفرت- پاکستان کی تقسیم- دونوں ملکوں کے آپسی رشتوں کا تکلیف دہ حد تک خراب ہو جانا- سفیان ماموں کا آنا- نادرہ کی شادی اور... نگار کا جنم... مسلسل خوف کی بارش... جنگیں... تباہیاں... اور ایک نئے انسان کی آمد... ناول لکھتے ہوئے پہلے یہ خیال آیا کہ اس کردار کو مار دوں لیکن یہ کردار ناول کے مجموعی خیال کا ایک اہم حصہ تھا- تقسیم اور تقسیم کے بعد بدلتی ہوئی صورتحال اور تہذیبوں کے انہدام کو دکھانے کے لیے مجھے اس کردار کا سہارا لینا تھا- اور مجھے خوشی ہے کہ میں نے نگار کے کردار کو کہیں ہلکا نہیں ہونے دیا۔

سوال: اس ناول کو لکھنے کا خیال آپ کو کہاں سے آیا۔؟

ذوقی: ہندستان ایک ترقی یافتہ ملک ہے- آنے والے وقتوں میں اسے سپر انڈیا کے طور پر ابھی سے دیکھا جانے لگا ہے- آزادی کے بعد اس ملک میں بہت تیزی سے تبدیلیاں آئی ہیں- اس ملک کی خوبی یہ ہے کہ یہاں گنگا جمنی سنسکرتی کو فروغ ملا ہے- یہاں مختلف زبانوں کے لوگ رہتے ہیں۔ آزادی کے بعد قدریں ٹوٹتی اور بدلتی رہیں- بابری مسجد کا سانحہ پیش آیا- 1990 کے بعد بہت حد تک ہندستان کا چہرہ بدلنے لگا تھا- ایک طرف فرقہ پرستی ہے اور دوسری طرف نئی تہذیب میں ہندستانیوں کے داخل ہونے کا رویہ- آپ میٹرو سیٹیز میں دیکھئے تو ایک نیا ہندستان آپ کو دیکھنے کو ملتا ہے- تہذیبیں بدل گئیں- کال سینٹرس کھل گئے- بچے بدل گئے- اس ملک کی اخلاقیات بدل گئیں- ایک لمبی اڑان ہے- کچھ لوگ آج بھی مذہب سے کھیل رہے ہیں، لیکن زیادہ بڑی تعداد ان لوگوں کی ہے جو اڑنا چاہتے ہیں- اور یہ لوگ اسی طرح اڑنا چاہتے ہیں جیسے دیگر

ترقی یافتہ ملکوں کے لوگ اڑ رہے ہیں۔ اس ناول کو لکھتے ہوئے میں مسلسل نئی اخلاقیات کی سرنگ سے گزرتا رہا- کچھ ایسے بھی سوالات تھے جو مجھے پاگل کر رہے تھے- جیسے مذہب اور اخلاقیات کی یہ دیوار نہ ہوتی تو۔۔۔؟ والٹیر سے روسو تک انسانی نفسیات کی ایک ایک گرہیں میرے آگے کھل رہی تھیں۔ ایک پوری دنیا میرے سامنے تھی- پھر میں نے محسوس کرنا شروع کیا کہ نئے واقعات کو گواہ بنا کر مجھے ایک ناول لکھنے کی ضرورت ہے- اور اسی لیے میں ایک بے حد ڈراؤنی صدی کا گواہ بن کر سامنے آیا۔ جہاں ایک طرف دہشت پسندی ہے اور دوسری طرف بیماریوں سے لڑتے ہوئے لوگ- اور اسی کے درمیان ایک بدلتی ہوئی نئی تہذیب ہے۔ لیکن ان سب سے الگ قدرت ہے۔ حقیقت یہ ہے کہ تہذیبیں مرنے کے لیے ہوتی ہیں۔ کوئی کوئی تہذیب بہت جلد مر جاتی ہے- پھر ایک نئی تہذیب سر اٹھاتی ہے- ان تہذیبوں میں جینے کے لیے ہم اپنی آسانی اور سہولت کے حساب سے اپنے مذہب چن لیتے ہیں- ظاہر ہے یہ ایک بہت وسیع موضوع تھا- مجھے خوشی ہے کہ میں نے اس موضوع پر کام کرنا شروع کیا- مجھے اس بات کی بھی خوشی ہے کہ میری محنت کام آئی اور اکثریت اس ناول کو پسند کر رہی ہے۔

سوال: ایک طرف نئی تہذیب لیکن کہانی کے آخر میں ایک گاؤں آتا ہے- بحیثیت ناول نگار نور محمد کو گاؤں میں لے جا کر آپ کیا پیغام دینا چاہتے ہیں۔؟

ذوقی: ناول نگار کوئی مبلغ نہیں ہوتا- اس لیے ناول نگار کا کام پیغام دینا نہیں ہوتا۔ ناول کا اختتام میں نے بہت سوچ سمجھ کر کیا ہے۔ نور محمد جیسے کردار کو بلند شہر اور حویلی سے نکال کر گاؤں لے جانا کوئی آسان کام نہیں تھا- لیکن، ہر نفس نومی شود دنیا وما- ہر آن ایک نئی دنیا بن رہی ہے- ایک تہذیب مرتی ہے دوسری پیدا ہو جاتی ہے۔ نور محمد نے چھوٹی عمر میں ہی ایک ایسی دنیا دیکھی ہے جو خوبصورت بھی ہے اور بدصورت بھی-

جہاں تہذیبوں کے رنگ بھی ہیں اور ایک ایسا رنگ بھی، جہاں قدریں پامال ہوئیں - تہذیب کا نوحہ سامنے آیا- میں چاہتا تو نور محمد کے کردار کو آسانی سے مار سکتا تھا- لیکن میں نے اسے زندہ رکھنے کا جوکھم اٹھایا- ناول نگار کے لیے سب سے بڑا چیلنج یہی ہوتا ہے- کیونکہ کہانی یا ناول خلا میں تخلیق نہیں ہوتا- اس کے پیچھے ایک بڑا وژن ہوتا ہے- نور محمد کو مار دیتا تو ناول بہت حد تک کمزور ہو جاتا- شاید اسی لیے میں نے آخر آخر تک اسے زندہ رکھا اور آخر میں کاردار کو یہاں تک کہنا پڑا- کہ ماضی یاد رکھنے کے لیے نہیں ہوتا نور محمد- بلند شہر اور وہاں کی یادوں سے دور نکل کر تم ایک نئی بستی نئی دنیا اور ایک نئی تہذیب آباد کر چکے ہو- اس تہذیب میں پرانی تہذیب کھولنے کی حماقت بھی نہ کرنا- جنگوں کے بعد اکثر ایک نئی تہذیب کی شروعات ہوتی ہے- اور ایسی ہی ایک شروعات تمہارے ساتھ بھی ہوئی ہے۔

سوال: کیا عبد الرحمن کاردار کا کردار آپ کو ایک کمزور کردار نہیں لگتا۔؟

ذوقی: نہیں، وہ کردار اپنی جگہ ایک مضبوط کردار ہے- عبد الرحمن جیسے لوگ ہمارے آس پاس آسانی سے مل جائیں گے - ایسے لوگ دولت پیدا کرتے ہیں - اپنی آسانی کے لیے گھر بناتے ہیں - سکون سے رہنا چاہتے ہیں - اپنی سہولت سے محبت کرتے ہیں - لیکن محبت کے لیے کوئی جنگ نہیں لڑتے - لیکن ایسے لوگوں کا مشاہدہ بہت گہرا ہوتا ہے- میں نے عبد الرحمن کاردار کے اسی مشاہدے سے فائدہ اٹھایا اس لیے ناول کا بڑا حصہ اسی کردار کے ارد گرد گھومتا ہے- عبد الرحمن آزادی سے ایک گھنٹہ قبل ایک غلام ملک کی اخلاقیات میں جنم لیتا ہے- ایک گھنٹہ بعد ہی ملک کو آزادی نصیب ہوتی ہے- دراصل یہ عبد الرحمن بھی کہیں نہ کہیں آج کے مسلمانوں کی علامت بن کر سامنے آتا ہے- جہاں دو طرح کی اخلاقیات کی کشمکش جاری ہے ایک طرف مسلمان اس ملک میں

آزادانہ طور پر اپنی زندگی بسر کر رہا ہے- وہیں اس ملک میں کہیں کچھ بھی ہوتا ہے تو مسلمانوں سوالیہ نشانات لگنے شروع ہو جاتے ہیں- اندر گہرے اندیشے اور وسوسے بھی پیدا ہونے لگتے ہیں- مثال کے لیے، یہ کہ اپنے ملک کو اپنا ملک کہنے کے لیے بھی کسی گواہ کی ضرورت ہے- یا پھر یہ کہ ۶۵ برس بعد بھی ایک قوم کو شک کے دائرے میں کیوں دیکھا جاتا ہے- اس پورے ناول میں عبد الرحمن کا کردار دراصل ایک فوٹو گرافر ہے جو آزادی کے بعد سماج میں آئی ہوئی تبدیلیوں کی تصویریں اتار رہا ہے۔

سوال: کیا اس ناول کا ایک موضوع Incest ہے-؟

ذوقی: نہیں، لیکن یہ مت بھولیے کہ پورا سماج تبدیل ہو چکا ہے- چودہ پندرہ سال کے بچے بالغ بچوں میں تبدیل ہو چکے ہیں۔ اس سائبر نظام سے یہ بچے جتنا واقف ہیں، ۶۰، ۶۵ سال کا آدمی بھی اتنی واقفیت نہیں رکھتا۔ پزا اور برگر کھاتے ہوئے یہ بچے اندھیری سرنگ میں اتر گئے ہیں- یہاں ہاٹ چیٹ ہے پارن سائٹ ہے اور رول پلے یا انسیسٹ ہے- چھوٹے چھوٹے بچے سیکس کا برانڈ بنتے جا رہے ہیں۔ ایک بڑی آبادی سیکس میں فنٹاسی تلاش کرتے ہوئے اب نازک رشتوں تک آ گئی ہے۔ اس لیے ناول کے آخری حصہ میں تہذیب کی اس کشمکش کو دکھانا ضروری تھا۔ اور مجھے اسے پیش کرتے ہوئے کوئی بھی پریشانی نہیں ہوئی- کیونکہ یہ ہمارے آج کا سچ بن چکا ہے۔

***

لے سانس بھی آہستہ پر ایک گفتگو

(کنیڈا سے بلند اقبال کا پاس ورڈ پروگرام کے لیے فون پر لیا گیا انٹرویو)

-بلند اقبال

-تحریر: رضوانہ شمسی

بلند اقبال: ناظرین کرام! مشرف عالم ذوقی صاحب کا Remarkable Novel پچھلے دنوں ملا۔ یہ ناول میں نے چھ دنوں میں پڑھا اور اس کے بعد میں دو دن تک عجیب کیفیت میں رہا۔ ایک کے بعد ایک سوال میرے سامنے کھڑا تھا- میں سوچ رہا تھا کہ کیا واقعی انسانی جبلت اپنے ارتقا میں قدرت کے فیصلوں کی محتاج ہے-؟ یا قدرت کی سرشت انسان کے حیوانی مزاج کو صدیوں پہلے تخلیق کر چکی ہے اور یہ حیوانیت تہذیب کے مصنوعی غلاف میں تہہ در تہہ نیم بے ہوشی کے عالم میں دبکی ہوتی ہے اور موقع پر برہنہ ہونے کی منتظر ہے- یہ سوال بہت اہم ہے اس کے علاوہ اس کتاب کا موضوع بہت اہم ہے -اس کتاب کا موضوع Incest ہے- ناظرین Incest کا مطلب ہے، خاندان کے افراد کے درمیان ناجائز جنسی تعلقات- کیا ایسا ممکن ہے۔؟ اس پر میں نے بہت سوچا- اس ناول کو پڑھ کے تہذیب کے حوالے سے- نفسیات کے حوالے سے- کیا کہتی ہے سائنس- ہر اینگل سے- جہاں تک میری سمجھ میں آیا میں نے سوچا اور میں اس نتیجے پر پہنچا کہ مجھے ان سوالوں کا جواب چاہئے- ان سوالوں کا جو میرے ذہن کے پچھلے حصے میں

تھے اور اس ناول کو پڑھنے کے بعد اگلے حصے میں آ گئے ہیں - ناظرین - یہ سوچا کہ اس پروگرام میں ہم مشرف عالم ذوقی کی اس کتاب لے سانس بھی آہستہ پر باتیں کریں گے۔ ہم پوچھیں گے کہ کیا واقعی تہذیب ہمیں اس طرح لے جا رہی ہے۔ کیا واقعی تہذیب کا یہ بے ہنگم پرندہ اپنی پوری بھیانک شکل کے ساتھ ہمارے سامنے واپس آنے والا ہے- مشرق و مغرب اس ملاپ کے ساتھ کیا واقعی اس نئی Generation میں شامل ہونے والے ہیں - یہ بڑا کرب ناک معاملہ ہے۔ ہم جاننا چاہیں گے۔ اس ناول کے موضوع کے حوالے سے اور اس کے علاوہ بھی ہندستان میں کیا لکھا جا رہا ہے۔ پاکستان میں کیسا لکھا جا رہا ہے- مغرب میں جو ناول لکھے جا رہے ہیں۔ اس کے حوالے سے بھی- اگر یہ ناول English میں آئے، اس کا Translation ہو تو کیا واقعی یہ Comparative study کے لیے باہر کے ملکوں میں پیش کیا جا سکتا ہے-؟ اس قسم کی بہت سی باتیں ہیں جنہیں Discourse کر سکتے ہیں - ہم گفتگو کرتے ہیں مشرف عالم ذوقی صاحب سے جو دہلی میں ہیں۔ ہمارے ساتھ مشرف عالم ذوقی صاحب موجود ہیں انڈیا سے، نیو دہلی سے- اور ذوقی صاحب سے اردو ادب واقف ہے- انہیں کسی تعارف کی ضرورت نہیں - ہاں ہمارے بہت سے ویورس viewers ایسے ہیں جن کا تعلق ادب سے ہے وہ یقیناً جاننا چاہیں گے۔ ذوقی صاحب کے بارے میں - ہم ان سے براہ راست پوچھیں گے بھی- ذوقی صاحب آداب بجالاتا ہوں۔

ذوقی: جی آداب بہت بہت شکریہ آپ کا اقبال صاحب۔

بلند اقبال: آپ کی طبیعت کیسی ہے آپ ٹھیک ٹھاک ہیں۔

ذوقی: صحت مند ہوں - آپ کی دعائیں ہیں۔

بلند اقبال: آپ کا بہت بہت شکریہ- آپ نے ہمیں ٹائم دیا- آپ کے ناول کے

حوالے سے بات کرنی ہے اور بھی بہت سی باتیں ہیں مگر اس سے پہلے میں جاننا چاہوں گا کہ آپ اپنے بارے میں کچھ اپنے ناظرین کو بتایئے۔ جن کا تعلق ادب سے ہے۔ آپ سے اردو ادب اچھی طرح واقف ہے لیکن ہمیں اپنے دوسرے ویورس کا بھی تھوڑا خیال رکھنا پڑتا ہے تو تھوڑا سا اپنے بارے میں اپنے ادبی سفر کے بارے میں تھوڑی سی ناول نگاری کے بارے میں کچھ بتا دیجئے۔

ذوقی: اقبال صاحب- سب سے پہلے تو میں آپ کا شکریہ ادا کروں گا کہ آپ نے اتنی دور سے مجھے یاد کیا- میرا نام مشرف عالم ذوقی ہے۔ ذوقی تخلص ہے۔ بہت چھوٹا تھا تو ذوق کا کلام گنگنایا کرتا تھا- تب سے یہ تخلص ذوقی میرے نام کا ایک حصہ بن گیا- جب میں چھٹی جماعت میں تھا میں نے پہلی کہانی لکھی تھی اور اس کے بعد مسلسل کہانیوں کا جو سفر شروع ہوا وہ اب تک جاری ہے- ١٧ سال کی عمر میں میں نے اپنا پہلا ناول لکھا "عقاب کی آنکھیں"- جب میری عمر ٢٠ سال کی تھی میں چار ناول لکھ چکا تھا۔ جس میں لمحہ آئندہ، نیلام گھر، شہر چپ ہے اور عقاب کی آنکھیں- یہ چار ناول ٢٠ سال کی عمر تک لکھ چکا تھا اور یہ سفر اب تک جاری ہے۔

بلند اقبال: تو ذوقی صاحب بتایئے کہ یہ ناول بالخصوص جب یہ میرے مطالعے سے گزرا تو میں چونک گیا کہ لے سانس بھی آہستہ -تو کچھ دیر کے لیے میری اپنی سانسیں رک گئیں - یہ انتہائی خطرناک موضوع تھا- میں چاہوں گا پہلے ہم تھوڑا سا اس ناول کے حوالے سے گفتگو کر لیں اور اس گفتگو کے بعد ہم ہندستان میں ہونے والی ناول نگاری، پاکستان میں بھی اور مغرب میں بھی لکھا جا رہا ہے-ان کے حوالے سے بھی کچھ تقابلی بات بھی کریں گے- مگر یہ موضوع خصوصاً انسیسٹ کے حوالے سے یہ ایک بہت ہی یونیک موضوع ہے-مجھے نہیں لگتا کہ اردو میں اس موضوع کے حوالے سے کبھی لکھا گیا ہو۔

ذوقی: جی بے حد شکریہ - آپ نے اس پروگرام میں میرے نئے ناول لے سانس بھی آہستہ کو موضوع گفتگو بنایا- جیسا کہ نام سے ظاہر ہے بلند اقبال صاحب کہ میں نے اس ناول کو معنویت عطا کرنے کے لیے میر تقی میر کے مشہور شعر کا سہارا لیا۔

لے سانس بھی آہستہ کہ نازک ہے بہت کام
آفاق کی اس کارگہ شیشہ گری کا

دلچسپ بات یہ ہے اقبال صاحب کہ میر جس دنیا کو بچانے کی فکر میں آہستہ آہستہ سانس لینے کی بات کہہ رہے تھے صدیوں کے طلسم میں یہ سانس ہی گم ہو گئی- تغیرات کی وہ آندھی چلی کہ تہذیبوں کے تصادم کو لے کر بہت ساری کتابیں لکھی گئیں اور آج بھی لکھی جارہی ہیں - کچھ دن پہلے ایک مشہور انگریزی اخبار میں ایک کتاب کا Review پڑھا- اس کا موضوع بھی یہی تھا- اس کے کچھ دن بعد میں ایک اور ناول پڑھا جس میں بولتی ہوئی تہذیبوں اور قدرت کو لے کر دہشت پسندی کے حوالے سے ناول لکھا گیا تھا- میرے ذہن میں بہت دن سے اس موضوع کو لے کر بیقرار کر دینے والی کیفیت تھی کہ اگر بات ہندستان کی کریں- ۱۰۰ سال کی تاریخ پر نظر رکھیں تو تہذیبوں کے تصادم کے اتنے سارے پہلو سامنے آئیں گے، جن پر لکھنا ایک خوبصورت قدم ثابت ہو گا۔ پھر مجھے احساس ہوا کہ اسے لکھنے کی ضرورت ہے اور اب یہ کتاب لے سانس بھی آہستہ آپ کے سامنے ہے۔

بلند اقبال: اس کے علاوہ وہ کیا موضوعات ہیں جو آپ کے سامنے ہیں - آپ کیا سمجھتے ہیں کہ واقعتاً بلکہ ہم تھوڑی دیر کے لیے اور ٹھہریں اس موضوع پر- یہ نئی تہذیب جو نئی شکل میں سامنے آرہی ہے۔ مغرب و مشرق کے تصادم سے یہ جو Space اور Technology کا دور ہے- ہم وقت کی تشہیر کر چکے ہیں آپ کا خیال ہے- یہ سارا

ایڈورسEffect تیز رفتاری کی وجہ سے ہے- یہ سائنس کی ترقی جو ہر لمحے میں ہمیں نت نئی ایجادات سے نواز رہی ہے- یہ سارے ایڈورسEffect بھی ہیں تہذیب کو اس کے لیے Pay Back کرنا پڑے گا۔

ذوقی: نہیں۔ دیکھیے ایسا ہے کہ جب ترقی ہوتی ہے تو اس طرح کے واقعات پیش آتے ہی ہیں-بات لے سانس بھی آہستہ کی ہے تو تہذیبوں کی شکست وریخت کے حوالے سے ایک کہانی یہاں بھی روشن ہے-اگر آپ دیکھیں جب کہانی شروع ہوتی ہے ہم وہاں حویلیوں کا زوال دیکھتے ہیں-پھر شروع ہوتا ہے نوآبادیات کا مسئلہ-ایک بات میں یہ کہنا چاہتا ہوں کہ میں اپنی کہانیوں کے تعلق سے، ناول کے تعلق سے کبھی بھی جھوٹ دکھانے کا عادی نہیں رہا۔ اگر ایک ترقی سامنے آتی ہے تو اس کا استقبال کرنا چاہئے۔ دوسری بات یہ کہ اس جو اثرات سامنے آتے ہیں اس کو بھی دیکھنا ایک ناول نگار کا کام ہوتا ہے-اس لیے اگر آپ دیکھیں تو آزادی کے آس پاس جو تبدیلیاں سامنے آئی تھیں ناول میں جابجا انکا ذکر ملتا ہے۔ اگر میں اس معاملے کو اور آگے بڑھاؤں تو جب نوآبادیات کا مسئلہ سامنے آتا ہے-گھروں میں قید عورتیں باہر نکلتی ہیں-اس سے پہلے ہماری عورتیں گھروں سے باہر نہیں جایا کرتی تھیں۔ کپڑے لتے سے لے کر دودھ دہی تک ہر چیز گھر کے اندر-لیکن آپ دیکھے کہ ناول میں وہ موڑ آتا ہے جب عبدالرحمن کا ردار کی ماں پہلی بار حویلی کا دستور توڑ کر تھانے جاتی ہے۔ تو یہ جو تبدیلیاں ہیں۔ یہیں سے تہذیب پر نئی بحث شروع ہوتی ہے- حویلیاں۔ حویلیوں کا زوال آتا ہے تو مجھے لگتا ہے کہ ایک ادیب کے طور پر ان تمام تر چیزوں کو دیکھتے ہوئے کسی نہ کسی نتیجے پر پہنچنا تھا-اور پھر یہ تہذیبوں کا تصادم میرے سامنے آتا ہے اور نور محمد، عبدالرحمن کا ردار کی شکل میں دو بڑے کردار ایک دوسرے کے سامنے آکھڑے ہوتے ہیں-ایک کردار جس کی نظر میں محبت سب

کچھ ہے اور جو محبت کے لیے اپنے آپ کو فنا کر دیتا ہے۔ دوسری طرف نو آبادیات سے نکلا ہوا ایک کردار عبد الرحمن جو محبت تو کرتا ہے مگر وقت کے حساب سے چلتا ہے۔

بلند اقبال: اچھا کچھ دیر قبل ڈاکٹر ستیہ پال آنند سے بات ہو رہی تھی- ان کی ایک کتاب کے حوالے سے- ہم دیکھ رہے ہیں مغرب میں ایک دوسری طرح کی تبدیلی بھی آ رہی ہے۔ جہاں ایک میکنیکل دوڑ لگی ہوئی ہے۔ وہاں پر صوفی ازم پر بھی گفتگو ہو رہی ہے- رومی کا کلام English میں Translation ہو رہا ہے- ایک طرف لوگ Hindu فلسفے کو بھی دیکھ رہے ہیں۔ تو ایک الگ طرح کا مزاج سامنے آ رہا ہے- یعنی Civilization کا وہ شیپ ہے جو الگ Vibration کی شکل میں ہمیں ایک نئے نظام کی طرف لے جاتی ہے- دوسری طرف مشرق میں، ہم ایشیا میں پاکستان میں ہندستان دیکھتے ہیں کہ وہاں Westernisation آ رہا ہے- ہمارے یہاں موڈرن کلچر آ رہا ہے- نئی شکل بن رہی ہے- درمیان میں جو انٹرنیٹ ٹیکنولوجی ہے اس نے جو بھی اپنے اثرات دیئے وہ سامنے ہیں- تو یہ دونوں طرف دو طرح کی تبدیلیاں Opposite Direction میں نظر آتی ہیں- آپ اس کے بارے میں ذرا کچھ کہیں گے- آپ کا کیا خیال ہے اس کے بارے میں۔

ذوقی:۔ جی بہت خوبصورت سوال اٹھایا ہے آپ نے- تہذیبیں جب تک مذہب کے فورم میں آپ کے سامنے نہ ہوں، بدلتی رہتی ہیں۔ یوروپ والے برہنگی سے اکتا گئے۔ پوپ میوزک، فیوژن سے اکتا گئے۔ اور ایشیائی تہذیب ان چیزوں کی شرن میں آ گیا۔ دیکھیے میں خود بہت دنوں سے اس بارے میں سوچ رہا تھا- جب ہم ناول کی بات کرتے ہیں تو داستانیں یاد آتی ہیں- طلسم ہوش ربا کی یاد آتی ہے جیمس جوائز کی یولیسز کی بات کریں تو وہاں پر بھی داستانیں پیچھا نہیں چھوڑتیں- وہاں بھی داستانیں ہیں- بلیک

ماؤنٹین دیکھ لیجئے- وہاں بھی داستانی سلسلہ ہے- جو مجھے اس بات کا احساس ہوتا ہے کہ اگر آپ Western لیٹریچر کی بات کریں تو وہ اپنے مسائل سے گھبرا کر ہماری طرف دیکھتا ہے- جب ہماری طرف دیکھتا ہے تو انکو وہ داستانیں، طلسم ہوش ربا کی یاد آتی ہے۔ یہ تمام تر چیزیں کہیں نہ کہیں علامت کے طور پر ان کے ناول یا ان کی کہانیوں کا حصہ بن جاتی ہیں - ہم نے داستانیں گم کر دیں- ہم نے شروع سے ہی ویسٹ کو دیکھنا شروع کر دیا- ایک بات ہم آپ کو یہ بتادیں جو لوگ کہتے ہیں کہ اردو ناول کا سفر زیادہ پرانا نہیں تو اردو ناول اپنی عمر کے ایک سو اڑتالیس سال مکمل کر چکا ہے- یہ مدت کوئی کم نہیں ہے نذیر احمد نے 1869 میں مراۃ العروس کے نام سے اپنا پہلا ناول قلم بند کیا تھا تو یہ ڈیڑھ سو سال کی مدت ہے- ہم نے کتنی ترقی کی ہے -تو مجھے لگتا ہے کہ نظر کچھ ناولوں پر جا کر ٹھہر جاتی ہے- اس لیے ایک بار پھر ہم وہیں آتے ہیں کہ آپ ویسٹرن کو دیکھیں تو وہاں آج بھی ہر طرح کی چیزیں لکھی جا رہی ہیں - ٹالسٹائی نے بھی کس طرح داستانوں کے ساتھ چلتے ہوئے اپنی کہانیوں کو آگے بڑھایا- لیکن ہمارے یہاں کہیں نہ کہیں تہذیبیں کھو گئی ہیں- یہ ہماری غلطی ہے کہ ہم بہت زیادہ Western کی طرف نظر لگائے کھڑے ہیں جبکہ راستہ ہمارے یہاں سے بھی جاتا ہے۔

بلند اقبال: تو ذوقی صاحب بات ہو رہی ہے لے سانس بھی آہستہ کے حوالے سے یہ موضوع جو ہے میں اس پر تھوڑا سا اور فوکس کرنا چاہوں گا کہ یہ موضوع بہت یونیک موضوع ہے- خود West میں ہی دیکھیں اس پر خاص Discussion ابھی تک نہیں ہوا۔ Social taboos ہے- یہ نہ صرف غیر اخلاقی ہے بلکہ غیر قانونی بھی ہے- تو آپ کیا سمجھتے ہیں کہ یہ چیز ہندستان میں ہے یا ہندستان میں بھی اس حد تک پھیلی ہوئی ہے کہ لوگ اس کے خوف میں مبتلا ہیں کہ کل یہ کسی حد تک کلچر کا حصہ بھی بن سکتی ہے۔

ذوقی: یہ بہت خوبصورت سوال اٹھایا ہے بلند صاحب - یہ تہذیب ہندستان میں آ چکی ہے - ایشیاء میں آچکی ہے - مجھے لگتا ہے کہ اچانک دنیا نے جو انگڑائی لی ہے اس نے فاصلے مٹا دیئے - کل کی جنریشن کی بات کریں تو یہ دنیا اتنی نہیں پھیلی تھی لیکن ہمارے لیے بچوں تک یہ دنیا اتنی پھیل گئی ہے کہ بہت ساری باتیں جو ہم اور آپ نہیں جانتے ہیں بچوں کے علم میں ہے - مجھے اس بات کا بھی احساس تھا کہ کہیں نہ کہیں اس موضوع کو اٹھانے کی ضرورت ہے۔ یہ آج کے بچے ہیں - بلکہ بدلے ہوئے وقت کے بچے ہیں - ان کے پاس احساس وجذبات کی وہ شکل نہیں ہے جو ہمارے اور آپ کے پاس ہے - پوری دنیا بدل چکی ہے - ان کے اندر وقت کے ساتھ ایک باغی بچہ سانس لے رہاہے - تو جب میں نے اس کے بارے میں سوچنا شروع کیا تو اس کے تعلق سے کئی کردار سامنے آئے۔ دوسری بات یہ کہ آپ نے چونکہ ہندستان کے دوسرے ناولوں کی باتیں بھی کی ہیں - یہاں میں ایک بات اور بھی آپ کو بتانا چاہوں گا اور شاید وہ باتیں ہمارے سامعین کے لیے بہت دلچسپ ہوں گی - ۱۵۰ سال کی طویل مدت میں ہند و پاک سے شائع ہونے والے ناولوں کی تعداد کسی بھی لحاظ سے دو تین ہزار سے کم نہیں ہو گی - لیکن المیہ یہ ہے کہ بہت کم ناولوں کی گونج ہوتی ہے - ایسا کیوں ہے - جبکہ ایسے بہت سے ناول ہیں جن میں میرے ناول کی طرح اپنے وقت میں تہذیبوں کے تصادم کو موضوع بنایا گیاہے۔ اب آپ دیکھیے ڈپٹی نذیر احمد کی بات لیجئے۔ ڈپٹی صاحب کے تمام ناولوں میں تہذیبیں موجود ہیں - بلکہ تہذیبوں کا تصادم موجود ہے - آپ آگے بڑھیے شوکت صدیقی پر آجائیے - آپ خدا کی بستی دیکھیے تو یہ ایسی بستی ہے جہاں چھوٹے چھوٹے بچے ہیں - اس کی معرفت ایک تہذیب کی کھوج کی جارہی ہے - ایک پوری خدا کی بستی موجود ہے - دیکھیے ایسا ہے کہ ہمارے یہاں نقادوں نے ٹارگیٹ صرف ایک ناول نگار کو بنایا۔ قرۃ العین حیدر - آگ

کا دریا اردو کا سب سے بڑا ناول- لیکن اگر آپ آگے بڑھتے ہیں اور آپ دیکھتے ہیں کہ اس کے ساتھ ڈاکٹر احسن فاروقی کا بھی ناول ہے سنگم - مشہور ترین ناول- لیکن نقادوں نے اس ناول کو چھوا تک نہیں- اس میں بھی وقت ہے- تہذیبیں ہیں- لیکن کیا وجہ ہے کہ قرۃ العین حیدر کے ناول آگ کا دریا پر تو گفتگو ہو رہی ہے لیکن ڈاکٹر احسن فاروقی کے تمام ناول شام اودھ اور آبلہ پا، سنگم پر گفتگو ہی نہیں ہوئی- میرا خیال یہ ہے کہ نقادوں نے سہولت سے کام لیا- جب ناول آگ کا دریا آیا اس پر گفتگو شروع ہو چکی تھی- پھر قرۃ العین حیدر ہندستان سے پاکستان آگئی- ڈاکٹر احسن فاروقی یا عزیز احمد یا شوکت صدیقی ان کے یہاں بھی موضوعات اچھے تھے- ان کے یہاں بھی وہ موضوعات تھے مگر سب کے دماغ میں قرۃ العین حیدر کا ہی بھوت سمایا رہا- آگے بڑھیے جمیلہ ہاشمی تک آجایئے- تلاش کے بعد- نقادوں نے صرف اور صرف ٹارگیٹ کیا تو قرۃ العین حیدر کا ناول نظر آیا- آج بھی اردو صرف ہندستان میں نہیں ہے اردو صرف پاکستان میں نہیں ہے اردو کیرالہ میں بھی ہے- اس وقت آپ مجھ سے باتیں کر رہے ہیں- اردو ایک بہت بڑی دنیا ہے- جب ہم اردو دنیا کی بات کرتے ہیں تو صرف ہندستان پاکستان بنگلہ دیش کے ناول کی بات نہیں ہونی چاہیے۔ مصطفی کریم بھی ہیں - جن کے بہت خوبصورت ناول سامنے آئے- ان کا ایک ناول میں نے پڑھا تھا جس میں ہندستانی تہذیب کو لے کر شجاع الدولہ کو ہیرو بنا کر ناول لکھا گیا تھا۔ ایک سے بڑھ کر ایک ناول سامنے آئے- اس سے دو قدم آگے بڑھیں تو مجھے لگتا ہے کہ آج جب ہم سائبر Space کی باتیں کرتے ہیں۔ بدلے ہوئے بچوں کی باتیں کرتے ہیں تو یہ تمام موضوعات ہیں جو اردو ناولوں کا حصہ بن رہے ہیں - لیکن یہ بات پھر وہیں آجاتی ہے کہ آخر کیا وجہ ہے کہ ہندستان سے لے کر پاکستان تک- ایک تو یہ نقاد بہت کم فکشن پر اور ناول پر لکھتے ہیں پاکستان کی بات کریں تو ایک دو نام سے آتے ہیں

اس کے بعد یہ معاملہ ٹھنڈا ہو جاتا ہے۔ آپ آگے بڑھیے غلام حسن نقوی کا ناول آتا ہے آپ دیکھیں کیا خوبصورت ناول ہے جبکہ آرا کے چھوٹے سے گاؤں کے بہانے پاکستانی معاشرے کی پوری آواز آپ اس ناول میں سن سکتے ہیں - فضل کریم فضلی کو دیکھیے خون جگر ہونے تک۔ کو موضوع بنایا گیا ہے - ممتاز مفتی کو دیکھ لیجئے - علی پور کا ایلی - الطاف فاطمہ کے ناول دیکھ لیجے - فہیم اعظمی نے ناول لکھا - یہاں تک کہ اشرف شاد کے ناول سامنے آئے - بے وطن وزیر اعظم اور صدر اعلیٰ اس طرح سے اگر ہم ہندستان میں دیکھیں تو غضنفر ہیں ان کا بھی حال میں ایک ناول آیا ہے مانجھی - اسی طرح سے رحمن عباس ہیں ان کا تازہ ناول آپ کے ابھی سامنے آیا ہے۔ خدا کے سائے میں آنکھ مچولی - پیغام آفاقی ہیں جنہوں نے مکان لکھا اور ابھی حال میں ان کا ایک ناول سامنے آیا ہے پلیتہ - بہت اہم ناول ہے - تو ایسا نہیں ہے موضوعات کی ہمارے یہاں کوئی کمی نہیں ہے اور دوسری بات میں جو بار بار آپ سے کہنا چاہوں گا کہ اردو ناول کسی بھی لحاظ سے مغرب یا انگریزی ناولوں سے موضوعات کے لحاظ سے کم نہیں ہے - لیکن ضرورت ہے اردو ناولوں کو بڑی سطح سے پروجیکٹ کیے جانے کی۔

بلند اقبال: بھائی آپ نے تو بہت کم وقت میں ناول کی تمام تر تاریخ پر بہت اچھی روشنی ڈال دی - اتنے خوبصورت انداز سے اس بارے میں معاملے کو Cover کر لیا کہ میں کیا میرے ناظرین بھی آپ کے شکر گزار ہیں - وقت اب بس ختم ہی ہو رہا ہے - مگر اس ناول کو پڑھ کر مجھے تھوڑی سی بے بسی کا احساس ضرور ہوا تھا - جیسا کہ اس میں لکھا ہے کہ قدرت کتنی طاقت ور ہے - قدرت انسان کے حیوانی مزاج کو پہلے سے ہی Create کر چکی ہے اور وہ بس مجھے ایک بے بسی کا احساس ہوا ہے - جب تہذیبوں کا تصادم سامنے آیا تو شاید اتنا ہی بے بس ہو گیا - لیکن مشرف عالم ذوقی آپ سے گفتگو کر

کے مجھے بہت کچھ ملا – اور اس ناول کے حوالے سے بھی بہت سے ایسے سوالات جو میرے ذہن میں تھے وہ دور بھی ہوئے – مجھے یقین ہے کہ ہمارے قارئین بھی اس ناول کو پڑھنا چاہیں گے – اس موضوع کو ڈسکس کرنا چاہیں گے اور آنے والے وقت پر بھی ایک نظر رکھیں گے – میں ایک بار پھر دل سے آپ کا بہت شکر گزار ہوں –

ذوقی: میں یہ بھی کہنا چاہوں گا کہ ایک تو یہ لوگ اردو کی کتابیں پڑھیں – کہانیاں پڑھیں – جو چیزیں لکھی جارہی ہیں – ہندستان سے پاکستان تک – دوسری اہم بات کہ اردو کو علاقوں میں محدود نہ کریں – ہندستان کی اردو یا پاکستان کی اردو یا کنیڈا کی – اردو – جب ہم اردو کی بات کریں تو پوری اردو دنیا ہمارے سامنے ہو – جب پاکستان کا نقاد اردو پر لکھتا ہے تو پاکستان تک کی بات آتی ہے اور کنیڈا کے بلند اقبال کو بھول جاتے ہیں – جب ہندستان کے نقاد لکھتے ہیں تو مصطفی کریم رہ جاتے ہیں – ہندستان کا نقاد جب لکھنے کو آتا ہے تو ہندستان تک محدود ہو کر رہ جاتا ہے – نتیجہ یہ ہے کہ جو لوگ ہندستان اور پاکستان سے باہر ہیں وہ حوالہ نہیں بن پاتے ہیں – مجھے لگتا ہے کہ ان سے آگے بڑھنے کی ضرورت ہے – ہم جب اردو سوچیں تو پوری اردو دنیا ہمارے سامنے روشن ہو – مجھے کہنا ہے کہ اردو میں اچھے ناول لکھے جارہے ہیں – بہت اچھی کہانیاں لکھی جارہی ہیں – لوگ زیادہ سے زیادہ ان کا مطالعہ کریں – اس سے ہم لوگ اور اچھا لکھنے کی کوشش کریں گے۔

بلند اقبال: شکریہ

***

'لے سانس بھی آہستہ' تہذیبوں کے تصادم کی کہانی

-طالب حسین آزاد

تعارف: اردو ہندی کے مشہور و معروف ناول نگار اور ٹی وی کے دنیا کے ڈائریکٹر، پرڈیوسر جناب مشرف عالم ذوقی صوبہ بہار کے آرہ سے تعلق رکھتے ہیں۔ ان دنوں تاج اینکلو گیتا کالونی دہلی میں رہ کر اردو ہندی ادب کی خدمت کرنے میں مصروف ہیں۔ ان کی ۵۰ سے زائد کتابیں منظر عام پر آکر اردو ہندی دونوں حلقوں میں شہرت اور مقبولیت حاصل کر چکی ہیں۔ حال ہی میں ان کی کتاب "لے سانس بھی آہستہ" (ناول) منظر عام پر آکر کافی مقبول ہوئی ہے۔ مشرف عالم ذوقی نے محض ۱۷ سال کی عمر سے ہی لکھنا شروع کیا تھا اور ان کا پہلا ناول تھا "عقاب کی آنکھیں" اور دوسرا ناول تھا "نیلام گھر" اس کے علاوہ "شہر چپ ہے" "ذبح"، "بیان"، "پوکے مان کی دنیا" مسلمان اور پروفیسر ایس کی عجیب داستان وایا سونامی" کو بھی کافی شہرت ملی۔

ذوقی صاحب کا ناول 'لے سانس بھی آہستہ' ان دنوں کافی مقبول ہوا ہے- ابھی حال ہی میں مجھے ذوقی صاحب سے ملاقات کا شرف حاصل ہوا۔

میں نے بہار جھارکھنڈ اور لکھنؤ سے شائع ہونے والے کثیر الاشاعت روزنامہ قومی تنظیم کے لیے انٹرویو لیا۔ پیش ہے ان سے لیے گئے انٹرویو کے چند اہم اقتباسات۔

سوال: ذوقی صاحب آپ کا سب سے پہلا ناول کون سا تھا۔۔؟

جواب: طالب صاحب ! آپ کو یہ جان کو خوشی ہو گی کہ میں نے اپنا پہلا ناول دربھنگہ میں لکھا اس وقت میری عمر ۱۷ سال کی تھی- میرے پہلے ناول کا نام "عقاب کی آنکھیں " ہے۔ اسمیٹر کے ذریعہ پٹنہ سے دربھنگہ جاتے ہوئے میری ملاقات ایک نوجوان ڈاکٹر سے ہوئی تھی، ان دنوں میں سمستی پور میں رہتا تھا- لیکن میں کسی ضروری کام سے پٹنہ سے دربھنگہ جارہا تھا- اسی دوران میری ملاقات نوجوان ڈاکٹر سے ہوئی- یہ ملاقات اتنی دلچسپ تھی کہ میں نے اس کی زندگی کو ناول میں ڈھالنے کا فیصلہ کیا۔ اس طرح "عقاب کی آنکھیں" کو میں اپنا پہلا ناول مانتا ہوں۔

سوال: ذوقی صاحب آپ نے اب تک کتنے ناول لکھے۔۔۔؟

جواب: 'عقاب کی آنکھیں' کے بعد ناول نگاری میں میری دلچسپی بہت حد تک بڑھ گئی تھی- ۲۰ سال کی عمر تک میں لمحہ آئندہ "شہر چپ ہے، نیلام گھر" جیسے ناول تخلیق کر چکا تھا- جب میں نے یہ چاروں ناول تحریر کر لیا اس وقت تک عبد الصمد کا ناول "دو گز زمین" بھی منظر عام پر نہیں آیا تھا۔ نیلام گھر کے بعد میں نے "مسلمان اور ذبح" لکھا اور اس کے بعد بابری مسجد شہادت کو لے کر "بیان" - پھر "پو کے مون کی دنیا- پروفیسر ایس کی عجیب داستان وایا سنامی" یہ دونوں ناول بھی اردو کے ادبی حلقوں میں بہت پسند کئے گئے۔

سوال: ذوقی صاحب! لے سانس بھی آہستہ جو آپ کا نیا ناول ہے اس ناول کا آئیڈیا آپ کے ذہن میں کیسے آیا؟

جواب: طالب صاحب آپ نے بہت اچھا سوال پوچھا ہے اس ناول کا آئیڈیا کم و بیش ۱۰ برسوں سے میرے ذہن میں تھا- نئی صدی یا نئی الفی کی شروعات ہی دہشت پسندی سے ہوئی۔ اس دہشت پسندی نے مجھے یہ سوچنے پر مجبور کیا تھا کہ تہذیبیں کس

طرح اپنا رنگ بدلتی ہیں - طالب صاحب آپ کو یاد ہو گا کہ ۳۱ دسمبر ۱۹۹۹ء کو ہندستانی طیارے کے ساتھ ایک المیہ پیش آیا تھا- یعنی نئی صدی کی شروعات ہی دہشت پسندی سے ہوئی تھی- مجھے یہ خیال آیا کہ تہذیبوں کے رنگ بدلنے کا سلسلہ تقسیم سے شروع ہوا تھا- ۱۹۹۲ء میں بابری مسجد کو شہید کر دیا گیا- اس سے پہلے ایڈوانی جی کی رتھ یاتراؤں نے ہندستان کے ماحول کو بوجھل کر دیا تھا۔

سن 2002ء میں گودھرا کا حادثہ سامنے آیا۔ ۱۲ سال کے وقفے میں تہذیبوں کے تصادم کو لے کر جب میں نے ناول لکھنے کا ارادہ کیا تو اس کے تین پڑاؤ تھے۔

پہلا پڑاؤ تقسیم تھا- دوسرا بابری مسجد شہادت کا دن- اور تیسرا پڑاؤ گودھرا- میں نے ہندستانی تہذیب کو تین تین پڑاؤ کے درمیان رنگ بدلتے ہوئے محسوس کیا ہے۔ شاید اسی لیے 'لے سانس بھی آہستہ' میں آپ کو بدلتی ہوئی تہذیبوں کے رنگ نمایاں طور پر نظر آئیں گے۔

سوال: ذوقی صاحب! لے سانس بھی آہستہ کے بعد آپ کا ناول کون سا ہے۔۔۔؟

جواب: طالب صاحب میرے نئے ناول کا نام 'آتش رفتہ کا سراغ' ہے - یہ ناول سات سو بیس صفحات پر مشتمل ہے۔ طالب صاحب! آپ یہ بہتر طور پر جانتے ہوں گے کہ میں نے مسلمانوں کو لے کر پہلے بھی کئی ناول لکھے ہیں - جیسے بیان، مسلمان، ذبح- آتش رفتہ کا سراغ۔ آزادی کے بعد کے ہندستانی مسلمانوں کی آپ بیتی ہے آپ دیکھیے کہ آزادی کے بعد اب تک اس ملک میں مسلمانوں کو جھوٹے دلاسے اور تسلیاں تو بہت ملیں مگر انصاف کبھی نہیں ملا- بابری مسجد کا فیصلہ آیا تب بھی مسلمان انصاف کے لیے ترس گئے- مسلمان ہندستانی پارٹیوں کی نظر میں ووٹ بینک سے زیادہ نہیں ہیں اور شاید اس لیے میں نے ۶۵ برسوں کے آزاد ہندستان کو لے کر ایک ضخیم ناول لکھنے کا ارادہ کیا- آتش

رفتہ کا سراغ، اردو ویب سائٹس پر پڑھا جاسکتا ہے۔

مجھے اس بات کا افسوس نہیں کہ دلی اردو اکادمی نے میرے ناول لے سانس بھی آہستہ کو انعام و اعزاز کے لائق نہیں سمجھا، مجھے حیرت اس بات پر ہوئی جب راغب صاحب نے مجھ سے یہ کہا کہ شاید اردو اکادمی ہی اس لائق نہیں تھی کہ وہ آپ کو انعام دے سکے

***

مشرف عالم ذوقی سے ٹیلی فونک گفتگو پر مبنی ایک مکالمہ

۹جولائی:۔ ظہیر صدیقی پر گوشہ کے لیے ذوقی صاحب نے مبارکباد کے لیے فون کیا تو دل میں آیا کہ ان سے کچھ اور باتیں کرلی جائیں۔

میں نے ساہتیہ اکادمی کے ناول سے می نار میں بھی شرکت کی تھی اور اس بات سے بخوبی آگاہ تھا کہ مشرف عالم ذوقی نے لے سانس بھی آہستہ کی شکل میں ایک ایسا ناول اردو کو دیا ہے، وقت گزرنے کے ساتھ جس کی گونج بڑھتی جائے گی۔ تین دن کے ناول سے می نار میں جس ناول پر سب سے زیادہ گفتگو ہوئی، وہ ذوقی کا ناول تھا۔ گوپی چند نارنگ، شافع قدوائی اور مولا بخش صاحبان نے بھی اس ناول کی تعریف میں جو قصیدے پڑھے، اس کی گونج اب بھی میرے ذہن میں باقی ہے۔ اسی لیے گفتگو کے دوران میں نے ذوقی صاحب سے پوچھ ہی لیا۔ اتنا بڑا ناول۔ آپ نے اکادمی میں جمع نہیں کرایا۔

ذوقی:۔ جمع کرایا تھا۔ اس لیے نہیں کہ مجھے انعام مل جائے۔ اس لیے کہ میں دوردرشن سے بھی وابستہ ہوں۔ اب وہاں کا رویہ یہ ہے کہ اگر آپ کو انعامات ملے ہوں تو آپ کے پروجیکٹ کے بارے میں سوچا جاتا ہے۔

غوثی:۔ پھر کیا ہوا۔

ذوقی:۔ (ہنس کر) بھلا ہوا ان لوگوں کا۔ آج مکمل اردو دنیا میں جس ناول کی تعریف ہو رہی ہے۔ انہوں نے اس ناول کو انعام کے لائق سمجھا ہی نہیں۔

غوثی:۔ کیا بات کر رہے ہیں آپ؟ ایسا کیسے ممکن ہے۔ کیا آپ نے انیس اعظمی اور

راغب صاحبان سے بات کی۔

ذوقی:۔ انیس صاحب راغب صاحب دونوں میرے اچھے دوست ہیں۔ میں ادب کی سیاست سے دور رہتا ہوں۔ اس لیے آپ دیکھیے کہ میں آج تک کسی بھی کمیٹی میں نہیں ہوں۔ جبکہ کیسے کیسے لوگ ہیں آپ اندازہ لگا سکتے ہیں۔ انیس صاحب فون پر موجود نہیں تھے۔ میں نے راغب صاحب کو اس سلسلے میں ایک چھوٹا سا اس ایم ایس کیا۔ ان کا جواب آگیا۔ جواب یہ تھا کہ ذوقی صاحب شاید ہم (اکادمی) اس لائق نہیں تھے کہ آپ کو انعام دیا جا سکتا (ہنسی)

غوثی:۔ یہ کیا بات ہوئی، کیا اردو اکادمی کو اپنے جرم کا احساس ہے۔ اگر وہ لے سانس بھی آہستہ جیسی بڑی کتاب کو انعام کے لائق نہیں سمجھتی ہے تو میرے خیال سے یہ نا قابل معافی جرم ہے۔ کیا آپ کو ایسا نہیں لگتا کہ اردو اکادمی اپنی ہی سیاست میں گھر گئی ہے۔

ذوقی:۔ مجھے سیاست میں دلچسپی نہیں۔ میرے لیے خوشی اور تسلی کی بات یہ ہے کہ اس وقت ساری دنیا میں، اردو جہاں جہاں بھی ہے، میرے اس ناول کو پسند کیا جا رہا ہے۔ دراصل اس ناول کا مقابلہ زیادہ تر لوگ قرۃ العین حیدر کے آگ کا دریا سے کرنے لگے ہیں۔ آگ کا دریا میں بھی ایک تہذیب ہے۔ وقت کے ساتھ تہذیب کی یہ شکل بدل چکی ہے۔ ابجد نے اس ناول پر ایک مختصر سا گوشہ دیا تھا۔ اور اب سبق اردو اس ناول پر ایک خصوصی شمارہ شائع کر رہا ہے جس میں ۳۰ سے زائد اردو والوں کے مضامین شامل ہیں۔ اب اردو اکادمی نے میرا ناول پسند نہیں کیا تو یہ ان کی مرضی۔ وہاں سب دوست ہیں اور میں دوستوں کے خلاف نہیں بولتا۔

غوثی:۔ لیکن یہ صرف آپ کا معاملہ نہیں ہے۔ آپ نہ بولیے لیکن ہمیں بولنے سے نہ روکیں۔ کیونکہ ان کی حد اگر اس حد تک بڑھ چکی ہے کہ وہ لے سانس بھی آہستہ جیسے

ناول کو نظر انداز کریں تو یہ معاملہ صرف ذوقی کا معاملہ نہیں ہے یہ اردو زبان سے وابستہ معاملہ ہے۔

ذوقی (خاموشی)

غوثی: اکادمی کو سیاست کرنے کا حق ہے۔ لیکن سیاست میں اتنی چھوٹ نہیں دی جا سکتی کہ وہ کسی آصفہ زمانی کو تو انعام کے لائق سمجھیں اور وہ کتاب، جس کی جگہ تاریخ میں ہے اس کتاب کو نظر انداز کر دیں۔

ذوقی: میں نے شروع میں سوچا تھا کہ یہ معاملہ اخبار میں اٹھاؤں۔ پھر خیال آیا، کیوں اٹھاؤں۔ سب دوست ہیں۔ میں نے انہیں معاف کیا، اب آپ بھی معاف کر دیجئے۔

ذوقی صاحب نے دلی اردو اکادمی کو معاف کر دیا ہے۔ لیکن یہ معاملہ میں قارئین کی عدالت میں رکھتا ہوں۔ کیا یہ معاملہ صرف مشرف عالم ذوقی کا معاملہ ہے، یا یہ معاملہ لے سانس بھی آہستہ جیسے شہرہ آفاق ناول کا معاملہ ہے، جس کے لیے اکادمی کی سیاست اور ناکامی کی جس حد تک مذمت کی جائے کم ہے- اب یہ معاملہ میں آپ پر چھوڑتا ہوں۔ مسرت کو آپ کے خطوط کا انتظار رہے گا۔

***

لے سانس بھی آہستہ -- تاثرات

لے سانس بھی آہستہ- ایک تہذیبی المیہ

- آفتاب احمد آفاقی

مشرف عالم ذوقی کا ناول 'لے سانس بھی آہستہ' ایک ایسا ناول ہے جس میں ایک طرف عہد جدید کی زندگی اس کے انسلاکات اور تقاضے ہیں تو دوسری طرف ہماری قدیم تہذیبی روایات، ہمارے عقائد و تصورات اور ان دونوں کے درمیان تصادم کے بطن سے جنم لیتی ایک نئی زندگی اور ایک نئی تہذیب جو ہماری برسا برس کی اقدار کو تہس نہس کرنے پر تلی ہوئی ہے۔ نئی تہذیب، جس میں گھٹن، بے چینی اور اپنی وراثت کے زیاں ہونے کا اندیشہ پوشیدہ ہے، اس کو پروان چڑھانے والے صرف مغربی محرکات و تصورات نہیں ہیں، بلکہ بنیاد پرستی، تعصب و تنگ نظری، سیاسی جبر، سماجی شکست وریخت اور قدیم مشترکہ تہذیب کو تہہ وبالا کرکے جابرانہ و ظالمانہ اقتدار قائم کرنے والی قوتیں برابر کی شریک ہیں۔ اس ناول کا اختصاصی پہلو یہ ہے کہ یہ قاری کو بے چین کرتا ہے اور ذہن میں کئی پیچیدہ سوالات کو جنم دیتا ہے۔ صارفی عہد اور نئی نسلوں میں در آئی تبدیلیاں جو اضطرابی کیفیات پیدا کرتی ہیں، وہ ہمیں بار بار اپنی تاریخ، تہذیب اور متمول روایت کی طرف از سر نو غور و فکر کی دعوت دیتی ہیں۔ ادیب کا کام ذہن سازی بھی ہے اور تبدیلیِ

خیال بھی، اس ناول میں ذوقی نے اس فریضے کو فکری اور فنی سطح پر بحسن وخوبی انجام دیا ہے۔

خاص اسلوب کا ناول

- نعمان شوق

ذوقی اور فکشن ایک دوسرے کے ہمزاد ہیں یہ کہنا مبالغہ ہر گز نہیں۔۔۔ جب سے میں مشرف عالم ذوقی کو جانتا ہوں شاید ہی کسی لمحے ذوقی اور فکشن ایک دوسرے سے الگ ہوئے ہوں۔ ہر نئی تخلیق کے لئے نئے موضوعات کی جستجو، نئے کردار کی دریافت، بظاہر سادہ اور یک رخے واقعات کو اس طرح برتنا کہ مورخ بھی حیران رہ جائے، ذوقی کے اسلوب کا خاصّہ ہیں۔ 'لے سانس بھی آہستہ' دراصل عصر حاضر میں کائنات کے fragile تانے بانے پر ایک حساس فنکار کا معروضی تبصرہ ہے۔ جاگیردارانہ نظام کی باقیات کا یہ طلسم خانہ آخری سطر تک قاری کو مسحور کیئے رہتا ہے؟
ہر نفس نومی شود دنیاوما- جلال الدین رومی

عہد ساز ادیب ذوقی

- ادیب، بنگلور

مشرف عالم ذوقی معاصر افسانوی ادب کا ایک بڑا اور قابل اعتبار نام ہے۔ ان کی خلاقیت، حقیقت شناسی اور فنکارانہ ہنر مندی کا پوری اردو دنیا کو اعتراف ہے۔ ان کے تازہ

ترین ناول "لے سانس بھی آہستہ" نے ان کے تخلیقی لحن کی نشاط افروزی اور ان کی حقیقت شناس بیانیہ نے جادوئی قوت کو پوری طرح واضح اور روشن کر دیا ہے۔ وہ ناول لکھیں کہ افسانے، ڈرامے لکھیں کہ نظمیں یا مضمون اپنے اسلوب کی تازگی اور توانائی سے لوگوں کی توجہ ضرور حاصل کر لیتے ہیں۔

-- آفاق عالم صدیقی (شموگا)

ناول کے موضوع کی سنگینی، ذوقی کی جادو بیانی، ناول لکھنے کے انوکھے اور نرالے انداز نے مجھے لے سانس بھی آہستہ پڑھنے پر مجبور کیا۔ ناول کی فضا تہذیب اور اخلاقی اقدار کے ان آبگینوں کو اپنی گرفت میں لینے میں پوری طرح کامیاب ہے جسے معمولی ناول نگار چھونے کی بھی جرأت نہیں کر سکتا۔ ناول کہنے کا جو ہنر ذوقی کے یہاں ہے وہ فی الوقت اردو دنیا میں دور دور تک نظر نہیں آتا۔ حال ہی میں نے سیاہ آبگینے اور موت کی کتاب کے بھی کچھ حصے پڑھے ہیں۔ مگر جو بات اور تجربے سے ماورا ایک ارفع ترین تجربے کی کلید کا احساس لے سانس بھی آہستہ میں دیکھنے کو ملتا ہے، وہ کہیں نظر نہیں آتا۔

-- ثمینہ راجہ (پاکستان)

آپ کا ناول پڑھ چکی ہوں۔ ناول کے موضوعات عجیب ہیں لیکن غریب ہر گز نہیں۔ یہ سب ہماری اسی دنیا میں ہو رہا ہے۔ کہیں احساس جرم کے ساتھ کہیں اس کے بغیر - مجھے ہی رشک آتا ہے کہ ان لوگوں پر جو اتنی آسانی سے اس قدر اچھی نثر لکھنے پر قادر ہوتے ہیں۔

--محمد حمید شاہد (پاکستان)

ناول پڑھ رہا ہوں اور منہدم ہوتی تہذیب کی صورت دیکھ رہا ہوں۔ میں بہت جلد آپ کے ناول کے حوالے سے بات کرنا چاہوں گا۔

--آفتاب احمد آفاقی (بنارس یونیورسٹی)

آپ کی زبان میں غیر معمولی تبدیلی آئی ہے۔ ایسا لگتا ہے کہ بہت دنوں بعد اردو میں ایک چونکانے والا ناول آیا ہے۔

ناول میں بعض سماجی مسائل کے علاوہ ان پیچیدہ مباحث سے بھی تعرض کیا گیا ہے جو ایک عرصہ دراز سے اہل علم و نظر کا موضوع بحث رہے ہیں۔ یعنی اخلاقیات کا مسئلہ، وقت اور قدرت کا جبر وغیرہ۔ لیکن اصحاب علم کی پیہم دماغ سوزیوں اور فکری ہنگامہ آرائیوں کے باوجود یہ مسائل ہنوز اپنے صحیح جواب کے منتظر ہیں۔

--م۔ ناگ (ممبئی)

قرۃ العین حیدر کے ناولوں پر گفتگو ہو چکی۔ یہ دور لے سانس بھی آہستہ پر مکالموں کا ہے۔

--رحمن عباس (ممبئی)

'لے سانس بھی آہستہ' ایک ایسا ناول ہے جس کے بیانیہ کی شادابی، تکنیک کی ہنر مندی، کردار نگاری، اور موضوع پر ابھی کئی مضامین لکھے جائیں گے۔ یہ مختصر عبارت تو بس ابتدا ہے۔ ذوقی نے فینتاسی، تجسس، مافوق الفطرت عناصر کی طلسمی دنیا کے خوب

صورت استعمال سے ناول کے کینواس کو تازگی عطا کی ہے۔ ناول قاری کو اپنی گرفت میں کرلیتا ہے اور یہ کسی بھی ناول کا بنیادی وصف ہونا چاہیے۔ ناول نقادوں کے لیے نہیں بلکہ قارئین کے لیے تحریر کیا جاتا ہے۔ افسوس اردو میں نقادوں کی ایک ایسی بدبخت نسل پیدا ہوئی جس نے پژمردہ تحریروں کو ہی خالص ادب کہلوانے کی حماقت کی۔ ایسے نقادوں نے بے معنی اور زندگی سے محروم نثر پاروں کو ناول کہا اور اس کے پرچار میں تن اور من سے جوٹے رہے تاکہ تھوڑا دھن بھی مل جائے۔ یہ ادب کی بنیادی خوبی پر حملہ تھا اور ایسے حملوں سے ہمارے یہاں کچھ ناول حاملہ ہوئے جن کی پیدائش کو میں موت کی کتاب سمجھتا ہوں۔ ایسے مردہ نثر پاروں کے مدِ مقابل 'لے سانس بھی آہستہ' جیسے ناول اردو میں منظر عام پر آرہے ہیں اور یہی جواب ہے ان بگڑے ہوئے نقادوں کی خوشامد میں لکھنے والے قلم کاروں کے لیے۔ ذوقی کے ناول میں ان کے لیے ایک پیغام بھی ہے کہ موت کے شب خون سے نکل کر ادب کی رعنائی اور شادابی کی طرف مراجعت ہی ان کے حق میں بہتر ہے۔

--ناظم خلیلی (رائچور، کرناٹک)

مشرف عالم ذوقی جس نے اپنے تازہ ناول "لے سانس بھی آہستہ" اور تازہ افسانوں کے مجموعے "ایک انجانے خوف کی ریہرسل" میں مغلیہ دور کے تاریخ دانوں کو انگریزوں، مرہٹوں، راج رجواڑوں، نوابوں، جاگیرداروں اور پھر آزادی اور تقسیم ہند کے داستانوں کی شکل میں لفظوں اور تصور کی مدد سے ایک ٹھوس اور قابل اعتبار شکل دے دی ہے اور پھر سائنس اور تکنالوجی، میڈیکل سائنس، انٹرنیٹ، بلو فلموں اور INCEST کی بھیانک گھاٹیوں میں ڈھکیلنے والے ذہنوں، فوائد کی آڑ میں اخلاقی طور پر

ننگا کر دینے والی سازشوں اور نسلی و ملکی نفرتوں کو درشایا ہے۔ ذوقی نے اپنی ساری قوتیں، سارے وسائل استعمال کرتے ہوئے ایک صاف ستھرے ذہن اور آزادی طرز فکر کی نہ صرف گنجائش پیدا کی ہیں بلکہ ان کے لیے دشوار گذار راہیں بھی ہموار کی ہیں۔

--نورین علی حق (دہلی)

عرصہ بعد اردو فکشن میں نور محمد کی شکل میں ایک اہم کردار کا اضافہ ہوا ہے اور یقیناً یہی کردار ذوقی کے بعد بھی ذوقی کو زندہ و پائندہ رکھے گا۔ قارئین نور محمد کی سفاک زندگی سے متاثر ضرور ہوں گے۔ اس دور میں ایک کردار کو زندگی بخشنا میں سمجھتا ہوں کہ جوئے شیر لانے کے مترادف ہے لیکن ذوقی وہ فرہاد ثابت ہوئے ہیں جس نے یہ کارنامہ کر دکھایا ہے۔ بہت ممکن ہے کہ میرے اس دعوے سے بے شمار لوگوں کو اختلاف ہو وہ اپنی رائے رکھنے پر آزاد ہوں گے مگر آئندہ نقاد اپنے متوازن اور غیر متعصبانہ فیصلوں میں یہ فیصلہ ضرور کریں گے کہ اکیسویں صدی کی پہلی دہائی میں کوئی ایک زندہ کردار اردو ناول میں نہیں بنا گیا بلکہ پہلی دہائی کے اختتام پر ذوقی نے نور محمد کی شکل میں اردو کو ایک اہم اور دائمی کردار دیا تھا۔ جو ان کے ناول "لے سانس بھی آہستہ" میں ہے۔

--ڈاکٹر مشتاق احمد (دربھنگہ)

لے سانس بھی آہستہ نے اردو ناول کو علمی اور فنی نقطہ نظر سے اسی مقام پر پہنچا دیا ہے جہاں پہلے سے تالستائے، دوستوفسکی اور وکٹر ھیوگو جیسے عظیم لکھنے والوں کے بت تعمیر ہیں۔ یہ عہد گابریئل کارسیا مارکیز اور ملان کندیرا کا عہد نہیں ہے۔ اس عہد کو ناول کے لیے زندگی اور مکالموں کی زبان چاہئے۔ اس سسکتی ہوئی دنیا کو موت سے زیادہ زندگی کی

کتاب کی ضرورت ہے، جیسا اشارہ ذوقی نے اپنے اس ناول میں دیا ہے۔ یہ ایک ناقابل فراموش شاہکار ہے جس کا ہر عہد ہر موسم میں استقبال کیا جائے گا۔

--ڈاکٹر شہزاد انجم (دہلی)

ناول کی سب بڑی خوبی یہ ہے کہ خوبصورت بیانیہ اور طلسمی حقیقت نگاری کی آمیزش سے نئی اور پرانی دنیاؤں کا سہارا لے کر تہذیبوں کے تصادم پر سیر حاصل بحث کی گئی ہے۔ اور دلچسپ یہ ہے کہ بابری مسجد سانحہ کو علامت کے طور پر پیش کرنے کے بعد تہذیبوں کے شکست و ریخت کا گھناؤنا منظر دکھانے کے بعد بھی ذوقی ناامید نہیں ہوتے اور کہانی کو اس مقام تک لے جاتے ہیں جہاں ہر نفس نومی شود دنیا وما- تخلیق کی حیرت انگیز آزادی کا سہارا لے کر دراصل اس عالمی بازار کو بے نقاب کرنے کی کوشش کی گئی ہے جہاں صابن سے رشتے تک سب کچھ بک رہے ہیں۔ یہ ناول میری نظر میں نئی صدی کے دروازے پر ایک ایسی دستک ہے، گزرتے وقت کے ساتھ جس کی گونج کم ہونے کے بجائے بڑھتی جائے گی اور یہی اس ناول کی سب سے بڑی خوبی ہے۔

یعقوب یاور (بنارس)

مشرف عالم ذوقی ویسے بھی اچھوتے اور ان کہے موضوعات پر قلم اٹھانے والے ایک حوصلہ مند فن کار ہیں لیکن ان کا تازہ کارنامہ، جو میری ناقص رائے میں ان کے تمام سابقہ کارناموں پر سبقت لے گیا ہے، یعنی ناول "لے سانس بھی آہستہ "انسانی زندگی کے ان پس پردہ رکھے جانے والے کمیاب مسائل اور معاشرے کے ان نازک ترین گوشوں کو چھوتا ہے، جہاں تک عام طور پر نہ تو کسی انسان کی رسائی ممکن ہو پاتی ہے اور نہ کوئی ناول

نگار ایسے موضوعات کو اٹھانے کی جرأت کر پاتا ہے۔ اس ناول میں انسانی رشتوں کا ایک ایسا تناظر سامنے آتا ہے جو پاکیزگی کی معیار بندی کا نیا زاویہ اپنانے پر مجبور کرتا ہے۔ ممکن ہے سماج کے ہمارے نام نہاد ٹھیکیدار اسے دیکھیں سنیں، تو ناک بھوں چڑھائیں، لیکن یہ سب قدرت اور ہمارے بدلتے سماج کے مشترکہ جبر کے ایک لازمی نتیجے کے طور پر ہمارے سامنے آتا رہتا ہے۔ اس ناول میں انسانی نفسیات کے ان باریک تاروں کو چھیڑ دیا گیا ہے جو ہماری رگوں میں دوڑنے والے خون کو منجمد کر سکتا ہے -ناول کا کینوس وسیع ہے اور عموماً جب ایسا ہوتا ہے تو کہانی میں جھول پیدا ہونے لگتا ہے اور ناول میں قاری کے لیے دلچسپی کے سامانوں میں کمی واقع ہونے لگتی ہے لیکن ذوقی اس مرحلے سے بڑی خوش اسلوبی اور آسانی سے گزر گئے ہیں۔ چنانچہ از اول تا آخر ناول میں قاری کی دلچسپی یکساں طور پر برقرار رہتی ہے۔

-اداریہ (اذکار ۱۹، کرناٹک اردو اکیڈمی)

مشرف عالم ذوقی آج کے اہم ممتاز اور توانا ناول نگار ہیں۔ ان کی فنکاری کا بڑا وصف یہ ہے کہ وہ بھی قرۃ العین حیدر اور انتظار حسین کی طرح کسی بھی نظریہ اور رجحان کے فریم میں فٹ نہیں بیٹھتے ہیں۔ ادھر ان کا تازہ ترین ناول "لے سانس بھی آہستہ" جب سے منصہ شہود پر آیا ہے فکشن کے پرستاروں اور ادب کے سچے دانشوروں نے اطمینان کی سانس لی ہے۔ کیوں کہ انہیں یقین ہو گیا کہ جب تک اردو میں اس طرح کے ناول لکھے جاتے رہیں گے اس پر کسی طرح کا جمود طاری نہیں ہو گا۔

اندھی بصیرت کے روشن ظلمت کدے میں دہکتے انگارے جیسا ناول "لے سانس بھی آہستہ" قاری کو اندر سے اس طرح نچوڑ لیتا ہے کہ اس کی جھوٹی دانشوری کا سارا نشہ

ہرن ہو جاتا ہے۔ آدمیت یعنی اخلاقی اقدار اور وقت میں جو کشمکش ازل سے جاری ہے اس کی فلاسفی اور طویل داستان کو ایک ناول میں سمیٹ کر ذوقی نے سچ مچ اپنی فنکارانہ ہنر مندی کا ثبوت فراہم کر دیا ہے۔

***